Bruno Vitiello

Chiunque nasce
a morte arriva

GIUNTI

Giunti Editore si impegna per uno sviluppo sostenibile
con l'utilizzo di carta certificata FSC® proveniente
da fonti gestite in maniera responsabile.

www.giunti.it

Via Bolognese 165 – 50139 Firenze – Italia
Via G. B. Pirelli 30 – 20124 Milano – Italia

Prima edizione: giugno 2024

Alla memoria di mia madre

Non vi si pensa quanto sangue costa.
Dante, *Par.* XXIX 91

Le ore canoniche

Mattutino: mezzanotte
Lodi: all'alba
Ora prima: un'ora circa dopo l'alba
Ora terza: alle 9:00
Ora sesta: alle 12:00
Ora nona: alle 15:00
Vespri: al tramonto (in inverno verso le 16:00, in estate intorno alle 18:00)
Compieta: ora di cena (verso le 19:00-20:00)
Notturno: le 2:00 del mattino

I

Roma, 10 aprile 1517, ai Vespri

La tradizionale rappresentazione del Venerdì Santo aveva attirato tra le vetuste mura del Colosseo una folla di migliaia di Romani, forestieri e pellegrini che si accalcavano in religioso silenzio intorno al grande palco montato per la celebrazione. Il sontuoso allestimento era costato molte centinaia di ducati, ma le autorità religiose e civili dell'Urbe non avevano mai badato a spese per uno dei riti più amati dal popolo. Era una delle rare occasioni in cui nella calca si mescolavano uomini, donne e bambini appartenenti ai ceti nobili, mercantili, artigiani e plebei, oltre che preti e frati, annullando le distanze di casta che li separavano nel resto dell'anno: gli sguardi di tutti rivolti, con commossa devozione, alla messa in scena della Passione di Cristo. Solo il carnevale poteva vantare un simile abbattimento delle barriere sociali, ma nulla a che vedere col Venerdì Santo.

Muovendosi nella ressa con aria in apparenza svagata, Leandro lanciava occhiate distratte al palcoscenico ma il vero oggetto della sua attenzione era la multiforme umanità che lo circondava da ogni parte. Grazie a un lungo addestramento, era abituato a osservare gruppi numerosi di persone distinguendone i singoli componenti, cogliendo le caratteristiche e i comportamenti di ognuno. Scrutare, valutare, cogliere il più lieve atteggiamento sospetto, scoprire ogni indizio, anche a prima vista insignificante, che potesse smascherare, sotto un'identità apparentemente innocua o anonima, una spia, un informatore, un sicario al soldo dei nemici della Santa Chiesa: questo era il suo lavoro. Soprattutto nei giorni delle grandi festività, quando Roma diventava una confusa babele di razze e di lingue, la soglia dell'attenzione andava innalzata, perché proprio in questi periodi agivano gli avversari del Santo Padre: nel torbido si pescava meglio.

Da quando erano iniziate le Guerre d'Italia, Roma era divenuta uno dei punti cruciali d'Europa da cui centinaia di spie, ma anche di traditori che svolgevano il doppio e perfino il triplo gioco, irradiavano notizie e indiscrezioni a beneficio dei propri sovrani, o di chiunque li pagasse meglio. A Leandro, e a tutti gli altri uomini e donne che servivano occultamente il pontefice, spettava il compito di vigilare.

Sì, anche donne, soprattutto meretrici. Le più scaltre e avide incrementavano i loro guadagni improvvisandosi delatrici per conto di numerosi informatori che facevano concorrenza ai topi nell'infestare l'Urbe. Grazie al loro mestiere, ricoprivano un ruolo fondamentale nel captare qualsiasi tipo d'informazione. Molto utili erano specialmente le cortigiane *honestae*, che avevano il privilegio d'intrattenere aristocratici e alti prelati, uomini che spesso, abbandonandosi nelle loro braccia, lasciavano correre la lingua, soprattutto se stimolati dalle giuste domande. Anche le puttane *di minor sorte*, tra cui quelle *da lume* che misuravano la durata delle loro prestazioni sul consumarsi di una candela, si dedicavano spesso a incrementare le proprie magre entrate cercando di carpire piccoli segreti da soldati e funzionari di basso rango, oppure tentando di scoprire spie infiltrate da denunciare a quelle nemiche in cambio di adeguati compensi, più o meno lauti a seconda del ruolo e dell'importanza della vittima della delazione. Una continua orgia d'inganni e tradimenti nella quale tutti erano contro tutti, e chiunque non avrebbe esitato a vendere perfino la propria madre.

Da quando aveva messo la sua mente, la sua anima e la sua spada al servizio del papa e della Chiesa, Leandro aveva conosciuto molte meretrici che si erano avventurate in quell'attività insidiosa. Ma finora, grazie alla sua prudenza e alla buona sorte, nessuna era riuscita a gabbarlo. Alcune le aveva allegramente raggirate, rifilando loro informazioni false che avevano danneggiato il nemico piuttosto che avvantaggiarlo. Altre era stato costretto a denunciarle a chi di dovere, ben sapendo che fine avrebbero fatto. Per fortuna non aveva mai dovuto partecipare alla loro eliminazione: non era tra i suoi doveri. Leandro era stato e si considerava ancora un soldato, e finora aveva ucciso soltanto in battaglia. Aveva comunque imparato a non fidarsi di nessuno, astenendosi il più possibile dal frequentare prostitute ed evitando, se proprio qualche volta la libidine prendeva il sopravvento, di lasciarsi andare a pericolose confidenze, tranne quando aveva l'ordine di trasmettere informazioni ingannevoli alla delatrice di turno.

Quella sera il giovane aveva un altro incarico, ben più importante e delicato. Un suo contatto francese, un mercante di Lione che tradiva per denaro il proprio sovrano, doveva comunicargli alcune notizie interessanti provenienti d'Oltralpe.

Avevano appuntamento un'ora dopo la Compieta in una locanda di Campo de' Fiori. Per ingannare l'attesa Leandro aveva deciso di recarsi al Colosseo, assistendo alla rappresentazione della Passione di Cristo. Non era mai stato bigotto, e neppure esageratamente devoto, ma aveva pensato che male non potesse fargli. Era l'unica occasione di vedere l'enorme monumento illuminato quasi a giorno dalle fiaccole. Nelle altre notti era tenebroso, e si vociferava che nei suoi anfratti più nascosti stregoni e fattucchiere praticassero diabolici riti, evocando gli spiriti dei tanti morti ammazzati nella sua arena.

Il giovane fece vagare lo sguardo, ancora una volta, lungo le grandiose arcate dell'enorme anfiteatro, quasi stordito dalla loro magnificenza. Ne ricavò un senso di vertigine sentendosi minuscolo, insignificante. Esisteva forse, in tutto l'orbe, testimonianza antica più affascinante? Tra il popolo circolava la leggenda che Roma e il mondo sarebbero esistiti finché il Colosseo fosse rimasto in piedi.

Agios o Theos, agios ischyros, agios athanatos, eleison imas! Sanctus Deus, Sanctus fortis, Sanctus immortalis, miserere nobis! intonò per tre volte il coro dei fanciulli della Confraternita del Gonfalone, prima in greco e poi in latino, declamando il *Trisagion*, l'inno liturgico del Venerdì Santo. Lo spettacolo era cominciato. Fantocci raffiguranti i personaggi della Passione, animati da occulti meccanismi di canapi e pulegge e dotati di voci umane amplificate ad arte, cominciarono a rappresentare l'Ultima Cena, catturando la fervida attenzione del pubblico.

Il fondale del Cenacolo era già stato sostituito da quello dell'orto dei Getsemani, quando il giovane decise di avviarsi in direzione di Campo de' Fiori. Dal Colosseo, anche prendendo una serie di scorciatoie, a piedi ci avrebbe impiegato una mezz'ora.

Quando giunse finalmente nella grande piazza, notò che era ancora abbastanza frequentata, nonostante i banchi del mercato fossero già stati smontati e rimossi. A quell'ora era regno di mendicanti ciechi o storpi che si mescolavano a vagabondi, zingari, prostitute, indovini, studenti, mercenari senza soldo, provenienti da ogni parte d'Italia e d'Europa, tra i quali si celavano abilmente ladri e tagliaborse. Un'accozzaglia affamata e straccionа che viveva di espedienti e preferiva il favore delle tenebre alla luce del giorno, e che proprio in vista della cena bazzicava Campo de' Fiori sperando di racimolare qualche soldo da spendere in una delle tante taverne dei dintorni.

Leandro costeggiò a passo svelto la piazza. Si fermò qualche minuto a osservare il passaggio di una processione di *flagellanti*: i penitenti, con le catene ai piedi e vestiti di lunghi sai neri, i volti mascherati da ampi cappucci, procedevano lenti sferzandosi con violenza le schiene e intonando cupi salmi penitenziali. Riprese a camminare, perso nei propri pensieri. Non aveva bisogno di affrettarsi, perché senza volerlo aveva tenuto un passo assai svelto, per cui adesso mancava ancora un pezzo al suo appuntamento. Rimase a vagabondare per un po', poi si disse che avrebbe potuto ingannare l'attesa sorseggiando un buon boccale di vino.

Dopo aver imboccato una delle stradine semibuie adiacenti alla piazza, s'imbatté in una figura proveniente da una viuzza laterale. Grazie al pallido chiarore di una candela votiva, Leandro riuscì a distinguere chi aveva di fronte.

Era una giovinetta di rara bellezza. L'uomo cercò di coglierne ogni particolare nel breve istante i cui i loro sguardi s'incontrarono. Indossava un'attillata gamurra di colore bruno, dall'ampia scollatura che metteva in risalto le forme. Una bernia nera di stoffa leggera le scendeva asimmetrica dalle spalle, agganciata con una spilla non molto preziosa. Notò che a una mano aveva un anello d'argento, con il castone a stella ornato da una semplice ematite nera. Ma fu sul viso che lo sguardo di Leandro si appuntò, rapito: un perfetto ovale dai tratti degni del pennello di un grande artista, incorniciato da una folta capigliatura corvina stretta tra i nastri dorati di una cuffietta.

Riunisce in sé lo stile di mezza Europa, rifletté Leandro, divertito, un attimo prima che la fanciulla passasse oltre imboccando un'altra viuzza, un po' più larga e illuminata della precedente. *Chissà qual è il suo vero luogo d'origine... Magari è napoletana, oppure spagnola o greca...* Incuriosito, fu preso dal desiderio di seguirla. Quando i loro sguardi si erano incrociati, gli era parso di notare un breve guizzo d'interesse nei grandi occhi scuri. Aveva proprio voglia di verificare se la sua intuizione fosse esatta.

Imboccò lo stesso vicolo in cui si era infilata la giovinetta, iniziando a pedinarla ma tenendosi a una certa distanza. Aveva un'andatura molto sensuale ma anche priva di volgarità, quasi leggiadra. *Non sembra neppure una meretrice*, si disse, dandosi subito dell'idiota. Una fanciulla onesta non avrebbe mai passeggiato, così acconciata e da sola, in un sordido vicolo nei pressi di Campo de' Fiori... *Da sola?* si chiese, considerandosi di nuovo un babbeo. Una merce così preziosa andava vigilata. Di certo qualche robusto lenone, con una *misericordia* nascosta nel farsetto, la stava sorvegliando da non troppo lontano, pronto a intervenire in caso di necessità. E comunque quella ragazza aveva fegato, pensò Leandro quasi ammirato:

anche se gli sbirri in genere chiudevano un occhio, esercitare il meretricio la sera del Venerdì Santo poteva costarle almeno una notte in carcere e un bel po' di scudisciate.

Come facendo eco ai suoi pensieri, una gigantesca figura avvolta in un ampio mantello, con un cappellaccio calato sugli occhi, spuntò all'improvviso da una viuzza laterale parandosi di fronte alla giovinetta, che non sembrò affatto spaventata dall'apparizione. *Quindi non uno sbirro*, valutò Leandro, fermandosi per istinto e appiattendosi contro un muro.

Protetto dalla semioscurità, restò immobile a osservare i due che confabulavano. In ogni modo, non intendeva affatto disturbare la loro conversazione, rischiando di litigare col gigante dal mantello nero. Non poteva permettersi di mettere a repentaglio la propria incolumità per futili motivi, non prima di conoscere le importanti informazioni che il suo contatto di Lione custodiva. Quella sera Leandro, per passare inosservato, non portava la spada. Avrebbe potuto impugnare, in caso di necessità, solo la piccola *misericordia* che teneva nel farsetto. Stava quasi per rinunciare alla preda, quando la sorte gli venne in aiuto: dopo una breve discussione con la ragazza, l'uomo si congedò con un lieve inchino. Prima che il colosso sparisse nel buio, però, le sfiorò una guancia con una carezza di commiato, con una manona che avrebbe potuto spezzarle il collo con un solo gesto.

Se era un cliente, non si sono messi d'accordo sul prezzo. E una così non deve costare poco. Se invece era il suo ruffiano, deve essere ben affettuoso... Ciò che lo stupiva, in entrambe le ipotesi, era infatti il gentile, quasi remissivo atteggiamento tenuto dall'uomo.

La meretrice si guardò attorno con aria svagata, poi riprese a camminare. Leandro la imitò subito, ricominciando a seguirla mantenendo la distanza. Solo quando la furbetta si voltò verso di lui, incrociando il suo sguardo per la seconda volta ma più a lungo, Leandro ebbe la conferma che il suo istinto non sbagliava. Allora accelerò per affiancarla.

«Che Dio vi salvi, damigella... Vedo che siete tutta sola... Posso accompagnarvi, dato che andiamo nella stessa direzione?» le mormorò. Aveva deciso che divertirsi un po' con lei, sarebbe stato meglio che ingannare l'attesa bevendo nella taverna. Male non poteva fargli. Certo, fornicare nel Venerdì Santo non era proprio un comportamento impeccabile... Ma se non l'avesse più incontrata, tanto valeva cogliere l'occasione al volo.

«Cosa vi fa pensare che siamo diretti nel medesimo luogo?» rispose lei scoprendo in un sorriso malizioso la bianca dentatura, resa ancora più candida dal contrasto col rosso intenso delle labbra. Davanti all'espressione interdetta dell'uomo, scoppiò poi in una risata argentina. «Dovreste essere voi, messere, a darmi un valido motivo per procedere verso la stessa meta.»

Motteggiatrice e piena di spirito. Stava per replicare, ma la ragazza lo interruppe con altre domande: «Vi piace Roma? Che negozi vi svolgete?».

«Affari» le sorrise a sua volta, tenendosi sul vago. Nonostante la giovane lo affascinasse molto, la regola era sempre parlare il minimo indispensabile, soprattutto con quel tipo di donne. Passare per mercante l'avrebbe reso di certo più appetibile che dichiarare di essere un soldato.

«E voi? Cosa fate nella Città Santa?» le chiese allora, senza illudersi di sapere davvero qualcosa sul suo conto.

«Anch'io per... *affari*, se così si può dire» cinguettò la prostituta, lanciandogli un'occhiata carica di sottintesi. La risposta gli piacque. Almeno non doveva sorbirsi la solita, falsa recita strappalacrime.

«In questo caso, *madamigella*» replicò in tono giocoso, strizzandole l'occhio, «posso rispondere senz'altro alla vostra prima domanda...»

«Parlate, messere. Non tenetemi sulle spine.»

«Tre giuli d'argento sarebbero una ragione valida per andare nella mia stessa direzione?» le sussurrò all'orecchio, resistendo alla tentazione di addentarlo come una ciliegia.

«È meno di quanto mi ha offerto quel gigante...» rispose con un'espressione deliziosamente imbronciata.

Leandro allargò le braccia, sospirando rassegnato: «Allora non ho speranza!».

«Vi arrendete troppo facilmente, messere. Non mi sembra di avervi detto che rifiuto l'offerta...»

«Ma allora... preferite me a quel *rodomonte*, anche per una cifra minore?» domandò Leandro, giungendo scherzosamente le mani sul petto come in preghiera. La giovane accolse quella scenetta con una squillante risatina.

«Per fortuna posso scegliere i miei clienti» disse. «Non avrei accettato quel colosso per nessuna somma al mondo. Diamine, mi avrebbe schiacciata col suo peso!»

«Dunque... siamo d'accordo? Affare fatto?»

«Venite con me» tagliò corto, lo sguardo pieno di sensuali promesse.

Lui la seguì, obbediente, in un dedalo di viuzze sempre più solitarie, fetide e peggio illuminate. Di tanto in tanto, l'ombra di un ratto fuggiva rapida al suono dei loro passi, scomparendo nell'oscurità con sinistri squittii. Leandro allacciò la giovinetta per la vita sottile, pregustando le sue grazie con crescente eccitazione. La meretrice, stretta al suo fianco, gli carezzava la nuca con la punta delle unghie, suscitandogli brividi di piacere. *Questa ci sa proprio fare*. A un certo punto, colto dalla passione, la trattenne e la baciò con furia, ma lei si divincolò con inattesa energia.

«Non qui!» sussurrò, con un sorriso ambiguo. «Più avanti, ancora pochi passi...» aggiunse sorniona, continuando a vellicare il collo dell'uomo. Leandro sperò di riuscire a trattenersi.

A un tratto, quando svoltarono in un vicoletto angusto, il giovane sentì sulla pelle un unico graffio rapido, che gli strappò una smorfia di dolore.

«Che diavolo ti prende?» sussultò sorpreso, afferrandole per istinto la mano che ancora gli teneva sulla nuca.

Non ebbe il tempo di dire altro, né di pentirsi dei propri peccati.

II

Carrara, Cave del Polvaccio, 15 aprile, ora prima

L'alba era il momento migliore per osservare i blocchi di marmo in tutta la loro traslucida bellezza, scovandone anche i difetti più nascosti. Nonostante molti scultori considerassero una superstizione pagana controllarne la qualità alle prime luci del mattino, Michelangelo non si era mai sottratto a quella che considerava una regola aurea tramandata tra gli scalpellini da generazioni. Del resto, anche i cavatori si recavano sul lavoro sempre di buon'ora per approfittare, soprattutto nei mesi più caldi, della frescura che rendeva più leggera la fatica. Fra non molto, infatti, i raggi del sole avrebbero iniziato a scaldare le candide balze intagliate nella montagna, rendendo l'accecante superficie sempre più rovente.

In piedi su uno sperone di roccia, il Buonarroti osservava attento i movimenti sotto di lui, senza perdere di vista neppure una spanna dell'enorme parete stratificata a fasce bianche e grigiastre, a seconda di dove la materia era stata strappata dal geloso grembo della montagna.

A una certa altezza, in una zona ancora risparmiata dal piccone, i *tecchiaioli* stavano già scendendo lungo robuste funi, assicurate alla parete sovrastante e penzolanti nel vuoto, per liberare la nuova area di lavoro dai sassi e dalle pietre sporgenti. Erano i primi a sfidare il pericolo, per consentire ai cavatori di procedere in relativa sicurezza. *Relativa*, giacché non era purtroppo raro udire, tra i rimbombi del piccone e i richiami dei lavoranti, il cupo eco del corno: un segnale di ferimento o di morte che faceva immediatamente sospendere ogni attività, trasformando l'intera cava in un silenzioso luogo di dolore. In quel caso, ogni attività sarebbe stata interrotta fino al mattino dopo, e anche di più se ci fosse stato un funerale da celebrare. Nelle Alpi Apuane, gli addetti alle cave costituivano una grande famiglia che condivideva gioie e sofferenze, come del resto quelli di Pietrasanta e Seravezza: gente di poche parole, spesso burbera e scontrosa, che non amava presenze estranee, al punto da organizzare perfino i matrimoni solo all'interno della propria cerchia.

Tutti i cavatori hanno il medesimo carattere, anche quelli che estraggono la pietra serena a Maiano, pensò Michelangelo, commosso dall'idea di essere uno di *loro*. Ricordava sempre con nostalgia il periodo in cui, da ragazzo, aveva frequentato la famiglia di Domenico da Settignano detto *Topolino*, un abile scalpellino la cui moglie, monna Margherita, gli aveva fatto da balia.

Davvero si può dire che io abbia mangiato latte e marmo, sorrise tra sé. Infatti non aveva mai trovato grosse differenze tra l'arte della scultura e quella di squadrare lastre e blocchi di pietra per l'edilizia. L'atteggiamento nei confronti di quella roccia, il rispetto per le sue venature e la sua resistenza allo scalpello erano gli stessi. Michelangelo era convinto che non avrebbe mai progredito nel suo mestiere se non avesse prima imparato a lavorare con gli scalpellini. Anzi, se non fosse stato per le insistenze di suo padre Ludovico, intestarditosi a metterlo a bottega dal pittore Ghirlandaio per farne un vero *artista*, sarebbe volentieri rimasto tutta la vita tra i cavatori. Erano stati loro a insegnargli a sbozzare i blocchi di marmo, quando era venuto a Carrara per la prima volta a procurarsi un bel pezzo di *carne* in cui scolpire la *Pietà*, l'unica delle sue statue che avesse avuto l'immodestia di firmare. Sì, anche lui si era abituato a chiamare *carne* il marmo, come facevano gli scalpellini, per sottolinearne la natura quasi *organica*, e insieme la fondamentale importanza che rivestiva nelle loro vite.

Mentre osservava con attenzione le operazioni di cavatura, Michelangelo si lasciò andare al flusso dei ricordi: era tornato una seconda volta a Carrara, quando era ancora giovane e pieno d'orgogliosa energia, per procurarsi i marmi per la sepoltura di Giulio II, il *papa guerriero* della famiglia Della Rovere. Un periodo di forti contrasti col pontefice, di rocambolesche fughe e di riconciliazioni, quando la sua imprudente arroganza l'aveva condotto perfino ad assaggiare il bastone di Sua Santità, come un qualsiasi servo... *Un'umiliazione di cui mi sono poi vendicato, a modo mio*, ridacchiò tra sé. Quando aveva dato al profeta Zaccaria sulla Volta Sistina le fattezze di Giulio II, aveva infatti raffigurato uno degli angioletti alle sue spalle con il pollice stretto tra l'indice e il medio del pugno chiuso, nel volgare gesto fiorentino della *fica*. Finora nessuno se n'era accorto, grazie alla distanza da terra della figura e ai giochi di luce e ombra che ne confondevano i particolari. Quanto si era divertito! Soddisfazioni che appartenevano purtroppo al passato.

Ormai, anche se poco più che quarantenne, nelle lettere che

scriveva a familiari, amici e committenti si definiva sempre più spesso *vecchio*, anche se una scintilla dell'antica fierezza continuava ad ardergli in fondo al petto. Scintilla che aveva ripreso a brillare, gagliarda e vigorosa, solo da qualche mese, da quando era tornato nelle cave di marmo. Solo qua si sentiva di nuovo *giovane*, pieno di voglia di fare. Aveva perfino riacquistato il suo carattere spigoloso, di cui era sempre stato orgoglioso, tanto da potersi permettere d'ignorare le pressanti richieste del nuovo pontefice, Leone X, figlio del Magnifico Lorenzo. Quest'ultimo esigeva infatti che si procurasse i marmi per la facciata della chiesa fiorentina di San Lorenzo presso le cave di Pietrasanta, molto più convenienti in quanto territorio mediceo.

Ma i cavapietre di Pietrasanta non valgono quanto i carraresi. Se volessi accontentare Leone X, mi toccherebbe prima far loro da maestro, cosa per la quale non ho né tempo né voglia... Inoltre, le cave del Polvaccio erano quanto di meglio esistesse per i marmi da statua. E Michelangelo, incaricato di cercare materiale per San Lorenzo, stava in realtà accumulando i blocchi migliori per le sculture decorative della tomba del defunto Giulio II, progetto al quale non aveva mai rinunciato e per cui era tuttora in trattative coi suoi eredi, anche se l'idea originale di un enorme mausoleo abbellito da quaranta statue, concordata una dozzina d'anni prima col papa ancora vivente, era stato nel tempo molto ridimensionato. *Speriamo che Sua Santità non si accorga della mia innocente truffa*, pregò silenziosamente. *Potrebbe prendersela davvero a male, e non avrebbe tutti i torti: in fondo sto spendendo i suoi ducati d'oro per il sepolcro di un Della Rovere, una delle nobili famiglie a lui più ostili... Però si tratta di un semplice prestito, farò in tempo a reintegrare la somma*, concluse in un moto di ottimismo, tornando a concentrarsi sulle operazioni di scavo. Molte ore erano trascorse senza che neppure se ne accorgesse. Gli accadeva sempre, quando era impegnato a sorvegliare i lavori.

Sotto il suo sguardo vigile, decine di cavatori a torso nudo si muovevano frenetici sulle balze della montagna. I barbagli del sole ormai alto si fondevano col luccichio del sudore sulle membra muscolose. Come formiche su un'enorme scala preparata per un gigante, lottavano per strappare brandelli di *carne* dalla compatta roccia primordiale.

«Salve, Buonarroti» disse una voce alle sue spalle, facendolo sussultare. Quando si voltò, i suoi occhi abbacinati dal sole distinsero solo la sagoma di una figura maschile, tarchiata e robusta, che l'aveva raggiunto silenziosa come un gatto. Da quanto tempo era lì?

«Salute a voi, Caldana» rispose, facendosi schermo con la mano e rivolgendosi all'uomo col suo soprannome. Adesso l'aveva riconosciuto. Era mastro Iacopo d'Antonino di Maffiolo, il proprietario della cava che si estendeva sotto i suoi occhi. Ai suoi tempi era stato un bravo cavatore, ma ora lasciava volentieri tutta la fatica ai suoi capisquadra e ai suoi lavoranti, preferendo occuparsi dei contratti e d'incassare il denaro. *Però è un uomo onesto*, pensò lo scultore, ricordando che finora il Caldana era sempre stato puntuale con le consegne, e che i suoi marmi erano quasi sempre perfetti. Il che non si poteva dire di tanti altri mastri carraresi.

«Mi sembra che il lavoro proceda bene» disse il mastro, osservando il punto della cava su cui si erano fissati di nuovo gli occhi di Michelangelo. Parecchi metri più in basso, comunque chiaramente visibili, cunei di legno bagnato erano stati infilati nelle spaccature naturali che contornavano un enorme blocco di marmo. Gonfiandosi a causa dell'acqua, il legno le aveva allargate in modo tale che, con l'ausilio di leve di metallo, alcuni robusti cavatori stavano rimuovendo del tutto il grosso pezzo di roccia candida dalle viscere della montagna. Lo scultore fletté quasi involontariamente i muscoli partecipando per istinto, anche se a distanza, allo sforzo dei cavapietre. Se non fosse stato di pregiudizio alla propria immagine di ricco committente, che acquistava quasi ogni giorno marmo a *carrate* (la quantità di materiale che poteva trasportare un carro trainato da due buoi), Michelangelo sarebbe volentieri sceso nella cava per condividere la fatica degli operai. Ma probabilmente s'illudeva. Non ne aveva più la forza fisica, anche se possedeva una grande esperienza tecnica. Spesso, osservando i lavori di scavo, ne aveva previsto alcuni errori per fortuna non fatali, e qualche volta aveva fatto in tempo a scongiurare il peggio. Sugli immensi gradoni scintillanti delle cave era pur sempre seduta, come su un grande trono abbagliante, la Morte con la falce in grembo, pronta a vibrarne la lama ricurva a ogni minimo errore.

«Attenti, adesso!» esclamò lo scultore facendo eco ai suoi pensieri, come se davvero i cavapietre potessero udirlo. In quel preciso momento, infatti, il grande blocco – alto sette braccia e largo quattro, a occhio – si staccò dalla parete e venne giù con un assordante rumore di frana, scivolando lungo la parete fino ad abbattersi, con un violento tonfo ma per fortuna senza danni, sul grande spiazzo alle pendici della cava. Pochi istanti dopo decine di operai, che si erano allontanati dal punto dell'impatto, tornarono a segare i grossi pezzi di marmo già cavati con l'aiuto di acqua e sabbia, oppure a sbozzarli col piccone.

«Andiamo a vedere quel bel pezzo di *carne*?» sorrise il Caldana, pregustando una buona vendita.

«Volentieri» annuì Michelangelo, battendogli una mano sulla schiena e precedendolo lungo il pendio scosceso che portava al fondo della cava. Sebbene fosse ripido e pieno di pericolose asperità, i due uomini vi saltellarono sopra come capre, giungendo in basso in men che non si dica.

«Mi sembra proprio adatto alla vostra bisogna» riprese il Caldana, accarezzando la superficie scabra del blocco come avrebbe fatto con la pelle di una donna. Per gli scalpellini di Carrara, come anche per Michelangelo, il marmo era *vivo*, pulsante di una segreta e misteriosa esistenza.

«Uhm...» grugnì lo scultore, conficcando lo sguardo nella pietra come se volesse trapassarla. A un'osservazione più attenta, infatti, il magnifico pezzo mostrava alcune macchie e venature causate da antiche infiltrazioni d'acqua piovana, oltre a una piccola quantità di *peli*, minuscole imperfezioni nerastre che non potevano però sfuggire al suo occhio esperto. «Presenta dei difetti, Caldana. Mi dispiace, ma non posso acquistarlo.»

«Andiamo, Buonarroti!» sbuffò l'altro, impaziente. «Ma se è quasi perfetto!»

«È proprio quel *quasi* il problema» sospirò lo scultore. «A me servono marmi da statue, bianchi e *totalmente* perfetti.»

Anche se perfino quelli possono riservare delle brutte sorprese, pensò con un misto di rabbia e tristezza. Lo aveva imparato a sue spese. Ricordava, come fosse ora, l'orribile momento in cui a Roma, terminando di scolpire un possente *Cristo risorto*, sul viso della statua era comparsa, come dal nulla, un'oscena venatura nera che lo aveva irrimediabilmente deturpato. Un lavoro di mesi sprecato, proprio all'ultimo momento! Aveva dovuto iniziare una nuova scultura, uguale alla precedente, confidando nella pazienza dei suoi committenti. Eppure, all'inizio quel blocco di marmo gli era sembrato davvero perfetto. Non ci si poteva *mai* fidare della pietra…

«Allora rivolgetevi al Padreterno» replicò il Caldana in tono secco. Si era improvvisamente rabbuiato. «Io non posso scavare tutta la montagna inseguendo la vostra idea di *perfezione*!»

Michelangelo scosse la testa, cercando di rimanere calmo. *Eccoli i cavatori*, pensò irritato. *Tutti amici e fratelli, finché fanno il loro interesse. Ma prova a contraddirli o contestarli, e ti rivelano subito la loro faccia scontrosa, burbera, dura come la pietra che gli dà da vivere…*

«Non ve la prendete, mastro Caldana» mormorò, in tono conciliante. «Mi pare che finora io non abbia mai badato a spese, quando mi avete proposto marmo di mio gradimento. Il papa mi ha assicurato di voler investire fino a diecimila ducati d'oro nel progetto della facciata di San Lorenzo. Non dubitate: sono certo che la vostra cava nasconda marmi ancora più candidi, perfetti come li desidero. Basta scovarli, e sarete ampiamente pagato.»

«Già, già…» bofonchiò l'altro. «Nel frattempo, però, abbiamo sprecato parecchie giornate di lavoro e rischiato la vita dei miei lavoranti per cavare un blocco che disprezzate…»

«Nulla è perduto» scherzò Michelangelo, tentando di sdrammatizzare. «Sono sicuro che troverete il modo di vendere quel pezzo di *carne* a qualche committente meno… *esigente* di me! E di Sua Santità Leone X, naturalmente!»

«Lo spero, Buonarroti… Con voi non si è mai troppo sicuri di nulla!»

L'altro stava per replicare, quando l'eco di un argentino suono metallico lo interruppe. I capisquadra, battendo tra loro due aste di ferro, stavano chiamando gli operai a raccolta per il desinare.

«Venite con me?» chiese al Caldana lo scultore, indicando con un cenno la tettoia di legno sotto la quale stavano prendendo posto i sudati lavoranti.

L'altro scosse la testa. «Oggi vo' a desinare a casa. Non sono in vena di compagnia. Vi auguro buona giornata, Buonarroti» concluse, con lo stesso tono con cui avrebbe detto *che ti vada il cibo per traverso, ribaldo di un fiorentino*. Michelangelo capì l'antifona, notando che pure alcuni cavatori, mentre masticavano a quattro palmenti le povere colazioni, gli lanciavano occhiate di sbieco. Evidentemente, anche tra loro si era diffusa la notizia di aver lavorato inutilmente.

Scrollando le spalle rassegnato, lo scultore rinunciò a mangiare coi lavoranti. Avrebbe consumato a casa la frugale colazione che si era portato dietro. Si avviò giù lungo il ripido sentiero che portava alla cava di Ravaccione, dove evitò di fermarsi perché anche là aveva avuto discussioni coi proprietari che volevano vendergli carrate di materiale troppo screpolato.

Se i marmi carraresi non fossero comunque i migliori sarei quasi tentato di obbedire all'ordine del papa e di servirmi a Pietrasanta, o al limite a Seravezza, considerati gli intralci e la mala creanza che sto incontrando da queste parti, sospirò, continuando a seguire il sentiero che costeggiava il fiume Carrione fino a giungere in città.

Il luccicante bagliore di Carrara, simile a quello delle cave grazie alla profusione di marmo che l'abbelliva, lo accolse in tutto lo sfavillio dell'ora sesta, annunciata dallo scampanio della bianca torre del Duomo. Perfino le sue piazze e le sue strade erano ricoperte di candide lastre luccicanti, un lusso che neppure Firenze poteva permettersi.

Prima di recarsi a casa fece un salto allo studio del notaio ser Galvano di ser Nicola, dove lo attendevano i due cavatori Francesco Vanello e Bartolomeo Bardino da Torano per stipulare un contratto per cinquanta carrate di marmo da estrarre dalle cave del Papello. L'artista si accordò versando una caparra di venti scudi d'oro, riservandosi di saldare il resto del compenso quando il materiale fosse stato già interamente cavato, sbozzato e caricato in barca alla spiaggia di Avenza. Ormai si era fatto furbo, e cercava di tutelarsi in tutti i modi per non incappare in qualche imbroglio. Quelle sedute dai notai, sebbene necessarie, erano però una vera noia, soprattutto l'interminabile lettura dei verbali in latino di cui capiva poco o nulla, e che doveva sempre farsi ripetere in fiorentino. Dopo aver rischiato più volte di addormentarsi, mentre il notaio snocciolava con voce monotona la sua interminabile nenia, l'artista fu avvisato che la pratica era finalmente terminata. Il contratto fu siglato con una lunga serie di firme, comprese quelle dei testimoni, e festeggiato con l'apertura di un fiasco di Trebbiano che Michelangelo assaggiò appena, essendo abituato a bere poco e quasi mai a stomaco vuoto.

Finalmente libero da quella tediosa incombenza, si rimise in cammino attraversando il mercato dei porci, dove spesso si contrattava anche il marmo, fino a giungere in piazza del Duomo, sulla quale affacciava la comoda casetta che aveva affittato, fin dal suo primo viaggio a Carrara, dallo speziale Francesco Pelliccia. Tempo prima gli aveva anche commissionato dei marmi, giacché il Pelliccia era proprietario di cava oltre che farmacista, poi avevano risolto il contratto di comune accordo, senza che ciò avesse minimamente pregiudicato i loro rapporti. Infatti sua moglie, che stava facendo un po' di pulizie in assenza dello scultore, appena lo vide entrare lo salutò cordialmente, come faceva sempre.

«Gradite qualche buona pietanza, oggi, maestro Buonarroti?» gli chiese, deponendo la ramazza e tirandosi giù le maniche del corpetto sulle braccia paonazze e lucide di sudore. «Proprio oggi ho cucinato della...»

«No, grazie» si schermì lo scultore sorridendo. «Anche stavolta consumerò il mio modesto desinare da tagliapietre» aggiunse, sedendosi a tavola e tirando fuori dalla scarsella due grosse fette di pane insaporite con olio, sale e aceto. «Magari approfitterò della vostra cucina per cena» continuò, addentando con gusto la prima fetta. «Così potrò anche godere della piacevole conversazione di vostro marito, oltre che della vostra.» La donna sorrise e si ritirò con discrezione, non prima di avergli posato sul tavolo un mezzo boccale di Trebbiano ghiacciato.

Non erano complimenti ipocriti quelli dello scultore, fatti giusto per tenersi buoni i Pelliccia, con loro si sentiva davvero a casa. Erano tra i pochi Carraresi con i quali avesse sempre avuto ottimi rapporti, tanto che aveva pensato di stabilirsi definitivamente presso la coppia, o almeno per un periodo molto lungo, scolpendo direttamente sul posto le statue per la tomba di Giulio II e per la facciata di San Lorenzo. Perché fare tante volte avanti e indietro tra Roma e Firenze, quando poteva tranquillamente lavorare a Carrara risparmiando il denaro e la fatica dei viaggi? Per seguire la spedizione delle sculture a

Roma, sarebbe bastato il suo attuale allievo, Pietro Urbano, mentre portare il materiale da Carrara a Firenze sarebbe stato ancora più facile.

Era immerso in queste valutazioni mentre finiva il magro pasto, quando gli sembrò di udire un rumore di zoccoli rimbombare sul selciato della piazza. Sì, era proprio un cavallo che si avvicinava al trotto sostenuto, cosa insolita nel centro cittadino. Michelangelo drizzò le orecchie. Lo scalpitio degli zoccoli diventò sempre più forte, finché cessò all'improvviso.

Lo scultore si diresse, curioso, all'uscio della casetta, e si scontrò con la moglie del Pelliccia che proveniva da fuori pallida e turbata.

«Un cavaliere!» esclamò con voce strozzata. «Un cavaliere armato fino ai denti chiede di voi, maestro Buonarroti!»

«Entrate e calmatevi» la confortò Michelangelo. «Vado a vedere di chi si tratta. Non ho nulla di cui preoccuparmi.»

In realtà, quando uscì sulla piazza assolata, era quasi sicuro che la presenza di quell'uomo a cavallo significasse grattacapi.

«A che devo l'onore, messere?» si rivolse al cavaliere con un leggero inchino. Dall'abito e dal mantello eleganti, anche se impolverati dal viaggio, dava l'idea di essere un personaggio di una certa importanza.

«Siete voi Michelangelo di Ludovico Buonarroti, artista fiorentino?» chiese l'altro in tono asciutto, fissandolo con una certa diffidenza. Evidentemente, riteneva che quella giubba e quei pantaloni sdruciti, imbiancati dalla polvere di marmo, non si addicessero alla persona che era venuto a cercare.

«In persona» rispose lo scultore, raddrizzando le spalle. Quella malcelata occhiata di disprezzo gli aveva fatto salire il sangue alla testa. Con chi credeva di aver a che fare quello zotico ben vestito?

«Allora questo è per voi» tagliò corto il cavaliere, senza neppure scendere dalla sella, porgendogli un plico di pergamena sigillato. «Messaggio da parte di nostro signore Sua Santità Leone X.»

Grattacapi, come avevo immaginato, sospirò Michelangelo, rompendo il sigillo papale. Lesse il biglietto con crescente apprensione, senza credere ai suoi occhi. Il pontefice gli ordinava di seguire il suo messo fino a Roma, accludendo il denaro necessario per le cavalcature di posta. Ne avrebbero dovute cambiare molte, sforzandole fino allo sfiancamento, in quanto il papa si aspettava che l'artista fosse di ritorno nel più breve tempo possibile, sotto pena d'incorrere nella sua inimicizia e in altre spiacevoli sanzioni...

Ma che gli è preso, a Leone X? si domandò lo scultore allibito. Lo conosceva da quando erano ragazzi, nel periodo in cui aveva vissuto assieme a lui e agli altri figli del Magnifico Lorenzo. Anche quando Giovanni era diventato uomo, cardinale e poi papa, aveva sempre conservato un carattere tranquillo e gioviale, quasi flemmatico. Cosa aveva potuto spingerlo a scrivere un messaggio simile? Possibile che avesse a che fare con la questione dei marmi da cavare a Pietrasanta? Michelangelo scosse la testa. Gli sembrava assurdo. In ogni modo, non poteva far attendere il vicario di Cristo in Terra.

«Vogliate attendere solo un istante» disse al messaggero, rientrando in casa. Anche se non aveva avuto il tempo di lavarsi e cambiarsi, come faceva sempre di ritorno dalle cave, era riuscito per fortuna a mangiare un boccone. Il suo accompagnatore, che stava facendo scalpitare il cavallo davanti all'uscio, sembrava proprio avere il fuoco al deretano. Per fortuna, appena lo scultore fu dentro, trovò la solerte moglie del Pelliccia che gli porgeva la mantella e la berretta da viaggio.

«Forse ne avrete bisogno» gli mormorò la donna, ancora abbastanza pallida.

L'artista le sorrise e le strinse forte le mani, in segno di ringraziamento. «Credo di sì. Devo giungere a Roma il prima possibile, quindi dovrò cavalcare anche di notte.»

«Maestro Buonarroti… mica vi portano a Castel Sant'Angelo, vero?»

«Spero proprio di no» sorrise Michelangelo. «Anche se… non si può mai sapere cosa giri per la testa di un papa» concluse con un occhiolino. «Mi raccomando, tenetemi in ordine la casa fino al mio ritorno. Spero di fare presto.»

«Non dubitate.»

Dopo aver accennato un inchino, lo scultore raggiunse il messo in impaziente attesa.

III

Vaticano, Palazzo Apostolico, ora terza

I valletti adibiti alla toletta mattutina di Leone X stavano approntando la sua vestizione quando la porta del *cubiculum* papale si aprì all'improvviso. Prima ancora che il nuovo arrivato si presentasse al suo cospetto, il pontefice aveva già immaginato di chi potesse trattarsi. Eccettuati suo cugino Giulio de' Medici e suo fratello Giuliano Duca di Nemours, defunto però l'anno precedente, solo Bernardo Dovizi da Bibbiena, cardinale di Santa Maria in Portico Octaviae e capitano generale dell'esercito pontificio, poteva infatti presentarsi in udienza in qualunque momento, senza bisogno di essere annunciato. Del resto, i suoi appartamenti si trovavano al terzo piano del Palazzo Apostolico. Gli bastava discendere poche rampe delle nuove scale progettate da Raffaello per accedere alle stanze private del pontefice.

La figura che entrò nella sua camera da letto, vestita col rocchetto e la berretta color porpora, era infatti proprio Dovizi da Bibbiena.

«Ecco il nostro *alter papa*!» Leone X lo salutò con apparente cordialità. La sua voce, sebbene leggermente arrochita dal recente risveglio, era profonda e melodiosa. La stessa con cui stupiva l'intera corte quando intonava, immemore della dignità pontificale, i madrigali e gli strambotti più in voga accompagnato dai propri musici di fiducia durante i ricevimenti. In fondo era pur sempre un Medici, amante dell'arte e dei piaceri.

«Scusate l'intrusione, Santità» si giustificò il Bibbiena con un lieve inchino, «ma avrei bisogno di parlarvi con urgenza... e a quattr'occhi.» Aveva anche lui una voce calda e modulata, da oratore.

Giovanni de' Medici annuì con un sospiro, restando seduto sul letto e rassettandosi la veste da camera sulla figura corpulenta. Congedò i valletti con un'occhiata eloquente, disponendosi ad ascoltare il cardinale con una certa insofferenza. Era raro che si presentasse in udienza, soprattutto all'improvviso, senza portare cattive notizie. Un tempo erano stati grandi amici, e ciò aveva contribuito alla brillante carriera del Bibbiena. Ma negli ultimi anni quel rapporto si era abbastanza raffreddato. Quando il pontefice aveva dovuto sollevare suo nipote Lorenzino, ferito gravemente alla testa durante l'assedio di Mondolfo, dal comando della guerra per conquistare Urbino affidandola al cardinale, questi si era rivelato un condottiero abbastanza inetto, subendo a Monte Imperiale una dura sconfitta e rifugiandosi a Pesaro con la coda tra le gambe. Se Francesco Maria I della Rovere, signore del Ducato e ormai vittorioso, non avesse terminato i fondi per pagare le proprie milizie, quel breve conflitto avrebbe avuto un epilogo assai sfavorevole per i Medici e per la Chiesa, i cui interessi ormai coincidevano. Il Bibbiena si era rivelato più uomo di lettere che d'armi. Raffinato autore della commedia licenziosa *Calandria*, era intimo amico di scrittori e artisti come Baldassarre Castiglione e Raffaello. Insomma, di guerra ne capiva ben poco, ma il suo ruolo di supremo condottiero dell'esercito papale, nonostante i continui fallimenti diplomatici e militari, lo rendeva ugualmente quasi *pari* al pontefice, cosa che Leone X sopportava sempre meno. Doveva però fare buon viso a cattivo gioco e continuare a chiamarlo in privato, con stizzita ironia, *alter papa*, almeno per il momento. Di rimuoverlo non se ne parlava: era diventato ormai troppo potente, anche grazie alla sua relazione con Isabella d'Este, marchesa di Mantova.

«Ti ascoltiamo» concesse finalmente il papa, usando il suo consueto *plurale maiestatis*. Mentre il cardinale si sedeva sulla scranna indicatagli, Leone X lo scrutava con i suoi piccoli occhi miopi. Da quella distanza riusciva a distinguere bene i particolari di quel volto triangolare dall'ampia mascella ossuta e dal mento aguzzo: il lungo naso aquilino, la larga bocca dalle labbra strette, l'espressione astuta degli occhi grigi, gli davano l'aria di un intellettuale ambiguo, sfuggente. Chissà fino a quanto avrebbe potuto fidarsi di lui, rifletté Giovanni guardingo, prima di dover prendere una decisione definitiva nei suoi confronti. Ma non sarebbe stato certo quel giorno, e neppure i successivi.

«Purtroppo sono latore di cattive nuove, Santità» mormorò il Bibbiena con aria lugubre.

«Avanti, sputa il rospo» tagliò corto il pontefice, cercando di nascondere la propria irritazione. A volte gli sembrava quasi che il cardinale godesse a turbare la sua serenità. «Che succede di tanto terribile? Qualche altra baruffa di frati, laggiù in Germania? Il popolino di Roma si lamenta per le tasse? Parla pure liberamente, Bernardo, non tenermi sulle spine!»

Il Bibbiena scosse la testa, con un'espressione cupa. «Nessuna delle solite preoccupazioni, Santità... Magari si trattasse di ordinaria amministrazione! Non vi avrei certo disturbato, ma...»

«Ebbene?» lo incalzò il papa, cominciando seriamente a preoccuparsi.

«Si tratta di due delle nostri migliori spie» rispose il cardinale, fissandolo con sguardo sconsolato. «Entrambe hanno...»

«Tradito?» Giovanni de' Medici scrollò le ampie spalle, con un sorriso ironico. «Non mi sembra una grande novità. Negli ultimi tempi tutti tradiscono tutti, in questa *lacrimarum valle*. Avranno trovato qualcuno che paga di più.»

Il Bibbiena spalancò i grandi occhi grigi, come scandalizzato. «Niente di tutto questo, Santità... Gli informatori di cui parlo hanno... purtroppo trovato la morte a pochi giorni di distanza, in circostanze molto misteriose...»

«Allora la questione diventa più interessante» lo interruppe il pontefice, facendosi improvvisamente attento. La notizia non sembrava averlo scosso più di tanto, ma aveva di certo stimolato la sua curiosità. Del resto il proverbiale cinismo della famiglia Medici, genìa di banchieri pratici e calcolatori, aveva impregnato anche il temperamento del Santo Padre, rendendolo abbastanza refrattario alle emozioni. «Dunque, che aspetti? Forniscimi più dettagli!»

«Ecco, Santità... Il primo cadavere è stato ritrovato in uno dei vicoli adiacenti a Campo de' Fiori, in una zona molto buia e solitaria, a circa un'ora dallo scoccare del Mattutino di quattro giorni fa... sì, era proprio il Venerdì Santo» annuì, prevenendo l'osservazione del papa e facendosi un rapido segno di croce. «L'hanno scoperto per caso alcuni sbirri in ronda notturna. Era riverso bocconi sul selciato. Gli armigeri hanno fatto appena in tempo a sottrarre il corpo all'ingordigia dei topi, che già si avvicinavano speranzosi di un lauto banchetto. La morte doveva essere avvenuta da poco, come confermato dal mio medico personale che ha poi esaminato il cadavere...»

«Chi era? Il defunto, intendo...»

«Uno dei nostri migliori informatori, Santo Padre. Rispondeva al nome di Leandro, anche se ovviamente non si chiamava davvero così. Una spia molto valida e capace, ex combattente nella battaglia di Marignano. Ha fatto in tempo a fornire moltissimi importanti servigi a Vostra Santità, prima di terminare i suoi giorni in quel sudicio vicolo.»

«E perché finora non mi hai detto nulla?» chiese Leone X, in tono sospettoso.

«Perché il cadavere non presentava alcun segno di ferite, né di qualunque altro tipo di violenza» si giustificò il Bibbiena, allargando le braccia. «E neppure di avvelenamento, almeno a un superficiale esame. Aveva solo un minuscolo graffio sulla nuca, appena percettibile, che si era probabilmente procurato da solo grattandosi. La causa della morte è stata registrata come naturale e identificata in un repentino soffocamento. Un malore improvviso, insomma... Nulla che potesse destare sospetti, nonostante la particolare attività del nostro Leandro, che il Signore gli perdoni tutti i peccati commessi per la maggior gloria di Vostra Santità.»

«E perché hai sentito la necessità di comunicarmelo adesso?» domandò il pontefice con aria inquisitoria.

I freddi occhi grigi del Bibbiena sostennero lo sguardo, fisso e vacuo, di quelli di Leone X. «Perché proprio questa notte, in una zona fuori mano nei pressi di Ponte Sisto, è stato rinvenuto il corpo di Ottavio, l'altra spia a cui ho accennato. Anche lui un ottimo informatore, veterano delle Guerre d'Italia, ferito nella battaglia di Ravenna e poi entrato al servizio segreto di Vostra Santità... Nel suo caso, il cadavere è stato notato da alcune meretrici che esercitano accanto al ponte, e che si sono affrettate a denunciare il fatto a due armigeri di ronda. Anche il corpo di Ottavio non presenta segni di violenza, almeno apparentemente. Sembra morto nelle medesime circostanze di Leandro. Pare che uno strano, improvviso malore li abbia soffocati entrambi e che...»

«Dove sono ora i cadaveri?» lo interruppe il papa. «Chi ha esaminato il secondo?»

«Quello di Leandro è ormai sepolto da qualche giorno. Io stesso mi ero convinto che fosse defunto *ob naturales causas*, e che non fosse quindi il caso di prolungare l'indagine sul corpo... Ma adesso, con questa nuova morte, a pochi giorni dalla prima, e nelle medesime circostanze... ecco, Santo Padre, ho dato ordine di trasportare il povero Ottavio in una segreta di Castel Sant'Angelo, in attesa di più approfonditi accertamenti.»

«Hai fatto bene» concesse il pontefice. Rimase poi in silenzio per un lungo istante, che al Bibbiena sembrò un'eternità, fissando il vuoto come a raccogliere le idee.

«Potrebbe trattarsi di una tragica coincidenza» disse poi, lisciandosi pensoso l'ampia pappagorgia. «Oppure no. Certo è che ci troviamo di fronte a una situazione molto strana, e anche abbastanza inquietante...»

«A questo proposito, Santità, c'è un altro particolare che devo riferirvi: gli sbirri che hanno trovato Leandro hanno dichiarato di aver intravisto, nel buio del vicolo, una figura allontanarsi rapidamente. Una donna, a quanto pare. Uno di loro l'ha inseguita, ma non è riuscito a raggiungerla prima che si dileguasse... E pure per quanto riguarda Ottavio, le prostitute che ne hanno scoperto il corpo sostengono di aver scorto una donna abbandonare velocemente il luogo del ritrovamento... anche se, in questo caso, potrebbero averlo inventato per stornare qualunque responsabilità da loro stesse.»

«Le avrai interrogate, spero.»

«Certamente, Santità. Sono state condotte al carcere di Corte Savella, dove il Bargello le ha sottoposte a un *rigoroso esame* per verificarne le affermazioni. Ma anche sotto tortura, non hanno rivelato nulla che possa metterle in relazione con la morte di Ottavio, confermando la loro iniziale testimonianza.»

«Uhm... due presunte presenze femminili in entrambi i casi, che sarebbero fuggite prima di essere individuate...» mormorò il papa tra sé, meditabondo.

«Meretrici anch'esse, con ogni probabilità» annuì il Bibbiena. «Al momento è l'unico indizio che abbiamo per approfondire le indagini su questi due singolari accadimenti.»

«Indizi molto labili» ghignò il pontefice. «A Roma ci sono più prostitute che frati e preti. Ce le si trova tra i piedi in ogni circostanza.»

«Può benissimo darsi che le nostre spie si fossero concesse uno... *svago*, per così dire. Per quanto riguarda Ottavio, possiamo supporre che un congiungimento carnale troppo focoso gli sia stato fatale. Il mio medico ha detto che può accadere negli uomini di una certa età, soprattutto se ingordi e beoni come pare fosse Ottavio... Lo stesso non vale per Leandro, però.»

«Sarebbe opportuno effettuare un'approfondita ricognizione del secondo cadavere, visto che il primo si avvia ormai alla putrefazione» commentò Leone X, con una smorfia di disgusto. Quelle riflessioni non erano le più adatte a conciliargli l'appetito in vista dell'imminente colazione. «Magari potrà fornirci qualche informazione in più... Hai già pensato a chi affidare l'esame del corpo di Ottavio?»

«Sinceramente non ancora, Santo Padre. Comprenderete, gli avvenimenti si sono succeduti con tale rapidità che...»

«Poco male» lo interruppe il pontefice, con un gesto rassicurante. «Dove manca la previdenza degli uomini, interviene la Provvidenza divina... Proprio in questi giorni, giunto dallo Studio di Ferrara dove si sta addottorando in medicina, si trova a Roma qualcuno che fa proprio al caso nostro...»

Il Bibbiena spalancò gli occhi turbato. «Vostra Santità intende riferirsi a... *lui*?»

«In persona» annuì Leone X, sornione. «Cosa potremmo desiderare di meglio, per far confessare a un cadavere tutti i suoi segreti? Conosci quanto me la *sua* fama...»

Il cardinale inspirò profondamente, dandosi il tempo di meditare su ciò che aveva appena udito. «Perdonatemi, Santità... ma proprio perché sono consapevole delle idee e della condotta di quell'individuo... ecco, non so se sia il caso di coinvolgerlo in una questione tanto delicata per la sicurezza della Chiesa.»

«E per quale motivo, di grazia?»

«Sarebbe come invitare Lutero in Vaticano, magari nominandolo cardinale.»

Il pontefice gonfiò le guance flaccide, sbuffando con palese insofferenza. «Non diciamo sciocchezze, mio caro e diffidente Bernardo! Se dovessimo dare ascolto a tutte le fanfaluche che il popolino diffonde sugli uomini di scienza, non ne resterebbe uno vivo in tutta Europa! Affidarci a quell'uomo, che non nomino per non provocare il tuo timore superstizioso, non potrà che contribuire a far luce su questo sinistro mistero.»

«Non fraintendetemi, Santità» replicò il Bibbiena, piccato. «Sono un umanista e ho fede, oltre che nella Santa Chiesa cattolica, anche nella ragione: non temo certo le leggende di stregoneria che avvolgono quel bizzarro dottore, quanto piuttosto le sue posizioni dottrinali e politiche...»

«Posizioni mai provate in modo inconfutabile» rettificò Leone X. «Credi a me, Bernardo. Quell'uomo è la persona giusta. Anzi, come ho detto prima, è un segno della benevolenza divina che si trovi qui, proprio in questo angoscioso frangente.»

«Come desiderate, Santo Padre.» Il cardinale chinò il capo, ingoiando tutte le proteste che lottavano per uscirgli dalla bocca.

«Non come desideriamo, ma come *vogliamo*» concluse il papa in tono secco, recuperando il *plurale maiestatis* per dare più forza alle proprie parole. «Provvedi a eseguire i nostri ordini.»

«Avete altre disposizioni, Santità?» chiese il Bibbiena, alzandosi dalla scranna e congedandosi con un profondo inchino, un po' troppo affettato per non sembrare ironico.

Leone X scosse la testa, ignorando quella sottile provocazione. «Per il momento no. Puoi andare. Attendo presto nuove informazioni che, si spera, siano risolutive.»

Il pontefice attese che il cardinale uscisse. Poi – con un agile movimento, impensabile per un uomo della sua mole – si alzò di scatto dal letto e si accomodò allo scrittoio, afferrando carta e penna d'oca.

Aveva urgenza d'inviare un dispaccio a suo nipote Lorenzino, attualmente signore di Firenze.

IV

Roma, San Lorenzo in Damaso, ora sesta

La via Mercatoria era gremita su ambo i lati da botteghe e banchi di ogni genere, dove venditori e acquirenti contrattavano le più svariate merci nelle più diverse lingue del mondo, in una babele di colori, suoni e odori che frastornavano i sensi. Il viandante che avesse voluto percorrerne tutto il lunghissimo tracciato, che da San Pietro giungeva fino al Campidoglio, avrebbe attraversato le zone commerciali più vive dell'Urbe: Campo de' Fiori, piazza Giudea, il piccolo mercato ebraico, quello del pesce di Sant'Angelo in Pescheria, per finire il tragitto in quello capitolino.

Raffaello Sanzio passeggiava tra la folla dei mercanti e degli avventori con aria annoiata, come aveva già fatto altre volte. Snello ed elegante, era abbigliato con indumenti ordinari che lo rendevano quasi irriconoscibile, molto diversi da quelli ricchi e fastosi che indossava comunemente. Si vestiva così solo quando si recava al mercato, per non attirare l'attenzione delle meretrici da strada e dei borsaioli. La prudenza non era mai troppa, quando si circolava per le strade di Roma.

Procedendo a passo lento, l'artista si abbandonava distratto all'abbondanza di vita che gli brulicava intorno dovunque gettasse lo sguardo. Solo ogni tanto, quando delle cibarie, un manufatto, uno strano animale – vivo o impagliato – o qualunque altra cosa attirava particolarmente la sua attenzione, i suoi grandi occhi scuri diventavano all'improvviso attenti, studiando a lungo l'oggetto del suo interesse, per poi riprendere il cammino lasciandosi catturare da nuovi stimoli, nuove emozioni.

Lungo la via Mercatoria si trovava di tutto e da tutto il mondo. La Città Santa produceva ben poco oltre ai formaggi, alla carne e ai documenti papali, ma le sue dogane l'arricchivano tassando le migliaia di merci che vi confluivano ogni giorno, per via di terra e di mare, soprattutto materie prime che alimentavano un fiorente artigianato.

Continuando a passeggiare, Raffaello costeggiò banchi e botteghe che esponevano lana tosata, filati di cotone, d'oro e d'argento, cuoi da scarpe e da selle, verghe di ferro, pani di piombo, piastre di ottone, terre e ceneri per cuocere vetri e bicchieri... Gli piaceva passare in rassegna le materie primordiali da cui gli artigiani ricavavano i loro manufatti. In fondo anche lui si sentiva un semplice artigiano, anche se tutti lo definivano un *artista*. Le luci e le ombre, la profondità, gli spessori e gli incarnati dei suoi dipinti e dei suoi affreschi derivavano in gran parte dall'uso sapiente dei materiali originari, nel suo caso dei colori. Sceglierli, dosarli, mescolarli nel modo giusto era il segreto dell'armonica bellezza delle sue opere, che tutti lodavano. Anche il disegno, certo. Ma il colore... ah, il *colore*! Semplice polvere che, mista ad acqua o a olio, oppure a tuorlo d'uovo, si trasformava in vita, movimento, stupore.

Inoltrandosi sempre più nella caotica folla che percorreva la grande arteria, Raffaello giunse dove sorgevano gli esercizi degli artigiani di maggiore livello, quelli più specializzati: orefici, fabbricanti di armi, di finimenti per cavalli e di strumenti musicali, istoriatori di mobili, cesellatori di metalli e centinaia di altri artefici esponevano i loro raffinati manufatti, prodotti in parte a Roma ma provenienti anche dal resto d'Europa e dall'Oriente. Merce costosa, destinata a una clientela ricca ed esigente. L'artista si soffermò davanti alle botteghe dei copisti e degli stampatori, in maggioranza tedeschi, ammirando i moderni strumenti tipografici che imprimevano a ritmo incessante, con inchiostri scuri o colorati, migliaia di risme della nuova ed economica carta, o della più pregevole pergamena per i nostalgici del lusso, riempiendo la città di libri, carte da gioco, opuscoli delle vite dei santi e dei *mirabilia* della città di Roma, questi ultimi destinati soprattutto ai pellegrini e ai visitatori forestieri. Accanto a loro operavano i rilegatori, utilizzando pelli più o meno pregiate a seconda delle stampe o dei codici da confezionare. Raffaello passò avanti gettando qualche rapida occhiata, con un certo disprezzo, alla merce esposta dai pittori e dai miniatori d'immagini sacre, che lavoravano accanto agli scultori e ai fonditori di statuette devozionali: tutta paccottiglia di basso valore artistico, su cui non valeva la pena soffermarsi. La sua meta, quella mattina, era infatti la zona dove si raccoglievano le botteghe degli speziali, una delle categorie artigiane più potenti e prestigiose dell'Urbe, formata quasi esclusivamente da Romani. Oltre a commerciare in farmaci, rivaleggiando nel settore con la stessa casta dei medici, si occupavano infatti anche di colori per la pittura, ed era sotto questa veste che Raffaello li frequentava spesso.

Quando entrò nel negozio del suo speziale di fiducia, il commerciante lo accolse a braccia aperte, salutandolo con un profondo inchino. Era il minimo, pensò l'artista, considerando quanto la Tesoreria Apostolica spendesse ogni mese in quella bottega, procurandogli le ingenti quantità di colori necessarie alle opere commissionategli dal papa. Per non parlare delle dosi senz'altro minori, ma di eccelsa e costosissima qualità, che Raffaello stesso acquistava per conto dei facoltosi committenti dei suoi ritratti. I colori, soprattutto se rari, erano la prima voce di spesa in campo artistico, a volte perfino superiore a quella per la manodopera.

«Bentornato, messere!» esclamò l'anziano mercante, mostrando la dentatura guasta in un ampio sorriso. Ogni volta che il Sanzio rimetteva piede in quella bottega, il viso dello speziale gli sembrava sempre più giallastro e rugoso, gli occhi cisposi e arrossati, come febbricitanti. Forse la continua vicinanza ai colori, che alcuni medici consideravano pericolosi come veleni, gli aveva ormai intossicato il sangue. In fondo era successo anche al suo rivale Michelangelo, rifletté Raffaello, quando durante l'affresco della Volta Sistina aveva respirato per mesi le esalazioni dei pigmenti, lasciando che gli colassero perfino negli occhi. Un'imprudenza che aveva senz'altro contribuito a minargli la salute.

«Con voi entra sempre la luce nella mia modesta bottega» continuò il vecchio, con voce roca.

Diciamo il luccichio dell'oro, piuttosto, ironizzò tra sé l'artista, guardandosi intorno. «Ti è arrivata quella nuova merce?»

«Appena ieri, messere! Vi avrei avvertito io, se la vostra preveggenza non avesse anticipato le mie intenzioni...»

«Fammela vedere» tagliò corto il Sanzio. Quando il vecchio cominciava con i salamelecchi, non la finiva più.

Lo speziale annuì con deferenza, facendogli strada verso il retrobottega dove conservava la mercanzia di maggior valore.

Nel piccolo ambiente, fresco e ombroso, Raffaello si trovò ancora una volta in quello che aveva sempre paragonato, nella sua immaginazione, al Paradiso: davanti ai suoi occhi si dipanava, in recipienti di svariati materiali, forme e dimensioni, una vera e propria fantasmagoria di colori che frastornavano la vista, modulata in un'infinita gradazione di tinte e intensità, vivacizzando il grigiore della stanza come neppure il più luminoso arcobaleno avrebbe potuto. C'era l'azzurro *smaltino* e quello, assai più bello ma costoso, ricavato dai rari lapislazzuli d'Oriente, il verde rame e quello più pregiato proveniente da Verona, dalla Boemia e dalla Germania, il caldo, brillante rosso *vermiglione* ottenuto macinando il cinabro di Spagna, il porpora ricavato dall'essiccazione e dalla macinazione del murice – migliaia di molluschi per una frazione di oncia! –, i gialli ricavati dal *realgar* e dall'*orpimento* asiatici che potevano imitare anche il colore dell'oro, il *giallorino* proveniente da Napoli, e tutte le loro possibili mescolanze...

Nonostante fosse consapevole della tossicità di molti di quei pigmenti, Raffaello ne volle saggiare la grana tuffandovi le mani, valutandone la consistenza che andava da quella del terriccio a quella della polvere e del talco. Quel gesto gli procurava sempre un'eccitante sensazione, simile a quella di carezzare i capelli e la pelle di una donna: in quelle multicolori sostanze minerali, vegetali e animali si celava la Natura stessa, con tutti i suoi segreti.

«Solo la merce migliore, per voi e per il Santo Padre» mormorò lo speziale in tono servile, mentre gli porgeva un foglio di pergamena e una penna d'oca con la punta già intrisa d'inchiostro. L'artista segnò con diligenza, nella sua elegante grafia umanistica, una lunga lista di colori con le relative quantità, poi la consegnò al vecchio che l'afferrò guardandola con cupidigia, già calcolando il mucchio di ducati da intascare.

«Passerà uno dei miei allievi a ritirare la merce e a farti regolare ricevuta, che ti sarà pagata come al solito dalla Tesoreria» disse Raffaello, lanciando un ultimo sguardo di commiato ai magnifici pigmenti. «Ah, dimenticavo... Aggiungi alla lista anche qualche decina di pennelli di varia misura, come quelli che ti ho ordinato la volta scorsa. Metà di setole di coda di scoiattolo, l'altra metà di setole di porco... di porco bianco, mi raccomando! E le aste dei pennelli in legno di castagno.»

«Solo il meglio per voi e per Sua Santità...»

«Sì, l'hai già detto» sospirò il Sanzio, dirigendosi all'uscita. L'aspetto peggiore, nella piaggeria del vecchio speziale, era la monotonia.

Tuffandosi di nuovo nel caotico andirivieni della via Mercatoria, l'artista procedette in direzione del Campidoglio, verso i banchi e le botteghe dei venditori di stoffe. Naturalmente non vi si recava per acquistare qualcosa. I tessuti che utilizzava per i suoi costosi abiti glieli proponevano, venendo direttamente a casa sua, i migliori sarti d'Italia e a volte perfino di Parigi. No, era per ben altro motivo che amava bazzicare il mercato dei tessitori. In nessun altro luogo di Roma aveva infatti la possibilità di contemplare un maggior numero di figure femminili, traendo ispirazione dai loro visi e dalle forme che intuiva sotto le loro vesti, per realizzare le angeliche ma al contempo sensuali immagini che rendevano così apprezzate le sue opere. *E di unire l'utile al dilettevole*, ghignò l'artista. Molte delle sue amanti, soprattutto quelle per le quali la passione era durata un solo giorno, le aveva conosciute tra le avventrici del mercato delle stoffe, nella folla ciarliera e variopinta di nobili decadute, borghesi o anche semplici fantesche che si aggiravano tra quei banchi. *La mia riserva di caccia*, sorrise tra sé Raffaello. *Il papa ha la Magliana, io le botteghe dei tessitori.*

Accelerò il passo, già pregustando qualche stimolante incontro, e in men che non si dica raggiunse la nuova meta. La strada si andava un po' svuotando, perché molti bottegai e clienti si erano ritirati in vista dell'ora del desinare. Ma il Sanzio sapeva bene, per esperienza personale, che il mercato delle stoffe non rallentava quasi mai la sua frenetica attività. Le donne, prese dal fervore della ricerca, tra la profusione dei tessuti offerti sui banchi e nei negozi, spesso dimenticavano perfino di mangiare fin quando, allo scoccare dei Vespri, la frenesia della compravendita tramontava malinconica come il sole tra i colli di Roma, cedendo il posto al silenzio e alla preghiera.

Ma per il momento il mercato delle stoffe era ancora un rigoglio di suoni e colori. Raffaello si addentrò compiaciuto tra i banchi, fingendo di osservare svogliatamente la mercanzia. In realtà i suoi sguardi erano tutti per le donne che si affollavano intorno ai panni valutando, tastando, scambiandosi opinioni e discutendo, a volte assai animatamente, con gli esercenti per contrattare sul prezzo. Il loro livello sociale variava a seconda della qualità delle merci a cui dedicavano attenzione, dai velluti e dalle sete per le nobili ai più modesti panni di lino per le borghesi, fino alle mediocri pezze di cui si contentavano le popolane. Tra le altre cose, il mercato delle stoffe era la più grande fucina di pettegolezzi di tutta Roma. Anche per questo motivo Raffaello lo frequentava sempre in incognito, vestito in modo anonimo e poco appariscente.

Quel giorno era assai interessato alle acconciature femminili, per tenersi aggiornato su qualche nuova foggia da trasferire nei prossimi dipinti. L'osservazione della realtà era per lui una delle principali fonti d'ispirazione. Cominciò a sbirciare, scrupoloso ma con discrezione, le varie pettinature con le quali le donne si erano accomodate i capelli, in modo diverso a seconda dell'età e dello *status* sociale. Le più giovani, o comunque quelle ancora in cerca di uno sposo, li portavano lunghi e sciolti sulle spalle, con le ciocche ornate da semplici nastri, stando ben attente a tenere scoperta la fronte. Non c'era gran differenza tra le capigliature delle popolane e delle fanciulle di condizione superiore, tranne che nella preziosità dei nastri. Le donne del popolo sposate usavano invece attorcigliarli in due enormi trecce in cima al capo o dietro il collo, mentre le nobili e le ricche borghesi maritate sfoggiavano una grande molteplicità di acconciature per i loro capelli schiariti ad arte, più o meno elaborate a seconda del censo: dalle imbottiture e dalle aggiunte posticce alle reticelle di materiali preziosi arricchite da gemme e perle di valore, fino a ostentare maestosi coni e corni adornati di veli impalpabili che scoprivano le guance tinte di vermiglio. Le nuche erano ben rasate per far sembrare i colli più lunghi e i capelli tagliati in modo da rendere le fronti alte e spaziose.

Raffaello si riempì a lungo gli occhi di quell'allettante sfolgorio di visi, espressioni, corpi e atteggiamenti, memorizzando quelli che maggiormente lo colpivano o che ritenesse più adatti ai suoi pennelli. Alcune di quelle donne, sentendosi addosso il suo sguardo indagatore, lo interpretavano a modo loro, ricambiando a volte con un sorriso o un'occhiata ammiccante, altre con una smorfia di disappunto o perfino di sdegno. *Finora nessuna mi ha riconosciuto*, si disse con un senso di sollievo. In ogni modo, stava cominciando ad annoiarsi. Quel giorno non aveva visto nulla di nuovo, niente di particolarmente stimolante.

Aveva quasi deciso di allontanarsi, quando una figura attirò all'improvviso la sua attenzione: una fanciulla sui quindici anni, intenta a valutare alcune pezze di seta su un banco a pochi passi da lui. All'inizio, lo sguardo del pittore fu calamitato dalla naturale eleganza della sua postura e dei suoi movimenti. Poi, osservandola meglio, non riuscì più a staccarle gli occhi di dosso. I luminosi capelli biondi, simili a filamenti d'oro, erano divisi sulla fronte in due bande che scendevano sulle tempie raccogliendosi dietro la nuca in morbide trecce, lasciando sfuggire alcune ciocche che le sfioravano le guance rosee. Nel viso campeggiavano due occhi d'un azzurro chiarissimo ma dalla luce un po' triste. Le sue labbra si schiusero in un sorriso per un probabile motto scherzoso del venditore di seta, mostrando una chiostra di denti candidi, scintillanti come perle. Il corpicino elegante e sinuoso, fasciato in un'attillata gamurra verde smeraldo, era l'ovvio corollario della straordinaria beltà del suo volto.

Raffaello rimase immobile, come basito. Quando guardava le donne in cerca di spunti pittorici, coglieva e memorizzava solo uno o pochi particolari dei visi e dei corpi più interessanti, che poi rimescolava e rielaborava nella propria mente, ricavando da quei singoli elementi un concentrato di bellezza da trasfondere nelle sue angeliche figure femminili. Non aveva però mai trovato, riunito in una sola persona, tutto l'incanto e la grazia di cui la sua fantasia era sempre affamata.

Almeno finora.

Quella fanciulla pareva davvero una creatura *venuta da cielo in terra a miracol mostrare*, come aveva scritto di Beatrice il sommo Dante, pensò Raffaello rapito. Sembrava l'incarnazione della grazia che promanava dalle figure femminili del Botticelli, unita all'elegante fascino di quelle del Perugino... *E più bella di tutte quelle che ha dipinto finora Raffaello Sanzio*, ammise a se stesso il pittore, quasi con rabbia. Se la immaginò mentre posava nel suo studio per una raffigurazione di Santa Caterina d'Alessandria, o di Santa Cecilia... così bionda ed eterea, così... *divina*. Sarebbe stato un quadro magnifico, immortale!

E poi chissà, rifletté l'artista, continuando a fantasticare. *Chissà come sarebbe sfiorare il suo viso angelico, carezzare il suo corpo per poi baciarla, possederla... Sicuramente un'esperienza mistica...*

Quell'ultimo pensiero lo spinse a riscuotersi dal sognante torpore in cui era sprofondato. Si mosse di scatto, accorgendosi che la fanciulla non si trovava più al banco delle sete. Si guardò intorno. Dopo un attimo di smarrimento, in cui credette di averla perduta, la scorse di nuovo tra la folla. Si stava allontanando a passo sostenuto. Se non l'avesse inseguita subito, la ressa del mercato l'avrebbe inghiottita facendola sparire dalla sua vista, magari per il resto della vita. Quell'amara considerazione lo ferì come una stilettata. No, non poteva permetterlo. Doveva raggiungerla, fermarla... Non poteva consentirle di uscire così dalla sua esistenza, proprio adesso che il destino li aveva fatti incontrare. Quella fanciulla, chiunque fosse, doveva essere *sua*, per l'arte o per l'amore. O per entrambi.

Raffaello si tuffò nel brulichio della via Mercatoria, fendendo la folla come un nuotatore che procedesse contro una forte corrente, tentando di non perdere di vista l'oggetto del suo desiderio. La testolina bionda della sua preda appariva e spariva a intervalli tra la calca, sempre troppo distante nonostante l'artista accelerasse il passo e urtasse molti viandanti. Ormai non si preoccupava neanche più dei ladri. Che gli sfilassero pure la borsa, con tutti i ducati che conteneva! Avrebbe speso qualunque cifra pur di riuscire a raggiungere quel sogno fatto carne che adesso, senza sapere di essere inseguito né da chi, gli stava sfuggendo...

All'improvviso, un urto più forte degli altri lo fece vacillare, mozzandogli per un istante il fiato. Appena riprese l'equilibrio, il suo sguardo irato s'incrociò con quello dell'energumeno dai capelli biondi che gli si era parato davanti, e che lo fissava con due occhi chiari e cattivi, incastonati in un viso spigoloso dalle labbra strette e il mento aguzzo. Portava un abito e un cappellaccio di velluto bruno di foggia spagnola, e stivali di cuoio a mezza gamba.

«Avete molta fretta, *señor*» sibilò l'uomo.

«Sì, perdonatemi» tagliò corto Raffaello, cercando di aggirarlo per riprendere l'inseguimento. Ma il tipaccio gli si mise davanti.

«Tanta fretta che mi avete *golpeado*» ghignò con le labbra sottili.

Il pittore sospirò, impaziente. Tra tanta gente, proprio un attaccabrighe iberico doveva capitargli tra i piedi! «Non vi capisco, messere...» scosse la testa in tono conciliante, sperando in quel modo di liberarsene.

«Ho detto che mi avete... urtato» replicò l'uomo, gelido. «*Por lo tanto,* pretendo *sus disculpas.*»

«Veramente, mi sembra che siate stato *voi* a urtarmi...» protestò l'artista. Nel mentre una piccola folla li aveva circondati, curiosa di vedere come sarebbe andata a finire la discussione. Quando c'erano di mezzo gli Spagnoli, notoriamente fanatici della *honra* e della *limpieza de sangre,* non si sapeva mai in cosa potesse sfociare una banale lite da strada, fosse pure per una semplice questione di precedenze.

«*Yo no lo creo, señor*» insisté l'altro, avvicinandosi di un palmo al pittore e gonfiando il petto con fare aggressivo. «*Exijo sus disculpas... ahora mismo!*»

Raffaello sospirò di nuovo. Era chiaro che quel rodomonte esigeva le sue scuse. D'altra parte, fingere di non capire la sua lingua non aveva sortito l'effetto sperato. *Farò meglio ad accontentarlo, se voglio ancora sperare di raggiungere quella fanciulla,* si disse rassegnato.

«*Lo siento mucho, señor*» disse quindi, profondendosi in un cerimonioso inchino alla moda spagnola. Sperò solo che l'uomo non percepisse l'ironia nella voce e nel gesto, piantando un'altra grana.

L'energumeno si guardò rapidamente intorno, per incrociare gli sguardi degli astanti e sottolineare il proprio trionfo. «*Muy bien, vaya con Dios*» disse alla fine, riprendendo la sua strada dopo aver lanciato un'ultima, fredda occhiata all'artista.

Appena libero, Raffaello si fiondò nella direzione in cui aveva scorto per l'ultima volta la chioma bionda che aveva inseguito con tanto affanno. Avanzò il più velocemente possibile nella calca, stavolta facendo attenzione a non scontrarsi con nessuno. Guardò a destra e a manca...

Nulla. Era sparita. Evaporata come i sogni al risveglio. Quei pochi minuti di sosta forzata erano stati decisivi per perderla.

Forse per sempre, rimuginò tristemente il pittore, maledicendo tutti gli iberici di Spagna e del Nuovo Mondo.

V

Castel Sant'Angelo, 16 aprile, verso l'ora sesta

Il tesoriere della Camera Apostolica percorse con una certa inquietudine i sotterranei di Castel Sant'Angelo, ma entrò in maggiore agitazione quando la sua guida, una guardia svizzera, lo invitò a procedere da solo lungo un tortuoso percorso che scendeva nelle viscere più profonde della fortezza.

Affrontando le ripide rampe di scalini sbrecciati con l'impressione di sprofondare nell'Inferno stesso, il prelato rimuginava sul perché di tanto mistero. Una convocazione d'urgenza da parte del papa, e in una delle segrete più isolate di Castel Sant'Angelo... Con un brivido, si chiese se Leone X non avesse deciso di dare credito alle voci che giravano per Roma sulla cattiva gestione delle finanze pontificie da parte sua... Gli sembrava assurdo, visti i molti segni di apprezzamento che Sua Santità gli aveva mostrato di recente. Finora le uniche voci divulgate dalle malelingue sul suo conto, almeno quelle di cui era a conoscenza, riguardavano la sua presunta spilorceria. Ma anche se l'avarizia poteva essere un peccato, non era di certo un reato.

Confortato da quest'ultimo pensiero, accelerò il passo stringendo gli occhi per vedere meglio nella semioscurità: era anziano, e con le sue deboli gambe sarebbe stato facile inciampare in qualche sconnessione del viscido pavimento di pietra.

Al termine di un lungo e dritto budello, lo attendeva la sagoma del moro Rolando, uno schiavo erculeo al quale Leone X affidava incarichi da svolgere con una certa *discrezione*... Il mistero si faceva sempre più fitto.

Con un inchino il muscoloso schiavo aprì l'uscio di una cella e gli fece cenno di entrare. La porticina fu subito richiusa alle sue spalle, con un cigolio e un leggero tonfo che rimbombò amplificato nel petto del prelato. Era in trappola? Sebbene vi si accedesse per una *porta stretta*, rifletté angosciato ricordando l'adagio evangelico, non era di certo il Paradiso...

Anche se non lo era, la segreta era però più spaziosa e illuminata di quanto si aspettasse. Al centro della sala, priva di aperture, un corpo giaceva supino su un grande tavolaccio dotato di scanalature. Un tavolo da *anatomia*. Negli angoli opposti della parete di fondo, seduti su scranni così riccamente intarsiati da stonare accanto al rozzo legno del tavolo, vide il trentottenne cardinale Giulio de' Medici, cugino del papa e vicecancelliere di Santa Romana Chiesa, e un altro individuo che non riconobbe. Fece un leggero inchino al porporato, aspettando che fosse lui a parlare. Alla preoccupazione si stava sostituendo adesso la curiosità, accompagnata da un lieve senso di sollievo. Qualunque cosa si nascondesse sotto la bizzarra scena che gli stava davanti, di certo non lo riguardava personalmente, anche se cominciava a capire perché il pontefice avesse richiesto la sua presenza.

«Benvenuto, Ferdinando» mormorò il vicecancelliere. «Mi dispiace di avervi gettato giù dal letto a quest'ora di notte, ma purtroppo Sua Santità non poteva aspettare.»

«Sono il vostro umile servo, Eminenza» replicò l'altro, con un nuovo inchino.

«Ci rende particolarmente tristi dovervi imporre, proprio nella santissima settimana dopo Pasqua, l'increscioso ma necessario compito di cui vi parlerò a breve» sospirò pensoso il cardinale in veste e mozzetta scarlatte. Giulio aveva ereditato il bel viso regolare, i capelli e gli occhi neri di suo padre Giuliano, fratello del Magnifico Lorenzo e ucciso nella congiura dei Pazzi quando lui doveva ancora nascere.

Per un istante fissò un punto nel vuoto, come sprofondato in intense meditazioni. Poi, all'improvviso, si girò verso l'uomo seduto nell'angolo opposto, scrutandolo come se si accorgesse per la prima volta della sua presenza. «Vi presento Ferdinando Ponzetti» gli disse, indicando il prelato con un cenno della testa. «Tesoriere della Camera Apostolica e vescovo di Molfetta, oltre che abilissimo medico e *archiatra* pontificio.»

«Veramente non sono ancora vescovo, Eminenza...» si schermì il Ponzetti, calando umilmente il capo senza degnare di uno sguardo colui al quale era stato presentato. Ma era umiltà solo apparente, di circostanza. Il suo viso, incorniciato da lunghi capelli candidi, era reso ancora più volitivo dal naso aquilino, indice di un forte carattere.

«Questione di pochi giorni» ribatté il cardinale, mentre le labbra carnose s'increspavano in un lieve sorriso. «Come questione di pochi mesi sarà la vostra nomina a cardinale, caro Ferdinando. Sapete come Sua Santità vi tenga in altissima considerazione. Spero non lo deluderete, proprio in questa infausta circostanza che...»

«*Me quoque medicus sum*» intervenne con aria di sufficienza l'altro uomo seduto, con una voce squillante dalla forte inflessione germanica. Non sembrava per nulla impressionato dai titoli del Ponzetti, come non pareva affatto imbarazzato per aver interrotto un principe della Chiesa. Ferdinando lo squadrò con disappunto. Sembrava, in tutto e per tutto, l'antitesi vivente del fascinoso Giulio. Basso e obeso, mostrava un'incipiente calvizie e un viso del tutto glabro. La voce stridula, simile a quella di una donna, aumentava la sensazione di trovarsi davanti a uno strano individuo. Scadenti e sdruciti abiti di semplice panno, contadineschi anche se puliti, e stivali di cuoio consunti completavano l'ambiguità di quella bizzarra figura.

«Con chi ho l'*onore* di parlare?» gli chiese Ponzetti, lasciando trasparire una certa ironia mentre lanciava un'eloquente occhiata al cardinale Medici.

«Philippus Aureolus Theophrastus Bombastus von Hohenheim» scandì l'ometto, senza alzarsi, «ma potete chiamarmi Paracelso. *Beider Arznei Doctor, sive doctor in utraque medicina*... insomma, dottore in medicina e chirurgia. Sì, conosco anche il fiorentino, sebbene qui in Italia abbia studiato soprattutto a Ferrara...»

L'altro lo fissò immobile per un lungo istante, come inebetito. Poi, aggrottando le sopracciglia candide, si avvicinò al cardinale Giulio.

«Permettete una parola in... privato, Eminenza?»

«Certo, caro Ferdinando. Andiamo in corridoio.»

Mentre usciva dalla segreta, seguendo a rispettosa distanza il vicecancelliere, Ponzetti vide con la coda dell'occhio che l'omino si era finalmente alzato sulle sue corte gambette, e si era avvicinato al tavolo anatomico per osservare il corpo con attenzione.

«Con tutto il rispetto, vostra Eminenza...» balbettò l'anziano medico, confuso, «sono sicuro che conosciate bene l'identità di quell'individuo...»

«Di quello sul tavolaccio?» ironizzò il porporato, divertito dall'imbarazzo del vecchio prete. «Certo che la conosco. Ma non ve la rivelerò, per motivi legati alla vostra stessa incolumità. Vi avverto fin d'ora: ci sono particolari, in relazione a questa faccenda, che non dovrete *mai* sapere.»

Ponzetti scosse la testa. Perfino la curiosità sul motivo di quella strana convocazione notturna, e sulla presenza di quel corpo esanime era passata ormai in secondo piano. «No, Eminenza, io intendevo quell'altro...»

«Ah, sì... Paracelso è già abbastanza famoso, in tutta Europa e più lontano» annuì il cardinale, «e anche il Santo Padre sa che...»

«Non mi riferivo a questo» lo interruppe l'altro, accorgendosi troppo tardi di aver dato anch'egli sulla voce a un principe della Chiesa. Si era lasciato trascinare dalla foga, mancando di rispetto all'uomo più importante della cristianità dopo il papa. Avrebbe dovuto mordersi la lingua, piuttosto, ma era troppo agitato per pensare con lucidità. «Cioè, no... mi riferivo anch'io alla sua fama, Vostra Eminenza reverendissima, ma in un altro senso...» continuò, sempre più confuso.

«Ovvero?» domandò il cardinale con finta ingenuità, sempre più divertito.

«Mi riferisco, Eminenza, alla *cattiva* reputazione di quell'individuo...» rispose l'anziano medico. «Si vocifera che abbia fatto un patto col demonio, incarnatosi nel suo cavallo bianco, ottenendo il potere di creare *homunculi* in ampolle di vetro e di resuscitare i morti con un elisir misterioso che porta sempre con sé, celato nell'elsa della sua spada...»

L'altro sorrise, spalancando i begli occhi neri. «E voi credete a queste storie da osteria, caro Ferdinando?»

«Perdonate, Eminenza… ma anche tralasciando le leggende popolari… sebbene *vox populi* sia *vox dei*… ecco, è accertato che sia un ubriacone, e che nessuno l'abbia mai visto pregare, né da solo né tanto meno nelle chiese… Per non parlare delle sue strampalate dottrine da ciarlatano, e delle continue offese che arreca alla scienza tradizionale dei grandi Ippocrate, Galeno, Averroè e Avicenna…»

«Sua Santità è a conoscenza di tutto questo, non preoccupatevi» sospirò il cardinale. «Se stanotte ha convocato qui anche Paracelso, avrà le sue buone ragioni. Chi siamo noi per contestare le decisioni del Santo Padre?»

«Io di certo una nullità, Eminenza reverendissima… Però, ecco… si dice che Paracelso abbia stretto rapporti con quel monaco tedesco ribelle, quel tale Martin Lutero, che tanti dispiaceri sta dando al cuore misericordioso di Sua Santità…»

«Voci… nient'altro che voci di avversari invidiosi… Dalle informazioni che abbiamo raccolto in Elvezia e in Alemagna, sembra che Paracelso non abbia alcuna relazione con Lutero, né che abbia abbracciato le sue idee eretiche…»

«Be', in questo caso, Eminenza…»

«In *ogni* caso, Ponzetti» tagliò corto Giulio de' Medici, «il Santo Padre ha deciso che voi due collaboriate, con reciproco rispetto, allo scopo di svelare la verità sulle condizioni del corpo steso là dentro» continuò, indicando con un cenno della testa l'angusto uscio della segreta. «È tutto ciò che vi serve sapere. Il motivo di tale indagine, come ho già detto anche a Paracelso, non lo conoscerete mai, per la vostra stessa incolumità. Dio ha voluto, nella sua infinita saggezza, che proprio ora un geniale riformatore della medicina si trovasse per caso qui a Roma, per studiare da vicino il morbo gallico che nell'Urbe, purtroppo, serpeggia furioso più che in qualunque altra contrada. Egli è un innovatore, voi un tradizionalista, entrambi ricchi di esperienze diverse ma spero compatibili. Unitevi per la soluzione del mistero che giace oltre quella porta. Questa è la volontà del Santo Padre!»

«Così sia» concluse Ponzetti, abbassando la testa turbato.

Il cardinale annuì, finalmente soddisfatto. «Allora torniamo dentro. Abbiamo già perso troppo tempo in chiacchiere.»

VI

Stesso luogo, un'ora dopo la sesta

«Datevi da fare» ingiunse il cardinale Giulio ai due medici, riprendendo posto sul suo scranno. «Sua Santità vuole sapere *se* è morto» aggiunse, accennando col capo verso il corpo sul tavolaccio. «E in questo caso… *quomodo passus est.*»

Ponzetti, sorpreso, aggrottò le folte sopracciglia bianche. «Ci sono forse… ancora dubbi riguardo alla prima questione?»

«Diciamo pure che… ce ne sono stati» intervenne Paracelso, togliendo di nuovo la parola al cardinale. Con un gesto conciliante della mano inanellata, Giulio lo invitò a continuare.

«Se l'illustre collega vorrà degnarsi di osservare più da vicino *diese unglückliche…* questo sfortunato» riprese l'elvetico, con un sorriso ironico, «invece di tenersi lontano come se temesse la peste… potrà notare, oltre all'assenza di percezione del battito cardiaco e dei movimenti respiratori, anche una certa flaccidità muscolare e il rilasciamento dello sfintere… nonché una totale perdita di coscienza e di sensibilità. In aggiunta, la temperatura corporea si è abbassata notevolmente.»

Ponzetti, pungolato da un'occhiata eloquente del cardinale, si accostò un po' di più al corpo. «E quindi dovrebbe essere senz'altro morto, non vi pare?», borbottò, scrutando meglio la figura nuda. Era muscolosa e ben formata. Sui quarant'anni a giudicare dal volto, dalla pelle e dai lunghi capelli un po' brizzolati. Portava i segni di vecchie cicatrici di ferite da lama, perfino una d'archibugio alla spalla destra. *Un uomo d'arme*, ipotizzò il prevosto.

«Un... soldato?» domandò al cardinale, cercando conferma alla sua supposizione.

Giulio scosse appena la testa. «Niente domande sulla sua identità, ve l'ho già detto» sospirò. «Limitatevi a osservazioni *in corpore*, secondo quello che la vostra scienza vi suggerisce.»

«Un vero peccato, non poterne sapere di più» intervenne Paracelso. «Si raccolgono molte *Informationen* sui malati, ma anche sui cadaveri, conoscendo la loro alimentazione abituale, l'attività svolta, i contatti sociali e le abitudini, il tipo di abitazione...»

«Anche la configurazione astrale nel momento del concepimento e della nascita» aggiunse Ponzetti, in tono cattedratico.

«Al condizionamento degli astri io credo un po' meno di voi ippocratici» sorrise di nuovo l'altro. «Sono convinto che stelle e pianeti lascino la loro impronta una volta per tutte, solo nell'istante del concepimento, ma che l'uomo sia *frei*, libero, dai loro influssi durante la vita, anzi possa perfino comandarli. Ma non è questo il luogo, né il momento di discuterne.»

Dal suo angolo, il cardinale ascoltava attento le sottili frecciate che i due medici si scambiavano. Era abbastanza divertito, nonostante la cupa circostanza, dal comico contrasto tra l'accento alemanno dell'uno e la marcata cadenza napoletana dell'altro: sebbene rivendicasse spesso origini fiorentine, per aumentare il proprio prestigio alla corte pontificia, il Ponzetti era infatti nato e cresciuto nel Regno di Napoli.

«In ogni modo, prevosto, io ho parlato di *percezione* di assenza di sintomi vitali, non di una loro *oggettiva* mancanza» riprese Paracelso. «Proprio per questo, quando ieri sono stato convocato in questa segreta, ho consigliato di attendere almeno ventiquattrore prima di avviare qualsiasi ricognizione, soprattutto *intra corporem*... Infatti, a una prima osservazione, la mancanza di cause evidenti di decesso poteva far pensare che...»

«Non fosse davvero *morto*...» rimuginò Ponzetti, pensoso.

Paracelso annuì. «Già. Un caso di *Scheintod*... Come dite voi... ah, sì... *morte apparente*. Ho accarezzato l'ipotesi fino a poco fa, considerando le condizioni del corpo. Come saprete bene, casi simili si sono verificati fin dall'antichità. Ce ne dà testimonianza Asclepiade di Bitinia, tra i primi a introdurre la medicina greca nel mondo romano, e Plutarco di Cheronea, oltre al grande Plinio il Vecchio e a Valerio Massimo», declamò, come si rivolgesse a una platea di studenti.

«Non c'è bisogno di andare tanto indietro» lo interruppe il medico napoletano, palesemente irritato da quel tono pedante. «Tale disgrazia occorse anche, in epoca più recente, al grande filosofo e teologo Duns Scoto, il *Doctor Subtilis*. Quando i frati francescani riaprirono la cripta in cui era stato sepolto, per inumarvi un altro defunto, trovarono il cadavere fuori della bara: aveva le mani insanguinate per aver graffiato la porta della cripta, e sul volto un'indicibile espressione di terrore.»

«*Eine Legende*» mormorò l'altro, con aria di sufficienza.

Si beccavano come due galli da combattimento, valutò Giulio de' Medici. Cominciava a pensare che suo cugino Giovanni non avesse avuto una buona idea a volere quel consulto... No, Sua Santità non poteva sbagliare.

«Ma insomma...» replicò Ponzetti sempre più ombroso, indicando il corpo sul tavolaccio, «in quali condizioni si trova ora?»

«In quelle attestate dal *livor*, dal *rigor*, dall'*algor* e dal *pallor mortis*» rispose il medico svizzero, allargando le braccia in un gesto derisorio, «come avreste appurato voi stesso, prevosto, se vi foste degnato di palpare e rivoltare questo disgraziato. Io l'ho già fatto molte volte, prima del vostro arrivo. Ma già, dimenticavo... a voi galenici, o peggio seguaci di Avicenna, fa schifo toccare i corpi, sia quelli dei malati che dei morti. Vi basta guardarli da lontano, per emettere le vostre illuminate sentenze.»

Ferdinando lanciò al collega un'occhiata di puro odio. «Mi sembra che abbiate trascurato un particolare» sibilò. «La tradizione attesta che certi tipi di *katáleksis*, detta *volgarmente* morte apparente, possono durare anche due giorni prima di condurre il soggetto al definitivo decesso o al risveglio... Come fate a essere così certo, dopo appena ventiquattrore, che quell'uomo è davvero defunto? Dio ci guardi dal commettere un fatale errore!» concluse, facendosi un plateale segno di croce.

«In questo caso Dio non c'entra nulla» scosse la testa Paracelso, facendo sussultare sia Ponzetti che il cardinale. «Perdonate la mia espressione, *Vizekanzler*» si scusò subito, rivolgendosi a Giulio senza degnare l'altro di uno sguardo. «Non volevo essere blasfemo. Ma torniamo a voi, Ponzetti... Volete sapere perché ne sono sicuro, dopo un solo giorno di osservazione? *Experienz*, mio caro prevosto... *experientia*, pratica...

Praxis, come direbbero in greco i *dotti*! Ho studiato con il grande Berengario da Carpi a Bologna, poi con Leoniceno a Ferrara... Entrambi mi hanno insegnato a diffidare d'Ippocrate, di Avicenna e di Galeno. Ho lordato le mie mani di sangue facendo il medico militare, curando ferite, infezioni e pestilenze! Ho appreso l'arte medica non solo dai dottori, ma anche dai barbieri, dai custodi dei bagni pubblici, dalle donne, dai maghi, dagli alchimisti, dai frati, dai nobili e dalla gente comune... Sono *ein Wanderer*... un viandante, e ne sono fiero! Nessuno diventa uomo crescendo in casa, o trova maestri dietro la stufa. E voi che avete fatto, prevosto, oltre a studiare su libri polverosi in vetuste università?» Aveva cominciato a gesticolare, alzando sempre più la querula voce, ora squillante.

«Devo imporvi di abbassare i toni, Paracelso» lo redarguì il cardinale. Sapeva che il medico elvetico era noto per alternare stati di calma meditazione a momenti di esaltazione sfrenata, simili al delirio. Non era il caso di lasciare libero sfogo alla sua famigerata irruenza.

«Non accetto lezioni da chi neppure usa il latino per scrivere e per insegnare!» replicò Ponzetti, sprezzante.

«Io scrivo e istruisco gli allievi nella mia lingua natale, che è quella del mio Paese» ribatté l'altro, scrollando le spalle, «perché io sono di Einsiedeln, di nazionalità elvetica. Nessuno osi rimproverarmi per il mio linguaggio ruvido.»

«Vogliamo calmarci tutti e... procedere?» s'inserì Giulio de' Medici, che ne aveva ormai abbastanza di quel battibecco. «Dunque, riassumendo, siete giunti alla conclusione che su quel tavolaccio abbiamo un cadavere. Ora resta da stabilire il motivo del decesso.»

«Il corpo non sembra presentare ferite recenti, o segni di

violenza» commentò Ponzetti, rivolgendosi solo al cardinale.

«Neppure dietro – dove *io* ho già controllato e l'illustre collega no...» aggiunse Paracelso, iniziando a calmarsi. Il prevosto ignorò la provocazione. «Anche se gli è sfuggito un particolare... Una piccola ferita c'è, in effetti, anche se è appena una graffiatura...»

«E dove, di grazia?» chiesero all'unisono i due ecclesiastici.

Per tutta risposta, il medico svizzero indicò con un dito il pene eretto e turgido del cadavere.

«Non vediamo nulla» replicarono gli altri due, con una reazione tra lo scandalizzato e il perplesso.

«Perché guardate dalla parte sbagliata» disse Paracelso piegando delicatamente il membro con un dito, affinché mostrasse la parte superiore. Sulla cappella c'era infatti una sottilissima abrasione, appena percettibile proprio grazie a quella erezione *post mortem*. «Cosa c'è, *meine Herren*... siete turbati da questa estrema manifestazione della vita nella morte? In natura nulla è mai completamente *morto*, né totalmente *vivo*. Anzi il corpo animale, quello di carne e sangue è sempre *morto* in se stesso. Solo con l'azione del *corpo siderale*, il movimento della vita lo penetra.»

«Nessun turbamento» replicò Ponzetti, in tono condiscendente. «Si tratta di un banale caso di *luxuria angelica*... Si riscontra molto spesso tra gli impiccati, in almeno un caso su tre. A volte con perdita di sperma, che se innaffia una radice di mandragora le conferisce oscuri poteri» concluse, segnandosi di nuovo con un gesto rapido.

«Certo, purché la radice venga scavata al rintocco del Mattutino da un cane, che ne assorbirà i primi influssi malvagi morendo al posto del raccoglitore» ridacchiò il medico svizzero, scuotendo la testa. «Per favore, prevosto... occupiamoci di cose serie. Dunque abbiamo una lievissima ferita al membro virile, provocata forse da un'*irrumatio*, oppure da altri generi di *mollities*... Può darsi che quest'uomo amasse ricevere rapporti orali, oppure stimolazioni con le mani, e che denti o unghie abbiano provocato l'abrasione.»

«In effetti» lo interruppe il cardinale, «posso dirvi che alcuni testimoni affermano di aver visto, poco prima che fosse rinvenuto il corpo, un'indistinta figura femminile allontanarsi nell'ombra. Forse una meretrice...»

«Sarebbe coerente con la complessione del defunto» annuì Ponzetti. «Rivela infatti di essere stata *sanguigna*, ovvero incline agli eccessi amorosi. Non mi stupirei se fosse stato concepito sotto influssi solari, come ci insegna il grande Ippocrate.»

«E il vostro *grande* Ippocrate, prevosto, ci dirà anche se questo sventurato è morto per cause naturali, o comunque non violente, oppure assassinato?» chiese Paracelso, sfidando l'altro a braccia conserte. «Lasciamo che sia ancora il suo corpo a parlarci, e non le antiquate pagine dei libri.»

Ponzetti stava per replicare ma Paracelso gli voltò le spalle, dedicandosi nuovamente all'osservazione del cadavere. «Dunque, ammettiamo per un momento che quella piccola abrasione non abbia nulla a che fare con la morte... anche perché mi sembra, spero concorderete con me, troppo leggera per essere stata veicolo di qualche tossico...»

«Su questo sono d'accordo, anche se di veleno non abbiamo ancora parlato, nonostante *plus est hominem extinguere veneno quam occidere gladio*» declamò il medico napoletano.

«Sì, ne uccide più il veleno che *das Schwert*... la spada, certo... non cercate d'impressionarmi col vostro latino, prevosto» sospirò Paracelso, facendogli segno di appropinquarsi al cadavere. «Almeno guardate assieme a me, se proprio non volete toccare.»

«Ho notato, fin dal mio arrivo, un colorito abbastanza violaceo della cute e un'abbondanza di macchie» dichiarò l'altro, deciso a togliere all'elvetico l'iniziativa.

«Ottima osservazione» annuì Paracelso, stavolta senza ironia. «Guardate adesso anche le *conjonctives*, come dicono i nostri colleghi francesi» continuò, sollevando con le dita le palpebre del defunto, «e anche il cavo orale» aggiunse, indicando la bocca semiaperta.

Ponzetti si avvicinò. «Uhm... le prime sono molto arrossate, mentre il secondo è... violaceo come la pelle.»

«*Korrekt*... e avrete notato che anche le pupille sono assai... *verengten*...»

«Ristrette?»

«*Jawohl*... proprio così, *mein lieber*! Inoltre, dopo un inizio di *algor* abbastanza veloce, questo corpo sta tardando a raffreddarsi ulteriormente, e anche il *rigor mortis* è meno intenso del solito. *Ergo*, dalla prima analisi di questi *signa exteriora*, cosa deducete sulle possibili cause di morte?»

«Che siano dovute, probabilmente, a mancanza di respiro» rispose pronto l'altro.

«*Korrekt*!» esclamò di nuovo lo svizzero. «Ma di sicuro una conferma di questa ipotesi ci verrà dall'esame interno del cadavere. Credo che un'accurata anatomia ci rivelerà anche se il decesso è avvenuto *naturaliter* oppure a causa di qualche veleno.»

«Se parliamo di avvelenamento» scosse la testa Ponzetti, «esistono molti modi per verificarlo, anche senza ricorrere alla pratica blasfema della dissezione.» Cercò d'incrociare lo sguardo di Giulio de' Medici, come per chiederne l'appoggio. «Sarebbe nostro dovere, in qualità di buoni cristiani, svelare come sia morto questo sconosciuto senza profanarne il corpo, lasciandolo intatto per la resurrezione. Dio ce ne renderà merito.»

«Andate pure avanti, Ferdinando» consentì il cardinale, zittendo con gesto imperioso un tentativo d'intromissione di Paracelso. «Come intendereste procedere?»

«*In primis*» iniziò a declamare il medico napoletano, «le labbra non hanno un colorito giallastro-verdognolo, e neppure la pelle è color piombo… il che esclude la cicuta, il famoso veleno di cui morì Socrate. Com'erano gli occhi del cadavere al momento del ritrovamento? Per caso sbarrati?»

«No» rispose asciutto il cardinale.

«Il che scarta, quindi, anche l'ipotesi di avvelenamento da mandragora» riprese il prevosto, con aria trionfante. «La *canterella*, la terribile polvere tossica estratta dalle ali e dalle zampe dell'omonimo insetto, rigonfia il ventre con effetti simili all'idropisia, ma non troviamo tali segni in questo corpo. E dopo i più comuni tossici derivati dal regno vegetale e animale, passiamo a quelli estratti dalle miniere: *in primis* gli *orpimenta* giallo e rosso.»

«In Alemannia viene molto utilizzata una loro mistura, chiamata *terraltum*» interruppe il medico svizzero, guadagnandosi un altro gesto perentorio da parte del cardinale.

«Vi prego di tacere, Paracelso. Parlerete quando sarà il vostro turno» disse Giulio de' Medici. «Il Tesoriere è una vera autorità nel campo dei veleni. Ascoltiamolo con rispetto.»

«Ma l'*orpimentum* più terribile di tutti è quello bianco» riprese Ponzetti, con un cenno di ringraziamento al porporato. «Inodore, insapore, solubile e facilmente camuffabile in pietanze e bevande. Tutti e tre provocano vistose ulcere alla bocca e al palato, per cui ritengo di escludere anche questi. Per ultimo, ma non meno micidiale, abbiamo l'*argento vivo* detto volgarmente mercurio, ricavato dal minio per cottura e condensazione... Avete per caso notato, intorno al cadavere, tracce di vomito spumoso?» chiese, rivolgendosi di nuovo al cardinale.

«Niente affatto» rispose l'interpellato. «E dunque...»

«Dunque è da escludere anche quest'ultimo, e la conseguente morte per *argirismo*» concluse il prevosto. «Per quanto riguarda il subdolo *venenum atterminatum attemperatum*, che pare sia stato inventato dai Borgia, non mi ci soffermo neppure: trattasi di una sostanza ad azione lenta, concepita per uccidere in tempi lunghi simulando malattie che non destino sospetti. Mi sembra invece che questo decesso sia avvenuto in un lasso di tempo assai breve. In conclusione, propendo quindi per cause naturali.»

«Voi siete d'accordo, Paracelso?» domandò Giulio de' Medici.

L'interrogato fece una smorfia perplessa. «Con tutto il rispetto, *meine Herren*... ritengo che, come ho già accennato prima, l'attenzione ai soli *signa exteriora* non sia sufficiente a fornirci un quadro esatto della situazione. Molte sostanze nocive attaccano solo gli organi interni, senza lasciare tracce superficiali. Senza contare che l'elenco dei possibili veleni fatto dal prevosto, seppure molto dotto, è ancora abbastanza limitato.»

«Naturalmente ho citato solo i più utilizzati, trascurando

tutti gli altri che hanno effetti simili» ribatté Ponzetti, ironico. «Se volete una lista completa di ogni sostanza vegetale, animale o minerale pericolosa, dovrete attendere la pubblicazione del mio *Libellus de venenis*.»

«In realtà, *mein lieber* prevosto» sorrise l'altro, pensoso «sono fermamente convinto che in natura *tutto* sia veleno, e che *nulla* esista senza veleno: solo la dose fa in modo che i suoi effetti siano micidiali, oppure salutari. Come ad esempio la *canterella* che avete menzionato prima, che in piccole dosi è un efficace afrodisiaco. Inoltre io dividerei i tossici, al contrario delle tre categorie in cui li avete collocati voi in base all'origine, in tre gruppi a seconda della loro natura intrinseca: cioè in caldi, freddi oppure misti. Me ne intendo un po' anch'io, di sostanze venefiche» sorrise, rivolgendosi stavolta a Giulio de' Medici.

«Cosa rispondete, caro Ferdinando?» domandò il cardinale. Quel dibattito a colpi di *contraria*, di affermazioni e confutazioni stava diventando molto interessante. In un caso così dubbio, solo da un acceso contrasto poteva forse scaturire la verità...

Anche Ponzetti sorrise, con aria astuta. Aveva molte altre frecce al suo arco...

«Esistono metodi efficaci per rilevare la presenza di veleno, anche senza profanare i defunti» dichiarò trionfante. «Alcuni *instrumenta* che per fortuna porto sempre con me. Come *ad exemplum*... questo» aggiunse, frugando in una scarsella che portava legata sotto la tonaca. Ne trasse una scatolina di legno intarsiato che aprì con delicatezza. «Immagino abbiate sentito parlare delle corna del *ceraste*, la velenosa vipera dei deserti d'Oriente. Sono escrescenze ossee che l'infido rettile sviluppa per proteggere gli occhi dal sole accecante. Anche separate dal corpo, queste minuscole corna hanno la proprietà di trasudare in presenza di ogni tipo di tossico, fosse anche nascosto in un angolo di questa segreta. Ma per maggiore sicurezza, le poserò direttamente sul petto del cadavere... Ecco. In caso di avvelenamento, l'effetto è quasi immediato. Voi le vedete trasudare? Io no» esultò il prevosto. «Ma non ho ancora finito» riprese, fermando con un gesto di stizza un tentativo d'intervento da parte di Paracelso.

Ponzetti mostrò prima l'anello che portava all'indice, con una brillante gemma color verde scuro in *pietra di serpentino*, che in presenza di veleno avrebbe dovuto perdere lucentezza. Poi un piccolo oggetto rotondo formato da polvere impastata, il *trochiscus indicus*, e un filo sottile. Legando il filo di seta al braccio sinistro del cadavere, in caso di avvelenamento il *trochiscus* avrebbe dovuto cominciare a muoversi. «Io lo vedo immobile. E voi?»

«Quindi, mio dotto Ferdinando, tu propendi senz'altro per...» stava dicendo il cardinale, palesemente impressionato, ma s'interruppe distratto da un improvviso rumore. Paracelso, ora stravaccato sul suo scranno, stava battendo le mani lentamente. L'espressione di dileggio sul suo viso era inequivocabile.

«Davvero straordinario!» ridacchiò, scuotendo la testa. «Adesso mi aspetto che accendiate una candela fissata alla zampa di un avvoltoio, che in presenza di veleno si spegnerebbe... oppure che introduciate qui uno *psittacus*... *einen Papagei*, come dite voi?... ah, sì, un pappagallo che strillerebbe come un dannato percependo il tossico! E perché non un vaso d'elettro naturale, che a contatto con un qualunque liquido del corpo avvelenato striderebbe, come fa il salnitro a contatto con l'aceto?»

«Chi siete, voi, per irridere la grande tradizione degli antichi?» sibilò Ponzetti, il volto paonazzo. «I loro precetti sono...»

«Semplici favole, *meine lieber* prevosto... Ho sperimentato io stesso questi metodi, e molti altri descritti negli antichi testi, vedendoli tutti crollare davanti alla luce dell'*Experienz* e dell'*experimentum*! C'è più forza e virtù in un'erba che in tutte le carte che si leggono nelle grandi università, e che non sono destinate a durare!» Aveva di nuovo alzato la voce, accompagnandosi con ampi gesti delle braccia.

«Calmatevi, Paracelso» intervenne il cardinale. «Siamo qui per accordarci su una condotta comune. Dichiarate la vostra posizione.» Istintivamente, il porporato girò verso il palmo un anello d'oro che portava alla mano sinistra, nascondendone la pietra di ematite. Era scolpita con l'immagine allegorica della costellazione del *serpentario*, un ottimo antidoto contro ogni tipo di veleno secondo Alberto Magno...

Il medico svizzero sembrò acquietarsi, assumendo un atteggiamento meditabondo. Solo negli occhi baluginava ancora, a tratti, una luce inquietante.

«Io affermo» mormorò alla fine, con un sospiro stanco, «che alcuni veleni, soprattutto quelli che definisco *caldi*, come l'orpimento, danneggiano con ulcere lo stomaco e l'intestino, altri ostruiscono le vie che portano nutrimento al corpo, oppure impediscono la corretta digestione. Altri ancora causano congestione, mentre la putrefazione dei polmoni è conseguenza tipica dei veleni *freddi*... Il corpo può essere attaccato dal veleno *per se genito*, cioè prodotto dal corpo stesso, o *per causas necessarias* come l'aria e l'acqua, oppure *per causas externas* come il cibo, il bere o i clisteri… e tenta di espellere i tossici mediante l'intestino, i reni, il sudore della pelle, i muchi del naso e delle orecchie, i polmoni… bisogna quindi cercarne le tracce in tutti gli organi emuntori, in tutti i liquidi, compreso il sangue…»

«*Ergo*?» lo interruppe Giulio de' Medici, impaziente.

«*Ergo*, *Eminenz*, io ribadisco sia necessario procedere a dissezione, se intendiamo appurare la verità su questa morte.»

«Ritengo sacrilega l'insistenza sull'applicazione di tale pratica blasfema!» sbottò Ponzetti, rivolgendosi con foga al cardinale. «Non tocca certo a me, umile prevosto, ricordare a Vostra Eminenza la bolla *De sepulturis* del nostro beatissimo Padre Bonifacio VIII che rende passibile di scomunica chiunque pratichi anatomia su cadaveri umani…»

«Non dimenticate, Ferdinando» sospirò l'altro, «che in seguito Sua Santità Sisto IV autorizzò l'università di Tubinga a praticare dissezioni, annullando in pratica tutti i veti precedenti… E in ogni modo, papa Leone X ha redatto per voi due bolle d'indulgenza preventiva, nel caso foste costretti a macchiarvi di questo peccato.»

Indulgenza preventiva! rimuginò Paracelso, sforzandosi di nascondere un ghigno sarcastico. In Alemannia l'Arcivescovo di Magonza e i banchieri Függer si stavano arricchendo in maniera smodata, gestendo quell'ignobile mercato della salvezza a pagamento. Un tariffario per estinguere non solo le pene del Purgatorio, ma anche le colpe passate, presenti e perfino future… E tutto *ad usum fabricae*, per raccogliere fondi da destinare alla ricostruzione della Basilica di San Pietro. Poi si stupivano se il monaco Martin Lutero stava sollevando lo scandalo, mettendo a rumore la Chiesa!

«Perdonatemi se oso insistere, Eminenza...» balbettò Ponzetti, in tono improvvisamente umile, «ma faccio presente che, in occasione del quarto Concilio ecumenico in Laterano, fu emanato un canone recitante in un passo: *i suddiaconi, i diaconi, i sacerdoti non esercitino neppure l'arte della chirurgia che comporta ustioni e incisioni...* Ecco, io come presbitero mi sono sempre attenuto a quella norma. Sono un *physicus*, Eminenza, un profondo conoscitore della scienza medica» aggiunse con uno scatto d'orgoglio, «non un *cyrurgicus*, un macellaio di corpi umani vivi o morti, o peggio un volgare *barberus* o *rasorius* dedito ai salassi!»

«Congratulazioni, *meine lieber* prevosto!» esclamò Paracelso, battendo di nuovo le mani. «Infatti è tipico di voi galenici, *se* e *quando* vi capita di fare lezione d'anatomia su corpi umani, svolgere stancamente il vostro ruolo di *lector ex cathedra*, leggendo con voce monotona da vetusti libri polverosi a studenti che quasi dormono di noia, mentre lasciate al più umile *demonstrator* il compito d'indicare con una bacchetta le parti del cadavere che neppure guardate, e che l'umilissimo *sector* mostra al pubblico sporcandosi le mani... Ma non preoccupatevi, *meine lieber*, non permetterò che la vostra *Sensibilität* venga turbata. Io sono *physicus* et *cyrurgicus*, e ne vado fiero. Perciò vi farò io stesso da *sector* e da *demonstrator*, ammesso che voi abbiate il coraggio di guardare...»

«Procedete» tagliò corto il cardinale, impedendo con un gesto qualsiasi replica al Ponzetti.

«Posso comandare al moro qui fuori di portarmi il grosso baule che ho lasciato in corridoio?» chiese il medico svizzero. «È molto pesante.»

A un cenno d'assenso di Giulio de' Medici, Paracelso uscì risoluto dalla cella, rientrando poco dopo seguito da Rolando che portava tra le braccia erculee, come fosse leggerissima, una grande cassa di legno scuro.

Sotto gli occhi attenti dei due prelati, il medico aprì il baule traendone uno spesso involto di cuoio nero che srotolò poi sul coperchio della cassa. Una sequela di rasoi, bisturi, scalpelli, martelletti, forbici, pinze, seghe, trapani, uncini e cauteri, assicurati con legacci all'interno della lunga striscia di cuoio, scintillò sinistramente alla luce delle lanterne.

«Ho con me anche una buona quantità di recipienti e ampolle in vetro di Lorena, il più resistente al fuoco» aggiunse, «per conservare reperti e liquidi in attesa di sottoporli ad *examen* nel mio rifugio qui a Roma... sì, una piccola stanza che Sua Santità mi ha messo a disposizione all'Arcispedale di San Giacomo degli Incurabili, come sa bene Vostra Eminenza» continuò rivolto al cardinale, «in cambio delle cure che somministro ai degenti affetti da morbo gallico...»

«Leone X tiene molto a questa grande opera di carità, dove i malati sono curati gratuitamente» annuì il porporato. «Spero vi siate sistemato bene...»

«Non è certo la fucina alchemica che avevo a Schwarz, in Tirolo» sospirò il medico, «ma è abbastanza attrezzato per tentare di praticare una decente *spagyria*, come io chiamo l'analisi dei reperti organici, scindendoli nei loro *principia arcana* per rintracciare eventuali tracce di veleni...»

«Allora vogliamo procedere?» intervenne il cardinale, con un colpetto di tosse.

«Senza indugio» sorrise lo svizzero, togliendosi la giubba sdrucita e rimboccandosi le maniche della camicia. Poi sfilò dalla sua custodia un'affilata lama pistoiese. «Comincerò l'incisione dal ventre, perché contiene organi soggetti a più rapida putrefazione» aggiunse, affondando lo strumento nell'addome del cadavere.

I due prelati distolsero lo sguardo, facendosi un rapido segno di croce.

VII

Roma, Porta Sant'Angelo, poco prima del Mattutino

L'osteria era ancora affollata nonostante l'ora tarda. I locatari avevano ricevuto dalle autorità il diritto di tenere aperto l'esercizio fino al rintocco del Mattutino, avendo in gestione anche la dogana delle merci e il controllo delle persone che entravano in città dalla grande Porta adiacente. Un viavai di carri pieni di botti, derrate alimentari e manufatti di ogni tipo, assieme al transito di pellegrini, mercanti, ecclesiastici e frati di ogni ordine e livello, animava infatti i dintorni anche a notte fonda, garantendo una clientela costante e multiforme. Gente proveniente da ogni parte d'Italia e d'Europa, che sfociava come un fiume in piena nel crogiolo cosmopolita dell'Urbe.

Un punto d'osservazione privilegiato per Valerio che, seduto a uno dei lunghi tavoli della taverna, si guardava intorno con aria distratta mentre sorseggiava un boccale di costoso Moscatello di Taggia. *Fingeva*, ovviamente, perché in realtà niente gli sfuggiva. Non un particolare, né il minimo gesto di un avventore o di un'avventrice, neppure un brandello di conversazione. Come pure la sua presenza, ne era sicuro, non era ignota alle decine di occhi e orecchie indiscreti che si celavano, con studiata indifferenza, tra quelli dei clienti che gremivano la grande sala. Sarebbe stato un illuso credendo di essere l'unico serpente acquattato nell'ombra in cerca di preda. Sapeva bene di trovarsi in un covo di gente come lui, evanescenti fantasmi che svolgevano con scrupolo lo stesso mestiere, se tale poteva definirsi. Finché un pugnale o una spada in un vicolo buio, oppure un'insapore dose di veleno avrebbero messo fine alla sua lucrosa attività, pensò cupo, ingollando un altro sorso di vino con un brivido lungo la schiena. Eppure, mangiare e bere doveva per forza, se voleva stazionare nella locanda senza destare sospetti. Sperò con tutto il cuore di non aver assunto proprio quella sera qualche tossico a effetto lento. Sarebbe stata una vera beffa, giacché la cena a base di abbacchio a scottadito e carciofi stufati, innaffiata con un ottimo vinello greco, era stata superlativa... Del resto, proprio per evitare quel rischio s'imbottiva ogni giorno della migliore triaca, sebbene la sua sorte fosse sempre e comunque nelle mani di Domineddio, con il quale i suoi rapporti non erano dei migliori, o del diavolo, con cui aveva stretto un patto molto più vincolante.

Scacciò quei pensieri facendo scorrere furtivamente lo sguardo sull'ambiente circostante, reso spettrale dalle tremolanti ombre dei bevitori che le poche lanterne rimaste accese (i proprietari risparmiavano l'olio, in prossimità della chiusura) proiettavano sulle pareti grigiastre. I suoi occhi si erano da tempo abituati a distinguere, anche nella semioscurità, qualsiasi particolare insolito, come le sue orecchie erano addestrate a percepire scampoli di chiacchiere, anche pronunciate a bassa voce. Questa vita balorda lo aveva trasformato in un gatto.

«Da adesso solo vino o cervogia» dicevano i garzoni a qualche affamato ritardatario, aggiungendo poi concilianti: «Se avete del cibo con voi, potete consumarlo, a patto che ordiniate da bere».

Vuotando il boccale con una lunga sorsata, Valerio si rese conto di essere rimasto isolato in un angolo del grande tavolo di legno scuro. Fino a poco prima era stato gremito di uomini e donne che conversavano oppure giocavano a carte o ai dadi, molti senza neppure conoscersi. Lo spirito delle taverne era quello: socializzare e non sentirsi mai soli, nel bene e nel male. A volte gli incontri potevano portare a durature amicizie, a volte a sonori litigi, altre a sanguinosi scontri alla spada o al coltello, a seconda del livello sociale dei contendenti.

Questo per quanto riguardava gli uomini. La maggior parte delle donne si trovavano là per *lavoro*: tentavano, con grazia e discrezione, di condurre gli avventori all'apparenza più denarosi al piano superiore, dove accoglienti camerette, dotate di giacigli corredati di materassi e lenzuola abbastanza puliti, attendevano i clienti per un supplemento di divertimento, più o meno costoso a seconda dell'età e dell'avvenenza di colei che offriva i propri servigi. Ormai erano rimaste in poche quelle che non erano ancora riuscite a procurarsi un cliente. Le altre erano già salite, oppure si erano affrettate a lasciare la locanda per non essere sorprese in giro dagli sbirri dopo il rintocco del Mattutino: essere denudate e fustigate sul posto non era infatti il modo migliore per concludere la serata.

Nella *Città Santa* ce n'erano più di settemila, di ogni razza e provenienza. Il Tribunale curiale riscuoteva imposte e affitti dai bordelli. E recentemente papa Leone X aveva ingiunto alle singole meretrici un ulteriore balzello, noto come *tas-*

sa delle puttane, per sovvenzionare alcuni lavori di decoro urbano.

Valerio ne aveva conosciute tante di prostitute, per motivi legati alla sua attività oppure per semplice svago. Spesso approfittavano del loro mestiere per improvvisarsi informatrici, delatrici, a volte avvelenatrici, mescolate alle tantissime spie che pullulavano a Roma come vermi su una carogna: uomini e donne al servizio dei Francesi, degli Spagnoli, dei Veneziani, degli Imperiali, degli Este o dei Gonzaga, finanche del Sultano... Un vero e proprio esercito, segreto e silenzioso, i cui soldati senza nome agivano sotto le coperture più improbabili, a volte perfino una tunica da prete o un saio da frate.

Anche Valerio era uno di loro. Infatti il suo nome non era Valerio.

Erano stati *loro* a chiamarlo così. Un nuovo battesimo che gli era stato dato in una lurida cella di Tor di Nona dove, ancora garzone, aveva atteso disperato di danzare sulla forca per scontare, davanti a Dio e agli uomini, i furti e i ferimenti di cui si era macchiato. Reati compiuti all'inizio per fame, per le necessità di un orfano abbandonato nei vicoli più sordidi di Roma, e trascinato presto dalle cattive compagnie. Non aveva mai saputo chi fossero, *loro*. Però gli avevano offerto di scampare al boia, continuando a fare ciò che aveva fatto fino a quel momento... anzi, gli avevano chiesto se fosse disposto anche a uccidere, naturalmente solo su preciso ordine. C'era da guadagnare bene, da nutrirsi e vestirsi come un signore, da non restare più impigliato nelle maglie della legge se rigava dritto e obbediva ai comandi.

Uccidere per salvarsi la vita.

Aveva accettato. Che altro avrebbe potuto fare, col capestro già al collo? Del resto, *loro* non gli avevano detto che sarebbe diventato anche un informatore, una spia, uno spettro senza più nome, privo di amore e di amici. Al suo posto era stato impiccato un altro disgraziato con la stessa corporatura, vestito dei suoi luridi stracci e col cappuccio nero in testa, la mordacchia in bocca per impedirgli di parlare o di urlare, rischiando di rivelare la propria identità. Quando la ruvida corda di canapa aveva spezzato il collo dello sconosciuto, assieme a lui era morto anche il garzone chiamato Ombroso, che era rinato per tutti come Valerio. *Per tutti*, pensò con un sorriso amaro, fissando il suo boccale ormai vuoto. In realtà, *tutti* erano i pochi compagnacci di scorribande, la megera che l'aveva allevato costringendolo a mendicare e i gaglioffi che l'avevano iniziato alla malavita. Quelli che non erano già morti, per cause violente o naturali, marcivano probabilmente in qualche cella. Non li aveva mai più visti. Nessun altro avrebbe potuto riconoscerlo, soprattutto adesso che era in carne, abbigliato con eleganza e con il viso ornato di barba e baffi ben curati.

Loro avevano pensato a tutto. L'avevano addestrato a *vedere* senza *guardare*, a *udire* senza *ascoltare*, a memorizzare in un istante i più numerosi dettagli, a combattere con la spada e col pugnale perfino contro più avversari contemporaneamente, a uccidere anche a mani nude, a proteggersi da molti tipi di veleni e a somministrarne con scaltrezza... Non gli avevano detto che avrebbe dovuto eliminare anche donne. L'aveva scoperto in seguito, e come sempre aveva obbedito. Alcune le aveva anche possedute, prima di ucciderle. Ne aveva fatta di strada da quella notte in cui singhiozzava, angosciato, in attesa del boia.

Adesso il boia era lui.

La taverna si era quasi completamente svuotata, mentre le camere di sopra erano forse tutte piene. All'altro capo del tavolo sedeva un uomo segaligno, vestito di abiti una volta sgargianti ma ora consunti e polverosi, che era assorto nella contemplazione di un boccale di vino rosso. Probabilmente uno zingaro. Oppure uno spagnolo, o forse entrambi. Gente molto abile nel nascondere e scoprire segreti, e anche nel maneggiare il coltello. Se Valerio fosse stato più in vena, si sarebbe fatto riempire il boccale offrendone anche allo sconosciuto, fingendosi gioviale e un po' ubriaco per attaccare discorso. Ma quella notte, fiacca e noiosa da ogni punto di vista, aveva già bevuto abbastanza e si sentiva troppo stanco per dedicare attenzione a un qualunque zingaro di passaggio. Certo, spesso erano usati come sicari, ma era improbabile che uno di loro fosse ingaggiato per una missione importante, di quelle che potevano interessargli. No, quella notte non aveva visto né udito proprio nulla che fosse degno di attenzione. Con un sospiro, lasciò lo sconosciuto al suo boccale, pagò il conto e uscì dalla locanda.

Il traffico attraverso Porta Sant'Angelo era un po' diminuito. Sarebbe ripreso tra qualche ora, alle prime luci dell'alba, caotico e rumoroso come sempre. Per il momento la notte era tranquilla.

Valerio non aveva sonno, e non aveva neppure voglia di tornare a casa. Decise che una camminata sulla riva del Tevere gli sarebbe stata utile per smaltire i fumi del vino che cominciavano solo ora a salirgli alla testa. *Strano*, pensò, con un lieve senso d'inquietudine. In genere lo reggeva benissimo, si era abituato durante i lunghi appostamenti nelle centinaia di locande che gremivano Roma. Poteva berne in quantità restando sempre lucido, vigile, pronto all'azione. Era da tanto che, dopo una serata trascorsa in osteria, non si sentiva la testa così pesante, il palato secco e amaro... L'ossessione del veleno, sempre annidata come un tarlo in un angolo della sua mente, tornò per un istante a tormentarlo, finché non lo mise a tacere con una scrollata di spalle e una risata silenziosa. Quell'angoscia era assurda, forse dettata dalla tristezza che lo aveva afferrato dall'inizio della serata.

Valerio inspirò a pieni polmoni la frizzante brezza notturna. La testa gli si stava già snebbiando. Continuò a camminare a passo lento, la mano guantata mollemente abbandonata sul pomo della sua unica e fedele compagna: la spada che si era fatto spedire direttamente da Toledo. Carezzarne l'elsa gli dava sicurezza, in ogni circostanza. In quel momento aveva compiuto quel gesto quasi senza pensarci, spinto dalla sensazione di essere seguito, forse spiato... Eppure si era voltato di scatto un paio di volte, indagando coi suoi occhi azzurri le tenebre appena rischiarate dalla spettrale luce di uno spicchio di luna. Ma non aveva visto nessuno, sebbene il suo istinto animale gli suggerisse di stare all'erta.

I rintocchi di una campana scandirono lo scoccare del Mattutino.

Il giovane aveva ormai raggiunto la riva del Tevere. Si trovava in un punto dove un'ansa sabbiosa ospitava alti pioppi frondosi e salici che protendevano le chiome sulle acque scure.

All'improvviso, come riscuotendosi da un sogno, Valerio volse rapido lo sguardo alla sua destra. Poco lontano, anche una figura femminile pareva in contemplazione del fiume. Se ne stava immobile voltandogli la schiena, in piedi su alcune rocce grigiastre lambite dalla corrente. Valerio si chiese turbato come avesse fatto, quella donna, a venirgli così vicino senza che se ne accorgesse. Chissà da quanto tempo si trovava là. Magari era stata *lei* a individuarlo per prima.

Un incontro interessante, proprio quello che ci voleva per spezzare la monotonia di quella notte senza sorprese. Almeno fino a quel momento.

Quando le giunse più vicino, registrò con una sola occhiata ogni particolare del suo abbigliamento. Indossava una semplice ma elegante gamurra azzurrina, le cui maniche traforate mostravano lembi di una candida camiciola vezzosamente ricamata. I capelli biondi, lunghi fino alle spalle, erano acconciati in una treccia racchiusa da una scura reticella velata. Valerio continuò ad avanzare. Ciò che aveva osservato di quella figura lo invogliava a scoprirne i lineamenti del viso.

Valerio le era ormai a pochi passi, quando avvertì *qualcosa* che lo spinse subito all'azione. Con uno scatto felino, piombò silenzioso sulla donna bloccandole entrambi i polsi dietro la schiena, mentre con l'altra mano le tappava la bocca. Sollevandola da terra come una bambina, la trascinò in un anfratto celato da un ampio salice, dove si acquattò. Attraverso la stoffa sottile della gamurra, poteva percepire le forme calde e sode del corpo che si dibatteva invano nella sua stretta.

«Stai zitta e buona, per il tuo bene» le bisbigliò all'orecchio, nel tono di voce più rassicurante che riuscì a impostare. «Altrimenti ci metterai entrambi in un bel guaio.»

Come facendo eco alle sue parole, pochi istanti dopo due sbirri di ronda, le cui alabarde spuntavano al di sopra delle frasche, passarono a poca distanza dal suo provvidenziale nascondiglio. La brezza notturna gli portò scampoli della loro svogliata conversazione. Poi, com'erano apparsi, i due armigeri sparirono. Per fortuna, la donna aveva già smesso di dibattersi e mugolare. Si doveva essere resa conto del pericolo.

Valerio la tenne stretta ancora qualche minuto, per eccesso di prudenza, sentendone il respiro sempre meno affannoso. «Brava. Allora hai capito che non voglio farti del male» le sussurrò di nuovo. «Adesso ti libero le mani e la bocca, e facciamo un po' di conversazione. Va bene?» La donna annuì.

«Come devo chiamarti?» le chiese Valerio, scrutandone per la prima volta il viso. Non si era sbagliato. Era una giovinetta.

«Angelica» rispose la ragazza che si chiamava in realtà Agnola. Poi fissò il giovane con aria piuttosto sfrontata. Anche i suoi occhi erano azzurri, ma chiari come l'acqua di una fontana.

«Che ci facevi sulla sponda del Tevere, sola e a quest'ora di notte?» la incalzò sfoderando uno dei suoi migliori sorrisi. Nel suo mestiere, la seduzione rivestiva un ruolo importantissimo. Si trattava di praticarla o subirla, e il più abile vinceva. «Che volevi fare, buttarti nel fiume?» ridacchiò, fingendo di rilassarsi. In realtà mai abbassare la guardia, quando si duellava. Quella giovinetta era ancora un mistero e poteva riservargli anche brutte sorprese.

«Buttati tu, nel Tevere» ringhiò lei, sferrandogli un pugno sulla spalla che all'altro sembrò una carezza. «Io ho ancora tanta vita davanti.»

«Uhm... davanti e anche... di dietro!» scherzò Valerio, passando rapidamente la mano guantata sul ventre e poi sul sodo deretano. Agnola stava per scoppiare in una risata, ma il giovane fu rapido a tapparle di nuovo la bocca. «Taci, perdiana! Quei due sbirri potrebbero essere ancora nelle vicinanze! Ma ti rendi conto del rischio che hai corso? Se ti avessero beccata, ti avrebbero scuoiato la schiena a scudisciate! Il che sarebbe stato un vero peccato...» aggiunse, sfiorandole con le labbra la pelle del collo e delle spalle. Agnola gli si abbandonò per un istante, con un lungo sospiro. Poi si risollevò di scatto, respingendolo con una manata sul petto.

«Per caso... sei uno a cui piace farlo nelle fratte, e pure gratis?» sibilò, con una smorfia di sussiego. Valerio restò interdetto. Era uno strano modo, il suo, di adescare i clienti...

«E tu sei solita aspettare gli uomini sulle sponde del Tevere, e in più dopo il rintocco del Mattutino?» replicò dubbioso.

Agnola scrollò le spalle. «E perché no? Vado sempre in giro dove e quando mi pare, e scelgo io con chi accompagnarmi. Cosa sarebbe la vita, senza un po' di rischio?»

«Ringrazia Santa Maria Maddalena, se finora ti è andata bene.»

«Tu chiacchieri troppo. Allora, li vuoi spendere cinque giuli d'argento? Ti assicuro che non te ne pentirai...»

«Cinque giuli!» esclamò l'altro, strabuzzando comicamente gli occhi. «Neanche fossi vergine!»

Agnola gli voltò la schiena, le braccia conserte. «In questo caso ti costerei molto di più, caro il mio gentiluomo!»

«Sto motteggiando, angioletto! Su, vieni qui...»

«Non mi sembra di averti autorizzato a uccellarmi, anche se mi hai salvato dallo scudiscio... Allora che fai? Me li dai i cinque giuli? Guarda che se intendi contrattare... ti lascio qui e me ne vado!»

«Affare fatto» tagliò corto Valerio. «Prima, però... devo controllare alcune cose...» aggiunse, cominciando a palpare Agnola all'interno della scollatura.

«Ma che fai, ti prendi un anticipo?» ringhiò la giovinetta, tentando di divincolarsi. «Guarda che prima si paga e poi si tocca...»

«E invece io ho bisogno di toccare *prima*» continuò l'altro, insistendo nel passarle le mani lungo i fianchi e tra le gambe, l'espressione del volto all'improvviso dura, implacabile. Nonostante l'inutile resistenza di Agnola, si fermò solo quando fu soddisfatto della perquisizione. Non nascondeva *misericordie* né altre armi. Poi, con un movimento rapido, le afferrò la mano sinistra esaminando l'anello che portava al quarto dito. Era un banale gioiello d'argento di poco prezzo, con incastonata un'ematite nera. La ragazza trasalì mentre Valerio procedeva al controllo.

«Niente paura, non voglio mica rubartelo, il tuo anellino!» sbuffò il giovane, passando all'esame del *pomander* che portava appeso al collo. La boccetta di metallo traforato, a forma di mela secondo la moda francese, si rivelò a un primo esame contenere un semplice miscuglio di resine profumate. Però non aveva né tempo, né modo per condurre un controllo più approfondito. *Può essere che...* rifletté, perplesso. Poi scacciò quel dubbio come un insetto fastidioso. Non avrebbe permesso alle proprie ossessioni di rovinargli il divertimento. In ogni caso, avrebbe saputo come comportarsi. Aveva troppa esperienza per cadere in un tranello. E poi quella sgualdrina forse appena quindicenne, quasi una bambina che si atteggiava a donna vissuta, non gli sembrava pericolosa.

«Dove andiamo?» le chiese finalmente, scegliendo di fidarsi.

Agnola si alzò in piedi, con espressione soddisfatta. «Ce ne hai messo, per deciderti. Stavo quasi pensando di lasciarti qui, a sfogarti da solo... Avanti, seguimi.»

Valerio le tenne dietro obbediente, continuando a guardarsi intorno mentre costeggiavano la nera corrente del Tevere.

VIII

Lungotevere Castello, 17 aprile, un'ora dopo il Mattutino

Nella semioscurità Valerio cominciò a distinguere, affastellate in modo caotico sulla sabbia e sulle rocce, molte baracche di legno intervallate da rare costruzioni in muratura alquanto squallide. Al contrario della riva sinistra, che ricchi banchieri e potenti cardinali avevano requisito per costruirvi lussuose ville e spettacolari giardini, la sponda destra era gremita per un gran tratto di miseri abituri dove vivevano, o meglio sopravvivevano, molti popolani che traevano dal fiume il loro sostentamento, svolgendo lavori legati alla vicinanza dell'acqua: barcaroli e *pilorciatori*, *vaccinari* e *vascellari*, tintori e mugnai, lavandare e *renaroli*. Ultimi venivano gli umili *fiumaroli*, addetti al recupero dalle acque del fiume degli oggetti che potessero avere un valore. Ne rilasciava di cose strane, il ventre del biondo Tevere... Spesso anche cadaveri di ogni età, sesso e condizione sociale, anche se i più frequenti erano quelli degli schiavi e dei neonati malformati.

«Manca molto?» chiese Valerio alla giovinetta, affiancandola e stringendole un braccio. Era impaziente di spogliarla e possederla.

«Siamo arrivati» rispose lei, indicando con un cenno una struttura in tufo abbastanza fatiscente, alla quale era ormeggiato con grosse catene arrugginite un vecchio mulino in disuso la cui ruota di legno, ormai marcia, oscillava oziosa nella corrente.

Valerio si fermò, con una smorfia di disgusto. «Dovrò montarti in quella specie di... tugurio?»

Agnola sbuffò, scrollando le spalle. «Dentro è molto meglio di quanto non appaia all'esterno. Avanti, muoviti! Non ho tutta la notte a disposizione.»

La giovinetta aprì con una piccola chiave l'uscio cigolante, e gli indicò di seguirlo in un ambiente assai umido e buio che rischiarò con una lanterna a olio. Nei muri si aprivano due strette finestrelle coperte con scuri di legno per non consentire alla luce di filtrare all'esterno. Valerio controllò il locale con una rapida occhiata. In un angolo si trovavano ancora due vecchie macine di pietra molare. Nonostante l'apparente stato di abbandono, il pavimento di terra battuta era stato spazzato e le pareti imbiancate di recente, perfino addobbate con qualche grossolano arazzo di dubbio gusto. Nell'angolo opposto, sopra un grande tappeto un po' sdrucito era sistemato un giaciglio con tanto di materasso e lenzuola, abbastanza puliti. Vista la situazione, non poteva davvero chiedere di meglio.

«Il mio rifugio» sorrise Agnola, sedendosi sul letto con un movimento sinuoso. Poi allungò, a palmo in su, la piccola mano bianca ornata dall'anello. «I cinque giuli.»

«Non ancora» scosse la testa l'altro, toccandosi il ventre con la mano guantata. Il malessere che aveva provato prima, all'uscita dalla taverna, si era adesso concentrato nella pancia.

Forse aveva mangiato in maniera smodata, oltre a bere troppo vino. Davvero una nottata piena d'imprevisti.

«Prima devo svuotare le viscere» aggiunse. «E di sicuro, scusa la mancanza di fiducia, non ti lascio cinque giuli senza poterti tenere d'occhio...»

Agnola gli lanciò uno sguardo sprezzante. «Vai a cacare con la spada e il pugnale?» chiese, con un sorrisino di derisione. «Puoi lasciarli anche qui, se vuoi stare più comodo.»

«Fossi matto» ghignò Valerio, carezzando le else ben cesellate. «Le mie armi vengono sempre con me.»

«Te le porti anche a letto?»

«Può darsi... Tu occupati degli affari tuoi, e quando torno fatti trovare già spogliata, perché non voglio perdere altro tempo. *Completamente*, intendo. Togliti tutto, anche i gioielli. Quando possiedo una donna, mi piace che sia nuda come un verme» concluse senza darle il tempo di replicare.

Uscì nella notte umida, dirigendosi a passo svelto verso la sponda del fiume.

* * *

Nel frattempo, però, Agnola era ancora vestita di tutto punto, e non sedeva più sul letto. Andava avanti e indietro per lo stanzone, misurando il pavimento a passi nervosi. Il suo volto era più bianco delle pareti, e si tormentava le mani in preda all'angoscia. Quando le dita della destra sfiorarono la pietra nera del suo anello, le ritrasse come se avesse toccato il fuoco. Aveva voglia di piangere, di singhiozzare per sfogare tutta la tensione finora accumulata, ma aveva gli occhi asciutti e la gola serrata. Era sicura che, anche se avesse tentato di gridare, dalla sua bocca non sarebbe uscito alcun suono. Fino a poco prima aveva creduto di farcela. Si era mostrata dura, spavalda e risoluta per farsi coraggio più che per impressionare quello sconosciuto, il giovane senza nome che le avevano assegnato quella notte. Solo ora si rendeva conto di aver mentito a se stessa.

Ripensò al corpo armonico dello sconosciuto, simile a quello di una statua antica, ai muscoli sodi e scattanti che aveva intuito sotto gli abiti eleganti ma comunque sobri, tali da renderlo invisibile tra la folla. Rivide il viso perfetto, il sorriso accattivante coi suoi denti bianchissimi e sani, i grandi occhi azzurri all'apparenza freddi ma animati da una luce triste... E poi era così giovane... Magari, se fosse stato un barbogio decrepito, la cosa le sarebbe venuta più facile... Invece era giovane, e pure bello. Le avevano detto che si trattava di una persona malvagia, meritevole dei più atroci castighi. Eppure non le era sembrato tale. Anzi, a tratti le era parso più spaventato di lei. E poi era stato gentile a salvarla dagli sbirri.

Togliti tutto, anche i gioielli, aveva detto... Ecco, quello era sicuramente un segno di Dio, o della Madonna *Fiumarola*. Agnola riportò alla mente alcuni confusi ricordi dell'educazione religiosa che aveva ricevuto nell'infanzia, prima di avviarsi precocemente sulla strada del meretricio... Finora non si era mai sentita troppo in colpa vendendo il suo giovane corpo. In fondo le serviva per campare dignitosamente, e i clienti erano felici... Ma quello che le avevano ordinato di fare, per la prima volta... no, quella era una cosa *molto* diversa.

Eppure... adesso le sembrava di aver ricevuto una subitanea ispirazione, una specie d'illuminazione basata sugli sbiaditi ricordi del catechismo. Una volta le avevano detto che spesso Domineddio interveniva nella vita delle sue creature per difenderle dal demonio, per riportare i loro passi sulla via della salvezza... Quel pensiero le infuse una strana calma. Il suo cuore rallentò, il respiro si fece meno affannoso. Ecco, sì... forse era stato proprio Dio a ispirare allo sconosciuto la volontà di possederla senza gioielli addosso, affinché lei potesse riflettere su ciò che stava per fare. Le aveva dato l'occasione di fermarsi in tempo, prima che fosse troppo tardi.

Agnola, angustiata, cercava di valutare con maggiore lucidità la situazione. Ormai c'era dentro fino al collo. Rifiutarsi di scagliare sul giovane il maleficio... significava di sicuro attirarlo su se stessa! Come avrebbe potuto sfuggire alla vendetta di stregoni tanto potenti? L'avrebbero di certo rintracciata, e poi l'avrebbero...

Non poteva comunque farlo, si disse risoluta, sentendosi all'improvviso libera dal peso che aveva sul cuore dal malaugurato momento in cui, per sete di denaro, aveva accettato quell'oscuro patto. «*Libera nos a malo, libera nos a malo...*» prese a ripetere in modo ossessivo. Doveva andarsene, fuggire finché era in tempo. Prima che lui ritornasse. E non poteva neppure avvertirlo, perché non le avrebbe creduto. L'avrebbe giudicata una folle, o peggio un'indemoniata... Era ancora in tempo per violare il terribile patto che aveva siglato con i servi di Satana e salvare la sua anima? In fondo, non era ancora schiava del maligno. Altrimenti non avrebbe rifiutato di compiere la volontà dei suoi seguaci. Si sarebbe nascosta e forse, con l'aiuto di Dio, non sarebbero riusciti a scovarla...

Animata da quell'improvvisa speranza, Agnola abbandonò con circospezione il tugurio, sparendo silenziosa nelle tenebre.

Quando Valerio finalmente tornò, fu molto sorpreso e anche deluso di trovare lo stanzone vuoto. Era la prima volta che una puttana rifiutava cinque giuli per farsi montare... Che diavolo le era preso? Bizzarra giovinetta, comunque. Davvero stravagante...

In un primo momento pensò d'inseguirla, poi stabilì che non ne valeva la pena. Aveva sonno, e voleva solo tornare a casa. Decise che, facendo il solito rapporto alle prime luci dell'alba, avrebbe comunicato quella strana esperienza ai suoi superiori.

Ci avrebbero pensato *loro* ad approfondire la faccenda, se l'avessero ritenuto utile...

* * *

Sperando che il giovane non facesse in tempo a tenerle dietro, oppure avesse rinunciato a farlo, Agnola continuò a correre senza voltarsi, incurante dei cespugli e delle radici che, come mani scheletriche, emergevano dalla sabbia tendendole agguati. Ma non era soltanto il timore di subire la rabbia dello sconosciuto a metterle le ali ai piedi... Aveva l'impressione che perfino i salici e i pioppi si trasformassero in inquietanti figure che protendevano i rami per afferrarla, come lunghe braccia che cercassero di ostacolarle il passaggio... Artigli deformi di viscide creature della notte, demoni sguinzagliati per catturarla, per straziarle le carni facendole pagare il suo tradimento, la violazione del diabolico patto che aveva stretto, incurante della salvezza della propria anima...

La giovinetta continuò a fuggire per puro istinto, senza scegliere una precisa direzione. Voleva solo frapporre più spazio possibile tra sé e lo squallido tugurio. Non sapeva dove andare, né dove rifugiarsi. I suoi miseri tentativi di raccogliere le idee, di recuperare un minimo di lucidità erano continuamente frustrati da un'angoscia che le stringeva la gola e le artigliava lo stomaco. Ma non poteva fermarsi, neanche quando il paesaggio circostante cominciava a vorticarle intorno, e la nausea la spingeva a scivolare sulle rocce per vomitare anche l'anima... Era un lusso che non poteva permettersi. Doveva continuare a correre, una gamba dietro l'altra finché la reggevano. Alle sue spalle, l'immensa mole di Castel Sant'Angelo torreggiava nel cielo cupo come un gigante di pietra, un altro colossale demone pronto a schiacciarla...

All'improvviso si accorse che l'ambiente circostante era mutato. Stava attraversando un grande prato falciato con cura, pieno di fiori. Sentendosi ancora più indifesa allo scoperto, accelerò la corsa con le ultime forze residue, finché non giunse in vista di due grandi strade, sulle quali si affacciavano eleganti palazzi e case più modeste ma altrettanto decorose, abbellite da orti e giardini. Solo allora si rese conto di aver attraversato ponte Sant'Angelo e di essere giunta nel rione di Ponte, dove vivevano tutti i Fiorentini che contavano: ricchi mercanti, banchieri, orafi, armatori... Anzi, quella parte di Roma era riservata *solo* a loro. Non vendevano e non affittavano case a nessuno che non fosse di Firenze, gestendo la comunità con grande rigore. Era forse l'unica parte della città libera da rifiuti e liquami, oltre che calma e sicura anche di notte.

Agnola rallentò un po', cercando di riprendere fiato. A Ponte il servizio di ronda, organizzato e pagato dagli stessi residenti, era più capillare che in qualunque altra parte di Roma. Era molto più probabile che la beccassero a vagabondare, e la punizione sarebbe stata uguale a quella applicata nel resto della città. Decise di smettere di correre, nella speranza di non farsi notare da eventuali sbirri in perlustrazione. Prese ad avanzare a passo svelto, lanciando intorno rapide occhiate nervose. Doveva togliersi dalle vie principali, dove era troppo esposta. Forse, se fosse riuscita a infilarsi nelle stradine più strette che si snodavano verso l'interno, in direzione di via Canale dove sorgevano i *Banchi* fiorentini, avrebbe potuto sfuggire meglio ai controlli delle ronde. E poi... aveva avuto un'altra improvvisa *illuminazione*. Anche quella merito di Dio, sicuramente. Come aveva fatto a dimenticare che proprio nel rione Ponte abitava una persona che non avrebbe certo rifiutato di nasconderla? Una vecchia amica che, pur non essendo fiorentina, si era guadagnata la benevolenza dei locali esercitando il suo stesso mestiere, ma con molta più fortuna...

Maddalena non le avrebbe negato ospitalità. Soprattutto se non le avesse detto il vero motivo della sua richiesta d'aiuto. Avrebbe dovuto agire con astuzia, perché era molto sospettosa... Doveva solo ricordare dove abitasse...

Mentre svoltava a destra, osservando una nicchia votiva dove ardeva un mozzicone di candela, andò a sbattere contro una sagoma scura che veniva in senso contrario. D'istinto stava per lanciare un grido, ma lo soffocò subito. Barcollò rischiando di cadere, ma la figura la trattenne afferrandola per una mano. Alla luce spettrale della candela, Agnola riuscì a capire con sollievo che non si trattava di uno sbirro. Era un giovane dal fisico snello ma ben delineato, vestito di un elegante farsetto di raso nero e di calzebrache dello stesso colore. Folti e lucidi capelli scuri gli incorniciavano un volto talmente delicato che, se non fosse stato per la barba e per i baffi, sarebbe sembrato quello di una donna.

«Bisogno d'aiuto?» chiese il giovane, fissandola con i grandi occhi neri lievemente sporgenti.

Agnola trovò a stento la forza di scuotere la testa, mentre il cuore le batteva come un tamburo. Notò che l'altro le scrutava il viso con immenso interesse... Un'attenzione quasi morbosa, come se volesse coglierne ogni minimo particolare. Si divincolò dalla mano dello sconosciuto, scartando di lato per continuare la sua fuga, ma lui la strinse istintivamente alla vita.

«Dove vai così di fretta? Aspetta un istante!» le sussurrò, con un'espressione tra lo stupefatto e il divertito.

«Lasciatemi, messere!» gli sibilò Agnola, allontanandolo con una violenta gomitata. «Sono una fanciulla onesta!»

L'altro piegò le labbra in una smorfia ironica. «Non lo metto in dubbio, madonna. Infatti è tipico delle oneste fanciulle, girare per Roma di notte!»

«La cosa non vi riguarda! Lasciatemi andare, vi ho detto!» Agnola si divincolò di nuovo, stavolta con successo: balzò in avanti, schivando l'importuno. Poi ricominciò a correre, sperando di seminarlo. Quell'incontro le stava facendo perdere tempo prezioso. Più si attardava in strada, più rischiava di assaggiare lo scudiscio.

«Non scappare, perdiana!» le gridò il giovane, cercando di raggiungerla. «Non voglio farti del male!» Per qualche istante le tenne dietro, stava quasi per ghermirla quando scivolò su una chiazza d'umidità sul selciato, finendo comicamente a gambe all'aria. Agnola ne approfittò per guadagnare distanza dall'inseguitore, finché non riuscì a svoltare in una stradina secondaria. Prima di girare l'angolo, con la coda dell'occhio fece in tempo a vederlo mentre si rialzava indirizzandole uno sconsolato gesto di saluto, accompagnato da un sorriso.

Le gambe del giovane non erano buone quanto le sue, considerò beffarda la ragazza, rallentando di nuovo la corsa dopo averlo seminato. Uno scocciatore, però davvero bello, e magari anche ricco. Per fortuna le aveva afferrato la mano destra, quella senza *l'anello*, pensò con un brivido. La sinistra le sembrò all'improvviso pesantissima, come se il peso del gioiello che portava all'anulare volesse trascinarla nelle viscere della Terra, sempre più giù fino all'Inferno... Pensò di sbarazzarsene, di sfilarlo e di gettarlo via, lontano... No, non poteva. Non era giusto abbandonare per strada un oggetto gravato da un così terribile maleficio. Poteva trovarlo un innocente, magari un bambino... No. Finché lo teneva al dito non avrebbe fatto del male a nessuno, a meno che lei non volesse. Era costretta a conviverci, almeno per il momento. Forse, più avanti, avrebbe trovato il modo di farlo esorcizzare. Se non l'avessero scovata prima.

Doveva andare da Maddalena. Al diavolo gli sbirri. Al diavolo tutti.

IX

Rione Ponte, un'ora prima della sesta

La prima immagine che Agnola vide, al risveglio da un sonno inquieto, fu il bel viso di Maddalena. Alla luce del sole, che filtrava dagli scuri socchiusi di una piccola finestra, sbatté più volte gli occhi mentre usciva pian piano dal torpore. La presenza di una faccia amica la rincuorò, per quanto potesse valere l'amicizia tra due che facevano il loro mestiere. Per la prima volta, da quando era fuggita dalle sponde del Tevere, si sentì comunque abbastanza al sicuro.

Rivolse alla donna un lieve sorriso, osservandone meglio i lineamenti che la notte precedente aveva intravisto solo di sfuggita, mentre si fiondava singhiozzando nel rifugio del suo corpo snello ma sinuoso. Rammentava solo frammenti di ciò ch'era accaduto dopo, in maniera indistinta come se avesse vissuto quei momenti in sogno: si era sentita cingere da forti braccia affusolate, le stesse che l'avevano stretta tante volte, aveva sentito l'accogliente calore della pelle profumata che aveva assaporato fino a pochi mesi prima, prima che la vita le separasse... Maddalena l'aveva fatta entrare senza una parola quando aveva bussato con insistenza alla sua porta, l'aveva ricevuta senza chiedere spiegazioni, intuendo che fosse troppo sconvolta per darne. Si era limitata a controllare che non fosse ferita, consolandola come avrebbe fatto con una bambina spaventata mentre l'accompagnava fino alla piccola camera al primo piano, dove l'aveva fatta adagiare tra lenzuola di seta senza neppure spogliarla. Prima di addormentarsi aveva fatto in tempo a vedere, su una delle pareti, un'icona raffigurante Santa Nafissa, la leggendaria fanciulla che aveva offerto il proprio corpo agli uomini *gratis et amore Dei*: molte meretrici l'avevano perciò scelta come protettrice, sebbene la Chiesa non la riconoscesse preferendole Santa Maria di Magdala.

L'ultima sensazione percepita da Agnola era stata quella di una delicata mano calda che le accarezzava la testa. La stessa mano, bianca e affusolata, che adesso stava stringendo con gratitudine mentre il velo del languore notturno le scivolava definitivamente dai grandi occhi azzurri, ormai spalancati e fissi in quelli verdi e profondi dell'amica. Anche questi erano come li ricordava: due specchi d'acqua di lago immobili, sempre un po' in penombra. Sia che la donna ridesse, sia che piangesse, quelle due gemme di smeraldo non si accordavano mai alle sue emozioni, restando sempre stranamente inespressive. Gli uomini, e anche le donne, avevano sempre trovato molto eccitante quella bizzarra caratteristica.

«Finalmente sei sveglia» le sussurrò Maddalena carezzandole di nuovo i capelli, sciolti come una corona d'oro sul candido cuscino di tela di Fiandra. «Sono stata tentata di destarti più di una volta, questa notte, soprattutto quando ti agitavi e borbottavi nel dormiveglia...»

«Cosa dicevo?» chiese Agnola, improvvisamente allarmata. Si era forse tradita nel sonno? Aveva rivelato qualcosa del pericolo che le incombeva sulla testa? Strinse involontariamente un lembo del lenzuolo di seta e della sottile trapunta damascata che la coprivano, sperando che la sua istintiva reazione fosse sfuggita allo sguardo imperscrutabile di Maddalena. Era difficile capire se avesse notato il suo gesto inconsulto. Non si capiva mai cosa pensasse.

«Nulla che sia stata capace di comprendere» disse l'altra, accoccolandosi sul letto con un elegante movimento. «Bofonchiavi strani suoni, più simili ai versi di una bestiolina spaventata che a parole umane...»

Agnola non era sicura che stesse dicendo la verità. La diffidenza imparata dalla vita di strada riprendeva a regnare nella sua mente. Non poteva abbassare la guardia, anche se il cuore la invitava a rilassarsi. Maddalena stava forse recitando, prendendo tempo per saperne di più su quell'improvvisa incursione notturna, per decidere come regolarsi nei suoi confronti? Erano amiche, fino a poco tempo fa... Ma che significava esserlo, nel loro mondo? In fondo erano tutte attrici, avevano tutte cento facce, abituate a nascondere, mascherare, fingere le intenzioni, i sentimenti, i pensieri...

«Cosa ti è successo, bambina mia?» riprese Maddalena, continuando a carezzarle i capelli. «Non ti sto a dire quanto piacere mi abbia fatto rivederti, dopo tanto tempo in cui sembrava ti fossi dimenticata di me, ma... non ti nascondo che avrei desiderato rincontrarti in una circostanza meno... ecco, sì, meno *sconvolgente* di quella di stanotte! Dovresti sapere bene che si rischia molto! Gli sbirri romani ci godono un mondo quando possono staffilare, magari con mazzi d'ortica, una di noi per violazione del coprifuoco. E le guardie assoldate dai Fiorentini, qui a Ponte, non sono da meno, soprattutto quando vogliono divertirsi… E dunque? Che ci facevi in giro a quell'ora?»

«Non mi sono scordata di te. Non avrei *mai* potuto» rispose Agnola, nel tono di voce più dolce che riuscì a modulare, eludendo la domanda dell'amica. Per dare maggiore enfasi alle sue parole, affondò la mano nella folta capigliatura rosso rame dell'altra, iniziando a sua volta a carezzarla con tenerezza. Le sembrò che fosse attraversata da un lieve fremito mentre il respiro le diventava più pesante.

«Posso far entrare ancora un po' di luce?» chiese all'improvviso Maddalena, scendendo dal letto senza attendere risposta e dirigendosi verso la finestra. Stava per spalancare le imposte, quando Agnola non riuscì a trattenersi dal fermarla con un gesto imperioso.

«No, ti prego, lasciale socchiuse!» esclamò a voce troppo alta.

L'altra si bloccò con una mano sugli scuri. «Perché ti agiti tanto per un po' di sole? È una bella giornata! Hai paura che qualcuno ti veda dalla strada? Non preoccuparti, siamo al primo piano e la mia casa è abbastanza alta…»

«Non è per questo» mormorò la giovane, passandosi una mano sulla fronte. «Ho un terribile mal di capo, e i raggi del sole mi feriscono gli occhi…» mentì, sperando di essere stata più convincente possibile.

«Come preferisci, bambina mia» replicò Maddalena, tornando ad acciambellarsi sul letto come una gatta. Anche attraverso la coperta, Agnola sentiva il calore del suo corpo premerle contro il fianco. Le bianche braccia tornite e i superbi seni erano appena coperti dalla veste da camera di seta color avorio.

«Che ore sono?» chiese Agnola, giusto per rompere il silenzio.

L'altra scrollò le spalle. «Non manca molto alla campana di mezzogiorno.» Per un lungo istante parve fissare un punto nel vuoto. «Allora, bella bambina mia» riprese all'improvviso, piantandole nel volto uno sguardo assente, «mi vuoi dire cosa ti ha spinta a bussare come una forsennata alla mia porta nel cuore della notte, dopo tanto che non avevo più tue notizie? E dire che ti ho cercata… Ma sembravi svanita nel nulla!»

Agnola doveva inventarsi qualcosa, e subito, prima che la scaltra prostituta s'insospettisse troppo… Del resto, mentirle era una salvaguardia anche per lei, oltre che per se stessa. Non poteva certo dirle la verità, rimuginò con un brivido. Aveva l'angosciante sensazione che i blasfemi riti di magia nera a cui era stata sottoposta, assieme alle sue compagne di disavventura, l'avessero ormai stregata per sempre…

Aveva fatto bene a rifugiarsi da Maddalena, mettendo anche lei in pericolo? Fino a quando sarebbero state al sicuro? Non le piaceva ingannarla, anche se era per il suo bene… Magari avrebbe potuto restare solo per poco tempo, finché non avesse deciso il da farsi… Ma fare *cosa*? A chi poteva rivolgersi, di così potente da riuscire a proteggerla? A qualche nobile gentiluomo? Alla Santa Inquisizione? Ma chi avrebbe mai creduto a una puttanella *di minor sorte*, che non aveva mai conosciuto neppure suo padre e sua madre prima di essere venduta sulla strada al miglior offerente? Se avesse denunciato l'orrore in cui era stata coinvolta, sarebbe stata probabilmente la prima a pagarne le conseguenze. E forse la sola. Aveva ancora un bel po' di risparmi sul banco dei Gostardi-Ceuli, forse avrebbe potuto ritirarli e andare nel Nuovo Mondo… Inutile. Sapevano tutto di lei: le case e le strade che aveva bazzicato, il banco dove depositava il denaro, e la maggior parte dei clienti che aveva frequentato prima di diventare una *loro* esclusiva proprietà... Forse non ci avrebbero messo molto ad arrivare anche a Maddalena, pensò con un sussulto di terrore.

L'anello che aveva portato al *dito del cuore* fino alla notte precedente, era nascosto in una tasca segreta della scollatura. Al riparo da ogni sguardo. Adesso doveva solo imbastire una storiella per la sua vecchia amica, si disse mentre mille pensieri le affollavano la testa, e che fosse credibile. Maddalena non era una stupida.

«Allora, si può sapere che hai combinato?» la sollecitò l'amica. «E soprattutto: perché sei sparita all'improvviso, senza una parola?»

«Devo confessarti» esordì Agnola con un sospiro, simulando una faccia contrita, «che fino a iersera me la passavo abbastanza bene, quasi quanto vedo che fai tu... Riconosco, a mia colpa, di essermi eclissata per evitare di parlarti del nuovo giro di clienti, abbastanza facoltosi, che mi sono creata negli ultimi tempi, nel timore di doverli condividere con te... Potrai mai perdonarmi, cara amica mia?» La vita di strada, con i suoi mille sotterfugi, le aveva insegnato che spesso, per nascondere un grande segreto, la maniera migliore era rivelarne uno più piccolo, mescolando con sapienza verità e finzione.

«Nel nostro mestiere, ognuna salvaguarda il suo tornaconto» sorrise l'altra. I grandi occhi verdi, come sempre, non si accordarono alle labbra, restando fissi e gelidi in quelli dell'interlocutrice. «Io ho sempre spartito con te la mia clientela, ma a questo mondo non siamo tutte uguali.»

La stava studiando. Doveva stare attenta a non cadere in

contraddizioni. «È vero, sei sempre stata molto generosa con me, a tuo onore e mia vergogna» sospirò di nuovo, stavolta fingendo sollievo per l'apparente disponibilità dell'amica. Anche se dentro di sé ricordava i magri guadagni che riceveva, quando sollazzavano insieme i suoi clienti. Poi continuò, nel modo più naturale possibile: «Vedi, mia cara, tutto mi è andato liscio come il culo di un infante finché, iersera, uno dei messeri che si serve da me si è presentato all'improvviso alla mia porta, pretendendo di fare subito i suoi comodi, mentre io mi stavo già intrattenendo con un altro dei miei clienti di riguardo...»

«E quindi?»

«Quindi ho mandato la mia fantesca ad avvertirlo con cortesia di ripassare il giorno dopo, perché ero già impegnata fino al rintocco del Notturno.»

«Scusami ma non mi sembra gran cortesia, far rimandare per i fatti suoi da una serva un buon cliente, soprattutto se fedele e denaroso.»

«Hai piena ragione, Maddalena. Ma l'essere importunata senza avviso, quasi fossi una vile meretrice da *lume*, mi ha fatto salire il sangue alla testa, inducendomi in quello che solo dopo ho capito essere un grave errore...»

«Già immagino cosa n'è seguito...»

«E immagini bene perché sei avveduta e ricca d'esperienza, amica mia» annuì Agnola, fingendo di essere sconvolta al ricordo di ciò che raccontava, «al contrario di come sono stata io... Insomma, per fartela breve, il gentiluomo da basso ha cominciato a fare un trambusto del diavolo, tempestando di colpi la porta finché il signore con cui m'intrattenevo non si è affacciato alla finestra invitandolo con male parole ad andar via, perché tutto quel rumore, indegno di un uomo dabbene e ben costumato, stava disturbando i suoi piaceri. A quel punto il cavaliere chiassone, credendosi insultato da un suo pari, messa mano alla spada – rabbrividisco ancora adesso nel narrarlo – ha sfondato a calci il mio povero uscio e si è fiondato in casa, gridando ogni sorta d'improperi a me, al mio cliente e alla mia misera fantesca che tentava d'arginarne la furia come poteva. Nel frattempo il mio cliente, nella camera da letto al piano superiore, aveva sguainato a sua volta la spada e, mezzo spogliato come si trovava, si è lanciato giù per la scala intenzionato ad affrontare il rivale, mentre puoi figurarti come sbiancavo e quasi svenivo per lo spavento...»

«Perdonami se rido» sghignazzò Maddalena, «ma questa che mi racconti sembra la scena madre di una commedia licenziosa!»

«Perché tu non c'eri!» protestò Agnola, recitando un genuino risentimento. «Ti assicuro che mi sono vista a rischio della vita... Per cui, approfittando del momentaneo scudo fornitomi dal mio primo cliente, mi sono calata con una corda, che per fortuna avevo in casa, dalla mia camera fin giù nel giardino sul retro, scappando coi panni che mi vedi addosso, perché per fortuna non mi ero ancora spogliata. Non hai notato com'è sporco e strappato, l'orlo della mia gamurra?»

«Che contrappasso!» ghignò l'altra, scuotendo la testa. «Tu hai negato all'infoiato drudo la tua *porta di retro*» sorrise del lascivo doppio senso, «e dal retro di casa sei dovuta scampare!»

«Già, ma c'è poco da divertirsi... Avrei proprio voluto vederti, nella stessa situazione! In ogni modo, ho subito deciso di correre a rifugiarmi da te perché quel violento e per nulla *gentile* uomo, sebbene nobile, non ti conosce né tantomeno sa dove abiti. Dove sarei potuta andare, altrimenti? Eccoti tutta la vicenda, cara amica, squadernata come meglio ho potuto. Dimmi ora se non sono la più disgraziata meretrice che si trovi a Roma!» concluse con un ultimo sospiro, fingendo di cominciare a singhiozzare.

«Spera solo che non sia scorso del sangue» mormorò Maddalena, dopo aver meditato alcuni istanti sul racconto dell'amica, «del quale saresti purtroppo ritenuta responsabile. Se i tuoi spasimanti si sono invece riconciliati davanti a un boccale di buon vino, come fanno spesso i rivali in *amore* di noi meretrici, allora puoi sperare che gli sbirri non ti vengano a cercare per semplice disturbo della pubblica quiete, di cui saresti sempre e comunque considerata, e non a torto, la causa originaria» continuò, col tono serioso e pedante di un giureconsulto. «Ma anche se non accadesse tutto questo...» aggiunse, tamburellando pensosa con un dito sul mento, «potresti incappare in un altro accidente altrettanto spiacevole...»

«Che cosa intendi?» chiese, dando a vedere di cadere dalle nuvole. Con tutta la fantasia, non riusciva proprio a immaginare cosa potesse capitarle di peggio dell'incubo che stava attualmente vivendo. «Avanti, Maddalena, parla chiaro! Non tenermi sulle spine!»

L'altra annuì con aria grave, lo sguardo fisso nel vuoto come per raccogliere le idee. «Non vorrei spaventarti» riprese poi, in tono cupo, «giacché lo sei già molto, però desidero metterti in guardia...»

«Ti decidi a sputare il rospo?» la sollecitò Agnola, iniziando a irritarsi. Stavolta non recitava, era davvero stizzita. «Mi stai tenendo sulla graticola come San Lorenzo!»

«Sta' calma, vengo subito al dunque... Una mia amica, appena giunta a Roma da Venezia, mi ha riferito che una cortigiana, nota in tutta la Serenissima per la sua avvenenza, aveva fatto a un suo nobile amante uno sgarbo che i Veneti chiamano *arlasso*, simile allo scherzo che tu hai giocato al tuo gentiluomo... insomma, l'aveva lasciato in strada senza riceverlo. Ebbene, dopo averla portata in gondola a Chioggia col pretesto di offrirle una cena... quel bastardo le inflisse un *trentuno*, facendola violare tutta la notte da un branco di lazzaroni che aveva radunato apposta!»

Agnola fece uno sforzo per non riderle in faccia. Tanto mistero, tanta attesa per andare a parare su un banale *trentuno*: un umiliante rituale con cui i clienti più potenti e denarosi punivano le cortigiane quando, a torto o a ragione, si ritenevano da loro oltraggiati. Se avesse compreso quale pericolo stavano invece correndo... «Io... trasecolo!» esclamò, fingendosi atterrita e strabuzzando gli occhioni azzurri.

«Capisci adesso, bambina mia, cosa può capitarti se il cliente da te offeso riesce a trovarti prima che vi siate riconciliati?» concluse Maddalena portandosi una mano al petto, in un teatrale gesto d'inquietudine.

Era chiaro che volesse spaventarla, pensò Agnola, per renderla ancora più grata della sua protezione. «Non temo fino a questo punto il mio cliente» replicò, con un'alzata di spalle. «Lo conosco bene, è solo un chiassone che non saprebbe mai organizzare una simile mascherata... Ma se tu hai tanta paura, ti prometto che resterò poco, giusto il tempo di far calmare le acque e far sbollire la rabbia a quel poltrone. Ho del denaro da parte, e saprò ricompensarti per il disturbo...»

«Di questo parleremo a tempo debito, piccola mia» la rassicurò Maddalena, prendendo a carezzarle di nuovo i capelli.

Il suo sorriso, il suo gesto erano pieni di affettuosa sollecitudine, ma gli occhi restarono freddi come sempre. «Non ti ho raccontato la disgrazia di quella cortigiana per terrorizzarti, ma per metterti in guardia affinché tu possa difenderti. Sai bene che puoi fare affidamento su di me.»

Magari avesse potuto esserne certa. Da quando la conosceva, mai una volta che fosse riuscita a capire cosa le passava per la testa…

«Puoi restare quanto vuoi» continuò Maddalena, allargando ancora di più il suo sorriso gelido. «Saremo sole in casa, perché per tua fortuna in questo periodo non ho una fantesca fissa. Viene solo un paio di volte a settimana, quando la faccio chiamare per pulire e rassettare. Quindi, finché starai con me, per sicurezza non la farò venire. Ci arrangeremo noi due con ramazze e stracci… come facevamo quando eravamo povere, ricordi? Naturalmente dovrai consentirmi di accogliere i miei clienti, a meno che tu non voglia rifondermi perdite per centinaia di ducati» ridacchiò, «ma più che altro perché un'improvvisa sospensione della mia attività desterebbe dei sospetti… Comunque non preoccuparti, quando li riceverò starai sempre nascosta qui, lontana da occhi e orecchie indiscreti. E per quanto riguarda i pasti… a proposito, hai fame?»

Proprio in quel momento, come sollecitato dalla domanda, lo stomaco di Agnola gorgogliò sonoramente, ricordandole che non metteva nulla sotto i denti dalla sera precedente.

«Questo suono risponde in tua *vece*, anzi come la tua *voce*» ridacchiò di nuovo Maddalena. «Allora, se te la senti di alzarti e di scendere, in camera da pranzo ho una sorpresa per te» la invitò con aria furba, tendendole la mano. Dopo un attimo di esitazione, come un animaletto randagio diffidente ad accettare cibo, Agnola si lasciò condurre obbediente da basso.

«Accomodati pure» la invitò Maddalena indicando la tavola imbandita con un gesto pomposo, neanche fosse una regina. «Ho ordinato tutto a un'ottima osteria qui vicino.»

Nonostante fosse ancora un po' scossa, Agnola non poté fare a meno di sorridere. Erano tutti piatti di Lanciano, la sua terra.

«Serviti pure, prima che si freddi» sorrise Maddalena. «Assaggia questo, è un ottimo Lacrima di Morro» sentenziò, mescendole un generoso boccale. «Se parliamo dei doni di Bacco, la mia Senigallia non cede il passo a nessuno, come del resto la Marca intera!» concluse trionfante, versandosi un'abbondante dose di vino. «Alla nostra salute, e alla rovina di chi ci vuole male!» esclamò, sollevando il boccale. Maddalena era sempre stata una gran beona, appassionata di vini di qualità per i quali non aveva mai badato a spese e non aveva mai risparmiato le borse dei suoi clienti, che l'avevano non a caso soprannominata *la baccante*.

«Ti ricordi, bambina mia, quando certi cibi potevi solo sognarli, e la fame ti attanagliava lo stomaco impedendoti perfino di dormire?» scherzò iniziando a servirsi. L'amica si riferiva al loro primo incontro a Roma, entrambe orfane, forestiere e dedite al meretricio, con l'unica differenza che Maddalena, di qualche anno più grande, si prostituiva già da tempo senza padroni, libera e signora di se stessa, mentre Agnola dipendeva dalla vecchia mezzana a cui l'avevano venduta i briganti che l'avevano rapita a Lanciano. Era stata acquistata con una bella somma che la megera aveva tutta l'intenzione di recuperare e poi d'incrementare, sfruttando al massimo la sua avvenente schiavetta (che spacciava per nipote) e tenendola a stecchetto anche per le più elementari necessità. La vecchia aveva recuperato quasi subito la spesa iniziale, facendola deflorare da un ricco mercante che aveva pagato una grossa cifra per cogliere la sua verginità. Poi aveva continuato a lucrare su quell'aspetto, costringendola a ingannare i clienti con gli effetti astringenti dell'allume di rocca e col sangue di piccione. La mezzana, però, non aveva fatto i conti con l'Angelo della morte che se l'era portata via con un malanno, e senza eredi, proprio quando cominciava ad arricchirsi con la sua gallinella dalle uova d'oro... In quel momento il destino aveva fatto entrare Maddalena nella sua vita, rendendole amiche e poi amanti.

«Certo che ci siamo divertite molto, prima che ti dileguassi come una ladra» bofonchiò Maddalena. «Era uno spasso anche per te, ammettilo!» le strizzò l'occhio, maliziosa. «Altro che i conventi delle orfanelle dove ci avevano rinchiuse da bambine, tu a Lanciano e io a Senigallia! Se c'è un giorno che continuo a benedire, è quello in cui evasi da quelle mura con la complicità del mio primo amante!»

«*Tu* sei scappata dal monastero che ti aveva accolta, in cui ti battezzarono col nome che porti» mormorò Agnola, aggrottando le sopracciglia sottili. «Io dal mio sono stata *rapita*. È assai diverso.»

«Eh già... Vuoi farmi credere che saresti rimasta volentieri nel tuo convento... magari facendoti suora?» esclamò l'altra, con una risata grossolana.

Agnola non rispose alla provocazione. Intenta a gustare sapori che non provava da molto tempo, si lasciò andare al flusso dei ricordi...

Al contrario di Maddalena, non era mai stata insofferente della vita in monastero. Anzi, del periodo trascorso nel convento di Santa Chiara conservava immagini e sensazioni quasi tutte positive, di grande pace e serenità, forse perché legate agli anni innocenti e fantasiosi dell'infanzia. Delle clarisse che l'avevano allevata serbava un'ottima memoria, soprattutto della badessa suor Maria, perfino troppo bella per essere una religiosa. Rammentava ancora adesso i suoi dolci occhi neri. Non aveva mai visto i suoi capelli, ma li aveva sempre immaginati neri e bellissimi. Doveva alle pazienti lezioni di catechismo di suor Maria, che le aveva anche insegnato un po' a leggere, il confuso residuo di sentimento religioso che possedeva ancora adesso, nonostante le successive esperienze l'avessero spinta in tutt'altra direzione. Sebbene non avesse voluto replicare al sarcasmo di Maddalena, Agnola ricordava che all'epoca aveva accarezzato perfino l'idea di prendere i voti, anche se sapeva bene quanto quella prospettiva fosse illusoria: chi l'avrebbe mai dotata dei duecento ducati necessari per essere accolta in monastero come conversa? Eppure non aveva mai perso del tutto la speranza di poter restare in convento, non tanto per vocazione ma per diventare come suor Maria...

«Ti vedo assorta» la punzecchiò Maddalena, interrompendo lo scorrere dei suoi pensieri. «Il pranzo non è di tuo gradimento? A che stavi pensando?»

«Al passato» mormorò l'altra, tornando bruscamente alla realtà. «Il cibo è buonissimo, grazie.»

«Guarda al futuro, invece!» la esortò Maddalena, versandole un altro boccale di vino. «I ricordi t'incupiscono, cara! Bevi e dimentica! Alla salute!»

Agnola sorseggiò un altro po' di vino, ma il corposo liquido rosso non fece che aumentare il suo torpore, affidandola di nuovo alla corrente della memoria...

«Che cosa ti succede, bambina mia?» l'apostrofò Maddalena, sedendole in grembo. «Come ti sei rabbuiata! Lascia andare i pensieri tristi! Ora sei con me, al sicuro: vedrai che si aggiusterà tutto, con quel tuo gentiluomo adirato!» la motteggiò, abbracciandola e cominciando a vezzeggiarla. Ma le sue carezze non avevano nulla di materno.

X

Vaticano, Palazzo Apostolico, ora sesta

Seduto al grande tavolo della sala da pranzo, al secondo piano del Palazzo Apostolico, papa Leone X era troppo preoccupato per apprezzare le prelibate anguille del lago di Bolsena e le murene di Civitavecchia, e neppure i delicati filetti di storione che lo scalco aveva artisticamente impiattato su vassoi d'oro finemente cesellati. Sbocconcellava senza appetito il pasto *di magro* del venerdì, sorseggiando con aria svogliata il bianco Fiano della Campania che il bottigliere gli aveva versato in un calice di cristallo di Boemia.

Suo cugino il cardinale Giulio de' Medici, pur essendo affamato, non osava far onore al pranzo come avrebbe voluto, in soggezione davanti all'inappetenza e alla triste aria meditabonda di Sua Santità. In quel momento erano soli, nella grande stanza che Raffaello Sanzio aveva quasi terminato di affrescare. Il pontefice aveva appena congedato tutti i servitori, i valletti e i musici, compreso il suo buffone preferito Mariano Fetti, ex barbiere del Magnifico e detto *Fra Mariano* da quando aveva indossato il saio, impedendogli d'ingozzarsi come al solito alla mensa papale.

Da quando si era seduto a tavola, il vicecancelliere attendeva con ansia che il pontefice gli rivolgesse la parola. Quella convocazione urgente, col pretesto dell'invito a pranzo, non poteva che preludere a un'impegnativa conversazione sugli affari di Stato.

«Allora, che notizie mi porti dalla fortezza?» sospirò finalmente il papa, quando anche le due sentinelle svizzere uscirono.

Il cardinale scrollò lievemente le spalle. «Pare che Ponzetti e Paracelso concordino sulle cause della morte del misero Ottavio» mormorò, pensoso. «Entrambi propendono per un improvviso impedimento alla respirazione, rivelata da alcuni *signa exteriora* sul cadavere: la cute violacea e piena di macchie causate da versamento sanguigno, il cavo orale ugualmente violaceo, gli occhi con le congiuntive arrossate e le pupille ristrette, l'*algor* e il *rigor mortis* più lenti del consueto... Un'intuizione confermata dall'anatomia compiuta dal medico svizzero, che ha evidenziato *signa interiora* concordanti con quelli esterni: l'alterata vischiosità e il colore scuro del sangue, stagnante in abbondanza nei ventricoli destri del cuore, le macchie rossastre dovute a rottura di capillari nella pleura, il deposito di sangue anche nei polmoni, la stasi intestinale...»

«Per carità di Dio, Giulio, sto cercando di desinare!» sbottò Leone X, allontanando stizzito il piatto che aveva davanti.

«Perdonatemi, Santità...» si scusò l'altro, imbarazzato. «Era solo per amore di precisione. Del resto, siete stato proprio voi a ordinarmi di essere i vostri occhi e le vostre orecchie in quella... sì, diciamo... *spiacevole* circostanza» concluse, sminuzzando con la forchetta d'oro le sue porzioni di pesce. In effetti, anche a lui era passato l'appetito rievocando lo strazio sanguinolento a cui aveva assistito a Castel Sant'Angelo... Ed era un vero peccato, perché quelle anguille *in carpione* erano squisite. Per non parlare di quel profumato Fiano.

«Quando siamo soli puoi chiamarmi Giovanni» replicò il papa, giocherellando col suo calice di cristallo. Si era un po' rabbonito, e sembrava inseguire misteriosi pensieri fissando i riflessi del vino. Giulio ne approfittò per scrutarlo con attenzione, cosa che, per rispetto, non aveva ancora fatto da quando si era seduto a tavola. Leone X si era appena deterso la fronte e il viso abbondantemente sudati, poi il collo tozzo quasi nascosto dalla vistosa pappagorgia, mentre tentava nervosamente di accomodare meglio sull'ampia scranna la propria figura corpulenta. Indossava abiti da camera con la mozzetta di damasco bianco bordata d'ermellino sulle spalle, la grossa testa rotonda coperta dal camauro ugualmente candido: i colori della settimana *in albis*. Alle dita delle mani nivee, bellissime e curate, portava come sempre molti preziosi anelli, oltre a quello di diamante col sigillo papale.

Era palesemente inquieto. Negli ultimi anni non era molto cambiato fisicamente nonostante la pinguedine, i continui catarri e la pessima abitudine di digiunare spesso per poi rimpinzarsi, ma era stata la sua personalità a subire una lenta metamorfosi: ormai non era più l'entusiasta pontefice neoeletto che aveva confessato a suo fratello Giuliano: *Godiamo il papato dacché Iddio ce l'ha dato*. La guerra sfortunata contro la Francia e Venezia, la contesa per il Ducato d'Urbino, i disordini luterani in Alemannia e l'impegno per promuovere la Crociata, oltre ai costosi lavori per la Basilica di San Pietro, stavano cominciando a fiaccarlo più nell'animo che nel corpo, minandone il proverbiale ottimismo.

«*In summo*» riprese il pontefice, spostando all'improvviso lo sguardo dal calice al volto del cugino, «ci troviamo davanti alla medesima disgrazia occorsa al povero Leandro. E a questo punto... possiamo ancora parlare di... *disgrazia*?» I suoi occhi sporgenti parevano fissare un punto indefinito al di là dell'interlocutore. Il papa era talmente miope (un difetto ereditario nella famiglia Medici) che non riusciva a vedere bene senza usare una lente d'ingrandimento, strumento che però odiava e cercava di adoperare il meno possibile.

«Sì» annuì il cardinale. «Dal verbale stilato risultano gli stessi *signa exteriora*, anche se non è stata eseguita anatomia sul cadavere considerando la morte *ob naturales causas*. E ormai, a cinque giorni dal trapasso, lo stesso Paracelso ha confermato che sarebbe inutile riesumare il corpo.»

«E la morte di Ottavio?» chiese il papa con apprensione.

Giulio scrollò di nuovo le spalle. «I nostri due dottori non sono ancora in accordo sulla *vexata quaestio*. Ponzetti propende per fattori naturali, mentre Paracelso afferma di aver bisogno di tempo per escludere qualsiasi tipo di veleno. Dichiara che un valido processo di *putrefactio* richiede che i vasi dove ha raccolto porzioni di tessuti e tutti i liquidi del cadavere siano tenuti almeno quaranta ore nel fimo di cavallo, che garantisce un calore costante. Solo così, mediante una successiva serie di altre operazioni *spagiriche*, spera di riuscire a individuare eventuali tracce di tossico.»

«Che informazioni gli hai dato?»

«Quelle strettamente necessarie, come a Ponzetti.»

«Qualcosa troverà, ne sono quasi certo» annuì il papa, pensoso. «Prima Leandro, poi Ottavio... Entrambi morti nell'identico modo. Non può essere solo una coincidenza! E poi quelle testimonianze... una figura femminile vista allontanarsi dal luogo della... *disgrazia*, in entrambi i casi! Avvelenamento? *Stregoneria*?»

«Non pensavo che temessi tanto le azioni delle *maleficae*» replicò il cardinale, con un sorriso ironico. «In fondo, da *humanisti*, dovremmo seguire la *ratio*. Sai benissimo che a Roma c'è una meretrice ogni dieci abitanti, in una popolazione formata per metà da maschi celibi. Non mi meraviglia affatto rilevare la presenza di prostitute. Una vergogna per la Città Santa, ne convengo, ma forse un'onta necessaria per evitare peccati peggiori, oltre che utile alle nostre finanze. Non devo certo ricordarti io le parole di Sant'Agostino: *La meretrice assolve nel mondo alla stessa funzione della sentina nella nave e della cloaca nel palazzo. Se tu toglierai la sentina o la cloaca, riempirai di fetore la nave e il palazzo. Se tu toglierai le meretrici dal mondo, lo riempirai di sodomia*. Insomma, c'è una bella differenza tra prostitute e streghe...»

«Non possiamo escludere alcuna ipotesi!» esclamò Leone X, facendosi paonazzo. «Sono sempre più convinto» continuò con una smorfia di rabbia, «che le morti improvvise di Leandro e Ottavio abbiano a che fare con le trame ordite a danno della Santa Sede da qualche potenza straniera!»

«Di questo non possiamo essere certi...»

«Certi no... ma dubbiosi sicuramente! Leandro era troppo in gamba per non scoprire in tempo qualche piano segreto contro di noi... Mi chiedo come abbiano fatto a ucciderlo simulando un *naturalis accidens*... E adesso Ottavio, un altro dei miei più capaci informatori, muore nello stesso, identico modo! Non sto vaneggiando, Giulio. A questo punto mi riesce difficile non pensare che anche lui avesse scoperto qualcosa d'importante, forse di fondamentale per le sorti della Chiesa!»

«Adesso non esageriamo, Giovanni» sospirò l'altro, con un gesto eloquente della mano ingioiellata. «Forse stiamo correndo un po' troppo. In fondo, la situazione politica è molto più calma di qualche anno fa...»

«Calma apparente» lo interruppe il papa, cupo. «Per ora ci barcameniamo, in precario equilibrio, tra le pressioni di Francia, Spagna, Impero e Venezia. Ma sinceramente non so fino a quando potremo resistere senza prendere una posizione. Siamo come una navicella sballottata da venti contrari.»

«Molto poetico» sorrise il cardinale. «Dovresti ricominciare a scrivere sonetti, come facevi da giovane.»

Leone X non raccolse la bonaria provocazione del cugino. Si era improvvisamente estraniato dalla conversazione, fissava con intensità una delle grandi pareti, quella su cui Raffaello aveva affrescato la scena di Leone III che incoronava Carlo Magno imperatore. Il volto dell'antico pontefice era il suo, mentre quello di Carlo apparteneva al giovane Francesco I, l'affascinante e bellicoso sovrano dei Francesi. L'opera era stata eseguita dopo l'incontro a Bologna tra il pontefice e il re di Francia. Era stato proprio Leone X a ordinare al pittore di dare ai due famosi personaggi i loro volti, come a ratificare l'accordo con cui si era impegnato a sostenere le mire di Francesco I alla corona imperiale, viste le precarie condizioni di salute di Massimiliano I d'Asburgo. Giovanni all'epoca si era quasi sottomesso a quel ventenne che era entrato trionfante a Bologna. Gli aveva perfino consentito di nominare vescovi e abati nel suo regno. Tutto, pur di conservare la pace in Europa dopo l'invasione francese del Ducato di Milano. Ma adesso il fuoco sembrava covare di nuovo sotto la cenere. Poteva fidarsi di Francesco I? In fondo era sempre stato ambiguo. Anche per la preparazione della Crociata contro i Turchi, finora aveva fornito solo promesse... Cosa stava architettando in segreto, quel garzonaccio pieno d'ambizione?

L'apertura delle porte attrasse l'attenzione dei due ecclesiastici, distogliendo Leone X dalle sue riflessioni.

Il cardinale Dovizi da Bibbiena avanzò sui morbidi tappeti, salutando i presenti con un rispettoso inchino.

«Accomodati pure, caro Bernardo.» Il papa lo invitò con un sorriso di circostanza. «Vuoi mangiare qualcosa?»

«Grazie, Santità, ma ho già desinato» rispose il nuovo venuto, accettando però di sedersi a mensa. «Mi scuso anzi per il disturbo, ma porto notizie urgenti che credo possano interessarvi.»

«Ti ascoltiamo» concesse il pontefice.

«Ho appena ricevuto l'ultimo rapporto di Valerio» mormorò il capitano generale, accettando con garbo il calice di vino che Giulio gli aveva porto. «Riferisce di una stranezza accadutagli la notte scorsa. Per lui nulla di particolare, ma per noi che tentiamo di far combaciare tutte le tessere del mosaico... sì, per noi potrebbe essere importante» concluse in tono misterioso, prendendo un piccolo sorso di vino.

«*Optime*, hai fatto il tuo prologo pieno di aspettative, da bravo commediografo» intervenne Giulio. «Adesso, visto che non siamo a teatro, ti preghiamo di esprimerti *breviter et plane*.»

Leone X represse una risata. Avrebbe voluto dare una sonora pacca sulla spalla del cugino, complimentandosi per il salace motto di spirito, ma si trattenne. Non era proprio il caso di perdere l'austera dignità pontificale davanti al Bibbiena.

«*Paucis verbis*» riprese il capitano generale con calma, fingendo di non accorgersi della provocazione, «il nostro baldo Valerio riferisce di aver incontrato *alta nocte* una giovane meretrice sulla sponda sinistra del Tevere, di aver contrattato una prestazione per cinque giuli, di essersi appartato con lei in un vecchio mulino fatiscente, e poi...»

«Possiamo immaginare da soli cosa ne sia seguito» ghignò Leone X. «Ma sono cose da raccontare alla mensa del papa, caro Bibbiena? *Placet* che tu abbia fama di umanista licenzioso... ma non esagerare!»

«Il punto è proprio questo, Santità» replicò il cardinale, senza scomporsi. «Non è accaduto *nulla*. Dopo essersi assentato per pochi minuti a causa di un bisogno corporale, Valerio ha trovato il giaciglio vuoto, e della *fanciulla* nessuna traccia. E questo *ante*, e non *post* aver pagato. Molto strano, non vi pare? Se a questo aggiungete che la *meretrix* sembrava molto agitata... Insomma, ce n'è abbastanza per rifletterci su, soprattutto alla luce di quanto sappiamo sulla morte di Leandro e Ottavio...»

«In effetti» annuì Giulio assorto, «in tutti e tre i casi pare esserci stata la presenza di una figura femminile, anche se nell'ultimo il nostro Valerio è stato assai più fortunato, cavandosela con la semplice perdita di un peccaminoso piacere...»

Leone X rifletté alcuni istanti, il doppio mento appoggiato con aria meditabonda alle mani. «Uhm... potremmo diramare alla nostra rete d'informatori l'ordine perentorio di astenersi da ogni contatto carnale con meretrici e cortigiane, sotto pena di scomunica...»

Giulio scoppiò in un'improvvisa risata. «Perdonate, Santità» si scusò subito, notando gli sguardi perplessi e un po' indignati degli altri due commensali. «Ma mi sembra ridicolo, oltre che *magnopere difficile*, trasformare tutte le nostre spie in presbiteri e frati, ammesso che questi ultimi pratichino davvero la castità promessa!»

«Sempre meglio che farli massacrare» borbottò il pontefice, scuotendo la testa. «Ho l'impressione che una forza malvagia, non saprei dire se materiale o soprannaturale, stia tentando di smantellare il nostro sistema d'investigazione in Europa... Da cosa mi sia ispirata tale sensazione... non riesco però a capirlo.»

«Dallo... Spirito Santo?» sorrise il Bibbiena, sollevando un sopracciglio.

«Non motteggiate su certi argomenti!» rispose freddamente Leone X, mentre un lampo d'inquietudine gli attraversava gli occhi. «Non lo permetto neppure a voi» aggiunse in tono minaccioso, fulminando con lo sguardo i due porporati. «Dobbiamo pregare, e soprattutto far pregare nei conventi e nelle Chiese di tutta la Cristianità.»

«Certo, Santità. Perdonateci» mormorarono all'unisono i due cardinali, abbassando umilmente la testa.

«Non vedo l'ora che Michelangelo ci raggiunga» riprese il papa, dopo una lunga pausa.

«Il celebre... artista?» domandò il Bibbiena, stupito.

«Proprio lui» annuì Leone X. «Domineddio ha voluto che gli inviassi, alcuni giorni fa, un messaggero a Carrara. Avevo deciso di convocarlo per fare il punto sui lavori per la tomba di Giulio II, e su quelli ancora da iniziare per la facciata di San Lorenzo a Firenze... e invece capiterà a proposito per occuparsi di questa inquietante faccenda...»

«Non capisco, Santo Padre, cosa c'entri Michelangelo con...»

«Più di quanto tu possa immaginare, Bernardo» lo interruppe il pontefice, godendosi l'espressione basita del Bibbiena. «Mio nipote Lorenzino mi ha confermato che alcuni anni fa Michelangelo e Leonardo da Vinci, assieme al dottor Fracastoro da Verona, risolsero a Firenze un enigma altrettanto intricato: i macabri omicidi di un folle soprannominato l'*anatomista*, un mostruoso assassino che sezionava le sue vittime. Fu Niccolò Machiavelli, che all'epoca era Segretario della Repubblica fiorentina, ad affidare le indagini ai maggiori esperti di anatomia che aveva in quel momento a disposizione. Uno strano terzetto, se ci pensate: due grandi artisti e un medico brillante. Tre menti acute, ingegnose e penetranti! È davvero un peccato che non si riesca a replicare la stessa cosa qui a Roma, data la lontananza di Leonardo.»

«Dubito che ser Leonardo lascerebbe il castello di Amboise e la protezione del re di Francia per venire a fare lo sbirro, o peggio ancora la spia, qui nell'Urbe» s'inserì Giulio de' Medici.

«Quindi dovremo accontentarci di ciò che abbiamo in questo momento, cioè di Paracelso e Michelangelo» sospirò Leone X, «sperando che il miracolo avvenuto a Firenze si riproponga nella Città Santa. Oppure che le nostre spie sbroglino *celeriter* la matassa, prima di essere tutte eliminate in modo misterioso. *Deo adiuvante*, naturalmente.»

«Amen» risposero insieme i due cardinali, segnandosi con devozione.

XI

Vaticano, Palazzo Apostolico, 18 aprile, un'ora dopo la terza

Nel silenzio accogliente del suo studiolo, Bernardo Dovizi da Bibbiena terminò di scrivere alcune lettere poco impegnative, giusto per occupare il tempo prima della visita che attendeva con ansia. Non riusciva a dedicarsi a nessun affare di maggiore importanza, perché quella notte non aveva quasi chiuso occhio.

La breve conversazione avuta il giorno precedente col papa e suo cugino l'aveva turbato, ma non per il suo contenuto. Come Giulio, anche lui non condivideva le superstiziose preoccupazioni del pontefice, e neppure la sua pessimistica visione sul futuro della Chiesa. Ciò che davvero lo impensieriva, erano i cambiamenti che stava notando nel comportamento di Leone X. Diventava ogni giorno più sospettoso, diffidente, perfino nei suoi confronti. Anche se non l'aveva mai manifestato esplicitamente, sembrava lo ritenesse responsabile di tutti i recenti smacchi diplomatici e militari subiti dalla Santa Sede. Un ingiusto giudizio che il Bibbiena, in coscienza, sentiva di non meritare. Inoltre il papa non era più così allegro, gioviale, pieno di voglia di vivere come un tempo. Pochi anni di regno erano bastati a renderlo sempre più triste e malinconico. Ormai trascurava perfino la prima delle sue passioni: erano mesi che non si recava nella tenuta della Magliana per una delle sue memorabili battute di caccia. Pareva addirittura timoroso di esporsi tra i suoi stessi cortigiani, attanagliato dalla paura di fantasiosi pericoli. Perfino quando presenziava il Concistoro dava l'impressione di essere angosciato dalla vicinanza dei cardinali, molti dei quali erano stati da lui stesso nominati. Una tetraggine, insomma, che non disponeva certo alla fiducia nelle sue capacità di reggere ancora a lungo il timone della Barca di San Pietro...

Con un sospiro, il cardinale si alzò dallo scrittoio e uscì a passo lento dallo studiolo, diretto verso la confortevole intimità della sua *Stufetta*, lo stanzino da bagno privato che aveva fatto dotare di acqua corrente calda e fredda, e che il suo amico Raffaello aveva decorato in modo mirabile. Dopo essersi rinfrescato il viso, rimase per un po' a contemplare le raffigurazioni che abbellivano il piccolo ambiente. Il Sanzio aveva ricreato le decorazioni della *Domus Aurea* neroniana. Raffaello aveva lasciato ai suoi molti allievi la realizzazione delle grottesche su sfondo bianco e rosso, a imitazione di quelle dell'antica Roma, mentre si era dedicato in prima persona, nonostante il carico di lavoro che l'oberava in Vaticano, alla realizzazione degli otto riquadri di argomento mitologico. Un vero inno alla bellezza e alla sensualità antiche.

Quando il Bibbiena si rifugiava in quella piccola stanza perdeva ogni contatto con la realtà dei suoi doveri, trascinato in una fiabesca età dell'oro in cui gli dèi scendevano sulla Terra per accoppiarsi con i mortali, mentre un'arcana magia rendeva possibile ogni prodigio...

Il discreto colpo di tosse di un valletto attirò la sua attenzione. «Cosa vuoi?» chiese il cardinale in tono sgarbato.

«Perdonate, Eminenza» mormorò il servo con un profondo inchino. «Messer Raffaello Sanzio da Urbino domanda di essere ricevuto.»

«E allora fallo passare, che aspetti?» replicò l'altro, improvvisamente sorridente. «Accompagnalo nello studiolo, arrivo subito.» Lanciò un'ultima occhiata alle figure che lo circondavano e poi si fiondò a ricevere il suo graditissimo ospite.

Appena il cardinale rientrò nella stanza, Raffaello gli venne incontro con sollecita deferenza. Lo aveva aspettato in piedi, e quando si trovarono vicini tentò d'inchinarsi per baciargli l'anello curiale, ma il Bibbiena glielo impedì afferrandolo amichevolmente per le spalle. L'urbinate vestiva, come suo solito, un costoso abito nero *alla spagnola*, ma guardandolo meglio si notava che il velluto, il raso, l'ermisino, il damasco e il panno di cui erano intessuti il farsetto e le calzebrache avevano cinque diverse tonalità di nero, che si armonizzavano in eleganti riflessi, in contrasto con il colletto e i polsini della candida camicia di seta. Anche gli scarpini erano di fattura iberica, in *terciopelo* scuro. Completava l'abbigliamento un berretto decorato da una piuma di struzzo, che Raffaello aveva tolto per rispetto del cardinale e che teneva ora tra le mani affusolate, ben curate ma sempre un po' sporche di colore. La finezza di quel vestito si adattava benissimo al garbo che il pittore esprimeva nei gesti e nel portamento, manifestando quella *sprezzatura*, quella grazia spontanea che doveva guidare, secondo il loro sodale Baldassar Castiglione esperto di costumi, tutte le azioni del perfetto cortigiano. Anzi, nel caso di Raffaello si poteva dire che il processo s'invertisse: era la raffinatezza del suo viso e del suo corpo a rendere elegante tutto ciò che indossava. *Per lui l'antico proverbio vale al contrario: il monaco fa sicuramente l'abito,* rifletté divertito il Bibbiena.

«Benvenuto, amico mio!» esclamò il porporato. «Non vedevo l'ora di rivederti, ma tu sei sempre tanto occupato...» aggiunse, rimproverandolo bonariamente.

«Per voi sarò sempre un solerte e fedele servitore, Eminenza» sorrise di rimando il Sanzio. «Non avete che da comandare.»

«Certo, se il nostro Santo Padre non ti terrà sempre al lavoro!» motteggiò il Bibbiena. «Per non parlare di tutti gli altri impegni che ti sottraggono alla mia presenza... Il lavoro ti va bene, vero, Raffaello?»

«Non posso lamentarmi» disse l'artista, annuendo con affettata modestia. «Sapete bene che sto eseguendo un ciclo di affreschi di apostoli e santi qui nel Palazzo Apostolico... Come dipinti una *Madonna*, un *San Giovannino*, una *Visitazione* e un'*Andata al Calvario*, poi alcuni disegni... Il banchiere Agostino Chigi mi ha incaricato di affrescare la loggia della sua splendida villa sulla Lungara... anche in questo caso motivi mitologici, come piacciono a noi» continuò, usando le dita per numerare il lungo elenco. «Che altro? Ah, sì, c'è anche l'attività di architetto: dirigo il cantiere per la costruzione del palazzo di Jacopo da Brescia, il medico personale di Sua Santità, e quello di Palazzo Alberini.»

«Inoltre ho saputo che i Medici ti hanno commissionato un progetto per edificare un'immensa villa alle pendici del *Mons Mari*, la più alta collina di Roma.»

«Già, il *monte nato dal mare*, come dice il suo nome.»

«Una leggenda confermata da Leonardo da Vinci, che vi

trovò molti gusci di conchiglie» ridacchiò il prelato. «Pare che i Medici vogliano far impallidire tutte le altre nobili magioni dell'Urbe, sia dentro che fuori le mura...»

«Sì, pretendono quasi una reggia» sorrise Raffaello. «Sua Santità e suo cugino Giulio vogliono che superi in fastosità perfino la villa di messer Chigi. Il pontefice ci tiene molto.»

«Una bella mole d'imprese, mio caro! Riuscirai a fare tutto da solo?»

«Vostra Eminenza sa bene che ho molti allievi a bottega.»

«Già» annuì il cardinale. Aveva visto spesso il Sanzio all'opera col suo seguito di circa cinquanta aiutanti, obbedienti e disciplinati come armigeri. Pochi dei suoi committenti, neppure il papa stesso, potevano vantarsi di ricevere la sua esclusiva attenzione. Come avrebbe fatto altrimenti il Sanzio, giunto a Roma appena nove anni prima, a soddisfare una clientela ogni giorno più esigente e numerosa? Era stato costretto a trasformare la sua bottega in una vera e propria industria, intrecciando arte e profitto come nessun altro prima di lui, in tutta Europa, era riuscito a fare.

«Oh... sono un padrone di casa imperdonabile» si scusò poi il cardinale. «Accomodati pure. Gradisci un goccio di Malvasia? Mi è appena arrivata da Corfù. Vedrai che nettare.»

«Volentieri» rispose il pittore, ringraziando con un elegante cenno del capo.

L'altro si avvicinò a una piccola credenza, ne trasse una brocca piena di un liquido paglierino dai riflessi dorati e due coppe di cristallo. Poggiò tutto sullo scrittoio, versando due generose dosi di vino.

«Alle antichità romane» brindò, sedendosi a sua volta. «E a te, che ne sei da due anni Commissario per nomina pontificia!»

«È un grande onore essere servito e lodato dal capitano generale della Chiesa» sorrise Raffaello, alzando il calice e portandolo alle labbra in un unico movimento aggraziato. «Non merito tanta considerazione.»

«Sciocchezze» si schermì il cardinale. «Non voglio né servi né valletti tra i piedi, quando evoco l'eterna Bellezza dei nostri progenitori greci e romani! È un sacro rito che nessuno deve disturbare... A proposito, mio caro» aggiunse, fissando il bel volto dell'urbinate. «Mi piacerebbe discutere con te dei prossimi affreschi... sì, quelli che hai promesso di eseguire nella mia *Loggetta*... sempre che tu non sia troppo preso dai tuoi attuali contratti.»

L'artista scrutò con attenzione gli occhi dell'interlocutore. Erano grigi ma sembravano azzurri quando li colpiva la luce. Nel ritrarli, era stato un peccato non poter esprimere quel bizzarro fenomeno.

«Qualunque altro incarico può attendere» replicò, inchinando di nuovo il capo, «di fronte alla cortese fiducia di un Principe della Chiesa che concede la sua amicizia a un indegno artigiano.»

«La falsa modestia non piace a Dio, Raffaello, e neppure a me» lo rimproverò il Bibbiena. «Ma bando alle ciance. Andiamo nella *Loggetta*, e vediamo di ragionare un po'...»

Il Sanzio seguì l'autorevole committente fino al piccolo ambiente di forma rettangolare. Tre arcate maggiori e quattro minori s'alternavano sul lato lungo che affacciava sul cortile del Maresciallo. Il porporato si fermò davanti agli scomparti della parete intonacati solo a calce. «Come sono tristi questi spazi, così bianchi e vuoti» mormorò, pensoso. «Tu come li riempiresti?»

Il pittore scrutò intensamente il muro candido, quasi volesse trapassarlo con lo sguardo. Rimase per lunghi istanti in silenzio, come a inseguire arcane visioni che solo lui poteva contemplare.

«Uhm… gli scomparti maggiori li decorerei a grottesche con colori tendenti al bigio, al fosco, al rosso ferrugineo, perché non riflettano troppo la luce che qui è già abbondante» mormorò, come vedesse la decorazione già realizzata, «mentre nelle lunette inserirei episodi del mito su fondo nero…»

«Quale divinità preferiresti dipingere?» chiese il cardinale, pregustando quei sobri accostamenti cromatici.

«Nella *Stufetta* abbiamo privilegiato Venere e Amore» sorrise Raffaello, con aria sognante. «Qui potremmo celebrare la poesia. Che ne direste, Eminenza, di… Apollo?»

«Sì, Apollo mi piace! È il dio della musica, oltre che della poesia.»

«Bene… allora qui potrei raffigurare la sfida musicale tra Apollo e il satiro Marsia, e in quest'altra lunetta… il supplizio dello scuoiamento imposto dal dio allo sconfitto. Su ciascuna delle pareti minori dipingerei una lunetta ad arco ribassato, da riempire con… vediamo… una con delle danzatrici, e l'altra… uhm, magari con una bella rappresentazione della fucina di Vulcano, visto che il dio è già presente in uno dei riquadri della *Stufetta*. Che ne dite?»

«Meraviglioso» mormorò il cardinale, estasiato.

«La volta la decorerei con riproduzioni di animali e di celebri statue antiche, racchiuse da motivi architettonici e vegetali» incalzò il pittore, alzando lo sguardo al soffitto, «mentre per il basamento opterei per scenette con episodi mitologici e storici, intervallati da ornamenti geometrici» aggiunse, indicando il pavimento.

«Sarei davvero felice se ti dedicassi in prima persona all'intero lavoro» azzardò il Bibbiena, «come facesti per la *Stufetta*. Saprei ben ricompensare il tuo tempo prezioso, di questo puoi essere certo.»

«Magari le figure principali» si schermì l'artista. «Per le decorazioni resterete ampiamente soddisfatto dall'opera dei miei allievi, ve lo assicuro. Giovanni da Udine è un vero maestro nell'esecuzione delle grottesche, sono perfino più belle delle originali! Restano però i grandi scomparti della parete maggiore...» concluse, meditabondo.

«Sono quattro» commentò il Bibbiena, «quindi potresti affrescarli con allegorie delle stagioni... Belle figure femminili, naturalmente!»

«Naturalmente» sorrise l'altro, lanciando al cardinale un'occhiata complice. «Anzi, stavo giusto pensando a una cosa...»

«Non tenermi sulle spine, Raffaello...»

L'artista rimase qualche istante in silenzio, come a inseguire un segreto pensiero. «Non vorrei sembrarvi inopportuno, Eminenza, a causa di ciò che sto per confessarvi...» mormorò esitante, mentre la barba ben curata non riusciva a celare un lieve rossore.

L'urbinate non poteva nascondere nessun moto dell'animo, di qualunque natura fosse, era schietto e spontaneo come un bambino. Ma solo con una ristretta cerchia di amici e con le poche donne, tra le sue molte amanti, di cui era certo di potersi fidare. Con tutti gli altri era un vero e proprio maestro di astuzia, di simulazione e dissimulazione. Non per doppiezza o ipocrisia: frequentando fin da giovanissimo i palazzi del potere, aveva presto capito quali fossero i mezzi più adatti a un cortigiano, ancor più se artista, per sopravvivere in un ambiente dove la lotta per emergere era continua, feroce, senza esclusione di colpi. Compiacere i dominatori appartenenti alla nobiltà, al clero, al mondo dei banchi o della mercatura non era affatto facile. Spesso bastava una parola, un gesto sbagliato per giocarsi un'intera carriera faticosamente costruita.

«Non avere timore di confidarti con me» lo incoraggiò il cardinale. «Non dimenticare che sono un prete. Ascoltare le confessioni fa parte dei miei doveri.»

«Ecco, Eminenza...» Raffaello emise un lungo sospiro. «Due notti fa mi è capitato d'incontrare una fanciulla molto interessante... In realtà l'avevo vista anche il giorno prima, al mercato, ma da lontano e senza riuscire a parlarle...»

Per caso o per proposito, dove si trovava lui c'era sempre una donna, a volte più di una. Del resto era bello, ricco, famoso... Era normale che il gentil sesso subisse il suo fascino.

«E...?» domandò il Bibbiena, insinuante.

«E nulla» sospirò di nuovo l'artista, lievemente stizzito. «Quella notte ho cercato di fermarla... ma mi è letteralmente sfuggita! Sembrava avesse una fretta indiavolata!»

«Uhm... una *fanciulla* in giro di notte... Forse una meretrice che aveva premura di raggiungere un cliente?»

«Se lo era, non era sicuramente di basso rango» replicò il pittore, evitando lo sguardo indagatore del cardinale. «Certo che vagabondare dopo il Mattutino, rischiando di assaggiare lo scudiscio degli sbirri... mi è sembrato strano.»

«In effetti... Ma dove l'hai incontrata, di preciso?»

«Appena fuori del rione Ponte, poco prima dei giardini che digradano fino alla sponda del Tevere. Tornavo a casa da una festa a palazzo Acciaiuoli, approfittando della camminata notturna per smaltire i fumi del vino.»

Il Bibbiena sentì il cuore balzargli in petto: proprio nel medesimo giorno, alla stessa ora e nei pressi del luogo citati da Valerio nel suo rapporto.

Quando il pittore incontrò il suo sguardo, si accorse che il cardinale adesso lo stava scrutando con grande attenzione.

«Vino eccellente, immagino» commentò il Bibbiena, pensando alla facilità che il Sanzio aveva d'inserirsi in ogni ambiente, anche il più esclusivo come il rione Ponte.

L'urbinate annuì. «Sì, è stato un bel ricevimento. C'erano quasi tutti i Fiorentini che contano qui a Roma.»

«Già, tranne i pochi che odiano i Medici» commentò sarcastico il cardinale. «Ma torniamo alla ragazza, Raffaello. Me la sapresti descrivere? Sono curioso» aggiunse, recuperando subito un'aria affabile. «Era molto bella?»

«Sono un discreto ritrattista, Eminenza» sorrise l'altro, guardando nel vuoto come a inseguire un'immagine mentale. «Conservo un ricordo ormai indelebile dei suoi lunghi capelli biondi, di quei limpidi occhi cerulei, delle forme perfette che ho intuito sotto il leggero tessuto della gamurra azzurrina...»

«Un vero e proprio angelo, insomma» lo interruppe il cardinale, trattenendo un ghigno ironico. C'erano buone possibilità che l'urbinate si fosse imbattuto nella stessa giovane incontrata dalla spia, una coincidenza davvero fortunata e foriera di sviluppi interessanti... Anche nel caso di Leandro e Ottavio era stata intravista, da alcuni testimoni, una figura femminile allontanarsi nelle tenebre. Non era affatto detto che si trattasse della stessa persona... Ma se non altro c'era adesso una traccia da seguire, anche se ancora assai vaga.

«Non ricordo se avesse le ali, Eminenza» motteggiò il pittore, con aria sognante. «Però… sì, era la creatura più simile a un angelo che io abbia mai visto!»

«Allora beato te, figliolo, che hai visto gli angeli e puoi fare paragoni!» lo burlò il Bibbiena. Raffaello non doveva sospettare nulla, almeno per il momento. Non prima che avesse la possibilità di riferire al pontefice quella conversazione. «Ma perché mi racconti tutto questo? La vorresti rincontrare?»

«Lo desidero con tutta l'anima, Eminenza. Vorrei ritrarla nelle vesti della *Primavera*, una delle stagioni che mi avete consigliato di affrescare nella *Loggetta*… Sarebbe una raffigurazione sublime. Ma non è il solo motivo per cui intendo rintracciarla.»

«Ho capito» sospirò l'altro. «Ti sei innamorato di nuovo. Cos'è, la centesima volta?»

L'urbinate non rispose. Si limitò ad abbassare lo sguardo, arrossendo di nuovo. «Non mi canzonate, vi prego, Eminenza. Non saprei dire, sinceramente, se sono innamorato, né di chi o di che cosa. Ho guardato quella fanciulla solo per pochi istanti ed è stata una specie di apparizione celestiale… Però da allora me la vedo davanti giorno e notte, e quando dormo la sogno!»

«Allora è probabile che sia una strega e che ti abbia fatto un incantesimo… Molti miei colleghi la penserebbero così, sai?» ridacchiò il porporato. Forse perfino il pontefice, che solo il giorno prima aveva parlato di stregoneria.

«E la figlia del fornaio di Trastevere?» insinuò. «Come si chiama… ah, sì… Margherita Luti, mi sembra. L'hai lasciata? Eppure Agostino Chigi fu costretto a fartela portare più volte in carrozza sul cantiere, quando lavoravi all'affresco della *Galatea* nella sua villa sulla Lungara, perché non riuscivi a stare troppo senza… *vederla*.»

«Margherita è sempre nel mio cuore» protestò il pittore, portando con gesto teatrale una mano al petto. «Ma il mio cuore è grande, Eminenza. C'è sempre tanto spazio.»

Il Bibbiena scosse la testa. «Raffaello, Raffaello... Le donne sono il tuo tallone d'Achille. Ti metteranno nei guai, prima o poi. Dovresti deciderti a sistemarti con una brava fanciulla, una buona volta. Un vero peccato che tu non sia riuscito a sposare mia nipote...»

«Domineddio ha voluto diversamente, Eminenza» sospirò, sforzandosi di assumere l'espressione più triste e compunta di cui era capace. In realtà, le nozze con la giovanissima Maria Dovizi non l'avevano mai entusiasmato... E la prematura morte della giovane lo aveva liberato da una situazione assai imbarazzante, dandogli inoltre il tempo di meditare sul fatto che il matrimonio, almeno per il momento, non faceva affatto per lui.

«Dunque» concluse il Bibbiena, «mi sembra di capire che la tua priorità, in questo momento, sia rintracciare la misteriosa sgualdrinella... No, non scusarti. Lo sai che non ti giudico. Anzi, potrei anche aiutarti. Del resto, se mi assicuri che sarebbe una mirabile modella per la nostra *Primavera*...»

Al cardinale tornarono all'improvviso in mente le parole del papa. *Uno strano terzetto: due grandi artisti e un medico brillante. Tre menti acute, ingegnose, penetranti... È davvero un peccato che non si riesca a replicare la stessa cosa qui a Roma*, così aveva detto Leone X. Adesso il terzetto, grazie a una fortunata circostanza, esisteva, pensò soddisfatto il prelato. Anche se forse sarebbe stato più opportuno che i due artisti indagassero all'insaputa del medico, e viceversa. Raffaello e Michelangelo avrebbero creduto di dover scovare una nuova modella.

Due geni dell'arte, in cerca della stessa fanciulla da raffigurare. Quale stratagemma migliore, per non destare alcun sospetto tra eventuali spie nemiche?

«Aiutarmi… in che modo, Eminenza?» stava dicendo Raffaello, perplesso.

«Lo scoprirai presto, figliolo» rispose il Bibbiena. «Lasciami solo, adesso. Ho affari urgenti da sbrigare.»

L'altro si congedò senza ribattere, salutando con un profondo inchino. Il prelato lo guardò allontanarsi col suo passo leggero.

Davvero un colpo di fortuna. Se c'era anche una sola possibilità d'individuare quella giovane meretrice, cioè l'unico, sottile filo che poteva legare le morti di Leandro e Ottavio alla strana esperienza notturna di Valerio, Raffaello Sanzio era la persona giusta per coglierla. Il Bibbiena lo conosceva bene.

Quando si trattava d'inseguire l'odore di una donna che bramava era più risoluto, determinato e infaticabile di un segugio.

XII

Roma, 19 aprile, poco dopo le Lodi

La Città Santa, vista da lontano alle prime luci dell'alba, era sempre uno spettacolo. Le antiche rovine, come le ossa smozzicate di un immenso gigante, s'intrecciavano ai lussuosi palazzi sorti ai lati delle ampie strade e ai tuguri affastellati lungo i vicoli delle zone più degradate, mentre il chiarore rosaceo dell'aurora spandeva ovunque i suoi magici riflessi.

Michelangelo e il suo accompagnatore, dopo essersi fermati per qualche istante a contemplare l'Urbe dal piccolo rilievo che avevano raggiunto galoppando da nord, misero al passo le stanche cavalcature scendendo il declivio in direzione di Porta del Popolo. L'aria del mattino era fresca, l'erba cosparsa di rugiada.

Ma già davanti alla Porta, seminterrata e fatiscente a causa dell'incuria e dei passati assedi, addirittura puntellata per scongiurarne il crollo, la città accoglieva i viandanti con disgustosi lezzi e assordanti rumori, mostrando a chi entrava un esempio della varia umanità che avrebbe trovato all'interno. I doganieri riuscivano a stento a regolare il continuo flusso di folla, carri e cavalli che transitava per il malmesso varco, uno dei più frequentati delle mura, controllando i carichi di merci e di vettovaglie in entrata e in uscita: erano esenti dal dazio solo i materiali *ad usum fabricae* destinati al cantiere della Basilica di San Pietro e contrassegnati dalle lettere AUFA, privilegio che aveva indotto i Romani a coniare la sarcastica espressione *a uffa* per definire tutto ciò ch'era gratuito. Gli sbirri tentavano invece di sorvegliare che nessuno introducesse armi proibite o cercasse di penetrare in città a dispetto di un bando o di una condanna. Non era facile, naturalmente, e spesso individui indesiderati sfuggivano con astuzia alla vigilanza delle guardie pontificie, come pesci da una rete con le maglie troppo larghe.

Mentre il messo mostrava le sue credenziali agli sbirri, Michelangelo ne approfittò per smontare dalla sua cavalcatura e sgranchirsi le gambe. Non gli sembrava vero di sostenersi finalmente sui propri piedi. Negli ultimi giorni aveva galoppato quasi tutto il tempo riposandosi solo poche ore. Il messaggero adesso stava discutendo con le guardie della Porta che scrutavano diffidenti le due armi da fuoco infilate nelle custodie della sua sella e misuravano la lunghezza della *spada da canto* assicurata al suo fianco, verificando che avesse il permesso di portarle in città. Da quel punto di vista, Michelangelo si era sentito al sicuro per tutta la durata del tragitto da Carrara a Roma. La sua guida, autorizzata da un salvacondotto pontificio, portava con sé un vero arsenale.

«Il mio dovere termina qui!» disse il messaggero appena ebbe finito di trattare con gli sbirri. «Il vostro è di presentarvi al Palazzo Apostolico al rintocco della terza!» Poi voltò le cavalcature e si allontanò senza un saluto, inghiottito rapidamente dalla calca. Il Buonarroti, che aveva iniziato a sollevare una mano in gesto di congedo, rimase col braccio a mezz'aria. Ora che ci pensava, quella che aveva appena udito era la frase più lunga che il messo gli avesse rivolto da quando erano partiti. O era un uomo di poche parole, oppure non lo aveva in simpatia.

Michelangelo scrollò le spalle. Era una cosa che gli capitava sempre più spesso, ultimamente. Come se il continuo esercizio della solitudine lo stesse rendendo ormai quasi invisibile agli altri. E forse anche lui stava pian piano, quasi senza accorgersene, diventando insensibile alle quotidiane relazioni umane, del tutto concentrato solo sul suo lavoro.

S'incamminò subito verso casa, per riposarsi e ripulirsi prima dell'incontro col papa. C'era ancora tempo per l'appuntamento con Leone X. Ma non aveva fatto che pochi passi, che già molte figure si erano protese verso di lui, materializzandosi come dal nulla.

«Un denaro, messere! Un denaro solo, per la carità di Dio!»

«Volete comprare un bel gioiello? Una statuetta antica? Li vendo a buon prezzo!»

«Desiderate una guida per visitare la città, messere? Conosco Roma come le mie tasche!»

«Avete bisogno di un alloggio? Vi posso accompagnare a una comodissima locanda, proprio qui vicino...»

Una ragazzina scalza dal viso invecchiato precocemente, non troppo pulita e vestita di una sdrucita gamurra dai colori ormai sbiaditi, gli sfiorò un braccio per attirare la sua attenzione. «Vuoi venire con me, bel signore? Ti vedo triste. Posso farti tornare l'allegria...» L'artista scosse la testa, sorridendo tra sé. Ci voleva proprio una giovane meretrice alla disperata ricerca di un cliente, per definirlo *bel signore*, soprattutto adesso, così incrostato dal sudore e dalla polvere del viaggio! Il suo volto, poi, le rare volte che aveva il coraggio di guardarsi in uno specchio, gli sembrava ogni giorno di più quello della vecchia *Befana* che si celebrava nella Festa dei Magi! Bello non era mai stato, ma l'invecchiamento aveva di molto peggiorato il suo aspetto fisico. Quando fece per procedere, la giovinetta gli strinse con forza una manica del farsetto. «Dammi retta, non te ne pentirai! Sono sana, non temere. Niente mal francese.»

Questo sarebbe un miracolo, pensò Michelangelo sorridendo alla giovane, mentre liberava il braccio con un gesto garbato ma deciso. Roma era piena del terribile morbo. Era raro che una prostituta non ne fosse toccata.

«Sei un pellegrino?» gli si parò dinanzi un ascetico frate domenicano, nel suo elegante saio bianco e nero. «Vuoi lucrare un'indulgenza per te, o per la tua famiglia? Plenaria, parziale... anche preventiva! La carne è debole, figliolo, e questa città può indurre in molte tentazioni! Proteggi te e i tuoi cari dal fuoco dell'Inferno! Una piccola *oblatio*, per la Santa Fabbrica di San Pietro!»

Michelangelo lanciò un'occhiataccia al frate, piantandolo in asso mentre ancora continuava a prospettargli futuri castighi divini. Da quando Leone X aveva incrementato la raccolta di fondi per il rifacimento della Basilica di San Pietro, migliaia di petulanti *quaestores* come quello erano stati sguinzagliati in tutta Europa da vescovi, conventi e chiese in cerca di denaro, promettendo in cambio della questua il perdono delle pene temporali. Quella scandalosa prassi era stata accettata da migliaia di fedeli: più pagavi, meno anni di Purgatorio la tua anima avrebbe scontato.

Dalla prima volta che era stato a Roma, l'Urbe non era poi tanto cambiata: le nuove strade volute dagli ultimi tre pontefici, la parte fiorentina del rione Ponte e la zona intorno ai palazzi vaticani e a Castel Sant'Angelo erano abbastanza ordinate e pulite, ma il resto della città gli suscitava sempre una forte nostalgia per la nettezza delle vie di Firenze.

I vicoli che l'artista stava percorrendo in quel momento erano infatti sporchi e fetidi come sentine a cielo aperto. A Roma la popolazione aveva l'abitudine di disfarsi delle immondizie abbandonandole in strada, lasciando che a rimuovere parte dei rifiuti commestibili fossero i cani e i gatti randagi, oltre ai maiali che spesso vagavano liberi, i cui escrementi andavano a sommarsi a quelli umani, gettati dalle finestre assieme all'orina. Il resto dei rifiuti soggetti a marcire, insieme a molte carogne di animali, restava a putrefarsi al sole e all'acqua piovana, formando una spessa melma puzzolente che ricopriva il suolo privo di pavimentazione. Tale fanghiglia – resa ancora più densa e disgustosa in prossimità delle botteghe artigiane, che riversavano in strada tutti gli scarti delle proprie lavorazioni – veniva rimossa solo quando non si poteva più farne a meno da volontari che la rivendevano poi ai contadini come concime. Le deiezioni dei cavalli, degli asini e dei muli venivano invece portate via, circa una volta la settimana se andava bene, da galeotti adibiti espressamente allo scopo.

Qui il giorno di raccolta dev'essere ancora lontano, pensò Michelangelo, tamponandosi il naso con un fazzoletto per non essere sopraffatto dai conati di vomito.

Quando attraversò il Campo Marzio, la sporcizia cedette il passo a un altro genere di squallore. Tra palazzi sventrati e invasi dalla vegetazione, dove pascolavano indisturbate le capre, si annidavano povere case e piccole botteghe artigiane occupate dai lavoratori della pietra lombardi, che si erano stanziati in maggioranza in quella zona. Ma non erano come i cavatori toscani, che strappavano il loro sostentamento dalle viscere delle montagne. Molti di loro erano *marmorarii*, saccheggiatori privi di rispetto che avevano trasformato l'intera città di Roma in una cava: ogni giorno asportavano balaustre, capitelli e colonne dai monumenti del passato, amboni e tabernacoli dai templi, pietre tombali dai sarcofagi... Usavano le statue antiche, a pezzi o ancora intere, per consolidare i muri delle nuove costruzioni, oppure le fondevano nelle fornaci per ricavarne calce. I forni dei *calcarii* erano sempre accesi. Le alte volute di fumo acre che sporcavano il cielo di giorno, e le vivide fiamme spettrali che illuminavano le fornaci di notte, avevano reso la *Calcaria* di Campo Marzio un punto di riferimento per orientarsi nell'Urbe. Il Buonarroti aveva sempre considerato quel luogo una vera e propria fucina infernale. Se lo lasciò alle spalle con gran sollievo, procedendo spedito verso Campo de' Fiori.

Ancora uno sforzo e sarò finalmente a casa, pensò, accelerando il passo nonostante la stanchezza. A Roma le distanze ingannavano, erano più lunghe e faticose da percorrere a piedi che non a Firenze. Nei dintorni di piazza *in Nagoni*, come il popolo storpiava il nome del *Campus Agonis* di epoca imperiale, si fermò solo un attimo per comprare una piccola pagnotta e due uova fresche su una bancarella, sbocconcellando la prima e bevendo le seconde strada facendo. Non toccava cibo dalla sera precedente.

Le sue gambe, e anche il resto del corpo, non erano più quelli di una volta... Il suo primo crollo fisico era avvenuto circa sette anni prima, quando aveva affrescato la Volta Sistina. Le immani fatiche sopportate sui ponteggi l'avevano assai provato, come aveva descritto in un autoironico sonetto vergato in quel periodo: il collo gli si era contratto in tal modo, bloccandogli la testa all'indietro, che per mesi era stato costretto a leggere alzando libri e pergamene sopra la testa, e i lombi sembravano essergli entrati nella pancia, tanto che doveva sporgere il sedere per camminare restando in equilibrio.

Svoltando a sinistra in direzione del colle del Quirinale, gli ci volle un quarto d'ora per giungere finalmente in via Macel de' Corvi, la stradina tortuosa dove sorgeva la casa che gli eredi di Giulio II gli avevano messo a disposizione quattro anni prima, quando aveva firmato il secondo contratto per eseguire la tomba del defunto pontefice. Si trattava di un'abitazione in mattoni con una loggia laterale, una modesta costruzione su due piani che comprendeva una stalla, una piccola torre e un orto ombreggiato da piante d'alloro. *Il cui profumo*, pensò Michelangelo irritato, *non riesce purtroppo a coprire il fetore dei dintorni.* Tra gli antichi ruderi del Foro dell'imperatore Traiano, che si ergevano quasi di fronte all'edificio, c'erano infatti diverse discariche dove venivano gettate anche carcasse provenienti dal vicino macello che dava il nome alla strada. I corvi che se ne nutrivano, invece, per fortuna si vedevano sempre meno. Probabilmente finivano nelle pentole degli affamati abitanti della zona, trasformata in una vera e propria latrina.

Spesso l'artista aveva l'impressione che tutta Roma venisse a espletare i propri bisogni corporali intorno a casa sua. Per quale motivo rimaneva da anni in quella stamberga, quando avrebbe potuto permettersi un alloggio assai migliore? Non lo sapeva. Forse per pigrizia, per abitudine, per avversione al cambiamento... *Oppure perché questo tugurio, nonostante tutti i difetti*, rifletté Michelangelo, fissando l'abitazione con una sorta di tenerezza, *è abbastanza isolato e silenzioso, due caratteristiche necessarie alla mia vita e al mio lavoro.*

* * *

Una volta tra le pareti domestiche il Buonarroti allontanò con sollievo il fazzoletto dalle narici, godendo la frescura offerta dagli spessi muri di tufo intonacati a calce. Salì la corta scala, dai gradini un po' irregolari, che portava al piano superiore. Su un architrave, a metà della rampa, aveva scritto tre versi: *Io dico a voi, c'al mondo avete dato / l'anima e 'l corpo e lo spirito 'nsïeme: / in questa cassa oscura è 'l vostro lato*, disegnandovi sotto, in chiaroscuro, uno scheletro che portava sulle spalle una bara. Un *memento mori* che gli era sempre piaciuto, tanto quanto suscitava inquietudine nei pochi che lo venivano a trovare.

Controllò lo stato delle due camere da letto, poi ridiscese nel tinello e nella cucina comunicante col giardino: i pavimenti di pietra erano coperti da uno spesso strato di polvere, e grandi ragnatele pendevano da alcuni angoli dei soffitti. Spesso gli avevano consigliato di assumere una fantesca, anche soltanto a ore, per tenere in ordine la casa e cucinargli i pasti. Ci aveva anche provato in qualche occasione, ma non era mai rimasto soddisfatto dei loro servigi. *Anche stavolta sarò costretto a lavorare di ramazza, secchio e straccio appena avrò un po' di tempo*, pensò tristemente l'artista.

Il riferimento al *tempo* gli fece ricordare che mancavano ancora un paio d'ore all'incontro fissato dal papa, per cui poteva permettersi di trascorrere qualche minuto coi suoi *amici* prima di prepararsi. Raggiunse quindi, a passo deciso, il grande studio che aveva ricavato abbattendo la parete divisoria tra due stanze al pianterreno. Qui il pavimento, candido di polvere e schegge di marmo, luccicava ai primi raggi del sole che filtravano da due grandi finestre, che si affrettò a spalancare.

Nella sala lo attendevano tre colossi coperti da bianchi lenzuoli, come piccole montagne coperte di neve. O meglio, i grandi teli di lino erano stati bianchi quando li aveva posti, ben umidi, a protezione dei blocchi di marmo dopo l'ultima volta che li aveva lavorati. Adesso erano asciutti e impolverati. Michelangelo li tirò via contemplando con entusiasmo i frutti della propria immane fatica. Da mesi, quando non si trovava a Carrara, scolpiva in quello stanzone per una media di quattordici ore al giorno, indossando un cappello di cartone sormontato da una candela quando calavano le tenebre. Mangiava qualcosa, in maniera frugale e distratta, senza interrompere il lavoro e quando era stanco, ma solo a tal punto da non poter più reggere martello e scalpelli, si accasciava ancora vestito sul letto.

L'artista passò lentamente le mani sulle statue, quasi carezzasse le fredde ma sensuali membra di tre amanti. *Perché sei stato tanto assente?* sembravano rimproverarlo gli eloquenti sguardi delle gigantesche sculture. *Ci sei mancato.*

«Anche voi mi siete mancate» sussurrò Michelangelo, desiderando che le sue braccia diventassero tanto grandi da poter circondare, in una sola fervente stretta, tutte e tre le statue. Attualmente erano le sue uniche, fedeli compagne. Erano loro a occupare tutto il suo cuore, togliendo posto a ogni donna passata, presente o futura. Il *Mosè* pareva animato da una potente, misteriosa energia, pronto a scattare in piedi dallo scranno dove sedeva coi muscoli tesi, il corpo avvitato in una dinamica torsione… La statua sembrava avere un'anima e pensieri propri. Per questo il suo silenzio l'offendeva. Quella scultura era *viva*. Perché si rifiutava di parlare?

Il Buonarroti volse gli occhi sui due *Prigioni* che stavano ai lati del *Mosè*. Uno sembrava tendere i possenti muscoli fino allo spasimo, nello sforzo di liberarsi dal marmo che ancora lo avviluppava. Era la meno rifinita delle tre statue, l'aveva un po' trascurata a causa di una brutta fenditura del marmo che l'attraversava dal viso alla spalla sinistra: ma in questo caso non aveva la minima intenzione di replicare la scultura. Il progetto della tomba di Giulio II ne prevedeva una quarantina, per cui non poteva permettersi di perdere troppo tempo su una singola statua. L'altro *Prigione* era invece perfetto: l'aveva raffigurato nel momento della morte, anche se la sua posa sensuale lo faceva sembrare preda del piacere più che del sonno eterno.

Continuando ad accarezzare il *Prigione morente*, Michelangelo cominciò a udire una musica celestiale. Un armonico suono di liuto sempre più intenso, sempre più vicino… Possibile che la sua immaginazione gli facesse percepire melodie inesistenti? Poi, all'improvviso, ebbe la sensazione di non essere più solo. Si voltò di scatto, sussultando come sorpreso in un atteggiamento colpevole.

«Ho per caso disturbato la vostra… ehm, *ispirazione*, maestro?» chiese il giovane appena entrato con un liuto tra le braccia. Un'espressione di lieve imbarazzo rendeva il suo viso ancora più fascinoso. Michelangelo sorrise contemplandone i grandi occhi neri e le labbra ben disegnate. *Ha appena dieci anni meno di me, eppure sembra immensamente più giovane*, pensò lo scultore con una punta d'invidia. L'attillato abito damascato che gli fasciava il corpo atletico, e il marcato accento che non aveva perso neppure dopo sei anni a Roma, lo identificavano come cittadino della Serenissima Repubblica.

«Nessun disturbo, caro Bastiano» lo incoraggiò il Buonarroti indicandogli l'unica sedia presente nello studio, mentre lui si era appollaiato su uno sgabello. «Sono solo rimasto sorpreso di non sentirvi arrivare» aggiunse, mentre si chinava per raccogliere un martello e uno scalpello.

Sebastiano Luciani non si fece ripetere l'invito, sedendosi con circospezione sulla vecchia scranna traballante. «Avete lasciato una delle porte d'ingresso aperte» si giustificò il giovane pittore, poggiando con delicatezza il liuto sulle ginocchia. «Ero passato a dare una controllata alla casa, come mi avete chiesto di fare in vostra assenza. Non sapevo che foste tornato, e ho creduto che qualcuno avesse forzato la serratura... Ecco perché sono entrato... *di soppiatto, quatto quatto come un gatto*» ridacchiò, accompagnando le rime con qualche accordo del liuto. «Vedete? Anch'io sono capace di fare versi!»

«La prossima volta che troverete l'uscio aperto, sarà meglio che entriate accompagnato da un paio di sbirri» rise a sua volta Michelangelo. «Potrebbe essere pericoloso, e io ci tengo al vostro bel faccino!»

L'altro, arrossendo leggermente, distolse lo sguardo da quello intenso del Buonarroti e lo diresse sulle tre gigantesche sculture che li osservavano mute, austere, impenetrabili.

«Davvero meravigliose» mormorò incantato, «e lo diventano sempre più a ogni colpo dei vostri magici scalpelli...»

«Come al solito mi lusingate, Sebastiano» si schermì il Buonarroti, ostentando modestia ma gonfio d'orgoglio per i riconoscimenti dell'amico. «Ammetto che, per quanto riguarda la scultura, sarebbe difficile trovare qualcuno che non la pensi come voi... ma per la pittura, nonostante le fatiche che ho sostenuto affrescando la *Volta*, il discorso purtroppo cambia, e proprio qui a Roma!» concluse con una smorfia di stizza.

«Per l'amore e la benevolenza che vi porto, io vi vorrei vedere imperatore del mondo» replicò il veneziano, «e se voi non vi considerate, a volte, quel gran genio che siete... be', lo siete per me e per ogni altra persona, anche per quelli che non vogliono ammetterlo!»

L'altro scosse tristemente la testa, con un sospiro rassegnato. «Sono in molti a disprezzare i miei affreschi, soprattutto qui dove si decretano le fortune o le rovine degli artisti.»

«Sbagliate a pensarla così, maestro. I vostri detrattori sono solo quelli che incensano, con servile piaggeria, l'arte mediocre di Raffaello.»

Al solo sentir pronunciare il nome del Sanzio, il volto di Michelangelo diventò paonazzo. «Quindi nessuna novità, in mia assenza? Si continua a sparlare del mio lavoro, esaltando quello dell'urbinate?»

«Ci sono ancora alcuni asini» ammise il Luciani, «che ritengono a torto Raffaello migliore di voi nel disegno e nel colore... Dicono che la vostra anatomia dei corpi sia troppo vigorosa, quasi forzata, e che la vostra coloritura...»

«Sempre le stesse castronerie!» lo interruppe lo scultore, scagliando con rabbia gli strumenti sul pavimento. L'altro si zittì, sussultando all'improvviso clangore del metallo contro la pietra. Una nuvoletta di polvere di marmo si sollevò nell'aria immobile dello stanzone.

«Non prendetevela, non ne vale la pena» riprese il Luciani conciliante. «Sappiamo tutti che il Sanzio è assai raccomandato e ben agganciato ai potenti di Roma, ma vi assicuro che i veri conoscitori d'arte, ai quali credo modestamente d'appartenere, non vi riterranno mai un pittore inferiore a lui...»

Ma neppure superiore, rimuginò Michelangelo. *Lo stai confessando anche tu senza volerlo, amico mio.* «E tu?» si rivolse brusco al giovane. «Stai dando filo da torcere a quel damerino, come abbiamo entrambi sperato?»

Il veneziano sorrise, gli occhi scintillanti di soddisfazione. «La tenzone tra me e Raffaello procede bene, e direi tutta a mio vantaggio» annuì, riferendosi alla gara che Giulio de' Medici aveva indetto tra i due pittori: a Sebastiano era stata ordinata una tavola raffigurante una *Resurrezione di Lazzaro*, mentre al Sanzio una *Trasfigurazione di Cristo*, entrambe destinate ad abbellire la nuova sede vescovile del cardinale in Francia, a Narbonne. «Io sono molto avanti col lavoro, mentre pare che l'urbinate stia arrancando...»

«Avete già mostrato a qualcuno la vostra tavola?» lo interruppe di nuovo il Buonarroti, in tono preoccupato.

Il Luciani scosse la testa, vigorosamente. «Neppure per sogno! Ho seguito il vostro consiglio, facendola vedere solo a voi! Il mio dipinto è assai originale, e non voglio rischiare che qualcun altro, tantomeno il nostro rivale, possa trarne... *ispirazione.*»

«Raffaello l'ha già fatto molte volte» ghignò Michelangelo, pensoso. «A cominciare da suo padre Giovanni Santi, anche se questo, in fondo, glielo si può concedere. È normale che il figlio di un pittore prenda spunto, all'inizio, dalle opere del genitore. Poi però ha continuato!»

«Infatti lo *Sposalizio della Vergine* del Sanzio è quasi uguale alla *Consegna delle Chiavi* del Perugino» annuì l'altro sarcastico.

«E che ti sto dicendo, Sebastiano? Per non parlare di ser Leonardo, che a Firenze gli aveva spalancato le porte della sua bottega come non aveva mai fatto con nessuno... e che si è visto copiare da Raffaello i minimi dettagli dei suoi cartoni!»

«Già, una *Madonna* dell'urbinate sembra identica a quella col *Bambino e Sant'Anna* del Vinci...»

«E delle soluzioni pittoriche che ha adottato dopo aver visto la mia *Volta*, vogliamo discuterne? Un saccheggio continuo di figure, scorci, torsioni...»

«E pensare che vi ha pure accusato di aver copiato il suo affresco del *Profeta Isaia*, per scolpire il vostro meraviglioso *Mosè*!» esclamò il giovane veneziano, con espressione scandalizzata, indicando la bianca statua che brillava al sole.

Michelangelo spalancò tanto d'occhi. «Questa non la sapevo... *Io* avrei copiato da... *lui*? E dire che l'ho anche difeso, il suo *Isaia*! Quando il suo committente mi confessò di averlo pagato troppo, risposi che un solo ginocchio di quella figura valeva il suo prezzo! Che ingratitudine, caro il mio Bastiano!»

«Vi ripeto di non prendervela, maestro. Non sono tutti come il Sanzio. Io, per farvi un modesto esempio, vi amo come la mia anima e Dio lo sa! Se non fosse stato per il vostro aiuto nel disegno, a Roma non mi sarei mai distinto al punto da gareggiare adesso con Raffaello...»

«Non vi sottovalutate, amico mio, anche se la vostra umiltà vi fa onore» lo zittì Michelangelo con un gesto deciso della mano. «La *Pietà* che avete dipinto a olio per la chiesa di San Francesco a Viterbo è un'opera superba, una scena notturna inimitabile...»

«Vi ringrazio ma sono consapevole dei miei limiti» replicò il veneziano, chinando il capo in segno di riconoscenza. «Se non fosse stato per i vostri preziosi suggerimenti, non sarei mai riuscito a posizionare e tratteggiare le figure in quel modo sublime... Sì, avete ragione, noi veneti siamo abili nella coloritura. Ma io, a differenza del mio collega Tiziano, non sono capace di dipingere senza prima disegnare. E col carboncino, purtroppo, sono un inetto.»

«Siete ancora giovane e imparerete» lo rassicurò Michelangelo. «Nel frattempo, state certo che il mio aiuto non vi verrà mai meno. Vedrete che, grazie ai miei disegni e al vostro colore, la gara indetta dal cardinale Giulio finirà con l'umiliante sconfitta di Raffaello!»

«Su questo non ho dubbi, maestro. Mi trattate meglio di quanto un padre possa fare col proprio figlio» mormorò il Luciani, con gli occhi lucidi di commozione. «Parlate sempre così bene dei miei lavori, in qualsiasi occasione, che a Roma tutti sanno che sono sotto la vostra protezione, e che mi favorite in ogni modo. Sapete cosa va dicendo messer Raffaello? Afferma che gareggiare con me nella pittura gli porterà molto onore, perché sconfiggendomi batterà in realtà *voi* nell'arte del disegno.»

«Questo lo vedremo» sibilò il Buonarroti stringendo i pugni. Il fatto che il Sanzio, come chiunque nell'Urbe e non solo, avesse mangiato la foglia su chi fosse il vero artefice delle figure di Sebastiano Luciani non lo impensieriva più di tanto. Era certo di vincere, ancora più di quanto non fosse il giovane pittore veneziano. Ne andava della sua dignità, perché ormai si giocava a carte scoperte. «Ma parliamo di argomenti più leggeri» sorrise malizioso. «L'amante di Raffaello è sempre la cortigiana Beatrice Ferrarese, quella a cui fece il ritratto col velo sulla testa?»

«Pare che in questo periodo ne abbia anche un'altra, una certa Margherita» ridacchiò il Luciani, pizzicando svogliatamente le corde del suo liuto.

«Sì, ne ho sentito parlare... sembra che sia figlia di un fornaio di Trastevere.»

«In effetti la chiamano la *Fornarina*, sebbene alcuni dicano che tale soprannome non abbia nulla a che fare col mestiere del padre» aggiunse il veneziano, con una smorfia ironica, «ma voglia alludere proprio al... *forno* della ragazza, sempre aperto per il Sanzio.»

«Quindi, in ogni modo, l'urbinate sta abbassando il livello delle sue... *conquiste*» sogghignò Michelangelo.

«Comunque, cinque anni fa ho ritratto anch'io Beatrice Ferrarese» Sebastiano fece l'occhiolino al Buonarroti. «Con un anello prezioso al dito mignolo, due pendenti di perle alle orecchie e un filo d'oro nella scollatura: i gioielli che le aveva regalato Raffaello! Divertente, no?»

«E... le faceste *solo* il ritratto?»

«Mi meraviglio di voi, maestro!» esclamò l'altro, con aria fintamente scandalizzata. «Un gentiluomo veneziano tace sempre su certe cose...»

«Ecco un'arte nella quale siete bravissimo, Bastiano, anche più di Raffaello, e che a me invece non piace affatto... Perché ridete? Intendo il *ritratto*, che avevate capito?»

«Vorrei ritrarre anche voi, se me lo consentirete. Ho immaginato di raffigurarvi mentre mostrate un libro coi vostri disegni... Che ne dite, vi piacerebbe?»

«Vedremo» annuì Michelangelo. Maledisse l'appuntamento

che aveva col papa, che gli impediva di riprendere subito a scolpire come avrebbe desiderato. Aveva giusto il tempo di mettersi un po' in ordine. «Attendete un attimo qui» disse al Luciani.

Salì svelto al primo piano e raggiunse la camera da letto dove dormiva abitualmente. L'altra era utilizzata di volta in volta da qualche suo allievo, o da qualcuno dei suoi rarissimi ospiti. La sua stanza era spaziosa ma dalle pareti spoglie, arredata modestamente. Nell'armadio gli abiti erano quasi tutti da lavoro. Solo due erano un po' più decenti, entrambi di velluto dalle tinte sobrie. Prese quello in tessuto più leggero, assieme a della biancheria pulita.

Quando ridiscese nello studio, trovò il Luciani immobile e silenzioso, come le statue che fissava estasiato.

«Mi dispiace spezzare il vostro incanto» gli si rivolse Michelangelo, facendolo sussultare. «Ma ho degli impegni urgenti. A proposito... siete venuto a piedi?»

«No, mi sono permesso di legare il mio bel morello nella vostra stalla, qui sul retro. Dovrebbe trovarsi ancora là, se non me l'hanno rubato.»

«Non credo. Questa zona è lurida ma abbastanza tranquilla. Quindi, visto che siete giunto a cavallo... vi seccherebbe tornare a casa a piedi? A essere sincero» continuò Michelangelo, ignorando l'espressione stupita dell'altro, «avrei un appuntamento con Sua Santità per l'ora terza, a cui non manca molto, ma non posso certo presentarmi al papa in questo stato: come vedete, il viaggio da Carrara mi ha incrostato di polvere e sudore, e detesto indossare abiti puliti senza essermi prima lavato. Desidererei recarmi al bagno pubblico qui vicino, ma con le mie gambe ci metterei un quarto d'ora, e poi dovrei rifarmi a piedi tutta la strada fino al Vaticano, mentre se mi prestaste il cavallo… ve lo riporterei io stesso, appena congedato dal Santo Padre.»

«E… se vi accompagnassi da Sua Santità?» replicò il giovane, speranzoso. «Il mio morello, lo sapete, è un cavallino agile e robusto, capace di portare in groppa due persone anche al trotto veloce, senza il minimo sforzo…»

«Temo che oggi non potrò introdurvi alla presenza del pontefice» scosse la testa Michelangelo. «Leone X non ha indicato, nella sua urgente convocazione, nessun altro eccetto me. Credo voglia parlarmi di qualche questione delicata, e capite voi stesso che non sarebbe opportuno farmi scortare senza avvisarlo. Ma non mancheranno occasioni, ve lo assicuro.»

«Come preferite, maestro» chinò il capo il Luciani, malcelando la delusione. Leone X apprezzava grandemente la sua abilità nel suonare il liuto, quasi quanto la sua voce melodiosa che giudicava di poco inferiore alla propria. Esibirsi per il pontefice sarebbe stata un'ottima occasione per accaparrarsi qualche nuova committenza. «Scusatemi se sono stato troppo invadente.»

«Non pensatelo neppure» lo rassicurò il Buonarroti. «Sapete cosa potete fare, invece? Accompagnarmi fino al bagno e poi portare i miei abiti sporchi a Caterina, la mia lavandaia di fiducia. Conoscete dove abita, vero? Le direte che passerò io a pagare.»

«Con grande piacere» borbottò il pittore, facendo buon viso a cattivo gioco. Del resto l'appoggio del grande artista gli era assai utile, anzi necessario per affrontare la spietata concorrenza tra gli artisti dell'Urbe: quindi valeva bene qualche umiliazione finché non si fosse assicurato una stabile e affezionata clientela, tale da poter fare a meno della protezione del Buonarroti.

«A che pensate così imbambolato, caro Bastiano?» lo sollecitò la voce di Michelangelo, strappandolo ai suoi sogni a occhi aperti. «Muoviamoci, il tempo stringe!»

XIII

Vaticano, Palazzo Apostolico, poco prima dell'ora terza

Mentre seguiva le due guardie svizzere che lo accompagnavano agli appartamenti papali, Michelangelo pensò che di rado aveva salito o disceso quella lunga scalinata senza avere il cuore pesante per la rabbia o per l'umiliazione. I suoi rapporti coi papi non erano mai stati idilliaci. Il culmine della mortificazione l'aveva raggiunto quando Giulio II, dopo averlo congedato più volte nell'arco di un'intera settimana senza concedergli un acconto per pagare alcuni marmi in arrivo da Carrara, il venerdì gli aveva addirittura fatto impedire l'accesso alla Sala delle Udienze da un palafreniere, come fosse l'ultimo dei questuanti. Sebbene l'episodio risalisse ormai a undici anni addietro, quella ferita non si era mai del tutto rimarginata.

Spero proprio di non dover inghiottire qualche altro rospo, si augurò mentre le guardie lo guidavano attraverso le grandi stanze dell'appartamento papale. In quei maestosi ambienti, affrescati da Raffaello e dai suoi allievi, Michelangelo aveva molte volte masticato amaro di fronte all'autoritaria arroganza di Giulio II, e col nuovo pontefice Leone X le cose non erano poi tanto cambiate.

Giovanni de' Medici era di certo meno collerico e irruento del suo predecessore, ma i suoi rapporti con il Buonarroti erano sempre stati improntati a una fredda, cortese condiscendenza. Non c'era mai stato calore, né genuina ammirazione, e questo fin da quando erano entrambi ragazzi, all'epoca in cui Michelangelo viveva presso la famiglia Medici, protetto dal Magnifico Lorenzo. A Giovanni e a suo fratello Giuliano lui non era mai piaciuto: avevano spesso criticato la sua eccessiva dedizione al lavoro, che aveva sovente spinto Michelangelo a declinare i loro inviti a cacce e ricevimenti per concentrarsi su qualche scultura. Contessina, la dolce e sensibile figlia di Lorenzo, l'aveva messo più volte in guardia: rifiutare le attenzioni di Giovanni avrebbe potuto alla lunga disgustare suo fratello, cosa che Michelangelo non poteva certo permettersi. Giovanni era tendenzialmente una persona gentile, ma abbastanza permalosa da covare per anni una cattiva disposizione verso qualcuno che l'avesse offeso. Visto com'erano poi andate le cose, Contessina aveva avuto senz'altro ragione. Solo adesso l'artista si pentiva di non averle mai dato ascolto. Se Leone X riservava a Michelangelo appena una misera oncia dell'immensa dedizione mostrata nei confronti del Sanzio, il motivo non poteva che risalire a quelle incomprensioni di gioventù. Perfino Giulio II, con tutta la sua brutale tracotanza, gli aveva manifestato più rispetto.

Lo scultore giunse alla porta della seconda sala, quella che ospitava la biblioteca e lo studiolo privati del pontefice. I due svizzeri la dischiusero solo un poco, invitandolo a entrare con un inchino appena accennato. *Neppure le guardie sono troppo ossequiose nei miei confronti*, pensò l'artista con un sospiro.

Appena varcò la soglia, notò subito Giulio de' Medici e Bernardo Dovizi da Bibbiena seduti al prezioso scrittoio istoriato di Leone X. Il pontefice non c'era, particolare che lasciò l'artista un po' interdetto ma anche notevolmente sollevato. Visto il tono perentorio del messaggio ricevuto a Carrara, si era fatto l'idea di dover affrontare una spiacevole discussione col papa, forse relativa al progetto della facciata di San Lorenzo o ai lavori per la tomba di Giulio II. L'assenza del pontefice gli fece sperare che non si trattasse di nulla del genere... Del resto, se non l'aveva convocato per tediarlo con le solite lamentele, perché mai gli aveva imposto di precipitarsi a Roma con tanta fretta? Per fortuna, col cardinale Giulio aveva rapporti migliori che col pontefice: con lui riusciva a discutere in modo calmo e civile, senza essere umiliato o costretto sempre a giustificarsi, e anche col Bibbiena aveva relazioni cordiali. Non certo l'affettuosa amicizia che legava il capitano generale a Raffaello, ma almeno un po' di rispetto era riuscito a ottenerlo.

Si pensa al diavolo e ne spuntano subito le corna. Avanzando nella sala, infatti, aveva scorto con la coda dell'occhio, in piedi con le spalle a una finestra, l'ultima persona che avrebbe voluto incontrare quel mattino. Il Sanzio, elegante come sempre nelle sue sobrie ma costose vesti damascate, rispose alla sua gelida occhiata con un cenno altrettanto freddo. Michelangelo decise d'ignorarlo, procedendo a passo lento verso i due cardinali in attesa. Sperò di essere riuscito a ostentare un'espressione imperturbabile, anche se il cuore aveva cominciato a battergli con più forza: perché Raffaello si trovava lì? Gli aveva forse teso un agguato in piena regola mettendolo alla berlina o addirittura in pericolo di fronte ai due uomini più potenti della Chiesa dopo il papa?

Rimani calmo, s'impose, facendo ricorso a tutta la propria forza d'animo. *Ricorda che sei Michelangelo Buonarroti.*

«Venite, avvicinatevi pure» lo invitò il cardinale Giulio con un sorriso. I raggi del sole, entrando da alcune ampie finestre spalancate, facevano brillare i colori della *Scuola d'Atene*, il magistrale affresco che Raffaello aveva realizzato sulla grande parete proprio alle spalle dello scrittoio papale. Mentre avanzava, Michelangelo fissò l'imponente scena con lo stesso stato d'animo col quale la guardava ogni volta che se la trovava davanti: un ammirato stupore di fronte a quella folla di cinquantotto personaggi che sembravano vivi. Il Sanzio, con una geniale trovata, si era inoltre divertito a fornire ad alcuni di loro le fattezze dei più grandi artisti contemporanei, almeno secondo il suo metro di giudizio: il vecchio e barbuto Platone aveva infatti il volto di Leonardo da Vinci, mentre il suo interlocutore possedeva i tratti di Bastiano da Sangallo, un vero maestro della prospettiva. E poi c'era il grande Euclide, intento a disegnare una figura geometrica su una tavoletta, raffigurato con il corpo massiccio, il collo taurino e la grande testa di Bramante, omaggio di Raffaello al suo celebre conterraneo e protettore... Con la solita immodestia, l'urbinate aveva ritratto anche se stesso nei panni del mitico pittore greco Apelle. Ma ciò che lo mandava sempre in bestia era la figura dell'antico filosofo teorico del *panta rei*, dell'eterno scorrere del tempo: il tetro, pessimista Eraclito. Perché Eraclito era proprio *lui*, Michelangelo Buonarroti. E non era certo un ossequio, quello che Raffaello aveva inteso fargli. Anzi, all'inizio non aveva neppure pensato d'inserire la sua figura nell'affresco. Era stato Giulio II in persona a imporre all'autore d'inserire anche Michelangelo tra i grandi della *Scuola*. Davanti alla rampogna del papa, il Sanzio aveva dovuto fare buon viso a cattivo gioco, ma aveva comunque trovato il modo di vendicarsi a modo suo: aveva scelto di dare le fattezze di Michelangelo al cupo Eraclito, raffigurandolo disteso ai piedi della grande scalinata della *Scuola* come un accattone. E soprattutto *solo*. Abbandonato in uno spazio isolato dell'affresco, lontano e ignorato da tutte le altre figure che dialogavano a coppie o in gruppi affiatati. Fuori dal consesso umano. Fuori dalla Storia. Così Raffaello aveva immortalato l'immagine di Michelangelo Buonarroti, affidandola all'eterno ludibrio...

«Benvenuto di nuovo a Roma» riprese Giulio de' Medici appena l'artista si fu avvicinato, distogliendolo dalle sue amare riflessioni. «La vostra assenza cominciava già a intristirci.»

Un cardinale non dovrebbe proferire menzogne, pensò l'altro con sarcasmo. Si fermò davanti allo scrittoio, salutando i due porporati con un lieve inchino. Restò in piedi, perché nessuno dei due si era ricordato di offrirgli una delle molte e preziose sedie istoriate presenti nella sala. Nonostante il suo proverbiale orgoglio, non osava sedersi davanti a due principi della Chiesa senza essere invitato. Del resto, anche Raffaello era rimasto in piedi. Fissò dritto negli occhi i due cardinali, in silenziosa attesa. Dopo qualche istante, Giulio rivolse lo sguardo al Bibbiena, come per sollecitarlo a parlare.

«Vi starete di certo chiedendo, Michelangelo, il motivo che ha spinto il Santo Padre a convocarvi con tanta urgenza da Carrara» esordì il capitano generale.

«Mentirei alle vostre Eminenze se lo negassi» rispose in tono calmo.

Il Bibbiena annuì, con un accenno di sorriso. «Allora soddisferò subito la vostra curiosità, senza ulteriori indugi: desidero avvalermi dei vostri servigi, e di quelli del nostro valente Raffaello», disse, accennando al Sanzio di avvicinarsi, «per decorare gli appartamenti della mia *Loggetta*. Raffaello si occuperà di affrescarne le pareti, mentre voi...»

«Io non sono pittore, Eminenza» si affrettò a interromperlo Michelangelo. «Non è il mio mestiere.» All'improvviso, era stato attanagliato dal timore di doversi imbarcare in un altro lungo lavoro di affresco. Quello sulla Volta Sistina gli era bastato e pure avanzato, ne portava ancora i segni nel corpo e nell'animo. Con la coda dell'occhio notò che Raffaello, fermo al suo fianco, aveva strabuzzato gli occhi: evidentemente, gli era sembrato assurdo che un semplice artista ardisse dare sulla voce al capitano generale della Chiesa. Neppure lui stesso, legato al cardinale da lunga e affettuosa amicizia, aveva mai osato tanto!

Il Bibbiena ignorò lo sgarbo, restando imperturbabile. I modi di Michelangelo erano fin troppo noti in Vaticano, tanto che perfino il suo amico Sebastiano Luciani l'aveva spesso rimproverato. «Infatti intendo rassicurarvi su questo punto, se mi consentite di terminare» aggiunse con un sospiro. «Tra le figure mitologiche che Raffaello affrescherà nei miei appartamenti, ci sarà anche una magnifica *Primavera*... la stessa che voi scolpirete nel marmo, in quanto entrambi ritrarrete la medesima modella, il cui viso leggiadro è stato riprodotto dal Sanzio in tre copie perfettamente identiche... ecco, prendetene pure una» aggiunse, porgendogli una tavoletta quadrata prelevata da un involto sullo scrittoio. «Raffaello ne ha già un'altra, mentre la terza la conserverò io.»

Michelangelo, frastornato dalle parole del cardinale, prese l'oggetto con aria incerta, osservandolo perplesso. Si trattava di una piccola tavola di legno sulla quale campeggiava, dipinto a olio, il volto angelico di una fanciulla. Bionda, con gli occhi di un azzurro intenso, sembrava quasi affacciarsi, viva e palpitante, fuori dalla liscia superficie lignea. Il Buonarroti dovette ammettere, suo malgrado, che nessuno poteva superare Raffaello nell'arte del ritratto. Ma a chi apparteneva quel viso femminile?

«Perdonatemi, Eminenza...» replicò esitante, «ma io non scolpisco ritratti... e in ogni caso, il solo volto non mi basterebbe per cavare dal marmo la figura completa di questa fanciulla...»

«Infatti attenderete di averla in carne e ossa davanti a voi, nuda e in posa» intervenne il cardinale Giulio, scacciando ogni dubbio dalla mente dello scultore. «In realtà non sappiamo chi sia la giovinetta che Raffaello ha incontrato per caso e solo per pochi istanti ben due volte – un segno del destino, indubbiamente –, ritraendone le fattezze fidando nel suo spirito d'osservazione e nella sua prodigiosa memoria. Sappiamo solo che si trova a Roma, e che si tratta probabilmente di una meretrice. Il ritratto che Sanzio ha dipinto vi servirà infatti per rintracciarla e per condurla qui al Palazzo Apostolico, per farla poi posare a vostro piacimento. Desideriamo che la cerchiate insieme, e che non vi fermiate finché non l'avrete trovata.»

Lo scultore ammutolì, incredulo. Lanciò una lunga occhiata interrogativa a Raffaello, che si limitò a sostenere il suo sguardo senza scomporsi.

Assurdo, pensò Michelangelo, non sapendo se ridere o esplodere in una delle sue proverbiali reazioni colleriche. *Assurdo e ridicolo. Di tutte le più grandi, oscene bischerate a cui ho assistito tra le mura vaticane... questa le supera tutte!* Che fosse solo uno scherzo di cattivo gusto, una crudele burla studiata ai suoi danni dai due porporati e da quell'infido dell'urbinate? Pareva impossibile che fossero giunti a tanto, nonostante Raffaello fosse da tempo intimo dei due più potenti cardinali della Chiesa, loro compagno di feste e di bagordi. E il papa? Come aveva potuto avallare quell'ignobile commedia? Allo scultore cominciò a girare la testa. Gli sembrava di essere piombato in un incubo a occhi aperti...

«Ed è per... *questo* che sono stato strappato al mio delicato lavoro sulle Alpi apuane?» sibilò, cercando di mantenere la calma. «Possibile che il Santo Padre mi abbia fatto venire fin qui da Carrara a spron battuto, sfiancando più di un cavallo, per questa...» stava per concludere con uno sproposito, ma per sua fortuna il Bibbiena lo interruppe appena in tempo.

«E a voi sembra possibile, Michelangelo» intervenne con un sorriso calmo che non si accordò al lampo gelido degli acuti occhi grigi, «che in questo Palazzo avvenga qualcosa senza che Sua Santità lo sappia e l'approvi? Attento a come parlate, Buonarroti, perché potreste pentirvene.»

Proprio in quel momento, come a confermare le parole del cardinale, Leone X entrò nella sala. Il papa avanzava a passo lento e un po' incerto, la pingue corporatura fasciata dai ricchi abiti da cerimonia. I due cardinali si alzarono subito in piedi, inchinandosi ossequiosamente, mentre Raffaello tentò d'inginocchiarsi per baciare la rossa pantofola del pontefice, che glielo impedì. Michelangelo si limitò a un lieve inchino.

Con un sospiro, il pontefice si accomodò sull'ampio seggio al centro dello scrittoio, dopo aver scambiato alcune rapide occhiate con suo cugino Giulio. Il vicecancelliere gli fece capire, con sguardi eloquenti, che Raffaello aveva accettato entusiasta l'incarico datogli dal Bibbiena, mentre il problema era come al solito Michelangelo. Era sempre stato così, ricordò il papa con un senso di fastidio, fin da quando erano ragazzi alla corte di suo padre Lorenzo. Il più orgoglioso, irascibile, solitario e misantropo tra tutti gli artisti che avesse mai conosciuto, e dire che ne aveva frequentati e ne bazzicava ancora moltissimi... Ma Michelangelo era unico, nel bene e nel male. Come una preziosissima lama di Toledo, prima di piegarsi a qualunque imposizione si fletteva facendo un'enorme resistenza, fin quasi al punto di spezzarsi. Uomini d'acciaio come lui Domineddio non ne forgiava quasi più. E per fortuna.

«Che piacere vedervi entrambi alla nostra presenza, diletti figlioli» esordì, rivolgendosi ai due artisti col suo migliore sorriso nonostante quella notte, avendo dormito malissimo, non si sentisse tanto bene. Il riaggravarsi di alcuni problemi fisici, assieme alle usuali preoccupazioni politico-religiose e militari che angustiavano la Chiesa senza requie, non erano certo il viatico più adatto per conciliare sonni sereni.

«La luce che irradiate sulla Terra vince quella del Sole stesso, Santità» mormorò Raffaello devotamente, piegando la schiena in un profondo inchino. Michelangelo fece una smorfia ironica, mordendosi le labbra per non lasciarsi sfuggire un grugnito di sarcasmo.

«E tu non dici nulla, caro Buonarroti?» riprese il pontefice, già temendo il peggio. Il silenzio di Michelangelo presagiva quasi sempre un'esplosione di fuochi d'artificio, come la quiete prima di una tempesta.

«In verità avrei molte cose da chiedervi, Santità» esordì lo scultore con voce ferma. «Ma preferirei parlarvene in privato.»

«E cosa devi mai comunicarci, di tanto delicato, che non

possa udire anche nostro cugino, il nostro *alter papa* e il... *migliore artista* dell'Urbe?» replicò Leone X, calcando la voce sulle ultime parole.

L'ha detto apposta per farmi irritare, rimuginò Michelangelo stringendo i denti, interpretando l'espressione di disagio sul volto pallido del papa come un segno d'insofferenza nei suoi confronti. In realtà, in quel momento il pontefice soffriva per il riacutizzarsi del tormento causatogli da una fistola anale che lo affliggeva da molto tempo, provocandogli anche una fastidiosa febbre intermittente. Nonostante avesse fatto piazzare sul proprio seggio un numero abbondante di morbidi cuscini, quando si sedeva le fitte dovute all'infiammazione erano ugualmente acute. E proprio la notte precedente erano diventate un vero patimento, dandogli appena un po' di sollievo solo alle prime ore del mattino, grazie ai palliativi applicatigli dal medico di corte Jacopo da Brescia. Erano mesi che quell'incompetente lo curava invano con le sue pomate e i suoi abominevoli clisteri.

«Mi state ascoltando, Santità?»

Il papa si riscosse bruscamente dai suoi pensieri, anche perché una nuova, dolorosa fitta al deretano l'aveva fatto sussultare. «Certo, diletto figliolo, continua pure» mentì, cercando di mantenere il forzato sorriso col quale lo aveva accolto.

«Come stavo per dire a Monsignor Bibbiena e a Sua Eminenza vostro cugino, Santo Padre...» riprese il Buonarroti, cercando le parole giuste per sembrare più umile possibile, «la cavatura dei marmi su a Carrara si sta rivelando un lavoro più duro e complesso di quanto mi aspettassi, oltre che assai delicato... Devo confessarvi che sto avendo molti problemi con le maestranze locali, per cui... ecco, essere allontanato proprio ora dalle Cave del Polvaccio, dalle quali sto ricavando nonostante tutto ottimo materiale per la futura facciata di San Lorenzo in Firenze, se e quando Vostra Santità si degnerà di affidarmene l'esecuzione con regolare contratto...»

«Già, la *facciata di San Lorenzo*» lo interruppe Leone X, sottolineando le parole con una smorfia ironica. «La tua impazienza rischia di sconfinare nell'impudenza, Michelangelo» aggiunse il pontefice con sussiego. «Il tuo contratto sarà stilato a breve, non dubitarne. Se hai difficoltà a credere alla parola di un papa, dovresti almeno sapere che i Medici non sono mai venuti meno ai loro impegni!»

«Non lo pensavo neppure, Santità...» rispose l'artista in tono di scusa, accorgendosi troppo tardi di aver straparlato. «Volevo solo far umilmente osservare a Vostra Santità e alle Loro Eminenze» riprese sospirando, «che forse non è il momento adatto per trattenermi qui a Roma per un lavoro di scultura che, per quanto lusinghiero, onorevole e voluto da un così reverendo committente», continuò, rivolgendosi con un inchino del capo al Bibbiena, «potrei tranquillamente svolgere tra qualche mese, dopo aver concluso la cavatura e spedito i marmi a Firenze... marmi che vi assicuro saranno di ottima qualità, Beatissimo Padre!»

«Non ne dubito, con quello che mi costano» ridacchiò Leone X, lanciando occhiate divertite ai due cardinali che si erano disposti uno alla sua destra e l'altro alla sinistra.

In tutto questo, Raffaello era rimasto silenzioso e immobile, all'apparenza indifferente. Perché non diceva qualcosa anche lui? Più tempo passava, più il comportamento del Sanzio gli faceva sospettare un suo diretto coinvolgimento nella seccatura che il pontefice e i due cardinali volevano imporgli.

«Quindi stai cavando ottimi marmi dalle Cave del Polvaccio...» riprese il papa pensoso. «Eppure ci sembrava di averti ordinato di non comprare più il materiale a Carrara, bensì a Seravezza e a Pietrasanta che, trovandosi in territorio dei Medici, hanno prezzi per noi assai più convenienti» continuò, in tono di rimprovero. «Ma tu hai ignorato finora i nostri desideri, come del resto già sospettavamo!» concluse, alzando sempre più la voce. Le fitte al deretano stavano diventando sempre più frequenti e dolorose, contribuendo al suo cattivo umore.

«Perdonate, Santità...» replicò Michelangelo, sempre più imbarazzato di essere costretto a proseguire quella discussione davanti a Raffaello, «ma sapete bene che ho già fatto un sopralluogo dove mi avete indicato... Non dico che il marmo di quelle montagne non sia di primissima qualità, anzi... ma quelle rupi scoscese, fitte di boschi e precipizi, sono quasi inespugnabili, attraversate da sentieri che neppure i muli gradirebbero! Per non parlare della manodopera locale: da quelle parti ho visto solo paesi arretrati, abitati da gente molto rustica. Dovrei far venire i cavatori da Settignano. E poi, come farei a portare il marmo fino a valle?»

Leone X respinse tutte quelle argomentazioni agitando le dita inanellate con un gesto d'insofferenza, come scacciasse una mosca fastidiosa. «Si dice che tu sia anche un valido architetto. Non ti sarà difficile tracciare un percorso carrabile dalle montagne fino al mare» tagliò corto. «Cessiamo queste futili discussioni. A questo punto, crediamo proprio che un breve soggiorno qui a Roma, cercando assieme a Raffaello la splendida giovinetta che ritrarrai nel marmo, costituirà per te un'utile pausa di riflessione, per ritemprare le forze fisiche e spirituali in vista delle nuove fatiche che dovrai affrontare tra i monti del nostro Capitanato di Pietrasanta. Così abbiamo deciso, Michelangelo. Ti saremmo grati se non replicassi.»

Addio Carrara, sospirò tra sé il Buonarroti, chinando il capo in segno d'obbedienza. Subito dopo lanciò uno sguardo irato a Raffaello, che lo sostenne con aria imperturbabile.

Come a sottolineare le ultime parole del pontefice, segnalando che l'udienza era terminata, suo cugino Giulio fece un brusco cenno ai due artisti, che si congedarono in silenzio. Stavano per avviarsi nella direzione da cui erano venuti, quando il cardinale li fermò con un altro imperioso gesto.

«Non da quella parte, evitate di ripassare per la sala da pranzo» ordinò. «Sua Santità desina oggi con alcuni ambasciatori, che hanno già preso posto a tavola. Uscite per uno dei balconi che danno sul Cortile del Belvedere. Così avrete modo di schiarirvi le idee su come organizzare la vostra *caccia*, mentre Raffaello ne approfitterà per adempiere alle incombenze che gli sono assegnate nei giardini...»

Sempre pieno di doveri, il Sanzio, mugugnò Michelangelo tra sé, *molti dei quali non hanno nulla a che vedere con l'arte... Ma si sa, Raffaello è il 'factotum' dei potenti, nessun incarico, perfino il più umile o indegno, lo fa mai vergognare purché serva a guadagnargli benevolenza da parte di chi comanda...*

Mentre i due artisti si allontanavano, facendo alcuni passi all'indietro per non volgere le spalle al pontefice, Leone X li benedisse e si alzò a fatica dal suo seggio imbottito, cercando di dominare il dolore che *Deo gratias* andava un po' scemando.

Con un sospiro, lanciò un'ultima occhiata ai due artisti che stavano uscendo sui giardini del Belvedere. Quando il Bibbiena gli aveva esposto il suo piano, l'espediente di utilizzare Raffaello e Michelangelo per rintracciare la misteriosa meretrice che aveva forse incontrato Valerio gli era sembrato ottimo. Chi, più di loro, avrebbe potuto vagabondare per Roma a caccia di una modella senza destare sospetti? Ora che ci pensava, però, quell'idea non gli sembrava più tanto buona. Se davvero quella giovane era coinvolta in qualche modo nella strana morte della sua spia, andarla a cercare poteva essere molto pericoloso... Non aveva affatto intenzione di mettere a repentaglio l'incolumità, se non addirittura la vita, dei due migliori artisti del mondo. Ma il Bibbiena gli aveva assicurato, sotto la propria personale ed esclusiva responsabilità, che Raffaello e Michelangelo non avrebbero corso alcun rischio. Se avesse sbagliato, avrebbe fatto cadere la sua testa.

Del resto quella meretrice era al momento l'unica pista, anche se incerta, da seguire per tentare di far luce su quell'inquietante mistero. Dalle ultime notizie che Giulio gli aveva riportato, Paracelso non era ancora riuscito a scovare alcuna traccia di veleno nei tessuti e negli umori del povero Ottavio. Quindi la partita era ancora tutta da giocare.

Nella biblioteca rimase solo il Bibbiena, che continuava a fissare pensoso le schiene dei due artisti, sempre più lontani, che si addentravano nei meravigliosi giardini del Belvedere. Era proprio curioso di scoprire quanto ci avrebbero messo, due geni tanto diversi trasformati in inconsapevoli spie, a raggiungere qualche risultato. Aveva ordinato a Raffaello di fargli il primo rapporto fra tre giorni, ma non poteva sapere quanto tempo sarebbe stato necessario, né se sarebbero riusciti a catturare la preda... Quindi, per il momento, poteva solo attendere.

Una figura alta, possente e muscolosa gli si avvicinò con deferenza, interrompendo le sue riflessioni. I freddi occhi grigi del cardinale s'incrociarono in modo eloquente con quelli azzurri dell'uomo, altrettanto glaciali come la superficie di un lago in inverno. Il suo viso era duro e spigoloso, la mascella forte e quadrata, i corti capelli biondo chiaro scintillavano al sole mattutino. Dopo alcuni istanti di quel silenzioso dialogo, il Bibbiena e il nuovo venuto appuntarono entrambi lo sguardo sulle minuscole figure di Raffaello e Michelangelo. Non c'era alcun bisogno di parlare.

Il colosso biondo aveva già ricevuto i suoi ordini.

Sapeva cosa fare.

XIV

Stesso luogo, Cortile del Belvedere, un'ora dopo la terza

«A quali... *incombenze* dovete adempiere, qui sul Belvedere?» chiese sornione Michelangelo al Sanzio che lo precedeva a passo sostenuto. Lo scultore intuiva già la risposta, ma aveva posto la domanda nella speranza di mettere l'urbinate in imbarazzo.

«Le solite» replicò Raffaello laconico. Non si era neppure voltato per rispondere. Il Buonarroti cercò all'inizio di affiancarlo, per non dargli la soddisfazione di farsi volgere le spalle, poi decise che non valeva la pena farsi venire il fiatone: andasse pure avanti, l'avrebbe raggiunto con calma quando avesse deciso di fermarsi. *Raffaello ha solo otto anni meno di me, ma le sue gambe sono assai migliori delle mie*, dovette ammettere, stizzito.

Ignorando la distanza che lo separava sempre più dal Sanzio, lo scultore rallentò il passo godendosi l'atmosfera del Belvedere. Invidiava l'urbinate che aveva la possibilità di visitare a piacimento quella splendida scenografia edificata da Donato Bramante, suo conterraneo e protettore.

Da un grande teatro all'aperto iniziava una lunga passeggiata attraverso piccoli e grandi cortili, maestose scalinate che unificavano i dislivelli naturali del terreno, giardini e ninfei, logge porticate... *La maestà dell'architettura latina fusa con la grazia di quella moderna*, rifletté Michelangelo ammirato.

«Potreste aumentare un po' l'andatura, Michelangelo?» lo sollecitò Raffaello, strappandolo all'incanto. «Non abbiamo tutto il giorno.» Si era fermato a qualche pertica di distanza, con aria impaziente.

Almeno ti sei accorto che esisto. Lo scultore lo raggiunse senza troppa fretta. Il Sanzio indugiò accanto alle gabbie dove il papa custodiva i suoi animali esotici, poi si avvicinò ai valletti che stavano gettando della carne tra le sbarre che racchiudevano una pantera e due leopardi, fiere che il re Manuel di Portogallo aveva regalato a Leone X per la sua elezione al soglio pontificio. Interrogò brevemente i servitori e impartì alcune disposizioni. *Sospettavo che si trattasse di questo*, pensò il Buonarroti con sarcasmo. *Oltre che Commissario alle antichità romane, incarico d'indiscutibile prestigio, il papa l'ha nominato anche responsabile del suo serraglio. Un compito da vile stalliere, ma Raffaello lo considera un grande onore. Farebbe di tutto, pur di compiacere Sua Santità!*

L'urbinate si era nel frattempo avvicinato alle voliere, scrutandone con attenzione gli ospiti. «Mi sembra che godano tutti di ottima salute» gli mormorò Michelangelo con un sorriso ironico. Lo intristiva sempre la vista dei volatili prigionieri, c'erano pavoni e uccelli esotici dal piumaggio multicolore, in maggioranza pappagalli. Capiva benissimo ser Leonardo, che comprava i fringuelli nei mercati solo per liberarli.

«Sì, per fortuna stanno bene» replicò Raffaello, imperturbabile. «Sono creature delicate, non avvezze al nostro clima. Mi dispiacerebbe se facessero la stessa fine di Annone» concluse con un sospiro. Annone era l'elefante albino, regalo del re Manuel, che fino alla morte era stato assai popolare a Roma. Leone X ne aveva affidato la cura a Raffaello ma il pachiderma era deceduto dopo qualche anno, probabilmente per il freddo.

«Era un animale bellissimo, molto intelligente» sussurrò l'urbinate, scuotendo tristemente il capo. «Quando fu portato per la prima volta alla presenza del Santo Padre fece tre genuflessioni sulle enormi zampe, toccandogli con la proboscide la pantofola ingemmata: era il suo modo di baciarla... E poi, con la stessa lunga appendice, aspirò l'acqua da una tinozza spruzzando il papa e le due ali di popolo che assistevano all'evento... Una benedizione, in pratica!»

«Sì, lo rammento» annuì Michelangelo, sforzandosi di non scoppiare a ridere.

«Annone era un gigante buono, innocente. Lo ritrassi più di una volta, con somma delizia. La sua morte ha lasciato un grande vuoto a corte, contristando molto anche il papa...»

«*Requiescat in pace*» sospirò Michelangelo, levando comicamente gli occhi al cielo.

Anche questa volta, l'altro non raccolse la provocazione. «Mi perdonerete ma devo assolvere un ultimo dovere, Buonarroti» disse, riprendendo a camminare. «Poi eseguiremo gli ordini del Santo Padre, senza altri indugi.»

Michelangelo lo seguì mentre faceva il giro dei ninfei e delle fontane che rallegravano il cortile coi loro zampillanti, sonori giochi d'acqua.

«Anche fontaniere!» esclamò, fingendosi ammirato.

Raffaello ignorò il suo tono di dileggio. «Un compito di grande responsabilità» annuì, serio. «Leonardo vi ha mai detto quale fu il primo incarico che il duca Ludovico Sforza gli assegnò, quando lo assunse come ingegnere di corte a Milano? A me sì: gli ordinò di riparare il meccanismo idraulico nel bagno personale di sua moglie, la duchessa Beatrice d'Este. Lavoro che il Vinci, pur essendo ciò che è, svolse con grande diligenza sentendosi onorato.»

Questa non la sapevo, sogghignò Michelangelo.

«V'intendete anche d'idraulica, Raffaello?» chiese poi, stavolta senza alcun intento ironico. Era davvero curioso.

L'altro sorrise, scuotendo la testa. «No, devo solo occuparmi di *tutti* gli animali del Belvedere, compresi quelli che sguazzano in queste magnifiche fontane» rispose, accostandosi a un'enorme vasca di marmo. «Bene, mi sembra che siano tutti sani come... pesci!» rise dopo una rapida ricognizione.

Anche Michelangelo si soffermò a guardare, incantato, le infinite evoluzioni compiute dai pesci di ogni grandezza, forma e tinta che popolavano la fontana. Per un istante invidiò la tranquilla esistenza che conducevano nel loro silenzioso elemento, ignorando la rumorosa fatica di tutte le creature che si muovevano sulla Terra.

Il Buonarroti non poté fare a meno di specchiarsi e notare la differenza tra sé e il Sanzio. Le diversità non si limitavano solo all'aspetto fisico. Raffaello vestiva abiti belli e costosi, possedeva un fisico aggraziato e un portamento elegante. Era sempre circondato da amici, estimatori, donne innamorate. Aveva già raggiunto la fama e la ricchezza grazie all'arte, e nel frattempo stava godendo di un'esistenza piena di gioie e di piaceri. Da ragazzo non aveva avuto necessità di lottare come Michelangelo per farsi strada nel mondo, non aveva dovuto combattere contro un padre ottuso e venale, contro dei fratelli sfruttatori... anzi, era stato proprio suo padre a introdurlo ai segreti della pittura, lasciandogli in eredità una bottega celebre e ben avviata! Solo in una cosa erano simili: nel dolore di aver perso la madre in tenera età. Per il resto, mai due uomini erano stati più diversi.

«Possiamo andare» disse il Sanzio, strappandolo alle sue cupe riflessioni. «La *caccia* ci attende.»

«Prima voglio porvi una domanda, Raffaello. Sono una persona schietta, e amo parlare senza peli sulla lingua: siete stato voi a chiedere al papa di convocarmi qui a Roma, per affiancarvi nella ridicola ricerca di quella...»

«Meretrice?» concluse la frase l'urbinate. «Non abbiate pudore di pronunciare questa parola. Probabilmente lo è, ma sarebbe anche una splendida modella, su questo non potete non convenire... E per quanto riguarda la vostra domanda... no, non ho chiesto io di cooperare con voi, anche se credo dovremmo farlo, e non solo in questa circostanza. Vi sembra astuto farci la guerra, quando in questa ricca corte c'è tanto lavoro per entrambi?»

«Non faccio la guerra a nessuno, *io*» sibilò Michelangelo. «Piuttosto mi difendo. Ma questo è un altro discorso. Mi riferivo a quest'assurdità di battere tutta Roma a caccia di una prostituta, solo per soddisfare i capricci del Bibbiena e dei Medici... e di certo anche i vostri!»

«Non ho alcuna difficoltà a confessarlo» sorrise l'altro. «Quella ragazza interessa molto anche a me, per motivi non solo *artistici*... Non tutti gli uomini fanno vita monastica, Michelangelo» aggiunse, allusivo. «L'ho incontrata per brevi istanti solo due volte, e la seconda, quando avrei finalmente potuto conoscerla, si è sottratta alle mie attenzioni fuggendo spaventata, quasi fosse inseguita da qualcuno... Del resto, non avrebbe certo rifiutato il mio corteggiamento se non fosse stata gravemente turbata… e questa cosa m'incuriosisce alquanto.»

«Resta il fatto che mi avete coinvolto in questa faccenda da servi, o peggio da mezzani!»

«Il vostro problema, Michelangelo, se posso permettermi… è che avete troppa considerazione di voi stesso. Noi siamo artigiani, giusto? So che anche voi vi considerate tale, anche se gli altri ci chiamano *artisti*… Quale sarebbe dunque il nostro ruolo, se non quello di compiacere i mecenati che ci procurano fama e ricchezza? E non solo con la nostra arte, badate, ma compiacendone ogni desiderio, felici di obbedire a tutti i loro ordini.»

E leccandogli le mani come cani, aggiunse l'altro tra sé, disgustato. La cosa che più lo irritava di tutto quel sermone, era il fatto che in fondo Raffaello non avesse torto.

«In ogni modo» riprese il pittore, procedendo verso l'estremità nord del Belvedere, «i nostri signori hanno espresso chiaramente la loro volontà: dobbiamo cercare insieme quella giovinetta, e poi dedicarci entrambi alla decorazione della *Loggetta* del Bibbiena. Io sono pronto a mettere da parte ogni vecchio rancore. Ora sta a voi decidere: intendete lavorare con me in amicizia e armonia, oppure come se doveste scontare una condanna alla galea?»

«Lavorare in amicizia e armonia con… *voi*?» ridacchiò Michelangelo, scuotendo la testa.

Il Sanzio si fermò di nuovo, fronteggiandolo. Strinse i denti, fissandolo negli occhi: «Va bene, allora inizierò io a intavolare trattative di pace, o almeno di tregua, facendo ammenda di uno sgarbo che vi feci tempo fa…».

«Non me ne ricordo» mentì l'altro, scrollando le spalle. Rammentava benissimo, ma non voleva dargli soddisfazione.

«Allora siete un vero cristiano» sogghignò l'urbinate, «perché perdonare le offese è la quinta opera di misericordia, ma dimenticarle è addirittura divino! Avete già scordato quella sera che v'incontrai a San Pietro mentre uscivate dalla Cappella Sistina, dopo un'intera giornata di lavoro alla Volta, tutto sudato e sporco di colori? Fu allora che vi chiesi davanti a testimoni, a voce alta affinché tutti udissero, come mai eravate *tutto solo come un boia*.»

«Ah, quello...» bofonchiò lo scultore, non potendo più fingere di non capire. «Mettetevi l'anima in pace, Raffaello. Allora vi provocai per primo, chiedendovi perché andaste in giro con quel lungo codazzo di allievi, come un capitano col suo corteo. Voi vi limitaste a rispondermi.»

«Apprezzo la vostra cortesia, ma in quella circostanza ebbi torto. Voi mi rivolgeste solo un garbato motto di spirito, io replicai da villano. Lo ammetto.»

Ce ne hai messo di tempo per scusarti, considerò Michelangelo. *Chissà perché proprio adesso, eh? Forse perché ti servo?* Il Sanzio non si smentiva mai, pensò con stizza. A volte gli sembrava più ambiguo e calcolatore di Machiavelli. Dissimulava un'ambizione sfrenata dietro un atteggiamento in apparenza accomodante. Ma alla fine otteneva *sempre* ciò che voleva.

Nel frattempo erano giunti nel Cortile delle Statue, che concludeva la lunga passeggiata del Belvedere. In quel momento, il Buonarroti si scordò completamente di Raffaello. Si dimenticò perfino di se stesso, gli occhi e la mente assorbiti dal magico incanto che lo circondava: il sole già alto esaltava il biancore delle vetuste sculture di marmo che abbellivano il cortile assieme a fontane zampillanti, alberi di aranci e limoni, piante di mirto e alloro. Sembrava di essere in un angolo di Grecia antica, fuori dallo spazio e dal tempo.

Il Sanzio stava ancora parlando ma Michelangelo non lo udiva più, lo sguardo calamitato da quelle meravigliose sculture che avevano sfidato i secoli. Alcune facevano parte della collezione iniziata da Giulio II: il superbo *Apollo*, la sensuale *Venus felix*, il tragico gruppo del *Laocoonte* soffocato coi figli dai mostruosi serpenti di Giunone... Leone X aveva poi incrementato la collezione, aggiungendo altre sculture antiche a quelle appartenute al suo predecessore.

«Mai vista tanta magnificenza riunita in un solo luogo» mormorò con aria sognante, come parlando a se stesso. «Questo piccolo cortile rivela l'immensa passione dei nostri pontefici per l'arte antica, il loro desiderio di recuperarla, proteggerla e tramandarla ai posteri!» aggiunse a voce alta, preso da un'improvvisa esaltazione.

Si accorse che Raffaello, accanto a lui, scuoteva la testa. «Questo cortile rappresenta solo il desiderio di lusso dei papi, la loro voglia d'impressionare ospiti e ambasciatori. Fuori di qui non hanno mai avuto rispetto per l'antichità. Sisto IV distrusse un tempio di Ercole e un arco di trionfo, nel Foro Boario, per edificare i muri della Biblioteca Vaticana. Ancora adesso vengono depredati marmi dalla Basilica di Costantino e dalla villa di Adriano... Il cardinale Riario, che voi conoscete bene, ne ha fatti asportare molti perfino dal Colosseo, assieme a blocchi di travertino e tufo, per far costruire il suo nuovo palazzo.»

Michelangelo annuì, mentre l'entusiasmo di poco prima cedeva il posto alla tristezza. Il Sanzio aveva ragione, e il suo tono era stato malinconico.

«Da quando sono a Roma» continuò l'urbinate, «ho visto coi miei occhi distruggere la porta trionfale delle terme di Diocleziano, il tempio di Cerere, una parte del foro di Nerva... uno scempio che ancora mi fa male al cuore!»

«Siete voi il Commissario alle antichità romane» lo punzecchiò il Buonarroti. «Ponete rimedio a questo disastro.»

«È proprio ciò che ho intenzione di fare. Voglio scrivere una lettera al Santo Padre, nella quale esprimerò la mia preoccupazione per il saccheggio e la distruzione degli antichi monumenti dell'Urbe, e i miei progetti per tutelarli. Mi farò aiutare da Baldassarre Castiglione, perché sapete che non ho molta dimestichezza con la prosa elegante...»

Diciamo che scrivi proprio male, ghignò tra sé Michelangelo. Il titolo di *Scrittore dei brevi apostolici*, che gli aveva conferito Giulio II, era puramente onorifico. Nel campo delle lettere, Raffaello non aveva ricevuto un'istruzione degna di tale nome. Però lo ammetteva senza remore, e questo segnava un punto a suo favore.

Mentre parlavano erano giunti alla scala a chiocciola costruita dal Bramante, che collegava il Belvedere con l'esterno. I due artisti discesero in silenzio le strette rampe a spirale, uscendo poi all'aperto attraverso un portoncino presidiato da due guardie svizzere.

«Da dove cominciamo?» chiese Michelangelo, con un sospiro rassegnato. Se proprio dovevano compiere quella stravagante ricerca, tanto valeva iniziarla subito.

«Andiamo a prendere i nostri cavalli» rispose Raffaello, facendogli segno di seguirlo.

«Veramente...» disse l'altro, imbarazzato, «il mio dovrei restituirlo a... Sebastiano Luciani.»

«Ora capisco perché il papa, quando mi ha convocato, mi ha ordinato di portare una seconda cavalcatura. Immaginava che sareste venuto a piedi, come vostro solito. Quindi adesso monterete un baio della mia scuderia, se vi contentate. Il cavallo sarà restituito a Sebastiano da un palafreniere. Ma perché non ve ne comperate uno? Vi eviterebbe di usare quelli di posta quando viaggiate, e in città vi spostereste con più agio...»

«Non sono ricco come voi, Raffaello» sbuffò l'altro, allargando le braccia.

Lo sapevano tutti, sia a Roma che a Firenze, che il Buonarroti ci pensava dieci volte prima di spendere un baiocco. Ma quello che la maggior parte delle persone non sapeva era che i suoi guadagni andavano quasi tutti a foraggiare l'avidità di suo padre e dei suoi fratelli.

Nel frattempo avevano raggiunto gli animali, sia il morello del Luciani che due splendidi bai tenuti per le redini da un palafreniere. Il Sanzio scambiò poche parole col servo, che si allontanò portando via il morello.

«Dunque adesso possedete una scuderia» disse Michelangelo curioso, mentre montava in groppa al cavallo che l'urbinate gli aveva indicato. «Quindi non abitate più nella casa di via Giulia, dove si dice vaghi di notte l'orrido spettro senza pace di papa Borgia, vestito di un mantello scarlatto?»

«E voi credete a queste favole da donnicciole?» ridacchiò Raffaello divertito, montando a sua volta. «Ora capisco perché non siete mai venuto a cena da me!»

«Vi stavo solo uccellando» replicò lo scultore, compunto. «Non ho mai accettato i vostri inviti perché non amo cenare fuori casa. Non sono superstizioso.»

«Lo spero per voi. Comunque abito ancora a via Giulia, ma sarà per poco: mi sto trasferendo in un palazzo a piazza Scossacavalli, nel quartiere Borgo. L'ho acquistato dal protonotario apostolico Adriano de Caprinis per tremila ducati, un vero affare. Avevo bisogno di più spazio per la mia bottega, i miei allievi aumentano a vista d'occhio. E poi mi necessitava una residenza migliore, più consona al mio stato. E voi, Michelangelo? Abitate sempre in quella casa un po' *fuori mano*?»

Allo scultore non sfuggì il tono con cui l'altro aveva pronunciato quelle ultime parole. «Non è un castello ma si trova in una zona tranquilla» grugnì a denti stretti. «Ho bisogno di silenzio per il mio lavoro.»

«Contento voi... È quasi ora di desinare. Seguitemi e vi offrirò il pranzo in una locanda di Campo de' Fiori.»

«Vi ringrazio, Raffaello, ma sapete che non amo mangiare nelle taverne. Pensavo di rientrare a casa, dove i miei allievi mi portano a turno qualcosa di cucinato. Vi inviterei io, ma si tratterà di cibo semplice, indegno del vostro gusto raffinato.»

«In realtà... non ho intenzione di condurvi in una taverna qualsiasi» disse il Sanzio, strizzandogli l'occhio con aria furba, «ma nel luogo che sarà il punto di partenza per le nostre ricerche. Fidatevi di me.»

«Come volete» sospirò Michelangelo, accodandosi all'altro che già partiva al trotto.

* * *

Quando imboccarono la via Mercatoria, la folla che gremiva la strada li costrinse a mettere i cavalli al passo. Avanzavano molto lentamente, ma per Michelangelo fu un sollievo percorrere il lurido selciato senza doverlo calpestare. Notò che Raffaello si guardava intorno con occhi attenti, scrutando la calca come cercasse qualcuno...

Quando giunsero finalmente a Campo de' Fiori, il tiepido sole primaverile era quasi allo zenit. Una grande folla stava in quel momento defluendo dal centro della piazza, dove un boia e i suoi assistenti avevano appena terminato di somministrare alcuni tratti di corda a un condannato. Avevano usato l'apposito palo che non veniva mai rimosso, a monito costante per la popolazione. Il patibolo per le esecuzioni capitali veniva invece montato solo alla bisogna, come accadeva in molti altri luoghi di Roma. Torture, impiccagioni, decapitazioni in pubblico erano tra gli spettacoli più graditi alla plebe romana, più delle corse dei tori e della caccia ai porcellini a carnevale.

Quando Raffaello fermò la sua cavalcatura, facendo segno a Michelangelo di smontare, lo scultore capì dove l'urbinate intendesse portarlo. I suoi pochi amici avevano tentato molte volte, senza successo, di trascinarlo alla locanda *del Gallo*, che il popolo aveva ribattezzato *della Vacca*, fraintendendo la figura di un toro che campeggiava in uno scudo in pietra sull'architrave dell'entrata: lo stemma della famiglia Borgia. Alcuni maligni sostenevano che il soprannome popolare avesse però un'altra origine. La proprietaria, che prestava anche denaro a interesse, era infatti l'anziana Giovanna Cattanei detta Vannozza, ormai settantaquattrenne, che era stata l'amante ufficiale (quasi moglie) di papa Alessandro VI e gli aveva dato quattro figli, tra i quali i celebri Cesare e Lucrezia, che alcuni dicevano partoriti proprio in quella locanda. La vecchia cortigiana la gestiva ancora di persona, accogliendo anche personaggi d'alto rango che non disdegnavano d'intrattenersi con le giovani, belle prostitute che lavoravano per Vannozza nelle camere al piano superiore. *Roma è corrotta fin nelle midolla*, rimuginò Michelangelo con un'alzata di spalle, quasi volesse scrollarsi di dosso lo spirito di depravazione che gli sembrava impregnare ogni cosa, perfino le pietre, in quella città ipocrita e colma di peccati. La sporcizia materiale dell'Urbe non era che il riflesso del suo decadimento morale.

«Allora, entriamo?» lo sollecitò Raffaello, impaziente, dopo aver affidato i bai allo stalliere della locanda. «Se c'è una persona capace di rintracciare una particolare meretrice, tra le migliaia che esercitano a Roma... be', quella è Giovanna Cattanei!»

Appena Michelangelo si affacciò nella grande sala in penombra, piena di tavoli e botti, gli odori della cucina e gli schiamazzi degli avventori lo investirono facendolo ondeggiare, mentre una musica stridente di liuti e mandole gli feriva le orecchie. I clienti sedevano con le spalle alle pareti: nelle locande di Roma, dove si consumavano i pasti e si beveva gomito a gomito anche con estranei, nessuno si arrischiava a dare la schiena a un eventuale sicario.

Mentre seguiva Raffaello, il Buonarroti lanciò occhiate discrete agli avventori che gozzovigliavano allegramente, alcuni abbracciati a donne lascive, altri perfino a fanciulli in vesti femminili. La clientela della *Vacca* riesumava nell'Urbe il mito *democratico* dell'antica Grecia: nobili e alti prelati in incognito, vestiti in modo semplice, si godevano l'atmosfera orgiastica della taverna assieme a popolani e manigoldi d'ogni risma. Ma tutti a Roma sapevano, e gli sbirri per primi, che i clienti di Vannozza Cattanei non andavano disturbati, perché sarebbe stato facile incappare, sotto panni in apparenza anonimi, in un principe o in un cardinale. I frequentatori della *Vacca*, soprattutto quelli abituali, erano intoccabili. Vannozza li proteggeva, ed era a sua volta protetta dagli aristocratici che si celavano tra loro, divertendosi a recitare ogni tanto la parte dei gaglioffi: un rituale liberatorio che li affrancava dagli obblighi sociali, morali o religiosi del loro ambiente.

Nonostante ne avesse riconosciuti molti, Michelangelo non fu notato da nessuno di loro, al contrario di Raffaello che riceveva inchini e saluti a ogni passo. Doveva essere un cliente assiduo da come si muoveva a suo agio. *Tutti ravvisano Raffaello, tutti salutano Raffaello, tutti lo riveriscono, anzi lo amano...* constatò lo scultore, con una punta d'invidia. Nei più prestigiosi palazzi dei potenti, come nelle più malfamate locande, a Roma il Sanzio era una celebrità.

A conferma dei suoi pensieri, Vannozza stessa uscì dalle cucine togliendosi il grembiule macchiato col quale aveva finora fatto scudo alla sua elegante veste di broccato nero. Nonostante imperasse sulla taverna come una regina, con lo stesso piglio col quale aveva dominato tutta l'Urbe ai suoi tempi, l'anziana cortigiana amava seguire di persona il lavoro dei suoi cuochi. Lamentarsi di un piatto cucinato male poteva essere molto rischioso, poiché avrebbe offeso direttamente la padrona. Del resto non accadeva mai, perché le vivande erano preparate con grande cura, e i vini sempre ottimi.

«Che piacere rivedervi, Raffaello!» chiocciò la vecchia, sorridendo con i denti un po' giallastri ma ancora intatti. «È sempre un onore ricevervi nella mia modesta osteria! Avete portato un ospite?» chiese, lanciando un'occhiata curiosa al Buonarroti.

«Ho l'onore di essere accompagnato da messer Michelangelo, il più grande scultore del mondo» annuì il Sanzio. *Già, perché il miglior pittore credi di essere tu*, ironizzò tra sé Michelangelo, salutando con un lieve inchino del capo. Vannozza non era un'ex cortigiana e un'ostessa qualunque. Conveniva mostrarle rispetto.

«Perdonatemi se non vi ho riconosciuto!» esclamò la vecchia. «Ma finora non eravate mai venuto» aggiunse, con un velato tono di rimprovero. «Spero che questa non sia la prima e ultima volta...»

Io invece spero proprio di sì, pensò lo scultore accennando un altro inchino, mentre Raffaello rispondeva anche per lui: «Dopo aver assaggiato i vostri manicaretti, Monna Giovanna, tornerà di certo ogni giorno!».

«Desiderate una saletta appartata?» chiese Vannozza compiaciuta.

«Sì, gradiremmo sederci in un luogo riservato» le sussurrò Raffaello quasi all'orecchio. «Anche perché vorrei scambiare con voi due parole a quattr'occhi.»

«E io che pensavo desideraste la compagnia di qualcuna delle mie ragazze!» ridacchiò Vannozza. «Siete proprio sicuri di volere *me*? Proprio oggi sono giunti alcuni nuovi arrivi che potrebbero interessarvi...»

«Invece desideriamo proprio voi» sorrise il Sanzio. «Per una questione di una certa importanza.»

«Andiamo pure, allora» tagliò corto la vecchia, curiosa, facendo strada ai due artisti verso il retro della locanda.

Vannozza li condusse in un accogliente stanzino dalle pareti addobbate da ampi tendaggi di velluto rosso, il pavimento coperto da un soffice tappeto finemente decorato. L'arredamento era costituito da un tavolino e da quattro sedie preziosamente intarsiati. Una morbida luce filtrava da una finestrella smaltata con motivi floreali. Sul tavolo erano già sistemate una caraffa piena di un liquido rosso scuro e tre coppe di fine cristallo.

«Accomodatevi» li invitò la vecchia, aspettando che i due artisti prendessero posto sui preziosi scranni prima di sedersi a sua volta. Era stata una donna di mondo, frequentatrice di corti e banchetti regali. Sapeva come comportarsi con gli ospiti di riguardo. «Gradite un po' della mia migliore Malvasia?» chiese poi, indicando la caraffa. «Mi è arrivata proprio ieri da Corfù, un vero nettare!»

Raffaello annuì entusiasta, Michelangelo per pura cortesia. Lo scultore non beveva mai lontano dai pasti, se non quando rifiutare sarebbe stato da villani. Si rassegnò a bagnarsi appena le labbra, sperando che il suo stomaco non ne risentisse. Anni di studi anatomici sui cadaveri, e più di recente le esalazioni dei pigmenti respirate mentre affrescava la Sistina, gli avevano stemperato lo stomaco in modo tale che raramente riusciva a mangiare o a bere vino senza digerire con grande sofferenza.

«Allora, Raffaello, che avete da dirmi?» chiese Vannozza, versandosi una dose generosa di Malvasia.

«Abbiamo bisogno del vostro aiuto, Monna Giovanna» rispose l'urbinate, cerimonioso, «per rintracciare una fanciulla.»

«Una in particolare? Sono piena di bellissime fanciulle, messeri!» ridacchiò, il viso rugoso animato da una smorfia ironica.

«Non ne dubitiamo, Madonna» annuì il Sanzio, incrociando lo sguardo inquieto di Michelangelo, «ma noi ne vogliamo solo una: questa» sorrise, porgendo alla vecchia uno dei piccoli ritratti che aveva dipinto a memoria.

«Graziosa, non lo nego» ammise Vannozza, scrutando la tavola a olio con aria critica. «E posso sapere perché... questa fanciulla v'interessa tanto?»

«Siamo incaricati di usarla come modella dal cardinal Bibbiena» confessò con candore Raffaello, «creando un dipinto e una scultura della *Primavera* per abbellire i suoi appartamenti in Vaticano. Con l'approvazione del Santo Padre, naturalmente.»

«Che strani capricci vengono al capitano generale!» sbottò la vecchia, all'improvviso incupita. «E quello smidollato di Leone X lo appoggia! Ma non mi meraviglia: sono quattordici anni che la Chiesa è guidata da buffoni! Prima quel barbaro di Giulio II che ha trascinato l'Italia contro tutte le potenze d'Europa, perseguitando il mio povero Cesare e costringendolo a morire in esilio, che Domineddio lo abbia sempre in gloria!» si lamentò querula, con gli occhi lucidi. A sentir chiamare *povero* Cesare Borgia, Michelangelo dovette sforzarsi per non sghignazzare. «E adesso quel pancione eunuco di Giovanni de' Medici, che vada in malora!» continuò Vannozza. «Che cosa hanno fatto per Roma, se non aumentarne le ambasce e le afflizioni? Quando governava *lui* era un'altra cosa! E voi lo sapete bene, Michelangelo, perché c'eravate!»

Il Buonarroti si limitò a un diplomatico cenno del capo, senza assentire né negare. «Non mi sono mai occupato di politica, Monna Giovanna. Venni qui a Roma solo per scolpire, e non ebbi mai commissioni da Sua Santità...» Quando diceva *lui*, Vannozza si riferiva ovviamente ad Alessandro VI, il suo sposo morganatico. Neppure lei osava più nominarlo, dopo la *damnatio memoriae* seguita alla sua morte.

«Però a Roma ci vivevate, e avete visto coi vostri occhi quanto bene *lui* ha fatto all'Urbe!» insisté la vecchia. «Chi rafforzò le difese della città, chi l'abbellì di palazzi e fontane, chi ospitò gli studenti poveri nel Collegio di Sant'Apollinare? I Romani sono ingrati, questa è la verità!»

Lo scultore preferì non commentare, lasciando cadere la discussione. Poco prima del conclave che aveva eletto Alessandro VI, a Roma c'erano stati duecento assassinii in diciannove giorni. E tre anni dopo, quasi a simboleggiare la maledizione divina che il Borgia aveva attirato sulla città, una grande esondazione del Tevere l'aveva allagata provocando moltissime vittime. Perfino alcuni cardinali avevano rischiato di affogare come topi.

«Calmatevi, Monna Giovanna...» mormorò il Sanzio, mescendole un'altra coppa di Malvasia.

Il vino dovrebbe levarglielo, anziché versarlo, pensò Michelangelo, imperturbabile.

«Perdonatemi, Raffaello» si scusò Vannozza, bevendo un lungo sorso e recuperando un certo contegno, «ma quando penso a quanto bene ha fatto *lui*, a quanto male ne ha ricevuto e a come è stato infamato... Perfino di occulti patti col demonio, vanno ciancianado!»

«Non angustiatevi, Madonna» tentò di consolarla Raffaello. «E non pensate più al passato. Torniamo a noi, piuttosto. Allora, ci aiuterete a trovare questa misteriosa fanciulla?»

Vannozza lo fissò con occhi cattivi. «Se penso che volete usare come modella una troietta qualsiasi, solo per compiacere Leone X e i suoi sgherri... mi torna la rabbia! Perché non fate invece il ritratto a mia figlia Lucrezia? Sono anni che ve lo chiedo...»

«Ve lo prometto! Appena potrò recarmi alla corte degli Este...»

«Ne ricavereste una grande fama» replicò la vecchia, sdegnosa, «come quella che è già toccata a due artisti assai inferiori a voi! Dosso Dossi l'ha già raffigurata in un bellissimo olio su tela, mentre Bartolomeo Veneto, il suo pittore di corte, l'ha dipinta proprio nelle vesti della *Primavera*. Due quadri nobilitati dalla sola bellezza del soggetto! Altro che la puttanella di cui vi siete incapricciato!» concluse sprezzante, gettando il quadretto di Raffaello sul tavolo.

Davvero un bel soggetto Lucrezia, rimuginò Michelangelo. *Chissà se è vero ciò che si vocifera su di lei, che sia stata figlia ma anche moglie e nuora di papa Borgia... I suoi rapporti col padre, ma anche col fratello Cesare sono sempre stati ambigui.*

«Se vi giuro, sul mio onore, di partire per Ferrara appena avremo trovato questa fanciulla...» mormorò il Sanzio, riappropriandosi del piccolo dipinto e mostrandolo di nuovo a Vannozza, «posso essere certo che ci aiuterete nella ricerca? Senza il vostro appoggio, Madonna, temo che falliremo. A Roma ci sono migliaia di prostitute. Sarebbe come voler scovare un ago in un pagliaio...»

La vecchia restò a lungo in silenzio, alternando uno sguardo enigmatico sui due artisti. «Vedrò cosa posso fare» sospirò alla fine. «Ma non vi prometto nulla.»

«Ci basta la vostra parola» replicò Raffaello, chinando il capo. «Nel frattempo ci arrangeremo da soli, fiduciosi del vostro aiuto. Ricordate: prima risolveremo assieme questa faccenda, prima eseguirò il ritratto della duchessa vostra figlia.»

«Siamo d'accordo. Voi badate a mantenere la vostra promessa, che io manterrò la mia» concluse Vannozza, meditabonda. In realtà stava pensando a tutt'altro. Il rabbioso sfogo contro i successori del suo defunto sposo, le aveva quasi fatto dimenticare uno strano episodio accaduto proprio il giorno prima: una bella meretrice dai capelli rossi era venuta alla locanda per parlarle, senza rivelarle il suo nome né dove abitasse. Le aveva detto che qualcuno, a Roma, stava cercando una giovinetta assai spaventata di nome Agnola, che si nascondeva per non essere trovata. Non sapeva il perché, ma doveva essere una questione importante, sulla quale c'era forse da guadagnare. Se Vannozza si dava da fare per scoprire i cacciatori, lei li avrebbe poi condotti alla preda, perché sapeva dove si era rifugiata. Naturalmente avrebbe chiesto prima un compenso, da dividere a metà. Incuriosita, la vecchia l'aveva fatta seguire da uno dei suoi sgherri, giusto per sapere dove abitasse, poi non ci aveva più pensato. E adesso erano arrivati alla taverna due grandi artisti, incaricati dal capitano generale di rintracciare una ragazza con le stesse fattezze di quelle descritte dalla meretrice con cui aveva parlato ieri... Giovanna Cattanei cominciava a essere sospettosa.

Il Bibbiena era scaltro, calcolatore. In guerra era un babbione, ma come capo delle spie pontificie ci sapeva fare. Vannozza non ci vedeva chiaro, in quella faccenda. Sotto doveva esserci più di quanto Raffaello e Michelangelo volevano farle credere, oppure loro stessi sapessero... Avrebbe mandato qualcuno dei suoi ragazzi a raccogliere informazioni negli ambienti giusti, finché non fosse spuntato fuori qualcosa.

«Allora siamo intesi» concluse, tendendo la mano ingioiellata. Il Sanzio fece per baciargliela, ma Vannozza strinse la sua con atto virile. «Vi trattenete per il desinare? Offre la casa.»

Raffaello stava per replicare, ma Michelangelo lo anticipò: «Grazie, ma abbiamo già mangiato e siamo incalzati da impegni urgenti. Avremo l'onore di accettare una prossima volta» disse, congedandosi con un lieve inchino.

«Quando volete, per voi la mia locanda è sempre aperta» annuì la vecchia, accompagnandoli all'uscita.

Appena furono rimontati a cavallo, il Sanzio lanciò allo scultore un'occhiata di disappunto. «Avete fatto male a rifiutare l'invito» lo rimproverò. «Avreste potuto assaggiare una squisita coda bovina, cucinata secondo l'uso dei *vaccinari* che abitano nel rione. Oppure piatti più raffinati, come pasticcio d'occhi di vitello o zuppa d'orecchie di capretto...»

«Il mio stomaco non sopporta certe pietanze» scosse la testa Michelangelo, con una smorfia di disgusto. «Vi ho già detto che non amo mangiare fuori casa. Ma se un giorno vorrete desinare davvero bene, v'inviterò da me a provare la zuppa di pesce cucinata da uno dei miei allievi, oppure vi accompagnerò in un'osteria toscana.»

«Sapete qual è il secondo dei vostri problemi qui a Roma, Buonarroti? Che non avete mai voluto integrarvi...»

«Può darsi, ma non posso farci nulla. Io sono fiorentino, non sono nato a Urbino.»

«Comunque, da qualche parte dovremo pur pranzare» sbuffò Raffaello, senza raccogliere la provocazione.

Non riesco mai a farlo arrabbiare, pensò stizzito lo scultore. *Gli scivola tutto addosso.*

«A questo punto, ci converrà andare a desinare dove faremo la nostra seconda tappa» continuò l'urbinate, spronando il cavallo.

«E dove, di grazia?» domandò Michelangelo, deluso. Aveva sperato di poter rientrare a casa, almeno per il momento.

«A villa Chigi!» gli gridò di rimando l'altro, già al trotto. «Dobbiamo incontrare un'altra persona che potrebbe aiutarci nella caccia!»

Lo scultore gli si accodò, con un sospiro rassegnato.

XV

Via della Lungara, ora sesta

La villa del senese Agostino Chigi non era la più imponente tra le pochissime che costeggiavano la riva destra del Tevere, ma di sicuro la più lussuosa. Baldassarre Peruzzi l'aveva costruita un po' distante dalla strada, imitando la struttura delle ville suburbane dell'antica Roma, con una pianta a ferro di cavallo che si affacciava su un magnifico giardino dalle eleganti forme geometriche. Uno splendido scenario naturale che faceva da sfondo alle frequenti e sontuose feste organizzate dal proprietario. Da quando aveva consolidato la sua posizione finanziaria, ottenendo da Alessandro VI la gestione delle miniere d'allume di Tolfa, Chigi era divenuto *il più gran mercante della cristianità*, come l'aveva definito il Sultano. Era armatore delle flotte che trasportavano le sue merci, come banchiere vantava crediti perfino dal papa e dall'imperatore, e i suoi traffici prosperavano ovunque. Un novello re Mida, capace di trasformare in oro tutto ciò che toccava.

Quando giunse in vista dell'elegante edificio in stile vitruviano, Raffaello mise il cavallo al passo dirigendosi verso le scuderie che lui stesso aveva progettato. Michelangelo lo seguì in silenzio. La verde pace di quell'angolo di paradiso, il mormorio delle vicine acque del Tevere invitava a pensieri rilassanti. *Un perfetto connubio tra architettura e natura*, pensò lo scultore, guardandosi attorno ammirato. Direttamente sopra il fiume, all'interno di una loggia, il Chigi aveva fatto edificare perfino una grotta artificiale, dove pescare e bagnarsi durante le calde giornate d'estate. Il Peruzzi aveva fatto davvero un buon lavoro, unico nel suo genere.

Appena i due artisti smontarono, un palafreniere in livrea prese in consegna i due bai. Un valletto, abbigliato in modo ancora più elegante, fece loro strada. Raffaello non aveva bisogno di farsi annunciare, perché il Chigi lo considerava un amico.

Mentre seguivano il servo attraverso una delle sale d'ingresso, Michelangelo appuntò gli occhi al *Trionfo di Galatea* affrescato dall'urbinate alcuni anni prima: la famosa ninfa, circondata da una corte di creature acquatiche e amorini, solcava il mare su una conchiglia trainata da delfini, fuggendo dal gigantesco Polifemo raffigurato da Sebastiano Luciani in un altro riquadro.

«Un giorno, Raffaello, dovrete svelarmi il segreto di quel blu così intenso, così profondo» mormorò incantato. «Non l'ho mai visto in nessun'altra opera, e io stesso non saprei come replicarlo. Siete forse un mago?»

«Trucchi del mestiere» replicò con un sorriso enigmatico. Neanche sotto tortura avrebbe rivelato di essere l'unico, a Roma e forse in tutt'Italia, a utilizzare ancora il rarissimo e costoso *blu egizio,* scomparso dall'uso dopo la caduta dell'Impero Romano. Ne riceveva una buona quantità grazie ai contatti che Agostino Chigi aveva con l'Oriente, soprattutto con l'Impero Ottomano e con Creta. Naturalmente, il banchiere l'aveva vincolato ad avvalersi del leggendario colore solo per i lavori eseguiti per lui, e a mantenerlo rigorosamente segreto, ordini ai quali l'urbinate aveva obbedito con scrupolo. Neppure i suoi allievi più fidati conoscevano l'origine di quel magnifico blu. Per non parlare della sua composizione, ignota al Sanzio stesso.

Distratto dai suoi pensieri, non si accorse che il valletto aveva condotto lui e Raffaello nella grande loggia, che dava sul bellissimo giardino dove si svolgevano le rappresentazioni teatrali e i fastosi ricevimenti organizzati dal Chigi.

«Fra pochi giorni questa loggia sarà piena d'impalcature» disse Raffaello in tono soddisfatto, lanciando un'occhiata al soffitto. «Il *Magnifico* mi ha incaricato di affrescarla. Nel frattempo, il Sodoma sta già decorando la camera da letto del banchiere con scene della vita di Alessandro Magno... Ma cos'è quella smorfia, Buonarroti? Ho detto qualcosa che vi ha urtato?»

«A essere sincero, mi urta molto sentir usare per il Chigi lo stesso soprannome dato, ritengo molto più degnamente, al sommo Lorenzo de' Medici... E per quanto riguarda quel vostro allievo che avete appena citato... sì, Giovanni Antonio Bazzi... come fa a sopportare di essere chiamato in maniera così infamante? Insomma, il *Sodoma*...»

«Ma no, non è come credete!» rise di gusto il Sanzio. «Quel soprannome non ha nulla a che fare col vizio a cui pensate! Si tratta della pronuncia in toscano del suo intercalare *su, 'nduma!* cioè *su, andiamo!* È piemontese, lo sapete... Per questo hanno cominciato a chiamarlo così, nel nostro ambiente. Almeno credo. E anche se fosse per... *quell'altro* motivo? Se il fuoco del Cielo dovesse cogliere tutti quelli che sono *pazienti* oltre che *agenti*, Roma resterebbe quasi vuota... Sapete bene che qui ci sono più *bardasse* che preti, anzi che sono spesso la stessa persona! Del resto, il Sodoma si è anche autoritratto nelle vesti di Giuda, per cui non credo si faccia troppi scrupoli!» concluse con un ghigno di sarcasmo. «Per quanto riguarda invece la *magnificentia* di Agostino Chigi... be', credo che il suo soprannome se lo meriti tutto, senza nulla togliere alla buonanima del Magnifico Lorenzo.»

Michelangelo stava per replicare, poi decise che non ne valeva la pena. Raffaello aveva per il banchiere la stessa venerazione che lui aveva sempre nutrito nei confronti di Lorenzo, anche se le motivazioni erano ben diverse: la sua era derivata dalla stima e dall'affetto per un gran signore che gli aveva mostrato più benevolenza del suo stesso padre. Quella del Sanzio per il Chigi era più legata all'apertura dei cordoni della sua borsa che a sincera amicizia, atteggiamento che in fondo avevano un po' tutti nei confronti del ricchissimo senese.

Nel frattempo i due artisti avevano tenuto dietro al valletto attraverso gli ambienti interni della villa, salendo uno scalone fino a sbucare in un ampio belvedere affacciato anch'esso sul Tevere.

«Ecco i due più geniali artefici di Roma, cioè del mondo!» esclamò il Chigi appena li vide, facendo loro cenno di avvicinarsi. Era seduto a tavola con due ospiti, godendosi il tiepido sole e il superbo panorama del fiume e dei colli romani. Uno dei due, il più giovane, indossava abiti eleganti che avevano però visto giorni migliori. L'altro, più maturo, portava la tonaca nera dei preti.

«Siamo fortunati» mormorò l'urbinate allo scultore. «Ero venuto per pranzare e dialogare un po' col *Magnifico* sulla questione della nostra ricerca... e trovo alla sua mensa i due migliori esperti di meretricio dell'Urbe! Il fato ci seconda, caro Buonarroti.»

L'altro sollevò un sopracciglio, con aria scettica. Era trascorso molto tempo dalla sua frugale colazione, quindi iniziava a provare un certo appetito. Però la compagnia non era delle migliori. Non conosceva quegli uomini ma già non gli piacevano. Un po' per istinto, un po' per quanto gli aveva appena detto Raffaello. Così come evitava le meretrici, allo stesso modo non amava frequentare i puttanieri. Figurarsi se uno era anche sacerdote, come attestava l'abbigliamento del più anziano!

«Stavamo giusto per consumare un pranzetto alla buona, tra amici» sorrise il Chigi indicando, con falsa modestia, la tavola coperta da candide tovaglie di Fiandra e già apparecchiata con vasellame e stoviglie d'oro e d'argento massiccio. «Volete unirvi a noi?»

«Ne saremo onorati» accettò subito Raffaello. Si sedette senza ulteriori cerimonie, scambiando rapidi cenni di saluto con gli altri commensali. Il Chigi era molto alla mano, e i suoi amici lo sapevano. «E coglieremo anche l'occasione, se non vi dispiace, per scambiare due chiacchiere su un argomento che ci preme molto» aggiunse.

Il banchiere annuì, continuando a sorridere. Il suo viso era magro, spigoloso, contornato da una folta capigliatura e da una puntuta barbetta rossicce, il naso prominente e un po' aquilino. Vestiva in modo sobrio, con una palandrana e un cappello *alla capitanesca* di semplice ma costoso broccato nero.

«E voi non vi accomodate, Michelangelo?» lo sollecitò gioviale il Chigi, indicando un'altra sedia. «Raffaello è già da tempo sodale dei miei ospiti. Voi, Buonarroti, siete troppo celebre per necessitare di presentazioni, e per quanto riguarda i miei commensali… lascerò a *loro l'onere e l'onore* di farsi conoscere.»

«Sapiente *allitterazione*, messer Chigi!» esclamò il più giovane battendo le mani. In pochi istanti, Michelangelo lo scrutò con lo spirito d'osservazione dell'artista: la fronte sporgente incoronata dai corti capelli fulvi, il naso dritto e affilato, le labbra sottili affondate tra barba e baffi folti ma non curati, davano alla sua espressione un non so che di lupesco. *Questo ragazzo ha l'animo del predatore*, giudicò, *e deve essere posseduto da una smodata ambizione.*

«Riverisco il grande Buonarroti, la cui arte sarà ricordata *in saecula seculorum*» continuò l'altro, con un rispettoso cenno del capo. «Assieme a quella del nostro amato Raffaello, naturalmente» aggiunse, sorridendo all'urbinate. «Mi chiamo Pietro Aretino, per servirvi.»

«*Bienvenido, caballero*» gli fece eco il prete, sporgendosi dalla sedia in un inchino ossequioso. «*Yo también* mi associo alla profezia del mio giovane amico, e *me siento honrado* di essere alla vostra stessa tavola. Nonostante io viva da molti anni nella Città Santa, non sono tanto celebre perché voi mi conosciate… Mi chiamo Francisco Delgado e sono nato a Martos, nella provincia di Jaén. Dalla Spagna mi trasferii a Napoli cinque lustri fa, al seguito del mio parente il cardinale di Carvajal, ambasciatore dei Re Cattolici. Qui a Roma sono venuto nei primi anni del pontificato di Alessandro VI, e sono curato della chiesetta di Santa Maria in Posterula. *A su servicio, Miguel Ángel.*»

Il Buonarroti gli rispose con un cenno del capo, osservandolo con la stessa attenzione che aveva dedicato al giovane di Arezzo. I suoi capelli erano lunghi e ricciuti, neri come i sottili baffetti che ornavano le labbra tumide. Il viso era bello tranne che per il naso, un po' sporgente ma dritto, gli occhi grandi e ben disegnati brillavano di una luce ironica, a tratti sfuggente. Nel complesso, Delgado aveva un'espressione sorniona che mal si addiceva a un sacerdote.

«Io non posso vantare le stesse illustri relazioni di messer *Delicado*» esordì l'Aretino a un cenno del Chigi, pronunciando alla toscana il cognome del prete. «Sono giunto da poco a Roma, senza protezioni d'illustri parenti e accompagnato solo dalla mia prima opera – un'esile raccolta di poesie d'amore stampata a Venezia cinque anni fa – che ha avuto però la buona sorte di essere apprezzata da messer Chigi, consentendomi d'essere ospitato in questa magnifica villa, onore che mai avrei osato sperare!»

Un altro degli squattrinati uomini di lettere che vengono nell'Urbe in cerca di fortuna, commentò tra sé Michelangelo. *Ce ne sono centinaia, tutti in concorrenza tra loro. Questo ragazzo è stato davvero baciato dalla Provvidenza per entrare così presto nelle grazie del Chigi! Bisogna vedere per quanto manterrà la posizione. Il favore dei potenti è volubile come i loro desideri.*

«Sono stufo dei troppi imitatori del Petrarca che annoiano Roma e l'Italia» disse il banchiere, allungando un'amichevole pacca sulla spalla del giovane poeta. «Perciò, quando ho visto che lui s'è ispirato al grande Serafino Aquilano, non ho potuto fare a meno d'ospitarlo a casa mia!» ridacchiò. «Ma continuate pure, Aretino. Non siate avaro, con messer Buonarroti, di notizie sulla vostra famiglia e sul vostro passato!» lo sollecitò con un'occhiata complice.

«Considerando le molte calunnie che già circolano a Roma

sul mio conto» ghignò il giovane rivolto a Michelangelo, «sarò io stesso a riportarvele, in modo che non le sentiate da altri e non abbiate la tentazione di crederci! Per cominciare, alcuni dicono che io sia figlio di un terziario e di una pinzochera, altri di una prostituta di basso rango... Che ve ne pare, come origini?» chiese, rovesciando poi indietro la testa in una sonora risata. «Ora, per quanto ciò possa interessarvi, voglio dirvi che sono invece nato da un povero calzolaio di nome Luca, e che mia madre Tita è una donna bella ma onesta, anche se in gioventù fu scolpita e dipinta da parecchi artisti... Ma continuiamo, anche perché la mia verità potrebbe valere come quella degli altri. C'è così tanta menzogna, a questo mondo! Dicono che io abbia fatto il venditore ambulante in Lombardia, poi il menestrello a Venezia, il garzone d'oste a Bologna, infine il frate in un convento di Ravenna... Quante avventure e quanti luoghi per un ragazzo solo, vero?» domandò facendo l'occhiolino. Poi esplose in una seconda risata, buttando di nuovo la testa all'indietro.

«Per fornirvi la *mia* versione dei fatti, vi dirò che lasciai la patria per recarmi a Perugia, per studiare pittura e frequentarne lo *Studium*.»

«Il nostro Aretino è appassionato cultore d'arte, oltre che di lettere» intervenne Raffaello. «La sua conversazione, sui tali argomenti, è sempre assai stimolante.»

«Condizione che mi ha permesso di apprezzare ancor meglio le vostre opere immortali» replicò il giovane, ringraziando l'urbinate con un cenno del capo. «Devo anzi ammettere che i miei studi a Perugia, dove potei coniugare pittura e letteratura, hanno poi influenzato il mio modo di scrivere. Se vi degnerete di leggere i miei versi» disse rivolgendosi a Michelangelo, «vi accorgerete che essi tondeggiano le linee delle viscere, rilevano i muscoli delle frasi… Come esperto anatomista, credo li troverete di vostro gusto.»

«*Hermosa oración*» batté le mani Delgado, con aria ironica. «Ma perché non narrate di ciò che facevate *davvero* a Perugia?»

«Nient'altro che calunnie, signori miei» ridacchiò l'Aretino, simulando disperazione. «Menzogne che non mi degno neppure di ripetere, quindi lascerò che sia l'*hidalgo Delicado* a riferirle per me, se proprio ci tiene.»

«Si vocifera» riprese il sacerdote, «che a Perugia abbiate visto in piazza una pittura raffigurante Maria Maddalena ai piedi del Cristo, e che nelle braccia aperte della santa abbiate dipinto nottetempo un liuto… Così profittavate della vostra abilità artistica? Irridendo la religione?» chiese, fingendosi scandalizzato e facendosi un rapido segno di croce. «Ma c'è dell'altro: dicono che non abbiate imparato nello *Studium* quel poco che sapete, bensì in una legatoria, leggiucchiando i libri mentre li cucivate.»

«Ottimo metodo per procurarsi una grande cultura senza spendere un baiocco, anzi guadagnandoci!» ribatté l'Aretino, suscitando l'ilarità di tutti. Anche Michelangelo, a quel motto di spirito, non riuscì a trattenersi dal ridere.

«Felice di avervi strappato un sorriso, Buonarroti, cosa che affermano non sia affatto facile… Vorrà dire che, se non avrò fortuna come letterato qui a Roma… allora l'avrò come buffone! Vedete il nostro buon Chigi, come annuisce? Temo che mi conceda vitto e alloggio per le mie facezie, più che per la mia abilità poetica! Spero che mi presenti presto alla corte di Leone X, o almeno a suo cugino il cardinale Giulio, per mettere ancor più a frutto la mia vena comica: pare che il Santo Padre e i suoi intimi apprezzino in sommo grado i motti di spirito, soprattutto se licenziosi!»

«Confermo» sogghignò Delgado. «E se la vena di *vuestra histriónica bufonería* si esaurirà... potrete sempre dedicarvi a voltare lo spiedo nelle cucine, mangiando al rozzo desco di sguattere e staffieri. Vi aggrada, come prospettiva?»

«Ho una salute di ferro e uno stomaco di struzzo. Mi basta che non si annacqui il vino, che il pane non sia raffermo, che le minestre non facciano venire il rancido in gola, che la carne non sia tigliosa e le frittate così sottili da volar via a un soffio di vento. Per il resto mi adatto a tutto.»

«C'è dell'altro, Aretino. Avete mai vissuto della *generosidad* di un gran signore? Intendo quelli arroganti e superbi che derivano il loro prestigio dal solo lignaggio, non gli amorevoli mecenati come messer Chigi» continuò il prete, inchinando il capo verso il banchiere. «Un gentiluomo che viva in corte è somigliante a una gentildonna che viva in un bordello. Figuriamoci un letterato, che deve farsi mezzo servo e mezzo parassita! Ve lo dico per esperienza diretta, *mi joven amigo*: chiunque sarà il vostro nobile protettore, v'imporrà di fare anticamera per intere giornate, dovrete accompagnarlo *de día y de noche*, a piedi e a cavallo, accorrere a ogni suo minimo cenno, aiutarlo in mille negozi e in mille intrugli... Non mangerete, né berrete, né potrete coricarvi se non lo avrà fatto anche lui. Dovrete misurare e pesare ogni parola, senza dir troppo o troppo poco, camminare, sedere, ridere, gesticolare sempre a comando, schermirvi da mille offese manifeste e occulte, non avrete mai *una hora de seguridad y de paz*, dovrete sopportare crudeli sfuriate... e in cambio di tante fatiche, cadere magari in disgrazia *por nada*, vedendo dissipate in un giorno *todas las esperanzas* accarezzate in molti anni...»

«Parole sante, caro Delgado» intervenne il Chigi. «Per i miei affari ho visitato molte corti in tutta Europa, perfino in Oriente, e devo ammettere che le ho trovate tutte uguali sotto certi aspetti: luoghi in cui i semplici sono beffati, i giusti perseguitati, i presuntuosi e gli sfacciati favoriti, dove prosperano solo gli adulatori, le spie, i calunniatori, i gaglioffi, i truffatori, i seminatori di zizzania e ogni altra genìa di ribaldi! Gli stupri, i rapimenti, gli adulteri, le fornicazioni, le ruffianerie sono i giochi e i piaceri dei cortigiani, in tutto il mondo!»

«Allora sarò un perfetto cortigiano!» rise di gusto l'Aretino. «Sono già tutto ciò che avete appena detto, messer Chigi, e in più anche un ribaldo, un ciurmatore, un poltrone, un mariuolo, una carogna... o almeno è ciò che dicono di me! La vita di corte non mi spaventa! Anzi, è mia intenzione difendermi con le stesse armi dell'adulazione, della diffamazione, della minaccia, dello scherno e della menzogna, spingendo i gran signori a temermi piuttosto che a disprezzarmi!»

«Ottimo proposito» intervenne stavolta Michelangelo, in tono beffardo. «E come avreste pensato d'incutere tanta paura ai principi, messer Aretino?»

«Con nient'altro che la *libera parola*» rispose il giovane, trafiggendo i commensali con i suoi occhi grigi. Erano animati da una luce febbrile che esprimeva un'intensa determinazione. «I nostri tempi mettono un'arma potente a disposizione dei letterati: la *stampa*, signori miei! Con essa le parole corrono per il mondo, spargono novelle e giudizi, pungono i cuori e gli intelletti, provocano discussioni, rinnovamenti... I principi, ve lo assicuro, cominciano a capire che quest'ordigno nuovo può rovesciare perfino i troni e infrangere gli scettri! I sovrani verranno a patti col letterato che saprà usarlo, con arte e senza pietà, per i suoi scopi. Cercheranno di farselo amico, perché attacchi i loro avversari e tessa invece le loro lodi.»

Non ha tutti i torti, rifletté Michelangelo. Lui stesso aveva dipinto alcune figure della *Volta* affinché scuotessero le coscienze e provocassero discussioni in materia di fede. Gli artisti potevano, volendo, far tremare anche i papi e i sovrani. Lui l'aveva sempre fatto, ma non per i motivi di bieco interesse descritti dall'Aretino.

Anche Raffaello stava per intervenire nella conversazione, ma fu interrotto dall'arrivo di alcune splendide schiave more che portavano in tavola vassoi carichi di pietanze fumanti e grandi brocche di vino.

«Bando alle ciance, messeri!» esclamò il banchiere. «Adesso usiamo le bocche per bere e mangiare! Ho fatto preparare un gustoso pranzo alla spagnola, in onore del nostro Francisco Delgado!»

Mentre gli altri commensali, dopo aver intinto le dita nei recipienti d'acqua profumata porti dalle morette, fecero subito onore ai cibi e al vino, Michelangelo effettuò un'attenta ricognizione delle vivande che giungevano in tavola, chiedendo chiarimenti al *Delicado* se qualche particolare gli sfuggiva: cuscus coi ceci, polpette impastate con culatello e coriandolo, agnello col caglio, fricassea di pollo, capretto lardellato con fette di limone di Ceuta, baccalà con la rucola, casseruola di pesce alla moresca accompagnata da dadini di pane tostato con sesamo e semi di canapa, rape al cumino e cavolo di Murcia, melenzane imbottite con aglio, cumino e aceto... e poi frittelle al miele di Adamuz, ciambelle con mandorle, cremini al latte, conserve e confetture di Valenza... Il tutto innaffiato da generose quantità di vino rosso d'Aragona, di Muviedro e di Mencia, oltre che di paglierino Jerez per accompagnare i dolci.

Davvero un pranzo alla spagnola, si disse, valutando quali pietanze avrebbe potuto assaggiare senza il rischio di rovinarsi lo stomaco. Optò per il cuscus coi ceci, il baccalà con la rucola e i cremini al latte, facendoseli servire in modiche quantità. Il vino decise di non toccarlo. Si diceva che fosse molto deperibile e che i cantinieri iberici, per non farlo sapere di aceto e per mantenerlo di un bel colore carico, vi mescolassero della polvere di zolfo e di gesso. *Proprio quello che ci vuole per le mie viscere!* rabbrividì al solo pensiero.

Mentre la giovane lo stava servendo, notò in lei un improvviso moto d'imbarazzo. Con la coda dell'occhio, vide che l'Aretino le stava palpando il deretano.

«Lasciate in pace le mie ancelle» lo rimproverò bonariamente il Chigi, a cui la furtiva carezza non era sfuggita. «Questa è una casa ospitale e aperta a tutti, ma onesta e onorata.» Il giovane ritirò in fretta la mano, cercando di trattenere una smorfia ironica.

Guarda tu che ipocrita, il banchiere, pensò Michelangelo, scuotendo la testa mentre attaccava il cuscus. *Solo perché adesso fa coppia fissa con la cortigiana Francesca Ordeaschi è diventato all'improvviso così morigerato... E pensare che, prima che la conoscesse, in questa villa circolavano più puttane che navi a Civitavecchia!* L'unica eccezione la faceva per Raffaello: pur di fargli affrescare la vasta loggia d'ingresso, era disposto a lasciargli portare sul cantiere la sua ultima amante, Margherita Luti. Che cosa non si faceva, a Roma, per compiacere il Sanzio!

Come se gli avesse letto nel pensiero, Raffaello approfittò

del languire della conversazione per parlare di ciò che gli stava più a cuore. «È stato un dono della sorte incontrare alla vostra mensa questi due gentiluomini, messer Chigi» disse, estraendo dalla borsa la tavoletta a olio e porgendola ai due ospiti. «Avremmo urgenza di rintracciare questa fanciulla, e spero che Aretino e *Delicado* ci aiutino. Per favore, Michelangelo, mostrate a messer Chigi la vostra copia.»

«Davvero un bel faccino» commentò l'Aretino, dopo aver studiato a lungo l'immagine dipinta. «Ma perché la cercate? Non è una vostra modella?»

«Sì e no» scosse la testa il Sanzio, pensoso. «Ma spero tanto che lo diventi. In realtà l'ho vista solo due volte ed entrambe di sfuggita... Per fortuna sono riuscito a ritrarla a memoria. E vi garantisco che il risultato è identico all'originale.»

«Andava in giro di notte? Da sola?» chiese Delgado, fissando a sua volta la pittura. «Allora perdonatemi, messer Raffaello, ma ci sono buone probabilità che questa bellissima giovinetta sia una meretrice.»

«Quindi i nostri geniali artisti si sono rivolti alle persone giuste!» esclamò l'Aretino. «Sebbene sia fresco dell'Urbe oso ritenermi, senza falsa modestia, uno dei maggiori esperti nel campo del meretricio di questa città! Per non parlare di messer *Delicado*, che frequenta certi ambienti da assai più tempo di me, e che come curato ha dimestichezza con centinaia di puttane, soprattutto della sua terra d'origine, delle quali conosce vita, morte, miracoli e relazioni... Ma giusto perché le confessa, eh!» ammiccò con una risata.

«Vista solo per due volte e di sfuggita...» mormorò il Chigi, osservando il ritratto portogli da Michelangelo. «Quindi non conoscete neppure il suo nome.»

«Un nome sarebbe inutile per rintracciarla» intervenne l'Aretino, scrollando le spalle. «Tra le puttane di Roma non se ne troverebbe uno vero, a cercarlo col lanternino: se li inventano e se li scambiano di continuo, ribattezzandosi da sole più volte! Spesso amano adottare nomi riecheggianti l'antichità classica: Lucrezia, Virgilia, Diana... poi incontrerete centinaia di Caterine, Angeliche, Margherite... tutte false come Giuda!»

«*Puedo confirmar*» assentì il Delgado. «Ma usano anche nomi più altisonanti, che puzzano ancor più d'inganno: Delfina, Borbona, Lutrecca, Franchilana, Pantasilea, Maggiorana... e ogni altra sorte di bizzarri appellativi e soprannomi!»

«Che smisurata cultura sull'argomento!» rise di gusto il Chigi, battendo le mani al prete. «Decreto di assegnare a messer Delgado la palma di dotto e sapiente in nomenclatura puttanesca!» Tutti risero, eccetto Michelangelo. La volgarità non l'aveva mai divertito.

«Stavo comunque pensando, caro Raffaello» riprese il banchiere, continuando a fissare il ritratto, «che questo visino d'angioletto sarebbe ideale per la *Psiche* che affrescherai nella mia loggia. Che ne dici? Potresti dare alla ninfa le fattezze di questa giovine meretrice se riuscirai a scovarla... E se non ci riuscirai, potresti almeno raffigurarne il volto, che mi sembra assai pregevole...»

«Perdonatemi, messer Chigi» mormorò il Sanzio, con un lieve imbarazzo, «ma per questa modella sono già in impegno col Santo Padre e col cardinale Dovizi da Bibbiena, che ci hanno ordinato di rintracciarla per dare le sue sembianze a un affresco e a una scultura della *Primavera* da realizzare nella loggetta del capitano generale...»

«Sua Santità e i suoi cardinali hanno buon gusto» annuì il

banchiere, allargando le braccia in segno di rassegnazione. «Che dire... *ubi maior, minor cessat*. In ogni modo, potreste magari immaginare qualche variazione su questo angelico viso, in modo che anche la mia *Psiche* possa avvantaggiarsene. Ve ne sarei *molto* grato, e sapete che la mia riconoscenza è famosa in tutto l'orbe terraqueo...»

«Questo si potrà sicuramente fare» inchinò il capo l'urbinate, «soprattutto se parlerete personalmente al cardinale e al Santo Padre del vostro desiderio.»

«Lo farò senz'altro a breve» annuì il Chigi, «prima che iniziate i lavori.»

Tra molte altre facezie e sapidi scherzi, il pranzo giunse al termine.

«Allora, messeri» dichiarò Raffaello ai due letterati con aria giocosamente solenne, alzandosi e chinando il capo al loro ospite in segno di ringraziamento e di commiato «possiamo contare sul vostro aiuto?»

«Ogni promessa è debito» rispose pronto l'Aretino, parlando per entrambi. «Sempre che il nostro magnifico mecenate lo conceda» aggiunse, salutandolo con una profonda riverenza.

«*Obligado, mi señor*» lo imitò il sacerdote.

«Andate con Dio, messeri» sorrise il banchiere. «E che Diana vi sia propizia nella vostra caccia.»

Un omaggio al cattolicesimo e uno al paganesimo, da buon umanista appassionato d'antichità, ridacchiò tra sé Michelangelo, con un lieve inchino al Chigi. Poi si accodò, con un sospiro, agli altri tre che già si avviavano fuori del belvedere.

XVI

Ponte Sisto, un'ora prima della nona

Guidati da Delgado in groppa a un bel sauro, e da Aretino che montava una rozza un po' spelacchiata, i due artisti percorsero sui loro bai il breve tratto di via della Lungara fino al ponte Sisto.

«*Está bien*» esordì il prete, fermando il cavallo. «A questo punto, messeri, dobbiamo *decidir nuestra* linea di condotta: quali luoghi di Roma vogliamo battere, *y en qué orden*.»

«Voi cosa consigliate?» chiese Raffaello, rivolgendosi a lui e all'Aretino.

Quest'ultimo si lisciò la folta barba fulva, pensoso. «Innanzitutto, di spostarci sulla sponda sinistra» rispose. «I tre rioni più affollati, e quindi anche più frequentati dalle meretrici, sono Campo Marzio, Ponte e Parione. Sono anche i più popolati dai cardinali e dagli altri *curiales* che orbitano intorno alla corte pontificia.»

«Tutti individui celibi, in maggioranza forestieri e dotati di cospicue entrate, guarda caso» ghignò Delgado.

«Sui quali le puttane volano come i calabroni sul miele» ridacchiò l'Aretino. «Insomma, un terzo dell'intera popolazione dell'Urbe abita in questi tre rioni. Non potremmo mai passare in rassegna tutte le prostitute che ci lavorano: sono centinaia soltanto quelle registrate dall'ultima rilevazione ordinata dal Santo Padre, senza contare le molte sfuggite al censimento.»

«Dovizi da Bibbiena me ne ha fornito una copia» confermò il Sanzio, estraendo dalla sua borsa di cuoio uno scartafaccio. «Però ci si capisce ben poco: il censimento è stato redatto per focolari domestici, di molte case sono segnalati solo i proprietari, mentre sono abitate anche da donne di cui non si sa nulla... Questa lista sarà anche buona per esigere dalle meretrici il ducato annuale del tributo, ma a noi non serve a molto.»

«*En efecto* non possiamo certo interpellarle una per una» intervenne Delgado. «Possiamo però esplorare i luoghi in cui c'è una forte concentrazione di donne dedite al meretricio, sperando di scovare tra le tante la nostra preda.»

«E nel contempo interrogare chi di loro disponga, per prestigio e posizione, di buone relazioni e quindi d'informazioni utili sulla giovinetta che cerchiamo» aggiunse l'Aretino. «Sebbene ricevere una dritta su una puttana da un'altra puttana sia sempre difficile, perché non amano la concorrenza e tirano sempre l'acqua al loro mulino... ma il denaro scioglie le lingue, molto più dei tratti di corda e delle frustate. E comunque potremmo avere ogni sorta di spiate da mezzane, lenoni *et similia*, i quali pure abbondano nei posti che prenderemo in esame.»

«A quanto mi risulta» replicò Raffaello, «anche nei pressi di questo ponte, nel rione Regola, ci sono molti bordelli che potremmo...»

«Sono tutti d'infimo ordine» lo interruppe Delgado, scuotendo la testa ricciuta. «Luridi ricettacoli di vecchie *putas* decrepite, o di *jovencitas* ma coi visi sfregiati da qualche cliente o da un protettore… oppure con le carni rose dal morbo gallico…»

«A quali luoghi avete pensato, allora?» domandò Michelangelo, impaziente.

«Campo Marzio è troppo vasto per esplorarlo adesso» rispose l'Aretino. «Gli dedicheremo un'intera giornata, magari domani dalle prime ore del mattino. A Ponte dovremmo invece riuscire a raccogliere subito qualche buona soffiata, se la fortuna ci aiuta. La piazza di Tor Sanguigna e i suoi dintorni sono sempre affollati di meretrici di ogni provenienza e condizione sociale, anche di un certo prestigio. Molte cortigiane *honestae* si recano alla messa dei Vespri nella vicina chiesa di Sant'Agostino. E vi ricordo, messeri, che oggi è anche domenica.»

«La sorte sembra dunque dalla nostra» sorrise Raffaello. «Mi sembra di rammentare che da quelle parti abiti anche la celebre Lucrezia da Clarice…»

«Detta *Matrema non vole* dal modo in cui rifiutava undicenne gli uomini che volevano concupirla» rise l'Aretino. «Ma appena compiuti i dodici anni… eccome se *vollero*, sia lei che quella gran mezzana della madre!»

«*Bueno*» commentò Delgado, «si tratta di una *mujer muy hermosa* e con una clientela scelta, perfino ambasciatori, cardinali e duchi… *Ninguna* conosce più di lei *el mundo* del meretricio romano. *Por lo tanto*, qualcuno di noi dovrà renderle visita.»

«E per quanto riguarda gli altri due rioni?» domando il Sanzio, curioso.

«Al confine tra Ponte e Parione c'è il quartiere di Pozzo

Bianco...» rispose il sacerdote. «È una zona assai frequentata da mercanti e artigiani ebrei, provenienti soprattutto dalla Spagna. Ci sono molte donne che per mestiere preparano sublimati e unguenti per mantenere fresca e liscia la pelle delle ragazze, depilano sopracciglia, colli, ascelle *y... otras partes*, fanno maschere di bellezza e sono anche capaci di ridare la verginità con vesciche o spugne imbevute di sangue di piccione... per cui hanno schiere di meretrici come clienti, che si confidano con loro su ogni cosa. Inoltre Pozzo Bianco è pieno di *stufe* gestite dalle meretrici stesse, dove una clientela promiscua si reca a fare i bagni di vapore e... a intrattenersi *de otra manera*.»

«Non contate su di me, se avete intenzione di entrare in uno di quei bagni pubblici» lo apostrofò Michelangelo, con una smorfia di disgusto. «A parte che i medici sconsigliano i vapori caldi in digestione... e poi quei postriboli non sono affatto salutari, per tanti altri motivi. Non ci ho mai messo piede, e non lo farò certo ora.»

«Però sono frequentati anche da nobili e alti prelati, naturalmente in incognito.»

«Un motivo in più per non andarci» borbottò lo scultore.

«*De todas formas* anche le *stufe* sono grandi fonti d'informazioni, sapendo a chi chiedere e possedendo *un poquito de dinero*» continuò Delgado. «L'oro manda in frantumi la roccia più dura e farebbe guadare perfino il Tevere a piedi asciutti» declamò. «E non esiste una *montaña tan alta* che non sia raggiunta da un asino carico di ducati.» L'Aretino salutò i brevi aforismi con un cenno di applauso.

«A Pozzo Bianco, tra i vostri conterranei, vi muoverete senz'altro meglio di noi» commentò Raffaello. Alcuni maligni vociferavano che Delgado non fosse venuto a Roma al seguito del cardinale Carvajal, bensì espulso dalla Spagna in quanto *marrano*, ebreo convertito. All'urbinate era sempre parso strano che un prete cattolico intrattenesse rapporti tanto stretti con la comunità ebraica dell'Urbe. Forse il motivo risiedeva proprio nelle sue segrete origini. «Dunque proporrei di dividerci in due coppie, per battere in contemporanea la zona di Ponte e di Parione. Come abbiamo stabilito, messer *Delicado*, voi vi recherete prima a Pozzo Bianco. Chi preferite vi accompagni?»

«Venite voi, Raffaello, *si eso le agrada*, visto che non avete preclusioni per le *stufe* e per i loro frequentatori. Per strada potremmo discutere di molte *cuestiones interesantes* che non ho avuto modo di porvi... *Esta búsqueda*... sì, questa ricerca *me intriga mucho.*»

«Allora io mi dirigerò a Ponte col nostro eccelso Buonarroti, se mi concede l'onore» disse l'Aretino, entusiasta. «Naturalmente passeremo anche per il rione Regola, che è di strada, chiedendo informazioni nelle tantissime botteghe artigiane dove fa acquisti mezza Roma. Là si trova anche la famosa *stufa* della Pastinella, la più celebre di tutta l'Urbe... non preoccupatevi, Buonarroti! Mi aspetterete fuori se faremo in tempo a compiervi un sopralluogo!» Michelangelo si limitò a un cenno d'assenso, il volto imperturbabile. Tra i due puttanieri, tutto sommato preferiva fare coppia con quello giustificato dagli ardori giovanili e non consacrato a Dio. Delgado rappresentava per lui la bassezza sacrilega in cui erano caduti a Roma moltissimi membri del clero, sia regolare che secolare. Non gli piaceva affatto.

«Terminate le nostre perlustrazioni, ci ritroveremo tutti fuori della chiesa di Sant'Agostino» aggiunse il Sanzio, «per recarci assieme a casa di *Matrema non vole*. Credo potrei avere qualche influenza su di lei, perché mi ha chiesto più volte di ritrarla.»

«Diciamo pure che non volete perdere l'occasione di rivederla» ammiccò l'Aretino. «Se permettete anch'io, allora, quando percorreremo via Giulia vorrei fermarmi un momento a casa di Camilla Pisana. Appena giunto a Roma mi ha indirizzato da lei l'abate Agnolo Firenzuola, mio ottimo amico a Perugia... e devo ammettere che si tratta di una cortigiana assai colta e bella...»

«Se è per questo» sorrise Raffaello, «quando saremo tutti a Ponte potrei fare anch'io una visita alla mia bellissima amante Beatrice Ferrarese.»

Tua? Anche di Agostino Chigi e di Lorenzino de' Medici, per citare solo i più in vista, sogghignò Michelangelo.

«*Espero* che stiate solo motteggiando, *mis señores*» ridacchiò Delgado. «*Los negocios antes que el placer*! Prima il dovere e poi il piacere! Il nostro compito è solo quello di raccogliere informazioni.»

«Non parlate troppo presto!» lo punzecchiò l'Aretino. «Vorreste farci credere che non sarete affatto tentato da tutte quelle belle ebree sivigliane, castigliane e maiorchine che bazzicano Pozzo Bianco?»

«*Yo soy un cura*» ghignò l'altro, beffardo. «Un prete, e quindi abituato a *resistir las tentaciones*.»

«V'impegno, messer Sanzio, a sorvegliare la condotta del nostro sacerdote» replicò l'Aretino, fingendo un tono solenne, «e a farcene poi un dettagliato, veritiero rapporto!»

Ci mancherebbe, siamo qui per questo, sbuffò Michelangelo.

«Basta con le chiacchiere, messeri» tagliò corto Raffaello,

porgendo all'Aretino alcuni fogli del suo scartafaccio. «Questa è la parte del censimento che riguarda Regola e Ponte. Male non vi potrà fare, anche se non vi aiuterà molto. Allora siamo intesi: ogni coppia per la sua strada, poi appuntamento fuori Sant'Agostino per… i Vespri?»

Gli altri annuirono in silenzio. Poi tutti spronarono i cavalli, attraversando al trotto ponte Sisto.

XVII

Rione Regola, ora nona

«Avete davvero intenzione di fermarvi da quella cortigiana?» chiese Michelangelo all'Aretino, mentre trottavano affiancati lungo via Giulia. «Perché voglio avvertirvi che, in questo caso...»

«Chi, Camilla? Ma no, caro Buonarroti, stavo solo motteggiando. Dalla Pisana posso andarci quando voglio. Mi attende sempre a braccia aperte, e non solo quelle!» rise di gusto.

«Buon per voi» borbottò lo scultore, spingendo al passo il cavallo tra la folla che brulicava nell'ampia strada.

Stavano transitando nel cuore del popoloso rione Regola, gremito da ogni sorta di botteghe artigiane, raggruppate in strade che prendevano il nome dalla merce prodotta: via dei Cappellari, dei Catinari, dei Balestrari che si stavano ormai convertendo alla vendita degli archibugi, dei Vaccinari specializzati nelle lavorazioni in cuoio... In quel momento stavano passando tra gli artefici di strumenti musicali. Ogni tanto l'Aretino smontava per mostrare a qualcuno dei bottegai il piccolo dipinto di Raffaello, ricevendo cenni di diniego. Nessuno aveva mai visto quella ragazza, oppure non voleva dirlo.

«La maggior parte di questi onesti artigiani è sposata» ghignò il giovane, rimontando a cavallo dopo l'ennesimo buco nell'acqua. «So per certo, per esempio, che il liutaio che ho appena interpellato non disdegna, tra la costruzione di un piffero e l'altro, di farsi suonare il proprio dalle giovani meretrici... ma deve fare ovviamente attenzione alla moglie! Eh... non sarà facile estorcere qualche informazione, né alle puttane né ai clienti» sospirò, spronando la sua rozza. Michelangelo lo seguì senza replicare. Gli aveva affidato la tavoletta a olio, lasciando a lui l'onere di mostrarla a ogni cantone.

«Permettete una domanda, Buonarroti...» riprese l'Aretino. «Da quello che ho capito, non avete mai messo piede in un bagno pubblico promiscuo, dove si possono incontrare donne nude anche bellissime. Molti artisti, tra i quali messer Raffaello, ci vanno per farne schizzi a carboncino. Voi non siete interessato ai corpi femminili, maestro? Eppure ne avete affrescati di stupendi. Ho avuto la fortuna di poter visitare la Cappella Sistina, grazie ai buoni uffici del cardinale Sauli che mi onora della sua benevolenza. La vostra *Sibilla Delfica*, sulla *Volta*, possiede uno dei visi più affascinanti che io abbia mai visto. Per non parlare della sensualità della vostra *Eva*, quando accetta il pomo dal serpente nel Paradiso Terrestre...»

«Voi parlate dei miei *volti* femminili» replicò poi, dopo aver riflettuto un istante. «Ma avete osservato davvero bene i *corpi*? La loro struttura, la loro muscolatura è *maschile*. In realtà, solo il fisico dell'uomo è bello in movimento. Guardate meglio le donne che ho dipinto, la prossima volta che visiterete la Sistina: notate le torsioni, i rigonfiamenti dei muscoli in tensione, la forza trattenuta tra *potenza* e *atto*, come direbbe Aristotele… e capirete che sono in realtà corpi di maschi. Il nudo della donna sarà anche bello ma è *statico*, come quelli che dipinge Raffaello. Figure immobili nello spazio e nel tempo, senza passato né futuro. Solo chi indaga in profondità il fisico del maschio, può primeggiare nell'arte del disegno.»

«Uhm… devo riconoscere che non avevo mai considerato la questione sotto questa luce» meditò l'altro. «La vostra conversazione è di certo *illuminante*» ridacchiò, divertito dal suo stesso gioco di parole. «E a proposito di disegni… Non è che potreste regalarmene uno, in compenso dell'aiuto che vi sto fornendo? Magari uno piccolo, di quelli che non vi servono più e gettereste comunque nel fuoco…»

«Mi dispiace, Aretino, ma io non regalo né distruggo i miei schizzi preparatori. Li conservo tutti, casomai vengano utili per altre occasioni. Se proprio amate l'arte, fatevene regalare uno dal Sanzio.»

«Glielo chiederò alla prima occasione» mugugnò il giovane, deluso. «Sperando che sia più generoso di voi.»

Ma perché parlo con questo giovane ambizioso, così privo di buone maniere? si chiese Michelangelo decidendo di rinchiudersi in un ostinato mutismo. Sarebbe stato il colmo se, per soddisfare i capricci della corte papale, ci avesse rimesso pure un disegno! Poteva pensarci benissimo Raffaello, che già normalmente era così prodigo di regali per i suoi ammiratori.

«Questa è la zona dei notai» stava dicendo l'Aretino, mentre costeggiavano una lunga serie di casette sobrie ma eleganti. «Mi verrebbe proprio voglia di salire negli studi di questi anziani puttanieri per chiedergli se di recente si sono fatti resuscitare il *batacchio* da qualche giovinetta, magari proprio quella che cerchiamo: somiglierà anche a un angioletto, ma nessuna puttana schifa le tossi, i catarri e i denti tarlati dei vecchi se c'è da guadagnare!»

Sempre più raffinato, ghignò tra sé Michelangelo. Quella volgare conversazione lo disgustava, oltre che annoiarlo. Si sentiva come prostrato dalla stanchezza che lo coglieva quand'era costretto all'inazione, a sospendere l'unica attività che per lui costituiva la *vera* vita: cavare forme dal marmo, sudando tra le schegge e respirando la polvere prodotta dalla pietra sotto i suoi affilati scalpelli. Come l'Aretino sentiva la mancanza della *sua* Camilla, e Raffaello della *sua* Beatrice, così lui anelava a ricongiungersi con le sculture che lo attendevano a casa: il suo *Mosè*, i suoi *Prigioni*. Erano loro le sue amanti, molto più sensuali e fedeli di quelle di carne.

E poi c'era un'altra sensazione a turbarlo. Da quando avevano imboccato via Giulia, aveva l'assurda impressione di essere pedinato. Come se degli occhi, nascosti tra la folla, seguissero implacabili ogni suo movimento. Era quasi un sesto senso, che gli si era sviluppato dopo i terribili fatti che l'avevano coinvolto dodici anni prima a Firenze, quando aveva braccato un folle assassino chiamato l'*anatomista*. D'allora era nata in lui la bizzarra capacità, o forse l'ossessione, di percepire se una presenza gli si avvicinasse, anche non vedendola. Con un brivido, Michelangelo si guardò intorno ma non notò nulla di strano. Eppure, non riusciva a liberarsi dalla sensazione di essere spiato…

Nel frattempo avevano già superato i confini del Parione, entrando nella zona dei legatori e dei librai.

«Anche queste botteghe sono assai frequentate dalle meretrici e dai loro clienti» lo avvisò l'Aretino. «Soprattutto da quando il Petrarca è diventato così di moda nei salotti e nelle alcove. Un costoso libriccino del *Canzoniere* viene oggi apprezzato, come regalo, quasi quanto un gioiello, e spesso non costa meno. Certe edizioni sono rilegate in stoffe preziose, coi piatti e i dorsi delle coperte impressi in oro. La mia Camilla me ne chiede una da tempo, ma non ho certo il denaro per accontentarla!»

Anche se si svenano per le meretrici, a Roma artisti e letterati spendono comunque meno di quanto faccia io per soddisfare l'avidità di mio padre e dei miei fratelli, meditò tristemente Michelangelo. *Quasi tutti i miei guadagni vanno in case e terreni per loro, per tenere alto il nome dei Buonarroti a Firenze.*

«Ehilà, Zoppino!» la voce dell'Aretino lo riscosse dai suoi pensieri.

Il giovane poeta aveva appena salutato un uomo sulla quarantina, vestito di un abito di panno nero economico ma dignitoso. La barba brizzolata e i lunghi capelli dello stesso colore, incorniciavano un viso regolare, le cui profonde rughe raccontavano di una vita vissuta pienamente prima di raggiungere la saggezza. Sedeva accanto a un banco ingombro di libri di ogni dimensione, da quelli in *ottavo* da bisaccia ai libretti *da mano* che potevano stare in un palmo, a quelli in *quarto* e in *folio* fino ai grossi, pesanti volumi da leggìo adorni di xilografie, rilegati nelle più diverse varietà di pelli e stoffe. I più numerosi erano esemplari dell'*Orlando Furioso* di Ariosto, il libro del momento. Ne aveva anche privi di legatura, sia in carta che in pergamena. Accanto all'uomo, abbigliato di velluto a colori più vivaci, era seduto un individuo molto più giovane, dai lunghi capelli biondi e dall'aria briosa e un po' spregiudicata, che imbracciava un liuto da cui traeva melodiosi accordi.

«Salute anche a te, Vincenzo!» esclamò l'Aretino smontando da cavallo. «Ma che ci fai qui? Non eri a Venezia?»

«Sì, due settimane fa… e prima ancora a Milano, ad Ancona, a Pesaro, a Perugia… mi conosci, sono un *typographus vagans*!» sorrise il più anziano. «Bentrovato, gran figlio di…» ricambiò il saluto, interrompendo la frase perché, nella fretta di alzarsi dal suo sgabello, si era dovuto appoggiare al banco per non cadere.

«Stai pure comodo, Zoppino!» lo apostrofò il poeta, «vengo io ad abbracciarti! E non c'è bisogno che tu concluda la tua sentenza! Tutti mi dicono figlio di cortigiana, ma non mi torna male: ho l'anima di un re, vivo libero e mi diverto… perciò posso dichiararmi felice!» concluse, con una crassa risata.

Nonostante l'invito a restare seduto, l'anziano fece qualche passo verso il giovane, claudicando vistosamente.

Zoppino di nome e di fatto, pensò Michelangelo, osservandone con pena l'andatura. I difetti fisici gli suscitavano sempre una grande compassione, tanto quanto disprezzava quelli morali.

«Permettetemi di presentarvi Niccolò d'Aristotele de' Rossi, stampatore in Venezia e dovunque ci sia da guadagnare un baiocco!» disse l'Aretino a Michelangelo, che nel frattempo era smontato, battendo una sonora pacca sulle spalle dell'uomo. «Credo che tu abbia invece riconosciuto» aggiunse rivolto allo zoppo, «messer Michelangelo Buonarroti, maestro del mondo nella scultura.»

«Chiamatemi pure Zoppino» s'inchinò l'uomo allo scultore. «Lo fanno tutti in virtù, o dovrei meglio dire in disgrazia, di questa maledetta gamba destra che si rifiuta di servirmi.»

«Va' là, Zoppino, che la terza ti funziona meglio delle altre due messe assieme!» motteggiò l'Aretino. «Questo bel giovinetto, invece,» disse indicando a Michelangelo il garzone col liuto, «risponde al nome di Vincenzo di Polo, ma risponde solo quando ne ha voglia, perché è un birbante scioperato! Il suo compito è cantare bei versi tratti dalle opere esposte sul banco, per attrarre i passanti a comprarle. Vieni qui, buona lena, fatti abbracciare anche tu!»

Michelangelo salutò entrambi con un cenno del capo, lanciando un'occhiata interrogativa all'Aretino.

«Niccolò ha impresso i miei versi a Venezia, quasi un lustro fa» si rivolse questi allo scultore.

«E ancora non sono rientrato delle spese» ridacchiò lo stampatore, allargando rassegnato le braccia magre.

«Non ci pensare e non angustiarti» lo rimproverò bonario il poeta, fregandosi le mani. «È stato il destino a farci incontrare proprio adesso. Forse potrai renderci un servizio di cui sarai ampiamente ripagato... Sì, perché questo furfante non è stato sempre tipografo» disse di nuovo a Michelangelo, rispondendo a un secondo sguardo perplesso. «Vuoi dirlo tu, Zoppino, cosa facevi con scrupolo e onore, prima di dedicarti alle lettere?» ammiccò.

«Non ho nessuna remora a rivelare di essere stato mezzano, e uno dei più quotati sulla piazza di Roma» ammise l'altro, «giacché ho da tempo confessato i miei peccati a molti santi frati e fatto debita penitenza... Anzi, bene ha agito Domineddio a mandarmi il mal francese che mi ha reso zoppo, in espiazione di tutte le mie colpe!»

«Ma di quali *colpe* vai cianciando?» esclamò l'Aretino, scandalizzato. «Stai in pace con la coscienza, amico mio! La tua arte ruffianesca ha causato piaceri, soavi baci, dolcezze, amorosi abbracci, e soddisfatto ogni sorta di desideri...»

«No, amico, non tentare di consolarmi» scosse la testa l'uomo, rattristandosi. «La mia lingua ha causato piuttosto insulti, inganni, adulteri... Le mie azioni hanno rovinato mille onorati giovani, storpiato matrimoni, procacciato sacrilegi, adulazioni e tradimenti...»

«Per questo dico che la sorte è stata benigna nel farci incontrare! Nessuno, in tutta Roma, conosce meglio di te le più illustri e apprezzate cortigiane, di nessun altro quelle astute volpi si fidano ciecamente, come neppure di un genitore o di un fratello carnale! Molte di loro devono a te la scalata alla ricchezza e alla fama, iniziata spesso da una lurida taverna o da un sordido retrobottega! Aiutaci, Zoppino! Dobbiamo rintracciare, e con urgenza, una giovinetta assai bellina ma molto misteriosa, e solo tu puoi condurre a buon fine la nostra ricerca. Agiamo per capriccio del papa e della sua corte, per cui ci sarà anche per te una buona ricompensa... Che ne diresti di una grande tiratura di breviari e libri liturgici *ad usum sacerdotum*, pagati dalla Tesoreria Apostolica? In quel caso rientreresti eccome delle spese!»

«Sarebbe perfino troppo impegnativo» mormorò lo stampatore, quasi spaventato dall'idea. «Non dispongo mica dei torchi e degli operai che hanno i Giunti o i Manuzio...»

«A questo penserai poi, dopo che Leone X ti avrà affidato l'ordinazione... non quella sacerdotale, eh» ridacchiò, «ma quella molto più sostanziale della merce! Allora, che ne dici? Sei dei nostri?»

«Uhm... ma perché la corte papale cerca con tanto affanno una semplice meretrice, al punto da scomodare il grande Michelangelo Buonarroti?»

«E non solo lui, ma anche il divino Raffaello Sanzio!» aggiunse l'Aretino, in tono enfatico.

«Di male in peggio» borbottò il tipografo. «Dev'esserci qualche strana stregoneria, dietro questo mistero. Nella mia lunga esperienza, messeri, ho imparato che si nasconde sempre qualcosa di diabolico sotto le pompose gonne delle prostitute. Se le conosceste come le conosco io...»

«Niente di così tetro, mio diffidente amico» lo rassicurò l'Aretino. «Una semplice tenzone artistica tra il Sanzio e il Buonarroti, nei rispettivi campi della pittura e della scultura, su una modella che in Vaticano vogliono sia la misteriosa ragazzetta che cerchiamo, e nessun'altra: capricci dei potenti, te l'ho detto. Del resto, è bella come una Venere... per cortesia, messer Buonarroti, mostrate allo Zoppino la tavoletta dipinta da Raffaello. Pensa che il maestro urbinate non l'ha vista che due volte, e sempre di sfuggita! L'ha ritratta a memoria, tanto la sua immagine gli si è impressa nella mente! Guarda e poi mi dirai, vecchio lenone!»

«Davvero un'avvenenza senza pari» confermò lo stampatore, osservando il quadretto con aria da intenditore. «Non l'ho mai vista in giro, perché me ne ricorderei... ma ormai manco spesso da Roma.»

«Le tue puttane non ti hanno però dimenticato» gli strizzò l'occhio Aretino. «Basta far loro il tuo nome, e vanno tutte in brodo di giuggiole! Con te saranno senz'altro prodighe d'informazioni.»

«Nello stesso modo in cui manderebbero i loro bravacci a pestarmi come l'uva, se rivelassi i loro sconci segreti!» mugugnò l'uomo. «In ogni modo, messeri, mi avete convinto. Vi seguirò volentieri e cercherò di aiutarvi per quanto potrò. Dove siete diretti?»

«Pensavamo di spostarci al rione Ponte, per assistere alla messa dei Vespri nella chiesa di Sant'Agostino...»

«Ah, la *chiesa delle puttane*!» rise di gusto lo stampatore. «Ottimo luogo per raccogliere dritte e soffiate... e chissà, potremmo anche trovarci quella giovinetta se siamo fortunati!»

«Dio lo volesse!» esclamò l'Aretino. «Ma se in chiesa non avremo successo, ci recheremo con Raffaello e Francisco Delgado a casa di *Matrema non vole*...»

«Anche don Francisco è della partita di caccia, eh?» sogghignò lo Zoppino. «Insomma, avete riunito i più esperti puttanieri di tutta la Città Santa!»

«L'intenzione era quella, e mi pare ci siamo riusciti.»

«Ehi tu, Vincenzo, sta' attento al banco e alla mercanzia finché non torno» disse il tipografo rivolto al garzone biondo. «E se non rientro per la Compieta... smonta tutta la baracca, mettila al sicuro alla locanda, cena e vai pure a coricarti. Da solo, mi raccomando! E ricomincia a suonare quel liuto, canta qualcosa, per la malora! Così magari, prima dell'Ave Maria, venderemo almeno un libro!»

Ricevuta dal ragazzo, come risposta, una silenziosa scrollata di spalle, lo Zoppino fece un cenno allo scultore e al letterato: «Montate pure a cavallo e seguitemi alla scuderia dove ho lasciato il mio» disse. «No, non preoccupatevi della mia gamba. È qui vicino.»

Mentre si allontanavano, udirono le prime note del liuto di Vincenzo. Il giovinetto cominciò a cantare con voce melodiosa:

Lo stanco pellegrin, dal cammin vinto,
spera all'albergo riposarsi alquanto;
el navigante, dal vento sospinto,

spera bonaccia e perciò cessa il pianto;
il fier soldato, dal nimico cinto,
spera la vita con sui preghi al santo;
io che son vinto, in mar, stanco, angoscioso,
spero morir, sumerger, mai riposo.

«Ma questo è… uno strambotto tratto dalla mia *Opera Nova*!» esclamò l'Aretino, commosso. «Bravo ragazzo… To', piglia, Vincenzino!» gridò, lanciandogli un giulio che il garzone afferrò al volo. «E poi è anche intelligente…» strizzò l'occhio al tipografo. «Ha scelto i versi giusti per lamentarsi della sua vita grama e di come lo tratti, povero ragazzo!»

«Se ti piace tanto… te lo cedo volentieri» borbottò lo Zoppino.

Dopo pochi minuti, giunsero alla fatiscente stalla che lo stampatore aveva chiamato *scuderia*. La cavalcatura che lo stalliere gli consegnò suscitò invece lo stupore sia di Michelangelo che di Aretino: era un magnifico stallone arabo bianco come la neve, sellato con finimenti preziosi.

«Bello, vero?» disse lo Zoppino, carezzando con dolcezza il muso del cavallo. «Un superbo animale. Meriterebbe di stare nelle scuderie che Raffaello ha progettato per il cardinale Riario, invece che nei buchi fetenti che posso permettermi io… Del resto è un ricordo di quando facevo il mezzano, e la mia borsa era piena di ducati. Non è più tanto giovane, ma mi serve ancora molto bene. Non è vero, Vegliantino?» sussurrò a un orecchio dello stallone, baciandolo sulle froge. «L'ho chiamato come il cavallo del paladino Orlando. Ora, miei nobili messeri, se voleste darmi una mano a salire in groppa… con questa gamba confesso di avere qualche difficoltà.»

Pietro Aretino scese dal suo brocco e aiutò il tipografo a montare in sella. «Allora muoviamoci, signori!» esclamò risalendo sul proprio ronzino, col piglio di un condottiero pronto alla battaglia. «Tutti alla chiesa delle puttane!»

XVIII

Rione Parione, ora nona

«Perdonate *mi curiosidad, señor Raphael*» disse Delgado, mentre i due uomini procedevano al passo sulle loro cavalcature, «ma davvero non avete avuto nessun *juntamiento carnal* con quella *fembra tan plazentera*?»

«Mi sembrate un po' indiscreto, don Francisco. Siete un sacerdote, è vero, ma io non ho alcun desiderio di confessarmi» rispose il pittore, con un sorriso ironico.

«Oh, no, *ninguna confesión*!» si schermì il prete, ridendo. «Desideravo solo fare due chiacchiere sulle eventuali gioie amorose donatevi da quella *jovencita*… Non v'è infatti possesso che appaghi se non condiviso con *los amigos*, non vi pare?» spiegò Delgado.

«Niente di tutto questo» replicò il Sanzio, divertito. «La verità è quella che ho dichiarato alla mensa del Chigi: mi sono imbattuto in quella ragazza solo due volte, purtroppo. Ho appena fatto in tempo a vedere il suo viso angelico e ad abbracciarne la vita sottile, poi più nulla… Ma la sua immagine mi si è impressa nella mente.»

«*Solo en la mente, señor Raphael*?» chiese il prete, insinuante.

«O *en el corazón también*? Siete sicuro di cercare quella *pequeña* Venere unicamente per le esigenze dell'arte? *Soy seguro* che Michelangelo si presta a questo gioco perché gliel'ha ordinato il papa. Ma voi, *Raphael*, voi... ah, siete di altra tempra...»

«In effetti... devo ammettere che quei due brevi incontri mi hanno lasciato una traccia profonda.»

«Si nota dalla maestria con cui avete ritratto la ragazza, sebbene l'abbiate vista assai poco.»

«Sì... ho ancora fissi nell'immaginazione i suoi capelli. Avete mai osservato le matasse d'oro che filano in Arabia? Ebbene, la sua capigliatura è assai più bella e non risplende meno. Da mutare gli uomini in sassi, come faceva Medusa!»

«E nient'altro?»

«Eccome! Occhi azzurri dalle lunghe ciglia, sormontati da sopracciglia eleganti e sottili come archi moreschi, naso perfetto, carnose labbra rosse, seni alti, rotondi e formosi, pelle liscia, incarnato dai colori così tenui e rosei che io stesso non riuscirei a dosarli, e infatti il mio dipinto non fa loro giustizia!»

«Capisco» sussurrò il prete. «Da ciò che dite, *mi amigo*, ma ancor più da *come* lo dite... arguisco che siate ormai gravemente malato... *de amor*.»

«Lo sono stato in altre occasioni» replicò il Sanzio, scrollando le spalle. «Ma questa volta, concordo con voi, il morbo mi pare particolarmente grave... Vi giuro che se vedeste quella fanciulla dal vivo, don Francisco, capireste che non potrei mai ritrarla come merita, giacché è stato Domineddio il pittore che l'ha resa com'è, dotandola di tutte le grazie che mi hanno reso suo schiavo!»

«Attento, *señor Raphael*» mormorò Delgado, sostituendo al sorriso un'espressione seria. «Non dimenticate che state parlando pur sempre di una... meretrice. Perdonate la franchezza, ma *siento la obligación* di mettervi in guardia. Considerate cosa si dice della donna in molti passi dell'Antico Testamento, poi ciò che ne hanno scritto l'Apostolo Paolo e i reverendi Padri e Dottori della Chiesa... e ora pensate a quanto più disprezzo meritano quelle che fanno turpe commercio del proprio corpo: riflettete sugli intrighi, sulle menzogne e sugli inganni, sui falsi slanci amorosi e sulle finte lacrime su cui basano il loro mestiere... Ponete mente alla loro ingratitudine e incostanza, alle facili promesse e agli altrettanto repentini voltafaccia, agli scherni e ai raggiri, a tutte le sconcezze della loro impudica ruffianeria... ma soprattutto alla sfrenata sete di denaro... Valutate bene quali marci pensieri possono albergare sotto quelle preziose cuffiette!»

«Bella predica, don Francisco» ghignò beffardo il Sanzio. «Soprattutto da parte di un sacerdote che non ha mai disdegnato di frequentarle.»

«*Pero yo* le ho sempre praticate per ciò che sono, senza mai farmi *ilusiones* sulla loro vera natura.»

«Posso darvi ragione fino a un certo punto. Avete descritto solo una minima parte delle meretrici che affollano le nostre strade: quelle che le abbandonano ben presto per le sale scintillanti dei palazzi, facendo del corpo e delle sue delizie un'arma per conquistare ricchezza, prestigio e reputazione, come si fa con le artiglierie per espugnare le fortezze. Poche fortunate che riescono a sollevarsi dal fango per assurgere a una vita da nobildonne. Ma il vostro discorso trascura le molte altre, e sono la maggioranza, che sono diventate puttane perché schiave o rapite in guerra, o vendute ancora bambine dalle proprie madri, oppure per non morire di fame.»

«E la vostra… *veneruzza* apparterrebbe alle ultime?»

«Questo lo ignoro. So solo che, quando l'ho vista la prima volta, aveva uno sguardo molto triste. Mentre la seconda era perfino spaventata, come un cerbiatto inseguito dai cacciatori…»

«E tutto ciò ha risvegliato in voi il cavaliere degli antichi poemi, oggi tornati tanto in voga…» ridacchiò Delgado. «Avete preso quella puttanella per Angelica, complice il suo aspetto, ma attento a non fare la stessa fine d'Orlando, impazzito per amore di una donna in fuga… Avete letto l'Ariosto, vero?»

«Ne ho sfogliato qualche pagina» annuì l'altro. «Il mio lavoro non mi lascia molto tempo per leggere.»

«Male. Vi consiglio il Canto XXXIV, dove Astolfo va sulla Luna per recuperare il senno d'Orlando ormai furioso… È molto istruttivo, soprattutto quando parla degli innamorati… Come recitano quei due versi? Aspettate… ah, sì: *Di nodi d'oro e di gemmati ceppi / vede c'han forma i mal seguiti amori…*»

«A volte certi ceppi possono essere piacevoli» sospirò Raffaello, con aria sognante.

«Infatti voi correte spesso a farveli imporre, a quanto sembra» replicò il prete, «con lo stesso accanimento con cui inseguite la perfezione nei vostri dipinti. Cercate sempre, anche in amore, qualcosa che continua a sfuggirvi, e in più lo cercate nei posti sbagliati, cioè nei cuori delle meretrici…»

«Perché, non hanno un cuore anche loro? Mi meraviglio di voi, don Francisco» rispose l'altro, ironico. «Ignorate i fondamenti della vostra professione? Non sta forse scritto nell'Evangelio che *i pubblicani e le prostitute vi precederanno nel regno di Dio*?»

«Certo, quelle che si convertono come Santa Maria Maddalena» annuì Delgado, senza raccogliere la provocazione. «Qui stiamo invece parlando di quelle che persistono nell'errore della loro vita scellerata...»

«E che vanno a messa a Sant'Agostino per ricevere regolarmente l'indulgenza» ribatté Raffaello, «sempre che abbiano regolarmente pagato il ducato annuale di tassa alla Tesoreria Apostolica...»

«Questa è una peculiarità dell'Urbe, *mi amigo*. Nel resto d'Italia pagano il tributo solo le meretrici che esercitano nei bordelli. Ma Roma è *tutta* un bordello, al contrario *de mi tierra de España* dove le strade sono ripulite da un certo tipo di commercio: si può esercitare solo in luoghi chiusi, come si comincia a fare anche in Francia, in Alemagna *y en la tierra* degli Angli... Ecco perché qui si radunano meretrici da tutta Europa. Qui fanno ciò che vogliono, senza tanti limiti e proibizioni. Anzi, se sono sposate non pagano neppure la tassa. Molte stipulano matrimoni di convenienza proprio per evitarla.»

«Del resto, *Roma* letta al contrario fa *amor*, e si sa che *nomen est omen*, come dicevano gli antichi» ridacchiò il Sanzio.

«Già, pare proprio che nel suo nome ci sia stato il presagio di ciò che sarebbe diventata» sospirò Delgado. «Ma torniamo a voi, Raffaello. Scusate se insisto, da *amigo* ma da sacerdote *también*... Perché, se vi piacciono tanto *los vinculos y las cadenas* amorosi... non li cercate nel matrimonio? Da quanto si dice, le proposte non vi mancano.»

«Per ora ho altri progetti» rispose Raffaello, evasivo. Non avrebbe mai rivelato a nessuno, neppure tra i tormenti, la promessa di Leone X di nominarlo cardinale. Tanto meno a un pettegolo inaffidabile come Francisco Delgado. Oltre alla delicatezza della questione, sulla quale era stato vincolato al segreto dallo stesso papa, gli sembrava che svelare a qualcuno quella prospettiva l'avrebbe fatta svanire nel nulla. Nel frattempo la custodiva nel cuore, in ansiosa attesa, orientando la vita verso quell'unica meta che avrebbe soddisfatto pienamente la sua ambizione. Nulla doveva frapporsi tra lui e la porpora cardinalizia, neppure l'amore più grande.

«Non attendete troppo, Raffaello» lo ammonì il prete, strappandolo a quella piacevole visione. «Siete già oltre la trentina, e *ninguno puede saber* cosa la *vida* ci riserba... A meno che non abbiate motivi molto *seri* per non sposarvi...»

Che sospetti qualcosa sulla mia futura nomina? si chiese il Sanzio, allarmato. Poteva darsi. Per quanto ci si sforzasse, a Roma era sempre difficile mantenere un segreto. *Oppure si riferisce alle mie tristi vicende familiari. Anche quelle sono passate di bocca in bocca in tutta l'Urbe.* Erano in tanti a sapere che, dopo la morte di suo padre, la sua matrigna Bernardina l'aveva perseguitato per cupidigia di denaro, portandolo più volte davanti al Foro Ecclesiastico. Molti imputavano a quella lunga sequela di cause, che aveva dovuto affrontare fin da adolescente, la sua idiosincrasia verso il matrimonio. Come se avesse voluto esorcizzare, con la pratica del celibato, il dolore che gli aveva inflitto il padre risposandosi dopo la prematura morte della prima moglie Magia, la sua vera madre.

«Eccoci a Pozzo Bianco» disse Delgado, strappandolo a quelle riflessioni.

A confermare le parole del prete, numerose donne si affacciarono agli usci delle loro misere casette al passaggio dei due cavalieri, accogliendo Delgado con calore. Come Raffaello già sapeva, il sacerdote spagnolo era molto conosciuto dalle ebree convertite che abitavano il quartiere, quasi tutte di origine iberica.

«*Hola, don Francisco!*» lo salutavano da più parti.

«*Hola*, Mencia! Salute anche a te, Mira! Oh, Cufa e Alfarutía, ben trovate!» rispondeva Delgado, mentre femmine di tutte le età gli si affollavano intorno.

«Allegre e festose, vero?» strizzò l'occhio a Raffaello, mentre anche il pittore veniva circondato da alcune giovinette che gli si stringevano attorno fissandolo con occhi intensi e neri come la pece. «Tutte figlie della tribù di Giuda» ridacchiò il prete, facendo qualche carezza e distribuendo dolcetti alle bambine. «Ma tutte ormai convertite alla vera fede, a maggior gloria di Santa Madre Chiesa!»

«Ma... non portano il segno rosso di riconoscimento?» domandò il Sanzio, perplesso.

«No, solo i *marrani* maschi» scosse la testa Delgado. «Le donne possono anche recarsi fuori del quartiere, cosa che molte fanno per vendere i loro intrugli...» mormorò all'orecchio del pittore, «e poi vanno anche in giro a depilare le loro conterranee *españolas* e ad agghindare le *esposas*... Insomma, si danno da fare! Oltre a svolgere, s'intende, il mestiere più antico e redditizio a Roma!» aggiunse, ridendo di gusto. «Ma smontiamo pure, *mi amigo*! Di che avete timore? Non vi mangiano mica! Andiamo a fare un giro d'esplorazione» concluse, scendendo dal suo sauro imitato da Raffaello. «Non tutte *las españolas* del quartiere sono *marranas*, comunque... Ce ne sono molte che hanno l'attestato di *cristiane vecchie*, senza antenati giudei o musulmani, provenienti da ogni parte *de Iberia*.»

Tirandosi dietro i cavalli per le briglie, i due uomini iniziarono a percorrere lentamente le stradine di Pozzo Bianco, costeggiando le tante botteghe artigiane chiuse solo in apparenza per la domenica, ma ferventi di celata attività. Il *nicodemismo*, l'adesione formale ai precetti cattolici che venivano in realtà elusi di nascosto da molti giudei convertiti, era assai tollerato a Roma.

«Favoritemi il ritratto della vostra bella» lo sollecitò il prete. «Sarà meglio che discuta io con queste persone. Di me si fideranno di più, per quanto un Giudeo possa fidarsi di un Gentile.»

Ammesso che tu sia un Gentile, malignò tra sé il Sanzio. La festosa accoglienza fatta al sacerdote dagli Ebrei convertiti del quartiere aveva rafforzato il suo sospetto che Delgado si fosse rifugiato a Roma dopo le espulsioni dei *marrani* dalla Spagna. Probabilmente era uno di *loro*, ecco perché lo ricevevano con tanto entusiasmo... All'improvviso, si rese conto che sarebbe stato facile appurarlo. Bastava che andassero assieme in una *stufa*. Una volta nudi, il prete non avrebbe più potuto nascondere la propria circoncisione.

Il pittore lo seguì a lungo nel dedalo di vicoli che il sacerdote percorreva. Mostrava spesso la tavoletta a olio, chiedendo informazioni e pregando di spargere la voce e di tenere gli occhi aperti: ci sarebbe stata una buona ricompensa per chiunque avesse segnalato, anche in futuro, elementi utili. Discusse a lungo con una camiciaia, una bruna di mezza età ma ancora affascinante, con la quale sembrava avere grande confidenza. La donna scrutò a lungo il dipinto, come per imprimersi l'immagine nella mente, poi s'impegnò a diventare gli occhi e le orecchie dei due uomini.

«Quella bella giudea sivigliana dai capelli corvini è Maria» spiegò il prete a Raffaello, quando si furono congedati. «Così è stata battezzata, anche se si fa chiamare ancora Miriam tra la sua gente. Produce e ripara camicie per quasi tutta Roma, roba di qualità a ottimi prezzi. La sua bottega è un vero porto di mare, perfino le nobildonne romane ci mandano le loro fantesche a fare acquisti. Io stesso mi servo da lei, anzi, quando avrete bisogno di qualche bella camicia nuova, non esitate a...»

«Io mi avvalgo dei sarti della corte pontificia» lo interruppe l'altro, con un certo sussiego. «In ogni modo, se quell'ebrea ha una clientela tanto numerosa... speriamo possa aiutarci.»

«Se la vostra *bella* ha mai comperato, o acquisterà di persona un po' di corredo... Maria sarà di certo la prima a saperlo. È in buoni rapporti con tutte le altre camiciaie dell'Urbe, e sapete che tra loro sono assai pettegole. Ma ora venite. Vi farò conoscere un individuo ancora più interessante.»

Dopo aver discusso in ebraico con un servo, all'entrata di una bottega con annesso un capiente magazzino, Delgado fece cenno a Raffaello di seguirlo all'interno dell'edificio. Dopo aver attraversato alcune grandi sale ingombre di ogni tipo di mercanzia, furono accolti in una stanzetta semplice da un anziano assai cerimonioso, che si profuse in alcuni profondi inchini: l'ampio sorriso, che animava il viso rugoso ornato da pochi ciuffi di capelli bianchi e dominato da un enorme naso adunco, scopriva i molti denti d'oro, che scintillavano al pari dei numerosi anelli che portava alle dita ossute.

«Benvenuti nella mia modesta bottega, messeri» cantilenò il vecchio. «In cosa posso servire il molto reverendo curato don Francisco Delgado e il suo accompagnatore? Dispongo di bellissimi oggetti da vendere a prezzi assai interessanti, e inoltre...»

«C'interessano solo informazioni» lo interruppe il prete.

«Che tu apra bene occhi e orecchie per riferirci novelle di una certa ragazza...»

«Mi chiedete un servizio che... esula dai miei soliti uffici, don Francisco» mormorò l'ebreo, all'improvviso diffidente. «Noi mercanti sappiamo molte cose, ma è più igienico ascoltare che parlare... Sapete bene che la discrezione non nuoce affatto alla salute, soprattutto a quella di noi *conversos*, anzi aiuta a conservarla a lungo.»

«Non ne dubito» sorrise Delgado, conciliante. «Ma forse potresti cambiare idea, sapendo che qualsiasi aiuto ci darai sarà ricompensato con una buona dose d'oro.»

«Che bella parola avete pronunciato adesso, don Francisco!» si illuminò il vecchio, con aria sognante. «Per noi giudei è di buon augurio! Noi Ebrei sappiamo mutare anche la paglia in oro... e ora che lo nominiamo, Dio ci è certo più vicino!»

«Parli di Nostro Signore oppure... dell'oro?» ridacchiò il prete. «Attento a come ti esprimi...»

«Di Domineddio, ovviamente!» replicò l'altro, sornione. «Come potrei bestemmiarlo davanti a uno dei suoi degnissimi servi?»

«Sperando che esaudisca i nostri desideri» sospirò il sacerdote. «Vedete come è disponibile il nostro Jacopo, *Giacobbe* per gli amici fidati, appena gli si parla d'oro?» disse poi, rivolgendosi a Raffaello. «Guardate come ne è pieno, dalle dita fino all'interno stesso della bocca! Lo inghiottirebbe perfino, se qualche medico gli prescrivesse polvere d'oro contro la lebbra!»

«Il Signore me ne scansi e liberi, don Francisco!» esclamò il vecchio facendo un plateale segno di croce, troppo formale per essere davvero sentito. Probabilmente professava ancora la sua fede di nascosto.

«Il nostro Jacopo è il rigattiere più rinomato di Roma, e il suo banco dei pegni è il più praticato della città» gli disse il prete. «Se qualcuno può sapere qualcosa della ragazza, lo abbiamo proprio davanti agli occhi.»

«Di quale… ragazza?» domandò il mercante, guardingo.

Delgado gli mostrò la tavoletta. «Di questa. Fissala bene, scrutala in tutta la sua ammaliante bellezza. Imprimi i suoi tratti nella memoria, in modo da non dimenticarli. Ecco, bravo… che la sua immagine resti indelebile nella tua mente, così da poterla descrivere nei minimi particolari a tutti coloro con cui avrai a che fare, e da saperla riconoscere nel caso la vedessi… a meno che tu non l'abbia già incontrata» concluse, lanciando al vecchio un'occhiata indagatrice.

«Mai vista» sussurrò il giudeo. «Ma siate certi che d'ora in poi dedicherò grande attenzione alla sua ricerca… Da come ne parlate, don Francisco, pare che un'informazione su di lei sia come oro… E *ciò che è oro vale oro*, come dice un antico proverbio…»

«E quale sarebbe, la giusta mercede per il tuo disturbo?» gli chiese Raffaello, anticipando la domanda di Delgado.

«Ecco, messeri… si potrebbe iniziare con un ducato di caparra, come in ogni onesta transazione, per poi aggiungerne altri quattro nel caso vi fornissi un'informazione decisiva per scovare la fanciulla. Naturalmente, non vi chiederò mai conto dei motivi per cui la cercate, né parlerò mai a nessuno di questa faccenda. E anche questo è compreso nel prezzo.»

Per fortuna non lo aveva riconosciuto, pensò il pittore, con un sospiro di sollievo. Altrimenti chissà quanto gli avrebbe chiesto di sborsare.

«Siete d'accordo, messere?» chiese Delgado al Sanzio, salvaguardandone l'anonimato.

Per tutta risposta, Raffaello estrasse dalla scarsella che portava alla cintura un lucente ducato d'oro. «Ecco l'arra» disse, mentre la moneta spariva rapidamente in una tasca di Giacobbe. Un ultimo, profondo inchino del vecchio siglò l'accordo.

«Spero che quel giudeo non abbia intenzione di uccellarci» mugugnò il pittore, mentre si allontanavano dalla bottega del rigattiere. «Non mi ha fatto una buona impressione, a essere sincero.»

Delgado scrollò le spalle. «Gli Ebrei, anche quelli convertiti, sono sempre diffidenti nei confronti dei cristiani. Bisogna saperci trattare ed entrarci in confidenza. Ma eccoci, *señor Raphael*, siamo giunti davanti alla migliore *stufa* di Pozzo Bianco» concluse indicando l'anonimo edificio di fronte a cui si erano fermati. «Che ne dite, entriamo?»

Raffaello pensò che avrebbe finalmente potuto sapere se era un *marrano*. Quel tarlo gli si era ormai ficcato nel cervello, e l'unica maniera di liberarsene era verificare.

Dopo aver varcato uno stretto vestibolo, furono accolti da un inserviente al quale Raffaello chiese se potesse portare all'interno del bagno la sua borsa di cuoio. Il servo controllò che non celasse armi: visto che conteneva solo una tavoletta dipinta, alcuni fogli da disegno e qualche carboncino, gli diede il permesso. Il Sanzio approfittò per riporvi anche la sua scarsella col denaro, permettendo a Delgado di aggiungervi la propria. In una *stufa* di Pozzo Bianco non era consigliabile delegare al guardarobiere la custodia di monete o preziosi.

Dopo aver pagato due ingressi, entrarono nello spogliatoio. Era uno stanzone dove molti clienti, sia uomini che donne, chiacchieravano a voce alta mentre si denudavano o si rivestivano. La puzza del sudore di quelli che arrivavano si mescolava all'odore degli oli profumati di coloro che avevano già fatto il bagno, fondendosi nell'aria umida e soffocante. Quell'ambiente era infatti adiacente al locale delle caldaie che rifornivano di acqua ad alta temperatura alcune vasche al piano superiore, dove c'erano lettini per rilassarsi e per i massaggi, e qualche cubicolo attrezzato per farsi praticare salassi e altre cure dai cerusici salariati dal gestore dell'impianto, il *bagnarius* chiamato volgarmente *stufaro*. All'ultimo piano c'era anche un *solarium* privo di tetto, per asciugarsi durante le belle giornate di sole. Raffaello conosceva bene la struttura delle *stufe*: ne stava progettando una monumentale, sul modello delle antiche terme imperiali romane, per l'edificanda villa dei Medici a Monte Mario.

Mentre si spogliava, scrutava con la coda dell'occhio i movimenti di Delgado. Attese con ansia che il prete si togliesse la lunga tonaca nera, poi gli scarpini e le calzebraghe, infine la camicia di lino lunga fino alle ginocchia... E poi la delusione lo colpì come una mazzata: il sacerdote si era lasciato addosso una *subligatula*, una fascia di stoffa bianca che gli passava in mezzo all'inguine ed era legata sui fianchi. *Per stavolta niente verifica*, sospirò tra sé Raffaello, denudandosi completamente ma tenendo a tracolla la borsa.

«Avevate timore che vi rubassero il dipinto?» gli chiese beffardo Delgado, indicando la sacca di cuoio.

«Non solo» rispose il pittore in tono asciutto. «Come avete veduto, qui dentro ho anche fogli e carboncini. Li porto sempre dietro, nel caso m'imbatta in qualche bel soggetto da ritrarre. E voi, don Francisco?» domandò a sua volta, indicando la *subligatula* del prete. «Avete timore di mostrare in pubblico il vostro flauto?»

«No, *señor Raphael*, non si tratta di *timore* ma di *pudore*. Sono pur sempre un presbitero, non abituato a certe esibizioni.»

In realtà se ne dicevano tante, a Roma, sul suo conto. Perfino che stesse scrivendo un trattato sul *legno santo*, la nuova cura per il mal francese, spinto dal fatto di esserne egli stesso infetto. Potevano essere calunnie o forse le fasce sulle pudenda non gli servivano a celare la circoncisione, bensì i primi segni del contagio.

Il primo piano della *stufa* era gremito di clienti. Molti, sia maschi che femmine, erano seduti sui gradini delle vasche d'acqua calda o fredda, sfregandosi o facendosi sfregare con saponi al muschio o al garofano. Alcuni nuotavano, altri amoreggiavano senza preoccuparsi di essere sotto gli occhi dei loro vicini che, del resto, sembravano del tutto ignorarli. Crocchi di uomini nudi giocavano alle carte o ai dadi, accompagnando i lanci e le prese con imprecazioni e bestemmie. Alcuni mangiavano e bevevano vino. Nei cubicoli si facevano bagni di vapore, le schiave facevano massaggi con oli e unguenti profumati, oppure si consumavano rapporti amorosi: spesse tendine ne velavano gli ingressi, impedendo di scorgere cosa davvero accadesse all'interno. Solo qualche mormorio più forte, qualche sospiro o qualche lamento lasciava intuire se dietro i paraventi si svolgessero salassi, applicazioni di coppette roventi per i reumatismi o giochi d'amore.

Appena il prete e il pittore misero piede in quella baraonda, una schiava mora si avvicinò per chiedere quale biancheria desiderassero per i lettini.

«La migliore» rispose Raffaello. «Porta anche confetti e Malvasia, e dell'acqua profumata alla rosa, all'arancia e al gelsomino... sempre che ne abbiate, in questa fogna.»

«Noi avere, anche molto buona» replicò la schiavetta, «ma costare molto, molto...»

«Un ducato d'oro ti basta?» ghignò il pittore, facendo luccicare la moneta davanti al viso stupefatto della moretta. «Trattaci bene, e ci saranno anche tre giuli per te, e senza neppure chiederti *servizi particolari*... vero, don Francisco?»

«Assolutamente» confermò Delgado, carezzando con aria paterna la chioma della giovane.

Detto fatto, la moretta tornò con una compagna: portavano sul capo due materasse di bambagia discretamente pulite, un paio di sottili lenzuola listate di seta, due coltri di candido lino di Cipro e due origlieri ricamati.

«Che corredo, per la mia fede!» esclamò il sacerdote, meravigliato. «E chi l'avrebbe mai creduto, in una *stufa* di Pozzo Bianco!»

«Perché non ci avete mai speso un ducato d'oro» sorrise Raffaello, sarcastico. Appena le schiave ebbero approntato i lettini, i due uomini vi si distesero con aria soddisfatta. Poco dopo arrivarono anche la Malvasia, i confetti e l'acqua profumata.

«Adesso abbiamo proprio tutto» sospirò Delgado, appagato.

«Sì, tranne delle pareti decorate in modo decente» mugugnò il pittore, lasciando vagare uno sguardo sprezzante sugli affreschi della grande sala principale.

«Non v'inquietate, *mi amigo*» lo consolò Delgado, masticando con gusto un confetto accompagnato da generosi sorsi di Malvasia. «Non tutti possono permettersi il miglior pittore del mondo, quindi perdonate il villano gestore di questo buco... Che dev'essere per forza un tedesco, tra l'altro. Sono quasi tutti teutonici i proprietari delle *stufe*, qui a Roma. Le hanno impiantate proprio loro, quasi un secolo fa, quando sono venuti assieme ai barbieri.»

Il prete continuò a chiacchierare, ma il Sanzio non lo ascoltava più. Dopo aver sorseggiato un po' di vino, si era messo a scrutare i volti degli altri avventori, sperando di scorgere la fanciulla che gli ossessionava la mente. Ma non c'era. Di andare a sbirciare nei cubicoli non se ne parlava neppure, a meno di non voler scatenare una rissa. Un altro buco nell'acqua.

Preso dallo sconforto, tentò di distrarsi eseguendo alcuni rapidi schizzi a carboncino, abbozzando i più atletici tra i corpi nudi che in quel momento lo circondavano. Alcuni degli involontari modelli, quando si accorgevano di essere ritratti gli lanciavano sguardi curiosi, tornando lusingati a conversare con gli altri clienti. I frequentatori dei bagni pubblici erano abituati agli artisti che venivano là per disegnare.

Quando prese a ritrarre i visi femminili che più lo colpivano, accadde però una cosa che gli gelò il sangue. Si accorse, con una specie di terrore superstizioso, di non riuscire più a coglierne i tratti, né le espressioni, facendo abbozzi per nulla somiglianti ai soggetti scelti. Qualunque volto cercasse di riprodurre, alla fine ne usciva sempre e solo uno, sempre uguale…

Lei.

Quella giovinetta regnava ormai sulla sua immaginazione, sulle sue mani, sull'essenza stessa della sua arte. La scorgeva dovunque: in ogni volto, in ogni corpo femminile… Anzi, gli sembrava di vederla anche quando chiudeva gli occhi, o quando fissava un punto nel vuoto. Forse era posseduto, vittima di un maleficio.

«Acqua fuori, vino dentro… e ognuno stia contento!» esclamò all'improvviso Delgado, facendolo sussultare. «Che avete, *señor Raphael*?» gli chiese il prete, abbassando il boccale con cui aveva fatto il brindisi. «Sembrate sconvolto.»

«Cattivi pensieri» sussurrò il pittore, quasi parlando a se stesso. «Presagi, forse» aggiunse tetro, spruzzandosi la pelle di acqua profumata. «Muoviamoci, don Francisco. Qui non abbiamo trovato nulla. All'uscita mostreremo il ritratto al *bagnarius* e ai suoi inservienti, impegnandoli a tenere gli occhi aperti con gli stessi *argomenti* che ho usato col vecchio Giacobbe. Ora andiamo a Sant'Agostino, altrimenti rischiamo di tardare alla messa dei Vespri.»

XIX

Rione Ponte, Campo Marzio, poco prima dei Vespri

Quando Michelangelo, Aretino e lo Zoppino giunsero davanti alla basilica di Sant'Agostino, Raffaello e Delgado non erano ancora arrivati.

Sgranchendosi le gambe nella piazza antistante, Michelangelo contemplò i giochi di luce del tramonto sull'austera facciata progettata da Leon Battista Alberti. *È così simile a quella di Santa Maria Novella a Firenze*, pensò sospirando mentre la nostalgia della sua città lo immalinconiva. Le campane, che invitavano all'imminente funzione dei Vespri, spandevano intorno un suono solenne che echeggiava nella tiepida serata primaverile.

Pietro Aretino e lo Zoppino si guardavano invece intorno con aria attenta, scrutando la folla che, transitando per la piazza, si dirigeva verso l'ingresso della chiesa. Per lunghi minuti si divertirono a spogliare con gli occhi tutte le meretrici che passavano suscitando il loro interesse. E in mezzo a loro uomini, tanti uomini di ogni ceto e livello sociale, che sciamavano verso la basilica come insetti sul miele.

«A quest'ora l'interno sarà già gremito, almeno nel settore

maschile» sogghignò l'Aretino, dando di gomito allo scultore. «Sant'Agostino è la chiesa più frequentata dai maschi di Roma, per ovvi motivi.»

Il Buonarroti stava per rispondere, quando un rumore di zoccoli attrasse l'attenzione di entrambi. Raffaello e Delgado si appressavano al piccolo trotto.

«Portate i cavalli alla stalla qui vicino» li sollecitò l'Aretino, impaziente. «I posti a sedere saranno già tutti occupati, ma se ci sbrighiamo riusciremo almeno a infilarci nella calca in piedi.»

Dopo pochi minuti, il pittore e il prete tornarono in piazza, raggiungendo i compagni a passo veloce. L'Aretino presentò lo Zoppino, che s'inchinò con deferenza.

«*Ecce vobis* Niccolò d'Aristotele de' Rossi, il più esperto puttaniere di Roma» annunciò il poeta, col tono di un banditore. «Da tempo ha però cambiato mestiere, messer *Delicado*, e se un giorno avrete bisogno di stampare il romanzo che state ideando... be', non troverete in tutta Italia un tipografo più onesto!»

«Vi siete incantato?» chiese Raffaello, in tono beffardo, a Michelangelo che continuava a fissare immobile la facciata della chiesa.

«Converrete che è molto bella» mormorò lo scultore, senza distogliere lo sguardo. «Non vi commuove l'armonia delle sue parti? Mi meraviglio, dato che siete architetto come me.»

«Mah... a essere sincero, quando la guardo penso piuttosto allo scempio dei monumenti antichi di cui vi ho parlato questa mattina. Sapete che Jacopo da Pietrasanta, quando l'ha costruita più di trent'anni fa, ha usato travertino depredato dal Colosseo?»

«Non lo immaginavo» rispose lo scultore, turbato.

«Comprenderete come un tale saccheggio, ogni volta che ci penso, mi riempia di rabbia» sibilò il Sanzio, stizzito. «Fosse pure la porta del Paradiso, quella facciata non mi piacerà mai.»

«Silenzio, messeri!» li invitò Delgado. «Tacete e fate attenzione: inizia il corteo delle meretrici *honestae*!»

Quasi evocate dalle sue parole, come fate o maghe di un poema cavalleresco, diverse figure femminili stavano in quel momento percorrendo la piazza. Erano molto diverse da quelle entrate finora in chiesa. Superbe come regine, incedevano arroganti in splendidi abiti di velluto e di seta drappeggiati d'oro, con trine e pizzi preziosi, alle mani morbidi guanti. Gli ultimi raggi del sole strappavano abbaglianti riflessi dai gioielli e dai diademi di cui erano ricoperte. Le loro acconciature, bizzarre e pompose, seguivano le nuove fogge più in voga.

«Quella accompagnata da dieci gentiluomini è la Lorenzina» mormorò il prete, indicando con discrezione la prima del corteo.

«Ed ecco la nostra *Matrema non vole*» aggiunse lo Zoppino, accennando col capo alla magnifica ragazza che stava giusto passando, dagli abiti e dall'atteggiamento di un'imperatrice, seguita da un nutrito stuolo di fantesche, paggi e ancelle. «In realtà si chiama Lucrezia da Clarice perché ha preso il cognome dal nome della madre, in quanto figlia di padre ignoto» sussurrò agli altri quattro.

«Una delle cortigiane più celebri di Roma» annuì Michelangelo. «La conosco perfino io, ovviamente solo di fama» aggiunse, con una smorfia di sarcasmo. «Da bambina si dice vagasse scalza e stracciona per le taverne, vendendo mele cotte, ma adesso si firma *Lucretia Portia, patrizia romana.*»

«*Omnia vincit amor*» sentenziò Raffaello, «*et nos cedamus amori*... Così dice il poeta latino Virgilio, vero messer Aretino?» L'interpellato assentì, con una sonora risata.

«Quella è Beatrice la Spagnola» intervenne Delgado, agitando una mano in direzione di un'elegante meretrice. Era accompagnata da un vescovo e due abati, e anche da un paio di poetastri che il sacerdote conosceva bene.

«Quell'altra è Tullia» aggiunse lo Zoppino, «seguita sempre dai suoi sbarbati come una chioccia dai pulcini, perché le piacciono i giovani virgulti a cui non è spuntato ancora il pelo... E là in fondo c'è la Padovana, accompagnata da una frotta di banchieri.»

«Invece la Nicolosa, quella bella ebrea bruna che si dà tante arie con quel magnifico ventaglio» mormorò Delgado, «è scortata da *caballeros de mi tierra de España.* Tutti *hidalgos* di gran reputazione... Ah, *cuidado, caballeros*!» intimò poi, teatralmente. «Sta passando l'Angioletta con la sua scorta di soldati, perché a uno schiocco di dita ne comanda più di un capitano, seguita da Marticca che fa lo stesso coi suoi sbirri... Ed ecco là Delfina, circondata da bei giovani...»

«Chiudono il corteo l'Ortega, che frequenta più avvocati e procuratori di un giudice, e Caterina piemontese con la sua clientela di bottegai...» concluse l'Aretino. Stava per menzionare un'altra meretrice, appena arrivata in piazza, ma Michelangelo lo anticipò con un gesto d'insofferenza.

«Ne ho abbastanza di questo catalogo!» sbuffò tediato. «Se proprio dobbiamo partecipare a questa messa blasfema... entriamo, allora! Che stiamo aspettando?»

«Tanto ormai staremo in piedi» sospirò Delgado, mentre le campane di Sant'Agostino avevano cessato di rintoccare. La funzione stava per iniziare.

«E tutte quelle eleganti cortigiane che sono arrivate adesso?» chiese Raffaello, curioso.

«Quelle hanno i posti riservati nelle prime file del settore femminile» spiegò lo Zoppino. «Perché ogni domenica riempiono la basilica di fedeli, con relativo aumento delle elemosine che loro stesse elargiscono generosamente... e perché se sedessero dietro, tutti i fedeli di sesso maschile volterebbero le spalle all'altare per guardarle...»

Raffaello stava per replicare, quando una figura tra la folla attirò la sua attenzione. Per un istante gli era sembrato che... No, non poteva sbagliarsi... Sembrava... no, era proprio... *lei*!

Con pochi balzi la raggiunse, l'afferrò per un braccio costringendola a voltarsi. «Ora non mi scappi più!» esclamò, mentre la ragazza bionda si girava con un sussulto. Alcune delle persone più vicine, dopo aver osservato la scena, pensarono bene di allontanarsi facendo finta di nulla. Non era mai salutare essere testimoni di un alterco tra un uomo e una puttana, e tantomeno intervenire.

Quando il pittore guardò meglio in viso la preda, si accorse però del proprio abbaglio: quella giovinetta somigliava a quella che cercava come una lumaca poteva somigliare a una farfalla. I lineamenti erano i medesimi, capelli biondo oro e occhi azzurri, ma abbastanza volgari e grossolani. *Come ho potuto confondermi?* si chiese deluso. Era talmente ossessionato da quella ragazza, da cominciare a vederla dappertutto.

«Perdonatemi, madamigella» mormorò imbarazzato, allentando la presa con un inchino di scuse. «Vi avevo presa per un'altra.»

La giovane meretrice si ricompose. «Ma voi siete... Raffaello Sanzio da Urbino, il celebre pittore?»

«Per servirvi» annuì l'altro, impaziente di allontanarsi. Stava per congedarsi, quando la giovinetta lo trattenne per un lembo del farsetto.

«Così da vicino siete *encore plus beau*» cinguettò con un marcato accento francese. «Non vi domandate come vi ho riconosciuto?»

«Non ne ho idea» sospirò l'urbinate, lanciando un'occhiata di soccorso ai tre compagni che lo osservavano da lontano, ridacchiando.

«Voi non potete ricordarvi di me, *monsieur*, perché c'era *beaucoup de gens* quella sera nel palazzo del cardinale Sauli... *Mais j'ai vu bien vous*, perché eravate *l'invité d'honneur*!»

«Lusingato, *mademoiselle*» sospirò Raffaello, tentando di sganciarsi, «ma temo di avervi preso per un'altra, come vi ho già detto, quindi se ora volete scusarmi...»

«Un'altra?» insisté la meretrice, mettendoglisi davanti per trattenerlo. «E chi sarebbe la fortunata, per sconvolgervi tanto da vederla in *chacune qui passe*?» chiese sarcastica.

«Magari ve la mostro» decise all'improvviso il pittore, traendo dalla borsa di cuoio il suo piccolo dipinto a olio. «Eccola» aggiunse, porgendole la tavoletta. «Forse la conoscete, o l'avete incontrata da qualche parte. Vi sarei molto grato se riusciste a darmi informazioni su di lei...»

L'altra osservò l'immagine con aria critica. «Mi assomiglia *un petit peu, mais je suis*... molto più graziosa» mugugnò, con aria imbronciata. «E allora cos'ha più di me?» Aveva alzato la voce, e negli occhi prima inespressivi era comparsa una luce cattiva.

Il Sanzio stava per replicare, quando Delgado lo raggiunse a passo svelto.

«Perdonate la villania di questo giovanotto» disse alla francesina con un profondo inchino. «Una malia amorosa lanciatagli da una perfida *bruja*... *Oui, une sorcière* lo forza a cercare ciò che non esiste, perdendo di vista *la beauté* che ha davanti agli occhi! Abbiate compassione del povero pazzo, e accettate questo modesto omaggio come doverosa ammenda per avervi importunata davanti a una chiesa...» sorrise conciliante, offrendo alla ragazza un ducato d'oro.

«Per fortuna esistono *encore les gentilhommes comme vous, mon cher père*» replicò l'altra, un po' rabbonita, afferrando la moneta e facendola rapidamente sparire nell'ampia scollatura. «Mi meraviglio di voi, *monsieur Raphaël*... vi credevo *bien plus gentil*» concluse in tono di rimprovero, gettando sdegnosa la tavoletta. L'urbinate fece in tempo a recuperarla a mezz'aria, mentre la meretrice gli voltava le spalle con disprezzo e si avviava, con incedere solenne e ancheggiante, all'ingresso della basilica.

«Per il futuro vi consiglierei di non mostrare quel dipinto a puttane prese a caso» gli mormorò Delgado, facendo segno a Michelangelo, all'Aretino e allo Zoppino di raggiungerli. «Queste donne non amano la concorrenza, e sarebbe pericoloso offenderle dicendo di preferire le grazie di un'altra: potreste ritrovarvi con un bozzo in fronte, un occhio nero o la faccia graffiata a sangue, se non con tutt'e tre...»

«Era tanto pericolosa, quella francesina?» sorrise Raffaello, sollevando un sopracciglio.

«Di certo piena di rabbia, verso gli uomini e l'universo mondo» sospirò il prete. «Si fa chiamare Héloïse, ma non credo sia il suo vero nome. Un giorno, se volete, vi racconterò la sua storia. Adesso entriamo, su! Dopo di voi, *caballeros*» li invitò Delgado. «Un'ultima cosa, *señor Raphael*... Se poteste restituirmi il ducato d'oro con cui vi ho salvato dalle ire di Héloïse... sapete, la mia borsa non è piena come la vostra.»

«Mi sembra giusto» assentì il pittore, estraendo dalla borsa una lucente moneta.

* * *

La basilica di Sant'Agostino era stipata all'inverosimile. Nel settore maschile, allogato nelle due navate laterali, le panche erano già tutte occupate, e una fitta calca in piedi gremiva ogni altro spazio disponibile, perfino nelle cappelle, agitandosi intorno alle transenne della navata centrale riservata alle donne.

I cinque uomini, facendosi largo nella ressa, presero posto sotto uno dei pilastri, quello dove si trovava il gruppo marmoreo della *Madonna col Bambino e Sant'Anna* scolpito da Andrea Sansovino. «Ancora più in alto c'è il mio affresco del *Profeta Isaia*» disse Raffaello con una certa fierezza, indicando la figura che sovrastava la statua.

Lo conosco bene, pensò Michelangelo, irritato. *È l'affresco che mi accusi di aver copiato per scolpire il mio Mosè.* Cominciò a lambiccarsi il cervello per trovare un motto salace con cui sbeffeggiare l'urbinate, ma il suono potente dell'organo gli fece vibrare le membra, invitandolo a più devote riflessioni.

Quando il celebrante entrò con una processione di altri confratelli agostiniani, l'intera assemblea si segnò. Le solenni note dell'organo e l'ingresso degli officianti non avevano però zittito la folla degli uomini, da cui proveniva un continuo brusìo mentre tutti gli sguardi convergevano sulle eleganti donne assise nella navata centrale.

Indossavano tutte il velo, ma quel pio accessorio era in contrasto con le generose scollature e, soprattutto, coi loro atteggiamenti: si scoprivano il volto, voltavano il capo per ammiccare agli uomini, si aggiustavano le collane sui petti formosi o si assettavano le gonne e i corpetti per mettere in mostra le forme sinuose dei corpi, tutto per attrarre l'attenzione di una platea maschile che non chiedeva di meglio. Durante la funzione, molte di loro si sarebbero procacciate i clienti per il resto della serata e per la notte.

Questa non è una chiesa, ma un sabba di streghe, si disse Michelangelo con un brivido. *Eppure, qualcuna di queste donne dovrà pur sentire almeno un po' di devozione, per il fatto stesso di trovarsi davanti a un altare*, rimuginò, meditabondo. «Chissà se pregano davvero in cuor loro, oltre che coi gesti» rifletté ad alta voce, tanto che Raffaello lo udì.

«Non saprei» gli rispose, scrollando le spalle, «ma posso dirvi che una volta una giovane meretrice, con la quale m'intrattenevo, allo scoccare dell'Ave Maria saltò fuori del letto e si mise in ginocchio a pregare. Non credo fosse un caso isolato. Del resto, non dice forse l'Evangelio: *i pubblicani e le prostitute vi precederanno nel regno di Dio*?»

«L'avete già detto» ridacchiò Delgado. «Evidentemente, *señor Raphael*, questo è il versetto del Vangelo che vi piace di più.»

L'atteggiamento provocante delle cortigiane e la morbosa attenzione degli uomini non cessarono con l'inizio della celebrazione, e neppure durante la prima lettura dagli Atti degli Apostoli.

Michelangelo tentò più volte, invano, di raccogliersi in preghiera. Oltre a quegli sconci maneggi, un'altra cosa gli impediva di concentrarsi: di nuovo la maledetta sensazione di essere osservato. All'improvviso, un movimento tra le prime file della navata centrale lo distolse del tutto dalle sue meditazioni. Una statuaria cortigiana, dalla sontuosa acconciatura bruna si era alzata dalla sua panca dirigendosi verso l'alto pergamo su un lato dell'abside. Gli occhi di tutta l'assemblea la seguirono mentre saliva la scaletta del pulpito, il fruscio dell'ampia gonna era l'unico rumore nel silenzio che era piombato all'improvviso nella basilica.

«Quella è l'ebrea Nicolosa» sussurrò Delgado ai tre compagni che gli avevano rivolto sguardi interrogativi. Lo Zoppino, che la conosceva bene, si limitò ad annuire.

«Ve l'ho indicata in piazza, ricordate?» aggiunse il prete.

«E... perché sale sul pulpito?» chiesero Raffaello e l'Aretino all'unisono, fissandola affascinati.

«Perché ogni volta che assiste alla messa in Sant'Agostino, il celebrante le fa leggere il salmo in ebraico» spiegò il prete. «*In primis*, per il piacere di udirlo in lingua originale. *In secundis*, perché mostrare una giudea convertita è sempre un grande onore per la Santa Fede, soprattutto se rinomata come la Nicolosa.»

«L'esibizione di un trofeo, insomma» borbottò Michelangelo, infastidito. Lo spagnolo stava per replicare, ma si zittì quando la cortigiana cominciò a leggere.

«*Hallelu-yah, kul-goym; shavhoho, kul-hamim*» cantilenò la donna con voce melodiosa, declamando il primo versetto del Salmo centodiciassette. «*Alleluia, laudate Dominum omnes gentes, laudate eum omnes populi*» tradusse in latino un co-celebrante, a beneficio dell'assemblea.

Mentre la meretrice e l'agostiniano continuavano il loro duetto, seguiti con curiosità da Michelangelo, gli altri quattro si distrassero scrutando attenti il settore femminile. Poteva darsi, se erano fortunati, che la fanciulla che cercavano si trovasse nelle ultime file della navata centrale, tra le prostitute più giovani e ancora poco note. Vagliarono a lungo le somiglianze tra le molte biondine con gli occhi azzurri presenti in chiesa e il ritratto eseguito da Raffaello, senza mai riscontrare fattezze e lineamenti che li convincessero...

Nel frattempo, la Nicolosa era scesa dal pulpito. La messa andò avanti nella generale disattenzione dei *fedeli*, finché il celebrante salì a sua volta sul pergamo per la predica. A quel punto le cortigiane si fecero stranamente attente, scegliendo all'improvviso d'ignorare la folla maschile che le circondava per concentrare gli occhi truccati di bistro e le orecchie adorne di pendenti su un unico uomo, l'anziano agostiniano calvo che iniziò a parlare con voce stentorea.

«Non fate sanguinare il cuore di Cristo, figliole!» esordì il frate, puntando il dito ossuto sulle donne in silenzioso ascolto. «Perché il Signore ordinò al profeta Osea di prendere in moglie una prostituta? Per rinfacciare al popolo l'idolatria e il tradimento! Giacché ciò che voi fate, misere figlie mie, è il simbolo di tutti i mali! Voi siete infatti le adultere per eccellenza, perché fornicate di continuo con uomini che non sono i vostri mariti, ma anche le più grandi sacrileghe quando – inorridisco al solo pensiero! – vi congiungete con preti e frati, *id est* con corpi consacrati a Dio! In più operate contro natura, ogni volta che giacete con gli uomini in modo che non si possa generare, e ogni volta che vi date a turpi voluttà col vostro stesso sesso! Infine, ma non colpa minore, per non perdere denari vi congiungete anche nei giorni del marchese, e questa è mancanza grave ai precetti divini! Udite, donne: benché Domineddio vi abbia fatte femmine, voi non dovete vergognarvi di essere femmine, ma di fare ciò che il Signore vi ha vietato, perché la fornicazione nel tempo del mestruo potrebbe generare figlioli lebbrosi o mostruosi – *menstruum* equivale infatti a *monstrum* – o comunque mai privi di notabili difetti. *Memorate, foeminae, sanctum Evangelium Marci*: "Chi scandalizzerà uno solo di questi piccoli che credono in me, è molto meglio per lui che gli venga messa al collo una macina da mulino e sia gettato in mare". *Verbum Dei*!»

Tutte le rampogne solo alle meretrici, pensò Michelangelo ironico, *e neppure un blando rimprovero ai clienti.*

«Perdonate, frate mio!» esclamò all'improvviso una donna dai folti capelli rossi alzandosi di scatto in piedi. «Ma non sarebbe meglio che vi limitaste a commentare il santo Evangelio di oggi, spiegandoci la bella vicenda dell'incredulità di San Tommaso che ci piace assai, invece di indirizzarci tante villanie per farci smettere di lavorare?»

«Quella è Nina da Prato» disse lo Zoppino, divertito. «Una delle vostre parti, messer Michelangelo, più impudente e linguacciuta della moglie di Socrate!»

«Mettiamo che stasera ci convertiamo tutte: domani cosa metteremmo in tavola? Camperemmo d'aria?» continuò a inveire la cortigiana. «Senza contare che salviamo gli uomini dalla sodomia, il più sozzo peccato ch'esista sulla Terra! Dovremmo forse darla a tutti *gratis et amore Dei* come Santa Nafissa? Però le tasse le sapete intascare!»

Uno scoppio di risatine tra le donne, e un divertito mormorio d'approvazione tra gli uomini accolsero la breve orazione della meretrice, che fu però costretta a sedersi dalle sue stesse vicine di panca. Era meglio non esagerare con certe esternazioni, anche se a Roma i tribunali erano molto tolleranti con le prostitute, specie con le *cortigiane honestae*.

Il frate agostiniano, che in altre occasioni aveva in verità convertito decine di donne di malaffare con una sola predica, reagì con pazienza non accettando il contraddittorio. Il seme era stato comunque gettato: se lungo la strada, sulle rocce, tra le spine o nella terra buona, questo solo il futuro avrebbe potuto dirlo. Si raccolse per qualche momento in preghiera, tacendo nel silenzio generale, poi riprese a parlare commentando in modo specifico le letture di quella domenica, come se nulla fosse accaduto.

«Anche qui perdiamo solo tempo» sospirò Raffaello, rivolgendosi ai quattro compagni. «Io non l'ho vista, e voi?» Al generale cenno di diniego, il Sanzio cominciò nervosamente a farsi largo tra la calca, dirigendosi verso l'uscita.

Dopo un'ultima occhiata alla navata centrale e un segno di croce, tutti gli altri lo seguirono.

Quando furono di nuovo sulla piazza, l'Aretino chiese: «E ora che si fa?».

«Aspettiamo che finisca la messa ed esca *Matrema*» tagliò corto il Sanzio. «Come vi ho già detto, la speranza di ricevere un ritratto da me potrebbe sciogliere la lingua, ammesso che sappia qualcosa di quella biondina. Ma in genere è al corrente di quasi tutto ciò che avviene nel suo mondo... e non è certo una sciocca dal carattere ombroso come quella... Come si chiamava?»

«Héloïse» rispose Delgado, sentendosi chiamato in causa. «Sì, avete ragione. La *patrizia romana* Lucrezia Porzia ha più acume e discrezione di un vecchio cardinale. Con lei potremo tranquillamente ragionare.»

«Vi chiedo perdono, messeri» intervenne a quel punto lo Zoppino, con un lieve imbarazzo. «Se avete intenzione di recarvi da *Matrema non vole*, devo pregarvi di dispensarmi dall'accompagnarvi...»

«E perché mai, messer Niccolò?» gli chiese l'Aretino, stupito. «Non siete in buoni rapporti?»

«Al contrario, ne avevamo di ottimi quando la conobbi giovinetta: anzi una bimba lacera e affamata che ballava nelle taverne al suono del tamburello» sospirò lo Zoppino, malinconico, «ma così allegra, così vezzosa da far innamorare perfino i sassi! Fui io che l'aiutai a frequentare i più infoiati ricconi dell'epoca. In modo che da magra, pallida e smunta che era le feci mettere carne sulle ossa e denari nella borsa... Lo deve a me se è diventata una delle prime cortigiane di Roma, contesa da principi e cardinali, e non certo a quella sordida, vile mezzana della madre che aveva iniziato a prostituirla per pochi giuli!»

«E ha il cuore talmente di pietra da non volervi più vedere?» trasecolò Raffaello, strabuzzando gli occhi.

«Niente affatto» scosse la testa lo Zoppino, con un sorriso dolce. «Fosse per lei, mi riserverebbe un cantuccio in casa sua, facendomi servire e riverire. Ma sono io che non voglio ricordarle, con la mia presenza, gli anni dolorosi dell'infanzia. *Matrema* è morta con quella bambina venduta dalla madre per pochi spiccioli, che io raccattai dal fango… Adesso esiste solo *Lucretia Portia, patrizia romana.* Il mio capolavoro, messeri. Ma è meglio per lei che la contempli a distanza, come uno dei vostri splendidi dipinti» concluse, rivolgendosi ai due artisti. «Perciò vi chiedo licenza. Andrò a bere un goccio in un'osteria e ci rivedremo qui tra un'ora, se siete d'accordo.»

«Concessa» assentì Raffaello, parlando anche per gli altri. Le parole dello Zoppino avevano intenerito tutti, perfino Michelangelo. Rimasero a fissare, pensosi e in silenzio, lo stampatore che si allontanava claudicando con grande dignità, poi aspettarono la fine della messa.

Dopo una noiosa attesa che Aretino e Delgado ingannarono chiacchierando con Michelangelo che rispondeva tediato a monosillabi, e Raffaello passeggiando avanti e indietro davanti all'ingresso della basilica, la funzione terminò in un boato di note d'organo e l'edificio iniziò a svuotarsi.

Appena *Matrema* uscì, seguita dal suo numeroso corteo di accompagnatori e servi, riconobbe subito il Sanzio, che le andò incontro a passo deciso.

«Felice d'incontrarvi» lo salutò per prima la cortigiana, con un misto di malizia e sussiego. Nonostante fossero trascorsi molti anni da quando era una graziosa bimbetta scalza, aveva conservato un che d'infantile nel viso e nelle movenze del corpo.

«Bentrovata, madonna» s'inchinò Raffaello, ricambiando lo sguardo insinuante. «Devo confessarvi che cercavo proprio voi» ammise con un sorriso.

«Vi siete forse deciso a farmi il ritratto che vi chiedo da

tempo? Sarebbe ora, perché ho dato fondo a tutte le mie suppliche e preghiere.»

«Forse avrò l'onore di esaudirle» rispose l'urbinate, tenendosi sul vago. «Potremmo discuterne con più calma, magari nella vostra stupenda magione a Tor Sanguigna» propose, mentre i tre compagni lo raggiungevano.

«Volentieri, ma sapete bene che la domenica non concedo certi tipi d'intrattenimento» precisò la cortigiana.

«Desidero solo un tranquillo dialogo, su una questione che mi sta molto a cuore... e parleremo anche del vostro ritratto, naturalmente» aggiunse Raffaello. «Conoscete i miei accompagnatori, suppongo...»

«Messer *Delicado* è un amico di vecchia data» annuì la meretrice, «ma temo di non aver mai veduto questi due gentiluomini...»

«Visto, messer Buonarroti?» sussurrò l'Aretino all'orecchio di Michelangelo. «Siamo accomunati nell'anonimato! Un grande onore, per me!»

«Avete davanti agli occhi il grande Michelangelo, l'autore della *Pietà* di San Pietro e degli affreschi della *Volta*, per citare soltanto i suoi capolavori romani» disse il Sanzio, un po' imbarazzato di dover fare quella presentazione. «L'altro è invece Pietro Aretino: un giovane, promettente poeta.»

Matrema spalancò i begli occhi bistrati. «Sono dolente di non avervi riconosciuto, maestro» mormorò allo scultore. «Vi prego di perdonarmi.»

«Non c'è nulla da perdonare» replicò Michelangelo, senza sorridere. «Quasi nessuno mi riconosce a Roma, perché non vado molto in giro. Non sono mondano come messer Raffaello.»

«Ma io sono un'ospite assai sgarbata, a trattenervi in piedi in mezzo a una piazza. A casa mia staremo più comodi. È qui vicino. Vogliamo andare?»

«Dopo di voi, madonna» ringraziò l'urbinate, con un secondo inchino.

XX

Tor Sanguigna, un'ora prima della Compieta

La bizzarra, profana processione guidata da *Matrema* passò accanto all'antica torre che dava il nome all'omonima piazza, punto di ritrovo di mezzane e prostitute. Avvicinandosi l'ora di cena, le meretrici meno fortunate uscivano dalle povere stanze in affitto in cerca di qualcuno che gliele pagasse. Anche se in genere non riuscivano a guadagnare più di due giuli a serata, giusto il necessario per sfamarsi. Erano in tante, e la concorrenza era spietata.

Ma lungo il cammino costeggiarono anche la bella casa appartenuta alla cortigiana Fiammetta Michaelis, nella piazza che il popolo chiamava addirittura col suo nome. Era stata la favorita del cardinale Piccolomini e di Cesare Borgia, morta cinque anni prima e inumata proprio nella basilica di Sant'Agostino. Non c'era da stupirsi: anche la celebre Imperia Cognati, amante di Agostino Chigi e di Giulio II, era stata sepolta religiosamente, sebbene suicida, nella chiesa di San Gregorio al Celio. Avevano vissuto esistenze e ottenuto esequie ben diverse da quelle delle prostitute di basso rango, seppellite nel cimitero sconsacrato fuori del *Muro Torto* assieme ai giustiziati impenitenti.

Non tutte le meretrici sono uguali, rifletté Michelangelo tristemente.

Nel frattempo erano giunti in via dei Soldati, davanti al lussuoso palazzotto che ospitava gli appartamenti di *Matrema*, di sua madre e della numerosa servitù. Appena due valletti in livrea schiusero la porta d'ingresso, Raffaello entrò dietro la padrona di casa, con i tre compagni e il nutrito seguito della meretrice. Salirono una rampa di scale tortili ben illuminate, poi percorsero un lungo corridoio fino a sbucare in un ambiente che lasciò Michelangelo stupefatto. Aveva immaginato che la dimora di *Matrema* non fosse affatto modesta, ma non era preparato a ciò che vide.

La grande stanza in cui la donna fece accomodare gli ospiti aveva le pareti tappezzate di arazzi e broccati intessuti d'oro, il pavimento coperto da morbidi tappeti orientali dai multicolori disegni geometrici. L'arredamento era costituito da divani, triclini e seggiole in legno prezioso finemente scolpito, resi più comodi da cuscini imbottiti di piume e foderati di velluto carmosino, intervallati da bauli intarsiati e da specchiere dalle cornici istoriate. Maioliche rare, scintillanti argenterie e vetreria di Murano facevano bella mostra in eleganti credenze, mentre spaziose mensole erano gremite di vasi e ninnoli pregiati, libri dalle costose rilegature, armi preziosamente ageminate e pregevoli strumenti musicali. Eleganti piedistalli sostenevano sculture di mirabile fattura.

«Benvenuti nella mia modesta magione» sorrise *Matrema*, intronandosi in un seggiolone laminato d'oro. Un cagnolino bianco le corse in grembo, facendole mille festose moine. «Sedetevi dove più vi aggrada» invitò i quattro ospiti con un gesto cortese.

«Benvenuti! Benvenuti!» gracchiò un grosso pappagallo dai colori accesi, dondolandosi più volte sul suo trespolo d'argento in una divertente parodia d'inchino. I due artisti e i due scrittori si erano appena accomodati, quando Michelangelo si sentì afferrare da dietro per la capigliatura. Quando portò per istinto le mani alla nuca, percepì al tatto una morbida pelliccia e udì acuti squittii che lo fecero sobbalzare.

«Non si fa, Belzebù! Lascia in pace messer Buonarroti!» esclamò la donna, mentre lo scimmiotto balzava dalla schiena dello scultore per appendersi, con la lunga coda prensile, al capitello di una colonnina in un angolo della sala, da cui restò a fissare incuriosito i quattro che gli avevano invaso il territorio.

«Molto simpatico» grugnì Michelangelo, racconciandosi i capelli.

«Chissà perché ha scelto proprio voi» ridacchiò Raffaello, scambiando occhiate complici con Delgado e l'Aretino. Lo scultore stava per replicare quando fu interrotto da due giovani fantesche che, in vesti eleganti ma assai succinte, entrarono portando vassoi di dolciumi e Malvasia.

«Accettate un po' di rinfresco, messeri» la padrona di casa li invitò carezzando il cagnolino, mentre il prete e il poeta occhieggiavano con discrezione le fantesche che li servivano. Michelangelo rifiutò il vino posando una mano sulla sua coppa di cristallo, osservando i dolci per capire se potesse assaggiarne uno senza rovinarsi lo stomaco. *Forse un po' di biancomangiare alla mandorla, semplice e profumato,* pensò annusando il dolciume con l'acquolina in bocca.

«E voi non prendete nulla, madonna Porzia?» domandò Raffaello, sorseggiando una generosa dose di Malvasia.

La donna scosse la testa. «In genere la domenica sera digiuno, come pure il venerdì. Un consiglio del mio padre spirituale in Sant'Agostino, che ho deciso di seguire con scrupolo: farà bene alla mia anima, e ho notato che fa di certo ancora meglio alle forme del mio corpo.»

«Il vostro corpo è il più bello di tutta Roma» le sorrise Raffaello, galante. «Anzi, oserei dire di tutta...»

«Più di quello di Beatrice Ferrarese o di Margherita Luti?» motteggiò la meretrice, insinuante. «No, non sentitevi in dovere di replicare, messere. Una donna ha tutto il diritto di uccellare un uomo, senza che questi si senta in imbarazzo... Rispondete a questo, piuttosto: quando mi farete il ritratto che vi ho chiesto, e che sono disposta a pagarvi quanto il migliore dei vostri clienti?»

«Il migliore dei suoi clienti è il papa» intervenne Michelangelo, in tono divertito. «Vi andreste a impegolare in una pericolosa rivalità...»

«Con Leone X?» sbottò la donna, sdegnosa. «La cosa non mi spaventa affatto.»

«Allora mi confermate di non nutrire grandi simpatie per il Santo Padre, come si vocifera a Roma...» disse lo scultore, fissandola con sguardo indagatore. «Credevo fosse solo un pettegolezzo.»

«Posso dirvi anche di più, se proprio ci tenete a saperlo» insisté la cortigiana, con aria di sfida. «Quando Sua Santità volerà in Cielo, cosa che per sua gioia e non certo mia gli auguro il prima possibile... farò affiggere in via dei Banchi un cartello in cui scommetterò cento carlini sul nome del suo successore: se non sarà colui che io prevedo, concederò *gratis* tre delle mie notti al vincitore... o ai vincitori, se gli scommettitori saranno tanti quanti spero» concluse con una risatina.

«Siete così certa di vincere?» le chiese l'Aretino, addentando con gusto un confetto.

«Madonna Porzia è molto sicura di sé» intervenne Delgado, ammiccante. «E credo anche di conoscere il nome del cardinale sul quale punterà...»

«Questo si saprà solo dopo il prossimo conclave» ridacchiò *Matrema*, furbescamente.

Sarà di certo il cardinal Campeggi, il suo miglior cliente, rifletté Michelangelo, terminando soddisfatto il biancomangiare. Almeno aveva assaggiato qualcosa di saporito, mentre era costretto ad ascoltare quell'insulso cicaleggio. *Ma che aspetta il Sanzio a mostrarle quel maledetto dipinto?*

Come se gli avesse letto nel pensiero, Raffaello giudicò che fosse il momento opportuno per estrarre la sua raffigurazione a olio. «Prima di accordarci sul vostro ritratto, madonna, vorreste essere tanto cortese da esaminare... questo?»

La meretrice osservò la tavoletta senza battere ciglio, trattenendo il cagnolino che tentava di addentarla. «Molto graziosa» commentò dopo qualche minuto, restituendo il dipinto. «Però non credo di conoscerla.»

Il suo viso era rimasto impassibile, ma il pittore notò un lieve guizzo nei grandi occhi scuri. Forse sapeva qualcosa che non voleva dire.

«Somiglia molto a Héloïse, una giovane francese appena giunta da Tolosa...» aggiunse la donna, aggrottando le sopracciglia come per sforzarsi di ricordare.

«Sì, l'ho già incontrata» l'interruppe il pittore. «Ma non è lei che cerco.»

«E chi, allora?»

«Non ne ho la più pallida idea» sospirò il Sanzio, rimettendo l'oggetto nella sua borsa. «L'ho vista due volte per caso e l'ho ritratta a memoria, ma il cardinal Bibbiena e il Santo Padre vogliono che questa misteriosa giovinetta posi per alcuni affreschi e sculture da eseguire in Vaticano» esagerò, senza scendere in particolari. «Opere che io e messer Buonarroti siamo incaricati di realizzare. Stiamo dunque vagando per tutta Roma, accompagnati da questi due gentiluomini, per tentare di rintracciarla, ma sembra scomparsa nel nulla. Se poteste aiutarci a scovarla, voi che conoscete meglio di chiunque altro il mondo dei *piaceri* romani... Ecco, ve ne sarei così grato da cominciare subito il vostro ritratto.»

«A giudicare dalla sua giovinezza, se non avete magnificato nell'idealizzarla» replicò *Matrema*, pensosa, «si direbbe che sia entrata da poco tra le nostre fila. Una così, però, non dovrebbe passare a lungo inosservata... In ogni modo, se saprò qualcosa non indugerò ad avvisarvi.»

Il Sanzio si levò in piedi. «Abbiamo abusato anche troppo della vostra cortese ospitalità, madonna Porzia» si congedò con un inchino. «Vi prego di farmi sapere al più presto novelle della ragazza che io e il Buonarroti cerchiamo, e la nostra gratitudine per voi sarà immediata e generosa.»

Parla per te, pensò Michelangelo alzandosi a sua volta, imitato dai due scrittori.

«Farò il possibile» s'impegnò la cortigiana. «E voi, messer Raffaello, non dimenticate la vostra promessa.»

«Sarà il mio più urgente debito» replicò l'urbinate.

Matrema sorrise ammaliante a tutti e quattro, ma non li accompagnò all'uscita.

* * *

Quando tornarono alla chiesa di Sant'Agostino, ormai chiusa e silenziosa, trovarono lo Zoppino che sedeva da solo sul sagrato. A quell'ora perfino gli accattoni avevano smesso di stazionare davanti al portone della basilica, preferendo spostarsi all'ingresso di qualche affollata taverna.

«Ehilà, Zoppino!» lo apostrofò l'Aretino in tono allegro. «Attendi da molto?»

«Sono andato a bere un goccio all'osteria dell'Orso» biascicò lo stampatore, paonazzo in viso.

«A dir la verità, messer Niccolò» disse Delgado, scrutandolo in viso e sentendogli l'alito, «pare che abbiate bevuto assai più di un goccio...»

«Sì, avete ragione» ridacchiò l'altro. «Ma era tutto *gratis et amore Dei*... C'era un pazzo che offriva vino a tutti, e anche di quello buono! Un tipo strano... un medico tedesco, da quanto mi è sembrato di capire...»

«Andiamoci anche noi, allora!» esclamò l'Aretino, entusiasta. «Prima che il prodigo dottore cambi atteggiamento, oppure finisca i soldi!»

«Non mi sembra che siamo venuti qui per ubriacarci» borbottò Michelangelo, fulminando il poeta con un'occhiataccia.

«Io penso che la proposta di messer Aretino sia sensata» replicò Raffaello. «No, Buonarroti, lasciatemi finire. Non m'interessa tanto la locanda, quanto piuttosto l'omonima via dell'Orso: in quella strada ci sono più prostitute che api in un alveare. Credo valga la pena esplorarla, tanto più che siamo a due passi.»

«Sono d'accordo» annuì Delgado. «Andiamoci coi cavalli,

però, in modo da non dover tornare qui a prenderli. Questa piazza ormai è un mortorio, ma dove siamo diretti troveremo senz'altro più movimento» ammiccò, avviandosi verso la vicina stalla. Raffaello gli tenne subito dietro, mentre l'Aretino e Michelangelo aiutarono lo Zoppino, ancora più claudicante a causa della sbornia.

Recuperate le cavalcature, e issato in sella lo Zoppino con qualche difficoltà, i cinque tornarono indietro, ripassando per piazza Fiammetta e via dei Soldati finché non imboccarono via dell'Orso. Nonostante fosse mal frequentata, la strada era in condizioni migliori e più pulita della maggioranza delle altre vie romane. Anche le meretrici che vi stazionavano non erano di rango troppo basso, anzi di livello a volte superiore a quelle che esercitavano in piazza di Tor Sanguigna.

Che immondo serraglio di carne in vendita, stava pensando Michelangelo, combattuto tra la pena e il disgusto, mentre Raffaello si faceva largo a fatica tra la calca di donne, ignorando le loro insistenti profferte e scrutandone i visi, sperando di scorgere la ragazza del ritratto.

L'albergo dell'Orso, distinguibile dall'animale in catene dipinto sull'insegna, si poteva considerare quasi di lusso rispetto alle altre osterie e locande romane. Era un bell'edificio in laterizio decorato, l'ampia facciata composta da un portico e da un loggiato con archi e cornicioni in cotto sostenuti da eleganti colonne, da cui si accedeva alle camere che ospitavano i viaggiatori. L'urbinate stava guardando la struttura, quando un clamore improvviso attrasse la sua attenzione: grida e risate. Fermò il cavallo, aspettando che i quattro compagni lo raggiungessero. Un altro schiamazzo, non molto distante, raggiunse le loro orecchie. Proveniva dal lato opposto della locanda, quello che affacciava su via di Monte Brianzo e dove si apriva l'ingresso della taverna.

«Che pensate che sia?» chiese il Sanzio all'Aretino che lo aveva affiancato.

«Un alterco di puttane» scrollò le spalle il poeta. «Oppure un litigio tra ubriachi.»

«Andiamo a vedere» disse Raffaello, spronando il cavallo in direzione del baccano.

Ormai si sente in diritto di dare ordini come un capitano, mugugnò tra sé Michelangelo, imitando svogliatamente il resto del gruppo.

Ci misero un po' di tempo ad aggirare l'edificio, a causa della folla che costringeva al passo le cavalcature, e quando giunsero all'entrata la trovarono gremita di gente che gridava, fischiava e sghignazzava. Fermando i cavalli al margine della calca, notarono che i lazzi e i motteggi della folla erano indirizzati a una strana figura che, salita sul bordo di un abbeveratoio, stava arringando i presenti. Doveva essere ubriaco perché le corte gambe, sottili e tremolanti, sostenevano a stento il basso corpo sgraziato, mentre la voce querula, dal marcato accento tedesco, era confusa e impastata. Il volto non si distingueva bene perché la grossa testa era celata dall'ampio cappuccio della mantellina, sdrucita come il resto del suo modesto abbigliamento. Un ultimo particolare rendeva il suo aspetto ancora più grottesco: dalla cintura gli pendeva una spada più alta di lui. L'improvvisato pubblico pareva divertirsi un mondo alle sue escandescenze, incitando l'oratore con ogni sorta di sberleffi. Il popolo non aveva tante occasioni di svago, e un'estemporanea pagliacciata era gradita quasi quanto un'esecuzione in piazza.

«È lui!» esclamò lo Zoppino, con la voce altrettanto impastata. «È l'Alemanno che offriva da bere a tutti!»

«Io sono Teofrasto, e sono superiore a coloro che si equiparano a me!» stava intanto gridando l'omino. «Sono Teofrasto, e in più sono *monarcha medicorum*! I pochi peli *an meinem Hals*... sul mio collo conoscono più cose di tutti i vostri scribacchini... le fibbie delle mie scarpe scalcagnate ne sanno più di Galeno e Avicenna!» aggiunse rischiando di cadere a gambe all'aria nell'acqua dell'abbeveratoio. «*Meinen Bart*... la mia barba ha più esperienza di tutte le vostre eminenti università! Lascerò che Lutero difenda la sua causa e io difenderò la mia, sconfiggerò i colleghi che mi attaccano, lo farò con l'aiuto degli *arcana*!»

«Non nominare Lutero, che il papa si arrabbia!» disse una voce tra la folla, provocando un coro di risate.

«Il papa e Lutero sono due puttane che discutono tra loro delle proprie virtù» replicò l'ubriaco in tono cupo. «Un giorno metterò in riga Lutero e il pontefice, come sto già facendo con Ippocrate e Galeno!»

Stavolta la folla emise un mormorio di disapprovazione.

«Che succede? Vi spaventate? Temete *die Ketzerei*... l'eresia?» chiese l'oratore, scuotendo la testa con disprezzo. «La fede in Dio e nel suo unico *Sohn*, Gesù Cristo, per me è sufficiente: i digiuni, le messe, le vigilie, i pellegrinaggi, l'adorazione delle immagini *et similia*... non hanno alcun effetto su di noi. Dio ha benedetto l'acqua per estinguere la sete e far vivere i pesci, non perché fosse spruzzata addosso al diavolo!»

«Attento a non finirci tu, nell'acqua!» lo burlò una sguaiata voce femminile, suscitando un'esplosione d'ilarità che spezzò il silenzio che aveva accompagnato le ultime affermazioni dell'ubriaco.

«Chiunque sia, sta pronunciando frasi assai pericolose» mormorò Delgado, aggrottando la fronte. «A Roma si va in carcere per molto meno.» Michelangelo e Raffaello annuirono, in silenzio. *Però è coraggioso*, commentò tra sé lo scultore. *Mi piace.*

«Vai dallo speziale a farti dare un rimedio per la sbornia!» lo apostrofò un'altra voce dalla folla, provocando nuove risate.

«Non prendo le medicine dagli speziali!» sbottò l'ometto, sputando sdegnato nell'abbeveratoio. «Le loro botteghe sono sordide retrocucine, da cui provengono immondi intrugli e luride brodaglie!»

«Come ti permetti, straccione?» lo redarguì un anziano gentiluomo agitando un pugno al di sopra della folla. Dall'abbigliamento sembrava un protofisico. «Come osi offendere i cultori dell'arte di Esculapio?»

«Cultori di voi stessi, intendi dire!» ribatté l'ubriaco, per nulla intimidito. «Voi *schmutzigen Köchen*... luridi cucinieri, asini balordi... Voi che vestite di seta e avete alle mani *weißen Handschuhen*... guanti bianchi, con ricchi anelli alle dita e pugnali d'argento alla cintura... Indossate piuttosto vestiti pratici, resistenti come quelli che porto io da anni! Non infilate le dita negli anelli ma nel carbone, nell'argilla e nello sterco che servono per le operazioni spagyriche! Sporcatevi *mit Blut*... col sangue e con gli umori, affondando le mani nei corpi! Voi invece giurate, ingannati da Ippocrate, non solo di non operare i vivi e di non sezionare i cadaveri, ma di non toccarli neppure! Ecco perché la vostra medicina uno ne cura e dieci ne uccide!»

«Perché non ci offri ancora da bere, invece di delirare?» intervenne una meretrice, con una crassa risata.

«Allora è solo per questo che stai ad ascoltarmi, *feige Pöbel*... vile plebaglia?» sbottò l'oratore, agitando a sua volta il pugno verso la calca. «Volete sapere perché non vi pago più il vino? *Sehr einfach*... molto semplice: perché ho terminato il denaro!»

«Ma non hai detto di essere un mago?» lo apostrofò un uomo robusto, probabilmente un lenone, con un sorriso beffardo. «Se è vero ciò che dici, puoi fabbricarti tutto l'oro che vuoi con la *pietra filosofale*...»

L'ubriaco lo fissò con disprezzo. «La mia *scientia* non procura l'*aurum vulgi*, il volgare oro metallico, bensì l'*aurum philosophorum*, l'oro dei sapienti!»

«Però con quello non si paga il vino!» lo beffò un'altra meretrice, causando un nuovo scroscio di risate.

«Non osate ridere di me...» urlò l'omino, mentre la voce da contralto gli si spezzava in un singulto. «Io sono Paracelso! Paracelso!»

«Ma... io lo conosco!» esclamò all'improvviso Michelangelo, con un sobbalzo. Gli altri quattro lo fissarono, stupiti.

«Che intendete?» gli si rivolse Raffaello, curioso. «Avete tale tipo di frequentazioni?»

«Voglio dire che... lo conosco di fama» rettificò lo scultore, sostenendo gli sguardi dei compagni. «Girolamo Fracastoro, un grande medico che incontrai a Firenze e col quale sono in corrispondenza, lo giudica con ammirazione un valido collega. Pare sia anche un dotto alchimista, assai celebre nel suo campo.»

«A vederlo e ascoltarlo... non si direbbe» commentò il Sanzio con degnazione.

«In ogni modo, se è il Paracelso di cui mi hanno riferito»

insisté lo scultore, «non possiamo lasciarlo in balìa di quella plebaglia, soprattutto dopo ciò che ha affermato.»

Raffaello stava per replicare quando due sbirri, accompagnati da una guardia svizzera, si fecero largo tra la calca puntando in direzione dello sborniato.

«Come non detto» sospirò Michelangelo, turbato, mentre gli sbirri e il soldato raggiungevano l'ubriaco tirandolo giù dal suo improvvisato pulpito. «Ormai è troppo tardi per salvarlo.»

«E chi lo afferma?» ghignò Raffaello, spronando il cavallo. Gli altri lo seguirono per istinto, mentre la folla si apriva al loro passaggio.

Chissà che cosa ha in mente, adesso, si domandò il Buonarroti, preoccupato. L'ultima cosa che desiderava, in quel momento, era mettersi a questionare con tre rappresentanti della forza pubblica.

«Lasciate a noi la custodia di quest'uomo» ingiunse il Sanzio agli armigeri, in tono asciutto. «Non è in grado d'intendere, e quest'accozzaglia di poltroni l'ha provocato» aggiunse, indicando con disprezzo gli sfaccendati che ancora si accalcavano, curiosi, intorno a loro. L'ometto era scivolato in uno stato di apatia, sonnecchiava seduto per terra con le spalle appoggiate all'abbeveratoio. «Se poi avrà fallato in qualcosa, ci penseremo noi a punirlo.»

«*Wer sind Sie*?» ringhiò la guardia svizzera, sollevando l'alabarda. «Chi siete?»

«*Ich bin Paracelsus*!» esclamò l'omino. Udendo un idioma familiare, si era ridestato all'improvviso, come se la domanda fosse rivolta a lui. Uno degli sbirri lo zittì con uno spintone.

«Non vi conosciamo, messere, e non prendiamo ordini da voi» disse all'urbinate l'altro sbirro, con fare minaccioso.

«Da me no, ma forse li prenderete da chi ha firmato questo» ribatté Raffaello senza scomporsi, estraendo dal farsetto un foglio di pergamena ripiegato e porgendolo alla guardia con un sorriso sornione. Lo sbirro lo prese con diffidenza, lo spiegò, lo lesse con attenzione alternando sguardi perplessi dal documento al volto compiaciuto del Sanzio. Poi lo passò alla guardia svizzera, che lo controllò con attenzione ancora maggiore.

«*Es ist authentisch*» mormorò il soldato, restituendo il foglio con un profondo inchino. «Ai vostri ordini, *mein Herr.*»

Michelangelo, che si trovava a fianco dell'urbinate, ne approfittò per lanciare un'occhiata incuriosita alla pergamena prima che il pittore la riponesse nel farsetto. Era un *breve* firmato da Leone X e col sigillo dell'*Anulus Piscatorius*, l'anello con l'effige di San Pietro con cui il papa bollava gli atti vaticani. Evidentemente, quel documento dava al Sanzio poteri straordinari per muoversi meglio alla ricerca di quella misteriosa ragazza. *Così è divenuto anche ufficiale di giustizia, come se non bastassero tutti gli altri incarichi...*

«*Befehl, jawohl!*» bofonchiò di nuovo l'ubriaco. «Ordini, certo! Allora andate a prendere *Mein Pferd...* il mio cavallo alla stalla della locanda! Voglio il mio cavallo!»

«Eseguite» ordinò Raffaello agli armigeri, in un tono che non ammetteva repliche. Uno degli sbirri si affrettò a ubbidire e, mentre l'altro e la guardia svizzera allontanavano gli ultimi curiosi, tornò tirando per le redini un bello stallone bianco, che appena scorse l'ubriaco gli trottò incontro leccandogli il viso. L'omino ricambiò con affettuose carezze, sussurrando dolci frasi in tedesco alle orecchie dell'animale.

Ecco il famoso diavolo incarnato in forma di cavallo, quello di cui narra la leggenda, ridacchiò tra sé Michelangelo, ricordandosi di ciò che gli aveva raccontato Fracastoro irridendo la superstizione popolare. Molte voci circolavano sul medico e alchimista svizzero, una più fantasiosa dell'altra: si diceva che sua madre fosse una strega morta suicida quando il figlio aveva appena nove anni, gettandosi dal cosiddetto *Ponte del diavolo* che dominava le colline intorno al villaggio natale di Paracelso, e che questi avesse ereditato da lei lo sgradevole aspetto. Inoltre si vociferava che fosse stato evirato in giovane età, ferito forse da un cinghiale o a causa di un'aggressione da parte di soldati ubriachi. Per non parlare della sua fama di diabolico mago, capace di creare in laboratorio pietre e metalli preziosi e perfino minuscoli esseri umani, malvagie larve senz'anima che di umano non avevano nulla. *Ce n'è abbastanza da essere desiderosi di conoscerlo*, si disse Michelangelo, curioso. *Chissà cosa fa qui nell'Urbe...*

«*Ein Schatten des Todes*... un'ombra di morte aleggia su Roma» borbottò il medico, lamentandosi tra sé con voce flebile. «E io non riesco a capirne l'origine... *Ich verstehe nicht*! Non capisco nulla, che Dio mi aiuti!»

«Ma che sta dicendo?» chiese Raffaello al Buonarroti, che era sceso da cavallo per aiutare il medico a rimettersi in piedi.

«È fuori di sé» scosse la testa Michelangelo, sorreggendo l'omino barcollante. Il cappuccio della mantellina gli era scivolato dalla testa, mostrando il grosso cranio.

«E adesso che facciamo?» riprese il Sanzio, impaziente. «Lo portiamo con noi?»

Il Buonarroti lo scrutò con aria interrogativa: «Lo portiamo... dove?».

«Al banchetto offerto questa sera da Bindo Altoviti, nel suo palazzo al rione Ponte. Mi ha invitato alcuni giorni fa, concedendomi di portare quanti amici avessi desiderato.»

«Bene!» esclamò l'Aretino, entusiasta. «I ricevimenti dell'Altoviti sono famosi in tutta Roma, e io comincio giusto a sentire un po' d'appetito!» aggiunse raggiante, mentre Delgado assentiva e perfino lo Zoppino, udendo la parola *banchetto*, uscì per un istante dal torpore annuendo vigorosamente.

Michelangelo fu l'unico a non salutare con gioia la novità. Detestava le interminabili crapule dell'alta società più di quanto odiasse consumare i pasti nelle taverne. L'ultimo grande banchetto a cui aveva partecipato, ma solo perché costretto, era stato quello per l'incoronazione di Leone X, durante il quale si era annoiato a morte e aveva appena assaggiato qualche pietanza. Qualche volta aveva accettato gli inviti di Bindo, obbligato dall'amicizia che li legava e con l'assicurazione che si trattasse di pranzi e cene informali a cui non partecipassero altri ospiti, ma solo perché la sua cantina era ben fornita di rari e deliziosi vini. Lo scultore beveva poco e proprio per questo esigeva il meglio.

«Veramente... pensavo di accompagnare Paracelso al suo alloggio, sempre che riesca a scoprire dove abita» disse, rivolgendo uno sguardo preoccupato all'omino che continuava a barcollare, rischiando di cadere da un momento all'altro.

«All'Arcispedale di San Giacomo!» esclamò all'improvviso il medico, risvegliandosi per un istante dall'intontimento. «Conducetemi *in mein Labor*... al mio laboratorio! La morte si aggira per Roma, e... io devo sconfiggerla!»

«Ecco, ora so dove portarlo» concluse Michelangelo.

«Dunque non venite con noi dall'Altoviti?» chiese Raffaello, infastidito.

Lo scultore scosse la testa. «Vi ho già detto e ripetuto che non amo mangiare fuori casa, e tantomeno in banchetti sontuosi. Quindi dovrete fare a meno della mia compagnia, in fondo neanche troppo piacevole... Ehi, Aretino, volete essere così cortese da aiutarmi a issare in sella il dottore?»

«Ogni vostro desiderio è per me un ordine» rispose pronto il poeta, smontando agile dal suo ronzino e sollevando come un fagotto, assieme al Buonarroti, il leggero corpo dello svizzero.

«Fate male a non accompagnarci» insisté Raffaello, imbronciato. «Bindo Altoviti è il più potente banchiere di Roma dopo Agostino Chigi: di rado accade qualcosa nell'Urbe senza che lui lo sappia, però non sono sicuro che sia disposto ad aiutarmi. Mi è grato perché due anni fa ho eseguito il suo ritratto... ma con voi si aprirebbe con molta più fiducia, se sapesse qualcosa.»

«E perché mai dovrebbe favorire me più di voi?» domandò lo scultore, diffidente.

Il Sanzio scrollò le spalle. «Innanzitutto perché è di famiglia fiorentina, benché sia nato a Roma. E poi perché... andiamo, Buonarroti, lo sanno tutti che ha simpatie repubblicane e antimedicee, come le vostre!»

«Lo sanno quelli che sparlano di me diffondendo menzogne, per danneggiarmi agli occhi di Leone X!» ringhiò Michelangelo, irato.

«Se voi non siete un nostalgico della Repubblica del Marzocco, caro Buonarroti, io sono Apelle in persona!» ridacchiò l'urbinate, beffardo. «Il che non toglie che siate fedele anche a papa Medici, perché *pecunia non olet.*»

«Non meritate risposta» sbuffò lo scultore, montando a cavallo e afferrando le redini di quello di Paracelso. «Questa disputa è durata anche troppo. Io accompagno il dottore agli Incurabili. Voi fate ciò che volete» concluse in tono secco. «Auguro a tutti una buona cena. E per quanto vi riguarda, Raffaello, auspico che troviate presto la vostra puttanella, in modo da concludere quest'assurda ricerca.»

Senza attendere replica, Michelangelo spronò stizzito il cavallo verso la via Leonina, tirandosi dietro lo stallone montato da Paracelso. Raffaello, seguito dal resto del gruppo in silenzioso imbarazzo, voltò invece il baio nella direzione opposta, puntando alla vicina piazza di Ponte Sant'Angelo, dove affacciava il lussuoso palazzo di Bindo Altoviti.

XXI

Campo Marzio, un'ora dopo la Compieta

Sebbene costretto a mettere il baio al passo, tirandosi dietro per le redini lo stallone montato da Paracelso, Michelangelo impiegò pochi minuti per raggiungere l'Arcispedale degli Incurabili. Per tutto il tragitto, mentre il medico cantilenava incomprensibili nenie in alemanno, lo scultore ebbe sempre l'assurda impressione di essere seguito, nonostante il lungofiume fosse a quell'ora desolato. Ma ogni volta che si voltava di scatto, non riusciva a vedere neppure un'ombra.

E perché mai, poi, qualcuno dovrebbe seguirmi? si chiese con una scrollata di spalle, non riuscendo però a evitare che uno strano brivido gli corresse lungo la schiena. La terribile esperienza della caccia all'*anatomista* lo aveva segnato profondamente nell'animo, lasciandolo in balìa di bizzarre paure che tornavano ciclicamente a tormentarlo, sia nei sogni che quando si trovava avvolto dalle tenebre. *Tutte sciocchezze*, si disse, tentando di scuotersi di dosso l'angoscia che gli avevano suscitato le inquietanti parole di Paracelso. *Un'ombra di morte aleggia su Roma*, aveva detto il medico, *e io non riesco a capirne l'origine…* Che aveva voluto intendere? Michelangelo, che già a Firenze aveva visto in faccia la morte nel suo aspetto più orribile e crudele, era spaventato ma al contempo incuriosito da quelle frasi. *Forse erano solo deliri di un ubriaco*, rifletté, sollevato ma anche un po' deluso perché il mistero gli piaceva, stimolava la sua immaginazione. Ogni tanto si girava sulla sella per controllare che il medico svizzero non si addormentasse, e scivolasse dalla groppa del suo stallone.

Smontò davanti all'anonima facciata dell'ospedale, aiutando Paracelso a scendere dal cavallo. Dovette quasi prenderlo di peso, ma le sue forti braccia da scultore lo sollevarono come fosse un fanciullo. E neppure gli fu difficile mantenerlo in piedi, data l'esigua corporatura. Il medico aveva le gambette molli e il grosso capo abbandonato sul petto, e stringeva con entrambe le mani la sua grande spada, come avesse timore che gliela rubassero. Michelangelo lo sostenne con un solo braccio, mentre con l'altra mano percuoteva col battente il grande portone d'ingresso. Dopo qualche minuto, due occhi assonnati si affacciarono a uno sportellino.

«Che cos'è questo fracasso? Che volete?» sibilò una voce seccata. «Qui ci sono malati che dormono!»

«Perdonate l'ora tarda» sussurrò lo scultore, «vi ho riportato il dottor Paracelso... Credo che abbia bevuto un po' troppo, ma è riuscito a dirmi di accompagnarlo qui.»

I due occhi si sporsero di più dalla feritoia, cercando di vedere meglio l'altra persona. Michelangelo tentò di facilitare il compito del portiere, portando lo svizzero proprio davanti allo sportelletto. L'uomo al di là del portone lo scrutò per un lungo istante, con attenzione. «Ah, sì... dev'essere quell'alemanno, quel tipo strano che ospitiamo da qualche giorno» commentò con uno sbadiglio. «Ma voi non vi conosco» aggiunse diffidente.

«Sono Michelangelo Buonarroti» sospirò l'artista, impaziente. «Avete presente la *Pietà* in San Pietro, e la *Volta* affrescata nella Cappella Sistina? Ecco, le ho fatte io...»

«Sì, le ho presenti... E voi ne sareste dunque... l'autore?»

«In carne e ossa, per servirvi» sospirò di nuovo Michelangelo, che iniziava a spazientirsi. «Ora, se foste tanto cortese da aprire il portone... Il dottore qui presente non sta tanto bene, avrebbe bisogno di mettere qualcosa nello stomaco e di coricarsi, quindi vorrei accompagnarlo nella sua stanza...»

«Neppure per idea» sentenziò il portiere, in tono secco. «Conosco a stento questo forestiero... e voi non vi ho mai visto. Non intendo certo aprirvi a quest'ora le porte dell'ospedale. Capitemi, la mia è una grossa responsabilità. Con tutti i malintenzionati che girano a Roma di notte... Perciò andate per la vostra strada, buon uomo, senza creare disordine.»

«E... il dottore ubriaco?»

«Lasciatelo pure qui, davanti al portone. Uscirò a prenderlo quando vi sarete allontanato.»

«State scherzando?» sbottò l'artista. «Voglio conferire subito col maestro di casa! Chiamatelo!» Lo conosceva bene, perché aveva versato nelle sue mani molte laute elemosine a favore dell'ospedale.

«A parte che vi direbbe la stessa cosa... non posso certo disturbarlo a quest'ora! Fidatevi di me, ci penserò io a mettere il dottore alemanno in buone mani. Voi andate con Dio, senza fare storie.»

Michelangelo cominciò a fremere, tentando di controllarsi. In quel momento invidiò Raffaello per il *breve* papale di cui disponeva. Se perfino molti membri dell'alta società romana non lo riconoscevano, figurarsi il popolo! Però a quello zelante guardiano non voleva darla vinta. Quando si era offerto di accompagnare Paracelso al suo alloggio, l'aveva fatto sperando di riuscire a scambiare con lui qualche parola. Le lettere di Girolamo Fracastoro, nelle quali l'illustre medico veronese gli aveva manifestato la propria ammirazione per il giovane collega svizzero, lo avevano molto incuriosito. Ora aveva l'occasione per conoscerlo di persona, e non voleva lasciarsela sfuggire.

«Ascoltami bene» sibilò al portiere, fissandolo negli occhi attraverso la feritoia. «Se non vai subito a chiamarmi il maestro di casa... questa sarà l'ultima notte in cui lavorerai al San Giacomo! A te la scelta. Però decidi presto, perché non ho tempo da perdere!» Sperò di essere stato convincente. Fronteggiò per alcuni lunghi istanti, cercando di assumere un'espressione impenetrabile, lo sguardo ottuso del guardiano.

Alla fine, proprio quando stava per perdere la pazienza, il portiere si decise. «Aspettate qui» sbuffò, chiudendo lo sportelletto. Michelangelo sentì i suoi passi allontanarsi, poi più nulla. Il silenzio della notte, come una spessa coltre scura, era ripiombato sull'ospedale e sui suoi dintorni.

Dopo altri minuti, che allo scultore parvero secoli, il massiccio portone si aprì con uno sferragliante clangore metallico. *Meno male che non bisognava far baccano*, ironizzò l'artista, mentre il medico svizzero sussultava all'improvviso rumore.

«Messer Buonarroti» mormorò il maestro di casa salutandolo con un cerimonioso inchino, «che ci fate qui a quest'ora? Vi sentite male?»

«Mai stato meglio, padre. Ho solo accompagnato al suo alloggio, che mi ha detto trovarsi presso di voi, l'esimio dottor Paracelso... che, come vedete, non è in grado di orientarsi in conseguenza di eccessive libagioni. L'avevo già detto a questo solerte portiere, ma per entrare mi ha costretto a disturbare il vostro sonno.»

«Perché non hai fatto passare subito l'illustre Michelangelo Buonarroti, grande artefice e benefattore dell'ospedale?» il frate incenerì il guardiano con un'occhiataccia.

«Non lo conoscevo» scrollò le spalle l'altro, imbronciato. «Ho fatto solo il mio dovere.»

Il superiore stava per replicare, ma l'artista lo interruppe con un gesto d'impazienza. «Lasciamo perdere. Ora, se non vi dispiace, vorrei che ordinaste al vostro inserviente di portare i cavalli nella stalla, e mi aiutaste a condurre il dottore nella sua stanza per metterlo a letto. Ha bisogno di riposare.»

«Lo vedo» annuì il francescano, illuminando Paracelso con una lampada a olio e squadrandolo con aria severa. «Tu che fai, lì impalato? Non hai sentito messer Buonarroti?» apostrofò il portiere, che si affrettò a condurre via i cavalli. Poi il frate scrutò di nuovo l'ometto male in arnese. Da quando aveva preso alloggio presso il San Giacomo, dietro ordine di Sua Eminenza Giulio de' Medici, aveva confermato la fama di ubriacone che l'aveva preceduto, rivelando altre strane abitudini e criticando senza pudore, con presupponente arroganza, i medici e i tradizionali metodi di cura dell'ospedale. Per non parlare delle misteriose diavolerie che praticava nella parte del suo alloggio che aveva adibito a laboratorio, dove non ammetteva nessuno e dove si diceva svolgesse, al riparo da occhi indiscreti, proibiti esperimenti di alchimia...

«Bisogna salire al primo piano» disse, sostenendo il medico con l'aiuto di Michelangelo su per una rozza scala di pietra. Nel greve silenzio, dalle vicine corsie giungeva ogni tanto il flebile lamento di qualche ammalato. I tre percorsero un lungo corridoio fino a un piccolo uscio di legno tarlato. «Di meglio non siamo riusciti a trovare» mormorò il maestro di casa, quasi a giustificarsi davanti allo sguardo perplesso dello scultore. «Il vicecancelliere ci ha ordinato di dargli un alloggio con un brevissimo preavviso, quindi abbiamo dovuto riadattare di fretta e furia questo magazzino. Le chiavi dovrebbe averle addosso Paracelso, se non se l'è perse per strada. Quando esce chiude sempre la serratura a doppia mandata, per evitare che entri qualcuno. Chissà cosa nasconde, là dentro...» concluse turbato.

«Il vicecancelliere, avete detto?» chiese Michelangelo, che tra tutte le frasi del monaco aveva colto in particolare quella riferita al cardinale. «Intendete Giulio de' Medici?»

«Sua Eminenza in persona. Ma non chiedetemi a quale scopo, perché su questo brancolo nel buio.»

In effetti è strano, commentò tra sé l'artista, mentre frugava le modeste vesti dello svizzero in cerca delle chiavi. Perché il cugino del papa aveva deciso di ospitare il medico al San Giacomo? Al netto di tutte le superstizioni che circolavano sul suo conto, Paracelso era pur sempre soprannominato *il Lutero della medicina*... il che non gli aveva mai attirato molte simpatie da parte delle alte gerarchie ecclesiastiche. *Anche questo è un bel mistero*, pensò lo scultore, sempre più curioso. Il desiderio di dialogare col medico a quattr'occhi, sperando di estorcergli qualche indiscrezione approfittando della sua ubriachezza, si fece ancora più impellente. Se Paracelso non fosse crollato addormentato, quella notte poteva rivelarsi ricca d'interessanti risvolti... Michelangelo sorrise tra sé, ma non per aver finalmente trovato la chiave. Aveva invece pensato a quanto la sua vecchia esperienza d'improvvisato sbirro a Firenze avesse fatto nascere in lui uno strano gusto per i misteri irrisolti, una bizzarra propensione a indagare nelle situazioni ambigue e poco chiare...

«Avete bisogno di... aiuto?» gli chiese il frate, sbirciando all'interno appena Michelangelo aprì l'uscio cigolante.

Chissà cosa si aspetta di vedere qui dentro, questo francescano superstizioso, ghignò l'artista, mentre oltrepassava la soglia sostenendo Paracelso. *Magari la conferma che il diavolo ha preso alloggio nell'Arcispedale di San Giacomo con corna, coda, forcone e tutti gli altri accessori...* «No, grazie, reverendo padre. Mi prenderò cura io del nostro dottore. Anzi, perdonate se vi ho fatto buttare giù dal letto.»

«Non preoccupatevi, mi capita spesso per le esigenze del mio servizio» si schermì l'altro. «Desiderate che vi faccia portare la cena?»

«Per me no, vi ringrazio. Ma credo che Paracelso debba mettere qualcosa di solido nello stomaco, per assorbire il troppo vino. Pietanze sane e leggere, mi raccomando.»

«Questo è un ospedale» replicò il maestro di casa, un po' piccato. «Il nostro vitto è *sempre* sano e leggero.»

«Meglio così. Ora, se volete scusarci...» mormorò Michelangelo, oltrepassando l'uscio col suo fardello umano.

«Prendete questa» disse il frate, offrendogli la sua lampada. «È molto buio, là dentro» aggiunse in tono tetro. «Io non avrò difficoltà a tornare nella mia cella anche senza luce, conosco quest'edificio come le mie tasche. State attento voi, piuttosto.»

Michelangelo si sforzò di non scoppiare a ridere davanti alla sua espressione spaventata. «Grazie di tutto, reverendo padre» fece per congedarsi, socchiudendo l'uscio.

«Spero che trascorriate una notte serena e priva d'angosce» replicò il francescano, a mo' di sinistro ammonimento. «Vi manderò subito un inserviente con la cena per il dottore» concluse prima di allontanarsi a passo svelto, scuotendo la testa e segnandosi ripetutamente. Michelangelo si chiuse finalmente la porta alle spalle.

La luce della lampada gli permise di vedere dov'era entrato: una stanzetta spoglia arredata con un giaciglio modesto ma pulito e con un tavolino, sormontato da un leggio che reggeva un libro aperto. L'artista condusse il medico, che si teneva a stento dritto sulle gambette traballanti, fino al materasso imbottito di paglia, aiutandolo a distendersi. Cercò di slacciargli dalla cintura di cuoio la lunga spada, ma Paracelso fece resistenza, serrandola con forza contro il corpo. *Va bene, tieniti pure il tuo spiedo.*

Michelangelo si guardò intorno, alla ricerca di qualcosa su cui sedersi. In un angolo della stanza scorse uno sgabello. Pian piano sembrava che Paracelso si stesse riavendo dalla sbornia. Ogni tanto spalancava i grandi occhi tondi, privi di sopracciglia, roteandoli mentre dondolava il testone.

Poco dopo si udirono alcuni colpetti alla porta. Quando andò ad aprire, si trovò di fronte un giovane inserviente che reggeva un vassoio con una grande scodella di brodo bollente, una più piccola di uva passa, un piatto di arrosto di vitella, una pagnotta e una caraffa d'acqua di rose. Niente vino, naturalmente. Michelangelo prese il vassoio, richiuse la porta con un piede e andò a posare la cena sul tavolino, spostando sul pavimento la lampada e il leggio col libro. *Tabula Smeraldina Hermetis Trismegisti: propositio secunda*, sbirciò l'intestazione della pagina. Si sforzò di tradurre per curiosità le prime righe del testo, facendo appello agli ormai sbiaditi rudimenti di latino che Agnolo Poliziano gli aveva insegnato in giovinezza: *Ciò che è in basso è come ciò che è in alto, e ciò che è in alto è come ciò che è in basso, per fare il miracolo di una cosa sola*, lesse con una certa difficoltà, sperando di aver compreso bene. *Molto poetico*, si disse.

Quando si voltò di nuovo verso il giaciglio, vide con sorpresa che Paracelso si era seduto sul letto, e lo stava osservando con curiosità. Le sue gambette arcuate poggiavano a stento sul pavimento, come quelle di uno sgraziato fanciullo.

Come ha fatto a riprendersi così presto dalla sbornia? si chiese lo scultore, stupito. *Che abbia assunto di nascosto uno dei suoi leggendari farmaci?*

«Vi piace *dieses Buch*... quel libro?» gli chiese il medico, con voce stridula. «Ne ho altri di Ficino, se v'interessano, e anche di Pico della Mirandola.»

«Tutti miei maestri alla corte dei Medici» sorrise Michelangelo, con fierezza. «Ficino mi ha insegnato quel poco che so di filosofia, Pico l'arte della memoria, e poi c'era Agnolo Poliziano, che m'introdusse alla bellezza degli antichi Greci...»

Nei grandi occhi dell'altro, ancora vacui per gli effetti del vino, guizzò una luce di sorpresa. «*Wer sind Sie*?» borbottò, incuriosito.

«Michelangelo Buonarroti, scultore. Per servirvi.»

«*Jawohl*, il grande scultore!» esclamò il medico, ridestandosi all'improvviso dal torpore. «E voi... sapete chi sono io?»

«Il celebre Paracelso» annuì l'artista. «Se non lo avessi capito, non vi avrei certo accompagnato qui al San Giacomo.»

«In effetti, ancora non vi ho ringraziato... *Vielen Dank*, Buonarroti! E così siete stato allievo di Marsilio Ficino, il più grande dei medici italiani? Il suo *Consiglio contro la pestilenza* è un'opera magistrale.»

«Io veramente l'ho conosciuto come filosofo e teologo platonico...»

«Sì, è stato anche questo.»

«Ricordo che fu accusato di praticare la magia, ma...»

«*Grober Aberglauben*!» lo interruppe Paracelso, stizzito. «Volgari superstizioni! Esiste una magia naturale conforme ai dettami della Chiesa, e una magia nera proibita: *omne donum perfecto a Deo, imperfectum a diabolo*» sentenziò, mentre accendeva un'altra lampada a olio. «Chiunque abbia studiato il *Corpus hermeticum*, e tutti gli altri libri sapienziali, sa che tutto deriva da un principio unico. Poi il *Verbum* divino creò l'*Anima Mundi* nella quale è contenuta la matrice di tutte le cose, in potenza ma senza forma propria, come la pianta è nel suo seme e la statua è già presente nel...»

«Nel blocco di marmo!» esclamò entusiasta lo scultore. «L'ho sempre pensato anch'io! L'artista deve solo cavare la figura che vi è già contenuta, prigioniera della pietra come l'anima lo è del corpo!»

«Esatto, *mein lieber Freund*...» assentì Paracelso, compiaciuto. «Vedo che ci capiamo.»

«Gradite mangiare qualcosa, dottore?» chiese Michelangelo, indicando il vassoio sul tavolino. «Magari prima che il brodo si raffreddi...»

«*Gerne*... volentieri, ho bisogno di mettere un po' di cibo nello stomaco. Mi fate compagnia?»

«No, grazie. Ho fatto venire la cena solo per voi. Quando mangio abbastanza a pranzo, come è accaduto oggi, in genere salto il pasto serale.»

«Ottima abitudine» annuì il medico, iniziando a sorbire rumorosamente il brodo. «Il digiuno mantiene il corpo sobrio, la mente sgombra, il sangue puro, la memoria agile… inoltre preserva cuore e pensieri dagli appetiti malvagi, dona bei sogni, protegge dalle malattie… Altra ottima abitudine è stare svegli da due ore dopo il Notturno fino alla Compieta. Voi lo fate, Michelangelo?»

«Ho paura di no. Il mio lavoro mi costringe a orari strani.»

«E come va il vostro stomaco? Da alcuni *signa* che ho letto in voi, come in un libro aperto, sospetto non molto bene.»

«Avete proprio colto nel *segno*» rispose lo scultore, stupefatto dalla perspicacia del medico. «Il mio stomaco si è purtroppo indebolito, forse intossicato dalle mie frequenti pratiche di dissezione anatomica» sospirò, «inoltre comincio ad avere disturbi di renella…»

«E scommetto che i miei colleghi galenici vi hanno curato seguendo le loro *falschen Theorien* dei quattro umori e dei quattro elementi… ma sì, le solite storie sul sangue, sulla bile gialla, su quella nera e sul flegma… e poi la terra, l'acqua, l'aria e il fuoco… Credono d'individuare lo squilibrio tra loro mediante l'esame degli scarti… e come rimedi prescrivono purghe, essudazioni, salassi e immonde brodaglie! *Unsinn*! Sciocchezze! Le malattie evolvono, ma la loro medicina resta ancorata al passato!»

«In effetti, nessun medico è stato ancora capace di guarirmi» sospirò Michelangelo, sconsolato.

«Perché bisogna investigare le cause delle malattie, non solo i sintomi rivelati dagli umori» ribatté Paracelso, attaccando con gusto la vitella e la pagnotta.

«Vedo che avete un sano appetito» sorrise l'artista. «Mi sembra un buon segno, dopo il malessere precedente.»

L'altro assentì, divorando la cena a quattro palmenti. «Prima il troppo vino mi aveva intossicato. Tutto è veleno in natura, dipende solo dalla dose. Per fortuna i tossici vengono espulsi dagli organi emuntori... se invece non vengono espulsi, allora vanno in putrefazione. Ma non è il mio caso, per fortuna: adesso infatti ho fame, e mangio. Lo stomaco è l'alchimista perfetto, separa ciò che è cattivo da ciò che è buono. Dovremmo fare come gli animali, che seguono le leggi della natura. L'uomo invece non le segue quasi mai, soprattutto nel mangiare e nel bere. Il nostro corpo ci è stato dato perfetto, il veleno è in ciò che gli forniamo» concluse, piluccando compiaciuto l'uva passa.

«Per fortuna, il vitto del San Giacomo è sano ed equilibrato» commentò Michelangelo, tanto per dire qualcosa.

«Niente affatto!» sbottò lo svizzero, brusco. «Lo stesso cibo non giova a tutti, come lo stesso morbo non va curato, in individui diversi, con la stessa medicina! Ma tornando a voi, *mein lieber* Michelangelo... sappiate che i veri *principia*, sui quali si basano i rimedi per tutte le malattie, sono solo tre: zolfo, mercurio e sale, mentre nel corpo ci sono acidità, dolcezza, amarezza e salinità. Dall'equilibrio delle loro combinazioni nasce la salute, ma anche le *complexiones* dei singoli individui: se prevale il sale, il temperamento sarà sanguigno, se invece domina l'amaro, allora il carattere sarà collerico... in voi credo prevalga l'acidità, e quindi la malinconia.»

«Non vi sbagliate» annuì l'artista, colpito. In effetti, da quando ne aveva ricordo, gli influssi malinconici di Saturno non l'avevano mai abbandonato. *Fracastoro aveva ragione*, si disse, ammirato. *Questo medico è un vero genio!*

«Non mi sbaglio quasi mai» assentì Paracelso, terminando

gli ultimi acini di uvetta e versandosi un boccale di acqua di rose. «Ora, per entrare nello specifico dei vostri disturbi... sappiate che il primo e il secondo stomaco, detto anche intestino, separano il nutrimento dalle scorie. Quando queste non vengono ben smaltite, si coagulano formando ciò che io chiamo il *tartaro*, dal nome di una sostanza affine che si deposita sul fondo delle botti di vino. E il tartaro provoca molte malattie compresa la renella, come nel vostro caso» concluse, tracannando l'acqua di rose. «Tutti malanni che si curano, per analogia, con estratti da minerali, oppure con erbe che siano in stretto rapporto coi minerali. L'analogia tra rimedio e malattia è fondamentale. Prendete la noce: sembra la miniatura di un cervello, vero? Ebbene, dal suo guscio e dal suo mallo si prepara un ottimo sale per guarire le ferite al cuoio capelluto, e un liquore contro il mal di testa. La melissa ha le foglie a forma di cuore, infatti calma lo spasmo cardiaco, mentre la radice del *Satjrion*, formata come le parti intime del maschio, giova alla virilità e al desiderio. Spesso perfino i nomi delle erbe ne indicano la funzione: quella detta *polmonaria* giova ai polmoni, la radice della *sanguinaria* ferma le emorragie, mentre la *scrofolaria* cura i foruncoli. Spetta al medico *ablauschen*... origliare le caratteristiche più profonde di ogni erba. A volte unguenti particolari, preparati con sostanze tratte dal corpo umano, riescono a guarire ferite di spada spalmandoli sulla lama che le ha provocate.»

«Non l'avrei mai creduto...» commentò lo scultore, abbastanza scettico su quell'ultima rivelazione.

«Ma ciò che gli occhi vedono nelle erbe, nelle pietre e nei metalli non è ancora il rimedio, che si ottiene solo quando si è pulita la fonte da tutte le impurità, attraverso i procedimenti della spagyria che consente di estrarre dai rimedi le loro *quintessenze*, per rivolgerle contro gli *arcana* dei mali. Il bravo medico separa ciò che non è *arcanum* da ciò che lo è, e poi ne somministra al malato la giusta dose.»

«Come nell'alchimia» azzardò Michelangelo, dopo aver riflettuto qualche istante.

«No, quella è l'arte della *trasmutazione*» scosse la testa Paracelso, «riservata a pochi iniziati. Ma torniamo alla vostra malattia: dovrei comunque visitarvi in modo accurato, prima di esprimere qualsiasi parere.»

«Per me sarebbe un onore.»

«Sì, ma non adesso. Sono stanco» sospirò il medico, passandosi la mano grassoccia sul faccione glabro. «Sono giorni che sto andando alla ricerca di...» cominciò, interrompendosi con un sussulto, come stesse per dire qualcosa di sbagliato.

«Posso farvi una domanda?» lo incalzò lo scultore, approfittando del suo momento d'imbarazzo. Quella reticenza doveva essere segno che c'era proprio qualcosa di strano, nella permanenza dello svizzero al San Giacomo. *Alcune tessere le ho già*, rifletté l'artista. La prima era quello strano riferimento alla morte che si aggirava per Roma, e che il medico aveva detto di dover sconfiggere... Inoltre, grazie alle lamentele del maestro di casa, sapeva che il cardinale Giulio – e quindi anche suo cugino Leone X – volevano che Paracelso soggiornasse nell'ospedale. E adesso il medico accennava a qualcosa che stava cercando da giorni... *Una terza tessera*...

«Le domande sono veicolo di curiosità e intelligenza» annuì Paracelso, con uno sbadiglio. «Ma non sempre lo sono le risposte. Comunque chiedete pure. Vi devo molto. È grazie a voi se ho evitato di dare spiegazioni a quegli sbirri, se non ricordo male, il che mi avrebbe costretto a darne di ancora più imbarazzanti al *Vizekanzler*...»

Quarta tessera, commentò tra sé Michelangelo, sempre più incuriosito. Gli stava confessando che, una volta arrestato, per togliersi dai guai avrebbe invocato la protezione del cardinale Giulio. *Mi sta dando brandelli d'informazione senza che neppure glieli chieda. Come pensavo, le sue difese sono ancora deboli. Devo approfittarne subito, prima che gli passi del tutto la sbornia.*

«Anzi, a essere sincero le domande sono due» esordì fingendo indifferenza, come si trattasse di questioni di poca importanza. «Fuori della taverna dell'Orso, quando eravate molto più... diciamo *confuso* di quanto siate adesso... avete accennato al fatto di dover sconfiggere *la morte che aleggia su Roma*... vi riferivate forse alle cure per salvare i moribondi qui agli Incurabili?» chiese, piantando deciso gli occhi in quelli del medico per coglierne il minimo guizzo di disagio.

«*Vielleicht*... forse» borbottò l'altro, distogliendo imbarazzato lo sguardo. «Si dicono tante cose, sotto l'effetto del vino...»

«Già... ma *in vino veritas*, dicevano gli antichi» assentì Michelangelo, sornione. «Siete ancora dell'idea di concedermi l'altra domanda?»

Paracelso annuì, diffidente.

«La seconda è più diretta: perché siete in rapporti così stretti con Giulio de' Medici, e perché il cardinale vi ha voluto qui al San Giacomo?»

«State barando, *mein lieber Freund*...» replicò il medico, con un sorriso molto simile a una smorfia di disappunto. «Avete chiesto licenza per una domanda, e ne ponete due.»

«Chiedo scusa, ma mi sembrano collegate. In ogni modo, se non volete rispondere, siete libero di non farlo.»

Paracelso restò in silenzio per alcuni lunghi minuti, fissando il pavimento e tormentando l'elsa cesellata della sua grande spada, resa ancora più enorme dal contrasto col corpo piccolo e tozzo. La testa dondolava pigramente, come ad accompagnare segreti pensieri.

«Guardatemi negli occhi, Michelangelo» disse cercando lo sguardo dello scultore. Erano animati da una luce quieta ma vivida. Il precedente imbarazzo era stato sostituito da un atteggiamento di calma determinazione. «Sappiate che il corpo materiale, quello di carne e sangue, è solo uno dei due *principia* che formano l'uomo: l'altro è l'*ens spiritualis*, il corpo astrale che dà *Leben und Bewegung*... vita e movimento alla materia. Sebbene sia invisibile e intangibile, ha per il corpo la stessa funzione dell'aria. Il mio spirito e il vostro, come quelli di tutti gli uomini, comunicano come i corpi ma senza bisogno *der Sprache*... del linguaggio per intendersi. Alcuni spiriti si armonizzano tra loro, altri si respingono. Perché vi sto dicendo tutto questo? Per farvi sapere che io *percepisco* il vostro *ens spiritualis*, e sento di potermi fidare di voi.»

«Ne sono lusingato, dottore» mormorò l'artista, senza riuscire a staccare gli occhi da quelli di Paracelso. Sembravano scavargli nell'anima, facendo sfumare la realtà circostante in un alone vago, indefinito. In quel momento, il buffo ometto si era trasformato, nella sua immaginazione, in un gigante che lo sovrastava con la tranquilla possanza di quelle enigmatiche parole così simili a un incantesimo.

«Per cui vi rivelerò *mein Geheimnis*... il mio segreto» tagliò corto il medico, distogliendo lo sguardo. Allo scultore sembrò di cadere all'improvviso da una grande altezza, ripiombando nel mondo concreto. Fu quasi una sensazione fisica, che lo spinse ad afferrare per istinto i bordi del suo sgabello. «Del resto, non sopporto più di tenermelo dentro» aggiunse lo svizzero, cupo. «Questa situazione mi sta logorando, e sento il bisogno di condividerla con qualcuno. Le leggi eterne del Macrocosmo, che sempre si rispecchiano in quelle del microcosmo, hanno evidentemente voluto che foste voi.»

«Parlate pure, dottore. Vi ascolto.»

Paracelso meditò per alcuni istanti, come a raccogliere le idee. «Sono venuto qui nell'Urbe da Ferrara, nella cui università mi sto perfezionando, per disputare con alcuni colleghi dello *Studium* romano sull'origine e la cura del mal francese» sospirò. «Come forse saprete, i miei metodi innovativi – sebbene assai contestati – ottengono grandi successi nella cura del *morbus gallicus*, come pure contro altre malattie...»

Perché non arriva al dunque? fremette Michelangelo, cercando di nascondere l'impazienza.

«Per farvela breve» continuò il medico «appena arrivato ho preso alloggio nel Collegio di Sant'Apollinare, dove sono ospitati gli studenti poveri... ma quattro giorni fa sono stato prelevato da emissari del *Vizekanzler* e trascinato in piena notte in una cella di Castel Sant'Angelo...»

«Oibò, e che avevate detto, oppure fatto?» strabuzzò gli occhi lo scultore.

«Nulla che non abbia già detto o fatto in precedenza, nella mia burrascosa esistenza» ridacchiò Paracelso, «ma non si tratta di ciò che pensate. In realtà, mi hanno portato in quella segreta per esaminare un cadavere, assieme a quel galenico ignorante di Ferdinando Ponzetti.»

Michelangelo sorrise. In passato aveva incontrato qualche volta il presbitero nei corridoi del Vaticano, e per i suoi malanni gli aveva suggerito rimedi assurdi che per fortuna non aveva adottato. «Un… cadavere?» chiese poi, tornando serio.

«All'inizio non credevo neppure che lo fosse, tanto la condizione di quel corpo era strana…» mormorò il medico, pensoso. «Devo ammettere che, in un primo momento, ho pensato a un caso di *morte apparente*. Non c'erano segni di violenza, i muscoli erano stranamente rilassati, e a un esame superficiale non avevo riscontrato neppure tracce di avvelenamento…»

«Di chi si trattava?»

«Non ne ho idea. Il cardinale Giulio ha mantenuto uno stretto riserbo sulla sua identità. Ma era un uomo d'arme, sicuramente, a giudicare dalle sue vecchie ferite di lama e d'archibugio.»

«E avete poi compreso le cause della morte?»

«Ci sto provando da allora!» sbottò stizzito lo svizzero, battendo un pugno sul giaciglio. «Ma senza risultato! Il decesso è stato sicuramente la conseguenza di un'improvvisa mancanza di respiro, una specie di soffocamento, ma da cosa sia stato provocato… su questo brancolo ancora *in der Dunkelheit*… nel buio! Mi sono fatto attrezzare un improvvisato laboratorio, in uno stanzino adiacente a questo, per esaminare col metodo spagyrico campioni di tessuti e di liquidi prelevati dal cadavere, in cerca delle tracce di qualche tossico… ma *nichts zu tun*… niente da fare, finora. Anche per questo stasera mi sono andato a ubriacare. Odio l'idea di dare ragione a quell'asino di Ponzetti, che propendeva dall'inizio per le *causae naturales*…»

«Quindi non avete trovato neppure un *signum*, su quel corpo, che potesse giustificarne la dipartita?» chiese Michelangelo, perplesso. Anni di pratica anatomica, svolta a vantaggio dell'arte, gli avevano insegnato a riconoscere le principali cause di morte, sia naturale che violenta. Era difficile che un cadavere non parlasse, soprattutto se interrogato da un medico esperto.

«Solo un piccolo graffio» replicò Paracelso, «in un punto del corpo che spingerebbe a ritenerlo conseguenza di un *erotischer Exzess*... non so se mi spiego» sorrise appena, allusivo, «in probabile relazione con la figura femminile che pare sia stata vista allontanarsi dal luogo di ritrovamento del cadavere... ma nulla che potrebbe aver fatto da varco a un veleno, a mio parere, almeno tra quelli conosciuti.»

Una figura femminile, rifletté lo scultore, con un sobbalzo. *Raffaello, con l'avallo di Leone X e dei suoi più stretti consiglieri, sta cercando per tutta l'Urbe una ragazza... Una coincidenza?* Già gli era sembrata assurda quell'accanita caccia a una singola modella, con tutte le fanciulle disponibili a Roma, ma ora gli pareva ancora più sospetta.

«Adesso capite a cosa mi riferivo, quando accennavo ancora ubriaco alla *morte che aleggia* sulla città...» disse il medico in un sussurro, scuotendo la testa. «Ma a che state pensando? Vi vedo assorto...»

«Meditavo sulle vostre parole» replicò l'artista, evitando di scendere in particolari. Preferiva carpire più informazioni possibili da Paracelso piuttosto che fornirgliene, almeno per il momento. Se lo svizzero aveva dichiarato di fidarsi di lui, Michelangelo non era ancora certo di poter fare lo stesso. Le sue passate esperienze come sbirro gli avevano insegnato a dubitare di tutto e tutti, soprattutto quando le circostanze gli apparivano poco chiare. «Dunque... avete un laboratorio alchemico qui al San Giacomo?» domandò cambiando discorso, gli occhi scintillanti di curiosità.

«Un laboratorio *spagyrico*, non *alchemico*» ribadì Paracelso, rimarcando i due aggettivi. «Non sono affatto... la stessa cosa. L'alchimia, come diceva il venerando abate Tritemio mio maestro, *è una casta meretrice che ha molti amanti ma che, deludendoli tutti, non si fa possedere da nessuno e rende folli gli stolti*. E comunque si tratta di attrezzature improvvisate, come vi ho già detto, nulla a che vedere con quelle che ho a Ferrara.»

«In ogni modo gradirei vederlo» insisté l'artista, sempre più curioso. Non ne aveva mai osservato uno, e quella era un'occasione unica per tentare di apprendere qualcuna delle occulte procedure degli alchimisti. Non poteva lasciarsela sfuggire. «Se avrete la cortesia di mostrarmelo, vi rivelerò anch'io un segreto che forse potrà interessarvi» promise con un sorriso invitante. «Allora, affare fatto?» concluse, sperando di stimolare l'interesse del medico.

Paracelso lo fissò a lungo. Sembrava incerto, combattuto tra il desiderio di condividere le proprie difficoltà e quello della riservatezza. Alla fine, il primo ebbe il sopravvento: «I Fiorentini, anche gli artisti, sono comunque ottimi mercanti» sorrise ironico, alzandosi con una certa difficoltà dal giaciglio. «Accetto lo scambio. Venite, Michelangelo. Sarà per voi un'esperienza stimolante, spero.»

Lo scultore lo seguì fino a una porticina in fondo alla stanza, che il medico aprì con una piccola chiave. L'interno era quasi buio, rischiarato da una fioca luce rossastra che filtrava da un punto imprecisato. «Non preoccupatevi, non sono le fiamme dell'Inferno» ridacchiò lo svizzero. «Si tratta del fuoco che filtra dal mio *athanor*... ma prendete pure con voi una delle lanterne, così vedrete meglio» lo invitò, facendogli cenno di entrare. Michelangelo obbedì, seguendolo all'interno della stanzetta. Era molto calda, e priva di aperture tranne un minuscolo sfiatatoio sul soffitto basso. «Se non fosse per quello» disse Paracelso, indicandolo, «il fumo della combustione ci soffocherebbe.»

Anche così, in questo buco si fatica a respirare, pensò lo scultore, iniziando a sudare. La prima cosa che attrasse la sua attenzione, mentre si guardava intorno, fu un fornello a forma di torre al centro della stanza.

«È il mio piccolo *athanor*, una fornace alchemica» spiegò il medico, anticipando la sua domanda. «Costruito con argilla grassa perfettamente triturata e mescolata con crine e fimo di cavallo, perché mantenga costante il calore e non si spacchi alle alte temperature... Che avete, Michelangelo, vi dà fastidio l'odore del letame?» sorrise, notando la smorfia di disgusto dello scultore. «Ricordatevi il Vangelo di Luca: *Che cosa andaste a vedere nel deserto? Un uomo avvolto in morbide vesti?* Il bravo medico, sia spagyrista che alchimista, deve sporcarsi le mani! Per le sostanze vegetali la *putrefactio*, la prima fase per l'estrazione degli *arcana*, va fatta tagliuzzandole, sminuzzandole, pestandole e poi ponendole con vino rosso in vasi di vetro, per almeno quaranta giorni, nello sterco di cavallo che le mantiene a temperatura costante. Poi la massa putrefatta viene premuta e il liquido, dopo filtrato, passa alla distillazione mediante il fuoco.»

Michelangelo annuì, rimpiangendo di non avere un fazzoletto da mettere sotto il naso.

«È sempre il fuoco che separa il puro dall'impuro, l'utile dall'inutile e lo trasmuta nella sua ultima essenza» continuò

Paracelso, fissando amorevolmente il suo *athanor*. «Nella fornace o nella stufa di cucina, tutto ciò che si realizza col fuoco è alchimia, anche se per diversi gradi: per le erbe, i fiori e i semi basta la distillazione fatta a *bagnomaria* in acqua riscaldata, per le foglie e i frutti quella in ceneri calde, mentre per le radici e i rami serve quella in sabbia bollente. Solo per le parti legnose è utile il fuoco diretto. Con la distillazione si ha finalmente la *preparazione magistrale*, o *quintessenza*. Per le sostanze animali si seguono procedimenti analoghi.»

Lo scultore ascoltava affascinato, facendo vagare lo sguardo sulle decine di bizzarri recipienti trasparenti, di varie forme e dimensioni, allineati su ampie scaffalature.

«Se non fossi un artista» mormorò, «mi sarebbe piaciuto diventare uno dei vostri discepoli.»

«Non vi sarebbe convenuto, *Herr* Buonarroti» borbottò il medico, scuotendo con vigore la testa grossa. «Molti dei miei allievi li ha presi il boia e li ha cancellati dal mondo, che Dio li aiuti... Quelle sono *uova filosofali*» continuò a spiegare, indicando alcuni recipienti ovoidali dal collo stretto, «quelli sono invece vasi *circolatori* e *a torre*, e quegli altri alambicchi e storte... Devono essere tutti di spesso vetro di Lorena, l'unico che sopporta *die starke Hitze*... il forte calore. Riuscite a seguirmi, Michelangelo?»

«Più o meno, *domine magister*» mormorò l'artista, incantato.

«Procedimenti simili vengono applicati anche ad alcuni metalli velenosi» lo incalzò Paracelso, «trasformandoli in sali curativi... Ma tornando alla morte di quell'uomo... con tutto il mio *lumen naturae*, con tutta la mia *scientia*... non sono ancora riuscito a isolare il misterioso veleno che può averlo ucciso! *Verdammte!* Dannazione! Può darsi dipenda dall'attrezzatura limitata di questo misero laboratorio. Forse dovrei tornare a Ferrara.»

«Magari è morto davvero per cause naturali» azzardò lo scultore.

«E quindi dovrei dare ragione a Ponzetti? *Niemals*! Mai! Usciamo da qui, adesso. Fa troppo caldo!» concluse nervosamente. Michelangelo, ormai in un bagno di sudore, accolse con sollievo la proposta.

«Io ho fatto la mia parte» disse Paracelso quando furono di nuovo nell'altra stanza, iniziando a calmarsi. «Ora tocca a voi: qual è *dein Geheimnis*... il vostro segreto?»

L'artista si accomodò di nuovo sul suo sgabello, senza mostrare alcuna fretta di rispondere. Poi, dopo aver tenuto un po' il medico sulle spine, esordì con calma: «Si dà il caso che proprio questa mattina Leone X, suo cugino il cardinale Giulio e Bernardo Dovizi da Bibbiena mi abbiano affidato, – insieme a Raffaello Sanzio da Urbino, – il bizzarro compito di rintracciare una giovane meretrice per farla posare come modella per alcuni lavori negli appartamenti del Bibbiena. Nessuno la conosce ma il Sanzio l'ha incontrata per caso due volte, la seconda a notte fonda e forse in fuga da qualcuno, o comunque assai spaventata. Almeno così dice lui. Non vi sembra strana questa faccenda, alla luce di ciò che mi avete raccontato?»

A queste parole l'interesse del medico si risvegliò. «In effetti è... bizzarro. Come se le due vicende fossero due facce *der gleichen Medaille*... della stessa medaglia» rimuginò, grattandosi il capo.

Michelangelo annuì, pensoso. «Lo credo anch'io, dottore. E credo anche che, unendo le nostre forze a quelle di Raffaello, riusciremmo forse a vederci più chiaro in tutta questa strana faccenda... Ho sempre più la sensazione che papa Leone e i suoi consiglieri stiano usando me e il Sanzio per scopi che non vogliono dichiarare, come stanno facendo anche con voi. Forse la loro intenzione era proprio quella di tenerci separati. Voglio inoltre avvertirvi che, da quando è iniziata quest'assurda caccia, ho sempre la spiacevole sensazione di essere pedinato, quindi la situazione potrebbe anche risultare pericolosa... In ogni modo, se il destino ci ha fatti incontrare, vuole forse che collaboriamo...»

«Lasciate perdere il destino» scosse la testa Paracelso. «Fortuna, sfortuna e felicità dipendono dall'uomo e solo da lui. Però sento anch'io *ein unheilvolles Omen*... un sinistro presagio.»

«Siete allora d'accordo a collaborare con me e Raffaello, per fare un po' di luce in queste tenebre?» chiese Michelangelo, tendendo la grossa mano da scultore. Dopo un istante d'esitazione, il medico la strinse.

XXII

Rione Ponte, un'ora dopo la Compieta

Piazza di Ponte Sant'Angelo era il centro finanziario della città che ospitava, oltre agli uffici dei banchieri, anche le abitazioni di potenti famiglie come quella dei romani Bonadies e degli Spannocchi di Siena. La maggior parte delle compagnie commerciali e d'affari, e quindi dei capitali che circolavano nell'Urbe, si concentravano intorno a quella zona, una delle più eleganti ed esclusive di Roma.

La facciata del sontuoso edificio degli Altoviti, col pian terreno in bugnato e quello nobile rialzato da un mezzanino, culminava in un ultimo piano esteso fino al lato opposto del palazzo, quello che affacciava direttamente sul Tevere. Il Bramante vi aveva aggiunto, appena tre anni prima, un'ala dotata di un belvedere ornato da un colonnato e da una balaustrata, dal quale si potevano ammirare gli splendidi tramonti sul fiume.

Ammessi nelle stanze dove gli ospiti s'intrattenevano in attesa che iniziasse il banchetto, Raffaello scambiò cerimoniosi saluti con alcuni membri della colonia fiorentina di Ponte, nobili appartenenti alle più importanti famiglie: Tornabuoni, Strozzi, Pazzi, Olivieri, Cavalcanti… che lo accolsero con ammirata cortesia senza degnare di uno sguardo i suoi compagni.

Delgado lanciò un'occhiata rassegnata all'Aretino.

L'altro scrollò le spalle, con indifferenza. «Un giorno sarò io a guardare dall'alto in basso questa nobiltà da bottega, perché cavalcherò al fianco dei sovrani.»

«Sognare non costa nulla» ridacchiò il prete, mentre lo Zoppino si era subito impossessato di una coppa d'aperitivo. «Andateci piano con quella Malvasia» lo ammonì Delgado. «Mi sembra che abbiate già bevuto a sazietà, per questa sera.»

«Umpf! È più acqua di rose che vino!» borbottò lo stampatore, dopo averne tracannato un sorso generoso. «Questo non me lo sarei mai aspettato, da un riccone come l'Altoviti! È proprio vero che non si è mai troppo vecchi per stupirsi!»

Un argentino suono di campanelli echeggiò nel corridoio: la cena stava per cominciare. Sul sottofondo di liuti, viole, flauti e tromboni, gli ospiti iniziarono a sciamare verso la sala del banchetto. Raffaello e il suo seguito si accodarono alla piccola folla, osservandola con discrezione.

«Pensate che potrebbe trovarsi tra gli invitati?» sussurrò l'Aretino all'orecchio dell'urbinate, scrutando le donne più giovani.

«Non credo» scosse la testa il pittore. «I ricevimenti dell'Altoviti non sono come quelli di certi cardinali, che diventano orge per la presenza di troppe meretrici. Bindo, per rispetto di sua moglie Fiammetta, non ha mai trasformato questo palazzo in un bordello.»

«Ma… la Soderini non si trova a Firenze?»

«Stasera sì, come quasi sempre. Ma per lui non fa differenza. È innamoratissimo della sua sposa. Quando gli feci il ritratto, m'ingiunse di renderlo particolarmente bello perché doveva inviarlo a Fiammetta, affinché lo avesse sempre davanti agli occhi sebbene lontano… Un pegno d'amore, capite?»

«Quindi nessuna puttana ad allietarci la cena» sospirò l'Aretino, deluso.

«Non ho detto questo» ghignò Raffaello. «Anche se Altoviti non invita personalmente meretrici alle sue feste, non può certo impedire a qualcuno dei suoi nobili ospiti di farsi accompagnare da una giovane cortigiana, che sia però poco nota per non scandalizzare le dame della buona società, che si comporti con garbo e soprattutto… che non sia appariscente.»

«Però io non ne vedo…»

«Perché non avete guardato bene. Se vi applicherete con maggiore attenzione, noterete che alcuni dei paggi imberbi che accompagnano stasera nobili e alti prelati… non sono maschi ma splendide fanciulle vestite e acconciate da uomo. Una bella trovata, non è vero?»

«Sì, conosco quest'abitudine, diffusa soprattutto tra i vescovi e i cardinali.»

«Perciò aguzzate la vista, amico mio. Non dispero di poter scovare la mia preda sotto vesti maschili, se la fortuna ci assiste.»

«Saremo i vostri cani da caccia, con tutti i sensi all'erta» intervenne Delgado, che aveva udito la conversazione. «Vero, Zoppino?» ridacchiò, rivolto allo stampatore. «Oppure sei troppo ubriaco per distinguere un garzone da una ragazza?»

Poco dopo sbucarono in una vasta sala illuminata a giorno da grandi lampade a olio. Il pavimento in cotto era coperto da morbidi tappeti orientali, le pareti ornate da arazzi finemente intessuti e da pannelli di cuoio pregiato con inserti d'oro. Due lunghissimi tavoli, da un centinaio di coperti l'uno, erano sistemati ai lati della mensa d'onore rialzata su un piedistallo di legno smaltato. Altoviti vi aveva già preso posto con alcuni degli ospiti di maggior prestigio.

«Raffaello!» esclamò il banchiere appena lo scorse, scendendo dalla pedana per abbracciarlo. Di otto anni più giovane del Sanzio, il pittore non aveva dovuto sforzarsi per rendere bello il suo ritratto: il viso regolare, dall'incarnato roseo come quello di una fanciulla, era incorniciato da lunghi capelli ondulati, sopracciglia ben disegnate e basette color dell'oro, e adornato da due grandi occhi verdi e da labbra sensuali. Ma era soprattutto la sua espressione intensa, sempre un po' imbronciata a renderlo affascinante. Atteggiamento che il pittore aveva colto alla perfezione nel ritratto, facendone un vero capolavoro.

«Sono felice che tu sia qui! Ho dubitato fino all'ultimo che venissi... Sei sempre così occupato!»

«Non per te, Bindo» sorrise il Sanzio, ricambiando l'abbraccio con calore. Era uno dei pochi a Roma, oltre Michelangelo, a potersi permettere di chiamare l'Altoviti col nome di battesimo. Erano in confidenza da molto tempo, uniti da comuni esperienze di vita. Entrambi avevano perso il padre molto giovani, e per questo avevano dovuto sopportare presto il peso delle responsabilità: per Raffaello la gestione della bottega artistica paterna, per l'Altoviti quella dell'immenso impero finanziario ereditato dal genitore. «Sai bene che il tempo lo trovo sempre, quando si tratta di coltivare la nostra amicizia! Posso presentarti i miei accompagnatori? Francisco Delgado, sacerdote, Pietro Aretino, poeta, e Niccolò d'Aristotele de' Rossi, stampatore.»

«Avrei voluto farti incontrare anche Michelangelo» gli disse il banchiere, salutando distrattamente gli altri tre. «Ma non l'ho invitato per non costringerlo all'imbarazzo di un ennesimo rifiuto… è sempre così forastico, quell'uomo! Mi sono stancato di ricevere i suoi garbati rifiuti, ogni volta che tento di onorare un grande ricevimento con la sua presenza! Viene da me solo quando è sicuro che saremo soli. Un vero misantropo!»

«Come hai appena detto» sospirò l'urbinate, allargando le braccia, «è molto difficile che Michelangelo esca dal suo guscio. Ho provato a trascinarlo con me, ma invano.»

«Sarà per la prossima volta, spero. Se fosse un altro, mi sentirei offeso. Ma a Michelangelo perdono tutto! Mi ha reso l'uomo più felice del mondo, regalandomi il cartone preparatorio dell'*Ebrezza di Noè* che ha affrescato nella Sistina!»

Aretino se ne risentì ma evitò di commentare.

«Ti presento ai miei più illustri ospiti di stasera» riprese il banchiere rivolto a Raffaello, indicando alcune elegantissime figure sedute al tavolo d'onore. «Il giovane Niccolò Ridolfi, figlio di Contessina de' Medici e nipote di Leone X, futuro protonotario apostolico e cardinale… Il nobile Pompeo Pazzi, il cui palazzo di famiglia è quasi accanto al mio.»

Il tempo rimarginava davvero tutte le ferite, un rappresentante dei Pazzi allo stesso tavolo con un Medici… una circostanza che sarebbe stata impossibile una trentina d'anni prima, all'epoca della sanguinosa lotta tra le due potenti famiglie.

«Il milanese Agostino Trivulzio» continuò l'Altoviti «abate commendatario del monastero cistercense di Acquafredda e protonotario apostolico… Francesco Guicciardini, fine letterato e governatore di Modena… il capitano d'arme Rinieri Orlandi della Sassetta… e il nostro caro Bandinello Sauli» aggiunse, mentre il giovane cardinale smetteva finalmente di confabulare col suo *paggio*, degnandosi di fare un cenno di saluto.

Raffaello ne approfittò per scrutare, discretamente ma con attenzione, la giovanissima meretrice vestita da uomo che accompagnava il porporato. No, era molto carina ma non era *lei*, concluse sollevato.

«Voi tutti conoscete di certo, personalmente o di fama, il grande artista Raffaello Sanzio da Urbino…» l'Altoviti terminò i convenevoli battendo con confidenza una mano sulla schiena del pittore, «che mi onora stasera con la sua presenza, come tutti i giorni con la sua amicizia. Vieni, Raffaello, siedi con noi» lo invitò cordialmente. «I valletti guideranno i tuoi accompagnatori a posti più adeguati» concluse, richiamando l'attenzione di un servo con uno schiocco delle dita.

«Non ve la prendete, Aretino» sussurrò Delgado all'orecchio del poeta, leggendo la delusione sul suo volto. «Mica vi aspettavate di condividere la cena con nobili, cardinali, banchieri, capitani di ventura, letterati *famosi* e grandi artisti? E poi, sono certo che ci divertiremo assai di più tra gente del nostro livello… Guardate, agli altri tavoli sono seduti molti *paggi* di dubbia natura…»

«Sì, ci sarà da sollazzarsi… se i loro accompagnatori non sono troppo gelosi» commentò lo Zoppino, ringalluzzito da un'altra coppa di aperitivo.

«Con tatto e discrezione» lo ammonì Delgado, dandogli una gomitata tra le costole. «Non facciamo sfigurare il Sanzio.»

Andarono a sedersi dove la presenza di giovinetti era più numerosa, presentandosi con cordialità ai convitati già sistemati al tavolo. Oltre a godere di una compagnia più dilettevole, avrebbero avuto un buon punto d'osservazione per scoprire se la meretrice inseguita dal Sanzio si celasse sotto uno di quei travestimenti da maschio.

Raffaello li osservò accomodarsi sperando che non ne approfittassero per comportarsi male. Altoviti lo fece sedere accanto a lui, felice di potergli parlare in confidenza. Era da molto che non lo vedeva.

«E allora, cosa mi racconti?» gli chiese allegro, mentre alcuni bottiglieri versavano nelle coppe l'ottima Vernaccia che Bindo faceva arrivare da San Gimignano. «A cosa ti stai dedicando in questo periodo? Ritratti, affreschi, arazzi?»

«Sto cercando una ragazza» mormorò il pittore, sorseggiando assorto il vino.

«Ah, hai deciso finalmente di sposarti?» ridacchiò il banchiere. «Bravo, era ora!»

«Niente di tutto questo… sto cercando una modella per un lavoro, ma non una qualsiasi.»

«Roma è piena di bellissime fanciulle… e anche molto disponibili.»

«Me ne interessa solo una, che ho incontrato per caso due volte e che poi ho perso di vista.»

«Deve averti colpito molto» commentò l'Altoviti, interessato. «E dimmi… quale sarà il soggetto, e chi è il committente dell'opera?»

«Una *Primavera*… per gli appartamenti di Dovizi da Bibbiena in Vaticano.»

«Ah… quindi c'è anche lo zampino di Leone X» notò il banchiere, con improvvisa freddezza. «Lavori sempre molto, per lui.»

«Siamo nella Città Santa» replicò il pittore, con un sorriso ironico. «Il contrario sarebbe impossibile.»

«Lo so» sospirò l'Altoviti. «Anche Michelangelo dipende dai capricci di papa Medici» sussurrò stizzito, attento a non farsi udire da Niccolò Ridolfi e neppure da Francesco Guicciardini, che doveva proprio al pontefice la sua recente nomina a governatore. Di Bandinello Sauli non si preoccupava troppo: era stato creato cardinale da Giulio II, e in fondo non era un fedelissimo di papa Leone, anzi...

«Alla tua salute, Bindo, e scacciamo tutti i tristi pensieri!» esclamò Raffaello per cambiare discorso, sollevando la sua coppa. Non era il caso di affrontare certi discorsi in pubblico. I Medici costituivano per il banchiere una vera ossessione, rappresentavano i tiranni che avrebbe voluto schiacciare a ogni costo. Spendeva migliaia di ducati per sostenere i fuoriusciti repubblicani che tramavano contro la Signoria medicea, si diceva che stesse perfino prendendo accordi col re di Francia, suo debitore, per scacciarla da Firenze... E ogni volta cercava l'appoggio morale del Sanzio, che sentiva come un'anima affine.

«Nel tuo campo, hai affrontato mostri sacri come il Perugino e il Pinturicchio, nel mio ho dovuto lottare contro i banchieri genovesi, e gli alemanni Fugger e Wesler» gli diceva spesso, con gli occhi accesi di passione, «e abbiamo entrambi vinto! Tu mi puoi capire! Vedrò la rovina dei Medici, fosse l'ultima cosa che faccio!» Ma l'urbinate si era sempre guardato bene dal prendere qualsiasi posizione a riguardo. La politica non lo interessava, e Leone X era un committente troppo importante per inimicarselo. Per fortuna, Bindo aveva accettato di buon grado la sua neutralità, conservandogli stima e amicizia. Del resto, ufficialmente il banchiere manteneva buoni rapporti con la Santa Sede, barcamenandosi con fine diplomazia tra medicei e antimedicei. La presenza, alla festa di quella sera, del figlio di Contessina de' Medici accanto a Pompeo Pazzi ne era una conferma.

Solerti valletti avevano cominciato a servire gli antipasti: insalata di capperi, tartufi, cime di radicchio, indivia e ravanelli, polpette di cinghiale, bocconi di anguilla e di orata in carpione, formaggi e affettati. Alcuni ospiti trassero dagli astucci le loro scintillanti forchette personali.

«Temo di aver dimenticato la mia» disse Raffaello, imbarazzato. L'Altoviti non se lo fece ripetere, offrendogliene una d'oro ornata da un diamante. Altri convitati, soprattutto quelli seduti nella parte più lontana dei tavoli, dovettero accontentarsi di quelle d'argento messe a disposizione dai servitori. Tra questi lo Zoppino, che si lanciò sugli antipasti come un lupo affamato sulla preda, sotto lo sguardo di riprovazione di Delgado.

«Con questo vino carico e tondo» biascicò lo stampatore, «bisogna riempire bene lo stomaco! Mica è Moscatello, buono solo per gli osti e gli ubriaconi! Oppure quel piscio del Greco, che può bere solo la servitù! Ehi tu, bottigliere, versami un'altra coppa!» Il prete sospirò, contento di essere lontano dalle orecchie di Raffaello. L'Aretino si stava invece divertendo un mondo con un delizioso paggetto che gli sedeva accanto, sotto lo sguardo languido e bonario del suo anziano accompagnatore.

La prima vivanda, comprendente più portate, fu servita *all'alemanna*, su grandi vassoi da dieci porzioni. «Un ottimo espediente per spingere gli invitati a fare amicizia» disse Bindo Altoviti, rivolto ai suoi vicini di mensa. «Si servono in molti dalla stessa guantiera, devono conversare per forza!» rise, mentre gli scalchi tagliavano porzioni di fagiano arrosto con arance e salsa di cipolla, di quaglia e di fegato di cappone, aggiungendo sui vassoi milze di pesce, code di trota e dentice in brodetto, il tutto accompagnato da un saporoso bianco di Velletri.

«Viva il Velletrano!» esclamò lo Zoppino, che aveva riconosciuto il vino al primo sorso.

«Un po' di contegno, Niccolò» gli sibilò Delgado, infastidito, mentre sorseggiava con soddisfazione l'ottimo nettare. I convitati affondavano frenetici le forchette nelle pietanze, asportandone bocconi per loro stessi e per le dame alle quali li porgevano con insinuante galanteria.

Alla seconda vivanda, gli scalchi portarono in tavola uccelli arrosto, salsicce in padella, pasticcio di piccione, carpioni, rombi e gamberi fritti in salsa dolce, anguille giganti e lamprede arrosto con zucchero e cannella, pasticcini di uova di trota, sfogliata di pinoli e tortelle di frumento. I bottiglieri versarono del Moscatello di Taggia, mentre la musica dell'orchestra fu sostituita da madrigali a quattro voci.

«Nettare degli dèi, vino dei papi e dei re!» declamò lo Zoppino, facendo onore alle nuove libagioni. Delgado si chiese, scuotendo la testa con disapprovazione, come facesse lo stampatore a non crollare sotto il tavolo. Anche quel Moscatello, se gustato con moderazione, era però ottimo. Si mise poi a scrutare tutti i paggi che potevano essere in realtà giovinette camuffate, per rendersi utile al Sanzio e compensarlo in qualche modo di averlo condotto a quella lauta cena. Il pittore, isolato sul piedistallo del tavolo d'onore, non sarebbe certo riuscito a farlo. In fondo si trovavano lì soprattutto per questo. Dopo una lunga esplorazione, convenne che anche quella volta erano stati sfortunati. Nessuna delle giovinette travestite somigliava a quella cercata da Raffaello.

L'arrivo della terza vivanda interruppe i suoi pensieri. Era il momento degli arrosti: gli scalchi diedero il meglio di loro tagliando capretti, capponi, conigli, tortore, pernici, lombo di manzo e vitello, capriolo, cinghiale, galli e galline d'India... Ma il vero trionfo fu quando portarono in tavola, tra scrosci di applausi, grandi porchette a forma d'elefante con le teste modellate in *pastumo*, un denso impasto di carne, uova, farina e latte. Le carni furono accompagnate da un fruttato Mangiaguerra di Napoli color rubino.

«Ecco il vino giusto per l'arrosto!» annuì lo Zoppino, tracannandolo allegramente. «Mica come il rosso di Terracina, che va bene solo per copisti e notai! Questo è il nettare che ci vuole, ideale per incitare alla lussuria le cortigiane!» Un coro di risate accolse le sue esclamazioni.

Mentre lo Zoppino faceva il buffone, l'Aretino era intento a gozzovigliare giocando col paggio e alla fine della serata soltanto il prete e Raffaello sarebbero forse rimasti lucidi. Sempre che quel ricevimento avesse avuto fine... I valletti avevano appena cominciato a cambiare tovaglie e vasellame per preparare i tavoli alle vivande successive.

Per fortuna, la cena subì un intervallo durante il quale gli ospiti iniziarono a ballare pavane e bassedanze in un salone adiacente. Mentre lo Zoppino continuava a bere, Delgado si spostò nell'altra sala in tempo per vedere Raffaello piroettare agile con alcune giovinette di buona famiglia. Invece l'Aretino, quando l'orchestra attaccò un ritmato *gallardo*, ne approfittò per sollevare in aria il paggio facendogli compiere giri mozzafiato.

«Non ho ancora capito se sei maschio o femmina» gli sussurrò all'orecchio, mentre l'altro emetteva squillanti risatine, «ma tutto sommato neppure m'interessa!»

Prendendosi una pausa dalle danze, l'urbinate si affiancò ansante all'Altoviti che contemplava soddisfatto la buona riuscita della festa.

«Chi è quella donna così bella ma altrettanto triste, che rifiuta tutti gli inviti a ballare seduta in disparte?» chiese al banchiere. L'impegno della danza non gli aveva impedito di scrutare con attenzione la folla dei ballerini, nella speranza d'individuare la ragazza che cercava.

«Quella è Marietta la Corsa, detta *la Corsetta*» rispose l'Altoviti, sorseggiando una coppa del Chiaretto di Avignone che i bottiglieri avevano appena servito. «L'ho invitata io personalmente, sebbene come sai non ami troppo la presenza di cortigiane ai miei ricevimenti, proprio per farla distrarre dalle sue disgrazie... ma vedo che non c'è nulla da fare.»

«Perché, che cosa le è accaduto?»

«Conviveva da mesi con un giovane moro che nascondeva in casa, travestito da donna per spacciarlo per una fantesca» sospirò il banchiere, scuotendo la testa. «Qualche giorno fa sono stati scoperti, arrestati e condotti su una carretta per tutta Roma. A lei hanno messo una veste di velluto nero, lunga fino a terra, sciolta e senza cintura, mentre al moro hanno lasciato gli abiti da donna sollevati fino all'ombelico, per mostrare alla folla i suoi attributi maschili. Dopo aver fatto il giro della città, la Corsetta è stata liberata mentre il suo amante è stato arso sul rogo.»

«Adesso capisco perché sembra così sconsolata, povera donna» annuì triste il Sanzio.

«Cose che capitano nella Città Santa» commentò l'altro ironico. «Ma adesso basta con le malinconie! Stanotte dobbiamo divertirci! Hai poi adocchiato la giovinetta che stai cercando? A proposito, non mi hai ancora detto come si chiama. Anche se in questi casi il nome non significa nulla. Perché si tratta di una meretrice, giusto?»

«Credo di sì, ma neppure di questo sono sicuro. In realtà non so come si fa chiamare, non la conosco. Te l'ho detto, l'ho incontrata solo due volte, per caso o per volontà degli astri, l'ultima volta proprio nel rione Ponte, qui vicino. Era notte fonda, e sembrava avere molta fretta.»

«Probabilmente tornava o si recava da un cliente» commentò l'Altoviti. «Aveva fretta perché temeva le scudisciate degli sbirri» concluse con un sorriso, ma senza allegria.

«Non lo so...» scosse la testa l'urbinate, dubbioso. «Sembrava *molto* spaventata, come fuggisse da un grave pericolo... Eccola» disse traendo dalla borsa la piccola tavola a olio e porgendola al banchiere.

L'Altoviti si incupì, fissando a lungo il dipinto.

«Che ti succede, te ne sei innamorato anche tu?» lo burlò Raffaello, malizioso.

Il banchiere gli restituì subito la tavoletta, con un gesto di stizza. «Non dire castronerie! Lo sai che non ho occhi che per mia moglie.» Poi gli voltò le spalle, allontanandosi per salutare alcuni invitati.

La reazione di Bindo lo aveva sorpreso. Molte altre volte avevano motteggiato su certi argomenti, senza che il banchiere mostrasse mai segni d'insofferenza. Erano molto intimi, e l'esclusivo amore dell'Altoviti per la sua Fiammetta non era mai stato messo in discussione.

Ugge da ricchi, concluse con una scrollata di spalle, lasciando la sala da ballo per tornare in quella del banchetto.

I servi avevano apparecchiato di nuovo i tavoli con castelli di struffoli dolci, polpa di fagiano, di pernice, di cappone, di luccio e di spigola in gelatina, finocchi, olive di Spagna, uva fresca, formaggio parmigiano, cardi e arance con pepe e sale ma soprattutto, per la gioia degli ospiti che tornavano ai propri posti, enormi vassoi pieni di ostriche.

Raffaello si riaccomodò alla mensa d'onore, scambiando qualche frase di circostanza col Ridolfi e col Trivulzio e ascoltando, con stoica pazienza, una lunga tirata del Guicciardini che lo informò sull'attuale situazione degli Stati italiani nel contesto europeo. Una noia mortale.

La sedia di Bindo era ancora vuota e il Sanzio e i suoi vicini di tavolo non toccarono le pietanze finché il padrone di casa non fu di ritorno.

«Avete fatto male ad attendermi» li rimproverò cortesemente il banchiere, riprendendo il suo posto al centro del tavolo, «qui siete tutti a casa vostra, e sono bandite le cerimonie. Scusate la mia temporanea assenza, ho dovuto sbrigare un affare urgente.»

All'improvviso, il frastuono delle chiacchiere e delle risate dei commensali fu interrotto da alcuni squilli di tromba, che introdussero nella sala un bizzarro personaggio. Era abbigliato con uno strano costume, che ricordava le camicie indossate dai pazienti dell'Arcispedale degli Incurabili, e portava con sé un liuto intarsiato. Il volto era truccato con la biacca in modo da ricordare il pallore di un malato, e cosparso di finte pustole così ben dipinte da sembrare vere. Accolto dagli applausi dei commensali che l'avevano subito riconosciuto, l'uomo si piazzò al centro della sala, in modo che tutti gli ospiti potessero vederlo. Camminava trascinandosi dietro la gamba sinistra, come fosse paralizzata. Il suo portamento suscitò cori di risate, ai quali il nuovo venuto rispose con profondi inchini in direzione di tutti i tavoli, riservando il più cerimonioso verso quello d'onore.

«Ecco lo *Strascino*!» rise di gusto l'Altoviti, scambiando occhiate divertite coi suoi commensali. «Sono felice di potervi offrire, miei cari ospiti, questo giocoso svago. Non è stato facile: come tutti sapete, fa parte della cerchia di buffoni di Agostino Chigi, ma il collega è stato tanto cortese da prestarmelo per questa sera. Ehilà, briccone!» esclamò, lanciando al guitto un ducato d'oro. «Facci divertire, mi raccomando!»

Il senese Niccolò Campani, in arte Strascino, afferrò al volo la moneta fingendo di perdere l'equilibrio a causa della gamba offesa, gesto che provocò un'altra ondata d'ilarità tra gli spettatori. Il buffone aveva infatti creato la sua maschera scenica sulle conseguenze del mal francese che l'aveva effettivamente colpito, lasciandogli come ricordo una gamba paralizzata. Da qui il nome di *Strascino* del suo personaggio, che stava avendo grande successo in tutta Roma. Era stata una magnifica idea. In un mondo terrorizzato dall'ombra malefica del *morbus gallicus*, utilizzarlo a fini comici significava esorcizzare la paura del male, scacciandola dalle coscienze con il fragore delle risate. Inoltre l'attore era anche l'autore dei testi che cantava accompagnandosi col liuto.

Quando iniziò a cavare le prime note dallo strumento, nella sala piombò un totale silenzio. Ottenuta l'attenzione dei convitati, lo Strascino iniziò con voce mesta la sua melodia. Fingeva di stonare per la raucedine, un'altra spiacevole conseguenza del mal francese, trascinandosi dietro la gamba con un atteggiamento di esagerata sofferenza. Cominciò a lamentarsi in versi delle mani raspose che lo costringevano a portare sempre i guanti, delle ulcere ai piedi, del mal di denti e del fiato puzzolente, altre eredità del morbo, con buffi gesti che strapparono al pubblico sonore risate. Ogni tanto qualche convitato gli lanciava una moneta che il buffone, pur simulando di scivolare, riusciva sempre ad afferrare al volo. Dopo molti altri lazzi e motteggi, per congedarsi lo Strascino cantò un'ultima strofa, accompagnandola con la musica più triste tra quelle fino ad allora suonate. Ricordò quante volte aveva desiderato di uccidersi pur di far terminare le proprie sofferenze, quante volte aveva invocato il diavolo e bestemmiato Dio e i santi per trovarne il coraggio... La sua voce malinconica si spense sulle ultime note del liuto, lasciando la sala in un silenzio cupo, quasi funereo. Poi, a un ultimo volgare sberleffo del guitto, la magia di trasformare l'angoscia in risata si compì di nuovo, e gli ospiti si alzarono di colpo tutti in piedi, acclamando il buffone con un'esplosione d'entusiasmo liberatorio.

«Ehilà, Niccolò!» gli gridò lo Zoppino, agitando una mano per attirare la sua attenzione. Il buffone ricambiò il saluto con ardore.

«Siete suo amico?» domandò al tipografo Delgado, che conosceva lo Strascino solo di fama.

«Eccome!» replicò lo Zoppino, con fierezza. «Sarò lo stampatore dei suoi versi! Ne faremo di ducati io e lui, vedrete! Io mi reggo sulla gamba sinistra e lui sulla destra, ma se ci abbracciamo corriamo veloci!»

Lo Strascino zoppicò tra gli applausi fino al tavolo d'onore, dove s'inchinò a Bindo Altoviti che gli lanciò una scarsella di tintinnanti ducati. Poi andò a bere e a mangiare ostriche assieme allo Zoppino.

«Allora, vecchio imbroglione, quando lo stampi il mio *Lamento*?» chiese il guitto al tipografo, tracannando una coppa di Chiaretto.

«Lo sai che rispetto sempre i miei impegni!» lo rassicurò l'altro, continuando a trangugiare molluschi. «Ho già in mente come sarà, vedi un po' se ti piace: un opuscolo in ottavo di ventisette carte, dal titolo *Lamento di quel tribolato di Strascino Campana Senese sopra il male incognito: il quale tratta della pazienza e impazienza in ottava rima, opera molto piacevole.* Dimmi, ti aggrada?»

«Credo proprio di sì» annuì lo Strascino, allargando le braccia magre. «In fondo lo stampatore sei tu: è il tuo mestiere, non il mio.»

«Puoi dirlo forte!» replicò lo Zoppino in tono fiero, battendo un pugno sul tavolo. «E vedrai che le tue rime saranno in buone mani, più che in quelle dei Giunti o dei Manuzio!»

«Lo spero, tra zoppi *infranciosati* ci si dovrebbe intendere» lo burlò l'altro, attaccando anch'egli le ostriche.

Nel frattempo, nel salone da ballo erano riprese le danze.

Raffaello non ebbe più occasione d'incrociare l'Altoviti, assai impegnato a salutare i suoi numerosi invitati. Ebbe quasi l'impressione che Bindo volesse evitarlo, sebbene non riuscisse a immaginarne il motivo. Ormai aveva perso ogni speranza di rintracciare la sua preda tra le ospiti del banchiere, ma giacché era *in ballo*, pensò divertito dal gioco di parole, tanto valeva approfittarne. Inoltre non voleva guastare la festa ai tre compagni: finora l'avevano servito fedelmente senza chiedere nulla in cambio, e meritavano un po' di svago.

Le danze continuarono fino ai rintocchi del Mattutino, quando fu servito un ultimo pasto leggero per ritemprare le forze dei ballerini: lattuga, zucca, cocomero, mandorle, pere e prugne sciroppate, gelatina di mele cotogne e zibibbo, il tutto accompagnato da un'inebriante Malvasia. Rientrando nella sala del banchetto per servirsi, Raffaello notò che lo Zoppino e lo Strascino, sebbene quasi del tutto ubriachi, continuavano a versarsi a vicenda generose coppe di vino, confabulando e ridendo di gusto. Delgado, che pur sedendo accanto a loro era stato escluso dalla conversazione, appena vide il pittore ne approfittò per alzarsi e raggiungerlo.

«Ebbene, don Francisco, vi divertite?» Da ciò che aveva visto, il sacerdote era stato l'unico dei suoi accompagnatori a mantenere un buon contegno.

«Le vivande e il vino erano ottimi» gli rispose lo spagnolo, «ma riguardo alla compagnia devo confessarvi di non aver incontrato nessuna persona degna d'interesse, sia uomo che donna...»

«Voi almeno non avete dovuto sorbirvi le lezioni di politica del Guicciardini» lo consolò Raffaello, con un sospiro. «Ma dov'è l'Aretino?» chiese poi, notando che il suo posto era vuoto.

«Non ne ho idea» scosse la testa il prete, con un sorriso mellifluo. «È sparito da un po'... assieme a quel paggetto con cui ha ruzzato dall'inizio della serata. Vedete? L'anziano accompagnatore del paggio non era in condizione di protestare» ridacchiò indicando la vecchia bardassa che, ormai fiaccata dal vino, ronfava col capo appoggiato sul tavolo.

«Si saranno rifugiati in qualche stanzetta segreta, lontano da sguardi indiscreti» ghignò il pittore. «Se Bindo li scopre, li fa gettare entrambi fuori a calci nel sedere!» aggiunse, stavolta ridendo di gusto.

«*Espero que no*» sospirò il prete, alzando gli occhi al cielo. «Già non hanno brillato per compostezza, lui e lo Zoppino… ci mancherebbe solo questa!»

«Non preoccupatevi troppo, don Francisco» sorrise Raffaello, bonario. «Anche l'Aretino ha il diritto di svagarsi, a suo modo. Per come lo conosco, l'Altoviti è abbastanza indulgente nei confronti delle fragilità umane.»

Nel frattempo erano riprese le danze, che avrebbero allietato gli ospiti più resistenti fino alle prime luci dell'alba, e il Sanzio non si tirò indietro.

Quando le campane delle chiese di Roma iniziarono i rintocchi delle Lodi, Raffaello fu finalmente raggiunto dall'Altoviti.

«Vieni con me a salutare l'alba?» lo invitò il banchiere, mentre gli invitati che avevano sfidato le ore piccole sciamavano lentamente, esausti e assonnati, in direzione del belvedere.

«Volentieri» assentì il pittore, felice che Bindo gli avesse rivolto di nuovo la parola. Adesso gli pareva più sereno.

Affacciati alla balaustra ornata dall'elegante colonnato, gli ospiti continuavano a chiacchierare e ridere bevendo Malvasia e mangiando confetti, contemplando la luce dell'aurora che iniziava a tingere piazza di Ponte di un delicato colore rosaceo.

«Comincia un nuovo giorno» mormorò l'Altoviti, inspirando soddisfatto l'aria fresca del mattino.

Nel frattempo, nella piazza sottostante si stava raccogliendo una piccola folla di uomini e donne che sembravano attendere qualcuno, o qualcosa.

«Che succede?» domandò il Sanzio.

«Ah, sì... quasi dimenticavo» rispose l'Altoviti, lanciando uno sguardo distratto al piccolo assembramento. Sembrava assorto in altri pensieri. «Ho visto il bando una settimana fa, affisso a Campo de' Fiori o al torrione di Castel Sant'Angelo, ma me n'ero scordato. Invece era per oggi, all'alba.»

«Sì, ma... cosa?» insisté Raffaello, inquieto, cominciando a sospettare di che si trattasse. Spesso i reati minori venivano puniti in piazza di Ponte, data la sua vicinanza alle prigioni di Tor di Nona.

Come per rispondere alla sua domanda, una carretta trainata da un ronzino spelacchiato e scortata da tre sbirri fece la sua comparsa. Un giovane tamburino la seguiva percuotendo a ritmo cadenzato il suo strumento, affiancato da un'altra elegante figura vestita di nero che portava una borsa di cuoio a tracolla. Dietro di loro si snodava un lungo codazzo di folla che andò ad accrescere la calca già presente sulla piazza, gli occhi di tutti puntati sulle due figure in piedi sulla carretta. Erano un uomo e una donna, entrambi vestiti di lunghi camicioni bianchi, le mani legate dietro la schiena. Lei, giovane e bella, aveva la lunga chioma nera scarmigliata, gli occhi gonfi e arrossati dal pianto. Lui, assai più anziano della donna, sulla testa brizzolata portava un copricapo ornato da due grandi corna di cervo dotate di sonagli. Sostenendo a fatica il peso di quell'apparato, li faceva spesso tintinnare crollando il capo sul petto. La folla cominciò a sbeffeggiare la coppia, fischiando e bersagliandola con un fitto lancio di sterco e frutta marcia.

«Adesso ricordo meglio cosa c'era scritto nel bando» disse l'Altoviti, rivolto a Raffaello. «Del resto, puoi leggerlo anche sul cartello appeso alla carretta. Quei due sono marito e moglie. Lei adultera conclamata, lui becco compiacente. Per questo saranno puniti entrambi. Lui col pubblico ludibrio e poi la galera perpetua, e lei...» il banchiere fu interrotto dal suono del tamburo che si faceva sempre più forte. La folla tacque all'improvviso, fremendo in spasmodica attesa. A quel segnale, l'elegante uomo in nero balzò agile sulla carretta. Si avvicinò con calma alla donna che fece inginocchiare con un gesto delicato, afferrandole la bella chioma con mano ferma, decisa. Poi trasse dalla sua borsa un lungo coltello che scintillò ai primi raggi del sole. La folla trattenne il respiro, il suono del tamburo diventò sempre più ossessivo... Con due sapienti colpi dell'affilata lama il carnefice mozzò di netto il naso e un orecchio della donna, provocando improvvisi fiotti di sangue vermiglio. L'urlo straziante della disgraziata si sovrappose a quello di rabbiosa disperazione dell'uomo, che si accasciò sotto il peso del suo beffardo copricapo, ma entrambe le grida furono sovrastate da quello trionfante della folla.

Raffaello, anche se turbato, fu attratto dal meraviglioso contrasto fra il rosso del sangue e il bianco della veste dell'adultera. Un ottimo spunto per il dipinto di una santa martire.

«Bene, anche oggi un boia ha guadagnato onestamente i suoi sei giuli» ironizzò l'Altoviti, riferendosi alla tariffa incassata dai carnefici: tre giuli per ogni mutilazione

Tra i gentiluomini e le dame affacciati al belvedere ci furono reazioni contrastanti. Alcuni salutarono il supplizio dell'adultera con esclamazioni di giubilo: quelli fra loro che non avevano letto, o non ricordavano il bando, accolsero l'inatteso spettacolo come una degna conclusione del ricevimento. Altri distolsero lo sguardo, disgustati. La Corsetta, che aveva assistito a tutta la scena a pochi passi dal Sanzio, si accasciò svenuta tra le braccia degli ospiti che le stavano accanto.

«Vedi, Raffaello?» gli stava sussurrando l'Altoviti. «Prima l'esemplare punizione della Corsetta e del suo amante moro, adesso quella dell'adultera e del suo sposo cornuto e contento... Sono queste le leggi di Roma! Leone X odia l'amore.»

Il pittore non raccolse la provocazione. «Le norme contro la degenerazione dei costumi sono le stesse ovunque.»

«Non nella Firenze repubblicana» insisté il banchiere, stringendo i denti. «C'era più libertà, quando non era governata dai Medici.»

Raffaello non rispose, l'ultima cosa che desiderava, in quel momento, era iniziare con Bindo una discussione politica.

«Mi aiuterai a rintracciare quella giovinetta?» gli chiese all'improvviso, cambiando discorso. «Pensi di esserne in grado?» lo pungolò sull'amor proprio, sperando d'indurlo a dargli una mano.

«Nessuno può nascondersi a Roma, se io voglio scovarlo» replicò l'Altoviti, in tono brusco. «Nessuno e... *nessuna*. Anzi, vogliamo scommettere cento ducati che la troverò prima di te?» aggiunse, con un sorriso enigmatico.

«Siamo d'accordo» accettò Raffaello, tendendogli la mano. «Sarò felice di perdere la scommessa, se servirà a farmi risparmiare tempo.» Il banchiere gliela strinse appena, senza calore. Poi lo salutò, abbandonando il belvedere. L'urbinate lo seguì con lo sguardo, chiedendosi cosa avesse per comportarsi in modo così strano.

Allontanò quel pensiero tornando a passo svelto nel salone del banchetto, ormai quasi deserto: restavano pochi irriducibili, troppo ubriachi o troppo stanchi per andarsene sulle loro gambe. Tra i quali lo Zoppino, che ronfava sonoramente sotto uno dei tavoli accanto allo Strascino, ugualmente addormentato. Vicino a loro, Francisco Delgado fissava il vuoto assorto in malinconici pensieri. Di Aretino non c'era traccia.

«Andiamo?» lo sollecitò Raffaello. L'altro sobbalzò, come destato da un sogno a occhi aperti. Anche il prete era un po' alticcio, nonostante avesse banchettato in modo assai decoroso.

«Andiamo... dove?» biascicò.

Il Sanzio ebbe un moto d'impazienza. «Io nella mia casa di via Giulia, e voi nella vostra canonica. Qui non abbiamo più nulla da fare. Ci conviene andare a riposare un po', messer *Delicado*. Dovremo essere in forze per il prosieguo della caccia. Se l'Altoviti trova quella ragazza prima di noi, dovrò versargli cento ducati sull'unghia.»

«Ottimo motivo per scovarla per primi» assentì il sacerdote, alzandosi a fatica. «E lo Zoppino?» chiese lanciando un'occhiata, a metà tra la compassione e il disprezzo, ai due uomini che russavano stesi sotto il tavolo. «Per non parlare di quella buona lana dell'Aretino, che chissà dov'è rintanato...»

«Non ho voglia né tempo di cercarlo» tagliò corto Raffaello. «Se volete farlo voi, accomodatevi pure. Vi chiedo solo di raggiungermi, per l'ora sesta, a casa di Michelangelo, da solo o in compagnia non ha importanza. Ora mi congedo, messer *Delicado*. Vado a dormire.»

«*Vaya con Dios*» replicò lo spagnolo, accompagnando il saluto con un sonoro sbadiglio.

XXIII

Rione Ponte, un'ora prima del Mattutino

Agnola smaniava e s'agitava in un dormiveglia inquieto. Nei brevi momenti in cui cedeva al sonno, era turbata da frammenti d'immagini provenienti dal passato assieme a ricordi più recenti, fantasmi che s'affacciavano per un istante dal buio per esserne subito di nuovo inghiottiti, come in un nero pozzo senza fondo.

Prese coscienza all'improvviso della frescura delle lisce lenzuola di seta, in contrasto col suo corpo nudo e sudato, gli occhi spalancati nell'oscurità della stanza silenziosa. Una fioca lama di luce prese a filtrare dallo stipite della porta, disegnandone la sagoma sullo sfondo tenebroso di fronte al letto. Lo spiraglio si allargò sempre di più, lasciando entrare nella stanza una figura che proiettò una spettrale ombra sulle pareti.

«Non temere, bambina mia. Sono io.» La voce di Maddalena era tranquilla. Agnola si calmò, sebbene si chiedesse perché l'amica l'avesse destata a quell'ora insolita. Doveva essere ancora notte, nonostante non potesse esserne certa. Maddalena reggeva una *bugia* con una piccola candela la cui fiammella, anche se debole, strappava vividi riflessi dai suoi capelli rossi, creando un evanescente alone di luce intorno al suo capo. Sembrava una santa.

Quando l'amica si avvicinò al letto, sedendosi accanto a lei, guardandola meglio si rese però conto di quanto le sue impressioni fossero illusorie. Maddalena non era una santa. I grandi occhi verdi erano sempre gli stessi: in quei due gelidi pezzi di smeraldo non c'era calore, né compassione, né pietà.

«Fatti dare un bacio, bambina mia» la blandì l'amica, protendendosi sul letto. Le sue labbra le sfiorarono la guancia con un tocco lieve: erano fredde come ghiaccio. Agnola sentì un brivido correrle lungo la schiena, come presaga di un pericolo senza nome. In quel momento, Maddalena si allontanò lasciando che la candela rischiarasse meglio i contorni della stanza. Dietro di lei apparvero altre ombre. Quattro figure nere.

Sono loro, sono venuti a prendermi, si disse la giovinetta, sentendosi mancare. Avrebbe voluto urlare, chiedere aiuto, ma il terrore le strozzava la voce in gola. E poi, anche gridando, chi sarebbe venuto in suo soccorso?

Con un sobbalzo, Agnola si svegliò.

Aveva fatto un brutto sogno, ecco tutto. Sentiva freddo, ma questo le capitava sempre a una cert'ora della notte. Per quanto si coprisse le era difficile riscaldarsi, forse per l'abitudine di dormire nuda. Si rannicchiò nel letto come faceva da bambina, quando era spaventata da qualche assurdo terrore senza nome, tirandosi fin sopra il capo la spessa trapunta damascata. Tentò di riprendere sonno, ma tetri pensieri iniziarono a vorticarle nella mente.

Le monache, a Lanciano, le avevano sempre predicato che gli incubi erano inganni del demonio. Uno dei suoi clienti, un medico di una certa fama, le aveva detto che tormentavano coloro che dormivano scoperti e sul lato sinistro. Però a volte i sogni predicevano anche il futuro, a saperli leggere. E se gli incubi potevano essere profetici, allora… Scostò all'improvviso la coltre e si mise a sedere al centro del letto, in ascolto. Le era sembrato di udire un suono in lontananza, un rumore appena percettibile di cui non distingueva però la natura, né la provenienza. Era come… un mormorio.

Qualcuno stava bisbigliando e sembrava che il suono venisse dal piano di sotto. Scese dal letto e si avviò alla porta. Probabilmente, Maddalena stava ricevendo uno dei suoi clienti. Non poteva certo smettere di lavorare, solo perché aveva un'ospite in casa… Forse, però, era meglio esserne sicuri. Decise di affacciarsi appena un po' sulla scala che portava giù, controllando la situazione senza disturbare l'amica.

Tentò di abbassare la maniglia, ma la porta non si aprì. Era serrata dall'esterno. Provò più volte, con cautela per non provocare rumore. Nulla da fare. Agnola ebbe un singulto. Maddalena l'aveva chiusa dentro. Il mormorio, oltre l'uscio, le sembrò aumentare d'intensità, farsi più vicino. Le parve anche di udire uno scricchiolio di passi sulla stretta scala di legno. Qualcuno stava salendo? Ma chi? Maddalena? All'improvviso le immagini dell'incubo tornarono a invaderle la mente, in tutta la loro orribile evidenza. Se davvero aveva avuto un sogno premonitore, Maddalena non stava salendo da sola. Stava venendo con *loro*. L'aveva venduta!

Agnola restò per un lungo istante con la mano sulla maniglia, immobile come una statua. Sebbene l'istinto le ordinasse di muoversi, la paura le paralizzava ogni muscolo, il suo corpo si rifiutava di obbedire all'impellente necessità della fuga, come quello di un animale notturno incantato dalle torce dei cacciatori. Eppure doveva staccarsi da quella porta… ma per andare dove?

Quando i suoi occhi sbarrati si posarono sul rozzo dipinto di Santa Nafissa, si fece un rapido segno di croce, raccomandandosi alla fanciulla raffigurata nella mediocre tavola a olio. Le elevò una muta preghiera, alternando occhiate febbrili dal dipinto alla porta, mentre lo scricchiolio sulla scala di legno pareva farsi più intenso, più vicino… Poi, come ispirata da una voce occulta, si diresse verso la finestra e spalancò gli scuri, senza più preoccuparsi di non fare rumore. Una misera falce di luna diffondeva un pallido chiarore, ma oltre la finestra Agnola distinse ugualmente l'ombra di un'alta sagoma che si stagliava confusa sullo sfondo semibuio. Era la quercia che svettava a poche spanne da quel lato della casa, oltrepassando di molto il primo piano rialzato dov'era la stanzetta. Agnola si riprese subito d'animo. Santa Nafissa, o chi per lei, l'aveva ascoltata! Con un bel salto dal davanzale poteva raggiungere l'albero, e poi sarebbe stato facile calarsi lungo il tronco fino a terra. Da bambina era sempre stata bravissima in quel tipo di giochi.

Però non poteva certo uscire nuda. Con pochi gesti frenetici, indossò la gamurra di seta che Maddalena le aveva prestato, le pianelle le lasciò sul tappeto. A piedi nudi sarebbe stato più facile aderire al tronco dell'albero. Dopo aver lanciato un ultimo sguardo alla porta, Agnola montò sul davanzale. La sagoma dell'albero era vaga, indefinita nel cielo buio. Uno scricchiolio più forte oltre la porta, stavolta vicinissimo, costrinse Agnola a darsi la spinta senza più esitare. I pochi istanti in cui volò nell'aria scura le sembrarono eterni, finché sentì la dura superficie dei rami e i bordi delle foglie sferzarle il viso e il corpo. Con l'istinto di un animale in pericolo, agitò mani e gambe finché non aderirono alla corteccia. Poi, riscoprendo l'agilità che aveva da bambina, iniziò a discendere rapida lungo il tronco. Giunse a terra con la gamurra stracciata in più punti e qualche escoriazione, ma per il resto incolume. Lanciò un'ultima occhiata alla finestra, che vide all'improvviso illuminarsi di una luce fioca.

Poi schizzò via, silenziosa come uno spettro nella notte oscura.

* * *

Il primo uomo che irruppe nella stanza era alto e magro ma dai muscoli ben delineati, i lunghi capelli ondulati erano castani come gli occhi. Si diresse subito alla finestra aperta, scrutando nella notte buia. Gli bastò un'occhiata per capire che la preda si era ormai dileguata, e che sarebbe stato impossibile raggiungerla. Vestiva di nero come l'uomo che lo seguì, basso e tarchiato come un torello, corti capelli ricci e occhi scuri. Il terzo era snello e ben formato, elegante come un damerino nei bruni abiti damascati, col mento ornato da un pizzetto ben curato. Il quarto era di corporatura assai massiccia e muscolosa, quasi un gigante abbigliato di velluto verde scuro, i capelli biondicci come stoppa e gli occhi chiari freddi, inespressivi.

Tutti e quattro avevano volti ancora giovanili ma scuri e segnati da profonde rughe, come cotti dal sole e scavati dal vento. Indossavano ampi cappelli a falde larghe che ne celavano in parte i connotati, ma non portavano maschere. L'ultimo, il biondo, entrò tirandosi dietro Maddalena artigliata per un braccio. La meretrice era in camicia da notte e a piedi scalzi. Era stata sorpresa nel sonno, e fissava sgomenta i quattro in trusi ancora un po' intontita, senza capire come fossero entrati e cosa volessero. I loro volti esprimevano un terribile miscuglio di rabbia e delusione.

«*Dónde está la jovencita*?» le domandò il colosso che la tratteneva, scuotendola brutalmente.

«Siete qui... per lei?» balbettò Maddalena, facendo vagare lo sguardo sui quattro uomini e studiandone rapidamente le fisionomie. Se erano entrati senza camuffare i visi, voleva dire che non avevano cattive intenzioni... Oppure non avevano interesse a celare le loro facce, perché già sapevano che... non sarebbe andata a raccontare a nessuno di quell'incontro. Una sottile angoscia iniziò a serpeggiarle dentro, ma decise di non preoccuparsi prima del tempo. Con gli uomini, di qualsiasi risma, era sempre riuscita a ragionare. Forse anche con questi sarebbe riuscita a mettersi d'accordo...

«Sì, siamo venuti proprio per lei, la ragazza che si chiama Agnola» le rispose l'individuo alto e magro, in un toscano dal marcato accento spagnolo. «L'hai fatta scappare tu? Sapevi che stavamo arrivando?» la incalzò con uno sguardo cattivo, avvicinando la lanterna al suo viso.

Maddalena sbatté più volte le palpebre, abbagliata dalla luce, ma non ebbe il coraggio di distogliere lo sguardo. «Non so chi siate, ma vi assicuro che non era mia intenzione proteggerla» riuscì a dire, indicando con mano tremante il letto vuoto. «Altrimenti perché l'avrei chiusa dentro a chiave, come facevo tutte le notti da quando si è rifugiata da me? Proprio per impedirle di allontanarsi di nascosto mentre dormivo! Volevo essere sicura che rimanesse qui, in attesa di consegnarla a chi di dovere!» quasi urlò, come se stesse proclamando un giuramento d'innocenza.

«*A quién le ibas a entregarla?*» intervenne quello basso e tarchiato, con una profonda voce roca. «A chi dovevi consegnarla?»

La meretrice scosse la testa, confusa. «Non lo so, ve lo giuro. Aspettavo che Vannozza Cattanei spargesse la voce tra le sue conoscenze, per scoprire da chi stava fuggendo Agnola... Poi l'avremmo consegnata al suo persecutore, chiunque fosse, dividendo a metà il compenso.» Decise di essere sincera con quegli uomini, sebbene lo fosse stata assai di rado in vita sua. Già a prima vista, e da come le erano penetrati in casa, aveva capito che non era gente da prendere impunemente in giro. Nel corso della sua carriera si era fatta una certa esperienza, sapeva distinguere gli individui davvero pericolosi alla prima occhiata.

I quattro incrociarono per un attimo gli sguardi, in silenzio, poi scoppiarono all'unisono in una crassa risata.

«*La zorra vieja*... la volpe vecchia è sempre più furba *de la zorra joven*!» esclamò il damerino col pizzetto, ironizzando sul doppio significato di *zorra* in spagnolo. «Vannozza ha già *embolsado*... intascato la sua ricompensa, *sin preocuparse para nada de dividirla contigo*. La prossima volta pensaci bene, prima di sceglierti *los socios*!» Gli altri tre annuirono, ghignando.

«Sicura che Agnola non ti abbia detto da chi scappava?» la interrogò di nuovo quello alto e magro, scrutandola con diffidenza.

«Mi ha detto da un cliente, uno che aveva offeso rifiutando di riceverlo... Ma io non le ho creduto.»

«*Y tu* cosa hai *sospechado*, invece?» le domandò il biondo, stringendole il viso e tirandole i capelli. A Maddalena sembrò che due morse metalliche le serrassero la mandibola e che la sua lunga chioma stesse per strapparsi. Il dolore era forte, ma non emise un gemito. Non voleva apparire debole. Non con loro. Erano come belve feroci che la stessero studiando da lontano, prima di attaccare. Attendevano solo un attimo di cedimento per sbranarla. Aspettò paziente che l'uomo allentasse la presa, prima di rispondere. Poi disse, con apparente calma: «Vi ho già detto che non lo so. Però Agnola mi sembrava troppo spaventata per bermi la storia del cliente deluso».

«*Y* tu non hai paura, vero?» le sussurrò il damerino dai lisci capelli neri, carezzandole il viso con mani affusolate. «*Tú eres como yo*... Sono certo che hai paura, ma dai tuoi occhi verdi non traspare *nada*... *Ni terror ni amor*. Sei fredda, *Magdalena*. *Fría como el hielo*... come il ghiaccio, capisci? Sì, sappiamo il tuo nome. Sappiamo *mucho* di te, ma non *todo*. Il resto dovrai dircelo *tú misma*... tu stessa» continuò il damerino con voce suadente.

«*Y sobre todo*» aggiunse il tarchiato coi capelli ricci, «dovrai dirci *todo lo que sabes* della tua *amiga*... cioè *de la puta* che volevi tradire per quattro soldi» concluse, sputando a terra con disprezzo.

«*Yo sé que tienes miedo*... so che hai paura» le si rivolse di nuovo il bell'uomo col pizzetto, «però non devi averne. Non vogliamo farti del male. Ma per noi Agnola è troppo importante, *comprendes*? Non possiamo permettere che se ne vada in giro. Sa troppe cose. Quindi tu ci aiuterai *a encontrarla*... a trovarla, e pagheremo anche a te quello che abbiamo dato a Vannozza... anzi, forse anche di più. *Te gusta, Magdalena*?»

«Io... credo di sì» mormorò la meretrice, ancora indecisa se ritenersi salva o spacciata.

«*Bueno, pero no aquí*» concluse brusco l'uomo alto con la

lanterna, che sembrava avere una certa influenza sugli altri tre. «*Tienes que venir con nosotros, pero con los ojos vendados*... bendata, capisci? Non devi capire dove ti portiamo.» Maddalena accolse l'ultima frase con un sospiro di sollievo. Se non volevano che vedesse il tragitto, dovunque intendessero condurla, significava che non avevano intenzione di ucciderla. *Almeno per il momento.*

«Datemi un minuto per vestirmi» li pregò dirigendosi verso l'armadio, ma il gigante biondo la fermò con un gesto brusco. «*Vamonos*, abbiamo già perso troppo tempo!» sibilò, in un tono che non ammetteva repliche.

Docile, Maddalena lasciò che il damerino le ponesse una benda nera sugli occhi. Si sentì afferrare per le spalle e guidare fuori. Doveva essere stato il gigante muscoloso a ghermirla, alzandola da terra come una bambola priva di peso. Ebbe appena il tempo di percepire la fresca brezza notturna e il freddo del selciato sotto i piedi nudi, poi si sentì sollevare e issare sulla sella di un cavallo. «*No te preocupes, Magdalena*» le sussurrò la voce suadente del damerino. «*Eres demasiado hermosa por matarte*... sei troppo bella per ucciderti.»

* * *

L'Osteria del Pellegrino era solo una delle tante presenti con quel nome a Roma – gli Statuti degli albergatori vietavano di chiamare allo stesso modo solo locali distanti tra loro meno di cento canne – e una delle oltre trenta che accoglievano i viaggiatori nel rione Ponte, il più gremito di osterie assieme a quello di Borgo. Ma non era certo una delle migliori. Anzi, era abbastanza sudicia e malmessa. Marcantonio Nini l'aveva scelta proprio per non dare nell'occhio, cosa che sarebbe invece accaduta se avesse deciso di pernottare in una locanda più confortevole e rinomata, come ad esempio quella dell'Orso.

Doveva trattenersi in città solo una notte. L'indomani sarebbe subito ripartito per Genazzano con le lettere che gli avevano affidato i porporati Sauli e Cornaro in risposta a quelle scritte dal suo padrone, il cardinale senese Alfonso Petrucci. Quei fogli di pergamena, che nascondeva in alcune tasche segrete del farsetto, sembravano bruciargli la pelle come carboni ardenti. Non vedeva l'ora di sbarazzarsene, consegnandole finalmente nelle mani del Petrucci. Erano troppo compromettenti, troppo pericolose.

Ormai nell'osteria erano rimasti solo pochi clienti, quelli che bevevano il bicchiere della staffa prima di lasciare la locanda oppure di salire alle camere al piano superiore, per coricarsi nei modesti giacigli che avevano prenotato mettendosi d'accordo con l'oste: una dura tavola di legno, con sopra un materasso e un capezzale imbottiti di paglia, e una coltre leggera per coprirsi. Marcantonio aveva riservato, per un giulio, un letto solo per sé, ma altri clienti con minori possibilità avrebbero dovuto condividerne uno in due, in tre o perfino in quattro, adattandosi a dormire con estranei.

La maggior parte di quegli avventori erano davvero miserabili: quasi tutti si accontentavano di un *chirichetto*, un piccolissimo boccale, e alcuni perfino di un *sospiro*, una quantità di vino talmente minima da far appunto sospirare tristemente chi non poteva permettersene altro. Senza pensarci, lui aveva attirato l'attenzione bevendo una *foglietta*, il boccale più capace, cioè proprio ciò che avrebbe dovuto evitare. Stava sfidando troppo la sorte, negli ultimi tempi. Il cardinale lo aveva beneficiato in molti modi, nominandolo canonico della Cattedrale di Siena, Spedizioniere Apostolico e parroco di Fossombrone oltre che suo personale maestro di casa. A trentacinque anni era già una bella carriera, ma era anche vero che negli ultimi mesi lo aveva ricambiato svolgendo per suo conto missioni assai pericolose che esulavano dai suoi uffici, come il rischioso incarico che avrebbe portato a termine l'indomani, mentre il Petrucci era protetto dai Colonna nella loro fortezza di Genazzano.

La sala, man mano che gli avventori uscivano dalla locanda o andavano a dormire, diventava sempre più desolata e fredda, perché un garzone stava provvedendo a spegnere le braci nel caminetto. L'unico aspetto positivo di quella stamberga era un giovane seduto in un angolo.

Gli erano sempre piaciuti i bei ragazzi, in tutti i sensi. Una predilezione che il Petrucci aveva sempre tollerato bonariamente, sebbene fosse considerata dalla Chiesa uno dei più abominevoli peccati, tanto più per un prete. Anche per questo, anzi soprattutto per la sua condiscendenza, il Nini era sempre stato assai grato al cardinale, cercando di compiacerlo a tutti i costi.

Cullandosi in tali piacevoli pensieri, cercò d'incrociare lo sguardo con quello del giovane, seduto a bere a pochi passi da lui. Ci aveva provato più volte, ma l'altro non aveva mai sollevato la testa, tutto intento a fissare, malinconicamente, il suo chirichetto mezzo vuoto.

Decise di tentare un approccio. Non era mai stato un timido. Forse lo era l'altro, oppure preferiva solo starsene per i fatti suoi. Non aveva nulla da perdere a verificarlo. Anche perché gli era parso, le rare volte che non aveva puntato gli occhi sul bell'Adone, di sentire i suoi addosso. Aveva sempre avuto un sesto senso, per certe cose. Sussurrò al garzone di sala di servire una foglietta al giovane e di dirgli chi gliel'offriva.

Il giovane parve sobbalzare quando il cameriere gli portò il capace boccale, indicandogli con un cenno della testa il curato che gli stava indirizzando un cordiale sorriso. Quando i loro sguardi finalmente s'incrociarono, il Nini gli fece un gesto di saluto, invitandolo ad avvicinarsi. Dopo un attimo di esitazione, che al prete sembrò un secolo, il giovane finalmente si alzò, attraversando la sala quasi deserta per venirsi ad accomodare accanto a lui. Aveva un incedere elegante, in netto contrasto coi suoi abiti da poco prezzo.

«Pare che siamo rimasti in due a non cadere dal sonno» esordì Marcantonio, in tono allegro. «Del resto questo vino è leggero, va giù come acqua» aggiunse, toccando col suo il boccale dell'altro. Poi bevvero entrambi una lunga sorsata.

«Magari è davvero annacquato» gli sussurrò il giovane, con aria furba. «Si vocifera che quest'oste della malora non rispetti le leggi sulla mescita, frodando i clienti.»

«Siete un ufficiale della Dogana?» scherzò il curato.

L'altro scrollò le ampie spalle. «Sono solo uno che tiene gli occhi aperti. Non so se mi spiego...»

«Sì, certo... essere svegli è importante» assentì Marcantonio, con una lieve inquietudine. «E allora di che vi occupate, messer... posso sapere il vostro nome?» domandò, tentando di conservare un tono allegro.

«Commercio anch'io in vino» rispose il giovane, con uno sbadiglio.

«E... il vostro nome?» insisté, bevendo un altro sorso.

«Un nome non significa nulla. Potrei inventarne uno e voi sareste soddisfatto, dico bene?»

«Allora non vi dirò neppure il mio, così saremo pari» replicò il Nini, in un certo modo sollevato. Forse l'Adone vendeva il suo corpo e voleva lasciare tutto nell'anonimato: sia la propria identità, sia quella del cliente.

«E così… ne capite abbastanza di vino, nevvero?» riprese, giusto per animare un po' la conversazione e sondare meglio le intenzioni dello sconosciuto. Era evidente che gli stesse contando frottole. Non aveva affatto l'aria di un commerciante, neppure di uno in rovina… Quale esperto di vini sarebbe andato a bere quel piscio di cane in una squallida stamberga? Qualcosa non gli tornava.

«Anche troppo» sospirò di nuovo l'altro. «Questa città è piena di truffatori, dai mercanti ai doganieri, passando per i padroni delle navi fino ai magazzinieri, ai barilai e infine ai tavernieri… Sospetto che quest'oste» gli si avvicinò a un orecchio, abbassando la voce a un sussurro, «non si limiti ad aggiungere acqua al suo vino ma lo tinga anche col *nebio*… sapete, quel liquido che si estrae dalle bacche della pianta di *ebbio*… E temo anche che non rispetti le corrette misure dei recipienti, alterando i sigilli della Dogana…»

«Esistono pene adeguate per simili frodi.»

«Puah! Pene pecuniarie! Ci vorrebbe altro!» sibilò lo sconosciuto. «Ci vorrebbe il taglio della mano, come per quelli che devastano i campi piantati a vite!»

«Il vostro sdegno, anche se un po' esagerato, mi fa venire in mente le visioni di Santa Francesca Romana» ridacchiò il curato, «quella che fu accompagnata dall'Arcangelo Raffaele a vedere le pene dell'Inferno…»

«E cosa vide?» chiese il giovane, un improvviso guizzo d'interesse negli occhi gelidi.

«La dannazione eterna delle anime dei tavernieri» spiegò il prete, continuando a ridacchiare, «affogate in tre tini: uno pieno di ghiaccio, l'altro di vino bollente e l'ultimo colmo d'aceto. Nel primo erano puniti gli osti che in vita avevano annacquato il vino, dilaniati dai demoni con uncini infuocati, mentre nel secondo quelli che avevano frodato i clienti sulle quantità...»

«Superstizioni» commentò l'altro, scuotendo la testa.

«Ma no, Santa Francesca Romana è andata davvero nell'Aldilà!» esclamò il curato, stavolta ridendo di gusto. «In spirito e non col corpo, naturalmente!»

Il bel giovane continuò a scrollare il capo, ancora dubbioso. «È ora di andare a letto» disse poi in tono secco, senza mostrare curiosità per la funzione del terzo tino. «Qui comincia a fare troppo freddo.» Scolò le ultime gocce del Latino offertogli dal prete, forbendosi barba e baffi col lembo di una manica.

Quando si alzò, avviandosi un po' barcollante verso il bancone – al curato non sembrava che avesse bevuto molto, ma forse non reggeva bene il vino – Marcantonio lo seguì.

Giunsero assieme davanti al taverniere, al quale sembrò più opportuno rivolgersi prima al curato. «Purtroppo dovrete dividere il letto con un altro cliente» mormorò, accompagnando il tono di scusa con un inchino.

«Ma io... ho pagato un giulio per dormire da solo!» reagì seccato il prete, che già vedeva sfumare la possibilità di accogliere lo sconosciuto nella propria stanza.

«Mi dispiace, messere» insisté l'oste, cocciuto. «Ma anche questo signore mi ha pagato un giulio per dormire, e io non ho altre stanze a disposizione. Dovrete arrangiarvi insieme, almeno per questa notte.»

«Se non vi disturba...» gli mormorò il giovane, fissandolo con espressione ambigua. Il curato non poteva sperare in fortuna migliore. Finse di meditare alcuni istanti. «E va bene» sospirò alla fine, simulando una lieve contrarietà. «Vuol dire che mi adatterò.»

Preceduto dall'Adone che reggeva un mozzicone di candela, Marcantonio montò su per la scricchiolante scaletta che portava al piano superiore. Quando giunsero in camera, che si rivelò un buco peggiore di quanto avesse immaginato, il prete non pensava più alla sporcizia e alle cimici, né alla scomodità del giaciglio che gli sembrò all'improvviso un letto da re. Attendeva solo il momento in cui avrebbe abbracciato le muscolose membra del giovane che, quasi leggendogli nel pensiero, si affrettò a chiudersi l'uscio alle spalle.

«Che fai, non ti spogli?» domandò al prete, scrutandolo in piedi a braccia conserte. Per la prima volta accennò un lieve sorriso, ma i chiari occhi azzurri restarono freddi, immoti. Il curato non se lo fece ripetere due volte, sedendosi sul sudicio materasso. Si slacciò velocemente il farsetto, posandolo su una sgangherata sedia di paglia accanto al giaciglio. Stava sfilandosi le calzebrache quando l'altro, con un movimento rapido, s'impossessò del farsetto, tastandolo con attenzione come volesse accertarsi di cosa contenesse.

Dovevo immaginarlo: uno schifoso ladruncolo di locanda! Il curato si affrettò a estrarre una piccola *misericordia* dallo stivale, poi scattò in piedi per saltargli addosso, ma il giovane gli assestò un calcio nel petto che lo rimandò supino sul materasso. Prima che il prete riuscisse a rialzarsi, era già di nuovo in piedi su di lui, puntandogli al petto una spada.

«*Sta' bono, a coso*» lo burlò. «Lo spiedo mio è più grosso» disse mentre controllava il contenuto delle tasche segrete del farsetto. Qualche ora prima, con la complicità dell'oste, aveva nascosto l'arma sotto il letto. Marcantonio Nini rimase disteso, immobile, come paralizzato. Ma non era solo per la lama che lo sconosciuto gli puntava al cuore. Una profonda angoscia lo attanagliava, impedendogli qualsiasi reazione. Se quel traditore possedeva un'arma del genere, e aveva licenza di portarla nelle osterie... questo poteva significare una cosa soltanto: era stato scoperto.

«Adesso tu e queste lettere venite con me» gli ordinò il giovane, in tono perentorio. «E nun fa' scherzi, sinnò te sgarro er faccino» gli sibilò beffardo, carezzando il viso sconvolto del curato con la punta della lucente, affilata lama.

XXIV

Castel Sant'Angelo, 20 aprile, un'ora dopo il Notturno

Nella Sala Grande della fortezza, tutto era pronto per l'interrogatorio.

Gian Jacopo dei conti di Gamborana, uditore criminale del governatore di Roma, confabulava a bassa voce con l'altro giudice del tribunale inquirente, il vicecastellano Domenico Coletta. Accanto a loro, dietro l'alta cattedra lignea, sedeva il procuratore fiscale Mario Peruschi, una vecchia volpe con grande esperienza di processi politici.

Aveva appena terminato di riordinare davanti a sé le numerose lettere trovate addosso all'accusato, assieme al cifrario che aveva consentito di decifrarle e comprenderle in tutta la loro eversiva portata. Proprio dopo averle lette, i giudici si erano dichiarati pronti a esaminare il caso e ad amministrare la giustizia *omni meliori modo*, cioè senza trascurare alcun mezzo, fino al *rigoroso esame* condotto tramite tortura, per giungere ad appurare la verità. Gli emissari di Giulio de' Medici e Dovizi da Bibbiena li avevano buttati giù dal letto in piena notte per affidare loro quel delicato incarico.

«Spero non si debba arrivare ai tormenti» sospirò il Gamborana al procuratore. «Certe scene mi turbano sempre molto.»

«Non è detto che siano necessari» scosse la testa il Peruschi, con un sorriso astuto. «Negli anni mi sono costruito una certa fama di severità, Eccellenza. In genere, gli imputati hanno più timore di me che dei supplizi, il che ha reso spesso inutile ricorrere a tali mezzi di persuasione...»

«Lo spero» disse l'uditore, «anche perché ho sempre dubitato dell'efficacia della tortura per ottenere confessioni sincere. Adesso, se gli scrivani sono pronti, facciamo entrare l'accusato...»

Marcantonio Nini sbatté più volte le palpebre, per abituare gli occhi alla luce proveniente dalle grandi lanterne del salone. Aveva trascorso le ultime ore in una cella oscura e umida, con i polsi e i piedi in ceppi, tra il lezzo rivoltante degli escrementi e le grida dei torturati, tormentato dai topi e dai pidocchi e angosciato dalle sinistre litanie funebri della Confraternita di San Giovanni Decollato che accompagnava i condannati al patibolo. Era stata l'esperienza peggiore della sua vita. Ma adesso, davanti a quel tribunale e soprattutto a *quei* giudici, fu certo che i suoi guai fossero appena all'inizio. La sua unica consolazione consisteva nel non avere più i ferri – o meglio, li aveva solo alle caviglie – e di trovarsi fuori da quella lurida prigione. Per fortuna riuscì a rimanere in piedi sulle gambe tremanti, in silenzio, fissando i giudici in attesa delle domande. Non voleva essere sfrontato, ma gli sembrò che abbassare lo sguardo sarebbe stata un'ammissione di colpevolezza.

Domenico Coletta, che aveva l'incarico di cominciare l'interrogatorio, lo scrutò per alcuni istanti. Poi si schiarì la voce con un colpo di tosse. «Avete idea del perché siete stato arrestato?» gli chiese, con sguardo inespressivo.

«Credo che i signori giudici» rispose il Nini in tono dimesso, «vogliano sapere per quanto tempo e come io abbia servito il cardinale Alfonso Petrucci mio padrone...»

«Ebbene?»

«Sono suo maestro di casa da circa sei anni. Ultimamente gli ho trasmesso lettere dalle Fiandre e sulla guerra d'Urbino... In verità, riguardo a quest'ultima, il padrone si arrabbiava quando gli scrivevo delle vittorie del duca Lorenzo II de' Medici sul Della Rovere. Preferiva quelle dove gli comunicavo le difficoltà del nipote del Santo Padre, come *ad exemplum* la sua malattia...»

«Non divagate» lo ammonì Coletta, con un gesto brusco. «In tutto ciò che avete riferito al cardinale, c'è mai stato qualcosa di pregiudizievole per Sua Santità?»

«Io... non credo.»

«*Non dixit verum*» sussurrò in un orecchio il Peruschi al Gamborana, frase che l'imputato non udì ma che gli scrivani misero a verbale.

«Nelle vostre lettere al cardinale» riprese il vicecastellano, «avete sempre detto la verità?»

«Nella maniera più assoluta. Anzi, quando mi accorgevo di aver scritto qualcosa d'inesatto... stracciavo il foglio e riscrivevo tutto daccapo!»

Il Coletta annuì, rimestando tra le molte carte poste davanti a lui. Ne prese alcune che valutò con aria assorta prima di posarle di nuovo sul banco, tra i documenti d'accusa. «Potreste chiarirci quali erano i rapporti tra il Petrucci e il re di Spagna?»

«Per quanto ne so... il cardinale voleva la protezione del Re Cattolico per recuperare il dominio su Siena, assieme al patrimonio e ai benefici che aveva perduto. Ha chiesto più volte anche a me, trovandomi qui a Roma, di rivolgermi ai cardinali Cornaro e Sauli per farli intercedere per lui presso il Santo Padre...»

«E cosa vi risposero le loro Eminenze?» lo interruppe il Coletta, brusco.

«Solo il Cornaro mi degnò di risposta» rispose pronto il sacerdote. «Mi disse che avrebbe potuto intercedere per far recuperare al mio padrone il patrimonio, ma di certo non lo Stato.»

«E come reagì il Petrucci?»

«Disse che... avrebbe trovato un altro modo per riprendersi la patria e l'onore della sua Casa.»

«Già, *un altro modo*...» commentò il Coletta, quasi tra sé, incrociando gli sguardi degli altri due giudici che risposero con occhiate consapevoli. Non era certo un segreto che i rapporti tra Alfonso Petrucci e Leone X si fossero assai raffreddati da quando il papa aveva spodestato dal governo di Siena il tiranno Borghese, fratello maggiore del cardinale, rimpiazzandolo con il cugino Raffaele Petrucci, fedele alleato dei Medici.

«Dalle lettere che custodivate con tanta segretezza» aggiunse il vicecastellano, «risulta che avevate ambigui rapporti con servitori di fiducia del cardinale Petrucci e perfino del Santo Padre...»

«Sì, certo...» annaspò il Nini, «ma mai a scopi disonesti...»

«Potete dire lo stesso anche delle vostre relazioni con Scipione Petrucci, cugino del cardinale?» lo incalzò il magistrato.

«Ma certo, Eccellenza...» rispose il curato, con l'aria più innocente che gli riuscì di simulare.

Per la seconda volta, il Coletta incrociò lo sguardo dei colleghi. Molti dei sospettati erano sfuggiti per un pelo alla cattura, raggiungendo Genazzano oppure località ancora sconosciute alle spie papali. Ma Scipione Petrucci era già nelle celle di Castel Sant'Angelo. I documenti sottratti al Nini si erano rivelati una vera miniera d'informazioni, facendo luce su una fitta rete d'individui che tramavano nell'ombra alle spalle del pontefice. Ma tramavano *cosa*? Era questo che il tribunale doveva appurare, e con molta urgenza. Ogni indugio poteva aggravare una situazione che si mostrava già assai pericolosa per il Santo Padre e per lo Stato della Chiesa.

«Riconoscete questo cifrario?» chiese il giudice, mostrando al prete il documento. «Chi ve lo consegnò, e perché?»

«Sì, Eccellenza... è il cifrario che mi diede il mio padrone per... celare a occhi indiscreti il contenuto di ciò che scrivevo.»

«Questo è ovvio!» sbottò il vicecastellano, impaziente. «Vi sto chiedendo il motivo di tanta segretezza!»

«Forse per... rendere anonime le persone che corrispondevano col cardinale, suppongo.»

«Le vostre spiegazioni sono inverosimili, anzi infantili!» tuonò il Coletta, diventando paonazzo. «Non permettetevi di uccellare questo tribunale!»

«Non ne avevo assolutamente intenzione, Eccellenza...» balbettò il curato, impallidendo. «Il cardinale me lo diede proprio per il motivo che ho detto, il cifrario... per il resto non so.»

Il magistrato scosse la testa. Poi decise di lasciar perdere, ponendo un'altra domanda. «Dopo essersi allontanato da Roma per Genazzano, lo scorso agosto, Sua Eminenza Petrucci lasciò un'altra volta l'Urbe, durante la quaresima... Eravate al corrente di entrambe quelle strane, improvvise partenze?»

«Sì, la seconda volta mi avvertì il giorno stesso. Mi disse che lasciava Roma perché era ormai convinto di non poter combinare nulla di buono col papa. Sue testuali parole, Eccellenza.»

«Certi particolari li ricordate assai meglio di altri» ghignò il Coletta, ironico. «Ma andiamo avanti: con chi si consigliava in quel periodo il cardinale?»

«Con suo cugino Scipione che partecipava a tutti gli affari di Sua Eminenza. Poi discorreva spesso con Pochintesta de' Pochintesti, suo grande amico.»

Il Coletta annuì, pensoso. Il Pochintesti, ex capitano della Guardia di Siena e condottiero di ventura, uomo scellerato e violatore di fanciulle che aizzava i suoi soldati a stupri e saccheggi, era assai intrinseco di Alfonso Petrucci e faceva parte del suo seguito a Genazzano. Un altro elemento assai inquietante di quella già intricata faccenda.

«Avete scritto lettere di vostro pugno al cardinale, e ne avete ricevuto risposte? E se sì, su quali argomenti?» chiese, deciso a non concedere tregua all'interrogato.

Il Nini non si scompose. «Oh, moltissime. In maggioranza su novità di poco conto, e sulla gestione del denaro.»

Il magistrato lo fissò con occhi spiritati, livido di rabbia. «Vi avverto per l'ultima volta, messer curato, di non motteggiare in questo tribunale! State molto attento a voi e confessate tutto ciò che sapete, e nei dettagli, sui contatti intercorsi tra il cardinale e i cittadini di Siena per aiutarlo a riconquistare la città!»

Scosso dalla veemenza del giudice, il sacerdote si chiese se non fosse il caso di dargli in pasto qualche informazione di secondaria importanza, giusto per accontentarlo sperando che non scavasse più a fondo. Le trame del Petrucci per riprendersi Siena erano notorie, quindi non avrebbe arrecato al padrone, ma soprattutto a se stesso, un così grande danno rivelando qualche particolare in più su ciò che tutti già immaginavano. Confessò così che alcuni notabili senesi avevano offerto cavalieri e fanti al cardinale, impegnandosi a consegnargli una delle porte della città.

«Continuate ad alternare dettagliate confessioni a strane reticenze...» sibilò il Coletta, con una smorfia di disappunto. «Il che ci porta a sospettare che sappiate molto più di quanto ammettete, e che vogliate anzi nascondere indizi ben più compromettenti... Voi che ne dite, esimio procuratore?» domandò, rivolgendosi al Peruschi. Il fisco assentì, con aria grave.

«Anche noi» dichiarò in tono solenne, dopo aver confabulato qualche istante con l'uditore criminale, «riteniamo che la vaghezza dell'accusato costituisca serio nocumento all'accertamento della verità, sacro dovere di questo tribunale. Per cui, *attenta qualitate negotii*, considerati gli elementi di colpevolezza risultanti dalle sue dichiarazioni, reticenze e contraddizioni, proponiamo... *urgentiora iuris remedia.*»

«Non potrei essere più d'accordo!» esclamò il Coletta, con un crudele sorriso di soddisfazione.

A Marcantonio Nini si gelò il sangue. La confessione che aveva fornito sui maneggi del Petrucci per riprendere Siena, credendo di depistare i giudici dal fiutare il complotto più pericoloso, si era rivelata un'arma a doppio taglio, e il suo tentativo gli si era ritorto contro. Il curato conosceva perfettamente sia il latino che il gergo giuridico. Le frasi del procuratore avevano un unico significato: sarebbe stato condotto *ad locum aculei*, l'adiacente saletta adibita al supplizio del cavalletto e della corda, per continuare l'interrogatorio sotto tortura.

Non si accasciò solo perché due sbirri lo sostennero per le braccia portandolo al luogo assegnato, ma era talmente frastornato che, quasi privo di conoscenza, si ritrovò già nudo e legato alla corda quando l'uditore criminale Gamborana, che aveva sostituito il Coletta, gli pose la prima domanda: «Chi vi riferì ciò che avete appena confessato sulla cospirazione tra il Petrucci e alcuni cittadini di Siena?».

Il prete scosse la testa, cercò di parlare ma nessun suono gli uscì dalla gola. Vide in maniera confusa che, nell'angusta saletta appena rischiarata da una luce fioca, si erano trasferiti anche gli altri due magistrati assieme a un notaio e a uno scrivano, e che al suo fianco stava in piedi, immobile, un uomo robusto con le braccia conserte. A un cenno del Gamborana, l'uomo mise mano a un sistema di corde e pulegge che, stridendo minacciosamente, sollevarono il curato per i polsi legati dietro la schiena. Fu solo uno strattone e i suoi piedi rimasero poggiati sul freddo pavimento di pietra, ma il dolore bastò per togliergli il fiato.

«Per la quinta parte di un'ora» ordinò il giudice al carnefice, indicando il tempo della tortura. *Per quintam partem unius horae*, annotò sul verbale lo scrivano, imperturbabile.

«Allora? Cosa rispondete?» lo incalzò implacabile il Gamborana a tempo scaduto, mentre il carnefice allentava la corda.

«Fu Scipione Petrucci!» trovò la forza di mormorare il tormentato, appena provò un po' di sollievo. «Fu lui a dirmi che alcuni maggiorenti di Siena erano pronti a favorire la riconquista della città da parte di suo cugino Alfonso...»

Il Conte di Gamborana e i suoi colleghi annuirono, soddisfatti. La cospirazione tra i nemici di Leone X per sottrarre Siena all'influenza medicea si stava configurando in tutta la sua gravità, coinvolgendo i principali avversari del pontefice. Ma non era ancora abbastanza. Dalle lettere sequestrate all'imputato intuivano che ci fosse molto altro da svelare, e intendevano scoprirlo senza indugi.

«In questa carta da voi firmata e inviata più di un anno fa al vostro padrone» riprese l'uditore criminale, mostrando al Nini un ingiallito foglio di pergamena, «la decifrazione ha rivelato la presenza d'informazioni sullo stato di salute del Santo Padre, reduce dalla grave infermità sofferta all'epoca... Nulla di strano» aggiunse, con un sorriso rassicurante, «che un cardinale lontano da Roma voglia avere nuove sulla salute del papa... Ma la nostra attenzione si è soffermata su una frase in particolare: *parlai col Vercelli*. Potreste spiegarcene il significato?»

«Mi riferivo a Giovan Battista da Vercelli» rispose il sacerdote, decidendo di dire la verità, «celebre archiatra di grande esperienza, insignito dell'Ordine dello Speron d'Oro e di quello di San Marco dalla Serenissima Repubblica...»

«Conosciamo già i suoi titoli» lo interruppe Domenico Coletta. Il tribunale aveva già raccolto informazioni sul medico veneto, grande amico del cardinale Petrucci, riscontrando alcuni fatti che non deponevano certo a suo favore. Anni prima l'archiatra era stato infatti condannato dai tribunali della Serenissima per ben due omicidi ma per entrambi le pene erano state molto lievi, grazie ai buoni uffici di alcuni suoi nobili e autorevoli pazienti. Insomma il medico aveva già ucciso, ed era intrinseco del Petrucci... «Allora?» sollecitò, rivolgendosi all'imputato in tono brusco. «Di che parlaste col Vercelli?»

«Ecco, vostra Eccellenza... non vorrei che voi e gli altri illustri giudici vi faceste un'idea sbagliata...» balbettò il Nini, lanciando intorno occhiate spaurite. «Non vorrei che, conoscendo l'odio del mio padrone per il Santo Padre, e l'amicizia che lo lega al dottor Vercelli... pensaste che il cardinal Petrucci volesse inviarlo alla corte pontificia per... sì, insomma, per uccidere Sua Santità fingendo di curarlo... Vi giuro che non è così! Anzi, nella lettera scrissi al padrone che Vercelli non poteva andare a Genazzano perché sperava di collocarsi presso il papa per guarirlo da tutte le sue indisposizioni, guadagnandone benemerenze con le quali favorire anche il cardinale...» Dall'improvviso guizzo d'interesse che colse negli occhi dei tre magistrati, il prete capì di aver commesso un errore. *Excusatio non petita, accusatio manifesta.* Fornendo quelle giustificazioni senza esserne richiesto, aveva insospettito ancora di più i giudici. Perché aveva pronunciato quelle parole avventate? Erano state di certo la sofferenza e la paura a obnubilargli la mente.

«Quindi, ammettendo che non sia stato il vostro padrone a voler collocare il Vercelli presso il papa» replicò il vicecastellano, «sapete se l'invito partì dal Vaticano, oppure fu il medico stesso a brigare per entrare al servizio di Sua Santità?»

«So che il dottore si diede un gran da fare per ottenere quell'incarico, e che fu raccomandato anche da sua Eminenza Luigi de' Rossi, approfittando del fatto che il pontefice, all'epoca, era assai scontento delle cure del suo medico personale Jacopo da Brescia» rispose pronto il Nini.

Sentendo citare il cardinale de' Rossi, cugino e fedelissimo di Leone X, lo scrivano si fermò con la penna a mezz'aria, guardando il notaio con espressione incerta. Quest'ultimo fissò a sua volta i giudici: era il caso di cifrare con uno pseudonimo, nel verbale, il nome del porporato? Era sempre necessario, quando i sospetti cadevano su personalità eminenti. Dopo aver brevemente confabulato coi due colleghi, il Gamborana fece un cenno di diniego al notaio che lo rivolse allo scrivano. Luigi de' Rossi poteva essere nominato senza indugi nel verbale: qualunque fossero le intenzioni del Vercelli nei confronti del pontefice, ancora tutte da dimostrare, era impensabile che il cardinale suo cugino non avesse agito in buona fede consigliandogli i servigi del famoso archiatra veneto.

«Perché il cardinal Petrucci voleva il Vercelli a Genazzano?» chiese a bruciapelo l'uditore all'imputato.

Stavolta il Nini non si fece confondere. «Sapendo che il dottore era in partenza per Mantova, per somministrare alcune cure al Marchese Gonzaga, voleva affidargli alcune imbasciate per il cardinale di quella città.»

Il Gamborana parve accontentarsi della risposta, facendo cenno al procuratore fiscale di continuare l'interrogatorio.

«Che giudizio potete dare su Gian Battista da Vercelli?» domandò il Peruschi, insinuante. «Voglio dire: vi sembra un uomo dabbene, onesto... o piuttosto un uomo malvagio, capace di utilizzare la propria arte medica per uccidere invece che per guarire, a scopo di lucro o per... favorire un amico?»

«Assolutamente no, Eccellenza!» esclamò il prete, cercando invano di controllare il tremolio che gli stava serpeggiando nelle membra. «Messer Gian Battista è un ottimo medico, persona integra e illibata, incapace di commettere alcunché di criminoso!» insisté l'imputato. Il Peruschi, che sapeva il contrario, scambiò degli sguardi ironici coi colleghi. «Affermate quindi che, pur essendo amicissimo del cardinale, lo servirebbe solo in affari leciti? E sapete se il Vercelli nutra odio o rancore verso Sua Santità?»

«Alla prima domanda confermo di sì, vostra Eccellenza... Alla seconda rispondo che non posso saperlo, ma per quanto conosco messer Gian Battista... non credo sarebbe capace di offendere nessuno con veleni spacciati per medicamenti, tantomeno la sacra persona del papa...»

I tre giudici si guardarono, comprendendosi al volo.

«Sollevatelo da terra per mezz'ora» comandò il Peruschi al carnefice che eseguì subito l'ordine mentre lo scrivano, diligente, annotava l'operazione sul verbale. Le pulegge stridettero sinistramente, mentre le articolazioni delle spalle e delle braccia dell'accusato, costrette dalle corde in modo innaturale, si tesero dolorosamente. Il Nini urlò, convinto che si slogassero, ma le giunture tennero anche quando i suoi piedi si alzarono di una spanna dal suolo. Rimase così, appeso e oscillante, ma ci volle molto meno di mezz'ora perché cominciasse a urlare di essere deposto a terra, pronto a fornire ampia e totale confessione. A un cenno del Gamborana, il carnefice allentò di nuovo le corde.

«Allora?» lo interrogò stavolta il Coletta. «E badate di dirci finalmente la verità: perché il Vercelli voleva diventare medico del papa?»

«Forse... forse per un fine malvagio... ma non so quale, ve lo giuro!» bofonchiò il disgraziato, sputando bava e sangue. Per il dolore si era morso la lingua.

«Sollevatelo e strattonatelo!» strepitò il Coletta, insoddisfatto della risposta.

«No, Eccellenza, vi prego!» urlò il prete. Sapeva che le sue articolazioni non avrebbero resistito a un altro stiramento. Qualunque fosse stato l'esito del processo, rischiava di restare storpiato a vita. E poi non avrebbe sopportato di nuovo quel dolore lancinante... «Voleva uccidere il papa! Sì, era risoluto a farlo, per compiacere il mio padrone!» singhiozzò, accasciandosi a terra per quanto glielo permisero le corde.

Nella sala di tortura cadde un pesante silenzio rotto solo dai singulti, sempre più deboli, di Marcantonio Nini. Il senso di trionfo che invase i giudici fu pari soltanto al loro sgomento. Avevano inseguito con accanimento una verità che, una volta svelata, li riempiva di orrore: si trattava di un *crimen lesae maiestatis*, una terribile congiura contro la persona del Santo Padre.

«Su quali altre alleanze contava il cardinal Petrucci per raggiungere i suoi scopi?» intervenne alla fine il Gamborana la cui voce, tuonando all'improvviso nella saletta silenziosa, fece sobbalzare tutti.

«Il mio padrone riponeva molta fiducia negli ambasciatori di Spagna, Don Pedro de Urrea e Don Girolamo Vich» si affrettò a rispondere il prete, timoroso che riprendesse il supplizio, «affinché intercedessero presso il loro sovrano per aiutare il cardinale a riprendere Siena.»

«Non ci interessa il complotto senese!» sbottò il Coletta. Scipione Petrucci, sottoposto in un'altra cella agli stessi tormenti del Nini, aveva già dichiarato e sottoscritto che suo cugino Borghese aveva sborsato diecimila ducati al Re Cattolico per avere appoggio militare durante la riconquista di Siena, e che Alfonso avrebbe dovuto pagarne altri dodicimila per siglare il trattato. Scipione, quando era stato arrestato, stava recandosi a Genazzano proprio per presentare al cugino cardinale l'ultima richiesta del sovrano spagnolo. «Questa cospirazione è un fatto ormai accertato, ma non è certo il più importante considerati gli ultimi sviluppi: la mia domanda si riferiva al reato di lesa maestà nei confronti del Santo Padre!» aggiunse il vicecastellano, spazientito. «Sollevate di nuovo il reo» ordinò al carnefice.

Il Nini non ebbe neppure il tempo di replicare. Il dolore alle articolazioni, orribilmente stirate dal carnefice, gli mozzò di nuovo il respiro.

«Tenetelo a una spanna dal suolo per il tempo di un *miserere*» comandò il Coletta, con calma. Non voleva eccedere troppo nel *rigoroso esame*, per timore che l'imputato accusasse qualche malore fatale. Il medico presente per legge all'interrogatorio, che assisteva nell'ombra in un angolo della cella, aveva già fatto ai magistrati segno di non esagerare. Il prete urlò per tutto il tempo, tanto che i giudici dubitarono che, una volta deposto, avesse ancora voce per rispondere ai loro quesiti.

«Adriano Castellesi e Bandinello Sauli sapevano tutto!» trovò invece la forza di gridare il reo, appena furono allentate le corde. «Il mio padrone si confidava spesso con loro, e conferiva anche con Raffaele Riario e Francesco Soderini. Erano tutti d'accordo nel prendere il controllo del Sacro Collegio appena morto Leone X, per eleggere papa il Riario!»

I giudici, ma anche il notaio e lo scrivano, sussultarono udendo quei nomi. Erano quattro dei cardinali più in vista del Sacro Collegio.

«State vaneggiando?» chiese il Gamborana avvicinandosi all'imputato. Che il reo fosse uscito di senno, in conseguenza dei tormenti? «Badate bene a ciò che dite, prima che dobbiate pentirvene!»

«Lo giuro sull'anima mia!» sbraitò il Nini, quasi offeso che dicendo la verità non gli si prestasse fede. La congiura era stata ordita nel seno stesso della Chiesa, per quanto incredibile potesse apparire. Lo scrivano restò di nuovo con la penna a mezz'aria, guardando il notaio che si rivolse ai magistrati. Gamborana, Coletta e Peruschi confabularono a lungo, timorosi di essere incappati in un intrigo più grande di loro. In effetti, la storia personale di quei cardinali poteva avallare il loro coinvolgimento nella cospirazione: Castellesi era stato da tempo emarginato da Leone X, Soderini lo odiava perché i Medici avevano esiliato da Firenze suo fratello Piero, ex Gonfaloniere della Repubblica, e il Sauli... be', quello era ambiguo e corrotto, imprevedibile nelle sue azioni. Infine il Riario, filospagnolo e contrario alla politica del papa, poteva essere stato lusingato dall'offerta del trono pontificio. Decisero comunque, preoccupati dall'alto rango dei sospetti, di cifrare nel verbale i nomi dei quattro porporati: *Rubeus* per Castellesi, *Paritas* per il Sauli e *Palea* per il Soderini, concordando su tutti i soprannomi scelti. Ebbero qualche discussione solo su quello di *Carcioffo* proposto dal Peruschi, uomo d'indole ironica e giocosa, per mascherare il nome dell'anziano Raffaele Riario, cardinale camerlengo e decano del Sacro Collegio. Al Gamborana e al Coletta sembrava irriverente nei confronti del vecchio prelato, ma il Peruschi insistette per averla vinta.

«In tutto questo orrore» mormorò, soprappensiero, «i posteri non se ne avranno a male se sdrammatizziamo con un piccolo motteggio.»

XXV

Dintorni di Frascati, alla medesima ora

Quando la fecero smontare finalmente da cavallo, dopo un tragitto che le era sembrato interminabile, Maddalena ebbe la sensazione di trovarsi abbastanza lontana da Roma. Il fresco dell'erba umida sotto i piedi nudi e gli odori silvestri che le giungevano alle narici, assieme ai versi degli uccelli notturni, le confermarono di essere stata condotta in aperta campagna, sebbene non riuscisse a vedere nulla a causa della benda.

«*No te preocupes*» le bisbigliò suadente a un orecchio il damerino, la cui voce aveva ormai imparato a riconoscere. «*Adelante*! Seguimi e fidati di me, anche se non vedi» la rassicurò, cingendole la vita. La meretrice inspirò una lunga boccata della frizzante brezza notturna, per farsi coraggio, poi si lasciò guidare docilmente, mentre sentiva mormorare intorno a sé gli altri uomini. Tese le orecchie ma non riuscì a udire nulla che le fornisse un indizio su dove la stessero portando, né perché. Del resto, se anche li avesse sentiti, tra loro parlavano in spagnolo, una lingua che Maddalena aveva sempre masticato poco e solo nelle rare occasioni in cui aveva intrattenuto clienti iberici. Le prostitute che esercitavano a Roma avevano un'infarinatura di quasi tutti gli idiomi europei, per ovvi motivi di lavoro, ma non tanto da capire conversazioni rapide e per giunta sussurrate.

«*Por qué estás temblando, Magdalena*? Perché tremi?» le chiese la stessa voce, con una lieve traccia di sospetto.

«Non sto tremando» rispose, atteggiando le labbra a un sorriso. «Ho solo un po' di freddo con la sola camicia...»

«*Lo siento mucho*... Temo che fra un po' ne proverai *todavía más*...»

La donna si allarmò. Gli enigmi e gli indovinelli non le erano mai piaciuti neppure durante le feste, figurarsi in quella circostanza.

Si fermarono. Maddalena sentì il rumore di un chiavistello, poi il cigolio di una porta. «*Entramos*» le sussurrò il suo accompagnatore, stringendole di più la vita. La meretrice cominciò a sentire sotto i piedi un pavimento liscio e freddo, forse di pietra, mentre ebbe l'impressione, nonostante la benda, che qualcuno avesse acceso delle lanterne. Udì la porta chiudersi alle sue spalle. Si sentì come un animale in trappola.

Dopo averla spinta a camminare per altri lunghi istanti, la costrinsero a fermarsi di nuovo. Udì lo sferragliare di un altro chiavistello. Un'altra porta fu aperta. Le fecero compiere ancora alcuni passi, sul pavimento sempre più freddo, finché non la fermarono togliendole la benda. Sbatté le palpebre per abituarsi all'improvvisa luce delle lanterne che due degli uomini, lo spilungone e il tarchiato, reggevano alte sulle loro teste. Maddalena si trovò all'imbocco di una stretta scalinata di pietra che immaginò dovesse scendere molto in basso, perché le lampade non riuscivano a illuminarne il fondo buio. Fissò tutto quel nero restando immobile, come paralizzata.

«*Adelante, Magdalena*» le sussurrò a un orecchio la voce calda del damerino. «*No te preocupes.*» La meretrice incrociò per un istante gli occhi nerissimi dell'uomo. Erano del tutto inespressivi. Si fece coraggio e iniziò a scendere la stretta e ripida scalinata. L'uomo la lasciò procedere con calma, senza più sollecitarla, tallonandola seguito dai compari. Il percorso durò alcuni minuti che a Maddalena parvero interminabili.

Alla fine della scala c'era una terza porta che l'alto uomo snello si affrettò ad aprire. «Entra» le ordinò con un cenno brusco.

Appena eseguito l'ordine dello spilungone, sempre incalzata dal bell'uomo col pizzetto, si trovò in una sala molto vasta, dall'enorme soffitto a volta. Lungo le ampie pareti di tufo, screziate di muffa bianca, erano allineate centinaia di botti di rovere e di castagno di varie dimensioni, infilate in senso orizzontale in grandi nicchie scavate nella pietra. Gli odori del vino, del legno e del salnitro invasero piacevolmente le narici della donna che si guardò intorno estasiata, passando in rassegna con occhi vogliosi le ordinate file delle botti. Si trovava in una cantina!

«*Te gusta, Magdalena?*» le sorrise il damerino. I denti perfetti scintillarono alla luce delle grandi lanterne che il tarchiato e il gigante biondastro avevano appena acceso, posandole su un massiccio tavolo scuro. Intorno al tavolo c'erano alcune rozze sedie sulle quali i quattro uomini presero posto, facendo sedere anche la meretrice che cominciò a tremare vistosamente.

«*Querida, qué pasa?*» ridacchiò il tarchiato, che per la prima volta le indirizzò un sorriso.

«Non devi avere paura» scosse la testa lo spilungone, nel suo toscano con accento iberico.

«Non ho paura» replicò pronta la donna, stavolta quasi sincera. «Ho solo tanto freddo... *frío, entiendes*?» insisté, agitando verso i rapitori un lembo della camiciola.

«*Pobrecita*...» mormorò il damerino mettendole sulle spalle, con gesto galante, il suo mantello scuro. Era morbido e profumato.

«*Si tienes frío*... *te calentaremos*... ti riscalderemo *nosotros*!» ridacchiò il gigante dai capelli di stoppa, all'unisono con il tarchiato. Solo lo spilungone non si scompose più di tanto, ma accennò un lievissimo sorriso.

Maddalena pensò che in fondo gli uomini erano proprio tutti uguali. Quando il tarchiato si alzò di scatto, credette che volesse saltarle addosso per spogliarla, ma l'uomo si limitò a raggiungere a passo svelto un angolo della cantina, tornando subito al tavolo con un barilotto.

«*Yo creo que te gusta mucho el vino, verdad?*» le chiese il damerino.

«Tu mi leggi nel pensiero» rispose Maddalena, sostenendone lo sguardo.

Mentre il tarchiato forava il barilotto con un colpo di *misericordia*, il colosso biondo aveva portato al tavolo cinque grossi boccali di coccio che lo spilungone riempì fino all'orlo, distribuendoli tra i presenti.

«*Arriba, abajo, al centro y pa' dentro*!» esclamarono all'unisono i quattro sollevando, abbassando, toccando i boccali e bevendo una lunga sorsata. Il damerino aiutò Maddalena a fare lo stesso brindisi. «*Toma, querida*... il vino *tinto* più buono che tu abbia mai assaggiato!»

«Li ho assaggiati tutti, i vini che circolano a Roma» rispose la donna guardinga, diffidando di quell'improvvisa generosità. Gli altri iniziarono a tracannare senza ritegno. Si decise quindi a bere un sorso di quel liquido dall'intenso color rubino. Era davvero buono. Aveva un gusto corposo e fruttato, con un vago sentore di prugna e ciliegia mescolato a quello del rovere. Scendeva giù a meraviglia. Maddalena scolò tutto il boccale, leccandosi le labbra. Non aveva mai bevuto un vino così fragrante, eppure ne conosceva davvero tanti di quelli che confluivano nell'Urbe da ogni parte del mondo. Molti si assomigliavano nel gusto, con solo piccole differenze... ma questo aveva un sapore che davvero non aveva *mai* provato...

«*Te gusta, verdad?*» ammiccò il damerino, versandogliene un altro boccale. «*Es Tempranillo de Ribera de Duero*, invecchiato *siete años* in botti di rovere. Un *néctar* che trovi *en España* ma non a Roma, *tenlo por seguro*. Qui lo beviamo solo *nosotros... y nuestros amigos.*»

«Questa cantina è vostra? Siete mercanti di vini?» gli chiese la meretrice, iniziando il secondo boccale.

«*También somos vinateros...*» ammiccò di nuovo l'altro, con un sorriso enigmatico. «Siamo *anche* mercanti... Ci occupiamo di molte cose.»

«Allora dovreste venderlo, fareste una fortuna!» esclamò la donna. «Lo so, qui a Roma i vini spagnoli non piacciono molto: sono ritenuti troppo forti... ma questo è diverso!» sorrise entusiasta, ingollandone un altro gotto. «Se vi occupate di affari... allora dovete essere molto ricchi» disse forbendosi la bocca con la mano, dopo aver svuotato il boccale che il tarchiato si affrettò a riempire per la terza volta. «Dunque... cosa cercate da Agnola? Se si tratta di ciò che vogliono da lei tutti gli uomini... basterebbe pagare, e credo ve lo possiate permettere. Quindi come mai...»

«Tu fai troppe domande, Maddalena» la interruppe quello alto dai capelli castani, sorseggiando con calma il suo Tempranillo.

«Puoi anche risponderle che la *jovencita* ci deve *mucho dinero*...» sorrise il bellimbusto con un cenno d'intesa al compare. «*Dinero que* Agnola ci ha rubato. *Verdad, para esto* la cerchiamo.»

«Ah, del denaro...» commentò Maddalena, fingendosi sorpresa. In realtà non era affatto meravigliata. «Era una... grossa somma?» chiese, sorseggiando lentamente dal boccale. Quel vino era squisito, ma cominciava a darle un po' alla testa. A pasto ne avrebbe retto un intero barilotto, ma così a stomaco vuoto... Oppure avevano aggiunto un po' di narcotico, per farla rilassare e sciogliere di più la lingua.

«*No muy grande*» intervenne per la prima volta il gigante dai capelli biondi, «*pero lo suficiente para*... volere che ci sia restituito. *Es nuestro derecho*... nostro diritto, *no crees*?»

«Sicuro, potete dirlo forte... Che spudorata mentitrice, però!» esclamò, fingendosi indignata. «A me ha detto che fuggiva da un cliente che aveva offeso, facendogli un *arlasso*...»

«*Nada de esto*» scosse la testa lo spilungone, lasciandosi andare alla prima frase in spagnolo. Adesso sembrava anche lui più rilassato, forse grazie al vino. «Solo un banale, stupido furto nei nostri confronti.»

«Spero non rivogliate i soldi da me!» scherzò la meretrice. «Non sarebbe mica giusto!»

«*No te preocupes, Magdalena*» s'inserì il damerino, con un sorriso rassicurante. «*Ninguno de nosotros* intende far pagare a te *la mala acción de tu amiga*... Anzi, se ci aiuti a recuperare *el dinero*... una parte sarà tua, *estás contenta*?»

«*Muy contenta*!» esclamò la donna, finendo di scolare il boccale. Ormai si sentiva leggera, del tutto a proprio agio. Non poteva accaderle nulla di brutto, lo sentiva. Anzi, forse quella si stava rivelando proprio una notte fortunata! «*Arriva, abacio, al centro i parentro*!» scoppiò a ridere quando il tarchiato le spillò una quarta dose di vino, imitando il brindisi che aveva visto fare ai quattro compari.

«*Oh, hermana,* sei brava *en castellano*!» rise a sua volta il colosso dai capelli di stoppa.

«Adesso, però» intervenne lo spilungone, serio, «devi dirci dove possiamo trovare Agnola. E devi dirci la verità, mi raccomando, nel tuo stesso interesse.»

La meretrice cercò di raccogliere le idee, fissando pensosa il Tempranillo color rubino. Non era tanto facile riflettere, tutto quel vino le stava provocando una pesante sonnolenza. Le sembrava quasi di essere uscita dal corpo, e di aleggiare per la cantina guardando dall'alto se stessa e i quattro uomini seduti al tavolo.

«Allora, Maddalena?» la sollecitò l'altro. «Ti decidi a parlare?»

«Ci sono!» esclamò all'improvviso la donna, sbattendo trionfante il boccale ancora pieno sul tavolo. Poi, dopo un sorso, biascicò: «Sarà andata da Ortensia… sì, proprio da lei, non ci sono dubbi».

«Ortensia?» chiese il damerino, aggrottando la fronte. «*Quién es* Ortensia?»

«Ma sì… Ortensia detta la Greca!» bofonchiò la meretrice, spazientita. Il vino le stava provocando ora strane reazioni, un misto di languore e d'irritabilità.

«*Quédate con nosotros*… resta con noi *todavía un poco, Mag-*

dalena» la scosse il damerino, assestandole alcuni delicati schiaffetti sulle guance ormai rubizze. «*Quién es* Ortensia?»

La meretrice spalancò gli occhioni verdi, fissandolo come se lo vedesse per la prima volta. «Come sei bello... Dammi un *beso*, vuoi?»

«*El narcotico fue un poco excesivo*» sibilò il damerino al gigante biondo, lanciandogli un'occhiataccia di rimprovero. L'altro allargò le braccia, poi afferrò la donna e le diede uno scossone violento. «*Quién es* Ortensia!» le urlò sul viso, facendola sussultare.

«La sua amica del cuore, con cui fu sequestrata da bambina a Lanciano e venduta a Roma...» balbettò Maddalena, recuperando un momento di lucidità. «Entrambe orfane. Furono rapite da un convento... Adesso si è sistemata abbastanza bene, fa la cortigiana *honesta* in una bella casa a via Calabraghe... Agnola si sarà di certo rifugiata là, in nome della vecchia amicizia. E adesso mi dai un *beso*?» tornò a chiedere al bel damerino, allungandosi languida sul suo petto. Il Tempranillo l'aveva anche eccitata.

«Ti daremo *mucho más... hermosa pelirroja...* bella rossa» replicò l'uomo dai capelli e dal pizzetto neri, carezzando la chioma fiammante della meretrice. Da come ansimava, pensò Maddalena mentre gli si strusciava addosso come una gatta in calore, anche l'uomo non doveva essere indifferente al corpo sinuoso che gli stava offrendo. Impegnata nella sua opera di seduzione, non si accorse che gli altri tre mercanti erano nel frattempo scomparsi.

«Prendimi» sussurrò all'orecchio del damerino, liberandosi della camicia da notte con un solo, rapido gesto.

«*Claro, pero no aquí, Magdalena*» le mormorò a sua volta

all'orecchio. Il suo alito caldo fece rabbrividire la donna. «Dove vuoi tu» annuì, docile e sempre più eccitata.

Barcollante, mentre l'uomo la sosteneva perché non cadesse, si lasciò guidare attraverso la grande cantina che ora sembrava tremolare davanti ai suoi occhi, allargandosi e restringendosi in un gioco di luci e di ombre che la confondeva, dandole la nausea.

Senza neppure capire come, giunse davanti a una porticina che il damerino aprì con una semplice spinta. Maddalena si abbandonò alla sua stretta mentre la conduceva in quella che le sembrò un'altra cantina ma senza botti, anche se riuscì a vedere assai poco: l'unica fonte di luce provenne per un istante dalla porticina socchiusa della sala che avevano appena lasciato, e che l'uomo si chiuse subito alle spalle. Adesso che era completamente nuda nel buio, Maddalena sentì ancora più freddo e percepì un'umidità più intensa.

«*Vamos, Magdalena*» la incoraggiò il damerino, spingendola ad avanzare. L'uomo sembrava trovarsi a suo agio nel buio, sapeva dove mettere i piedi. Le fece fare alcuni passi. Improvvisamente il pavimento gelido fu sostituito da una superficie morbida, lanosa, come di un soffice tappeto. «*Para aquí*... fermati qui» le ordinò il suo accompagnatore, facendola inginocchiare con un gesto delicato ma deciso. «*Y ahora, no te muevas*...»

«Ti piace farlo al buio?» mormorò, vogliosa. L'uomo non rispose, anche se Maddalena distingueva la sua sagoma vicino a lei, come un'ombra più nera sullo sfondo dell'oscurità. A un tratto, una fioca fiammella brillò debolmente. Qualcuno, che Maddalena non aveva visto, doveva aver passato al damerino un mozzicone di candela acceso, col quale l'uomo stava ora dando fuoco agli stoppini di cinque grandi ceri neri, disposti a distanza regolare intorno a loro. Quando il chiarore le consentì finalmente di vedere, la meretrice notò di essere effettivamente accucciata su un tappeto scuro, al centro di una grande stella intessuta di filo argenteo. Al vertice di ognuna delle sue cinque punte, lesse un nome ricamato nello stesso colore: *Atena, Hera, Persefone, Demetra, Ecate*. All'interno e all'esterno della stella c'erano molti altri strani simboli, che non riuscì a decifrare.

Ne aveva soddisfatti molti di clienti che amavano condire la loro lussuria con scenografie diaboliche. Anzi, alcuni non riuscivano proprio a eccitarsi se non invocavano con riti bizzarri ogni sorta di demoni, lamie e altri esseri infernali... Maddalena aveva già partecipato a molte di queste messinscene, da sola o in compagnia di altre meretrici, ad appannaggio di un solo cliente, di coppie oppure in orge animate da numerose persone. Gli arredi erano svariati ma tutti più o meno simili, come pure gli abiti cerimoniali, i rituali e le invocazioni. La stella ricamata sul tappeto, per esempio, l'aveva vista quasi tutte le volte. Si chiamava *pentacolo*, le sembrò di ricordare. In ogni modo, quando era stata coinvolta in quel tipo di fornicazioni non aveva mai provato orrore, o angoscia, né ricordava di aver mai assistito a qualche evento soprannaturale. Rammentava solo di aver fatto il suo lavoro con la solita, coscienziosa noia di sempre, tranne quando si era trovata tra le braccia una donna, o un maschio particolarmente bello. Bello e desiderabile come il damerino che aveva appena finito di accendere i grandi ceri neri.

Maddalena sperò che, dopo aver illuminato la scena, l'uomo si spogliasse e la raggiungesse subito sul tappeto, ma l'altro si congedò invece con un cenno d'intesa, sparendo in fondo alla piccola grotta.

La porticina da cui se n'era andato si riaprì e nella stanza entrarono tre figure vestite di domini neri dagli ampi cappucci. I loro volti erano nascosti da maschere di cuoio ugualmente nere, lisce e prive di connotati, ma la meretrice intuì chi fossero dalle corporature che i lunghi mantelli non riuscivano del tutto a celare. Maddalena si dispose a soddisfarli tutti e tre.

«Venite avanti, figlie di Ecate!» esordì invece lo spilungone, con un tono stentoreo reso ancora più solenne dalla risonanza provocata dalla maschera.

A quell'ordine, una fanciulla nuda uscì dalla porticina con incedere leggiadro, accompagnata da un melodioso suono di liuto proveniente da chissà dove. Dopo di lei un'altra, e poi altre due ancora, tutte nude e bellissime, finché la piccola grotta non fu affollata da quattro giovinette splendide come dee, che andarono a inginocchiarsi intorno alla stella su cui era accucciata Maddalena. La meretrice le fissò estasiata, mangiandosele con gli occhi. Due erano brune, una bionda e un'altra aveva una lunga, fiammante chioma rossa. Non aveva mai visto, in vita sua, fanciulle meravigliose come quelle. Solo Agnola era altrettanto bella. Si trattavano davvero bene, quei mercanti spagnoli.

«Inchinatevi a Diana, la mortifera dea dai cinque nomi, che uccide con lo sguardo terribile della Gorgone che né Bacco, né Imeneo possono sostenere, e tantomeno i miseri mortali!» riprese lo spilungone, rivolto alle fanciulle che chinarono il capo in assorto raccoglimento. Fino a quel momento avevano ridacchiato tra loro, ma adesso sembrarono concentrarsi in una profonda preghiera. «Implorate la Signora della Caccia Selvaggia, affinché vi conceda di unirvi al suo corteo notturno delle anime senza pace, al suo furioso esercito guidato da Morgana sul cigno nero, da Artù sull'orribile caprone e da lei stessa, la Dama del Sabba in groppa all'orrido cinghiale!» continuò, col suo marcato accento iberico, l'alto uomo in domino nero allargando le braccia nel gesto dell'orante.

Maddalena si sforzò di non ridere. Non voleva certo rovinare la festa. Anzi, tutto sommato trovava suggestiva quella cerimonia, faceva riferimento a esseri infernali che non aveva mai sentito nominare.

«Supplicate la spettrale Luna, la Stella deviata del mattino di sollevarvi sul suo carro, nella tenebrosa cavalcata fino ad Avalon, il regno dei defunti!» aggiunse lo spilungone, con voce sempre più tonante, «per danzare all'ombra degli alberi dannati e uccidere animali che saranno poi resuscitati, concedendo anche a voi il potere della morte!»

«Il potere della morte!» gridarono all'unisono le voci argentine delle quattro fanciulle, facendo sobbalzare Maddalena che non se l'aspettava.

Lo spilungone si fece da parte lasciando la scena al corpulento gigante. «Udite! Tremate!» esclamò il colosso. «*Desde lo más profundo de la noche*… dalle profondità della notte… Ecate sta giungendo!»

All'improvviso, un acuto suono spettrale riecheggiò tra le pareti della grotta. Maddalena sussultò di nuovo, stavolta davvero spaventata. Cos'era quell'urlo straziante, a metà tra un grido d'agonia e il verso di una belva? Nessuno strumento, nessuna voce umana potevano produrlo…

L'orribile latrato si ripeté tre volte, facendole agghiacciare il sangue, seguito da un cupo silenzio.

«Ecate è tra noi, e accoglie *con satisfacción* la nostra preghiera» concluse il gigante, inchinandosi con devozione. A quel punto toccò al damerino procedere con il rito. Maddalena si convinse che fosse lui, intuendone la corporatura anche sotto il domino. Appena il gigante si fece da parte, ritirandosi con lo spilungone in una zona semibuia della grotta, l'uomo avanzò chinandosi verso un piccolo scrigno nero che la meretrice non aveva notato. Lo sollevò in alto sopra la testa, come per offrirlo alle terribili divinità della notte, poi l'aprì e lo presentò alle quattro ragazze. Ognuna delle fanciulle prese dal portagioie un anello che s'infilò all'anulare sinistro. Maddalena seguì con interesse quel bizzarro rituale. Gli anelli erano tutti uguali: d'argento, con una pietra di ematite nera montata su un castone a forma di stella a cinque punte. Proprio come il pentacolo.

«La tenebrosa *Señora de la noche* ha accettato di congiungersi *con ustedes*» declamò l'uomo, abbracciando in un largo gesto simbolico le quattro fanciulle. Maddalena riconobbe subito la voce del damerino, sebbene contraffatta dalla maschera. «Avete calzato, al dito *de vuestro corazón*, il nero anello *de la sangre, de la muerte y de la destrucción*... La pietra della guerra *y del fuego*! Usatela! Scatenate l'oscuro potere di Diana, la *Señora* degli inferi! Offritele sacrificio, e ottenete da lei il potere delle tenebre, e l'eterna giovinezza dei vostri corpi!»

Al suo comando, le quattro fanciulle si mossero carponi verso Maddalena, con eleganti movimenti felini. Le splendide ninfe la circondarono sul soffice tappeto coi loro corpi flessuosi. Iniziarono a carezzarla ovunque, strappandole prima brividi, poi gemiti di godimento mentre le carezze diventavano più frequenti, più intense, sempre di più...

«Fate piano...» si lamentò Maddalena, combattuta fra il

piacere e un lievissimo dolore. Adesso le mani delle fanciulle non la stavano solo sfiorando ma anche graffiando. Sentiva delle sottili trafitture... Non erano spiacevoli, però... cominciava a sentirsi male. Uno strano disagio, simile al deliquio. Fino a che si sentì come oppressa da un grande peso che le gravava sul petto, impedendole di respirare... La vista le si offuscò e cominciò una dolorosa agonia...

L'ultimo suono che udì fu quell'urlo stridulo che le echeggiò di nuovo nelle orecchie, come un terribile viatico per l'oscurità.

E poi più nulla.

XXVI

Tra il rione Ponte e il Parione, poco prima delle Lodi

Agnola aveva vagato a lungo tra la fitta vegetazione della sponda del Tevere, cambiando di frequente nascondiglio tra i salici e i cespugli. Era il posto migliore dove celarsi alla vista di chiunque la inseguisse, soprattutto se si trattava di *loro*. Avevano occhi e orecchie dappertutto in città, tra le case e le strade battute dagli uomini: informatori pronti a riferire di aver visto passare la loro preda, disposti magari a ghermirla per consegnarla nelle loro mani come un animale in trappola. No, fin da quando era fuggita da casa di Maddalena aveva capito che non sarebbe stato furbo, nonostante il favore delle tenebre, dirigersi subito alla sua meta, nell'unico luogo di Roma dove avrebbe potuto sperare di sentirsi al sicuro. Ormai li conosceva abbastanza per prevedere come avrebbero ragionato, e ciò le dava il vantaggio di anticiparne le mosse. Almeno lo sperava. Così aveva atteso, con pazienza, che le ore passassero lente, angosciose, mentre ogni minimo rumore di frasche, ogni subitaneo verso di uccello notturno la facevano sobbalzare.

Qualche volta le era sembrato di udire i passi di alcune guardie che pattugliavano la riva, ma quei rumori erano stati quasi un sollievo piuttosto che uno spavento. Che timore potevano infatti incuterle degli sbirri che, scovandola a quell'ora di notte, si sarebbero limitati a violentarla in cambio dell'impunità per non aver rispettato il coprifuoco, oppure, nella peggiore delle ipotesi, a fustigarla e a farle trascorrere forse una notte in cella? Almeno lì sarebbe stata al sicuro! No, quella notte non erano certo gli armigeri del Bargello a farle paura.

Aveva accettato un patto col diavolo senza valutarne le conseguenze. Uccidere per diventare ricca, per fare una vita migliore delle povere disgraziate che si rifugiavano su quelle sponde coi loro clienti... E invece erano più felici loro, che non sarebbero finite ammazzate solo perché non avevano il coraggio di ammazzare. Ma nemmeno lei era stata capace di uccidere. Aveva risparmiato quello sconosciuto senza rendersi conto che, in cambio della sua vita, stava offrendo in pegno la propria. In quel momento, le era sembrato naturale sacrificare la propria esistenza per la salvezza di quel giovanotto di cui non sapeva neppure il nome. Perché l'aveva fatto? Perché anche se meretrice, traditrice, peccatrice, aveva pur sempre una coscienza. E soprattutto non era un'assassina.

Agnola aveva trascorso tutta la notte tra simili riflessioni, sveglia e vigile a ogni minimo segnale di pericolo, finché le prime luci dell'alba iniziarono a rischiarare l'orizzonte. Solo allora si azzardò a muoversi. Guardandosi intorno circospetta, si avviò a passo svelto verso il confine tra Ponte e Parione, dove si trovava la strada verso cui era diretta.

Aveva l'impressione di avere migliaia di sguardi addosso, freddi occhi silenziosi che la sorvegliavano, la scrutavano con malvagità. Ma in realtà a quell'ora non c'era nessuno in giro.

Mancava solo un po' di cammino e sarebbe arrivata, mentre la luce dell'aurora cominciava a tingere di rosa le strade e gli edifici. Sembrava proprio che nulla di brutto potesse accadere in quel tenero chiarore...

Via Calabraghe era la stessa di sempre: una squallida strada di prostituzione come tante altre a Roma. Ma per Agnola poteva significare la salvezza. Cercò di ricordarsi quale fosse la casa che cercava. Erano anni che non la vedeva, né l'abitazione né la sua proprietaria. Cercò di scavare nella memoria, costeggiando l'alternanza di casette modeste e miseri tuguri che testimoniavano il differente livello delle meretrici che vi esercitavano. Quella che rammentava lei era forse una delle migliori. Perché non la riconosceva? Lanciò occhiate preoccupate alle piccole finestre, ma per fortuna erano tutte sbarrate. Rimanevano chiuse sia di notte che di giorno, in quella via, ma qualcuno poteva lo stesso spiare in strada attraverso gli scuri...

Poi, all'improvviso, la vide.

L'abitazione era là, proprio davanti a lei. La riconobbe dalle bianche mura ben intonacate, senza neppure una crepa, e dalla porta che, ridipinta di fresco, aveva lo stesso, brillante colore rosso di tanti anni prima. Agnola si avviò decisa verso l'edificio, poi si fermò di colpo, incerta sul da farsi. In un primo momento aveva pensato di precipitarsi all'uscio, bussando con discrezione. Quello era già un orario da clienti mattinieri, quindi qualcuno avrebbe di sicuro aperto. Ma chi?

Non era certa che Maddalena avesse parlato ai visitatori notturni, chiunque fossero – non era neanche sicura che si trattasse proprio di *loro* – di quella casa di via Calabraghe. Ma se l'avesse fatto... forse la stavano già aspettando all'interno, e avrebbe fatto la fine del topo in trappola. Del resto, era l'unico posto a Roma dove potesse ormai rifugiarsi, e non poteva stare là fuori tutto il giorno.

Tra scappare e rischiare, decise per una via di mezzo. Si ricordò che un suo cliente, dotto in lettere latine, le aveva detto una volta *in medio stat virtus*, spiegandole il significato di quella frase. Si sarebbe nascosta all'angolo di una casa di fronte, spiando per un po' l'abitazione dove intendeva entrare. Voleva prima essere certa, se ci riusciva, che fosse del tutto sicura.

Acquattata dietro una parete, scrutando con attenzione la casa, Agnola ingannò l'attesa lasciando che i ricordi, ancora vivi nella memoria, le si affacciassero alla mente. Si aspettava quasi di trovare Ortensia giovane e bella come all'epoca del convento, dov'erano state accolte per carità in quanto orfane. La nobile badessa, sebbene concedesse solo a Ortensia il privilegio di trattenersi per ore nella sua cella, le aveva prese entrambe in simpatia, sfruttando la sua posizione all'interno del monastero per favorirle sotto diversi aspetti: spesso riduceva le dure ore di lavoro che, in cambio di vitto e alloggio, le due orfane dedicavano alle pulizie, alla cucina e alla cura dell'orto. Due volte all'anno consentiva loro perfino di abbandonare la clausura. Le faceva accompagnare da una sua ex cameriera, una gioviale vecchia che veniva spesso a trovarla in parlatorio, alle grandi *fiere di Levante* di maggio e agosto che *duravano un anno e tre dì*, come proverbiava il popolo. Una fantasmagoria di colori che riempiva gli occhi delle due orfane di gioia e meraviglia.

Fino a quel giorno maledetto in cui, proprio di ritorno da una fiera, lei e Ortensia erano state rapite da alcuni lenoni di passaggio a Lanciano. Rammentava ancora quei momenti, come impressi a fuoco nella memoria: le urla disperate sue e dell'amica, l'angoscioso viaggio fino a un'immensa città che solo in seguito aveva capito essere Roma... Della vecchia ex cameriera di suor Maria, che anche in quell'occasione le aveva accompagnate alla fiera, non aveva più saputo nulla. Forse era stata tramortita, oppure addirittura uccisa dai rapitori. O magari si era limitata a voltarsi dall'altra parte, istruita dalla sua padrona d'accordo coi lenoni. Una possibilità che le aveva in seguito ventilato Maddalena, insinuando che le frequenti visite di Ortensia alla cella della badessa avessero scopi ben diversi dal catechismo, e che la nobile, temendo a un certo punto qualche indiscrezione, avesse deciso di sbarazzarsi di entrambe in modo pulito...

Anche di Ortensia, all'inizio, non aveva più avuto notizie. Le avevano separate al loro arrivo a Roma. In seguito l'aveva rincontrata solo una volta, per caso, in una sordida e malfamata taverna nei dintorni di Campo de' Fiori: lacera, affamata e rognosa come una famelica cagna randagia. Agnola aveva tentato di avvicinarla, l'aveva salutata chiamandola per nome... ma l'altra le aveva voltato le spalle, fingendo di non ricordarsi di lei. Dopo un istante di smarrimento, Agnola si era allontanata a passo svelto, quasi vergognandosi del sollievo che aveva provato nel rivederla: in confronto alla povera Ortensia, le condizioni in cui la manteneva la sua vecchia mezzana le erano parse degne di una principessa... Per molto tempo non aveva più saputo nulla della sua compagna di disavventure. Poi, quando aveva incontrato Maddalena, aveva appreso da lei che Ortensia aveva avuto un colpo di fortuna: uno dei suoi clienti l'aveva sistemata in una bella casa a via Calabraghe, dove la donna continuava a esercitare la professione di *cortigiana honesta*. Agnola era stata contenta per lei.

E adesso l'avrebbe rivista, con la faccia tosta di chiederle aiuto. Chissà come avrebbe reagito.

Mentre attendeva con ansia di accertarsi che la casa non fosse presidiata, l'uscio si aprì cigolando. Una ragazzetta si sporse fuori svuotando sul selciato già lurido il contenuto di un secchio, poi tornò dentro chiudendosi la porta alle spalle. Doveva essere la sua fantesca.

Dopo aver aspettato un altro po', vide la stessa servetta uscire di nuovo per andare ad attingere acqua a un vicino pozzo. Appena fu rientrata, Agnola si decise a bussare. Se fossero state in ostaggio di qualcuno, la fantesca non avrebbe svolto con tanta calma le sue incombenze quotidiane. Si fece coraggio e colpì col battente una, due volte la vecchia porta di legno.

Dopo alcuni istanti, la medesima fantesca le aprì, fissandola in silenzio con sguardo interrogativo.

«Cerco la signora» disse Agnola, sfoderando il suo più rassicurante sorriso. «Devo parlarle.»

La ragazzetta la stava ancora fissando con un'aria stolida, come se non avesse capito una parola, quando dal corridoio alle sue spalle si affacciò un'elegante figura femminile.

«Agnola!» esclamò la donna, stupita. «Non avrei mai pensato di rivederti!»

«Perché sei stata tu a sparire, Ortensia!» la rimproverò bonariamente l'altra. «Però vedo che ti sei sistemata bene!» In effetti si era molto ripresa, da quando l'aveva incontrata l'ultima volta. Aveva messo su carne, non troppa però e nei punti giusti, la sua pelle era adesso bianca e liscia, i capelli morbidi e luminosi. Sembrava addirittura ringiovanita, bella quasi com'era stata ai tempi di Lanciano.

«Si fa quel che si può» sospirò la bella meretrice. «Ma non

stare sulla porta, accomodati! La mia casa è modesta, però è a tua disposizione.»

«Ecco, è proprio di questo che volevo parlarti...» esordì Agnola con un lieve imbarazzo, mentre avanzava lungo il corridoio. Sentì la porta d'ingresso chiudersi alle sue spalle, mentre Ortensia l'attendeva sorridente sulla soglia di una camera che affacciava all'altro capo dello stretto percorso.

«Ecco, io... volevo sapere se tu potresti...» balbettò Agnola, sempre più imbarazzata.

«Dimmi pure, amica mia, non temere» la incoraggiò Ortensia la Greca, allontanandosi dalla soglia per farla entrare. Appena Agnola l'ebbe superata, il gigante biondo acquattato dietro lo stipite la ghermì da dietro, bloccandole le braccia con una stretta vigorosa che le tolse il respiro. Con l'altra enorme mano le tappò la bocca.

«Perdonami, sorella» singhiozzò Ortensia, fissando contrita gli occhi sbarrati dell'altra. «Ma gli ordini della Santa Inquisizione non si discutono. Non avrai nulla da temere, se sei innocente.»

Agnola si dibatté invano tra le braccia robuste del colosso. L'Inquisizione non avrebbe agito così, ma evidentemente Ortensia non lo sapeva.

L'amica la seguì con uno sguardo desolato mentre il gigante, sollevandola di peso, la portava fuori dalla casa di piacere, verso i cavalli e i compagni in attesa.

XXVII

Vaticano, Palazzo Apostolico, poco dopo le Lodi

«*De profundis te clamavi, Domine!*» esclamò Leone X, sbiancando in volto e segnandosi ripetutamente. «Siamo circondati da traditori!»

Suo cugino Giulio e Dovizi da Bibbiena, che erano piombati nel cubicolo papale per comunicare al Santo Padre la scoperta della congiura, ammutolirono scambiandosi un'eloquente occhiata. Erano stati a lungo indecisi se attendere l'alba per disturbare il sonno del pontefice, oppure aspettare che si destasse con tutta calma. Alla fine avevano concordato d'informarlo prima possibile. Se la situazione era davvero così grave come ritenevano, non c'era tempo da perdere. I verbali degli interrogatori dei primi cospiratori arrestati, appena sottoscritti dagli accusati, si trovavano ora sullo scrittoio del papa. La luce di alcune lanterne rischiarava quasi a giorno il cubicolo, esaltando il pallore quasi esangue di Leone X. Il pontefice si era rannicchiato tra le fini lenzuola di seta coprendosi fino all'ampia pappagorgia, lanciando intorno sguardi smarriti con l'aria di un bimbo terrorizzato da un incubo notturno.

«Quindi volevano... farci uccidere dal medico che avrebbe

dovuto... curarci?» balbettò, scosso dai brividi. Quella notte la fistola gli aveva provocato un po' di febbre, ma il tremore di adesso era causato da ben altro. I due cardinali non l'avevano mai visto tanto spaventato.

«Così sembra, Santità» sospirò Giulio de' Medici, con aria grave. «Tutti i rei hanno indicato in Giovan Battista da Vercelli l'esecutore del piano criminoso.»

La Provvidenza lo aveva protetto, ispirandolo a non assumere quell'assassino al posto di Jacopo da Brescia.

«Dove si trova ora quel mostro, spergiuro del vincolo d'Ippocrate?» chiese con rabbia, mentre riacquistava un po' di colorito.

«Per il momento è a Firenze» rispose il Bibbiena, «ma due delle mie spie lo seguono come un'ombra. Adesso sta curando sua Eccellenza Goro Gheri, segretario del Duca Lorenzo...»

«Che voglia ammazzare anche lui, o peggio nostro nipote Lorenzino?» sobbalzò il papa. «Che aspetti a catturarlo?»

«Ho già inviato ordine di arrestarlo e inviarlo a Livorno al nostro ambasciatore Vettori, che ce lo manderà presto in catene.»

«Quando giungerà a Roma, rinchiudetelo lontano dagli altri congiurati» suggerì Giulio de' Medici. «Meglio tenerli il più possibile separati.»

Il capitano generale annuì. «Ci avevo già pensato. Ho ordinato di segregarlo nelle carceri del Campidoglio.»

«Fallo confessare col più *rigoroso esame*!» sbraitò il papa. «E di' ai giudici che vogliamo sia martoriato con tenaglie roventi fino al patibolo, impiccato e poi squartato! Che sia di esempio a tutta la popolazione di Roma! E la medesima sorte subisca quel prete, Marcantonio Nini!»

«Sarà fatto, Santità» chinò il capo il Bibbiena.

Con un improvviso senso d'angoscia, Leone X si percepì come assediato dalla schiera dei circa mille uomini che gravitavano intorno al Palazzo Apostolico per garantirne, in teoria, l'attività e la sicurezza: ventisette prelati domestici, sessantacinque *camerari*, settantanove *cubicolari*, novantatré *scutiferi*, tutti di alto rango e accompagnati da molti *famigliari* e servitori... e poi un cappellano, i *custodes* della biblioteca e degli archivi, i cucinieri comuni e quelli segreti, gli addetti alla biancheria e alle tovaglie, all'oreficeria, ai mobili, ai giardini, alla sorveglianza delle porte, alle scuderie... Più di duemila *curiales*, un elenco di nomi che riempiva un quaderno di ben trentotto fogli, di cui almeno settecento erano toscani o fiorentini, il che non li rendeva per questo più leali. Senza contare le quasi duecento guardie svizzere della *Pontificia Cohors Helvetica*. Poteva fidarsi di ognuno di loro? Com'era possibile, se molti neppure li conosceva? Sapeva solo che quell'immenso apparato gli costava migliaia di ducati d'oro che i banchieri gli prestavano a esorbitanti tassi d'interesse, mentre le casse vaticane languivano ogni giorno di più... E per che cosa? Per rischiare di essere avvelenato nel suo stesso palazzo! Aveva ragione suo padre, Lorenzo il Magnifico, a definire Roma *sentina di tutti i mali!* «Veniamo adesso ai principali mandanti» stava dicendo nel frattempo Giulio, in tono cupo, «*id est* il cardinale Alfonso Petrucci e suo cugino Scipione.»

«Alfonso lo voglio morto!» sbraitò Leone X. «Sono anni che cospira contro di noi e contro i Medici, per riprendere il potere su Siena. È giunto il momento di chiudere i conti con lui, e questa è la migliore occasione» concluse, con una smorfia crudele. «Si trova sempre a Genazzano, protetto dai Colonna?»

«Assieme a Pochintesta de' Pochintesti, suo amico e sodale. Arrestarli con la forza è impossibile, finché risiedono nel castello. Dovremmo inviare un piccolo esercito ad assediare la fortezza, senza contare le reazioni dei Colonna che potrebbero impensierirci anche qui a Roma...»

«Dovremo agire d'astuzia, allora» commentò il papa, pensoso. «Potremmo... sì, convocare quell'altro cardinale con cui Alfonso è in combutta, il Sauli... che per ora non sospetta di essere stato scoperto, vero?»

«Nessuno dei cardinali implicati lo sospetta, Santità.»

«Bene, potremmo fargli credere che vogliamo stipulare un trattato tra la Santa Sede e il Petrucci, nel quale gli viene restituita la Signoria di Siena. In cambio, per rendere più credibile il patto, chiederemo che Siena stringa alleanze con lo Stato della Chiesa, con Firenze e col Duca d'Urbino, cioè con i Medici, più il versamento di venticinquemila ducati alla Camera Apostolica...»

«Mi sembra un'ottima idea, cugino!» annuì il cardinale Giulio, lasciandosi andare per l'entusiasmo a un tono troppo confidenziale che il papa, nonostante la presenza del Bibbiena, sembrò tollerare.

«Per offrire un concordato ancora più appetibile, se posso permettermi» intervenne il capitano generale, «proporrei anche una clausola di neutralità di Siena in caso di conflitto tra Vostra Santità e il Re Cattolico... Sono noti i legami filospagnoli del Petrucci.»

«*Placet*, Bibbiena, aggiungi anche questo» assentì il pontefice. «E che al cardinale e al Pochintesti sia concesso un salvacondotto che li protegga da ogni pena legata ai loro reati politici... esclusi naturalmente quelli di *veneficium* e di *laesa maiestas* nei confronti della nostra persona… particolari che per ora conosciamo solo noi» aggiunse, con un ghigno astuto. «Una volta a Roma, il salvacondotto non potrà più proteggerli dalle nuove accuse. Raccomandiamo di mantenere il più assoluto riserbo sul nostro stratagemma. Neppure nostro nipote il Duca d'Urbino dovrà venirne a conoscenza.»

«Vi ricordo, Santità» disse Giulio, riacquistando un atteggiamento formale, «che l'arresto di un cardinale deve essere comunque deciso da due terzi del Sacro Collegio, e che un porporato può essere interrogato e giudicato solo da suoi pari…»

«Non in questo caso» scosse la testa il pontefice. «Emaneremo un *motu proprio* col quale affideremo l'inchiesta sui cardinali agli stessi giudici che hanno agito finora – ci sembra stiano lavorando bene – mentre eleggeremo tre porporati in funzione puramente consultiva, solo come tramite tra i magistrati e il Sacro Collegio… Stai pensando a chi potremo scegliere, Giulio? Solo gente fedele e fidata, naturalmente. Il primo potrebbe essere Francesco Remolino…»

«Ottima scelta, Santità» annuì il vicecancelliere. «Un altro potrebbe essere Pietro Accolti.»

«E il terzo Alessandro Farnese» aggiunse il Bibbiena.

«*Placet*» concluse Leone X. «Allora è deciso.»

Giulio de' Medici prese mentalmente nota degli ordini del cugino. «Quando il Pochintesti sarà catturato» disse poi, «chiederà di certo, in caso di condanna, di essere decapitato in quanto uomo d'arme.»

«In caso di *sicura* condanna alla pena capitale… che sia impiccato a un merlo del carcere di Tor di Nona, senza tante cerimonie!» sbuffò il papa, con disprezzo. «Osa pure definirsi *uomo d'arme* quel ladro, scassinatore di botteghe e violatore di donne e fanciulli? Faceva sempre questo a Siena, quand'era capitano della Guardia. Ora pagherà tutto assieme, e con ignominia. Alla forca, senza tante storie! E gli sia appeso al collo un cartiglio, con sopra scritto *facinoroso e traditore.*»

I due cardinali assentirono, chinando il capo. Dopo i primi istanti di sgomento, il Santo Padre stava riprendendo vigore. Escogitare le punizioni per i congiurati, anche per quelli non ancora catturati, ne corroborava le forze meglio di un cordiale.

«Ordinate che sia usato il *rigoroso esame* durante gli interrogatori del Petrucci e del Sauli?» chiese il Bibbiena, perplesso. «Si tratta pur sempre di principi della Chiesa, anche se traditori...»

Leone X meditò per qualche istante. «Per il Petrucci sì, gli sia somministrata la corda senza sconti. Quando sarà arrestato, vogliamo sia rinchiuso a Castel Sant'Angelo sul retro del bastione di San Marco, nella segreta di San Marocco.»

«Come Vostra Santità desidera» assentì il capitano generale, con un brivido. Per nulla al mondo avrebbe voluto trovarsi nei panni di Alfonso Petrucci. Quella di San Marocco era la più famigerata cella di tutta la fortezza: un buco nel quale si veniva calati dall'alto, senza aria né luce, così basso da non poter stare in piedi. «E per il Sauli?»

«Ma perché Bandinello ci ha traditi?» si lamentò all'improvviso il papa. «Non l'abbiamo forse colmato di privilegi? Da quando siamo stati eletti, abbiamo aumentato i suoi benefici di più di ventimila ducati all'anno! Che voleva ancora?»

«Forse il vescovato di Marsiglia, che Vostra Santità ha invece assegnato a me» sorrise Giulio, ironico.

Lo sguardo del pontefice s'indurì. «Giuda maledetto... eppure vogliamo essere ancora clementi con lui. Gli s'infliggano solo i tormenti della fame, della sete e della veglia... vedrai, basteranno a farlo parlare.»

«E riguardo alla pena?» domandò Giulio, sperando che il cugino non fosse altrettanto generoso. Lui e il Sauli erano sempre stati concorrenti, e l'eliminazione di un pericoloso rivale non poteva che fargli piacere.

«Per lui niente pena di morte» sentenziò Leone X. «Per un rampollo di banchieri genovesi, sarà più duro pagare un'ammenda di venticinquemila ducati per essere reintegrato nella dignità cardinalizia» ridacchiò, all'improvviso di buon umore. «È ancora giovane, diamogli tempo per meditare sui suoi peccati ed espiarli.»

«A questo punto, credo che Vostra Santità voglia punire allo stesso modo anche gli altri cardinali traditori» chiese Giulio, visibilmente deluso. «Parlo di Adriano Castellesi, Francesco Soderini e Raffaele Riario.»

«Il cardinale di Corneto» replicò il papa, riferendosi al Castellesi, «dovrà sborsare la stessa cifra del Sauli e del Soderini. Il vecchio Riario, invece, in onore della sua posizione di camerlengo e di decano del Sacro Collegio... non se la caverà con meno di trecentomila ducati, al massimo in due rate» continuò a sogghignare, sempre più divertito. «Vedrete come avranno paura e come pagheranno, quando le prime teste inizieranno a cadere! Un colpo insperato, per le nostre esauste finanze!»

«Perdonate, Santità...» azzardò Giulio de' Medici, «non so se sia buona politica perdonare a nemici così pericolosi, non solo vostri ma di tutta la famiglia Medici... Vostro nipote il Duca d'Urbino non credo sarebbe d'accordo...»

«Lorenzino non è il papa» gli rispose secco Leone X, fulminandolo con lo sguardo. «E non lo sei neppure tu, Giulio. Prima di sindacare le nostre decisioni, dovreste tenere conto della potenza familiare, della ricchezza e degli agganci dei tre cardinali che vorresti morti... Castellesi gode dell'appoggio dell'imperatore Massimiliano, Riario di quello del re di Spagna... e per quanto riguarda Soderini... non voglio si accusi il papa di volersi vendicare di una così nobile famiglia fiorentina, solo perché acerrima antagonista dei Medici. Così abbiamo deliberato, e così sarà fatto.»

«Quindi intendete far giustiziare solo il Petrucci, fra tutti i cardinali colpevoli?» il Bibbiena chiese conferma in tono umile. Non ci teneva ad attirare sul suo capo i rimbrotti che il vicecancelliere aveva appena ricevuto. «E in tal caso... che supplizio prevedete?» aggiunse, con un lieve imbarazzo. «Forse sarebbe sconsigliabile un'esecuzione pubblica, considerato il suo rango...»

«Il caso del cardinale di Siena è diverso» spiegò il pontefice, con un sospiro. «Oltre a essere il principale promotore della congiura, ormai è quasi isolato. Quelli che lo appoggiavano sono tutti in prigione o fuggiti, oppure l'hanno abbandonato. È solo come un cane, adesso, e quindi vulnerabile. Per quanto riguarda l'esecuzione... ci penseremo a tempo debito.» L'avrebbe fatto strangolare in cella dal suo moro Rolando, sarebbe stato troppo volgare versare il sangue di un principe della Chiesa.

«In effetti» commentò il Bibbiena, scorrendo con attenzione alcune carte, «da questi verbali risulta che gli stessi ambasciatori di Spagna, l'Urrea e il Vich, l'abbiano preso in giro, intascando migliaia di ducati dietro la promessa di un accordo militare privo di reali garanzie.»

«Privo di garanzie o meno» intervenne Giulio de' Medici, «il trattato dovrebbe entrare in vigore ai primi di giugno, almeno in teoria... e non credo sia il caso di attendere per verificare la sua validità, rischiando un colpo di mano del Petrucci contro Siena. Dobbiamo agire subito.»

«Qual è il vostro piano di battaglia, Santità?» domandò il capitano generale.

Leone X rifletté per alcuni istanti. «Subito dopo l'arresto di Petrucci e del Sauli» disse alla fine, «indiremo un Concistoro in cui sveleremo la trama della congiura a tutti i cardinali. In un secondo momento, dopo aver verificato tutti i riscontri degli interrogatori, se le prove saranno schiaccianti verrà arrestato anche Riario. Non lo rinchiuderemo a Castel Sant'Angelo ma qui in Vaticano, in uno dei nostri migliori appartamenti, con tutti gli agi e attorniato da servitori. In fondo ha quasi sessant'anni, quindi niente torture: lo interrogherai tu da solo, Giulio» aggiunse rivolto al cugino. «Sono certo che parlerà. In caso contrario, andrà bene anche per lui la privazione del cibo, dell'acqua e del sonno.»

«E Castellesi e Soderini?» chiese il Bibbiena.

«Indiremo un secondo Concistoro» rispose pronto il pontefice, «nel quale inviteremo con solennità i cardinali colpevoli a confessare spontaneamente le proprie colpe per ottenere il perdono. Sì, una bella messinscena, quasi una sacra rappresentazione» mormorò tra sé, con un sorriso beffardo. «In quell'occasione, se il Soderini continuerà a negare, lo svergognerò davanti a tutto il Sacro Collegio. Il Cortellesi si accuserà invece da solo, perché è sempre stato un vigliacco.»

«Abbiamo dimenticato di stabilire la sorte di Scipione Petrucci, il cugino del cardinale» intervenne Giulio de' Medici, sfogliando il verbale del suo interrogatorio. «Da queste carte risulta sia stato pronto a parlare e generoso di particolari, nonostante le sue affermazioni inchiodassero senza speranza il parente. Magari è stato a causa della tortura.»

«Anche Marcantonio Nini è stato torturato nello stesso modo» commentò il Bibbiena, «eppure è stato a lungo reticente. Nell'atteggiamento di Scipione si notano un pentimento e una volontà di espiazione molto più sinceri, a mio parere.»

Leone X valutò per un momento le affermazioni dei due consiglieri, meditabondo. «Si condanni al remo» decise alla fine. «Sulla galea avrà tempo e modo di riflettere sui propri peccati.»

«Amen» commentarono all'unisono i due cardinali.

«Un ultimo quesito, Santo Padre...» mormorò il Bibbiena. «Pensate che le recenti morti delle nostre due spie siano collegate a questa terribile congiura? Forse, smantellare la nostra rete d'informatori era un'azione preventiva per la migliore riuscita della cospirazione... Del resto, è stato proprio uno dei nostri migliori agenti a catturare Marcantonio Nini.»

«Non è emerso nulla su questo, dalle prime investigazioni?»

«Nulla, Santo Padre. Finora nessuno degli accusati ha fatto riferimenti alle morti di Leandro e Ottavio.»

«Vedremo nei prossimi interrogatori» annuì il pontefice, scrollando le spalle. «Ma qualcosa mi dice che, con ogni probabilità, da oggi non si verificheranno più strane morti tra i nostri uomini. Rimane il dubbio su cosa ne abbia provocato il trapasso... Lasciamo che Paracelso continui a indagare, non abbiamo nulla da perdere. A proposito, ha raggiunto qualche risultato?»

«Non credo, Santità» sospirò il cardinale Giulio, scuotendo la testa. «Almeno, finora non mi ha comunicato alcun progresso.»

«E per quanto riguarda l'investigazione su quella... giovane di facili costumi?» domandò Leone X al Bibbiena. «Che combinano Raffaello e Michelangelo?»

«Tra due giorni dovrebbero farmi il primo rapporto. Ma se Vostra Santità ha urgenza di avere notizie, posso...»

«Lascia perdere, non li sollecitare» tagliò corto il pontefice. «Quando avesti l'idea di trasformarli in sbirri inconsapevoli... confesso che ci preoccupammo un po'.»

«Mi dispiace, Santità, ma allora vi assicurai che avrei vegliato su di loro...»

«Lo sappiamo, ma sono sempre artisti e non soldati! Comunque, se hanno mai corso pericoli, non credo siano più così incombenti... La congiura è scoperta e quasi del tutto sgominata, grazie a Dio. L'unico rischio a cui potrebbero esporsi, ormai, è fare un buco nell'acqua» sogghignò. «Nel qual caso, caro Bibbiena, dovrai trovare un'altra modella per la *Primavera* da raffigurare nei tuoi appartamenti. Questo è il peggio che potrebbe succedere, non trovi?»

«Ne sono convinto, Santità» rispose il capitano generale, con un sorriso rassicurante.

Ma quando si congedò dal cubicolo papale assieme a Giulio de' Medici, una specie di sesto senso gli suggerì che i guai non fossero ancora finiti... In tanti anni di carriera al servizio della Santa Sede aveva errato, a volte, sulle questioni di strategia militare. Sulle intuizioni relative agli intrighi e alle trame segrete, invece, il suo istinto si era difficilmente sbagliato. Ma ci avrebbe pensato dopo.

Ora doveva prepararsi ad affrontare la peggiore congiura ordita contro un papa in tutta la storia della Chiesa...

XXVIII

Casa di Michelangelo, poco dopo l'ora sesta

Francisco Delgado giunse in via Macel de' Corvi un quarto d'ora dopo Raffaello, sorprendendolo a fissare assorto la modesta abitazione di Michelangelo, più simile a un edificio di campagna che alla residenza romana di un celebre artista. Ma l'aspetto peggiore erano i dintorni: a quell'ora, il sole già caldo d'aprile aumentava la diffusione dei nauseabondi lezzi provenienti dagli escrementi e dalle immondizie che lordavano le strade del quartiere e del vicino Foro di Traiano, mescolandosi al fetore dolciastro del sangue e della carne morta che giungeva dai vicini macelli che davano il nome alla strada. Come faceva Michelangelo, che aveva il culto della bellezza, a vivere circondato da quella sozzura?

«Salute a voi, messer Sanzio» disse Delgado, affiancandolo sul suo sauro. Anche il sacerdote si era protetto le narici con un fazzoletto, di certo altrettanto profumato, e osservava la vetusta casetta a due piani con la medesima espressione disgustata di Raffaello.

«Siete in ritardo, messer *Delicado*... si era detto all'ora sesta» lo rimproverò senza convinzione, quasi indifferente. Non era realmente urtato dalla mancanza di diligenza dello spagnolo, ci teneva solo a farlo sentire in difetto. Bastava Michelangelo a discutere sempre i suoi ordini e a comportarsi come gli pareva. Tutti gli altri, nel piccolo manipolo che gli si era formato attorno, non dovevano mai dimenticare chi comandasse. Che poi, a proposito di *manipolo*... «Vedo che siete solo» aggiunse, aggrottando le sopracciglia con sguardo interrogativo.

«Per il ritardo chiedo venia» sorrise il prete chinando il capo. «Ero molto stanco quando sono andato finalmente a dormire, e anche un po' *borracho*... sì, ebbro, lo confesso. Non sono abituato come voi ai lunghi ricevimenti... In relazione invece alla mia solitudine... be', lo Zoppino all'alba dormiva e russava così della grossa, assieme a quell'altro furfante dello Strascino, che non mi è neppure riuscito di svegliarlo per comunicargli l'ora e il luogo dell'appuntamento. L'Aretino invece... non ho potuto più scovarlo, per quanto abbia esplorato ogni anfratto di villa Chigi! Sarà sparito chissà dove con quel *paggetto*, garzone o fanciulla che fosse...»

«Possiamo fare a meno di loro» tagliò corto Raffaello, smontando da cavallo. Delgado lo imitò, poi chiese guardandosi intorno: «Sapete se c'è una stalla, da queste parti?».

«La *magione* di messer Buonarroti» rispose il Sanzio, calcando ironicamente il tono sulla prima parola. Tenendo le cavalcature per le briglie, fecero il giro dell'edificio. Il silenzio della casa, dalle mura un po' scrostate e a tratti ammuffite, era rotto ogni tanto da qualche colpo di scalpello che echeggiava nell'assolata giornata primaverile.

«Il maestro sta lavorando» disse Delgado con aria ammirata.

E quando mai non lavora, pensò Raffaello. *Il suo mestiere è tutto, per lui, come per tutti coloro che non hanno una vita.*

Dopo aver lasciato i cavalli, erano giunti davanti alle porte di legno tarlato, intrise di vecchie e nuove tracce di urina. Si scambiarono un'eloquente occhiata, poi Delgado, contento d'indossare i guanti, spinse uno degli usci che si aprì senza resistere. «Non è chiuso a chiave» mormorò, aggrottando la fronte.

«Potrebbe trattarsi di una delle solite distrazioni del Buonarroti, che ha sempre la testa tra le nuvole» annuì il pittore, riducendo la voce a un sussurro.

I due uomini avanzarono cauti nelle stanze al pian terreno. Le finestre erano sbarrate, e solo poca luce filtrava dagli scuri. Una volta dentro, udirono con maggiore intensità il clangore metallico proveniente da un luogo adiacente al tinello. Pareva proprio un rumore di scalpelli. Raffaello non trattenne più il fiato, abbandonandosi a un sospiro di sollievo. Michelangelo era di certo al lavoro nel suo studio, e aveva solo dimenticato di chiudere l'uscio di casa come gli accadeva spesso.

«Scusate l'intrusione, Buonarroti, ma avete lasciato aperta una delle porte» esordì il pittore, affacciandosi all'ingresso della grande sala come fosse a casa sua. Delgado entrò dopo di lui, salutando in silenzio con un inchino.

Michelangelo, con un impolverato abito da lavoro, era in piedi in mezzo alle sue grandi statue, intento ad assestare piccoli ma precisi colpi di scalpello alla barba del *Mosè*. Si voltò appena un istante verso i nuovi venuti, invitandoli ad accomodarsi con un cenno del capo, poi tornò a concentrarsi sulla scultura. Accanto a lui, seduto su uno sgabello, Paracelso degnò di un'occhiata distratta l'urbinate e il prete, mentre continuava a contemplare incantato i sapienti gesti dello scultore. *Quest'artista accorda i suoi movimenti alla melodia stessa dell'Universo*, pensava, quasi cullato dai colpi metallici che riecheggiavano nel salone.

«Dovreste stare più attento quando chiudete le porte, Buonarroti» insisté Raffaello sedendosi su uno sgabello dopo averlo spolverato con un guanto, mentre Delgado ammirava in piedi, immobile e ammutolito, le gigantesche sculture dei due *Prigioni*. «Uno di questi giorni potrebbe entrare qualche malfattore» aggiunse, alzando la voce per farsi udire sopra i tonfi dello scalpello.

«Magari è già successo!» commentò Michelangelo con un sorriso ironico, scambiando un'occhiata complice con Paracelso. Il Sanzio sembrò non aver sentito, o forse non volle raccogliere la provocazione.

«Salute a voi, dottore» disse con aria svagata, come se vedesse il medico solo in quel momento. Si sforzò di non ridere notando il grottesco contrasto tra il suo piccolo corpo sgraziato e lo spadone che portava al fianco «Vi siete ripreso dalla sbornia? No, è inutile che vi presentiate: Michelangelo ci ha già edotti sul vostro conto» concluse con una smorfia ironica.

«*Vielen Dank*, *Herr* Sanzio. Anch'io ho sentito parlare *un po'* di voi a Ferrara» replicò il medico, con lo stesso atteggiamento. «*Herr* Buonarroti mi ha anticipato che sareste venuto qui a cercarlo, prima o poi, e nel frattempo mi ha concesso di guardarlo mentre lavora...»

«Un privilegio che accorda a pochi» commentò Raffaello, affettando un'esagerata ammirazione. Sebbene ne fosse infastidito, dovette ammettere di provare un po' d'invidia nei confronti di quel ciarlatano beone. Michelangelo non gli aveva mai offerto di assistere a una sua sessione di lavoro. Forse aveva paura che gli rubasse le idee.

All'improvviso, un forte clangore interruppe la conversazione. Lo scultore aveva scagliato a terra gli attrezzi. «Per oggi non si lavora più!» sbottò, lasciandosi cadere su uno sgabello accanto al *Mosè*.

«Avete dunque finito di dialogare coi vostri amici di marmo?» lo canzonò l'urbinate. Era abituato alle esplosioni d'ira dell'artista, in Vaticano erano ormai leggendarie.

«Oggi non sono poi tanto loquaci» disse Michelangelo, scuotendo la testa imbiancata di marmo. «Infatti ho colpito Mosè con una mazzata sul ginocchio, che Domineddio mi perdoni, proprio perché si rifiutava di rispondermi.»

«Vaneggiate, Buonarroti?» chiese Raffaello, aggrottando la fronte.

«Niente affatto. Guardate che segno gli ho lasciato» insisté lo scultore, indicando il ginocchio destro della statua.

«Mi sembra un difetto naturale del marmo» sospirò il Sanzio, dopo aver lanciato un'occhiata distratta alla scultura.

«Ma no, è proprio una crepa provocata dal mio mazzuolo!» ridacchiò Michelangelo, incrociando lo sguardo con quello di Paracelso. «Diteglielo voi, dottore, che avete assistito alla scena!»

«*Absolut wahr*! Assolutamente vero!» annuì il medico, divertito.

Quando Raffaello vide, con la coda dell'occhio, che anche Delgado stava ridacchiando alle sue spalle, decise che la commedia dovesse terminare all'istante.

«Basta coi motteggi!» esclamò, in tono severo. «Io e voi abbiamo ancora degli affari da sbrigare, messer Buonarroti, spero non ve ne siate dimenticato. Per cui, se vogliamo chiedere licenza al dottore e occuparci con don Francisco del...»

«Paracelso sa già tutto dei nostri... *affari*» sorrise Michelangelo sornione. «Anzi, mi ha fatto alcune rivelazioni che aggiungono interessanti tessere al mosaico...» disse con aria misteriosa.

«Anch'io ho sentito parlare *un po'* di voi» si rivolse Raffaello allo svizzero, in tono conciliante. «Siete un alchimista, se non erro. Disciplina intrigante, l'alchimia... M'interessano molto i suoi simboli. Da giovane ho dipinto un cavaliere che sogna tra due fanciulle, simboli della *virtus* e della *voluptas*, della virtù con libro e spada e della voluttà con un fiore in mano... naturalmente il cavaliere rappresenta l'anima.»

«L'anima divisa tra due strade contrapposte?» chiese Paracelso, stuzzicato.

«Mi dispiace interrompervi» sbottò Michelangelo, cercando con lo sguardo l'appoggio di Delgado che fece finta di non accorgersene. «Volete riassumere voi a messer Sanzio, dottore, ciò di cui abbiamo dialogato la sera scorsa, o preferite che lo faccia io?»

«Siete sicuramente un oratore più capace di me, *Herr* Buonarroti, che ho ancora qualche difficoltà con la vostra *Schöne Sprache*... bella lingua.»

«Non c'è poi molto da dire» scrollò le spalle lo scultore, rivolto a Raffaello e a Delgado che nel frattempo si era seduto. «Il signor dottore mi ha parlato di un'interessante *coincidenza* che io non ritengo tale, ma potrei anche sbagliarmi...»

«Sarebbe a dire?» chiese Raffaello, sollevando un sopracciglio.

Michelangelo tacque un istante, pensoso. «Perdonate se rispondo alla vostra con un'altra domanda, messer Sanzio: siete stato voi a proporre al Bibbiena quella misteriosa ragazza come modella per la *Primavera*? Vi prego di dirmi la verità, è importante.»

«Sì, sono stato io, ma non vedo cosa...»

«E il cardinale si è mostrato subito entusiasta, proponendo la cosa a Giulio de' Medici e al papa stesso?»

«Certo» annuì l'urbinate, con fierezza.

«Non ne dubitavo» sorrise lo scultore. «Il fatto è, messeri» continuò, rivolgendosi sia al pittore che al prete, «che il cardinale Giulio ha fatto esaminare in gran segreto, al nostro Paracelso, il cadavere di un uomo d'arme morto in circostanze assai misteriose, del quale è stata nascosta l'identità... Unico indizio è la presenza di una figura femminile che alcuni testimoni dicono aver visto allontanarsi dal luogo di ritrovamento del corpo... Forse una meretrice, con la quale il defunto aveva avuto probabilmente un incontro poco prima di morire. Dico bene, *domine magister*?»

«*Korrekt*» assentì il medico.

«Io credo, anzi *noi* crediamo» riprese Michelangelo, con un'occhiata complice allo svizzero, «che le due cose siano in qualche modo collegate, anche se non abbiamo idea del *come*. Tra l'altro, da quando stiamo cercando quella giovinetta ho sempre la strana impressione di essere seguito... È capitato anche a voi, Raffaello? Pensateci bene.»

«Se anche fosse, non ci ho fatto caso...» cominciò il pittore, poi tacque di colpo, zittito da un ricordo che gli balenò all'improvviso nella mente: al mercato, la prima volta che aveva visto la fanciulla... quello spagnolo che gli aveva impedito di seguirla, provocandolo col pretesto di essere stato urtato... Si era trattato di un avvenimento casuale? Finora aveva pensato di sì, anzi aveva quasi dimenticato quell'episodio, ma adesso le parole di Michelangelo glielo riportavano alla memoria in una luce diversa...

«Vedo che state rimuginando sulla cosa» insisté lo scultore, «deduco quindi che non siate del tutto estraneo alle mie stesse sensazioni... Insomma, io e Paracelso riteniamo che sotto gli incarichi affidatici dal Vaticano, in apparenza separati, ci sia sotto qualcosa di grosso, e anche di abbastanza pericoloso...»

Raffaello indugiò ancora in silenzio, meditabondo. Un altro ricordo, al quale non aveva dato finora importanza, gli sembrò a un tratto collegarsi agli altri, come l'incastro di un mosaico ancora assai incompleto ma che gli sembrava assumere adesso connotati sinistri... Perché quella ragazza era tanto spaventata, la seconda volta che l'aveva incrociata?

«Insomma...» mormorò, quasi a se stesso, «il papa e i suoi consiglieri ci starebbero usando come... sbirri, a nostra insaputa.»

«Più o meno» annuì Michelangelo, con un sospiro.

L'urbinate sembrò valutare a lungo la nuova prospettiva. «Se così fosse» disse alla fine, «sarebbe opportuno chiedere al Bibbiena tutte le spiegazioni del caso.»

Lo scultore sorrise, ironico. «E quand'anche il capitano generale vi rivelasse i segreti di cui finora non ha ritenuto di mettervi a parte... Cosa pensate di fare? Di dire al pontefice che non avete intenzione di servirlo? Di fare l'*offeso*, per essere stato usato come una pedina inconsapevole? "*Quale sarebbe dunque il nostro ruolo, se non quello di compiacere i mecenati che ci procurano fama e ricchezza? E non solo con la nostra arte, badate, ma compiacendone ogni desiderio, felici di obbedire a tutti i loro ordini.*" Sono parole vostre, Raffaello, ricordate? Me le avete dette nel Cortile del Belvedere, quando mi dimostravo indispettito per essere stato coinvolto nella ricerca di quella giovane meretrice... Tra l'altro, il fatto che Leone X mi abbia voluto al vostro fianco... mi conferma che sotto questa faccenda debba esserci qualcosa di molto insidioso...»

«E perché mai, messer Buonarroti, se posso permettermi?» intervenne Delgado, che stava seguendo la discussione con sommo interesse.

«Perché già una volta, a Firenze, mi sono trovato alle prese con un pericoloso intrigo» rispose Michelangelo, lo sguardo fisso nel vuoto come a inseguire lontani ricordi. «Non vorrei che la storia di quell'orribile caso, e di come lo risolsi con l'aiuto di Leonardo da Vinci e del dottor Fracastoro, fosse giunto alle orecchie del pontefice e dei suoi collaboratori, spingendoli a impiegarmi come sbirro per i loro misteriosi scopi...»

«Sarebbe a dire?» chiesero Raffaello e Delgado all'unisono, incuriositi.

«Mi dispiace, ma promisi al *Machia* di non farne parola con nessuno» scosse la testa lo scultore, accorgendosi di aver già detto troppo.

Il Sanzio lo guardò perplesso. «Il... *Machia*?»

«Niccolò Machiavelli, all'epoca Segretario della Seconda Cancelleria della Repubblica fiorentina» sorrise Michelangelo, malinconico. «A Firenze gli amici lo chiamano così, e anche i nemici» aggiunse. Provò un improvviso senso di nostalgia per il diplomatico, col quale aveva condiviso momenti intensi della propria vita.

«Allora, messer Sanzio» si riscosse, interrompendo il flusso dei ricordi. «Siete d'accordo a continuare l'investigazione su queste nuove basi, assieme al dottor Paracelso e... anche a don Francisco *Delicado*, se vuole essere dei nostri?»

«Per me va bene» rispose pronto il sacerdote. «Con questa nuova prospettiva, la nostra partita di caccia diventa ancora più avvincente.»

«Non saprei...» continuò a nicchiare l'urbinate, titubante.

«Se avete qualche timore, nessuno vi costringe» tagliò corto lo scultore. *Ci mancherebbe scoprire che è anche un vigliacco*, pensò, *oltre a tutti i difetti che ha già ampiamente mostrato...*

«E voi perché siete tanto entusiasta di continuare, mentre prima eravate così svogliato?» chiese Raffaello, indispettito.

«Perché adesso il mio istinto mi suggerisce che dev'esserci qualcosa di crudelmente oscuro, dietro tutta questa faccenda» mormorò Michelangelo. «Il destino mi ha messo una seconda volta sulle tracce di un mistero... e non è bene opporsi al destino. Soprattutto se si ha fegato» concluse sorridendo.

«Io non ho alcuna paura» replicò il Sanzio, offeso dalla velata allusione. «Soltanto non mi piace essere guidato come un fantoccio, senza la consapevolezza di ciò che sto facendo.»

«Certo, l'avete già detto» sospirò lo scultore. «Fate una bella cosa, allora: andate da Leone X e ditegli che non osi più trattarvi in questo modo, e che non siete la spia di nessuno. Però, se posso darvi un consiglio, pensate prima a tutte le ricche committenze che perdereste, oltre magari a qualche prestigiosa nomina...»

«Di che nomina andate cianciando?» reagì il pittore, allarmato.

«Andiamo, Raffaello... ho anch'io qualche conoscenza in Curia. Figuriamoci se il papa non intenda premiarvi, prima o poi, con qualche importante incarico in Vaticano... Allora?» lo sollecitò Michelangelo, alzandosi dal suo sgabello e spazzolandosi gli abiti impolverati. «Vi siete deciso? Cosa prevedeva, per oggi, il vostro piano di battaglia?»

«Una visita nei dintorni di Ponte Sisto, anche se non credo che la bellezza che cerchiamo bazzichi quella specie di lazzaretto» sospirò Raffaello, come rassegnato. Aveva valutato in pochi istanti la situazione, e fatto la sua scelta. «Potremo però raccogliere qualche utile informazione tra le puttane che lavorano là, se non siamo sfortunati come è accaduto finora.»

«Ai cavalli, allora! *Vamonos, adelante*!» esclamò Delgado entusiasta, scattando a sua volta in piedi. La prospettiva di un'investigazione ad alto livello, al servizio segreto del papa, l'aveva assai eccitato. Se avesse avuto successo, avrebbe potuto ricevere come ricompensa qualche beneficio ecclesiastico, molto più appetibile della rendita della sua misera parrocchia.

«A proposito...» disse il Sanzio a Michelangelo, mentre lo scultore ricopriva le sue statue prima di uscire, «avete ancora il baio che vi ho prestato?»

«Di certo non l'ho venduto» ridacchiò l'altro, «né me lo sono mangiato. È al sicuro nella mia stalla. Anzi, l'ho pure rifocillato con un bel fascio di biada, che non vi chiederò di ripagarmi.»

«Troppo cortese» ghignò ironico l'urbinate, seguendo il padrone di casa verso l'uscita. Il prete spagnolo e il medico svizzero li seguirono a ruota.

«E Aretino e lo Zoppino? Andiamo a cercarli?» disse Delgado.

Il Sanzio gli lanciò un'occhiataccia. «Chi, quei due cialtroni inaffidabili? Sarebbero più di peso che d'aiuto.» Nel frattempo, erano tutti montati in groppa alle loro cavalcature.

«A Ponte Sisto!» esclamò Raffaello con un ampio movimento del braccio, come un condottiero che desse il segnale a un esercito.

Fa tante storie, però in fondo si diverte, sospirò Michelangelo, spronando il cavallo.

XXIX

Rione Regola, verso l'ora nona

Dopo aver consumato un lauto pranzo alla locanda dell'Orso, Valerio aveva fatto una lunga camminata sotto il sole, dal rione Ponte a quello di Regola, godendosi il primo dei giorni di licenza ricevuti in premio per il successo della sua ultima missione. Aveva inoltre nella borsa cento ducati che *loro* gli avevano versato sull'unghia, con tanti apprezzamenti e manate sulle spalle, e aveva quindi la sensazione di toccare con un dito il cielo primaverile. Camminare a piedi era un piacere con quell'aria tiepida, ma la pesante scarsella appesa al cinturone gli ricordò che adesso era abbastanza ricco da poter acquistare un bel cavallo tutto per sé, smettendo di montare solo quelli che gli fornivano per svolgere i suoi incarichi, e che doveva sempre restituire a fine missione. Sarebbe andato al più presto al mercato di Campo de' Fiori, ma non quel pomeriggio. Adesso aveva voglia di fare un'altra cosa, per riposarsi dopo la tensione delle ultime ore.

Fantasticando sul tipo di animale che gli sarebbe piaciuto comprare, il giovane costeggiò a passo svelto la grande piazza che il popolo aveva chiamato *in Nagoni*. Tra la folla che l'animava in quel momento, Valerio sentì parlare tedesco, olandese, fiammingo: le lingue degli immigrati che abitavano in maggioranza la zona. Una grande babele di popoli e idiomi! In quel meraviglioso crogiuolo di razze e nazioni diverse, il suo lavoro diventava ancora più importante e necessario. Bisognava avere occhi anche dietro la testa, e tenerli sempre aperti. L'incarico che aveva portato a termine la notte precedente ne era un esempio. Come sempre quando gli affidavano una missione, *loro* non gli avevano detto chi fosse quel prete, né perché le lettere che aveva addosso fossero tanto importanti. Gli avevano solo descritto i suoi lineamenti e il vestito che portava, fornendogli vaghe informazioni su quali sarebbero stati i suoi probabili movimenti. Ma gli era stato impartito l'ordine di scovarlo e arrestarlo con la massima urgenza. E dalle congratulazioni che gli avevano fatto a missione compiuta, oltre che dalla licenza e dal cospicuo premio in denaro, Valerio aveva capito che si era trattato di un'azione della massima rilevanza, forse la più significativa che avesse mai svolto al servizio della Santa Chiesa. Mai come in questo caso era curioso di conoscere i particolari di quella misteriosa faccenda, ma come sempre aveva evitato di porre inutili quanto pericolose domande. Nel suo mestiere la curiosità, nella migliore delle ipotesi, era un vizio che non ci si poteva permettere, nella peggiore diventava un viatico per l'Inferno.

Continuando a camminare, il giovane costeggiò le rovine del teatro di Pompeo, poi imboccò la via dei Vaccinari superando la vetusta chiesetta di San Paolo alla Regola, finché raggiunse finalmente la sua meta: via della Stufa.

Nella stretta stradina, come diceva il suo nome, si trovava l'accesso del bagno pubblico in cui Valerio aveva intenzione di trascorrere il resto della giornata, almeno fino alla Compieta. Aveva bisogno di un bel bagno, di una sauna, di sapienti massaggi per rilassarsi… E magari anche di qualcos'altro.

Dopo aver pagato l'ingresso, si denudò nello spogliatoio dove, in cambio di una lauta mancia, si accertò che un usciere gli tenesse da conto i panni ben piegati e la spada. Ci teneva, già nell'anticamera, a qualificarsi come un gran signore. La borsa col denaro la tenne ovviamente a tracolla come facevano tutti, anche nelle *stufe* di lusso come quella in cui si trovava. Fidarsi era bene, ma non farlo era molto meglio. Lo spogliatoio non era affollato, qualche cliente si stava rivestendo per andarsene, e un paio di uomini si avviavano verso l'interno del bagno. Valerio non vide donne, sebbene quella *stufa* fosse notoriamente promiscua. C'era andato soprattutto per quello, oltre che per la qualità dei servizi. Non aveva scelto l'orario di massima frequentazione. Anzi, in quel momento il bagno doveva essere quasi deserto. Ma non era detto che qualche meretrice non sarebbe arrivata più tardi: in genere lavorando tutta la notte si alzavano a pomeriggio inoltrato.

Come aveva previsto, quando si affacciò al piano superiore vide poca gente nell'acqua e ai bordi delle vasche. Le poche donne, forse meretrici, erano già tutte in compagnia di uomini. Alcune coppie si scambiavano effusioni, mangiando confetti e bevendo vino. Da alcuni cubicoli provenivano dense volute di vapore che diffondevano aromi di oli e unguenti profumati.

«*Willkommen, Hübscher junger Mann*! Benvenuto, bel giovane!» esclamò una voce femminile alle sue spalle, facendolo voltare con un sobbalzo. Si trovò di fronte un donnone alto e robusto, con una folta chioma bionda infilata alla meno peggio in una cuffia. Due slavati occhi azzurri stavano osservando con compiacimento il suo atletico corpo nudo. «*Ich bin die Besitzerin*... sono la padrona» aggiunse la donna, con una certa fierezza. «Ma ti servirò io... Ordina tutto ciò che vuoi.»

«Portami un lettino ben attrezzato con biancheria della migliore qualità» ordinò Valerio con sussiego, per non rovinare l'impressione lasciata dalla sua lauta mancia, «con confetti e vino di Malvasia.»

«Di Candia o di Corfù, il vino?» chiese la donna.

«Di Corfù, il più costoso che hai» rispose pronto il giovane, nel tono di uno che non bada a spese. Stavolta poteva permetterselo, quindi tanto valeva far crepare l'avarizia. Probabilmente, se la padrona si convinceva che era davvero ben zavorrato di ducati, gli avrebbe anche procurato una bellissima meretrice, di quelle di prima scelta, anzi magari due... Si stava ancora baloccando con quelle piacevoli fantasie quando due giovani fantesche, anch'esse biondine e dagli occhi chiari, gli portarono subito giaciglio, materassa, lenzuola, coltre e origliere, tutto pulitissimo e della migliore qualità.

Decise d'immergersi prima nella vasca dell'acqua calda, godendosi a occhi chiusi il tepore rilassante. La stanchezza e la tensione accumulate la notte precedente iniziarono a sparire, mentre il corpo si abbandonava a una piacevole distensione. Cercò di svuotare la mente da tutti i pensieri, restando a mollo finché non si sentì pronto per una nuotata rigenerante nell'acqua fredda. Passò quindi rapidamente all'altra vasca, gustando con brividi di piacere la sferzata che gli diede il cambiamento di temperatura e sciogliendo i muscoli con qualche intensa bracciata. Poi tornò al lettino, avvolgendosi in uno dei candidi lenzuoli di seta. Adesso aveva voglia di un bel sorso di

Malvasia, ma il tavolino accanto al suo giaciglio era ancora vuoto. Che aspettavano a portargli il vino e i confetti? Proprio mentre stava pensando di sollecitare in qualche modo l'ordinazione, una giovinetta avanzò verso di lui sostenendo un vassoio con sopra una panciuta bottiglia di Murano dal collo lungo, piena di liquido giallo paglierino, e una coppa di cristallo.

La fanciulla che gli si avvicinava flessuosa, con incedere elegante, era nuda. Il giovane non aveva mai visto un corpo femminile più attraente di quello, e neppure un viso così grazioso. Forse un'avvenenza simile l'aveva trovata solo nella puttanella che aveva incontrato sul Lungotevere, quella strana creatura che era sparita ancora prima di farsi pagare... Sì, questa era bionda come lei, ma al posto degli occhi azzurri ne aveva due bellissimi color nocciola, screziati da pagliuzze dorate. I lunghi capelli erano lisci, sciolti sulle spalle e legati sulla fronte da una coroncina di piccoli fiori azzurri, l'unica cosa che indossasse. Con pochi passi la giovinetta lo raggiunse e s'inginocchiò accanto a lui che la osservava compiaciuto, disteso sul giaciglio.

«Ti manda la padrona?» chiese, accogliendola col migliore dei suoi sorrisi. La ragazza annuì in silenzio, con una dolce ritrosia che, sebbene fosse di certo una finzione, ebbe il potere di eccitarlo ancora di più.

Quando la fanciulla versò il vino e gli porse la coppa, ebbe il tempo di scorgere un sottile anello, probabilmente d'argento, al suo anulare sinistro. Mentre beveva, la ragazza allungò la mano verso il suo viso. Valerio si accorse che la vera che calzava all'anulare era in realtà la parte inferiore di un anello che portava girato verso il palmo, in modo da nascondere un castone a forma di stella a cui era fissata una pietra nera... Ebbe appena il tempo di scorgerlo, poi una rapida carezza gli graffiò la guancia. Afferrò per istinto la mano della fanciulla che gli stava sorridendo in modo ambiguo... Cominciò allora a sentire i muscoli che si rilassavano, costringendolo a mollare la presa. Provò a urlare per richiamare l'attenzione di qualcuno, ma dalla gola non gli uscì neanche un suono. Non riusciva più a muoversi... poi non fu neppure capace di respirare...

Infine scivolò nel buio.

XXX

Ponte Sisto, alla medesima ora

I quattro uomini stavano battendo da ore i numerosi lupanari nei dintorni di Ponte Sisto. Si erano divisi ancora una volta in coppie, spartendosi il territorio da esplorare in parti uguali: Michelangelo e Paracelso la zona a ovest, Raffaello e Delgado quella a est del ponte. Ma finora non avevano cavato un ragno dal buco. Nessuno, da quelle parti, sembrava aver mai visto quel volto, oppure negava per quieto vivere. Rispondere alle domande poteva procurare molti guai in quei bassifondi.

«Hai visto per caso questa giovinetta?» chiese Michelangelo all'entrata dell'ennesimo bordello, mostrando alla tenutaria la tavoletta a olio senza scendere da cavallo. La megera scosse la testa in silenzio, lanciandogli la medesima occhiata diffidente che aveva ricevuto da quasi tutte quelle vecchie streghe, tranne dalle poche che avevano sperato di convincerlo a provare la loro *mercanzia*. Del resto, quando Michelangelo aveva declinato con garbo ma decisione l'invito, deludendo le loro aspettative, anche le mezzane più ben disposte erano diventate ombrose e assai poco cortesi, suggerendo all'artista di cambiare subito aria.

Le esperienze fatte nelle ultime ore gli avevano quindi insegnato che era meglio non smontare di sella, per essere pronti a tagliare la corda in caso di alterchi coi conduttori delle case. Paracelso restava muto al suo fianco, sdegnoso come sempre quando c'era da interloquire con i lenoni e le mezzane. Per le prostitute sembrava invece nutrire una specie di strana tenerezza, che lo spingeva spesso a dialogare con loro a bassa voce di chissà cosa. Finora lo scultore, sebbene curioso, non era riuscito a carpire neppure una parola di quei misteriosi colloqui.

In realtà, il medico provava per quelle meretrici di basso rango la stessa compassione che aveva per quelle ricoverate agli Incurabili: in maggioranza vecchie, ma anche giovani che si recavano all'ospedale solo per morire, dopo aver lavorato il più possibile nascondendo il *morbus gallicus* che le aveva consumate. Disgraziate a cui la malattia aveva già divorato il naso o le labbra, oppure ricoperto il corpo di pustole e bubboni. Quelle che un crudele proverbio romano ammoniva recitando *Ponte Sisto e lo spedal presto v'aspetta*. Da quando era stato alloggiato al San Giacomo, Paracelso ne aveva visitate tante che, pur di non perdere i clienti, avevano cercato di celare a lungo i *signa* del mal francese con unguenti e pomate come la *cerussa* veneziana che bruciava la pelle, infiammava gli occhi e faceva perdere i capelli, oppure rivolgendosi a cerusici ciarlatani per cure improvvisate. Rimedi come il mercurio ingerito o spalmato direttamente sulle piaghe, che nuoceva più della malattia stessa.

«Hai mai visto questa giovinetta?» sospirò lo scultore all'entrata del postribolo seguente, pronunciando per l'ennesima volta la stessa frase.

Il lenone che li aveva accolti sull'uscio, un omone robusto dalle braccia tatuate con crocifissi e due grandi anelli d'oro alle orecchie, scosse la massiccia testa leonina con un ghigno d'approvazione. «Magaraddío l'avessi vista da 'ste parti! Aveccela, una così! Ce farei li sordi a palate! Però ce n'ho puro io quarcheduna caruccia, viè drento!» ghignò di nuovo con la dentatura guasta, invitando l'artista con un cenno.

«Grazie, ma siamo qui per trovare quest'unica ragazza» rispose conciliante Michelangelo, tentando di trattenere la nausea per il fetore che proveniva da quell'antro buio. Per fortuna il lenone si limitò ad alzare le spalle, rientrando e sbattendo la porta.

«Stavolta avete davvero rischiato» ridacchiò Paracelso, mentre spronavano i cavalli verso il prossimo bordello.

«Sono stanco di vagare per questi schifosi lupanari» borbottò l'artista, irritato. «Come se servisse a qualcosa, poi... Una fanciulla come quella che ha dipinto Raffaello non potrebbe mai lavorare in questo marciume!»

«*Aurea non sunt omnia quae lucent*» recitò il medico, solenne. «Ciò che è bellissimo e luccica fuori come oro, non è detto che non sia corrotto all'interno.»

«Sarà, dottore... ma una bellezza simile non ce la vedo passare neppure per sbaglio, tra questi immondezzai di carne umana... Avete sentito che esalazioni? Roba da beccarsi il mal francese solo respirando!»

Il medico scosse il testone. «Questo sarebbe un po' *schwierig*... difficile, non abbiate timore. Bisogna fare comunque attenzione ai luoghi dove si trova molto sperma inutilizzato, come appunto le case di prostituzione, ma per altri motivi... Sapete cos'è la *mumia*, *Herr* Buonarroti?»

«Temo di no, *domine magister.*»

«Nulla di complicato: è un veicolo che contiene l'essenza della vita, il principio vitale di qualunque cosa. Vi faccio un esempio: quando mangiamo un animale non è la sua carne che, una volta digerita dallo stomaco, va a formare la nostra carne e le nostre ossa, ma è il suo principio vitale a nutrirci. Per questo non ci cibiamo di animali feroci ma di quelli stupidi e miti: per evitare che le tendenze selvagge di quelle creature, le loro *mumie*, si comunichino al nostro corpo astrale...»

«Al nostro... spirito, intendete?»

«No, lo spirito è un'altra cosa» replicò Paracelso, con un gesto d'impazienza. «L'uomo è l'unica creatura dell'Universo a essere formata da una triade: corpo materiale, corpo astrale e spirito... ma non divaghiamo! Tornando alla questione dei postriboli, bisogna tener presente che lo sperma contiene una *mumia* assai potente che può essere estratta e usata per scopi malvagi, oppure decomporsi formando un veleno che può provocare epidemie e pestilenze.»

Michelangelo ascoltava perplesso. «Allora, visto che Roma è un immenso bordello a cielo aperto, da qui dovrebbero irradiarsi gli influssi più malefici del mondo!» ironizzò.

«Lutero sostiene di sì» annuì l'altro, serio. «Dovrebbe essere la città di Dio, ed è diventata la città *der Huren*... delle puttane! In ogni modo, ci sarebbe una soluzione a tutto questo.»

«Ah sì?» chiese lo scultore, incuriosito. «E quale sarebbe?»

«Semplice: prostituzione e adulteri nascono dal fatto che ci sono molte più donne che uomini, e che le donne vivono molto più a lungo. Allora io dico: si conceda a ogni cristiano di sposare più donne. Dio ha reso sacro il matrimonio, ma non ha detto quante donne prendere in moglie.»

«Bisognerebbe vedere come affrontano la piaga del meretricio i seguaci di Maometto» ridacchiò l'artista. «Ma non mi pare l'abbiano sradicata, sebbene già applichino la *soluzione* da voi proposta.» *E poi siamo celibi entrambi*, rifletté con un sorriso amaro, *poco adatti a disquisire sul matrimonio...*

«Toglietemi una curiosità, *Herr* Buonarroti: voi vi siete mai sposato?» chiese all'improvviso Paracelso, come se gli avesse appena letto nella mente. Michelangelo rabbrividì. Non era la prima volta che il medico indovinava i suoi pensieri. *Coincidenze?*

«Mai, *domine magister*» rispose, con uno sguardo interrogativo.

«E... avete frequentato prostitute?»

«Mai, dottore» rispose l'artista, un po' in imbarazzo per la domanda così esplicita.

«Per paura del *morbus gallicus*? Sapete come si dice: *un giorno con Venere, tutta la vita con Mercurio...*»

«Anche, ma non solo per questo» replicò Michelangelo, dopo aver meditato per qualche istante. «Sembrerò strano, soprattutto a voi che siete un profondo conoscitore del corpo e dell'istinto umani, però... devo confessarvi che non ho mai sentito l'esigenza di unirmi carnalmente a una meretrice.»

«Invece non ne sono affatto meravigliato. Come vi dicevo, *Herr* Buonarroti, l'uomo è animale, spirito e angelo, il solo essere del creato a possedere tale *Dreifache Natur*... triplice natura: se la sua immaginazione tende al divino, si eleverà fino alle più alte sfere. Se invece avrà *Wunsch*... desiderio di ciò che è basso e volgare, si degraderà al livello degli animali. Il vostro spirito, attraverso l'immaginazione, ha plasmato i desideri del vostro corpo, come fate voi col marmo da cui ricavate le vostre stupende, immortali figure.»

A volte sembra che questo svizzero mi legga perfino nell'anima, meditò lo scultore, stupito.

«Inoltre, come tutti gli esseri spirituali» continuò Paracelso, «nutrite un sacro rispetto per la *matrice* femminile, il *mikrokosmos* liquido che, nel ventre della donna, replica il *Makrokosmos* da cui fu generato l'Universo. Non potreste mai usare la *matrix* femminile come un vile oggetto, dietro pagamento.»

Sì, decisamente mi conosce meglio di me stesso, pensò l'artista, sempre più stupefatto.

Quando tornarono a Ponte Sisto, Raffaello e Delgado li attendevano già sulla riva del Tevere, a una certa distanza dalle grandi arcate di pietra, con facce che la dicevano lunga sul successo della loro esplorazione. Le campane di Roma stavano suonando i Vespri, e il sole al tramonto tingeva di rossastro le acque del fiume.

«Nulla, deduco» disse lo scultore, giusto per confermare la delusione che leggeva sul bel volto di Raffaello. L'urbinate scosse la testa, con un profondo sospiro.

I quattro si scambiarono occhiate perplesse, in un imbarazzato silenzio, incerti sul da farsi.

«A questo punto» esordì alla fine il Sanzio, «non ci resta che...»

Un clamore di voci femminili che si levò improvviso lo interruppe. Le meretrici che in quel momento passeggiavano in attesa di clienti, si diressero tutte verso la fonte dello schiamazzo.

«Andiamo anche noi» disse Raffaello, spronando il suo baio. «Avevo intenzione di fare un giro tra le prostitute che battono qui all'aperto, all'ombra del ponte, ma da come corrono credo le troveremo tutte là.» Partì al trotto nella direzione in cui convergevano le donne, e gli altri gli tennero dietro.

Giunsero in breve in un punto della riva vicinissimo al ponte, dove si era radunata una piccola folla di prostitute che gridavano e gesticolavano verso il massiccio pilone più vicino alla sponda. I pochi uomini presenti, clienti e lenoni, osservavano anch'essi con attenzione qualcosa che Raffaello e i suoi compagni non riuscirono subito a scorgere a causa della calca. Quando arrivarono in prossimità dell'assembramento, smontarono e si fecero largo a spintoni nella ressa, attirandosi ingiurie e bestemmie finché non riuscirono ad arrivare in prima fila. Solo allora compresero il motivo di tanta agitazione.

Spinto dalla corrente, un corpo nudo galleggiava contro la base del pilone. Sembrava una donna a giudicare dalla lunga chioma rossa, ma poteva anche essere un giovinetto. Da dove si trovavano, Raffaello e compagni si distinguevano bene solo la capigliatura e il biancore della pelle, mentre la spuma delle acque rendeva impossibile discernere altri particolari.

«Ahò, tiratela fora, me sa che se 'sta a beve tutto er fiume!» strepitavano alcune delle donne, osservando la scena con apprensione. Era chiaro che, per una sorta di simpatia, avevano già identificato quel corpo come femminile.

«Ma che state a di', nun lo vedete che nun ce sta più gnente da fa'?» rispondeva qualche voce maschile, in un tono tra il cinico e l'ironico.

«Embè, puro si è già annata all'arberi pizzuti… e che, volete lassalla a mollo?» si sentivano rispondere da qualche donna più spavalda.

Raffaello, Michelangelo e Delgado indirizzarono una muta interrogazione a Paracelso, che scosse la testa con aria scettica. Era assai improbabile che quel corpo, di maschio o di femmina, non fosse già cadavere.

A un tratto, dalla folla si levò un altro improvviso clamore: un grido d'entusiasmo collettivo che aveva salutato l'arrivo sulla scena di un *pozzolano* governato da due pescatori, evidentemente di passaggio. Le meretrici cominciarono a fare grandi gesti verso la barca, i cui occupanti avevano del resto già compreso la situazione. Dal centro del fiume, i pescatori iniziarono a deviare lentamente verso la base del pilone, finché non giunsero a toccare con la prua i massicci blocchi di pietra, fermandosi accanto al corpo. Uno di loro lo issò a bordo mentre l'altro teneva ferma e stabile l'imbarcazione. L'operazione fu accolta da un'ovazione della folla, non si capiva se per omaggiare l'abilità dei due pescatori o perché la maggioranza credesse si fosse trattato di un salvataggio. La barca s'immise di nuovo nella corrente e iniziò ad accostare pian piano alla riva, riuscendo a prendere terra in un punto però assai distante dal ponte. In ogni modo, appena vista la direzione che aveva preso l'imbarcazione, Raffaello si lanciò subito al galoppo lungo la sponda del fiume, facendo cenno ai tre compagni di seguirlo. Stavolta voleva arrivare per primo e, a cavallo, non sarebbe stato difficile battere sul tempo la folla che si era mossa a piedi.

Quando i quattro giunsero al punto di attracco del *pozzolano*, trovarono i due pescatori accovacciati accanto al corpo, steso supino sulla sabbia vicino all'imbarcazione. Era quello di una donna ed era bellissimo, bianco e liscio come perfetto avorio. I lunghi e folti capelli rossi, che fradici le nascondevano il volto, erano così pieni di foglie e rametti da farla somigliare a una *naiade* della mitologia greca.

Mentre l'urbinate e Michelangelo contemplavano la donna dal punto di vista figurativo, e Delgado si faceva un furtivo segno di croce, Paracelso, nonostante la piccola statura, smontò agilmente dal suo possente stallone e si precipitò sul cadavere. «Fatevi da parte! *Ich bin Arzt*! Sono un medico!» ingiunse ai due pescatori che si tirarono subito indietro. Lo svizzero fece alcune rapide osservazioni, tastando il corpo in vari punti, poi scosse la testa, rassegnato. «*Mortua est*» mormorò cupo.

«Annegata?» chiese Raffaello, chinandosi anche lui sul cadavere.

Paracelso scosse di nuovo la testa. «Credo proprio di no, almeno a un'osservazione superficiale. Vedo già *viele Hinweise*... molti indizi che portano a escludere l'annegamento: *in primis*, i corpi degli annegati affondano, e tornano a galleggiare solo se putrefatti. Questa *schönes Mädchen*... bella ragazza è invece ancora intatta, quindi credo sia in acqua da poche ore e vi sia caduta, o stata gettata, già defunta. Anche i cadaveri immersi in acqua possono affondare, certo, ma solo quelli che vi cadono *Rücken*... supini, perché solo in questo modo il liquido può penetrare nei polmoni. Questa poverina era invece *bauch*... prona quand'era nel fiume, posizione che non consente all'aria di uscire dai polmoni, permettendo dunque il galleggiamento.»

«E... *in secundis*?» chiese Michelangelo, curioso. Si era sempre interessato di anatomia, ma dopo la breve frequentazione di Fracastoro si era appassionato anche all'investigazione dei cadaveri per scopi medici, soprattutto per determinarne le cause di morte.

«*In secundis*» rispose pronto il medico, «guardatele *Mund und Nase*... la bocca e il naso: non presentano alcuna traccia di *fungo schiumoso*...»

«Di fungo... che?» domandò Raffaello, perplesso.

«Si tratta di una bava soffice» spiegò il medico, «di colore biancastro-rosato, che si forma nelle vie respiratorie di chi annega a causa della miscelazione dell'aria con il liquido, e che fuoriesce dopo la rimozione del cadavere dall'acqua. In questo caso, però, come vi dicevo, non è presente. *In tertiis*...» stava per aggiungere, ma s'interruppe udendo avvicinarsi la folla. Le prime avanguardie di meretrici urlanti, quelle che avevano le gambe migliori, stavano già sopraggiungendo.

«È 'na donna, poraccia!»

«Ma io l'ho già veduta, quarche vorta: fa 'a troia a Ponte!»

«Allora è una de lusso! E che ce fa drento a 'sta cloaca?»

«Vabbè, ma è viva?»

«No, è morta!»

«Era viva, ma l'hanno ammazzata quelli!»

«Chi, li pescatori?»

«None! Quei quattro sconosciuti!»

«Sì, soprattutto quello strano, co quela granne spada!»

«Addosso, addosso, daje! Appiccamoli tutti!»

I pescatori, senza pensarci due volte, se la diedero a gambe sparendo nel folto della vegetazione che cresceva rigogliosa in quel punto della riva. Sebbene l'umore della calca fosse passato troppo rapidamente dall'omaggio alla riprovazione nei loro confronti, si erano resi subito conto che non fosse il caso di chiedere spiegazioni. Paracelso impugnò per istinto l'elsa della spada, ma i due artisti e il prete gli fecero segno di montare subito in groppa alla sua cavalcatura, cosa che loro avevano già fatto con l'intenzione di allontanarsi al galoppo da quella pericolosa situazione. In quel momento, sbirri a cavallo si frapposero tra i quattro e la folla strepitante che era quasi giunta a ghermirli.

Appena in tempo, pensò Michelangelo, con un sospiro di sollievo.

«Sgombrate, voi!» intimarono le guardie alla calca, sguainando le spade e sfilando dalle custodie da sella le loro armi da fuoco. «Tornate alle vostre occupazioni, e nessuno riceverà offesa!»

La folla, formata in maggioranza da meretrici e da pochi lenoni che non volevano guai con la giustizia, raffreddò subito i bollenti spiriti, iniziando a disperdersi con la stessa rapidità con cui si era assembrata.

«E adesso veniamo a voi» disse in tono brusco uno degli sbirri, che dall'atteggiamento sembrava il capo, rivolto ai quattro uomini. «Chi siete? Cosa fate in questo luogo? Avete ucciso voi questa donna?»

«Quante domande tutte assieme!» sorrise Raffaello, conciliante. «Sarà difficile rispondere entro stasera...»

«Non osate uccellare le guardie del Governatore!» esclamò lo sbirro, brandendo minaccioso la spada. «Il vostro nome, prima di tutto!»

«Niente di più facile» annuì l'urbinate. «Raffaello Sanzio, pittore e architetto di Sua Santità Leone X, per servirvi. E questi miei amici sono Michelangelo Buonarroti, scultore e pittore del Santo Padre, il sacerdote spagnolo don Francisco *Delicado* e il medico svizzero Paracelso... ammetto che si tratti di una compagnia un po' bizzarra, ma la cosa non deve sorprendervi, né preoccuparvi. Altro non posso e neppure voglio dirvi, per motivi che non dovrete mai conoscere, però vi garantisco, sul mio onore, che se questa bella giovane è stata uccisa – e non ne siamo ancora certi – be'... non siamo noi i colpevoli.»

La guardia fissò il pittore per alcuni lunghi istanti, attonita. «E io dovrei credervi?» sibilò.

«Non è necessario» sorrise di nuovo Raffaello, traendo dal farsetto il *breve* pontificio. «Basta che crediate a questo» aggiunse, porgendogli la pergamena.

Se la gode proprio un mondo, come un bambino che giochi a fare il re, pensò Michelangelo, con un sospiro.

La guardia scrutò con attenzione il documento, rileggendolo più volte con la fronte aggrottata. Poi lo restituì al pittore, mentre la sua indignazione sbolliva.

«Perdonate, messere» chinò il capo, in tono dimesso. «Comandate pure, io e i miei uomini siamo a vostra disposizione.»

Il Sanzio annuì, soddisfatto. «Per il momento mi basta che facciate da scorta alle nostre persone, nel caso quella gentaglia pensi di tornare. Restate qui attorno a portata di voce, e non ci disturbate finché non vi chiamerò. Intesi?»

«Come desiderate, messer Sanzio» chinò di nuovo il capo lo sbirro, allontanandosi seguito dai suoi sottoposti.

«Stavate dicendo, Paracelso?» chiese allora l'urbinate al medico, mentre si chinavano di nuovo entrambi sul cadavere. Michelangelo e Delgado li imitarono, curiosi.

«*In tertiis*» riprese il medico, rovesciando le palpebre del cadavere, «in un annegato dovrebbero vedersi delle petecchie sotto le congiuntive... ma anche queste sono *abwesend*... assenti.»

Gli altri tre notarono che la defunta aveva bellissimi occhi verdi, sbarrati in un'espressione di stupore che la morte le aveva fissato sul volto come un abile pittore. Cosa avevano visto quei meravigliosi occhi, un momento prima di offuscarsi per sempre? Era un segreto che la bella donna si sarebbe portata nella tomba, o forse no... Forse poteva ancora rispondere ad alcuni quesiti, se posti nel modo giusto dall'arte medica.

«Inoltre» continuò Paracelso, «in un cadavere non putrefatto di annegato si riscontra in genere *die bläuliche Farbe*... il colore bluastro della cute, che in questa donna non è presente. Qui troviamo solo un po' d'*ipostasi*, cioè di ristagno del sangue tipico in ogni cadavere, che del resto scompare alla pressione delle dita» disse, premendo delicatamente coi polpastrelli i pochi punti dove, sulla bianca pelle della morta, comparivano macchie rossastre. «Ma a questo punto» aggiunse pensoso, scrutando con maggiore attenzione la cute, «noto qualcosa che mi lascia *sehr verblüfft*... molto sconcertato!»

«Che cosa, dottore?» domandò Michelangelo, sollecito.

«*Die kleinen Kratzer*... i piccoli graffi che questa disgraziata ha addosso» rispose lo svizzero, in tono preoccupato. «Uguali a quello che ho trovato sul membro *dem Kriegsmann*... dell'uomo d'arme che ho esaminato cadavere a Castel Sant'Angelo, per ordine del cardinale Giulio. Solo che questi graffi sono assai di più! Molto strano. Anche perché, escludendo *Ertrinken*... l'annegamento, anche in questo corpo non riscontro alcun segno *der Gewalt*... di violenza, alcuna ferita che ne possa aver provocato la morte.»

«Quindi cosa intendete fare?» domandò Raffaello, chiedendosi impaziente perché il medico dedicasse tanta attenzione al cadavere di quella sconosciuta. Non erano poche le meretrici che venivano ripescate dal Tevere, si trattava purtroppo di un evento usuale. Dal canto suo, sperava solo che la fanciulla che cercava non avesse fatto la stessa fine, perché spesso il fiume non restituiva i corpi.

«Intendo portare questa disgraziata nel mio laboratorio al San Giacomo» rispose lo svizzero, «per svolgere con calma tutte le osservazioni del caso. Qualcosa mi dice che questa morte sia *verbunden*... collegata in qualche modo a quella del *Kriegsmann*... Mi dispiace per questo bel corpo, ma dovrò sezionarlo per ottenere risposte alle mie domande.»

Anche Paracelso, come Fracastoro, interroga i morti mediante la dissezione, pensò Michelangelo, ammirato. C'era una specie di arcana magia, in quelle tecniche che consentivano ai defunti di parlare, a volte perfino di denunciare il loro assassino. Però era solo *scientia*, studiata e applicata con rigore.

«Se proprio ci tenete» assentì Raffaello, alzando le spalle, «vado a dire altre due parole al capo degli sbirri. Attendete un istante» si congedò, mentre Delgado recitava un *Requiescat* inginocchiato accanto alla morta.

Dopo qualche minuto, il pittore tornò reggendo un grande lenzuolo bianco. «È il più pulito che le guardie siano riuscite a requisire, del resto siamo in una zona di bordelli» disse, con una smorfia ironica. Paracelso s'impossessò subito del sudario, e con l'aiuto di Michelangelo lo avvolse intorno al corpo della donna, legandolo poi con alcune corde prese dalla sua bisaccia.

«Ho ordinato agli sbirri di lasciarci il cadavere a disposizione» informò gli altri Raffaello. «Allora, su quale cavallo lo carichiamo?»

«Il mio stallone è il più robusto» disse il medico, avviandosi verso la cavalcatura.

«Sì, è un superbo e forte animale» annuì il Sanzio. «Non si accorgerà neppure di portare in groppa due corpi, di un vivo e di una morta.»

«In realtà siamo entrambi ancora *vivi*, oppure entrambi già *morti*, a seconda del senso che date a tali parole» gli rispose lo svizzero, mentre Michelangelo e Delgado issavano il cadavere e lo assicuravano sulla sella. «I nostri corpi di carne e sangue sono *sempre* morti in se stessi: solo con l'azione del *corpo siderale* sono penetrati dal movimento della vita. Questa forza *eterea* è più potente quando più recente è la morte di chi la ospitava, e ancora di più se è stata violenta. *Hexen und Zauberer*... streghe e fattucchieri operano molti malefici usando questi spiriti elementari, anzi spesso provocano essi stessi la morte di qualcuno per utilizzarli a scopi malvagi...»

«Perdonate, ma non credo a queste cose» scosse la testa Raffaello, con un sorriso ironico.

«No, eh?» commentò il medico, montando in groppa al suo cavallo. «Vi siete mai chiesto perché siete tanto ossessionato dal ricordo della fanciulla che avete dipinto, e che domina così tanto la vostra immaginazione da averla ritratta a memoria, dopo averla vista appena due volte di sfuggita?»

«Be'... è molto bella...» mormorò il pittore, confuso.

«Perdonate, ma non mi sembra che basti per giustificare la vostra assillante ricerca» ridacchiò Paracelso. Poi fissò l'urbinate dritto negli occhi. «*Das Mädchen*... quella fanciulla... l'avete per caso mai guardata come sto facendo io con voi? Vi siete mai perso nel suo sguardo?»

«Sì...» indugiò Raffaello, sempre più perplesso. «La seconda volta che l'ho veduta...»

«Lo immaginavo!» sorrise l'altro, trionfante. «Sappiate, *Herr*

Sanzio, che le streghe possono avvelenare di *böse Macht*... forza malefica uno specchio, con riti occulti compiuti con l'acqua e coi... raggi lunari. Io so come fanno, ma non è bene divulgare simili cose... In ogni modo, quando la fattucchiera guarderà lo specchio, questo avvelenerà anche i suoi occhi, e quando essa fisserà la sua vittima, quest'ultima resterà irrimediabilmente *verzauberten*... incantata, diventando succube della volontà della strega.»

«Ma anche gli occhi della fattucchiera saranno *magicamente* intossicati!» rise Delgado, che aveva udito la conversazione.

«Certo, *Herr Pfarrer*... signor parroco» replicò pronto il medico, «ma la maledetta saprà come curare i propri occhi: accenderà *Feuer*... un fuoco e lo fisserà, poi getterà tra le fiamme un cencio intriso del suo sangue mestruale. Quando quest'ultimo sarà bruciato, lei spegnerà le ceneri con la sua urina, e i suoi occhi saranno liberati dal maleficio.»

«Molto interessante» intervenne Michelangelo, sforzandosi di non scoppiare a ridere. Paracelso si stava dimostrando un individuo davvero speciale: il rigore scientifico e la più becera superstizione formavano in lui un contrasto a volte stridente. *Ma se fosse una contraddizione solo apparente?* si chiese lo scultore, meditabondo. *La Natura è misteriosa, piena di risvolti occulti.* «Allora, ci muoviamo?» disse poi, togliendo per una volta l'iniziativa a Raffaello.

Quando i quattro si allontanarono dalla riva del Tevere in direzione dell'Arcispedale di San Giacomo, mentre la luce del tramonto cedeva già al crepuscolo, gli sbirri rimasero a lungo a guardarli, poi furono affiancati da un colosso biondo in sella a un magnifico destriero.

«Abbiamo recitato bene la parte, signore?» chiese il capo delle guardie al gigante. «Siamo intervenuti subito per proteggerli, fingendo di non conoscerli come ci avete ordinato.»

L'altro annuì in silenzio, in segno d'approvazione. Quella folla inferocita era stata un rischioso contrattempo, ma non abbastanza pericoloso da intervenire direttamente coi suoi uomini. Non era ancora il momento.

XXXI

Vaticano, Palazzo Apostolico, due ore dopo la nona

Leone X si stava intrattenendo con alcuni dei suoi buffoni per distrarsi dalle recenti angosce, ridendo di gusto alle loro facezie, quando Dovizi da Bibbiena e Giulio de' Medici irruppero trafelati nei suoi appartamenti privati. Dall'espressione dei loro visi, il papa capì subito che non portavano buone notizie. Poi, quando suo cugino gli ebbe sussurrato all'orecchio, le guance grassocce del pontefice passarono dal rubizzo a un pallore mortale. Congedò con un gesto brusco i buffoni, ordinando agli svizzeri di guardia di serrare la porta della stanza. Attese di essere solo con i due cardinali, torcendosi con ansia le mani. Alla fine, quando fu certo di essere al sicuro da orecchie indiscrete, si rivolse ai consiglieri con gli occhi sbarrati.

«Anche Valerio...» mormorò, come parlasse a se stesso. «Non è possibile... questo è un incubo...»

«Purtroppo è la realtà» replicò Giulio, con un sospiro.

Il papa annuì, in silenzio. Tacque per un lunghissimo istante, come assorto in preghiera. Poi fissò i due cardinali, con aria a metà tra l'avvilito e il terrorizzato. «Quando è successo?» balbettò alla fine.

«Poco fa» rispose il Bibbiena. «Siamo corsi ad avvertirvi appena siamo stati informati.»

«Dove?» domandò il pontefice.

«Nel bagno pubblico di via della Stufa, al rione Regola» intervenne Giulio. «Pare che il nostro uomo fosse andato là per rilassarsi dopo aver arrestato Marcantonio Nini...»

«E ritrovato le lettere che ci hanno permesso di sventare la congiura contro la vostra sacra persona, Santità» aggiunse il Bibbiena. «Ha fatto appena in tempo, prima di *rilassarsi* per sempre» concluse, segnandosi con devozione in ricordo del defunto.

«Sventare?» sibilò il papa, stizzito. «Da quello che è accaduto, non mi pare sia stata *sventata* affatto!» esclamò, alzando la voce.

«In verità» mormorò il capitano generale, imbarazzato, «non possiamo essere certi che la morte di Valerio sia collegata alla cospirazione appena scoperta, come del resto quelle di Leandro e Ottavio...»

«Ah sì? E quante congiure sarebbero in atto contro di me, sentiamo!» strepitò Leone X, con uno scatto d'insofferenza.

«Forse più di una, purtroppo» disse Giulio con aria dimessa, tentando di ammansire l'ira del cugino. «Queste morti d'informatori e di spie potrebbero essere legate a una nuova trama ordita contro di voi, Santo Padre, diversa dall'altra. Se le due cospirazioni siano legate, al momento non lo sappiamo.»

«Ma... come è morto il povero Valerio?» sussurrò il pontefice con gli occhi lucidi, abbassando all'improvviso il tono della voce. «Era uno dei nostri uomini migliori, sempre vigile e attento...»

«In modo simile agli altri due, pare» spiegò il Bibbiena, pensoso. «Mi sono permesso di convocare d'urgenza il vostro medico Jacopo da Brescia, assieme al mio e a Ferdinando Ponzetti, per esaminare a caldo il cadavere...»

«Dove si trova, adesso?» lo interruppe Leone X, riacquistando pian piano lucidità.

«Nella stessa segreta di Castel Sant'Angelo dove fu portato anche Ottavio» intervenne Giulio. «I tre protofisici non hanno riscontrato lesioni o ferite di alcun tipo, tranne il solito piccolo graffio, stavolta su una guancia, che Valerio potrebbe benissimo essersi procurato da solo, magari radendosi o grattandosi.»

«I medici concordano anche sull'assenza di tracce di avvelenamento» s'inserì il Bibbiena, «sia perché non hanno riscontrato residui di tossici nel corpo, sia perché nessun veleno, tra quelli che conosciamo, avrebbe potuto intossicarlo mediante un semplice graffio, oltretutto superficiale. Insomma anche Valerio sarebbe morto per un'improvvisa mancanza di respiro, inspiegabile ma dovuta a cause naturali. Ponzetti propende per un malore dovuto forse al repentino passaggio dall'acqua calda a quella fredda, che Valerio avrebbe compiuto poco prima di morire secondo le testimonianze, ma ciò sembra strano perché era giovane, robusto e in perfetta salute.»

«Ponzetti non riscontra altro che *cause naturali*!» sbottò il pontefice, irritato. «Scommetto che avrebbe giudicato naturale anche la morte di Cristo, se avesse potuto esaminarne il Santissimo Corpo!» borbottò, segnandosi devotamente. I due cardinali lo imitarono, imbarazzati.

«E poi... ci sarebbe un'altra circostanza degna di nota» aggiunse Giulio de' Medici.

«Sarebbe a dire?» chiese il papa, inquieto.

«I nostri uomini hanno interrogato a lungo *Frau* Hilde, la proprietaria tedesca della *stufa*» riprese suo cugino, «assieme alle fantesche e ai pochi clienti che si trovavano in quel momento nel bagno, accanto alle vasche dove è stato trovato il cadavere. Pare abbiano intravisto una bellissima giovinetta nuda allontanarsi furtivamente dalla *stufa*.»

Un'altra morte che sembra sfuggire all'ordine naturale, rifletté il pontefice, *quasi sia stata provocata da occulti, malefici poteri.* «E Paracelso? Non ha esaminato anche lui il cadavere?»

«No» scosse la testa il Bibbiena. «Ho mandato due guardie a cercarlo al San Giacomo, appena ho saputo della morte di Valerio, ma non l'hanno trovato. Vostra Santità ritiene che debba vedere subito il corpo?»

«Non c'è fretta» sbuffò il papa, scuotendo la testa. Finora quello svizzero aveva fatto solo buchi nell'acqua. «Sarei invece curioso di avere quanto prima il rapporto dei nostri due artisti... Visti gli ultimi sviluppi, torno a temere per la loro incolumità...»

«Di questo non dovete preoccuparvi, Santo Padre» lo rassicurò il Bibbiena. «Sono ben protetti e sotto la mia diretta responsabilità, ve l'ho già detto. Se dovessero trovare quella giovane meretrice, e il suo interrogatorio ci portasse a scoprire qualcosa, sareste subito informato.»

«A proposito d'interrogatori» replicò Leone X, con sguardo duro. «Ordinate ai giudici di riprendere il *rigoroso esame* dei cospiratori già arrestati, ponendo loro domande ancora più stringenti sulla morte delle nostre spie. Può darsi che a qualcuno di loro si sciolga finalmente la lingua.»

«Finora nessuno degli accusati ha fatto il minimo riferimento a Leandro o a Ottavio» replicò Giulio de' Medici, scettico, «nonostante abbiano già subito pesanti torture. Credo che, se sapessero qualcosa a riguardo, avrebbero già parlato.»

«Continuate lo stesso con la corda» insisté il pontefice. Una feroce smorfia gli alterò il viso. «Sono stanco di tutti questi traditori!»

«Sarà fatto, Santità» dissero quasi all'unisono i due cardinali, chinando il capo.

«Ora lasciatemi solo» ordinò Leone X, raccogliendosi in meditazione. «E avvertitemi di ogni ulteriore sviluppo.»

«Subito, Santo Padre.» I cardinali, senza altri indugi, si affrettarono a lasciare gli appartamenti papali. Avevano ancora molto lavoro da svolgere.

Appena furono usciti, il papa suonò vigorosamente la sua campanella.

Giovanni Serapica, suo cameriere personale, comparve subito, solerte come sempre. Leone X lo aveva perdonato per avergli suggerito come medico quel maledetto assassino del Vercelli.

«Sono arrivati?» gli chiese il pontefice. L'altro annuì in rispettoso silenzio.

«Falli passare» comandò al cameriere che s'inchinò deferente, sparendo per eseguire l'ordine con la stessa rapidità con cui era comparso.

Dopo alcuni minuti entrarono nella stanza due uomini, entrambi vestiti con la tunica e lo scapolare bianchi e con la nera cappa tipici del loro ordine. I loro visi tradivano un certo turbamento, perché arrivando avevano visto il Palazzo Apostolico sorvegliato da un inusuale presidio di guardie svizzere. Il primo che riverì il pontefice era anziano e minuto. I capelli brizzolati, ancora folti e ondulati, incorniciavano un volto ascetico e spigoloso, dall'aguzzo mento sporgente, ornato da una curata barbetta. I grandi occhi scuri, placidi e sereni, sembravano contemplare realtà ultramondane.

«Che Dio vi benedica, Santità» sussurrò l'anziano Tommaso de Vio, detto il Gaetano dalla città di nascita, generale dell'Ordine Domenicano, prostrandosi per baciare la pantofola del papa. Leone X glielo impedì, alzandosi dal suo seggio per abbracciarlo. Quel sapiente e santo frate, piccolo di corporatura ma grande d'intelletto, era uno dei maggiori teologi viventi. Profondo studioso delle opere di Aristotele e di San Tommaso d'Aquino, era da trent'anni al servizio della Chiesa. Giovanni de' Medici era ancora cardinale quando De Vio aveva difeso papa Giulio II contro i porporati scismatici nel Concilio di Pisa, sostenendo a colpi di dottrina teologica il primato e l'autorità del pontefice sul Sacro Collegio. Già allora Leone X aveva imparato ad apprezzarlo e l'aveva poi sempre stimato, tanto da affidargli di recente l'incarico di organizzare la Crociata contro i Turchi. Stava inoltre pensando di assegnargli il compito di risolvere quella baruffa di frati laggiù in Germania, riportando alla ragione quella testa calda di Lutero. A luglio l'avrebbe anche nominato cardinale: assieme a Egidio da Viterbo, sarebbe stato il più meritevole tra i nuovi porporati che intendeva eleggere per sostituire quelli che l'avevano tradito.

«Che Dio vi benedica, Santo Padre» si prostrò il secondo domenicano baciandogli la pantofola. Stavolta il papa accettò l'omaggio. Bartolomeo Spina, teologo e lettore presso il convento di San Domenico di Castello a Venezia, era più giovane di De Vio, ma si era già fatto notare difendendo l'immortalità dell'anima contro il filosofo Pietro Pomponazzi, il cui trattato sull'argomento era stato dichiarato eretico e bruciato nella capitale della Serenissima.

Erano entrambi *Domini canes*, come li definiva il nome stesso del loro Ordine, fedeli cani da guardia del Signore. La loro diversità di atteggiamento – lo Spina intransigente, il Gaetano tollerante e moderato – gli sarebbe stata molto utile in quel momento, per decidere come affrontare il pericolo che minacciava la Chiesa. Per questo aveva deciso di convocarli entrambi, costringendo lo Spina a un massacrante viaggio da Venezia a Roma. Aveva bisogno di confrontarsi con due massimi campioni della fede, che lo aiutassero a fare la scelta giusta. E aveva proprio l'impressione, conoscendoli bene, che avrebbero discusso con accanimento tra loro prima di formulare una condotta comune da proporgli.

«Accomodatevi pure, reverendi padri» li invitò. «Vi ho convocati per porvi un quesito della massima importanza per la salvaguardia della Chiesa, al quale vorrei che rispondeste in tutta coscienza e facendo ricorso a tutta la vostra dottrina.»

«Faremo del nostro meglio, Santità, con l'aiuto di Dio» assentì umile il Gaetano, parlando anche per l'altro. Lo Spina annuì, restando in rispettoso silenzio davanti al papa e al suo superiore.

«Bene, allora non indugerò in troppi giri di parole» disse Leone X. «La *quaestio* è la seguente: è possibile che alcune donne, grazie a un patto scellerato col demonio, possano essere *materialmente* trasportate nell'aria da un luogo all'altro, dove sarebbero in grado di uccidere col solo ausilio delle arti magiche?»

I due frati spalancarono gli occhi attoniti, segnandosi con devozione. Poi si scambiarono uno sguardo smarrito.

«Ecco, Santità...» rispose per primo il Gaetano, dopo essersi schiarito la flebile voce. «Il primo documento canonico su tale blasfemo argomento si trova nell'antico *Canon episcopi*, redatto da Reginone di Prüm: il dotto abate scrive che alcune donne scellerate, divenute seguaci di Satana, vengono sedotte dalle fallaci illusioni dei demoni e così *credono* – sì, Reginone dice proprio *credunt* – di cavalcare sopra certe bestie assieme a Diana, percorrendo grandi distanze nel silenzio della notte... Quindi il santo abate tedesco sembra attestare che si tratti di frutti dell'immaginazione e non di accadimenti *reali*... La stessa tesi è confermata più tardi da Burcardo di Worms nel suo *Decretum*. Infatti a queste povere donne, evidentemente lunatiche, venivano prescritti solo penitenza e digiuno, e nessun'altra punizione.»

«E voi che ne pensate?» il papa si rivolse allo Spina che aveva ascoltato fremendo la risposta del superiore, facendo un immane sforzo per non interromperlo.

«Perdonate, Santità, ma devo dissentire dal mio venerabile *magister generalis*» obiettò il domenicano, lo sguardo a terra in segno di umiltà. «E perdonatemi anche voi, maestro» aggiunse il frate, chinando il capo al Gaetano. «Vi amo e vi rispetto più di quanto possa un figlio il proprio padre... ma la mia coscienza m'impone di parlare.»

«Sentitevi libero e sereno, figliolo» lo confortò il De Vio, con un mite sorriso.

«Avanti, dite pure» lo sollecitò Leone X, con una certa impazienza. «Vi ascoltiamo.»

«Ecco, Santità...» cominciò lo Spina, aggrottando la fronte sotto gli scuri capelli ricci, «il mio superiore sembra voler sposare alcune tesi divulgate di recente da giureconsulti più che da teologi, cioè da studiosi che, volendosi occupare di demonologia, invadono un campo che non è il loro. Giovanfrancesco Ponzinibio, *ad exemplum*, nel suo trattato *De lamiis* nega la realtà del *sabba* con argomentazioni *de iure* e non teologiche. Il che sarebbe come voler catturare una gru con un piccolo rapace come il bozzagro» sorrise, scuotendo la testa. Anche il pontefice, appassionato di caccia col falco, sembrò divertito dal paragone. «Bisogna invece rivolgersi alla teologia per sviscerare bene certi argomenti, anche perché è una disciplina superiore al diritto» continuò il frate, ringalluzzito dall'espressione benevola del papa. «Silvestro Mazzolini, priore del convento di San Domenico a Bologna, dove ho seguito le sue lezioni, afferma infatti che le streghe possono essere trasportate al *sabba* in carne e ossa, oltre a poter nuocere con occulti malefici a uomini, donne, bambini e animali, facendo deperire le messi, le uve e i frutti degli alberi e spaccando le rocce con l'aiuto di polveri magiche. Del resto, gli stessi nefasti fenomeni sono descritti nel *Malleus maleficarum*, un testo accreditato da trent'anni presso tutti gli inquisitori.»

«E come spiegate che molte delle presunte partecipanti al *sabba* notturno, dove si banchetta lautamente con ogni sorta di vivande» intervenne il Gaetano, con un sorriso ironico, «abbiano confessato ai giudici di essersi risvegliate il mattino dopo più affamate di prima?»

«Perché il demonio è mentitore, e la sua farina va sempre tutta in crusca» ribatté pronto l'altro, per nulla scosso dall'obiezione. «Pensate solo all'alto numero dei processi e delle condanne comminate negli ultimi tempi, Santità» si rivolse di nuovo al pontefice. «A Edolo, sette anni fa, sessanta streghe condannate al rogo dal vescovo di Brescia. Appena tre anni fa, a Como, altre sessanta esecuzioni. E i processi non fanno che aumentare di giorno in giorno... Forse che gli inquisitori sono tutti folli, inaffidabili visionari?» concluse il frate, lanciando un'eloquente occhiata al suo superiore.

«Probabilmente quelle povere donne, ignoranti e abbrutite da una vita grama» obiettò il Gaetano, «confessano tutte sotto tortura, per far cessare il dolore e imbeccate dagli inquisitori.»

«E i testimoni che dichiarano di aver visto il volo notturno delle fattucchiere?» replicò pronto l'altro. «Forniscono deposizioni spontanee, senza tormenti.»

«Alcuni di loro, negli stessi processi, affermano di aver visto cadere a terra, addormentate, donne che poi dichiarano di aver volato» disse De Vio, in tono scettico. «Che mi dite di questi?»

«Testi ingannati dal Maligno, per proteggere le streghe.»

«Io credo sarebbe assurdo e illogico, Santo Padre» riprese il Gaetano, rivolgendosi direttamente al papa, «che il demonio, avendo il potere di trasportare chi vuole al *sabba*, si accontentasse di poche donnette di bassa condizione, quando potrebbe trasferirvi a piacimento perfino principi e gran dame!»

«Devo ricordarvi io, venerabile maestro, cosa leggiamo nel Vangelo di Matteo?» gli chiese lo Spina, ironico. «Perfino Cristo fu trasportato dal diavolo sul pinnacolo del tempio. Il che dimostra che il maligno può sollevare in volo qualunque essere umano. Sul perché scelga spesso i reietti, si potrebbe discutere a lungo... Alcuni teologi hanno pensato a una parodia della predicazione del Cristo, che si rivolgeva ai piccoli e non ai potenti... ma è solo una delle tante, possibili interpretazioni.»

«Ma il messaggio di Matteo si può leggere anche in altro modo: che Dio permise solo in quel caso al demonio di sollevare il Figlio in alto, per metterlo alla prova con la tentazione del potere. Solo una volta in tutta la Storia dell'uomo, e soltanto col Figlio dell'Uomo!»

I due sarebbero potuti andare avanti all'infinito. Era ora che la disputa si concludesse.

«*In summa*» tagliò corto il pontefice, con un sospiro, «credete che una strega possa essere trasportata a grandi distanze per volontà diabolica, materializzarsi per uccidere con arti magiche e poi smaterializzarsi per fuggire, magari attraversando muri, oppure porte senza neppure aprirle?»

Si era rivolto a entrambi i frati, ma fu lo Spina il primo a rispondere: «Assolutamente sì, Santo Padre. È già accaduto molte volte che le fattucchiere siano penetrate in tali modi nottetempo nelle case per succhiare il sangue dall'ombelico degli infanti nelle culle, facendoli morire per poi mangiarne le carni nei banchetti del *sabba*. E accadrà ancora, purtroppo, se vinceranno i sofisti che negano l'orrore della stregoneria invece di combatterlo. L'astuzia più grande del diavolo, Santità, è di far credere che non esista».

L'incredibile dialettica dello Spina era assai convincente, pensò Leone X, ammirato. «E voi, caro Tommaso, cosa dite?»

«Nessuno mette in dubbio l'esistenza del maligno» sospirò il vecchio domenicano, «ma ritengo che possa limitarsi a creare soltanto illusioni, e solo nella mente degli spiriti deboli che gli si sottomettono. Nulla di davvero concreto, ma solo sogni perversi. Pertanto, coloro che credono che Dio permetta una *reale* influenza del demonio nel creato, sono assimilabili agli eretici che credono possa esistere un altro potere oltre quello divino, e come tali vanno giudicati: con processi per eresia, non per *stregoneria*.»

«Vi abbiamo ascoltati entrambi con sommo interesse» esordì il papa, dopo aver meditato a lungo, «e vi ringraziamo per aver condiviso con noi la vostra immensa dottrina. Vi abbiamo consultato per prendere una decisione di grande importanza, a tutela della Santa Chiesa e della nostra stessa persona. Dovevamo scegliere se affrontare un grave, subdolo pericolo con strumenti ordinari o ricorrendo al sacro braccio dell'Inquisizione: bene, dopo avervi consultati possiamo finalmente deliberare, statuire e ordinare di affidare ai frati inquisitori qui a Roma, e se non bastassero a quelli delle province, un'urgente inchiesta su alcuni misteriosi delitti tendenti a minare la salute e la serenità della Chiesa. Chiediamo fin d'ora a voi, venerabili padri, di predisporre tutto quanto occorra a tale investigazione, eleggendo d'autorità gli inquisitori del vostro Ordine ma anche i confratelli francescani, non tralasciando nulla di utile al rapido accertamento della verità. I cardinali Giulio de' Medici e Dovizi da Bibbiena vi forniranno tutti i particolari di cui avete bisogno. Così abbiamo deciso. Potete ritirarvi, e che Dio ci aiuti.»

Il Gaetano, dopo essere sbiancato in viso, s'inchinò e uscì assai turbato, mentre lo Spina lo seguì con una fanatica espressione di trionfo.

Mentre una guardia svizzera li guidava negli appartamenti del capitano generale Dovizi da Bibbiena, i due domenicani riflettevano più o meno sulle stesse cose, ma da due punti di vista differenti. Tommaso de Vio pensava alle nefaste conseguenze che un'ondata d'inchieste per stregoneria avrebbe provocato: appena la macchina inquisitoriale si fosse messa all'opera, sguinzagliando le sue spie e affiggendo alle porte delle chiese i bandi che invitavano a denunciare qualunque persona sospetta, la maldicenza, l'invidia, l'odio o la cupidigia avrebbero moltiplicato a dismisura le delazioni. Alcuni sacerdoti, pieni di zelo, avrebbero sfruttato perfino i confessionali per raccogliere informazioni, sebbene l'Inquisizione stessa non desse loro licenza di violarne il segreto, considerando nulli gli indizi estorti in confessione. Alimentata dall'ossessione stregonesca, si sarebbe scatenata un'orgia di denunce incrociate perfino all'interno delle famiglie tra servitù e padroni, mariti e mogli, genitori e figli... Per le ragazze sarebbe diventato pericoloso respingere uno spasimante. Povere vecchie, che raggranellavano qualche baiocco curando con le erbe chi non poteva permettersi i servigi dei medici, sarebbero state arrestate e torturate. Tutti sarebbero stati soggetti a subdole vendette da parte di rivali e nemici... I creduloni più impressionabili avrebbero iniziato a vedere streghe e demoni dovunque, mentre i più astuti, invogliati dai premi assegnati ai delatori, ne avrebbero approfittato per rimpinguare senza sforzo le proprie finanze. Tutti avrebbero cominciato a sospettare di tutti, temendo perfino la propria ombra. Le prigioni di Tor di Nona, di Corte Savella e perfino di Castel Sant'Angelo si sarebbero colmate soprattutto di donne, dalle bambine fino alle vecchie decrepite, povere sfortunate del tutto innocenti. Al Gaetano, che aveva già fatto esperienza di simili calamità, piangeva il cuore pensando a ciò che il papa stava per provocare.

Bartolomeo Spina, al contrario, non vedeva l'ora che cominciasse la persecuzione per debellare anche a Roma, come già avveniva in moltissimi luoghi d'Italia e d'Europa, la nefanda setta degli adoratori e delle adoratrici di Satana. Anche nella Città Santa, finalmente, le carceri si sarebbero riempite di figlie del demonio costrette a confessare i loro orrendi crimini. Il frate non aveva molta esperienza di processi per stregoneria, ma alcuni confratelli gli avevano raccontato di cose mirabili avvenute nelle segrete delle prigioni, a maggior gloria del Signore. Contro le streghe si applicava il massimo rigore nella tortura, giacché il patto scellerato col diavolo le aiutava a sopportare meglio il dolore: quando i tratti di corda non potevano essere inflitti, perché il medico stabiliva l'inabilità dell'accusata a subire lo stiramento delle membra, si metteva il suo piede destro tra due *taxilli*, due stanghette di ferro concave che poi il boia comprimeva, oppure le si infilavano delle *cannette* tra le dita delle mani giunte, che il carnefice stringeva poi con forza. Si potevano anche usare ganasce per la testa. Più il boia premeva, più le urla delle malefiche salivano al cielo come solenni inni di penitenza a Domineddio. E poi, nei casi di più pertinace rifiuto a confessare, c'era il tormento del fuoco: le piante dei piedi, unte di lardo, venivano accostate all'intensa fiamma di un braciere. Una tavola, fatta scorrere tra il paziente in ceppi e la fonte del calore, aumentava o diminuiva la sofferenza, a seconda delle direttive dell'inquisitore.

Ma il momento più esaltante, pensò lo Spina, era quando le condannate in via definitiva venivano issate sui roghi, davanti a una vasta folla di fedeli. Tra le grida e il lezzo della carne bruciata, volute di fumo salivano come incenso al cospetto di Dio.

XXXII

Arcispedale degli Incurabili, poco prima della Compieta

«Va bene, messer Buonarroti, ma solo in virtù delle meritorie elemosine che offrite alla nostra opera di carità» disse il maestro di casa degli Incurabili, in tono conciliante. «Se proprio ci tenete a far visita al dottore coi vostri amici, io non ho nulla in... ma perdonate... cos'è quel grande involto?» chiese preoccupato, indicando il voluminoso fagotto che Michelangelo e Delgado stavano scaricando dalla groppa del cavallo di Paracelso.

«Il cadavere di una donna» rispose il medico svizzero, senza fare una piega. «Lo portiamo nel mio laboratorio per sezionarlo.»

«Eh no, no!» esclamò esterrefatto il francescano, facendosi un rapido segno di croce. «Questo è impossibile, messeri! Ci vuole una precisa autorizzazione per simili azioni, e comunque non in questo luogo! Temo che dovrò informare della cosa il card...»

«Leggete questo, prima di dire o fare qualcosa di cui potreste pentirvi» lo interruppe brusco Raffaello, mettendogli sotto il naso il *breve* pontificio. Il frate lesse con attenzione il foglio, la fronte aggrottata, poi lo restituì al pittore con un sospiro. «Mi sembra tutto regolare, anche se rinuncio a capire» borbottò, allargando le braccia in segno di resa. «Ma io non voglio comunque entrarci, in questa cosa blasfema» aggiunse, lanciando un'occhiata inquieta al corpo avvolto nel sudario. «Farò finta di non aver visto e saputo nulla.»

«A noi basta che ci lasciate passare» annuì Raffaello, annoiato. «Al resto pensiamo noi, non preoccupatevi.»

«Non abbiate timore, reverendo padre» sussurrò Delgado all'orecchio del maestro di casa, mentre gli passava davanti reggendo il cadavere assieme a Michelangelo. «Darò l'estrema unzione *post mortem* a questa poveretta, e il suo cadavere sarà profanato solo il minimo indispensabile, per scopi di *justicia* e alla maggior gloria *de Dios y de la Iglesia*.»

«Continuo a non comprendere, e neppure voglio» insisté il frate, facendosi un secondo segno di croce. Poi sparì a passo svelto, come avesse un nugolo di diavoli alle calcagna.

Salendo lentamente la scaletta di pietra che portava al piano superiore, manovrando con una certa difficoltà, lo scultore e il prete spagnolo riuscirono a portare il loro pietoso carico fino all'alloggio di Paracelso. Lo svizzero, accendendo una lanterna, li guidò fino al laboratorio adiacente, seguito con facilità da Michelangelo che già conosceva la strada. Raffaello tenne loro dietro, guardandosi intorno con curiosità. Non era mai stato superstizioso, ma più conosceva quel bizzarro ometto, più lo trovava inquietante...

«Stendete il lenzuolo qui sopra, e appoggiateci il corpo» disse Paracelso, liberando uno dei ripiani del laboratorio dalle decine di recipienti, storte e alambicchi che lo ingombravano. «Non è un tavolo da anatomia, ma visto che qui non ne possediamo... ce lo faremo bastare» borbottò, liberandosi della mantella e rimboccandosi le maniche. «*Also meine liebe*... allora, mia cara» sussurrò, chinandosi sulla morta, «sei pronta a rispondere alle mie domande?»

«Secondo me, potete anche parlarle solo in alemanno» intervenne Raffaello, ironico. «Tanto non credo possa più sentirvi.»

«Non è detto» replicò il medico, scuotendo la grossa testa. «La *mumia* è molto forte nei defunti in modo violento, nei suicidi e negli assassinati. Per questo i loro corpi astrali tornano spesso nei luoghi in cui sono morti, o in quelli che ricordano meglio. Il volgo li chiama *Geister*... spettri, o fantasmi... in realtà sono solo residui immateriali del corpo fisico, destinati un giorno anch'essi a dissolversi...»

«Comunque non credo possa interloquire con noi» obiettò Delgado, segnandosi con discrezione. «Non è più nel nostro mondo.»

«Certo che no, ma solo la sua anima si è ricongiunta... a Dio, spero per lei» precisò Paracelso. «Il suo corpo materiale e il suo spirito rimarranno qui con noi, sulla Terra, ancora per qualche tempo. Ma per interagire col suo *elementare* avremmo bisogno di un *medium*, un vivente con capacità speciali.»

«Che non penso abbia nessuno di noi» commentò Michelangelo, con un certo sollievo. Dialogare coi morti, seppure era possibile, non doveva essere affatto piacevole.

«*Natürlich*, *Herr* Buonarroti» annuì lo svizzero. «Ma ho fiducia che riusciremo a interrogare questa sfortunata *junge Frau*... ragazza con altri mezzi, molto più concreti» aggiunse iniziando ad allineare, su un panno di lino steso su una panchetta, decine di scintillanti ferri chirurgici. «Se volete assistere alla dissezione, potete restare» concluse, alternando lo sguardo sui tre uomini.

«Nonostante sia convinto che il pontefice vi abbia concesso in via straordinaria di praticare anatomie, nell'ambito dei servigi che gli rendete adesso a Roma» disse Delgado, imbarazzato, «faccio volentieri a meno di essere presente. Dispensa papale o meno, queste operazioni vanno comunque contro i miei princìpi, e quelli della Chiesa di cui mi onoro di essere un umile, devoto servitore.»

Per la seconda volta da quando l'aveva incontrato, Raffaello si sforzò di non ridere davanti alle ipocrite dichiarazioni del prete. «Anch'io devo declinare il vostro cortese invito» disse poi al medico. «Adoro troppo la bellezza, non potrei sopportare di assistere allo scempio di un così splendido corpo.»

Infatti preferisci copiare le figure degli altri pittori, pensò Michelangelo stizzito. *Troppa fatica studiare i muscoli al tavolo d'anatomia.*

«Io invece accetto» si rivolse entusiasta a Paracelso. «Ne so qualcosa di dissezione anatomica» aggiunse con modestia, «per cui potrei esservi d'aiuto.»

«*Toll*! Ottimo!» assentì il medico. «Diamoci da fare, allora. Voi due, *meine Herren*, vi compiacerete di attendere fuori, finché non avremo terminato questa triste ma necessaria operazione. Forse, ma dico *forse*, riusciremo a farci rivelare da questa ragazza *wann und wie*... quando e come è morta, e magari qualche altro mistero...»

«Non impiegateci troppo» si raccomandò Raffaello, in tono spiccio.

Lo svizzero, per la prima volta, lo fissò freddamente. «Ci vorrà... il tempo adeguato. Soprattutto se dovrò praticare qualche speciale procedimento spagyrico su liquidi e altre sostanze corporee. Nella mia stanza, su un piccolo tavolino intarsiato, troverete degli scacchi per ingannare il tempo, se sapete giocare... oppure *eine Tarock Kartendeck*... un mazzo di tarocchi se volete divertirvi col destino.»

* * *

Raffaello e Delgado si stavano confrontando da circa due ore sulla scacchiera quando Paracelso e Michelangelo uscirono finalmente dal laboratorio. Per lo scultore fu un sollievo poter togliere il fazzoletto imbottito di erbe profumate che il medico gli aveva imposto di legare davanti al naso e alla bocca.

«Se aveste sempre usato questa elementare precauzione» gli aveva detto, indossando un fazzoletto identico prima d'iniziare a incidere le carni della meretrice, «ora non avreste i problemi di stomaco che lamentate.»

Avrei dovuto conoscervi prima, si era detto sconsolato l'artista. Nel laboratorio, oltre al cadavere sezionato ricoperto pietosamente dal lenzuolo, in un angolo c'erano anche i grembiuli sporchi di sangue usati per proteggere gli abiti. Nonostante fosse da tempo abituato alla pratica anatomica, Michelangelo uscì angosciato da quella dissezione. Non aveva mai affondato lo scalpello anatomico in un corpo femminile, ma soprattutto in un corpo così bello: quella leggiadra creatura sembrava fosse stata creata unicamente per il piacere e l'amore. Era rimasto sconvolto dal brutale contrasto tra la splendida forma delle sue membra e il sozzo spettacolo dei visceri all'interno. *È questo l'effimero, ingannevole involucro di cui c'infatuiamo, commettendo ogni sorta di follie?* si era chiesto, sgomento. *Tanto c'in-*

gannano i sensi, impedendoci di penetrare la vera, profonda essenza di tutte le cose?

«Allora?» li accolse Raffaello, rinunciando proprio in quel momento a chiudere la partita: ancora una mossa, e avrebbe dato scacco matto a Delgado. «Il cadavere ha *parlato*?»

«Direi proprio di sì» rispose il medico, con una certa fierezza. «Innanzitutto, la povera ragazza *ist nicht ertrunken*... non è affogata.»

«Ne siete proprio sicuro?» alzò un sopracciglio il pittore, perplesso. «Eppure l'hanno ripescata dal Tevere.»

«Sicurissimo» confermò Paracelso, «dopo aver sezionato il primo e il secondo stomaco – detto volgarmente intestino – e la gabbia toracica. È risaputo, *Herr* Sanzio, *quod qui submersus vivus est, ventrem totum aqua plenum habet.*»

«Noto con piacere che, quando vi esprimete in latino, siete molto più eloquente e non usate parole alemanne» sospirò Raffaello, infastidito. «Ora vorreste, di grazia, parlare un idioma che posso comprendere?»

«Il nostro dottore dice che gli affogati hanno sempre il ventre pieno d'acqua» tradusse Delgado per umiliare il pittore, dopo aver capito con disappunto di essere stato battuto a scacchi.

«*Korrekt*» assentì il medico. «Nel caso della nostra disgraziata meretrice, non c'era acqua neppure nell'intestino, e tantomeno nei polmoni. Negli annegati, questi ultimi sono di solito tanto *geschwollen*... gonfi da riempire completamente la gabbia toracica, mentre nel cadavere di questa donna sono normali. A ulteriore conferma, non ho riscontrato *die geringste Spur*... la minima traccia di emorragie muscolari nel collo, nelle spalle, nelle braccia e nella parete toracica, che si verificano invece quando un annegante lotta per tenersi a galla. No, decisamente non è defunta *ob submersionem*. È caduta nel fiume già morta, e la posizione prona ha evitato che si riempisse d'acqua.»

«Caduta o... gettata» intervenne Michelangelo, pensoso. «E se qualcuno l'ha buttata nel Tevere già morta... potrebbe anche averla prima uccisa.»

«Su questo, purtroppo, non posso formulare *keine Annahmen*... alcuna ipotesi» scosse la testa Paracelso, rabbuiato. Gli bruciava dover ammettere, per la seconda volta, la sua sconfitta. «Il cadavere mostra gli stessi, identici *signa* di quello che ho esaminato a Castel Sant'Angelo. Però non ho alcuna prova che l'improvvisa mancanza di respiro, anche in questo caso *probabilis causa mortis*, sia stata provocata da violenza. Certo, ci sono i graffi... Ma per cercare eventuali residui di veleno, avrei bisogno di molto più tempo. A proposito: a giudicare dall'*algor*, dal *rigor* e dal *livor*, questa poveretta è morta tra le otto e le quindici ore fa, propendo per *die längere Zeitspanne*... l'orario più lungo.»

«Dunque non abbiamo alcun indizio sulla morte di questa meretrice» riassunse Raffaello, deluso, «né che possa collegarla, in qualche modo, alla ragazza che stiamo cercando.»

«Qualcosa abbiamo, invece» replicò il medico, sornione. «*Einen Moment, meine Herren...*» disse, tornando nel laboratorio. Ne uscì dopo un istante, reggendo un'ampolla in vetro di Lorena piena di un liquido denso, color rubino. «Nel ventre di quella disgraziata non c'era acqua, *wie gesagt*... come vi ho detto, ma in compenso c'era assai di questo» sorrise, agitando l'ampolla davanti agli occhi di Raffaello e di Delgado. Michelangelo assentì, con l'aria di saperla lunga.

«E di che si tratta?» chiese il Sanzio, curioso.

«*Rotwein*... vino rosso» rispose Paracelso. «Il ventre della donna ne era pieno. Ed era quasi nello stato in cui fu spillato dalla botte» aggiunse, annusando il brillante liquido rossastro. «La meretrice deve aver bevuto molto, poco prima della morte» continuò, pensoso, «e il suo stomaco non ha quindi avuto il tempo di trasformare il vino in sangue. Mi ci è voluto davvero poco per depurarlo, mediante semplici processi spagyrici, dagli altri liquidi corporei a cui era mescolato.»

«E allora?» domandò Raffaello, in tono provocatorio. «Sappiamo che si è ubriacata prima di morire e di cadere in acqua, oppure che chi l'ha uccisa – se è stata assassinata – l'ha fatta bere prima di ucciderla e gettarla nel Tevere. Non vedo come questo possa esserci utile...»

«Ve lo spiego io, se permettete» intervenne Michelangelo, che fremeva dalla voglia di parlare. «Il nostro dottore, tramite i suoi procedimenti, ha riscontrato una grande quantità di gesso in questo vino... Il che significa...»

«Che è di sicuro spagnolo!» l'interruppe Delgado, improvvisamente interessato.

«*Korrekt*» assentì Paracelso. «Confesso *meine Unwissenheit*... la mia ignoranza sui vini che si commerciano qui a Roma, ma anche messer Buonarroti mi ha garantito che solo gli Spagnoli usano tagliarli col gesso, per mantenerne il vigore e la robustezza.»

«*Ninguno* meglio di me *puede* confermarlo» disse il prete, annuendo entusiasta. «*Pero*... che vuol dire questo? Temo di non riuscire a seguirvi» aggiunse, assumendo un'aria perplessa.

«Significa che forse, con un po' di fortuna, riusciremo a capire dove quella povera donna si è ubriacata per l'ultima volta» spiegò Michelangelo, con un sorriso triste, «e magari scopriremo anche chi l'ha fatta bere. Poi da cosa nasce cosa, e un indizio tira l'altro...»

«Buona idea, *Herr* Buonarroti» disse il medico. «Ma credo, come già vi ho detto in laboratorio, *sehr schwer umzusetzen*... di difficile realizzazione. Come scovare un singolo tipo di vino, fra i tanti rossi diversi che si bevono a Roma? E poi mi risulta che nell'Urbe circolino ogni anno decine di migliaia di botti, tra quelle di prodotto locale e forestiero.»

«Non è del tutto impossibile» concesse Raffaello, meditabondo. «Non mi risulta siano molti i vini spagnoli venduti nell'Urbe, proprio a causa della polvere di gesso. Ha un gusto che non piace ai Romani.»

«*De gustibus non disputandum est*...» borbottò Delgado, piccato. «Del resto, i vostri tavernieri usano mettere uova nelle botti, in modo da liberare zolfo per rinvigorirne il contenuto. Quando non lo allungano col succo d'uvaspina o di melegrane, e perfino con l'acqua!»

«Io saprei anche a chi rivolgermi per una... diciamo... perizia sulla questione» continuò l'urbinate, ignorando il commento del sacerdote. «Qualcuno che potrebbe rivelarci la provenienza di questo vino spagnolo, e chi l'abbia acquistato.»

«Chi?» chiese Michelangelo, curioso. Al contrario di lui, il Sanzio conosceva quasi tutti a Roma, e negli ambiti più diversi. Croce e delizia della notorietà.

Raffaello fece una pausa a effetto, fissando uno dopo l'altro i tre uomini.

«Si chiama Battista Gaglione» disse finalmente il pittore. «È un *cercator* alle dipendenze di uno dei gabellieri della Dogana di Ripetta, proprio quella dove passano i vini forestieri che arrivano a Roma. Si occupa di seguire tutto il percorso delle botti, dal loro accesso in città fino al luogo dello smercio, controllando che non vengano commessi illeciti, sia di contraffazione che in danno della fiscalità. E naturalmente, per svolgere al meglio i suoi uffici, è diventato anche un ottimo *gustator*, un esperto assaggiatore: sa dire il vitigno e l'annata di ogni vino, se sia stato tagliato e con che cosa, oppure allungato e con quale liquido, solo bevendone qualche sorso. A lui non sfugge nessuna frode, e gli osti devono stare molto attenti!» concluse ridacchiando.

«Proprio uno che fa al caso nostro» assentì Michelangelo. «Andiamo subito a fargli assaggiare questo rosso... naturalmente senza dirgli da dove l'abbiamo spillato» aggiunse, con un certo imbarazzo. «Voi confermate di averlo restituito al suo stato originario?» domandò a Paracelso, che stava fissando incantato i riflessi del vino alla luce delle lanterne. «Ve l'ho già detto, *Herr* Buonarroti» sbuffò il medico. «Come fosse appena attinto dalla botte.»

«E... dove lo troviamo? Il vostro *gustator*, intendo» chiese Delgado a Raffaello.

«Nella zona di Ripetta» rispose pronto l'urbinate. «Data l'ora, credo che adesso potremmo provare direttamente a casa sua. Seguitemi tutti» concluse, alzandosi risoluto dallo sgabello su cui si era accomodato per giocare a scacchi. «E mi raccomando, dottore» si rivolse allo svizzero, «state attento a non far cadere quell'ampolla: è l'unico indizio che abbiamo.»

«La proteggerò *mit meinem Leben*... con la mia stessa vita» promise ironico Paracelso, posando con delicatezza il recipiente in una borsa di cuoio che poi mise a tracolla. Anche Delgado si era alzato, lanciando un'ultima occhiata alla scacchiera. Niente rivincita per il momento, pensò deluso.

«Andiamo, allora?» li sollecitò Raffaello, mentre Michelangelo si stava già avviando fuori dell'alloggio. Poi lo scultore si fermò di botto, sulla soglia. «E... il cadavere?» mormorò, incerto.

«Lo lasceremo qui... per il momento» rispose Paracelso, raggiungendolo alla porta. «Tanto è ancora *kühl genug*... abbastanza fresco. Non darà fastidio a nessuno, e nessuno lo disturberà.»

XXXIII

Porto di Ripetta, un'ora prima del Mattutino

I quattro uomini erano giunti allo scalo fluviale costeggiando il Tevere, preferendo allungare il percorso piuttosto che tagliare in linea retta attraverso le stradine e i vicoli maleodoranti di Campo Marzio.

Passando davanti a molte chiese, avevano notato dei grandi cartigli attaccati ai portoni. Spinti dalla curiosità, si erano fermati a leggere quello della Basilica di San Lorenzo in Lucina, proprio mentre il corriere papale lo stava affiggendo.

«Pare che l'Inquisizione abbia indetto una grande caccia alle streghe» aveva commentato Raffaello, scambiando occhiate perplesse coi compagni.

«In fede mia, messere, proprio una cosa in grande» aveva detto il corriere che l'aveva sentito, terminando di attaccare l'avviso. «Io e i miei colleghi giriamo da ore per Roma, inchiodando bandi come questo ai portoni delle chiese e dei luoghi pubblici. Invitano tutti i cittadini timorati di Dio a denunciare qualsiasi caso di sospetta stregoneria, sotto pena d'incorrere nei rigori dell'Inquisizione – e io dico giustamente – semmai venissero meno a tale sacro dovere. Adesso ci limitiamo a esporre i bandi in silenzio, perché è ancora notte. Ma dalle prime luci dell'alba dovremo assumere anche l'ufficio di *precones* e sgolarci ai quattro angoli della città, per gridarli al suono dei tamburi e delle tube!»

«Un bel lavoraccio» aveva commentato Michelangelo, ironico. Non aveva mai amato le procedure inquisitorie. La libertà di coscienza, soprattutto nel campo delle credenze religiose, era per lui sacra e inviolabile. Per quanto riguardava la stregoneria, poi, era assai scettico. Leone X era sempre stato un colto umanista, pieno di gioia di vivere e amante della ragione. Doveva essere accaduto qualcosa di molto grave, per spingerlo a tanto.

«Sarà di certo una bella fatica, messere!» aveva annuito l'uomo. «Ma è tutta grazia di Domineddio. Voi capite, queste sono *gride* importanti, da divulgare per almeno quindici giorni! Il che vuol dire un guadagno di un bel po' di giuli, sia per noi banditori che per i tamburini e i *tibicines* che ci accompagnano con le trombe... Ora perdonatemi, devo tornare al mio dovere» aveva sospirato l'uomo, terminando di sistemare il cartiglio.

«*Es ist interessant*... m'incuriosisce *diese Anfrage*... questa inchiesta sulle fattucchiere» aveva sussurrato Paracelso a Raffaello, quando avevano ripreso il trotto affiancati. «Una di loro potrebbe benissimo essere... la fanciulla che vi ha incantato» aveva ridacchiato, divertito.

«Non motteggiate su questi argomenti» l'aveva rimproverato il Sanzio, cupo. «Una caccia alle streghe è l'ultima cosa di cui abbiamo bisogno, in questo momento. Quando la superstizione alimenta tali ossessioni, nessuna donna è più al sicuro. A questo punto, spero solo di scovare quella giovinetta prima dell'Inquisizione. Comunque mi meraviglio di voi, *domine magister*» concluse, ironico. «Mai avrei pensato che credeste all'esistenza della stregoneria.»

«Non nel senso che intendete voi e il papa» replicò il medico.

«Spiegatemi, allora» lo invitò il pittore. «Servirà a riempire piacevolmente il tempo del tragitto.»

«Vedete, *Herr* Sanzio» disse Paracelso, dopo aver riflettuto a lungo, «oggi la gente, e purtroppo anche la Chiesa, sono arrivate a credere che la *magia* abbia a che fare con patti e relazioni con gli spiriti dei defunti, o perfino col diavolo. In realtà, gli unici poteri magici sono la volontà, l'amore e l'immaginazione: ognuno di noi uomini li possiede – voi, per esempio, siete ricchissimo d'immaginazione – ma il *mago* è l'unico che sappia usarli tutti e tre coscientemente, per produrre straordinari effetti visibili.»

«*Ergo* come spiegate» obiettò Raffaello, «la magia che provoca il male? Tutto frutto di fantasiose superstizioni?»

«In realtà la stregoneria non è magia» scosse la testa il dottore, «ma sta alla magia come l'oscurità alla luce. La prima si avvale delle forze dello spirito animale, la seconda del supremo potere dell'anima, ma si tratta in entrambi i casi di energie *naturali*, il cui esercizio non richiede incantesimi o esorcismi, né tracciamento di circoli o segni. Il mago ha un solo potere: quello della volontà, che può essere usato per il bene o per il male.»

«Attento a fare simili discorsi, *señor doctor*» lo ammonì Delgado, che aveva sentito tutto cavalcando poche spanne dietro di lui. «Sono affermazioni eretiche. La Chiesa ha opinioni assai diverse.»

Paracelso alzò le spalle, per nulla intimorito. «Purtroppo le

Scritture non fanno differenze su *diese Argumente*, ma chiamano streghe e stregoni tutti coloro che posseggano il potere della volontà spirituale, sia che lo usino per il bene che per *bösen Ende*... fini malvagi. Così succede che perfino chi curi i malati, anche se in nome di Cristo, sia maledetto dalla Chiesa e condannato al rogo.»

Il sacerdote spagnolo stava per ribattere, quando Raffaello richiamò l'attenzione di tutti con un gesto imperioso. Aveva fermato il cavallo a poca distanza da una modesta abitazione, una delle tante che sorgevano nella zona del porto fluviale.

«Eccoci, siamo arrivati» informò i compagni, smontando dal baio con un agile movimento. Gli altri lo imitarono, tirando le cavalcature per le redini mentre si avviavano verso la casetta. Il rumore degli zoccoli, sebbene attutito dalla terra battuta, risuonava seccamente nel silenzio della notte. La desolazione di quei paraggi spinse i quattro uomini ad avanzare circospetti, lanciando intorno vigili occhiate. Il porto di Ripetta, e ancora di più i suoi dintorni, a quell'ora non erano luoghi troppo rassicuranti.

Quando raggiunse l'uscio della casa, il Sanzio lo trovò ovviamente sbarrato. Gli abitanti non si aspettavano certo di ricevere a quell'ora visite di cortesia. L'urbinate rimase assorto per qualche istante, indeciso se bussare col pesante battente di ferro arrugginito. La sua incertezza durò pochi momenti, finché una delle finestrelle del basso edificio non si aprì cigolando. Si affacciò una donna dalla pelle olivastra e dai lunghi capelli scarmigliati, vestita di una camicia da notte bianca ma non troppo pulita. Evidentemente, il suono degli zoccoli l'aveva svegliata.

«Chi siete? Che volete a quest'ora?» sibilò la donna, squadrando diffidente gli uomini e i cavalli fermi sotto la sua finestra.

«Amici di Battista» dichiarò Raffaello, con la solennità di un capitano che enunciasse una parola d'ordine. «È in casa?» chiese poi, cercando di non alzare troppo la voce. Non ci teneva a destare tutto il vicinato. Da quelle parti non trattavano coi guanti gli intrusi e i disturbatori, e il meglio che potesse capitargli era una secchiata d'urina sul capo.

«Battista chi?» replicò la donna, aggrottando la fronte.

«Battista Gaglione, gabelliere e assaggiatore della Dogana papale» rispose il Sanzio in tono formale, giusto per darsi un contegno, mentre sperava di non aver sbagliato casa. La donna scarmigliata doveva essere la moglie, però non poteva giurarlo perché non l'aveva mai vista. Sapeva solo che Battista era sposato, quindi non poteva essere che lei. «Allora, è dentro Battista?» ripeté spazientito.

Lei sputò, per fortuna non in direzione dei quattro visitatori notturni. «None! Io ce lo mannerebbe drento… ma a Corte Savella, anzi mejo ar Castello, 'sto fijo de 'na mignotta!»

«Mi sembra dunque di arguire che non sia in casa…» ipotizzò Raffaello con un lieve imbarazzo, mentre Michelangelo rideva con le mani davanti alla bocca.

«Ahó, ner culo te c'entra ma ne la testa no, eh? T'ho detto che nun ce sta! Eppoi voi che cercate, da Battista?»

«Volevamo proporgli un lavoro» rispose l'urbinate, sfoderando il migliore dei suoi sorrisi. «Una cosa semplice e veloce, da guadagnarci qualche bel ducato…»

Appena sentì nominare il denaro, la donnetta distese il viso rugoso in un'espressione meno arcigna, ma il suo sguardo rimase diffidente. «'No sgobbo a st'ora de notte? Noi nun volemo impicci, a sor coso...»

«Nessun... ehm... impiccio, signora» s'inserì Michelangelo, divertito. «Solo cinque bei ducati d'oro per un lavoretto veloce... tanto paga lui» sorrise, indicando Raffaello che gli lanciò un'occhiataccia. «Se però non riusciamo a trovarlo...» sospirò lo scultore, «l'affare salta, e niente ducati.»

«Vamos, señora, dónde está Baptista?» sbuffò Delgado spazientito, dimenticandosi di tradurre.

«A zi' prete, che vai cercanno che nun te capisco?» s'inalberò la donna. «Er duro vallo a fa' ar cesso, ché io nun me te filo de pezza!»

«Immer die gleiche Frage... sempre la stessa domanda» intervenne Paracelso, conciliante. «Wo ist... dov'è Battista?»

«Ahó, ma ce siete venuti da tutto er monno a rompe li cojoni?» s'indispettì l'altra, aggrottando la fronte davanti all'idioma e all'accento del medico. All'improvviso, una serie di acuti vagiti risuonò alle sue spalle. Con un sussulto la donna sparì dalla finestra, riaffacciandosi poco dopo con in grembo un fantolino avvolto in fasce. «Ecco, mo m'avete puro fatto arisvejjà 'a cratura, li mejo mortacci vostra!»

«Perdonateci...» si giustificò Raffaello, preoccupato perché già altre finestre si stavano aprendo nelle case vicine. Nel frattempo l'infante continuava a strepitare. «Se poteste dirci dove trovare Battista, togliamo subito il disturbo.»

«E che cazzo ne so 'ndo sta quell'infame, possin'ammazzallo! Se ne va sempre a giro de notte, lassandome sola co sta cratura... Provate a 'n'osteria, ce ne so' tante a Ripetta! Ah, e quanno 'o trovate... diteje de stamme a 'n parmo dar culo quanno torna, ché si lo pijo l'arovino, lo corco!»

«*Gratias ago, mea domina*» la ringraziò beffardo il Sanzio, con un grottesco inchino.

«Ma annate tutti a' mmorì ammazzati!» si congedò la donna, sbattendo gli scuri della finestra. Dopo altri improperi e qualche bestemmia provenienti dalle case vicine, tutto piombò di nuovo nel silenzio.

«E adesso?» chiese Michelangelo, scoraggiato. «Ce ne sono poche di taverne nella zona del porto!» sospirò, ironico. «Come cercare un ago in un pagliaio! Stiamo diventando periti di ricerche impossibili!»

«No, niente taverne» replicò Raffaello, con un sorriso astuto. «Se conosco un po' Battista... so io dove scovarlo! Seguitemi.»

Non stiamo facendo altro, mugugnò tra sé lo scultore, rimontando a cavallo assieme ai compagni. *Almeno servisse a qualcosa...*

Il quartetto spronò le bestie, evitando andature che provocassero troppo rumore. Raffaello si stava dirigendo verso stradine e vicoli sempre più sordidi e desolati. *Non sarà contento finché non ci farà fare qualche brutto incontro*, pensò Michelangelo, guardandosi intorno sempre più preoccupato. Da quelle parti perfino gli sbirri evitavano di mettere piede. Si limitavano a pattugliare le aree più ampie e illuminate del porto, dove la loro presenza era necessaria per sorvegliare le imbarcazioni e i depositi delle merci. *Dove ci sta conducendo, quest'incosciente presuntuoso?* si chiese lo scultore, indispettito.

Finalmente, l'urbinate dette il segnale d'interrompere la marcia. Si fermarono davanti a un caseggiato male in arnese, con piccole finestre sbarrate dalle quali filtrava appena un chiarore.

«Ecco a voi, gentili messeri, il *Burdelletto*» annunciò Raffaello trionfante, indicando la grande stamberga. «La casa di piacere più sordida, sudicia e malfamata dell'intero Campo Marzio, il che vuol dire anche di tutta Roma!»

«Dobbiamo applaudire?» grugnì Michelangelo, stizzito. Non vedeva cosa ci fosse di tanto entusiasmante, in quello schifoso tugurio. Si domandò se il Sanzio conoscesse quel famigerato postribolo solo per sentito dire, come lui, oppure addirittura lo frequentasse. Da Raffaello ci si poteva aspettare questo e altro.

«Non è necessario, faremmo troppo rumore» replicò seccamente l'urbinate. «Adesso mi limiterò a bussare e a chiedere di Battista Gaglione, si trova di certo là dentro» aggiunse, smontando dal baio.

Il pittore utilizzò più volte il pesante battente di ferro. Finalmente, una faccia patibolare dai lunghi capelli unti si affacciò, scrutando diffidente il nuovo arrivato e i suoi accompagnatori.

«Mo nun ciavemo puttane libbere» borbottò, con una voce cavernosa. «Avete d'aspettà fora, semo pieni.»

«Non abbiamo bisogno di entrare» replicò Raffaello. «Ci basta sapere se è qui Battista Gaglione, ufficiale della Dogana. Nel caso, chiamatelo subito alla porta» ordinò, in tono perentorio.

«E io doverebbe disturbà li clienti perché voi volete parlà... co sto Battista?» grugnì il mezzano, rabbuiato. «Ahó, qua nun è mica 'm parlatorio de moniche!» s'inalberò. «Si nun dovete scopà, annatevene tutti a...»

«Forse sarà bene che ti mostri questo» lo interruppe il Sanzio, mentre l'energumeno stava per chiudergli l'uscio in faccia.

Sfilò il breve dal corsetto e lo tenne davanti al viso corrucciato del lenone, facendo bene attenzione a non farselo strappare di mano. Era troppo prezioso per metterlo a rischio.

«E questo ched'è?» borbottò il mezzano, che aveva di sicuro qualche difficoltà a leggere, fissando con sguardo stolido il foglio di pergamena.

«Un *breve* di Sua Santità Leone X» rispose Raffaello, in tono minaccioso. «Se ti fidi che t'illustri cosa c'è scritto, sappi che mi dà potere di comando su tutta la sbirraglia di Roma, e all'occorrenza perfino sulle Guardie svizzere. Quindi mi basta una parola, e faccio chiudere subito questa fogna. Se invece non ti fidi di ciò che dico, non ti resta che mettermi alla prova.»

E bravo il nostro urbinate! esultò in silenzio Michelangelo.

Dopo aver titubato un po' per salvaguardare la dignità, l'energumeno assentì col capo e rientrò bestemmiando, lasciando l'uscio socchiuso. Poco dopo, un giovane in abiti costosi ma di cattivo gusto fu spinto in malo modo fuori dal bordello, mentre ancora si allacciava le calzebrache. La porta sbatté rumorosamente alle sue spalle.

«Ahó, ma che cazz...» esclamò rivolto all'uscio ormai chiuso, poi s'interruppe vedendo Raffaello. «Messer Sanzio!» esclamò, trasformando in sorriso la precedente smorfia di rabbia. Aveva i capelli neri e ricciuti, e un'espressione furba. «Qual buon vento ve porta? Che ce fate 'n sto rione merdoso?»

«Io e i miei amici siamo venuti apposta per parlarti e chiederti un favore» gli sorrise a sua volta il pittore, dandogli un'amichevole pacca sulla spalla.

«Ammazza, quale onore!» ridacchiò il giovane, facendo un rapido cenno di saluto. «Allora siete stato voi, sor Raffaè, a commannà a quer fijo de 'na mignotta de buttarme fora, eh? Anvedi come v'ha ubbidito de prescia! Nun j'arregge er core de disobbedì ar 'divino Raffaello'! Deve solo ch'abbozzà quer faggiano, se potesse arisvejjà freddo!» esclamò, voltandosi per sputare contro la porta del bordello. «Ma chi v'ha detto che stavo qua?» chiese poi, sospettoso.

«Siamo passati a casa tua senza trovarti, e quindi ho pensato...»

«Allora avete conosciuto mi' moje Lavinia!» lo interruppe l'altro, con una smorfia beffarda. «Brava donna, nun ve l'ho mai presentata perché parla troppo... e 'a cratura strilla assai, peggio de 'a madre! Sinnò perché me ne verrebbe qua, appena posso?» sorrise ammiccante.

«Mi dispiace di aver interrotto i tuoi sollazzi, Battista...» rispose il Sanzio, ma il giovane lo interruppe con una crassa risata.

«Gnente de che, sor Raffaè! Avevo finito! Anzi, si me date pe n'attimo licenza... devo annà a fa' piagne 'r drago» si congedò il giovane, avviandosi verso un angolo buio a poca distanza.

«Cosa deve fare con... Drache... drago?» chiese, perplesso, lo svizzero allo scultore.

Michelangelo sorrise. «Deve pisciare, *domine magister*. È un modo di dire.»

«Faszinierend... interessante.»

Mentre Battista espletava il suo bisogno, lo scultore si chiese in quale circostanza Raffaello avesse potuto conoscere un individuo così volgare. Del resto, rifletté, la forza del Sanzio stava proprio nella sua enorme rete di conoscenze, a tutti i livelli della società romana. Non si poteva mai sapere quando un'amicizia, anche con la persona più infima, potesse rivelarsi utile, e l'urbinate aveva sempre l'abilità di sfruttare, a tempo debito, quella giusta per i suoi scopi.

«Allora, sor Raffaè, che posso fa' pe voi?» disse il giovane quando fu di ritorno, finendo di allacciarsi le calzebraghe.

«Fornirmi i tuoi servigi professionali» sorrise il pittore. «Mi favorite l'ampolla, Paracelso? Ecco, dovresti assaggiare questo e dirmi di che vino si tratta» aggiunse, porgendo il recipiente a Battista.

Il gustator lo guardò con espressione incredula, poi sorrise perplesso. «Perdonate, sor Raffaè, ma voi... me siete venuto a pijà ar bordello, a st'ora de notte, pe famme assaggià der vino? Ma ch'avete fatto, 'na scommessa coll'amichi?»

«Diciamo pure di sì» annuì il Sanzio, ammiccante. «Se me la farai vincere, ci saranno per te cinque ducati, come ha promesso a tua moglie il mio amico» concluse, indicando Michelangelo.

«E si perdete?» chiese l'altro, diffidente. «Io mica lo so ch'avete scommesso...»

«Non preoccuparti, i tuoi cinque ducati non li perderai comunque. Adesso assaggia, sbrigati.»

«Ma sì, 'na bevutella me ce voleva proprio» disse Battista. Dopo aver osservato il colore del liquido, alla luce di una lanterna appesa all'architrave della porta del bordello, lo agitò con lenti movimenti della mano, poi tolse il tappo di ceralacca e ne annusò a lungo il contenuto.

Meno male che ignora da dove provenga, pensò Michelangelo con un moto di disgusto. Sperò che Paracelso non avesse millantato le proprie capacità, e che quel liquido non rivelasse in alcun modo di essere stato nello stomaco di un cadavere.

Ma il medico sapeva il fatto suo, almeno a giudicare dall'espressione soddisfatta di Battista.

«Ma questo è... Tempranillo!» esclamò sorpreso. «Si nun me lo levate... me lo scolo tutto! Ammazza quant'è bbono!» commentò allegro. Poi, all'improvviso, il sorriso gli morì sulle labbra, come si fosse reso conto di aver detto troppo.

«Tempra... cosa?» chiese Raffaello, curioso e anche insospettito dal repentino cambio d'espressione del gabelliere.

«Tempranillo... armeno lo chiamò così lo spagnolo che me lo fece assaggià, uno de passaggio...» balbettò il giovane, confuso. «Successe tanto tempo fa, ma mica me 'o scordo! Ai Romani glie fa schifo er vino de Spagna, ma perché nun hanno mai assaggiato questo! Purtroppo a Roma nun se trova, e credo nemmanco nel resto d'Italia... Ma 'ndò l'avete preso, sor Raffaè? Questo è quasi 'n miracolo a trovallo!» ridacchiò bevendone un altro lungo sorso, con un'allegria stavolta un po' forzata. Il pittore lo lasciò fare.

«Se permetti le domande le pongo io, Battista caro» replicò bonario, simulando di tenerci assai poco alle risposte. Senza volerlo, il gustator gli aveva suggerito di fingere di aver fatto una scommessa, un gioco senza troppa importanza. Ora si trattava solo di saperne di più, senza però insospettire il giovane. Nonostante l'aria affabile e giocosa, era pur sempre un ufficiale di Dogana, con fiuto e diffidenza simili a quelli di uno sbirro. E magari di uno sbirro corrotto.

«Quindi non sai dirci chi lo importa e lo vende, qui nell'Urbe» domandò.

L'altro scosse la testa, pensoso. «Si fosse 'n'artro tipo de rosso, nun avrei che da consultà li registri... ma questo li mercanti nun lo vvénneno, armeno gnisuno che conosco. Si se lo beveno loro, oppure lo regaleno all'amichi, nun lo so, ma comunque nun sta segnato alla Dogana.»

«Ma com'è possibile che non venga registrato neppure allo sbarco?» intervenne Michelangelo, sospettoso. Quel gabelliere non gliela contava giusta.

«Forse gode de quarche franchigia, oppure chi lo venne è coperto da ggente che conta, nun lo so...»

«Dunque?» lo sollecitò Raffaello, cercando di dominare l'impazienza. «Non sai darci proprio nessuna informazione sui proprietari di questo vino? E se i cinque ducati diventassero dieci? Aiuterebbe la tua memoria?»

Sul volto astuto di Battista comparve una smorfia di disappunto, mentre abbassava gli occhi cercando di sfuggire agli sguardi indagatori del Sanzio e di Michelangelo.

«Mo ve dico quer che so, sor Raffaè» sospirò il gabelliere dopo aver tentennato a lungo, come combattuto tra due scelte, «ma io e voi nun ce conoscemo, m'ariccomanno! Nun ce vojo entrà drento a st'impiccio... Io ce volevo guadagnà solo du baiocchi, nun me sembrava de fa' gnente de male, anche perché se trattava de pochi barilotti, 'nsomma gnente de che... ma mo me pare che sta storia sta a diventà più granne de me... Perché a voi mica v'enteressa er contrabbando der vino, nun è così?»

«Ti ho già detto che le domande le faccio io, Battista» replicò il Sanzio, in tono duro. «Allora, vuoi parlare?»

«Ve lo sto a dì, nun annate de prescia! Li vini de li Spagnoli vengheno scaricati tutti ar molo 'ndò sta 'a chiesa de San Rocco e San Martino... 'a conoscete, no? Quella ch'hanno fatto costruì, vicino a lo spedale, li barcaroli e li osti de Lungotevere pe scaccià la peste, sarvognuno!» spiegò il gabelliere, facendo un osceno scongiuro. «Là ce so' li depositi de li vini spagnoli che vengheno co li barconi lungo er Tevere, doppo ch'hanno caricato 'a merce dalli vascelli ch'attraccheno a Civitavecchia.»

«E in quale magazzino, in genere, viene riposto il Tempranillo?» intervenne Michelangelo, cercando di tagliare corto. Quel giovane era troppo loquace sui particolari inutili.

«Er più piccolo, quello che cià 'na mezza botte colorata de rosso che glie decora l'architrave da 'a porta» rispose Battista, un po' urtato dalla rudezza della domanda.

«Sai chi sono i proprietari del deposito? Sono loro che acquistano il vino in Spagna e lo rivendono qui a Roma?» chiese il Sanzio, sentendosi vicino a scoprire qualcosa d'importante.

«Questo nun glielo so dì, sor Raffaè... sto a dì la verità, fidateve!» lo deluse Battista. «Io ho sempre avuto a che fa' solo co li marinari de li barconi, che scaricheno e se ne vanno. Chi so' li mercanti nun lo so, sinceramente. Posso divve solo che cianno le bollette e li documenti sempre apposto su tutti gli altri vini, mai 'n'errore ma nimmanco pe sbajo! Voi capite, succede a tutti li mercanti d'avecce quarche impiccio co 'a Dogana, ma giusto robbetta de 'n'ammenda... invece questi gnente! Gnisuno l'ha mai potuti pijà 'n castagna! Pare che so' li vinaroli più onesti de Roma!»

Interessante, rifletté Michelangelo. Una specchiata onestà di facciata serve spesso a coprire ben altro. Chi si mostra perfetto, di solito ha qualcosa da nascondere.

Anche il Sanzio meditò qualche istante sulle ultime parole di Battista. «Eccoti i dieci ducati» concluse poi, traendo le monete dalla scarsella. Il gustator le intascò veloce come un gatto.

«Gratias, sor Raffaè, ve devo 'ncontrà più spesso!» ghignò

il giovane, con un inchino. «Ma poi l'avete vinta, sta scommessa?»

«Spero di sì» sorrise l'urbinate, pensoso. «Ora vai pure, Battista. Vai dalla tua famiglia, che è tardi.»

«Bonanotte a tutta 'a compagnia!» Il giovane salutò con un sorriso soddisfatto. «E ricordateve, sor Raffaè... nui nun ce semo visti!» Poi si allontanò rapidamente nel buio, saltellando come uno stambecco.

«*Joven muy extraño...*» commentò Delgado, quando Battista fu scomparso. «*Pero* c'è stato *muy útil... no es así, señor Raphael?*»

«Andiamo a verificare il vero valore di queste informazioni» disse Raffaello risoluto, afferrando le redini del suo baio. «La chiesa di San Rocco e San Martino è a pochi passi da qui. Suggerirei di andarci a piedi, conducendo i cavalli al passo per fare meno rumore possibile. Non so perché, ma qualcosa mi dice che... potrebbe essere una mossa saggia e previdente avvicinarci a quel magazzino in silenzio, senza essere visti.»

XXXIV

Stesso luogo, poco prima del Mattutino

L'area del porto era semibuia, rischiarata appena da alcune fioche lampade a olio appese agli usci dei magazzini o alle prue dei barconi che dondolavano pigramente alla corrente del Tevere. Il silenzio era rotto solo dal cupo sciabordio dell'acqua contro le fiancate delle imbarcazioni e le banchine, e dal mormorio del fiume che scorreva lento e nero.

I quattro uomini avanzavano circospetti nell'intricato labirinto di viuzze maleodoranti, dove il lezzo degli scarti del pesce si mescolava a quello del legno marcito e al sentore di muffa. Nonostante il sudiciume e il rischio di fare brutti incontri, in un'area che perfino le meretrici d'infimo rango preferivano evitare, Raffaello aveva deciso di avvicinarsi ai depositi indicati dal *gustator* passando per l'interno del porto piuttosto che percorrere i moli del Lungotevere, dove il gruppo sarebbe stato troppo visibile. Non poteva sapere se, nonostante l'ora tarda, ci fosse qualche movimento di uomini e merci nel magazzino di cui gli aveva parlato Battista, oppure nei suoi dintorni. Il piano del pittore era quello di sorvegliarlo a distanza senza essere notato, giusto il tempo di assicurarsi che non ci fossero guardiani, e di andare poi a dargli un'occhiata in cerca di qualche indizio. Non nutriva molte speranze di riuscire a collegare i mercanti del vino trovato nello stomaco della meretrice con la giovinetta che cercava, ma tanto valeva provare: era possibile che un filo, per quanto sottile, collegasse quel deposito e i suoi proprietari alla pista che stava battendo. Del resto, al momento non aveva altre strade da percorrere.

Appena giunsero in vista della piccola chiesa di San Rocco e San Martino, il Sanzio fece cenno ai compagni di fermarsi.

«Sarebbe opportuno che due di noi restassero qui coi cavalli» bisbigliò. «Io andrò ad acquattarmi quanto più vicino possibile al magazzino con l'insegna della botte rossa, per controllare che non ci sia nessuno a sorvegliarlo. Chi viene ad appostarsi con me? In caso di via libera, torneremo qui ad avvertire gli altri.»

«Se Paracelso e don Francisco sono d'accordo, vorrei accompagnarvi io» mormorò Michelangelo, a cui quell'investigazione cominciava a piacere. Gli riportava alla mente la caccia notturna sulle tracce del terribile *anatomista*. Non poteva esserne certo, ma il sesto senso che aveva sviluppato in quella lontana occasione gli diceva che, sotto gli avvenimenti degli ultimi giorni, forse si celava qualcosa di oscuro, una trama segreta molto più pericolosa di quanto non sembrasse in apparenza... Forse Raffaello stava per scoperchiare, senza neppure volerlo, un vaso di Pandora oltre ogni immaginazione. *E io voglio trovarmi al suo fianco, quando succederà*, si disse Michelangelo.

«Per me va bene» assentì l'urbinate.

Senza aggiungere altro, il Sanzio si mosse con cautela lungo un vicolo buio, ingombro di residui di legname – una delle principali merci sbarcate al porto di Ripetta oltre al vino – e di pezzi di sartiame fradicio. Michelangelo lo seguiva a pochi passi di distanza. Dopo aver percorso qualche pertica, agili e silenziosi, si nascosero dietro una catasta di botti sfondate. Dal loro improvvisato riparo, riuscivano a scorgere un lungo tratto della banchina alla quale erano ormeggiate imbarcazioni di diverse forme e grandezze, le spesse cime annodate ai cippi forati che costellavano il molo. Più all'interno, affacciati su uno slargo rischiarato da poche lanterne, c'erano alcuni depositi. Dopo una rapida ricognizione, gli sguardi attenti dei due artisti si appuntarono sul piccolo edificio con la mezza botte rossa sull'architrave.

Eccolo, si disse Michelangelo. *Ora non ci resta che attendere.* Si chiese quanto tempo sarebbe stato necessario a Raffaello per rassicurarsi, accertandosi che il magazzino non fosse presidiato. *Speriamo non troppo*, si augurò, rabbrividendo all'umidità proveniente dal Tevere. Era impaziente e curioso di osservare quel deposito da vicino, magari di forzarne la porta per esplorarne l'interno. *Tanto, grazie al suo* breve *siamo al di sopra di ogni legge. L'avessimo avuto io e ser Leonardo un documento simile, quando davamo la caccia all'*anatomista, *le cose sarebbero state molto più facili!* si disse, cullandosi nei ricordi per ingannare l'attesa di quel noioso appostamento. Il silenzio della notte, il medesimo che aveva accompagnato anni prima l'ultima fase della ricerca di quel mostro assassino, gli riportava alla memoria tanti particolari. Ma era solo una l'immagine che dominava su tutte le altre: la dolce, angelica figura di Agnese. Somigliava molto al dipinto che Raffaello aveva fatto della sua misteriosa giovinetta. Complici le attuali circostanze, molto simili a quelle di allora, il ricordo mai sopito della fanciulla tornava a sfiorargli il cuore e la mente, come una delicata carezza che, dopo tanto tempo, aveva ancora il potere di commuoverlo. *Chissà che fine ha fatto*, si domandò Michelangelo, con un sospiro. Non era mai riuscito a soffocare il senso di amarezza e pentimento per aver collocato anche lei nella sua lista di occasioni perdute, assieme a Contessina de' Medici e alle altre poche figure femminili che avevano incrociato la sua strada.

Il Sanzio non si accorse di essere osservato, perché era tutto intento a fissare l'ingresso del deposito di vini. *In fondo lo capisco*, ammise Michelangelo. Forse Dovizi da Bibbiena e Giulio de' Medici, come pure il pontefice, lo stavano usando per scopi ancora poco chiari, ma Raffaello era di certo in buona fede cercando come un forsennato quella fanciulla per tutta Roma. *Un... forsennato?* pensò lo scultore, con un sorriso amaro. Perché non come un... *innamorato*? Perché non aveva il coraggio di usare questa parola, riferendosi al suo rivale? Forse perché non voleva riconoscere che l'urbinate gli fosse superiore almeno in questo, nella capacità d'inseguire senza remore i propri desideri, di lasciarsi andare senza vergogna ai propri sogni? *Se tu l'avessi fatto con Agnese*, si rimproverò, *se non l'avessi lasciata andare... Forse adesso la tua vita sarebbe diversa... Migliore? Peggiore?* si chiese, poi scosse la testa. Erano domande che si faceva invano. Nessuno poteva cambiare il passato, e ogni vita seguiva il corso stabilito dal destino.

Era assorto in quelle riflessioni, quando una gomitata nel fianco lo riportò bruscamente alla realtà. Si voltò di scatto verso Raffaello, che gli stava indicando con gesti concitati lo spazio davanti al molo. Effettivamente, qualcosa era cambiato in quello scenario notturno. Michelangelo, perso nei propri pensieri, non se n'era accorto, ma da qualche istante la sagoma di un grosso carro, carico di due enormi botti e trainato da due robusti cavalli, era entrata lentamente nello slargo su cui affacciavano i magazzini, fermandosi quasi senza rumore proprio davanti al deposito che i due artisti stavano sorvegliando. Aguzzando la vista per discernere maggiori particolari, Michelangelo riuscì a distinguere due figure sedute a cassetta: una sembrava alta e magra, l'altra era di corporatura normale, vestita con una certa eleganza che contrastava col rozzo carro che conduceva. Né lo scultore né Raffaello riuscirono a vederne i volti, per la distanza e a causa dei cappelli che portavano calati sul viso.

Strano che compiano un carico o uno scarico a quest'ora di notte, pensò Michelangelo, *e in più con le visiere calate sugli occhi, come non volessero farsi riconoscere... Che siano qui per rubare?* si chiese, perplesso ma anche divertito. *Sarebbe il colmo aver fatto tutto questo per sventare un volgare furto di vino!* Quando incrociò lo sguardo del Sanzio, si rese conto che anche l'urbinate pensava le stesse cose.

In ogni modo, si acquattarono ancora meglio dietro il loro riparo, continuando a non perdere d'occhio il carro e i suoi occupanti. Nel frattempo, dai campanili di Roma stava risuonando il Mattutino.

I due uomini a cassetta restarono immobili come statue per il tempo di una decina di *pater noster*, poi iniziarono a dare segni d'impazienza, scendendo dal carro e lanciando attorno rapide occhiate.

Stanno aspettando qualcuno, valutò Michelangelo, che iniziava davvero a incuriosirsi. Anche l'attenzione di Raffaello diventò spasmodica. Il pittore era irrequieto, come presentendo che qualcosa di fondamentale dovesse accadere...

Come evocate dai rintocchi delle campane, quattro figure femminili sbucarono dal buio dei vicoli, provenendo da direzioni diverse. I due artisti, ma soprattutto Raffaello, aguzzarono la vista per distinguerne le sembianze: due erano brune, una rossa come la povera donna che avevano sezionato, un'altra era bionda ma non era la giovinetta che cercava, sebbene per età e bellezza le somigliasse molto. Cercò conferma in Michelangelo a cui indirizzò uno sguardo interrogativo, ricevendo in pronta risposta un cenno di diniego. Chiunque fosse la biondina, si vedeva anche a distanza che non aveva i lineamenti dipinti dall'urbinate.

Un po' delusi ma ancora curiosi, i due artisti non staccarono gli occhi dalla scena. Appena le fanciulle si avvicinarono alla vettura, gli uomini discesero con un agile balzo, dirigendosi sul retro del carro e aprendo il fondo delle enormi botti fissate sul pianale. Erano vuote. Senza indugio, le quattro giovinette vi salirono agilmente, due per ognuna delle botti che vennero subito richiuse. Terminata la veloce operazione, gli uomini risalirono a cassetta.

«Tra quelle giovinette *lei* non c'è» bisbigliò Raffaello, non si capiva se avvilito o rassicurato. «Ma questo non significa che non dobbiamo seguire, a distanza e con molta discrezione, quel carro fino alla sua meta. Presto, stanno per mettersi in marcia!» sibilò, tornando svelto sui suoi passi. «Dobbiamo prendere subito i cavalli!» Michelangelo lo seguì di corsa, e in un minuto furono di nuovo da Delgado e Paracelso.

«Dobbiamo seguire un carro dove sono nascoste delle ragazze, probabilmente meretrici, guidato da gente di malaffare, forse lenoni o peggio» disse l'urbinate ai due, che spalancarono gli occhi stupiti. «Potrebbe essere pericoloso, quindi nessuno è costretto a venire… Anzi, messer *Delicado*» si rivolse al prete, «voi che siete un uomo di Chiesa, e quindi non adatto a subire né a infliggere violenza, ci sareste molto più utile se galoppaste a spron battuto alla villa di messer Chigi, che vi conosce e vi riceverà subito anche a quest'ora, per avvertirlo della nostra spedizione notturna… Non possiamo sapere dove si dirigerà la vettura che seguiamo, ma quando Agostino avvertirà il pontefice e i suoi consiglieri – cosa che lo pregherete di fare immediatamente – centinaia di cavalleggeri verranno inviati a battere la campagna intorno all'Urbe, ne sono convinto!»

«Avete ragionato saggiamente, *señor Raphael*» chinò il capo Delgado. «*Siento mucho*… mi dispiace di non potervi aiutare como *hombre de armas*… come guerriero, ma sono un *siervo de Dios* ed è giusto che sia così. Cercherò comunque di assolvere al meglio la missione che mi avete assegnato» tagliò corto, montando sul suo sauro. «*Adiós, amigos!* E mi raccomando… *mucho cuidado*! Molta prudenza! *Buena suerte*!» si congedò, spronando il cavallo.

«Voi siete con me?» chiese il Sanzio agli altri due, montando agilmente sul suo baio. Come risposta, Michelangelo e Paracelso salirono in groppa alle rispettive cavalcature, seguendo l'urbinate che già si avviava al trotto, rifacendo il percorso in senso inverso.

Quando sbucarono nella zona dove avevano visto il carro, notarono che la vettura si era già allontanata di molto, ma non tanto da non riuscire a scorgere la lanterna appesa a una delle stanghe.

«Sarà bene mantenere questa distanza, in modo che non si accorgano di noi» disse Raffaello, spingendo il cavallo a velocità moderata.

I tre seguirono il carro attraverso la città addormentata, senza più parlare, quasi temessero che perfino i loro bisbigli potessero giungere alle orecchie degli uomini che stavano pedinando. Il profondo silenzio era rotto solo dal rumore degli zoccoli sull'acciottolato mentre gli artisti e il medico percorrevano il lato meridionale del Foro di Traiano. Michelangelo gettò uno sguardo alla vicina zona di Macel de' Corvi, pensando che in quel momento avrebbe potuto trovarsi a casa, a riposare tranquillo nel suo letto. *In fondo, per dormire e per morire c'è sempre tempo*, si disse poi, scrollando le spalle.

Il piccolo corteo continuò ad avanzare costeggiando il Colosseo, in direzione della Basilica di San Giovanni in Laterano. Nella notte placida, l'Urbe sembrava respirare come un'immensa creatura vetusta di secoli e probabilmente eterna, dormiente nei sogni della sua passata gloria. Libere dalla ressa degli uomini che le calpestavano ignari, distratti dalle loro faccende quotidiane, le antiche pietre parevano risvegliarsi a una nuova, misteriosa vita, sussurrando le proprie storie perdute solo in apparenza nella voragine del tempo. Michelangelo cavalcava assorto nell'ascolto di quelle arcane voci, lasciandosi cullare dal loro abissale mormorio. Cosa cercava di comunicargli l'anima senza pace di Roma, carica di gloria e santità ma anche di innominabili delitti? Voleva avvertirlo di tornare indietro, di abbandonare quella pericolosa caccia priva di senso? Oppure lo invitava a seguire il proprio destino, come aveva già fatto Firenze dodici anni prima? *Le città parlano, sono vive*, pensò Michelangelo con un brivido.

Nel frattempo l'oscura sagoma del carro aveva oltrepassato la Porta Asinaria, imboccando l'antica via Tuscolana. I due conducenti dovevano aver esibito documenti molto validi agli sbirri di guardia, perché la vettura fu lasciata passare senza indugio. Quando il piccolo corteo giunse a sua volta alla Porta, Raffaello mostrò il suo *breve* alle guardie, che gli concessero il passaggio con deferenti inchini. I tre cavalieri uscirono dalle mura cittadine e si addentrarono nel suburbio, sempre tenendo dietro al carro la cui lampada li guidava come un'errante lucciola nella notte scura.

Al fioco chiarore di un'insignificante falce di luna, i tre intravedevano ai lati della strada un paesaggio spoglio e in gran parte sterile, dove sterpi e pantani si alternavano a piccole aree coltivate, vigne e zone destinate al pascolo. Più lontano, alle pendici delle colline, c'erano querce e lecci, e ancora più in alto tigli e aceri, ma gli alberi erano del tutto indistinguibili, inghiottiti dalla tenebra color inchiostro. Stessa cosa valeva per i ruderi delle ville, dei ponti e degli acquedotti romani, per le antiche torri smozzicate, per i casali e le piccole cappelle sparsi nel suburbio, le cui sagome erano solo ombre più scure sullo sfondo della notte.

Provarono un certo sollievo lontani dalla città maleodorante, respirando a pieni polmoni l'aria pura dell'aperta campagna. Spingevano i cavalli a un'andatura irregolare, al trotto se aumentava la distanza dal carro, al passo se si avvicinavano troppo, cercando di mantenersi lontani quel tanto da non farsi notare. La luna ridotta a un misero accenno li favoriva, avvolgendoli in un manto di tenebra.

«Non ci si vede a un palmo dal naso» borbottò scontento Raffaello. «Se uno di noi prende una buca, rischia di azzoppare il cavallo, Dio non voglia! Per non parlare dei lupi. Se ci attaccassero adesso, in quest'oscurità... non voglio neppure pensarci!»

Michelangelo annuì, con un brivido. Quelle belve erano una vera e propria piaga della campagna romana, al punto che la Camera Capitolina corrispondeva premi in denaro a chiunque li eliminasse. Eppure, nonostante i pericoli e l'angoscia, lo scultore aveva sempre amato il buio della notte. Quel nero abisso lo faceva sentire piccolo, irrilevante, ma gli suscitava al contempo profondi pensieri. Da un po' di tempo si baloccava con l'idea di scolpire una statua raffigurante proprio la *Notte*, magari sotto forma di un vecchio disteso. Ma ci voleva qualcuno che gliela commissionasse, perché adesso non era in condizioni di lavorare il marmo per proprio diletto. Poteva solo cullarsi nella speranza che un giorno un mecenate lo pagasse per scolpirla, e nel frattempo immaginare qualche poesia sul tema... *O notte, o dolce tempo, benché nero*, pensò. E poi? No, per ora non gli veniva in mente nulla. L'avrebbe continuata in un secondo momento, con più calma. *Se tornerò da questa strana avventura*, si disse, improvvisamente tetro. Nulla gli assicurava che non avrebbe rischiato la vita, seguendo Raffaello nella sua folle ricerca.

Michelangelo decise di svuotare la mente da quelle tristi riflessioni, lasciandosi cullare dal regolare movimento del cavallo. Si stava quasi rilassando, carezzando con delicatezza il collo dell'animale, quando quella maledetta sensazione tornò ad angosciarlo: si sentiva di nuovo seguito. Si guardò intorno, inquieto, consapevole che sarebbe stato inutile cercare di distinguere qualcuno in quel denso oceano d'oscurità. Eppure l'impressione era forte, quasi tangibile. Lo scultore scosse la testa, come per scacciare quell'assurda ossessione. Forse quella lunga cavalcata notturna, assieme ai discorsi spettrali fatti da Paracelso, lo stavano condizionando. Tuttavia, anche a Roma aveva provato a volte la stessa agitazione...

Michelangelo decise di non pensarci più, concentrandosi per distrarsi sul secondo verso del sonetto che stava mentalmente componendo: *con pace ogn'opra sempre al fin assalta*... ecco, sì, anche questo gli sembrò bello: la notte era *pace*, e vinceva alla fine ogni fatica quotidiana. Come la notte eterna avrebbe vinto, alla fine, la fatica della vita.

Erano trascorse circa un paio d'ore quando il carro si fermò. Gli inseguitori lo capirono dal fatto che la lanterna sembrava ora immobile, sospesa nel buio. Smontarono per procedere a piedi, tirandosi dietro gli animali per le redini. Man mano che si avvicinavano, iniziarono a discernere qualche particolare: i due uomini a cassetta erano discesi dalla vettura, aiutando le quattro ragazze a uscire dalle botti. Si erano fermati davanti a una bassa costruzione che sorgeva isolata nella campagna. I due artisti e il medico rimasero acquattati nell'oscurità in attesa che le sei figure sparissero all'interno dell'edificio. Prima di chiudersi la porta alle spalle lo spilungone, l'ultimo dei sei, prese con sé la lanterna appesa al carro, facendo ripiombare tutta la scena nell'oscurità.

XXXV

Dintorni di Frascati, 21 aprile, poco dopo il Notturno

Raffaello taceva, fissando immobile il buio dove prima c'erano la casa e il carro, mentre Michelangelo e Paracelso si scambiavano occhiate interrogative. Fu lo scultore a rompere il silenzio.

«Che si fa, ora?» chiese incerto, a nessuno dei due in particolare. Forse lo domandò a se stesso. «Attendiamo che ci trovino i rinforzi inviati dal Bibbiena, sempre che Delgado riesca ad avvertire Chigi e che il banchiere riceva udienza in Vaticano a quest'ora?» propose, scettico.

«Mi sembra chiaro che dovremo sbrigarcela da soli» sussurrò finalmente il Sanzio. «Però aspettiamo ancora un po', finché non saremo sicuri che non ne arrivino altri, e che quelli entrati non tornino fuori all'improvviso.»

«Questo non potremo saperlo *niemals*... mai, *Herr Raphael*, neppure se attendiamo *bis morgen früh*... fino a domattina» replicò Paracelso. «Se decidiamo di entrare, tanto vale farlo subito.»

«Lo credo anch'io» bisbigliò Michelangelo. «Solo che dobbiamo stabilire *perché* entrare. La pista che stiamo seguendo potrebbe non avere nulla a che fare con la fanciulla che cercate, Raffaello. Potrebbe essere però legata alle strane morti su cui Leone X ha incaricato il nostro dottore d'indagare, ipotesi per la quale propendo molto di più. Potreste fare dunque un grosso servigio al papa, messer Sanzio, ma un po' meno a voi stesso. Decidete con calma se vi conviene rischiare. Se entriamo, non possiamo sapere cosa ci attende dietro quella porta. Magari un semplice convegno di puttane coi loro clienti, nel qual caso dovremmo soltanto scusarci di esserci intrufolati senza invito. Ma se invece, come penso, affronteremo qualcosa che non ci aspettiamo... a proposito, abbiamo qualche arma con noi, oltre allo spadone del dottore?»

«Anch'io ho portato qualcosa» disse Raffaello, avvicinandosi al suo baio. Da un fodero legato alla sella, nascosto da un drappo, sfilò un lungo e sottile stocco. «È del migliore acciaio milanese, e molto affilato.»

«Perdonate la curiosità...» chiese lo scultore, sorpreso, «ma... siete autorizzato a detenerlo?»

«Naturalmente» replicò l'altro, sferzando l'aria con la lama. «La licenza mi costa trenta ducati all'anno, più quattro carlini per il sigillo! Me l'ha fatta concedere Dovizi da Bibbiena.»

«E... presumo lo sappiate usare, il vostro spiedo» insisté Michelangelo, dubbioso.

«Da un paio di mesi prendo lezioni di scherma» assentì Raffaello, provando qualche affondo.

Ecco, si esercita da appena due mesi, pensò lo scultore, sarcastico. *Allora siamo a posto. Non c'è proprio limite, alla presunzione di quest'individuo!*

«E voi, *Herr* Buonarroti?» domandò Paracelso, sinceramente preoccupato. «Non avete nulla per difendervi?»

«Ho sempre usato soltanto i pugni» sorrise l'altro, anche se quando aveva affrontato l'*anatomista* i pugni non gli erano bastati. Adesso stava compiendo lo stesso errore, quello di fare affidamento solo sui propri muscoli da scultore, ed era anche meno giovane.

«*Bitte, ich möchte dir helfen*... allora voglio aiutarvi, se permettete» disse il medico, accostandosi al suo stallone bianco. Da una custodia di cuoio, trasse qualcosa di lungo e pesante. A causa del buio, i due artisti capirono cosa fosse quell'oggetto solo quando lo videro molto da vicino, e Paracelso permise loro di sfiorarlo con le dita. «Fate attenzione perché è già carico» sussurrò. Si trattava di un manufatto metallico ricco di decorazioni a rilievo, lungo circa un paio di spanne, dotato a un'estremità di un manico di legno ricurvo.

«Ma è... un'arma da fuoco!» zufolò Raffaello ammirato, seguendone al tatto il corpo finemente cesellato e la lunga canna.

«Perdiana, *domine magister*!» sussurrò Michelangelo, stupito. «Prima lo spadone, adesso questo sputafuoco... mi viene da farvi la stessa domanda che ho posto a messer Sanzio: siete autorizzato a possedere questo arsenale?»

«*Gewiss*! Certo!» annuì lo svizzero. «*Reichslizenz*... licenza imperiale, valida anche nei territori del papa. A voi, *Herr* Buonarroti» disse, porgendo l'arma allo scultore.

Michelangelo esitò a prenderla. «Veramente, dottore... io non ho mai usato un simile arnese...»

«*Kein problem*» lo incoraggiò il medico. «Questa non ha la miccia, ma *ein Feuerstein*... un acciarino. Adesso non riuscite a vedere, ma qui c'è una ruota d'acciaio, dotata all'interno di una molla che si carica con una piccola chiave. Premendo col dito la leva ricurva sotto l'impugnatura, la ruota gira *schnell*... rapidamente, sfregando contro la pietra focaia e facendo scoccare la scintilla sulla polvere nel bacinetto. *Genial,* vero? L'ha inventata proprio quest'anno un orologiaio, a Norimberga. Ho comprato uno dei primi esemplari.»

«Molto interessante» commentò Raffaello, scostando con un dito la lunga canna che Paracelso, nella foga della spiegazione, non si era accorto di avergli puntato al petto, «ma vi prego di dirigere altrove questo ordigno infernale. Ho ancora molta vita davanti, e vorrei godermela.»

«*Verzeih mir*... perdonatemi» si scusò il medico, abbassando l'arma e offrendola di nuovo a Michelangelo. «Con quest'arma potrete difendervi senza scrupoli, *Herr* Buonarroti, se infilzare un corpo umano vi suscita ribrezzo. Questa, al contrario della spada o del pugnale, colpisce *auf Distanz.*»

Già, un arnese da vigliacchi, rimuginò lo scultore, impugnandolo incerto. Aveva ragione il Sanzio a definirlo *infernale*. Tutte le moderne bocche da fuoco lo erano.

«Bene, adesso *ich ja erleichtert*... sono rassicurato» disse Paracelso, sollevato che Michelangelo avesse, seppur a malincuore, accettato l'arma. «Basta tirare verso di voi la piccola leva e... *bamm*!» ridacchiò, come un bimbo che illustrasse un nuovo gioco.

«Visto che ora siamo tutti in grado di difenderci» bisbigliò Raffaello, «direi di muoverci. Che altro aspettiamo?»

Avanzando circospetti sull'erba umida, i tre raggiunsero in pochi minuti la sagoma scura del carro, poi la facciata del basso edificio, individuandone a tastoni la porta d'ingresso. Non una luce, non un suono filtravano dall'uscio e dalle poche finestre sbarrate.

Con estrema delicatezza, Raffaello provò a spingere il vecchio uscio di legno, poi tentò la serratura con movimenti ancora più lievi, per paura di provocare il minimo rumore. «Come temevo» sibilò, contrariato. «È chiusa a chiave. E adesso come entriamo?»

«Niente di più facile» sorrise Paracelso, affiancando il pittore. Trasse una boccetta dalla borsa di cuoio che aveva a tracolla, la stappò e versò, con immensa cautela, alcune gocce del suo contenuto dentro la serratura. «Evitate di respirare *für einen Moment*... per un istante» ordinò il medico. Un fumo biancastro, dall'odore penetrante colpì le narici dei due artisti, che le protessero con i lembi delle maniche. Dopo qualche minuto, lo svizzero spinse piano la porta, che si aprì senza alcuna resistenza. «*Säure*» bisbigliò, sorridendo. «Acido, molto potente. Distrugge il metallo in poco tempo.»

Lo svizzero stava per muoversi, ma Raffaello lo afferrò per un braccio. «Perdonate, *domine magister*, ma credo sia meglio che uno di noi resti fuori, per coprire le spalle agli altri. Per affrontare quei due bastiamo io e il Buonarroti. Voi ci sarete molto più utile qui, per sorvegliare l'ingresso nel caso giungano visite inattese.»

«Ma... non potete sapere se dentro ce ne sono altri» protestò il medico, indispettito.

«Io non credo» tagliò corto il Sanzio, facendo cenno a Michelangelo di seguirlo oltre l'uscio.

Scambiata una rapida occhiata d'intesa, i due artisti entrarono nell'edificio. Lo svizzero restò sulla soglia voltando loro la schiena, palesemente offeso.

* * *

La dea dai cinque nomi veglia su di noi, pensò con devozione la giovane meretrice dai capelli biondi, acquattata nell'erba come un vigile, crudele predatore notturno. Avevano ragione i suoi sacerdoti, quando dicevano che nessuno poteva opporsi al potere mortifero di Diana. Era stata proprio lei, la nera Signora della notte a farla tornare indietro all'ultimo momento, pensò la fanciulla con un brivido, spingendola a chiedere di uscire all'aperto, per un improvviso bisogno, quando la cerimonia stava per cominciare. Se non avesse sentito lo stimolo di urinare non si sarebbe trovata là, accovacciata nel buio tra l'erba alta, quando i tre intrusi si erano avvicinati all'edificio. Ma la Signora degli Inferi aveva previsto tutto, e adesso continuava a usare il suo immenso potere per facilitarle le cose. Fino a quel momento si era infatti sentita debole e inutile, fissando impotente e rabbiosa le tre sagome scure che armeggiavano contro la porta. Eppure era tanto vicina da distinguerne al buio il numero e in parte le figure, immerse nelle tenebre come vaghe ombre. Non avrebbe potuto fare nulla per fermarli, erano troppi, e gridare sarebbe stato forse di svantaggio più che di utilità, sia per i sacerdoti che per le proprie sorelle all'interno. Solo l'effetto sorpresa avrebbe potuto favorirla, ma come? Aveva quasi ringhiato per la collera, mentre si arrovellava incerta sul da farsi, ma Diana pentaforme aveva risolto la situazione. Due degli sconosciuti erano entrati, forzando in qualche modo la porta, ma il terzo, quello più minuto, era rimasto fuori. Una preda perfetta.

La meretrice accarezzò, con prudente delicatezza, la nera pietra dell'anello che portava all'anulare sinistro. Per volontà di Ecate, la Signora della morte, aveva fatto in tempo a calzare il gioiello del sangue, l'arma funesta capace di distruggere tutti i nemici della dea. Cinque acuminate lame d'argento in grado di succhiare la vita di chiunque, con un solo piccolo graffio. Anche dello sconosciuto che ora sorvegliava la porta.

Avanzando sull'erba umida come un elegante felino dai muscoli tesi per la caccia, la fanciulla scivolò silenziosa alle spalle della sagoma ignara, protese la mano sinistra verso gli indefiniti contorni dell'uomo che le si stagliava davanti e puntò all'altezza della nuca.

Poi, una sferzata decisa dell'affilato castone incontrò la pelle della vittima. Era sempre un momento esaltante quello in cui la morte, lasciando il suo anello, confluiva nel corpo della preda sacrificale. Per quanto l'avesse provata altre volte, quella gioia era sempre unica, ineffabile.

Con uno scatto improvviso, Paracelso si voltò sfoderando lo spadone. Lo fece con più agile rapidità di quanto la sua corporatura lasciasse supporre, infliggendo alla ragazza una piattonata sulla fronte che la mandò distesa sull'erba, priva di sensi. Il medico ebbe appena il tempo di capire chi l'avesse aggredito, guardando stupito il corpo della fanciulla, quando cominciò a sentirsi male.

Lo aveva graffiato. Gli stessi *signa* che aveva visto sui cadaveri? Non doveva farsi prendere dal panico, non ora. Doveva riflettere. Il malessere si fece più acuto. Come una progressiva paralisi, e difficoltà a respirare. Così erano morti l'uomo e la donna che aveva sezionato.

* * *

L'interno dell'edificio non era completamente buio. Da una porta socchiusa filtrava una fioca lama di luce. Era lì che i due artisti dovevano andare.

Avanzarono con cautela nella semioscurità, facendo attenzione a evitare il mobilio che a mala pena intravedevano sul proprio percorso. Inciampare o urtare in qualche suppellettile avrebbe rivelato la loro presenza, un lusso che non potevano permettersi. Bisbigliando uno all'orecchio dell'altro, comunicando più a gesti che a parole, si misero rapidamente d'accordo su come procedere: chiunque fossero coloro che erano entrati, e qualunque cosa stessero organizzando, dovevano tentare di spiarli di nascosto, riservandosi il tempo per decidere il da farsi. Se fossero stati tanto fortunati da riuscire a origliare i loro discorsi, avrebbero potuto scegliere se intervenire oppure ritirarsi in buon ordine. Chiariti gli scopi di quell'intromissione notturna, Michelangelo e Raffaello spinsero con estrema delicatezza la porta socchiusa. I cardini dovevano essere ben oliati, perché si aprì senza cigolare.

Si trovarono all'imbocco di una angusta scaletta di pietra che era per fortuna rischiarata da una piccola lanterna appesa al basso soffitto. Iniziarono a scendere con cautela. Raffaello per primo, brandendo davanti a sé il suo affilato stocco. Michelangelo lo seguiva, impugnando impacciato la lunga e pesante arma da fuoco. Aveva accettato di prenderla per non contrariare Paracelso, ma non era affatto sicuro di poterla usare in caso di necessità. Non aveva mai sparato in vita sua. Al limite avrebbe potuto minacciare di farlo, oppure tirare in aria per incutere spavento. Ma colpire un uomo… era quasi certo di non averne il coraggio. Anzi, più che di mancanza di fegato, di cui l'avrebbe di sicuro accusato Raffaello, si trattava di scrupolo di coscienza. Difendersi era legittimo, ma farlo con un ordigno così devastante era un'altra cosa.

Giunti alla fine della ripida scala, i due si trovarono di fronte a un'altra porta, sovrastata da una scritta in latino: *Hac ad cellam vinariam descensus cave ne incertus ascendas*, sillabò mentalmente Michelangelo. *Una volta disceso in questa cantina, fai attenzione a non risalirne traballante*, tradusse rapido perché conosceva a memoria quella frase e il suo significato, avendola già vista altre volte. Era un divertente riferimento al potere inebriante del vino. Ma adesso, date le circostanze, gli sembrò che quel motto contenesse un significato sinistro... Con un brivido, si avvicinò a Raffaello che stava già spingendo lievemente l'uscio. Anche quello non era chiuso a chiave. Il Sanzio aprì appena una fessura, ma larga abbastanza perché i due potessero sbirciare all'interno. La fioca luce che rischiarava la scaletta filtrò oltre la porta, consentendo loro d'intravedere una vasta sala dalla quale promanava una piacevole frescura. Appena furono certi che là dentro non ci fosse anima viva, spinsero ancora un po' l'uscio e sgattaiolarono all'interno, lasciando la porta mezza aperta per usufruire della luce proveniente dalla scala.

Sbucarono in un salone dalla temperatura fresca e asciutta, sormontato da un grande soffitto a volta. Botti di tutte le dimensioni erano disposte in nicchie lungo le ampie pareti di tufo. L'odore di vino e di salnitro era intenso, penetrante.

Si tratta proprio di una cantina, come avevo immaginato dall'iscrizione sulla porta, si disse Michelangelo facendo vagare lo sguardo sulle file di botti di ogni dimensione. *Una delle tante 'grotte vinarie' che si trovano nel sottosuolo della campagna romana, ricavate dai resti di antiche cisterne. Un rifugio ideale, per dei mercanti di vino*. Ma si trattava poi *solo* di mercanti? Oppure quell'attività copriva ben altri, loschi traffici?

Con estrema cautela, i due artisti percorsero tutta la cantina fino a una terza porta. Già prima di raggiungerla, a una pertica di distanza udirono dei suoni: le note melodiose di un liuto, assieme a voci maschili e femminili.

A un tratto, un urlo disumano gelò loro il sangue, lasciandoli sbigottiti. Era stato come il verso di una strana bestia, unito al grido angoscioso di una donna. Un suono diabolico, sovrannaturale. Rimasero un istante immobili, paralizzati dallo spavento. Poi ripresero coraggio, avanzando cauti fino all'uscio.

Ci siamo, pensò Michelangelo, tormentando l'impugnatura della propria arma. Pregò intensamente di non doverla usare, mentre Raffaello lo precedeva puntando alla fessura tra la porta e il muro. Lo scultore lo raggiunse, aguzzando la vista per scrutare a sua volta all'interno.

La scena che si parò davanti ai loro occhi era cupa e terribile, sebbene niente affatto insolita: uno dei tanti riti occulti che, nonostante i rigori dell'Inquisizione, si continuavano a praticare a ogni livello sociale, da quello dei più rozzi contadini fino ai più alti gradi della nobiltà. Spesso erano solo un pretesto per rendere più eccitanti le orge, ma nei casi peggiori il loro svolgimento prevedeva sacrifici di sangue, di animali e a volte anche di esseri umani, soprattutto di bambini non ancora battezzati.

Sul pavimento della grotta c'era un tappeto scuro con ricamata una stella argentea a cinque punte, al termine di ognuna delle quali torreggiava un grosso cero nero ancora spento. L'unica fonte di luce era infatti, al momento, una piccola lanterna fissata a un chiodo nella roccia. Alla sua tremolante fiammella gli artisti distinsero due figure, una di corporatura normale e l'altra assai più alta e magra. Indossavano lunghe cappe nere, i volti celati da ampi cappucci. Michelangelo si stava giusto chiedendo se fossero gli stessi individui che avevano guidato il carro, quando i due sparirono oltre una porticina sul fondo semibuio della grotta. Tornarono dopo qualche minuto, sostenendo per le braccia una fanciulla nuda dall'andatura barcollante, coi grandi occhi azzurri vitrei, fissi nel vuoto come fosse ubriaca o sotto l'effetto di qualche narcotico.

«È *lei*!» sibilò Raffaello, spalancando l'uscio e balzando nella grotta prima che Michelangelo potesse fermarlo. *Dannato pazzo!* imprecò fra sé lo scultore, maledicendo l'irruenza dell'urbinate. Ma ormai non aveva altra scelta che seguirlo, alzando il suo ordigno in posizione di sparo.

Appena videro gli intrusi, gli incappucciati lasciarono cadere la ragazza che si afflosciò sul tappeto come un sacco vuoto, restando in ginocchio col capo riverso in avanti.

«Vogliamo solo portarla via» si rivolse il Sanzio ai due sconosciuti, nel tono più calmo e conciliante che riuscì a impostare in quell'assurda situazione. «Se non ce lo impedite, nessuno resterà ferito. E noi dimenticheremo di avervi visto, parola di gentiluomo.»

Bel discorso, ma dubito che servirà, si disse scettico Michelangelo mentre teneva sotto tiro le due figure in nero, alternando la canna dell'arma dall'una all'altra. Forse la minaccia di quell'ordigno aveva una certa efficacia, pensò un po' rincuorato, osservando che i due sconosciuti fremevano ma si trattenevano dal muoversi.

A un tratto, una *misericordia* apparve come per magia nella destra dell'incappucciato più vicino all'urbinate. Il Sanzio se ne accorse, alzando lo stocco in posizione di guardia. Michelangelo, che per seguire la scena aveva distolto un istante lo sguardo dallo spilungone che aveva di fronte, si avvide che adesso impugnava anche lui un piccolo pugnale, e che aveva fatto un passo nella sua direzione. Gli puntò contro la lunga arma da fuoco, l'indice contratto sulla levetta di sparo. L'incappucciato esitò, tormentando l'elsa della *misericordia*. Poi fece un altro passo, sollevando un po' il pugnale. Evidentemente, pensò lo scultore angosciato, la sua titubanza a sparare lo aveva incoraggiato a farsi avanti. Senza perderlo d'occhio, lanciò una rapida occhiata a Raffaello. Il pittore stava ancora fronteggiando il suo avversario, tenendolo a distanza con la punta dello stocco. *Potrebbe infilzarlo facilmente*, rifletté Michelangelo, *ma forse neppure lui ha il coraggio di versare sangue umano, né si sente così abile da essere sicuro di ferirlo soltanto... Abbiamo entrambi paura di uccidere. Se questi lo capiscono, saremo noi a morire.*

All'improvviso, nella mente gli balenò un'idea per uscire da quella pericolosa situazione di stallo, guadagnando entrambi un vantaggio sugli avversari.

«Guardali bene» bisbigliò al pittore. «Osservane la posizione» aggiunse, facendo al contempo un rapido cenno verso la lanterna. Raffaello comprese al volo, con un sorriso d'assenso. Michelangelo non ebbe il tempo di prendere con cura la mira. Era la prima volta che usava quell'affare, ma sperò di non essere tanto impacciato da sbagliare il colpo, perché non avrebbe avuto un'altra occasione. In fondo il bersaglio era vicinissimo...

La fiammata brillò e la detonazione riecheggiò tra le pareti della grotta. La lanterna s'infranse, facendo piombare tutti nel buio. Fu questione di un istante. Gli incappucciati si ritrovarono all'improvviso ciechi, ma i loro avversari no. Anni e anni di lavoro artistico li avevano abituati a imprimersi nella mente, in pochi attimi, la forma di qualsiasi figura, a memorizzarne la posizione nello spazio. Quando la grotta piombò nell'oscurità, Michelangelo e Raffaello continuarono a *vedere* i loro avversari come se fossero ancora in piena luce. E poterono quindi attaccarli.

Lo scultore si tuffò rapido verso le gambe dello spilungone, abbrancandole e tirandole verso di sé, udendo il sibilo del fendente che l'uomo, convinto di colpire un corpo in piedi, aveva inferto nel vuoto. Il suo avversario perse l'equilibrio e si abbatté sul tappeto con un tonfo sordo. Nello stesso momento, il Buonarroti sentì un urlo soffocato provenire dal buio alla sua destra. Pregò non fosse quello di Raffaello. Strinse ancora per un istante le gambe dell'uomo caduto, che però non si mossero. Doveva aver battuto la testa, perdendo i sensi. *Spero di non averlo ammazzato*, pregò di nuovo. Non ci teneva ad avere morti sulla coscienza.

«Tutto bene, Michelangelo?» bisbigliò finalmente la voce dell'urbinate.

L'altro sorrise nel buio, sollevato. «Sono vivo e sano. Spero lo stesso di voi.»

Stava aspettando la risposta del Sanzio, quando una luce rischiarò di nuovo la grotta. Veniva dalla porticina sul fondo, che si era appena spalancata lasciando irrompere altre due figure vestite di cappe e cappucci neri. Una era colossale, una specie di gigante, l'altra invece bassa e tarchiata. Brandivano entrambe una lunga spada da canto nella mano destra, e una potente lanterna nella sinistra.

Niente più oscurità, e niente più arma da fuoco, pensò Michelangelo, alzandosi in piedi e lanciando a Raffaello un'occhiata di sgomento. L'urbinate aveva appena sfilato la lama dello stocco dal corpo immobile del suo avversario, disteso bocconi ai suoi piedi. *È riuscito ad atterrarlo*, si disse lo scultore con un sospiro di sollievo. Il pittore sembrava scosso ma in apparenza illeso. Un grande strappo sul suo corsetto, dove il pugnale dell'incappucciato l'aveva raggiunto, mostrava le fitte maglie di una *torca*, un corsetto metallico che l'aveva protetto dal colpo.

I nuovi venuti valutarono rapidamente la situazione, poi avanzarono in guardia verso i due artisti. Michelangelo e Raffaello furono costretti ad arretrare davanti alle affilate lame che gli sconosciuti brandivano da provetti spadaccini. Di fronte a una stoccata di punta, anche la torca dell'urbinate sarebbe stata inutile. Il Sanzio tentò un affondo, ma la guizzante lama del suo avversario lo disarmò all'istante. *E dire che prendeva lezioni di scherma da due mesi*, sospirò lo scultore, rassegnato. Ma ciò che lasciò senza fiato gli artisti fu l'improvvisa sortita di tre bellissime fanciulle nude, che portavano tutte all'anulare della sinistra lo stesso gioiello: un anello dalla pietra nera e dall'argenteo, luccicante castone a cinque punte. Due di loro avevano splendidi capelli neri, la terza una magnifica chioma rossa. Quando le due figure in nero raggiunsero il punto dove giaceva la giovinetta accasciata, quella coi capelli rossi l'abbracciò da dietro, con apparente tenerezza, tenendola ritta e portandole alla gola la mano che calzava l'anello. Le altre due affiancarono gli incappucciati, ghignando e protendendo verso gli intrusi i loro gioielli.

Forse Leone X non ha avuto tutti i torti, ordinando all'Inquisizione una grande caccia alle streghe, pensò Michelangelo, mentre un brivido gelido gli correva lungo la schiena. *Più che un'arma da fuoco, Paracelso avrebbe fatto meglio a darmi un Crocifisso*, rimuginò, disperando di poter lottare nello stesso tempo contro spade e sortilegi... *Libera nos a malo*, recitò, muovendo le labbra in una muta, disperata preghiera.

In seguito, ricordando quel momento, lo scultore si convinse che Domineddio dovesse averlo udito, rispondendo alla sua implorazione.

Pochi istanti prima che le lame degli incappucciati li inchiodassero alle pareti della grotta, la porta che dava sulla cantina si spalancò all'improvviso, lasciando irrompere un manipolo di uomini armati di balestra. I due artisti fecero appena in tempo a udire il ronzio delle corde e il sibilo dei dardi. Il gigante, il tarchiato e le due ragazze brune furono trafitti in più punti dalle micidiali quadrelle, abbattendosi al suolo senza un lamento. Ignorando i suoi salvatori, Raffaello si lanciò verso la fanciulla rossa che stringeva ancora l'oggetto di tutto il suo ardente, inappagato desiderio.

Arrivò troppo tardi.

Entrambe le giovinette stavano agonizzando. Sulla gola avevano un lungo, profondo graffio sanguinante.

«Oscura Signora dai cinque nomi, accoglimi nel tuo corteo e maledici la traditrice!» farfugliò la rossa con voce soffocata, prima di smettere di respirare. La bionda che il Sanzio aveva ritratto con tanta amorosa immaginazione, affidandosi alla sua prodigiosa memoria visiva, spirò invece in silenzio tra le braccia del pittore. Nonostante gli azzurri occhi sbarrati, e un'espressione di angosciata sofferenza sul viso cereo, era proprio come l'urbinate l'aveva dipinta. Pietosamente, Raffaello le abbassò le palpebre.

Michelangelo, che si era gettato sul tappeto appena i balestrieri avevano cominciato a tirare, raggiunse subito il pittore. Quando si rese conto di ciò che era accaduto, gli poggiò una mano sulla spalla, ma l'altro sembrò non accorgersene. Immobile e pallido come una statua, era assorto nella contemplazione del bianco volto della defunta. Sembrava un morto anche lui.

«Perdonate, *Herr* Buonarroti» si rivolse allo scultore, con un marcato accento alemanno, un gigantesco giovane dai corti capelli biondi e dai glaciali occhi azzurri. «Kaspar Röist, *Stellvertretender Kommandant*... vicecomandante della Guardia svizzera» si presentò. «Siete feriti, voi *und Herr* Sanzio?»

«No, stiamo bene» lo rassicurò Michelangelo, dopo aver osservato con attenzione Raffaello. L'ufficiale annuì. Il suo viso spigoloso e la mandibola squadrata sembravano scolpiti nella pietra. «Eravate voi a seguirci?» gli chiese lo scultore, sebbene immaginasse già la risposta.

«*Jawohl*, da quasi due giorni» annuì di nuovo lo svizzero. «Ordine del *Kardinal* Dovizi da Bibbiena, per la vostra sicurezza.»

«Già, siete arrivati appena in tempo» mormorò Michelangelo, lanciando uno sguardo agli altri ragazzoni biondi che stavano controllando i corpi dei caduti.

«*Einer lebt noch, Herr Kommandant*» sussurrò a Röist uno degli armigeri. «Ce n'è uno ancora vivo» tradusse l'ufficiale ai due artisti. *Bene, allora non l'ho ammazzato*, pensò sollevato lo scultore, vedendo che si trattava dello spilungone che aveva scaraventato a terra.

L'uomo si stava appena riprendendo, scuotendo la testa confuso mentre due svizzeri gli legavano le mani dietro la schiena. All'improvviso, Raffaello parve risvegliarsi dal suo profondo torpore. Lasciò il cadavere della giovinetta e si lanciò come una furia sul prigioniero, afferrandolo alla gola. «Dimmi il nome di quella fanciulla! Voglio saperlo!» gli ringhiò indicando la bionda, mentre una smorfia feroce gli deturpava il volto. «Dimmelo subito o ti ammazzo!» Le due guardie dovettero faticare non poco per togliergli l'uomo dalle grinfie.

«Si chiama... si chiama Agnola» borbottò lo spilungone con voce roca, ancora confuso e mezzo soffocato.

«Si *chiamava*, bastardo!» singhiozzò l'urbinate, colpendolo con violenza sul viso. Poi si divincolò dagli armigeri che tentavano di trattenerlo, tornando ad accovacciarsi accanto al corpo della fanciulla. Quando Michelangelo lo raggiunse, stringendogli un braccio, Raffaello lo fissò con occhi vacui, come se non lo vedesse. «Darò il suo volto a una delle mie *Madonne*, mormorò, con un sorriso triste. «Giuro che lo farò, e sarà la più bella di tutte.»

«Se volete seguirmi fuori...» li invitò Kaspar Röist, mentre i suoi uomini iniziavano a sgomberare la grotta dai cadaveri. Michelangelo dovette insistere per staccare l'urbinate da Agnola, riuscendo a portarlo via solo dopo una straziante lotta. «La faremo seppellire con tutti gli onori, con la benedizione del Santo Padre» gli sussurrò per convincerlo. *Del resto*, si disse, *non sarà la prima meretrice a ricevere una sepoltura cristiana. Forse lo merita più di tante altre.*

Quando uscirono dall'edificio, lo scultore vide con gioia che Paracelso era incolume. Si era quasi dimenticato di lui nella concitazione degli ultimi minuti. Stava spalmando un unguento sul bernoccolo che ornava la fronte di un'altra bellissima fanciulla nuda dalla chioma bionda, semisvenuta, alla quale una guardia svizzera stava legando le mani.

«Tutto bene, *domine magister*?» gli chiese premuroso. «Vedo che gli armigeri vostri compatrioti vi hanno ben protetto.»

«*Nein*, *Herr* Buonarroti, niente affatto» scosse la testa un giovane soldato. «*Wir kamen nach*... noi siamo arrivati dopo. *Herr Doktor* si è difeso da solo.»

«*Dieser kühne Krieger*... questo baldo guerriero mi ha tolto di bocca le parole che, per modestia, avevo pudore a pronunciare» confermò il medico, strizzando l'occhio alla guardia svizzera. Ma non disse nient'altro. Ciò che era accaduto doveva restare un segreto.

Quando il torpore delle membra era aumentato, e i polmoni avevano cominciato a pompare aria con sempre maggiore difficoltà, Paracelso aveva avuto la certezza di stare per morire. Qualunque ne fosse il motivo, veleno o sortilegio, non c'era stato tempo da perdere. Con movimenti frenetici, aveva svitato il pomo della sua spada. Conteneva ancora poche gocce dell'*Azoth*, la medicina universale, un potente rimedio per curare ogni male. Un farmaco che aveva sempre nascosto, perché quella sostanza era pericolosa, imprevedibile, poteva guarire quanto uccidere, e lui stesso non sapeva come controllarla. Gli ci erano voluti anni di tentativi per distillarla, e gliene restava pochissima da quando un suo allievo, somministrandola a un paziente a sua insaputa, l'aveva ucciso ed era stato giustiziato. Con le ultime forze che gli restavano, aveva accostato il pomo alle labbra, sperando che quelle poche gocce bastassero a salvarlo... oppure a ucciderlo, restituendo il suo corpo astrale alla Natura e la sua anima immortale a Dio...

Elevando un'ultima, muta invocazione allo Spirito universale, Paracelso aveva bevuto.

E noi che l'avevamo sottovalutato, pensò Michelangelo, ammirato. *Invece è riuscito perfino a catturare una di quelle temibili meretrici.* Raffaello invece passò davanti al dottore senza degnarlo di uno sguardo, perso nei suoi pensieri.

«*Das freche Blonde*... questa bionda birichina voleva ammazzarmi» sorrise Paracelso a Michelangelo, continuando a ungere con delicatezza il livido rosso-bluastro della giovinetta. «Ma sono un medico. Quindi, dopo averla colpita, è mio dovere curarla» ridacchiò. Dopo che l'armigero ebbe portato via la ragazza, trasse da un astuccio un anello uguale a quelli calzati dalle tre fanciulle morte, maneggiandolo con estrema prudenza.

«Credo di aver scoperto qualcosa di molto *interessant*...» mormorò sovrappensiero, quasi parlasse a se stesso, mostrando allo scultore lo strano gioiello. «Devo studiare la questione, prima di esserne sicuro, però... No, non toccatelo!» s'interruppe allarmato, allontanando l'oggetto dalla mano che lo scultore aveva teso per prenderlo. «Credo sia *sehr gefährlich*... molto pericoloso. Ma devo ancora scoprire il perché.»

Michelangelo annuì, mentre le guardie svizzere caricavano i cadaveri e i due prigionieri sul loro stesso carro. Poi sospirò, alzando lo sguardo al cielo: era ancora nero, ma adesso l'oscurità non gli faceva più paura.

Non era sicuro che, tornando a Roma, avrebbe finalmente ricomposto tutte le tessere di quel misterioso mosaico. Troppi dubbi erano ancora da chiarire. Solo di una cosa era certo: in Vaticano gli dovevano molte spiegazioni, e aveva tutta l'intenzione di pretenderle.

XXXVI

Palazzo Apostolico, verso l'ora terza

Mentre seguiva la guardia svizzera che lo scortava lungo lo splendente scalone di marmo, diretto agli appartamenti papali, Michelangelo si sforzava di non sbadigliare, coprendo la bocca con la mano ogni volta che il torpore riprendeva il sopravvento. Si sentiva ancora stanco e mezzo addormentato a causa della veglia e della tensione della notte trascorsa. Il grave pericolo a cui era scampato, ancora vivido nella sua mente, non gli aveva consentito di chiudere occhio anche quando era tornato a casa, cercando invano qualche ora d'oblio tra le coltri. Frammenti delle immagini di quella tetra grotta, di quella blasfema cerimonia e del massacro che l'aveva insanguinata continuavano a scorrergli davanti agli occhi, sia chiusi che aperti, come se si trovasse ancora al buio tra le sue umide pareti. Aveva passato molto tempo con gli occhi sbarrati fissi al soffitto, rimuginando mille domande mentre il sonno non si decideva ad arrivare... Doveva essersi assopito solo dopo un paio d'ore, smaniando e rigirandosi sul giaciglio in un dormiveglia malsano, popolato d'incubi e oscuri terrori...

Era stato quasi un sollievo, nonostante quel breve sonno agitato non fosse bastato a fargli recuperare le forze, quando un messo papale era venuto a bussargli con insistenza all'uscio, convocandolo d'urgenza in Vaticano. Aveva avuto giusto il tempo di sciacquarsi il viso. Di vestirsi non c'era stato bisogno, perché al brusco risveglio si era accorto di essersi gettato sul letto con gli abiti addosso. Era stato anche sorpreso di trovare il magnifico baio di Raffaello nella stalla, perché non ricordava di averlo ricoverato là rientrando a casa.

Sperò che quella urgente convocazione servisse a chiarire, se non tutti, almeno la maggioranza dei dubbi che lo tormentavano. Aveva rischiato la vita per giungere all'epilogo di quell'intricata faccenda, ammesso che fosse davvero chiusa. Ora voleva sapere *perché.* Qualche idea se l'era già fatta, ma aveva bisogno di conferme. Si augurò che in Vaticano la pensassero allo stesso modo mentre la guardia svizzera gli apriva la porta della sala da pranzo del papa, invitandolo a entrare con un profondo inchino.

Oggi pare che gli armigeri mi rispettino di più, si disse lo scultore, un po' stupito. *Forse il vicecomandante Kaspar Röist ha fatto in tempo a raccontare le mie eroiche gesta al resto della truppa*, pensò ironico, avanzando a passo deciso all'interno della vasta sala.

Seduti alla grande tavola della mensa pontificia, Giulio de' Medici e Dovizi da Bibbiena lo salutarono con cordiali gesti e sorrisi di benvenuto. Sembravano molto allegri e soddisfatti.

«Salve, Buonarroti, siamo lieti di rivedervi» esordì per entrambi il cardinale Giulio. «Ma prego, accomodatevi.»

«Anch'io sono lieto di essere ancora vivo, e soprattutto abbastanza integro da potermi inchinare alle vostre Eminenze» borbottò sarcastico Michelangelo, sedendosi dopo aver piegato appena il capo.

«A noi pare che siate assolutamente illeso» intervenne il Bibbiena, con aria di sufficienza. «Vi siete dimostrato molto forte, e resistente alle avversità.»

«Sempre con l'aiuto di Domineddio» replicò lo scultore, gelido. «Non devo certo essere io a insegnarlo a voi, Eminenza.»

«No, certo che no» disse il capitano generale, brusco. «Ma non dimenticate che il Signore ha agito anche attraverso il manipolo di guardie scelte che vi ho assegnato come angeli custodi qui in Terra, senza nulla togliere a quelli del Cielo, e che non vi hanno abbandonato un istante da quando avete iniziato la vostra missione...»

«Missione che non sapevo neppure di stare compiendo, Eminenza» sospirò lo scultore, senza preoccuparsi di nascondere una smorfia di disappunto. «O meglio, che credevo di svolgere per ben altri scopi... A questo proposito avrei da porvi, se mi è lecito, una domanda che mi tormenta dalla scorsa notte. Ne ho anche molte altre, sebbene mi renda conto che non tutte, per motivi di segretezza, potranno ricevere la soddisfazione di una risposta. In ogni modo... posso cominciare con la prima?»

Dopo aver scambiato una rapida occhiata con il Bibbiena, Giulio de' Medici lo invitò a parlare con un solenne gesto. «Chiedete pure senza timore, Buonarroti. In fondo, vi abbiamo convocato *anche* per questo. Noi e il Santo Padre riteniamo equo che, oltre al ringraziamento per i servigi resi alla Chiesa mettendo a repentaglio la vostra vita, meritiate anche un chiarimento su tutto ciò che è accaduto, nei limiti in cui non metta a rischio la sicurezza di Sua Santità e del suo Regno.»

«Il mio primo dubbio è facile da risolvere, e non credo vi

costringa a violare alcun segreto di Stato» sorrise lo scultore. «Sono stato il solo a non essere messo al corrente della vera natura del compito assegnatomi? Raffaello e Paracelso mi sono sembrati altrettanto ignari, o meglio parzialmente informati su ciò che stavano facendo, ma su questo vorrei una conferma da voi. Sapete, in questi giorni ho imparato a non fidarmi di nessuno...»

«I vostri compagni non vi hanno mentito» replicò il Bibbiena. «Ognuno di voi conosceva poche tessere del mosaico, giusto quelle necessarie a ricoprire il proprio ruolo, e infatti neppure mettendole insieme siete riusciti a comprendere il fine ultimo della vostra ricerca. Ma vi assicuro che ciò è stato fatto, oltre che per garantire un'adeguata segretezza, anche per tutelare voi stessi, evitando di mettervi a parte di questioni troppo grandi per due artisti e un medico.»

Stai a vedere che adesso devo pure ringraziarli, per averci mandato bendati allo sbaraglio, mugugnò tra sé Michelangelo. «E credete sia opportuno, Eminenze, che io possa conoscere l'intero... mosaico?» accennò esitante, già immaginando la risposta.

«No, non è affatto opportuno» rispose il Bibbiena in tono secco. «Comprenderete, Buonarroti, che si tratta di una faccenda assai delicata, e in parte ancora in corso di svolgimento... No, non abbiate timore» sorrise, notando l'espressione smarrita dell'artista, «la vostra parte è terminata, avete già dato ampiamente il vostro contributo, e nel migliore dei modi. Il resto spetta a noi e ai nostri uomini» aggiunse, scambiando un'altra occhiata col cardinale Medici. «Come vi ho detto prima, è molto meglio che non siate al corrente di certi segreti. Meglio per voi, intendo.»

A Michelangelo parve di sentire una vaga minaccia nelle parole del cardinale. Tacque per un lungo istante, meditando su come rispondere. Quell'ultima frase non gli era affatto piaciuta.

«Possiamo rivelarvi che il pericolo che avete affrontato» intervenne Giulio de' Medici in tono conciliante, avvedendosi dell'aria contrariata dello scultore, «era parte di un piano più vasto – almeno così crediamo, perché neppure noi ne abbiamo ancora prove certe – ordito contro la Chiesa e la persona stessa del Santo Padre... Grazie a Dio, il pontefice è riuscito a scongiurare la calamità che stava per abbattersi su tutti noi. Un po' come Leone IV, suo lontano predecessore, riuscì con una benedizione a spegnere il terribile incendio del rione Borgo, a pochi passi dalla Basilica di San Pietro» aggiunse, indicando la grande parete con l'affresco dipinto da Raffaello su quell'antico, famoso miracolo. «Anche nel nostro caso, sono state soffocate sul nascere fiamme molto pericolose.»

Michelangelo lanciò un'occhiata distratta all'affresco. *Anche qui ha copiato smaccatamente il mio stile*, pensò, guardando stizzito le torsioni e il rilievo muscolare dei personaggi.

«A proposito di Raffaello» disse lo scultore, guardandosi intorno perplesso. «Qui non lo vedo, e neppure Paracelso. Non li avete convocati, oppure stanno per arrivare?»

«Il Sanzio si è scusato di non poterci onorare della sua presenza, a causa di un'indisposizione» rispose Giulio, alzando le spalle con fare indifferente. «Bisogna capirlo. Non è forte come voi, Buonarroti, ed è ancora molto provato dall'esperienza della notte scorsa.»

Ma Michelangelo sapeva che l'indisposizione era solo un pretesto. Già di ritorno da quella grotta degli orrori, lungo la

Tuscolana, Raffaello si era confidato con lui, sfogando tutta la sua rabbia. Era convinto che, se in Vaticano gli avessero detto di più sulla ricerca di cui era stato incaricato, l'assassinio di Agnola avrebbe potuto essere evitato. Agire all'oscuro dei gravi pericoli che la ragazza correva gli aveva impedito di salvarla.

Questo aveva mormorato allo scultore con la voce rotta, schiacciato dallo scrupolo e dal rimorso. A nulla erano valse le ragioni che Michelangelo aveva prodotto per confortarlo, per non farlo sentire colpevole. Raffaello gli era parso inconsolabile. Era normale che non volesse incontrare quelli che considerava corresponsabili della morte della fanciulla.

«Riguardo al Sanzio, Eminenze...» riprese, un po' imbarazzato, «mentre tornavamo a Roma mi ha manifestato un desiderio, una supplica da indirizzare al Santo Padre... Vorrebbe la dispensa per poter seppellire la meretrice chiamata Agnola in terra consacrata. Visto che ora non è qui per richiedere tale grazia, lo faccio io al suo posto» concluse, sollevato come se si fosse cavato un dente marcio. Per se stesso non si sarebbe mai umiliato così, ma per Raffaello sentiva di doverlo fare. Gliel'aveva promesso. In realtà gli aveva promesso anche la benedizione della salma da parte di Leone X, ma non aveva avuto il coraggio di proporlo ai due cardinali, anche perché immaginava già la risposta.

«Vedremo» rispose Giulio de' Medici, con un gesto d'insofferenza. «Si trattava pur sempre di una prostituta, anche se non sappiamo ancora quale fosse il suo ruolo nella setta demoniaca che ci avete aiutati a sgominare» aggiunse, tenendosi sul vago.

«Non avete saputo nulla dall'altra ragazza, quella catturata da Paracelso?» chiese Michelangelo, sperando che il cugino del papa si sbottonasse almeno un po'.

Il vicecancelliere scosse la testa. «Da ciò che mi riferiscono gli inquisitori, non ha ancora detto nulla sulle altre ragazze e su quei quattro uomini. Non ha fatto altro che invocare i suoi demoni» si segnò il cardinale, abbassando la voce, «resistendo in maniera incredibile alle torture e maledicendo i giudici, urlando che Diana la renderà immortale e giovane in eterno.»

Lo scultore, approfittando della maggiore apertura al dialogo mostrata dal porporato, avrebbe voluto chiedere anche dell'uomo preso vivo, ma rinunciò per timore di suscitare di nuovo, con domande troppo indiscrete, la reticenza del cardinale.

«E Paracelso?» domandò invece, cambiando discorso. «Anche lui è indisposto?»

«No» sorrise il Bibbiena, «è impegnato nei suoi esperimenti al San Giacomo dove sta sezionando ed esaminando, coi suoi misteriosi procedimenti spagyrici, il cadavere di una delle meretrici...»

«Spero non quello di Agnola!» esclamò Michelangelo, mordendosi subito dopo la lingua. Non voleva mostrare di avere anche lui, in fondo, una certa compassione per la defunta. Ma Raffaello ci sarebbe rimasto malissimo, se gli avessero restituito in pezzi il corpo della sua amata. Il capitano generale scosse la testa. «No, della rossa» rispose laconico, mentre l'artista emetteva un lieve sospiro di sollievo.

I due prelati tacquero, e lo scultore li osservò incerto. Non sapeva se gli convenisse insistere con i quesiti, oppure rassegnarsi a rimanere all'oscuro di tante, troppe cose. Era curioso di conoscere gli scopi segreti di quella diabolica setta, mentre l'immagine dello strano anello mostratogli da Paracelso gli balenava ancora davanti agli occhi. Qualcosa gli diceva che le lame del suo castone fossero collegate ai graffi che aveva visto sul collo di Agnola e della sua assassina, entrambe morte per cause misteriose, e a quelli notati da Paracelso sui cadaveri dell'uomo d'arme e dell'altra meretrice che aveva esaminato. Sortilegio? Michelangelo non credeva a certe cose. Veleno? Ma quale tossico poteva agire mediante una semplice abrasione, e con tanta micidiale velocità? Aveva la netta impressione che i due cardinali non gli avrebbero rivelato altro, ammesso che ne sapessero più di lui su quell'oscura faccenda. Stavano giocando a carte coperte, e nessuno voleva svelare agli altri le proprie.

«Bene, mi sembra che abbiamo finito» disse infatti il Bibbiena, alzandosi dal suo seggio. «Andate con Dio, Michelangelo, che vi renderà merito per tutto ciò che avete fatto in difesa della Sua Chiesa. Tra le altre cose, avete impedito un'inutile persecuzione di streghe che rischiava di mettere a rumore l'intera Urbe, quindi tutta la città dovrebbe esservi grata.»

«Con grande gioia e sollievo del Santo Padre e di Tommaso de Vio» sorrise il cugino del papa.

«E grande delusione di Bartolomeo Spina» ridacchiò il Bibbiena, ammiccando all'altro cardinale. Michelangelo li guardò perplesso, senza capire a cosa si riferissero. «Ora devo recarmi in udienza dal Santo Padre» concluse il capitano generale. «Vuole che mi occupi personalmente dell'esecuzione dei due criminali eretici che voi, *con l'aiuto delle mie guardie svizzere*» sottolineò, in tono leggermente polemico, «avete assicurato alla giustizia. Sua Santità vuole uno spettacolo esemplare, con immenso concorso di folla. Venite con me, Giulio?»

«Fra qualche istante, caro Bernardo» gli sorrise il Medici. «Vorrei parlare ancora un attimo con Michelangelo, riguardo a una questione di famiglia... Si tratta della facciata per la chiesa di San Lorenzo a Firenze...»

«Capisco» annuì il Bibbiena, congedandosi dal prelato. Poi uscì a passo svelto, senza degnarsi di salutare lo scultore.

Michelangelo, rimasto solo col vicecancelliere, ebbe un fremito. Nonostante tutto ciò che era accaduto nelle ultime ore, l'ultima frase di Giulio de' Medici l'aveva messo in grande ma piacevole agitazione, cancellando in un attimo tutti gli orribili ricordi che lo ossessionavano. Leone X si era forse deciso, per ricompensarlo degli ultimi servigi, a stipulare il contratto per San Lorenzo?

«Se il Santo Padre intende onorarmi di una committenza» disse, anticipando il cardinale, «io per me sono pronto a iniziare, anche subito. Il tempo di arrivare a Firenze e...»

«Anche di questo riparleremo, a tempo debito» lo interruppe Giulio de' Medici, con un gesto d'impazienza. «In realtà, Buonarroti, la questione della facciata era un pretesto per conversare con voi lontano dalle orecchie del capitano generale.»

Lo scultore, deluso ma improvvisamente curioso, aggrottò la fronte, fissando attento il volto del cugino del papa.

«Io e Sua Santità abbiamo discusso a lungo dopo aver ricevuto le ultime trascrizioni degli interrogatori» riprese Giulio de' Medici, pensoso. «Quello dell'unico uomo sopravvissuto riporta particolari molto... sì, diciamo *illuminanti* sull'intera faccenda. Credo che Dovizi da Bibbiena non sarebbe affatto d'accordo a rivelarvene il contenuto, ma... Ecco, proprio di questo io e il Santo Padre abbiamo parlato. Vedete, caro Michelangelo, non ve l'abbiamo mai detto ma... noi Medici apprezzammo molto il vostro silenzio su quella questione di tanti anni fa... sì, il caso dell'*anatomista*. Una faccenda che, se divulgata, avrebbe messo in serio imbarazzo la nostra famiglia. All'epoca capimmo che siete un uomo leale e coraggioso, cosa che avete ampiamente dimostrato anche adesso, ma soprattutto che sapete mantenere un segreto. Per questo io e il papa riteniamo che abbiate il diritto di leggere questo» mormorò, traendo dalla tonaca un foglio di pergamena ripiegato. «Si tratta di uno stralcio del verbale dell'interrogatorio dell'uomo che avete catturato, uno spagnolo originario di Veguer, che dopo alcune sessioni di *rigoroso esame* ha reso piena e completa confessione dei suoi misfatti. Contiene la risposta a tutti i legittimi dubbi che questa strana vicenda ha suscitato sia in voi che in noi. Riguardo ad altre vicende probabilmente collegate a questa, sono dolente di non potervene informare. Ne siamo al corrente in pochissimi, per il momento, ma vi assicuro che tra qualche mese le conoscerà tutta Roma, anzi tutta Europa. Per ora potrete sapere per cosa avete rischiato la vita. Perciò leggete, soprattutto gli ultimi tre capoversi» lo invitò, porgendogli il documento. «La trascrizione è stata fatta in toscano dal notaio dell'inquisitore, ma giusto per tradurre poche parole dato che il reo, nonostante sia spagnolo, sembra conoscere bene la nostra lingua. Ah, dimenticavo...» aggiunse, prendendo dal tavolo una clessidra e rovesciandola. «Vi consentirò di averlo sott'occhio finché tutta la sabbia sarà scivolata in basso» sospirò, facendo vagare lo sguardo sui magnifici affreschi della grande sala. «A tempo scaduto ritirerò questo foglio per sempre, e voi dovrete dimenticarvi della sua esistenza. Siamo intesi?»

Michelangelo annuì, iniziando a leggere.

Io, Alonso Clavijo di Veguer, costituito personalmente in giudizio, e inginocchiato avanti a voi, Padre Inquisitore, e Monsig. Vicario & c., avendo avanti gli occhi miei li sacrosanti Evangeli, quali tocco con le mie proprie mani, conoscendo che niuno si può salvare fuori di quella fede quale tiene, crede, predica & insegna la Santa, Cattolica & Apostolica Romana Chiesa, contro la quale confesso, e mi dolgo d'aver gravemente errato, implorando i reverendi padri di non spazientirsi se la mia premessa sarà lunga, poiché il disgraziato cammino che ha condotto me e i miei tre compagni alla rovina, per cupidigia di ricchezze, inizia da lontano, dichiaro quanto segue:

che nella città di Palos, nei domini delle Maestà Cattoliche, venticinque anni or sono Bartolomé de Torres, cittadino di quel borgo, uccise con una coltellata l'esattore delle imposte Juan Martín, e che per tale delitto fu imprigionato e condannato a morte. Che io, sottoscritto Alonso Clavijo, e i miei compagni Juan de Moguer anch'egli di Palos, e Pedro Izquierdo della vicina località di Lepe aiutammo il detto Bartolomé a fuggire dal carcere, e fummo pertanto condannati anche noi all'ultima pena. Che ci nascondemmo dalla giustizia finché una Cedola Reale non promise il perdono a coloro che si fossero imbarcati nella ciurma del Grande Ammiraglio dell'Oceano Cristoforo Colombo, per intraprendere sotto il suo comando un incognito e pericoloso viaggio. Che noi quattro accettammo dunque le clausole del condono, imbarcandoci da Palos sulla caravella Santa Maria, con la quale portammo a compimento gloriosamente, tra molte insidie, il primo grande viaggio di detto Ammiraglio. Che di ritorno a Palos, per i successivi undici anni, io e i miei compagni partecipammo agli altri tre viaggi di Cristoforo Colombo, scoprendo lontane terre ignote.

Che sei anni or sono, io e i miei compagni c'imbarcammo da Darién a bordo della caravella 'Santa María de la Barca', al comando del Corregidor Juan de Valdivia accompagnato dal francescano Gerónimo de Aguilar, diretti a Hispaniola in cerca di schiavi e rifornimenti e con un carico di ventimila ducati d'oro. La detta nave, sorpresa da una tempesta, fu messa fuori rotta e fece naufragio sulle secche degli isolotti detti 'Viboras', cioè Vipere, vicino all'isola di Santiago. Circa venti uomini, tra cui noi quattro, riuscirono a salvarsi dal naufragio. Tra di noi c'era anche Valdivia, Aguilar e Gonzalo Guerrero, un marinaio anch'egli di Palos. Varammo una precaria imbarcazione, senza né cibo né acqua ma portando con noi il baule coi ducati d'oro, e per quindici giorni restammo in balìa delle correnti. Alcuni morirono di fame e di sete, e furono gettati in mare. Alla fine, in pochi sopravvissuti raggiungemmo la costa orientale dello Yucatán, dove fummo catturati da indiani Maya governati da un crudele cacicco che sacrificò Valdivia e altri prigionieri ai suoi dèi, offrendone le carni in banchetto al popolo. Noi quattro assieme ad Aguilar, Guerrero e pochi altri fummo messi all'ingrasso, in attesa di essere macellati come i nostri sfortunati compagni. Per grazia di Dio riuscimmo a fuggire nella foresta, dovendo però abbandonare il baule coi ducati. Poco tempo dopo, fummo fatti prigionieri da un'altra tribù più pacifica, che ci fece schiavi ma trattandoci con gentilezza. Il loro cacicco chiamato Aquincuz, sovrano della regione dello Xamahná, ci faceva lavorare trasportando acqua, legna da ardere e pesce, oltre che nei campi di grano. Trascorremmo più di due anni in tale servitù, imparando la lingua e i costumi locali. Aguilar si stabilì nel villaggio di Tulum, mentre Guerrero sposò una donna indiana dalla quale ebbe un figlio.

Noi, invece, speravamo sempre di tornare un giorno in patria. Che durante la nostra prigionia, venerabili padri, scoprimmo ciò che determinò la nostra dannazione, trasformandoci in crudeli belve dimentiche del nostro retaggio umano, condividendo le demoniache pratiche degli stregoni del popolo Maya, che io rinnego e abiuro sperando di salvarmi dalle fiamme dell'Inferno dove sono dannati, se non pentiti in 'articulo mortis', i miei disgraziati compagni. Che la Misericordia di Dio ci aiuti tutti, amen.
Confesso infatti a voi, venerabili padri, che un guaritore del villaggio, di sicuro al servizio di Satana, c'iniziò un giorno, nel cuore più tenebroso della foresta, a un innominabile rito per la preparazione di una sostanza diabolica che il suo popolo usava per cacciare. Dopo aver raccolto delle liane nere, ne triturò la corteccia e la mise su un graticcio a maglie molto strette, facendovi colare sopra acqua fredda che raccolse in un recipiente. Dopo averlo fatto varie volte, recitando strane formule oscure, fece bollire il liquido finché tutta l'acqua evaporò lasciando una pasta densa, nerastra. Poi intinse in quell'immonda sostanza frecce d'arco e dardi di cerbottana. Grande fu il nostro stupore quando vedemmo che gli animali, colpiti dai cacciatori con quelle saette, cadevano e morivano anche a causa di un solo graffio, in meno tempo di quello necessario a pronunciare tre volte il nome di Gesù. Se la terribile sostanza era più leggera, abbatteva la vittima dopo che questa aveva compiuto tre salti. Se era più concentrata, dopo due salti. Al suo massimo potere, dopo un salto solo. Così gli indiani definivano le tre diverse preparazioni. Lo stregone ci regalò una zucca svuotata piena di questa terribile pasta, assicurandoci che sarebbe rimasta efficace per cento anni.

Confesso a voi, venerabili padri, che quando finalmente una nave spagnola, di passaggio vicino alle coste dove eravamo naufragati, mandò a terra una barca per rifornirsi d'acqua, c'imbarcammo di nascosto e tornammo in patria, stabilendoci a Barcellona. Ma invece di gettare via quella bava del demonio, la portammo con noi e la custodimmo gelosamente, cominciando a sfruttarla per commettere delitti insospettabili, per rapina o dietro commissione, spinti dalla cupidigia di denaro e dalla certezza di restare impuniti. Poi, giacché si cominciava a mormorare dei ventimila ducati che erano spariti nel naufragio della 'Santa María de la Barca', e si vociferavano sospetti su noi quattro che eravamo stati gli unici a tornare, per non incorrere, nonostante in quel caso innocenti, nei rigori dell'autorità decidemmo di lasciare la Spagna per stabilirci nella città che accoglieva stranieri da tutto il mondo, la grande Roma dove per tutti era possibile fare fortuna.
Confesso a voi, venerabili padri, che a Roma abbiamo guadagnato molto denaro sfruttando la micidiale potenza della nostra nera sostanza, reinvestendo i proventi in un lucroso commercio di vino. Come esecutrici dei nostri orrendi delitti, avevamo reclutato alcune giovani e bellissime meretrici, pagandole molto bene e tenendole in soggezione con riti di magia nera che facevano una terribile presa sulle loro impressionabili menti.
Finora non ho detto altro che la più pura verità, venerabili padri, e lo testimoniano questi santi Evangeli che ho davanti agli occhi e tocco con le mie mani indegne. Per questo dico e scongiuro di non sapere chi sia stato a commissionarci i recenti delitti che giustamente c'imputate, e che furono eseguiti dalle nostre meretrici su nostro comando. Posso solo dire che credo che il mandante fosse assai ricco, forse perfino un sovrano,

perché mai fummo pagati così magnificamente. Ma potrebbero essere stati più di uno. Confesso di non aver mai saputo, né io né i miei compagni, che le vittime designate fossero informatori del Santo Padre, e giuro che gli ordini e il denaro ci sono sempre stati consegnati da individui dal volto celato, che non sarei in grado di riconoscere.

Tutto questo io, Alonso Clavijo di Veguer, ho confessato e giurato, e in fede del vero ho sottoscritto di mia propria mano la presente cedola, e recitatala di parola in parola in questa Sala della Santa Inquisizione. Che Dio abbia pietà della mia anima. Amen.

«Tempo scaduto.» La voce del cardinale lo fece sobbalzare. Michelangelo alzò gli occhi dal foglio, restituendolo a Giulio de' Medici che si affrettò a riporlo in una tasca segreta della tonaca. «Siete riuscito a leggere tutto?» s'informò, con un sorriso cortese.

Lo scultore annuì, anche se non riusciva ancora a credere ai propri occhi. «Stavano eliminando le spie del papa, su commissione. Era quello il loro scopo. Però... per una serie di circostanze che non riesco a immaginare, non avendo abbastanza elementi, i quattro spagnoli hanno provocato anche la morte di Agnola e forse di quell'altra meretrice dai capelli rossi, che Paracelso ha sezionato e che ci ha condotto, sebbene defunta, fino ai suoi assassini... C'era un legame tra quelle due prostitute, giusto?»

«Questo posso dirvelo» annuì il cardinale. «La rossa conosceva Agnola. Si chiamava Maddalena e... sì, è stata uccisa da Alonso e compagni con lo stesso metodo descritto nel verbale.»

Michelangelo avrebbe voluto porre molte altre domande a Giulio de' Medici, curioso di conoscere nei dettagli quella sordida faccenda, ma ebbe timore di tediare il porporato abusando della sua pazienza. Alcuni particolari di quella storia erano destinati a restare per lui un mistero, si disse rassegnato. «Quindi... nessun sortilegio?» si limitò a chiedere, pensoso. Quello ci teneva proprio a saperlo.

Il prelato scosse la testa. «Parrebbe di no, al netto delle superstizioni del reo confesso che fanno sembrare gli omicidi opera del demonio.»

«Sembrerebbero invece... compiuti con una specie di terribile, sconosciuto veleno di origine vegetale.»

«Infatti si tratta proprio di veleno» assentì il cardinale, «e neppure sconosciuto.»

«Che intendete dire? Io non ho mai saputo dell'esistenza di un simile tossico.»

«Neppure io, fino a pochissimo tempo fa, anzi credo quasi nessuno in Europa. Anche il Santo Padre ne era totalmente ignaro, finché non ha rammentato una cosa...» ridacchiò il porporato, con aria furba. «Dopo aver letto la confessione, si è ricordato di una lettera speditagli un anno fa dal priore Pietro Martire d'Anghiera, consigliere del Re Cattolico di Spagna. Una missiva che purtroppo aveva scorso frettolosamente, senza soffermarsi su una notizia in apparenza insignificante...»

«E... cioè?»

«In quell'epistola il d'Anghiera accennava proprio a un potente veleno usato dagli Indiani, con le stesse caratteristiche e dai medesimi effetti di quello descritto ora da Alonso Clavijo, di cui aveva avuto notizia direttamente dagli esploratori del Nuovo Mondo... Pare che gli indigeni lo chiamino *urari*, che nella loro lingua significa *chi lo riceve cade*. Per questo gli Europei l'hanno definito *curaro*.»

«Incredibile» mormorò Michelangelo, quasi a se stesso. «L'indizio è sempre stato lì, se solo Leone X avesse...»

«Meglio tardi che mai» sospirò il cardinale. «Si tratta comunque della conferma che Alonso non delira, assieme al *corpus delicti* che le guardie hanno trovato in quella grotta. Adesso possediamo una buona dose di quella terribile sostanza.»

«E... che avete intenzione di farne?»

«Riporla in un luogo sicuro, a cui nessuno abbia accesso tranne il Santo Padre. È un veleno troppo pericoloso per rischiare che cada in mani sbagliate... anzi, non dovrà cadere nelle mani di nessuno. Ve l'immaginate, Michelangelo, un esercito le cui lame fossero intinte in quel tossico?»

L'artista rabbrividì, senza rispondere. «Forse quella mistura andrebbe distrutta» mormorò poi pensoso.

«No. Bisognerà anzi studiarla. Paracelso è già al lavoro, su questo. Forse un giorno, chissà, potrebbe trarne un potente farmaco, come già fanno gli speziali da molti veleni.»

«Quindi, nonostante tutta quella messa in scena, la magia nera non c'entra proprio nulla in questa brutta storia, anche se i quattro spagnoli e le loro meretrici ci credevano...»

«No, niente magia.»

«Eppure...» rimuginò lo scultore, mentre un ricordo gli gelava la schiena, «prima di entrare in quella grotta io e Raffaello abbiamo udito un urlo agghiacciante, davvero demoniaco, come emesso da una creatura infernale...»

«Ah, sì...» ridacchiò Giulio de' Medici, frugando di nuovo in una tasca della tonaca. «Aspettate, devo averlo da qualche parte... Sì, eccolo!» sorrise trionfante, porgendogli un piccolo oggetto color avorio. Michelangelo lo prese con una certa esitazione, osservandolo con diffidenza. Era un piccolo teschio di animale lavorato in un modo strano. «Che cos'è?»

«Una specie di... *zufolo*» sorrise sornione il cardinale, «trovato anch'esso nella grotta. Provate a soffiarci dentro.»

Lo scultore fissò il prelato con aria ancora più diffidente, rigirando tra le mani il macabro oggetto.

«Avanti, non abbiate timore!» lo incalzò Giulio de' Medici. «Soffiate con tutta la forza dei polmoni! Vi assicuro che vi toglierete un grosso dubbio!»

Quando l'artista, dopo un'ultima esitazione, seguì il consiglio del cardinale, il terribile urlo di una belva infernale riecheggiò tra le pareti della grande sala.

I due svizzeri di guardia alla porta si precipitarono dentro, le alabarde spianate.

«Tutto bene» li congedò il vicecancelliere con un gesto annoiato, sforzandosi di non ridere. «Stavamo solo giocando.»

«Ma che diavolo...» trasecolò Michelangelo, fissando inorridito lo zufolo.

Giulio de' Medici se lo fece restituire, continuando a ridacchiare. «Alonso Clavijo ha confessato anche questo, ma è trascritto in un altro verbale. Viene usato dai Maya per i loro riti sacrificali, e anche per spaventare i nemici in battaglia. I quattro spagnoli lo usavano per incutere terrore alle loro assassine prezzolate, assieme a tutta l'altra messinscena. I selvaggi lo chiamano il *fischio della morte*. Agghiacciante, vero?»

Mai definizione fu più adeguata, pensò lo scultore, sgomento ma anche sollevato che dietro quell'urlo non si celasse nulla di sovrannaturale. «Grazie per la fiducia accordatami, Eminenza» disse, sicuro che il cardinale non avesse più nulla da comunicargli. «Ma avrei un'ultima domanda, se mi perdonate l'ardire.»

L'altro lo invitò a parlare, con un incoraggiante cenno del capo.

«Riguarda i... mandanti degli omicidi delle spie papali. Avete qualche idea di chi possano essere?»

«Se devo essere sincero... non ancora. Ma gli ambasciatori spagnoli dovranno di sicuro rispondere a qualche domanda, nei prossimi giorni. Bene, caro Michelangelo, lasciatemi raggiungere il Santo Padre e il Bibbiena. Abbiamo un po' di affari urgenti da sbrigare.»

«Perdonate se vi sollecito nuovamente, ma per me è di grande importanza. Vi prego di sottoporre a Sua Santità le mie due richieste: la sepoltura cristiana di Agnola, per consolare Raffaello, e il contratto per la facciata di San Lorenzo, per far contento me. Posso sperarci?»

«Vedremo, Michelangelo, vedremo...» rispose il vicecancelliere, esortandolo a uscire con un gesto cordiale ma deciso. Poi, all'improvviso, sembrò ricordarsi di qualcosa. «Aspettate!» disse allegro, suonando una campanella d'argento posata sul grande tavolo.

Un valletto comparve subito, portando un vassoio contenente confetti e una brocca di cristallo piena di un liquido color rosso intenso. «Quasi dimenticavo... prima che vi congediate, voglio farvi assaggiare una delle poche cose buone che abbiamo trovato in quella maledetta cantina. Un vino rosso che neppure qui in Vaticano avevamo mai provato. Alonso Clavijo ha confessato che lui e i suoi compari lo importavano segretamente dalla Spagna senza pagare il dazio, per uso proprio e di pochi altolocati clienti... di certo la minore delle loro colpe!» ridacchiò il cardinale. «Lo chiamano "Tempranillo". Fidatevi, Michelangelo, è squisito!» lo invogliò notandone la sospettosa esitazione. «Gli assaggiatori del papa lo hanno assunto senza conseguenze. Se non volete bere a stomaco vuoto, qui ci sono dei confetti» disse mentre il valletto riempiva due coppe.

Ma sì, proviamo questo famoso Tempranillo, accettò curioso lo scultore. *Questo, almeno, non è stato nello stomaco di un cadavere.*

Appena bevve il primo sorso, un grave turbamento gli sbiancò il viso.

«Che avete, Michelangelo, vi sentite male?» chiese Giulio de' Medici, preoccupato. «Ve l'avevo detto di non bere a stomaco vuoto…»

«Grazie, Eminenza, sto bene» balbettò. «Adesso devo proprio andar via… Perdonate…» borbottò, fiondandosi fuori della grande sala.

Non avrebbe mai creduto che un sorso di quel vino gli avrebbe spalancato la strada della verità, per quanto dolorosa potesse essere. Eppure era accaduto.

Aveva capito tutto.

XXXVII

Palazzo Altoviti, un'ora prima della sesta

«Benvenuto, Michelangelo! Che piacere vederti!» lo salutò cordialmente Bindo, gettandogli le braccia al collo. «Finalmente sei tornato a trovarmi! Qual buon vento ti porta?»

«Solo il desiderio di rivedere un amico» rispose lo scultore, ricambiando l'abbraccio con una freddezza che il mercante parve non notare.

«Hai fatto bene, vieni!» lo invitò l'Altoviti, conducendolo dal piano nobile del sontuoso palazzo fino all'ultimo, quello affacciato sul Tevere. Era una bella giornata tiepida, e il sole vicino allo zenit splendeva nel cielo terso.

«Coraggio, accomodati.» Il mercante si lasciò andare su un'altra sedia, fissando i grandi occhi verdi in quelli color nocciola dell'artista. «Sai che dovrei avercela con te?» lo rimproverò bonariamente. «Dovresti frequentare di più i tuoi veri amici, soprattutto tu che ne hai così pochi.»

«Già» sospirò Michelangelo, pensoso. «Perché i veri amici sono sinceri. I veri amici si dicono sempre la verità, giusto?»

«Certo» annuì l'altro, mentre un'ombra di perplessità gli attraversava lo sguardo. «Allora, come va la ricerca di quella giovane puttanella?» gli chiese allegro, dandogli una manata su una spalla. «Raffaello ha catturato la sua preda?»

«È morta» mormorò l'artista, laconico.

«Cosa?» Bindo aggrottò la fronte. «Non capisco.»

«C'è poco da capire. È defunta. L'hanno ammazzata. Lo capisci il fiorentino, no?»

«Mi dispiace...» mormorò il mercante, scuotendo la testa. Ma non abbassò lo sguardo, continuando a tenere gli occhi fissi in quelli di Michelangelo.

Lo scultore annuì, senza cercare di nascondere un sorriso triste ma ironico. «Certo, immagino quanto ti dispiaccia... Fa soffrire molto anche Raffaello, e devo confessarti che un po' avvilisce anche me, perché non è la sola a essere stata uccisa. Sono morte tutte, cinque giovinette nate e cresciute nella strada... anzi quattro, perché la quinta sarà bruciata presto sul rogo. Ah, dimenticavo... è morta pure una bella rossa più matura. E poi sono defunti anche tanti uomini, forse ancora più colpevoli di loro, non importa da quale parte si trovassero...»

«Dici cose che non comprendo, Michelangelo» replicò il mercante, lievemente indispettito. «Se volessi spiegarti meglio...»

«No, amico mio, lasciamo perdere» sorrise di nuovo l'artista, distogliendo gli occhi da quelli di Bindo per contemplare il cielo azzurro. «Piuttosto» riprese, dopo qualche istante di silenzio, «sappi che sei un ospite imperdonabile. Sono qui già da qualche minuto, e ancora non mi hai offerto un goccio di quel vino che hai soltanto tu a Roma, e che offri solo a pochi privilegiati. Dopo che lo assaggiai una volta a casa tua, non riesco più a dimenticarlo!»

«Ma certo!» esclamò l'Altoviti, recuperando un'aria allegra. Suonò vigorosamente la campanella posata su un tavolino, finché non si presentò un elegante valletto in livrea. «Porta una caraffa del mio rosso speciale e due coppe, svelto!» ordinò al servo. «Ti piace, vero?» ammiccò all'ospite. «Il vino, intendo, non il mio valletto!» esclamò, scoppiando in una crassa risata.

Sembra voglia colmare di rumore un silenzio troppo imbarazzante, rifletté Michelangelo, senza scomporsi per la volgare provocazione. Lo scrutò con attenzione. *La quiete è insopportabile, per una coscienza turbata.*

Quando il servo tornò col vino e coi confetti, Bindo stesso volle versargliene una dose generosa. Poi si servì anche lui. «Alla nostra vecchia amicizia» disse, levando in alto la coppa. «E a Firenze!»

«Certo, a Firenze» replicò lo scultore, pensoso. «Ma quale Firenze?»

«Io ho sempre saputo che ce n'è una sola» ridacchiò l'altro, alzando le spalle.

«E invece no. C'è quella della Repubblica, e quella dei Medici. A quale brindiamo?»

L'Altoviti lo guardò freddamente. «Questo devi dirmelo tu.»

Michelangelo sorrise, ironico. «In questo caso devo invertire i gesti: dovrò bere prima di brindare» disse, annusando il vino prima di prenderne un lungo sorso a occhi chiusi. Voleva assaporarlo bene, per non sbagliare. No, aveva visto giusto. Era lo stesso che gli aveva offerto Giulio de' Medici, quello trovato nello stomaco di Maddalena e nella grotta degli orrori. Era il famoso Tempranillo.

Lo scultore posò la coppa sul tavolino, con calma. Poi guardò di nuovo Bindo dritto negli occhi. «Dimmi, sei stato tu?»

«A fare cosa?» gli rise in faccia il mercante, con aria provocatoria, scolando tutta d'un fiato la sua coppa.

«Questo devi dirmelo tu» gli fece il verso Michelangelo. «Avanti, Bindo. Ci conosciamo da troppo tempo per prenderci in giro con questi giochetti. E poi c'è poco da giocare. Sono morte troppe persone. E per cosa, poi? Cosa è cambiato? Credevi davvero di...»

«In guerra le persone muoiono» lo interruppe l'altro, in tono asciutto. «C'è sempre un prezzo da pagare, per ottenere...»

«In... guerra?» lo scultore batté un pugno sul tavolino. La coppa vuota dell'Altoviti si rovesciò, con un sinistro tintinnio. «Credevi di fare una guerra, prezzolando quattro ex galeotti che sfruttavano cinque misere prostitute, spargendo per Roma un subdolo tossico che uccide di nascosto? Credi di avere il diritto di usare uomini e donne come pedine della tua personale partita a scacchi con i Medici? Chi credi di essere, un sovrano?»

«No, Michelangelo» ghignò Bindo, scuotendo la testa. «Non ho bisogno di essere un sovrano. Sono i re e gli imperatori ad aver bisogno di me, del mio denaro, per continuare a vivere nel fasto delle loro corti e muovere i loro eserciti. Io sono un mercante, un banchiere... ho il potere più grande che esista, su questa Terra. E intendo usarlo contro i miei nemici. Voglio vedere distrutta la famiglia Medici, fosse l'ultima cosa che faccio.»

«È diventato questo lo scopo della tua esistenza?» sospirò l'artista, mentre una smorfia amara gli si dipingeva sul volto. «Mi dispiace per te, davvero. Ci sono tante cose degne di essere vissute. Hai tante qualità, tante ricchezze: non sprecarle su una strada di sangue, di morte, di oscurità...»

«Quando voglio sentire una predica, vado in chiesa» replicò l'Altoviti, duro. «Ma ora rispondi tu a una domanda, amico mio… perché sei ancora mio amico, vero? Tu da che parte stai? Coi Medici o con la Repubblica?»

«Abbiamo una visione della politica molto diversa, Bindo. La tua mi fa orrore. Sono morte cinque giovinette mentre giocavi alla guerra. Cinque fanciulle che avrebbero potuto vivere ancora a lungo, forse cambiare vita…»

«Cinque puttane» commentò l'altro, sprezzante. «Non vale neppure la pena di starne a parlare. Ne sacrificherei altre mille, se servisse ai miei scopi.»

Michelangelo fissò gli occhi verdi del banchiere. Erano animati da una crudele determinazione. E ne ebbe paura. Più per Bindo che per se stesso.

«Se la pensi davvero così» sospirò, tristemente, «allora non abbiamo più nulla da dirci.»

«Comunque sei stato bravo, complimenti» sogghignò l'Altoviti. «Resti sempre il più intelligente. Dovevo immaginarlo che avresti capito.»

«Adesso me ne vado, Bindo.»

«E dove vai? A denunciarmi al tuo caro Leone X?»

«No, ho di meglio da fare.»

«Bravo, cerca di stare attento. Non metterti in cose più grandi di te. Ne saresti schiacciato.»

Senza aggiungere altro, Michelangelo gli voltò le spalle, avviandosi con calma all'uscita del sontuoso palazzo.

Epilogo

Come una statua di sale, il Sanzio fissava immobile i becchini che scavavano la fossa nel cimitero sconsacrato del Muro Torto. Michelangelo era al suo fianco, ma l'urbinate pareva non accorgersene. Assistevano alla triste scena anche Paracelso, Delgado, l'Aretino e lo Zoppino. Lo scultore aveva ritenuto d'invitarli alle misere esequie. In fondo erano stati tutti, per più o meno tempo e correndo maggiori o minori pericoli, attori del sanguinoso dramma che si era appena consumato. Era giusto che partecipassero anche loro al dolore di Raffaello, nonostante il pittore, chiuso in se stesso, sembrasse non vederli neppure.

Avvolto in un lenzuolo bianco, il cadavere di Agnola attendeva di essere calato nella terra. Alla fine, Leone X aveva decretato che fosse sepolta senza i conforti religiosi, dimostrando come anche il *divino* Raffaello non potesse ottenere tutto ciò che voleva. La giovinetta era stata pur sempre una meretrice e aveva partecipato a riti diabolici, sebbene dalla confessione di Alonso Clavijo risultasse che non avesse mai ucciso. Almeno, così gli aveva detto il Bibbiena riferendogli le decisioni del papa.

Certi vincoli vanno rispettati, pensò Michelangelo con amarezza, *soprattutto se la prostituta non è l'amante di un cardinale o del pontefice.*

Agnola non aveva avuto nessuna di tali fortune. Però avevano presenziato, al suo spoglio e squallido funerale, i due più grandi geni figurativi del mondo.

Almeno dopo morta, una piccola soddisfazione l'ha avuta, pensò lo scultore, stringendo commosso un braccio di Raffaello. *Chissà se davvero la immortalerà in una Madonna*, si chiese, osservando il volto inespressivo dell'urbinate.

Il Sanzio sembrava come svuotato di ogni energia, più cadavere di quello che stava per essere calato nella fossa, più pallido del lenzuolo che lo avvolgeva. Michelangelo sentì Delgado che mormorava l'uffizio dei defunti, benedicendo la salma con rapidi gesti furtivi. Un atto di carità privo di conseguenze per il prete, perché nei dintorni non c'erano occhi e orecchie indiscreti. Con la coda dell'occhio notò che sul volto dell'Aretino scorreva una lacrima. Non se lo sarebbe mai aspettato. Era proprio vero che non bisognava mai giudicare troppo presto le persone. Lo Zoppino invece singhiozzava senza ritegno. Aveva sempre avuto un animo assai sensibile, anche quando faceva il mezzano. Paracelso era imperturbabile, immerso in profondi pensieri.

Con un tonfo, la salma atterrò nella profonda buca. Raffaello non vide i becchini che coprivano il corpo con palate di terra arida, sporca.

Era svenuto.

* * *

Dopo aver accompagnato il Sanzio, che Paracelso aveva fatto rinvenire mettendogli una boccetta sotto il naso, alla sua lussuosa abitazione in via Giulia e averlo affidato alle solerti mani dei servitori, Michelangelo tornò finalmente a casa.

Il silenzio della sua stamberga lo accolse in un freddo abbraccio, ma era tutto ciò di cui aveva bisogno in quel momento. Non vedere e non sentire nessuno. Neppure la compagnia delle sue gigantesche sculture avrebbe potuto rasserenarlo. Troppe cose terribili erano accadute negli ultimi giorni, come un lungo incubo senza risveglio.

Dopo la Compieta si buttò sul letto vestito, senza neppure pensare di cenare, illudendosi di riuscire a dormire per qualche ora...

Il rintocco del Mattutino lo sorprese invece in un malsano dormiveglia. Si destò ma rimase supino sul suo modesto giaciglio, rimuginando a occhi spalancati sulla vita, sul mondo, sull'implacabile scorrere del Tempo che tutto consumava. In quel momento fu come trascinato da un'improvvisa vertigine d'orrore. Vide l'intera esistenza, sua e di ogni creatura, come nient'altro che un labirinto d'errori, un arido deserto popolato di belve, un grottesco teatro di finzioni, un oceano traboccante di fango, un mare di lacrime e tribolazioni dove la speranza e l'allegria erano solo apparenti, il travaglio e il dolore l'unica, reale certezza.

Sentendosi soffocare, si alzò di scatto dal letto e andò al suo vecchio scrittoio. Come fuori di sé, con la sensazione di essere ancora sospeso tra il sonno e la veglia, afferrò un foglio di pergamena, intinse lo stilo nell'inchiostro, cominciò a vergare parole quasi senza pensarci, come se la sua mano fosse animata da una forza sconosciuta. Una voce che voleva manifestarsi, urlare...

Alla fine di un tempo senza tempo, in cui la penna si era mossa sul foglio quasi animata da vita propria, si fermò esausto. Solo dopo qualche minuto, rientrato in sé, ebbe il coraggio di leggere, al chiarore tremolante della candela, ciò che aveva scritto:

Chiunque nasce a morte arriva
nel fuggir del tempo; e 'l sole
niuna cosa lascia viva.
Manca il dolce e quel che dole
e gl'ingegni e le parole;
e le nostre antiche prole
al sole ombre, al vento un fummo.
Come voi uomini fummo,
lieti e tristi, come siete;
e or siàm, come vedete,
terra al sol, di vita priva.
Ogni cosa a morte arriva.
Già fur gli occhi nostri interi
con la luce in ogni speco;
or son voti, orrendi e neri,
e ciò porta il tempo seco.

Note e ringraziamenti

Siamo ormai al secondo capitolo della saga di Michelangelo *detective*, il che mi spinge a fare il punto su quali siano state le mie intenzioni quando ho deciso di dare voce, attraverso la formula del giallo storico, al Rinascimento italiano e ai personaggi che l'hanno reso una delle epoche più interessanti, intense e suggestive del nostro passato.

A mio parere, in una narrazione storica la regina dev'essere la *Storia*: assunto che può parere scontato, ma che non sempre si riesce a realizzare. Mi sono quindi dedicato a inserire la *fabula* e l'intreccio, come pure i personaggi che animano il mio racconto, in una rigorosa ricostruzione basata su fonti primarie sia scritte che iconografiche, documenti contemporanei al periodo preso in esame e saggi e articoli scelti da una vasta bibliografia firmata da storici autorevoli, ma solo per distillarne l'*essenza*, gli elementi fondamentali per dare spessore e verosimiglianza ai fatti raccontati. Non nascondo che a volte, durante lo studio della documentazione, mi sono trovato a vagliare centinaia di pagine solo per scrivere poche righe di romanzo. L'approfondita disamina dell'arte, della religiosità, delle vicende politico-militari ma anche della vita quotidiana del Rinascimento italiano ed europeo mi ha aiutato a rendere la narrazione il più realistica possibile. Nella trama di questo romanzo, come in quella del precedente, la parte storica occupa un buon ottanta per cento, lasciando alla fantasia il compito di riempire solo gli spazi vuoti, i buchi del passato. È stata la Storia a piegare la mia immaginazione alle sue esigenze, non il contrario.

In definitiva, la coincidenza tra *storie* e *Storia* è sempre stata la mia maggiore preoccupazione quando ho iniziato a scrivere le avventure di Michelangelo e dei personaggi che incrociano la sua strada.

I personaggi: un altro punto fondamentale su cui vorrei soffermarmi. Quando si affronta la sfida di far agire in una narrazione leggende del calibro di Michelangelo, Leonardo, Machiavelli, Raffaello, Paracelso e così via, il rischio di farne degli stereotipi, delle figure iconiche, dei monumenti a loro stessi è molto grande. L'unico modo per sfuggire a tale pericolo è renderli non *personaggi* ma *persone* con pregi e difetti, slanci e debolezze, eroismi e meschinità, dubbi e certezze... insomma esseri umani come tutti noi, sebbene contraddistinti, nel bene e nel male, dal marchio della genialità. Ho dovuto quindi approfondirne moltissimo le biografie, scavando nelle loro vite senza alcun pudore, rilevandone ogni aspetto per quanto incredibile, contraddittorio, assurdo potesse sembrare. Ho letto le loro lettere, ciò che hanno scritto, ciò che hanno detto, ciò che altri hanno detto e scritto di loro... In questo modo, ricomponendo i diversi punti di vista come singoli frammenti di uno specchio infranto, ho tentato di ricostruirne le vere personalità con un buon livello d'approssimazione, sforzandomi di creare persone *vive* ed evitando di rappresentare solo immagini codificate. Anche qui mi tocca fare una precisazione: nei dialoghi davvero importanti, quelli in cui rivelano se stessi e la loro visione del mondo, non ho mai fatto pronunciare ai miei personaggi nulla che non abbiano detto o scritto realmente. Nella maggior parte dei casi, quindi, non sono io che li ho fatti esprimere: si sono espressi da soli, io non ho fatto altro che dar loro voce, anche quando ho usato alcune frasi in contesti diversi da quelli in cui erano state proferite. Anche qui, il ricorso all'*invenzione* è stato minimo, giacché quest'ultima è stata essenzialmente *ricombinazione* dei numerosi elementi che la Storia ci ha tramandato: un enorme contenitore di tessere con le quali comporre mosaici diversi ma basati sul rigore della verità.

La terza componente che ho ritenuto necessaria per rendere la narrazione storica viva, vera, coerente è stata la cura del linguaggio. Nel primo romanzo della saga di Michelangelo feci attenzione a non inserire, sia nei dialoghi diretti e indiretti che nei pensieri, termini che non fossero ancora attestati nella lingua dell'epoca. Nel libro che avete tra le mani, ho esteso questo principio anche al resto della narrazione. Mi sono affidato a un buon dizionario storico della lingua italiana, sia per la continua verifica delle parole sia per la ricerca di sinonimi adatti quando un termine risultava anacronistico e perciò inutilizzabile. Spero di essere riuscito nel mio intento. Se qualche vocabolo è sfuggito al setaccio, lascio il compito di scovarlo ai lettori che ne abbiano tempo e voglia. Può essere un gioco divertente.

Nella postfazione del primo romanzo ho già citato i grandi storici che mi hanno aperto le porte dell'affascinante mondo del Rinascimento. Ancora una volta a loro, e al compianto professore Romeo De Maio di cui mi onoro di essere stato allievo e collaboratore, vanno i miei più sentiti ringraziamenti.

Concludo esprimendo gratitudine a tutto il magnifico *staff* della Giunti per la fiducia accordatami, e in particolare alla bravissima *editor* per la professionalità e la pazienza dimostrate, mentre un affettuoso grazie va a mia sorella e a tutti coloro che mi hanno sostenuto in un recente, difficile momento della mia vita.

Bruno Vitiello

FSC
www.fsc.org
MISTO
Carta da fonti gestite
in maniera responsabile
FSC® C115118

Stampato presso Elcograf S.p.A.
Stabilimento di Cles